KB005583

메밀꽃 필 무렵

메밀꽃 필 무렵

이효석 단편전집 1

애플북스

혀끝에 맴도는 그 맛, 그 향기[1]

방 현 희

*

어떤 특별한 공간은 세상이 그어놓은 금을 훌쩍 넘어가도 될 것처럼 은근하고 은밀하게 사람들을 부추기곤 하죠. 그 공간은 벼락같은 것을 내리치지 않아도 어느 한순간을 틈타 평소 몸에 익혀온 것들을 단박에 뒤집는 다른 시간과 공간으로 건너뛸 수 있는 곳이니까요.

기차를 타고 들판을 가로지르다보면, 때로 몸이 하나의 자기장을 통과한 뒤처럼 화들짝 깨어나기도 하고, 때로는 첫봄에 피어난 순진한 버들가지처럼 온몸의 털을 곤두세우고 낯선 세상을 탐색하듯 변모하기도 하죠. 그래서 하늘로 날아오른 것도 아닌, 지상에서 지상으로 이동하는 중에 삶의 다른 차원을 경험하

---

1 이 글은 이효석 작가의 작품 〈석류〉, 〈메밀꽃 필 무렵〉을 추억하며 쓴 소설이다.

곤 해요. 더구나 덜커덩 덜커덩, 일정한 리듬으로 달리는 기차에
서 책을 펼치면요, 그 순간은 불현듯 찾아와요.

기차에 흔들리며 이효석의 책을 펼치면, 그 공간 속에서 재희
는 붉은 열매라고는 볼 수 없는 러시아의 설원으로 날아가기 위
해 막 탑승 트랙에 오르고, 준보는 책 한 권만 옆구리에 낀 채 인
도의 델리로 날아가기를 기다리며 마지막 통화를 하고, 나는 메
밀꽃이 가득 핀 봉평으로 떠나기 위해 버스 터미널에서 벽시계
를 올려다보기도 했어요. 우리는 다른 세상으로 흩어지기 위해
거기에서 만나야 했어요. 그리고 돌아오지 않기를 바라며 새로운
시공간에 발을 올리죠. 그러나 언제나 다시 처음의 그 자리로 돌
아오곤 해요. 과거의 어느 순간은 완벽히 사라지지 않더군요. 언
제나 현재로 다시 불리길 기다리며 가슴 저 밑바닥에서 옹송그
리고 있었어요.

그날은 내가 펼친 책에 하필 새하얀 달빛이 쏟아졌던 거예요.
새하얀 달빛이 비춘 것은 '석류'라는 글자였지요. 방긋이 벌어져
붉은 알을 드러낸 석류 맛이 입안을 감아 돈 것은, 바로 그때였어
요. 그것은 곧바로 내 배에 통증을 불러일으켰지요. 아니, 그 통
증은 가슴과 배가 맞닿은 그곳 깊숙이에서 벌써 오래 전에 숨어
있었던 것처럼 서서히 번져왔던 것이에요.
아주 오래전 쐐기 같은 기억을 남기고 저 문을 나섰던 준보를
재희가 지금 여기서 바라봐요. 나는 그런 재희를 바라보다가 아
픈 배를 움켜쥐고 일어났어요. 그리고 새하얀 달빛이 내리는 도

시의 빈 거리로 나갔어요. 혀끝에 맴도는 그 맛을 피해서요. 시리고 달콤하며, 아픈. 시리기 때문에 쐐기처럼 깊이 박히고 달콤하기 때문에 그렇게 만들고, 그래서 결국 아프게 만드는 것, 그것을 다시 만나고 싶지 않아서요.

그런데 아시잖아요? 그런 일은 피한다고 해서 피해지지 않는다는 것을요. 나는 재희가 준보를 그리워하지 않을 때까지 그녀를 찾아갈 생각이에요. 그리고 빨갛게 벌어져 알알이 드러난 그녀의 상처를 지그시 들여다볼 생각이에요. 왜냐구요? 전생만큼이나 아득한 시간에 재희가 겪었던 일은 나도 겪은 일이었으니까요.

머리맡에 둘러쳐진 병풍과 그 속에서 막 농익어 터지던 석류, 그 아래 누워 있던 방금 처녀가 된 그녀, 그녀 옆에서 그윽하게 코끝에 와 닿는 탕약을 들고 근심스러이 앉아 있던 어머니. 막 처녀가 되어 자기가 앓고 있는 것이 사랑이라는 것을 알아차린 재희. 그녀의 가슴앓이를 어떻게 막을 수 있을까요. 그때로부터 시작된 재희의 사랑은 준보에게 제대로 전달되지 못했어요. 아니, 준보도 알고 있는 것 같았지만 재희에게 늘 뿌루퉁하고 심술궂었죠. 소풍을 가서도 덤불숲에서 잘 익은 으름을 발견하고 상하지 않게 조심조심 딴 것을 막상 재희에게 줄 때는 다정하게 건네주는 법이 없이 멀리서 던져주곤 했어요. 미간을 찌푸리고 고개를 돌리는 시늉을 한 것은 자기 마음을 들키고 싶지 않아서였을까요?

그뿐만이 아니에요. 준보는 벼랑 끝에 핀 진달래를 보고 아, 너무 이쁘다,라고 탄성을 내지르는 재희 앞을 성큼성큼 지나 벼랑 끝에 엎드린 일이 있었어요. 벼랑 아래로는 천길 낭떠러지였고,

그 아래로는 푸른 물이 넘실댔어요. 재희는 얼른 다가가 손을 잡아주려고 했어요. 하지만 준보가 퉁명스럽게 말했죠. 네 손쯤이야 아무 소용없어! 재희는 움찔하고 누어 걸음 뒤로 물러났어요. 준보가 꽃을 한 줌 꺾고 또 꺾으려 할 때 무른 바위가 부서져 나갔어요. 준보의 발이 미끄러지고 준보가 앞으로 고꾸라진 채 주르륵 밀려갔어요. 재희가 아찔하여 반사적으로 몸을 던져 준보의 발을 붙잡았어요. 있는 힘을 다해 준보를 끌어당겼죠. 간신히 준보는 몸을 일으켰어요. 재희가 도리어 무안해서 나 때문에 다치게 되었구나, 했더니 준보는 또 퉁명스럽게 대답했어요. 너 주려고 꽃 꺾은 줄 아니! 준보는 재희를 외면하고 뻣뻣하게 걸어가버렸어요. 고집쟁이, 준보의 뒤통수에 대고 재희는 조그맣게 중얼거렸어요.

친구들이 둘 사이를 놀릴 때마다 그만큼씩 준보는 화를 냈고 멀어졌어요. 재희는 준보의 마음을 알 수가 없었어요. 그러던 어느 날 말 한마디 없이 준보는 떠나고 말았어요.

무엇이 그렇게 만들었는지 지금도 그녀는 알지 못해요.

준보를 어딘지도 모르게 떠나보내고 나서 그 마음을 버리지 못해 몸져누운 그녀를 보았을 때 나는 죄책감을 느꼈어요. 쌍둥이 자매만큼이나 그녀를 잘 아는 내가 마치 그녀와 준보 사이를 갈라놓은 것만 같았죠.

그날, 나는 서울 가는 기차표를 취소하고 돌아서다 거의 접수대에 골인하다시피 달려드는 웬 남자와 팔꿈치를 부딪쳤지요. 남자의 얼굴은 이미 낭패감에 젖어 있었는데 그 옆모습을 보자마자 무슨 일이 있다는 것을 직감했어요. 그가 접수대의 직원으로부터 들을 수 있는 최선의 대답은 한 시간 반 뒤에 다른 기차가 있고, 다행히 방금 취소한 좌석이 하나 남아 있다는 것이었죠. 그 좌석표는 내가 취소한 바로 그것이었어요. 그 남자는 좌석표를 손에 들고 몸을 돌리다가 나를 보게 되었죠. 그 남자 준보는 재희를 떠나 서울로 가려 했던 것이었어요. 일부러 그 길을 택한 건 아니에요. 그저 삶이 그렇게 길을 열어준 것이지요.

이런 상황에서 대부분의 여자들이 그렇듯 나 역시 못 본 척하고 얼굴을 돌리려 했지만 그럴 수가 없었어요. 이미 나를 알아본 그는 더욱더 낭패감에 젖어들었고, 그것을 바라보는 나도 더할 수 없이 난감했으니까요. 시간이 남아 있었으니 나는 준보에게 재희에 대한 마음을 물어볼 수도 있었을 거예요. 거기엔 차를 기다리는 동안 앉아 있을 수 있는 벤치도 있었으니까요. 하지만 나는 묻지 못했어요. 그는 아무 말도 하지 않을 작정이었고, 나는 그것을 읽었으니까요.

그리고 나는 준보가 그렇게 다급하게 떠난 것을 그녀에게 말해주지 않았어요.

먼 여행 끝에 봉평에 돌아온 재희가 손에 책을 한 권 들고 몸져누워 있다는 연락을 받았네요. 나는 그 말을 듣자마자 그 책이 준보의 책이라는 것을 눈치챘죠. 나는 벌써 여러 번 그 책을 읽었으니까요. 그 글에서 준보는 재희와의 어린 날을 그리워하고 있었어요. 재희가 그 책을 읽지 않기만을 바랐어요. 재희와 준보는 이미 너무 멀리 떠나 있었으니까요.

재희는 깊은 상처를 입고 고향으로 돌아와 있었어요. 집안이 기울어서 마음에도 없는 사람과 결혼했다가 그 사람으로부터 버림을 받고 말았던 거였어요. 그녀는 고향에서 어린이들을 가르치다가 어릴 때 꼭 준보처럼 고집쟁이 소년과 꼭 그녀처럼 마음 여린 소녀를 보게 되었고요. 소녀가 고집쟁이 소년에게 마음 쓰는 것을 가만히 들여다보다가 그만 형언할 수 없이 경건한 느낌을 받았어요. 준보와 그녀의 어린 시절이 얼마나 그립던지 그녀는 이불 속에서 흠뻑 울고 말았지요.

재희의 손등을 가만가만 도닥여주고 집을 나와요. 재희의 머리맡에는 이제 석류가 그려진 병풍도, 어머니가 다려준 탕약도, 어린 시절의 애틋한 준보도 없지만, 나는 울고 있는 재희를 놔두고 기차를 타요.

또 다른 누군가가 자기만의 시공간을 타고 그녀에게로 와서 자기 가슴 밑바닥을 들여다보며 서로 위무[2]할 것이에요.

*

그래서 나는 종종 재희와 준보를 만나고 돌아가는 길에 동이를 만나곤 하지요. 기차는 또다시 덜커덩, 덜커덩, 일정한 리듬으로 흔들리고 나는 한동안 창밖을 내다보다가 가만히 책을 펼칩니다.

동이는 차창밖에 펼쳐지는 메밀밭을 우두망찰 바라보고 있었어요. 기차는 새하얀 소금을 뿌려놓은 듯 메밀꽃이 흐드러진 산

2 서로 안고 위로하며 어루만짐.

허리를 오르고 있었어요. 천지를 가득 메운 알싸한 향기가 그의 시선을 따라 기차 안으로 밀려드는 것 같았어요.

먼 기억 속을 더듬는 듯 한없이 풀려 있던 눈동자가 점점 단호한 빛을 띠어가네요. 소년에서 청년으로 넘어가는 어름에 있는 남자는 애잔함을 풍기곤 해요. 마침내 그 눈에 결기가 서렸을 때 나는 묻지 않을 수 없었어요.

—어디를 가는 길인가요.

동이는 망설이지 않고 대답했어요.

—어머니를 만나러 가요.

그리고 곧바로 덧붙여 묻네요.

—있는 줄도 몰랐던 아버지를 찾은 것 같은데, 어머니에게 그 얘기를 해도 될까요?

청년으로 넘어가는 소년의 출생의 비밀을 듣는 순간이에요. 긴 시간 동안 그는 아버지 없이 살아온 것이에요. 남자에게 아버지 없음이란, 자기 자신을 깨닫는 시간을 잃음과 동의어라죠. 동이의 눈이 불쑥 가까워졌어요. 그 눈이 내게 대답을 채근했어요. 대답을 피했죠. 나는 그럴 때 어떻게 해야 하는지 도무지 알지 못하니까요. 그 대신 그에게 물었어요.

—진짜 아버지라는 건 어떻게 알았어요?

—모르겠어요. 그냥 느낀 거예요.

—그냥 느껴요? 뭔가 낌새가 있었을 거 아니에요? 어머니에게는 무엇을 이야기할 건가요?

—아버지의 왼손에 대해서요. 아버지가 자꾸만 실어 나르는 메밀꽃 향기에 대해서요.

동이는 허 생원의 얼굴 따위는 기억나지 않는 척, 약간 쓸쓸한 얼굴을 하고 고개를 숙였어요. 동이는 어머니에게 허 생원의 얼굴이 얽어 있다는 것은 말하지 않을 생각인 것 같았어요. 봉평장에서 만난 허 생원을 따라 이 고을 저 고을을 다녔지만 그동안은 전혀 모르고 있었다고 했어요.

어머니가 내게 물려준 것을 나도 언뜻언뜻 알아보는 날이 있지요. 그건 작은 소리에도 잠을 깨고, 낯선 사람을 경계하며, 걸핏하면 탈이 나는 위장 같은 것이지요. 아니, 그 모든 것보다 더욱 짙게 닮은 그것은, 한번 사랑을 하면 너무 깊게 사랑해서 가슴속에 깊은 고랑을 파고 마는, 그 몹쓸 성질머리이죠.

동이는 자기 심증을 증언하듯 왼손을 눈앞까지 들어 올렸어요.

며칠 전, 강물을 건너며 홀어머니에 대한 이야기를 하게 되었는데 어머니의 고향이 봉평인 성싶다는 말을 듣자마자 허 생원의 발이 미끄러졌다는군요. 허깨비 같은 허 생원은 금세 거센 물살에 떠밀려갔고 그는 자기도 모르게 소리치며 허겁지겁 물살을 헤치고 달려가 노인을 붙잡았고요. 허 생원을 훌쩍 등에 업었는데 허 생원의 왼손이 억세게 자기 목을 끌어안는 것을 느꼈고, 그때 자기의 왼손이 억세게 허 생원의 다리를 받치고 있다는 것을 깨달았다는 거예요. 물기가 어려 시야가 언뜻 흐려져서 이번에는 동이가 미끄러질 뻔했다는군요.

겨우 그것뿐이냐고 되물으려다 그만두었지요. 봉평의 새하얀 달빛과 숨이 막힐 듯 폐부를 찌르고 드는 메밀꽃 향기와, 한 번만이라도 봤으면 좋겠다는 허 생원과 어머니. 그것이면 충분하지 않겠어요.

기차는 아직도 산허리에 걸린 길을 오르고 있었어요. 동이는 왼손을 쥐었다, 폈다 했어요. 그리고 다시 눈앞에 가까이 대고 들여다보았어요. 아버지를 업었던 촉감이 아직 남아 있는 걸까요. 없는 줄 알았던 아버지를 찾았다니 아버지가 걸어온 장마당을 걸어갈 자신을 겹쳐놓고 있는 걸까요. 나귀 고삐를 쥘 손을 보면서요.

어느 때, 어떤 일을 겪었다면, 그것은 완전히 자기 것이 되는 것일까요. 그러니까 사랑을 겪었다면, 메밀꽃이 흐드러지게 핀 들판에서 나눈 사랑이 기억 속에 온전하게 자리 잡고 있다면 그것은 그 누구도 건드릴 수 없는 것일까요.

혹시 기억이 휘발되고 퇴색한다면 잃어버린 기억만큼 내 것이 아닌 것일까요. 이미 가졌던 것도 내 것이 아니고 내가 갖지 못했던 것들도 내 것이 아니라면, 나는 무엇을 가질 수 있는 것일까요.

손에 쥔 책 한 권이 불러오는 것은 퇴색되어버린 기억일 수도 있고 아직 한 번도 만나보지 못해 호기심을 당기는 낯선 경험일 수도 있겠죠. 내가 가진 것은 어쩌면 그것이 다인지도 몰라요. 그래서 나는 책을, 손에서 놓을 수 없는지도 모르겠고요.

방현회 | 2001년 〈동서문학〉 신인상으로 작품 활동 시작. 2002년 제1회 문학/판 장편소설상 수상. 장편소설 《달항아리 속 금동물고기》 《달을 쫓는 스파이》 《네 가지 비밀과 한 가지 거짓말》 소설집 《바빌론 특급우편》 《로스트 인 서울》 등이 있다.

차례

일러두기

1. 이 책에 수록된 작품은 이효석이 1936년 발표한 〈메밀꽃 필 무렵〉 이후의 단편소설을 모은 것으로 작품 배열은 발표 연대순으로 했다.
2. 맞춤법, 띄어쓰기는 현대어 표기로 고쳤다. 그러나 작가가 의도적으로 표현한 것은 잘못되었더라도 그대로 두었다.
3. 한자는 한글로 고치고 의미상 필요한 경우에만 한글 옆에 병기하였으며 생소한 어휘는 독자들의 이해를 돕기 위하여 각주로 설명을 달아두었다.
4. 대화에서는 최대한 속어, 방언 등을 살렸으나 지문은 현대어로 고쳤다.
5. 띄어쓰기와 맞춤법은 국립국어원의 《표준국어대사전》을 기준으로 삼았다.
6. 한글로 표기된 영어는 외래어맞춤법에 맞게 고쳤으나 시대적 상황을 드러내주는 용어는 원문을 그대로 살렸다.
7. 문맥상 맞지 않는 단어나 글자는 문장의 내용에 어긋나지 않는 범위 내에서 문맥에 맞게 고쳤다.

메밀꽃 필 무렵

여름장이란 애시당초에 글러서 해는 아직 중천에 있건만 장판은 벌써 쓸쓸하고 더운 햇발이 벌여놓은 전 휘장 밑으로 등줄기를 훅훅 볶는다. 마을 사람들은 거지반 돌아간 뒤요, 팔리지 못한 나무꾼 패가 길거리에 궁싯거리고들 있으나 석유병이나 받고 고기 마리나 사면 족할 이 축들을 바라고 언제까지든지 버티고 있을 법은 없다. 춥춥스럽게 날아드는 파리떼도 장난꾼 각다귀[1]들도 귀찮다. 얼금뱅이요 왼손잡이인 드팀전[2]의 허 생원은 기어코 동업의 조 선달을 나꾸어보았다.

"그만 걷을까?"

"잘 생각했네. 봉평장에서 한 번이나 흐붓하게 사본 일 있었을

---

1 남의 것을 뜯어먹고 사는 사람. 귀찮게 장난질하는 아이들을 비유적으로 이르는 말.
2 온갖 피륙을 파는 가게.

까. 내일 대화장에서나 한몫 벌어야겠네."

"오늘밤은 밤을 패서 걸어야 될걸."

"달이 뜨렸다."

절렁절렁 소리를 내며 조 선달이 그날 산 돈을 따지는 것을 보고 허 생원은 말뚝에서 넓은 휘장을 걷고 벌여놓았던 물건을 거두기 시작하였다. 무명필과 주단 바리³가 두 고리짝에 꼭 찼다. 멍석 위에는 천 조각이 어수선하게 남았다.

다른 축들도 벌써 거진 전들을 걷고 있었다. 약빠르게 떠나는 패도 있었다. 어물 장수도 땜장이도 엿장수도 생강 장수도 꼴들이 보이지 않았다. 내일은 진부와 대화에 장이 선다. 축들은 그 어느 쪽으로든지 밤을 새우며 육칠십 리 밤길을 타박거리지 않으면 안 된다. 장판은 잔치 뒷마당같이 어수선하게 벌어지고 술집에서는 싸움이 터져 있었다. 주정꾼 욕지거리에 섞여 계집의 앙칼진 목소리가 찢어졌다. 장날 저녁은 정해놓고 계집의 고함소리로 시작되는 것이다.

"생원, 시침을 떼두 다 아네. …… 충주집 말야."

계집 목소리로 문득 생각난 듯이 조 선달은 비죽이 웃는다.

"화중지병이지. 면소 패들을 적수로 하구야 대거리가 돼야 말이지."

"그렇지두 않을걸. 축들이 사족을 못 쓰는 것두 사실은 사실이나 아무리 그렇다곤 해두 왜 그 동이 말일세, 감쪽같이 충주집을 후린 눈치거든."

---

3 마소의 등에 잔뜩 실은 짐.

"무어 그 애숭이가 물건 가지고 나꾸었나 부지. 착실한 녀석인
줄 알았더니."

"그 길만은 알 수 있나. …… 궁리 말구 가보세나그려. 내 한턱
씀세."

그다지 마음이 당기지 않는 것을 좇아갔다. 허 생원은 계집과
는 연분이 멀었다. 얼금뱅이 상판을 쳐들고 대어 설 숫기도 없었
으나 계집 편에서 정을 보낸 적도 없었고, 쓸쓸하고 뒤틀린 반생
이었다. 충주집을 생각만 하여도 철없이 얼굴이 붉어지고 발밑이
떨리고 그 자리에 소스라쳐버린다. 충주집 문을 들어서 술좌석에
서 짜장⁴ 동이를 만났을 때에는 어찌 된 서슬엔지 발끈 화가 나버
렸다. 상 위에 붉은 얼굴을 쳐들고 제법 계집과 농탕치는 것을 보
고서야 견딜 수 없었던 것이다. 녀석이 제법 난질꾼인데 꼴사납
다. 머리의 피도 안 마른 녀석이 낮부터 술 처먹고 계집과 농탕이
야. 장돌뱅이 망신만 시키고 돌아다니누나. 그 꼴에 우리들과 한
몫 보자는 셈이지. 동이 앞에 막아서면서부터 책망이었다. 걱정
두 팔자요 하는 듯이 빤히 쳐다보는 상기된 눈망울에 부딪힐 때
결 김에 따귀를 하나 갈겨주지 않고는 배길 수 없었다. 동이도 화
를 쓰고 팩하게 일어서기는 하였으나, 허 생원은 조금도 동색⁵하
는 법 없이 마음먹은 대로는 다 지껄였다―어디서 주워 먹은 선
머슴인지는 모르겠으나, 네게도 애비 에미 있겠지. 그 사나운 꼴
보면 맘 좋겠다. 장사란 탐탁하게 해야 되지 계집이 다 무어야,
나가거라, 냉큼 꼴 치워.

4 과연 정말로.
5 흔들리는 기색.

그러나 한마디도 대거리하지 않고 하염없이 나가는 꼴을 보려니 도리어 측은히 여겨졌다. 아직도 서름서름한 사인데 너무 과하지 않았을까 하고 마음이 섬짓해졌다. 주제도 넘지, 같은 술손님이면서도 아무리 젊다고 자식 낳게 되는 것을 붙들고 치고 닦아세울 것은 무어야, 원. 충주집은 입술을 쫑긋하고 술 붓는 솜씨도 거칠었으나 젊은 애들한테는 그것이 약이 된다나 하고 그 자리는 조 선달이 얼버무려 넘겼다. 너 녀석한테 반했지, 애숭이를 빨문 죄 된다, 한참 법석을 친 후이다. 맘도 생긴데다가 웬일인지 흠뻑 취해보고 싶은 생각도 있어서 허 생원은 주는 술잔이면 거의 다 들이켰다. 거나해짐을 따라 계집 생각보다도 동이의 뒷일이 한결같이 궁금해졌다. 내 꼴에 계집을 가로채서는 어떡할 작정이었누 하고 어리석은 꼴딱서니를 모질게 책망하는 마음도 한편에 있었다. 그러기 때문에 얼마나 지난 뒤인지 동이가 헐레벌떡거리며 황급히 부르러 왔을 때에는 마시던 잔을 그 자리에 던지고 정신없이 허덕이며 충주집을 뛰어나간 것이었다.

"생원 당나귀가 바를 끊구 야단이에요."

"각다귀들 장난이지 필연코."

짐승도 짐승이려니와 동이의 마음씨가 가슴을 울렸다. 뒤를 따라 장판을 달음질하려니 게슴츠레한 눈이 뜨거워질 것 같다.

"부락스런 녀석들이라 어쩌는 수 있어야죠."

"나귀를 몹시 구는 녀석들은 그냥 두지는 않을걸."

반평생을 같이 지내온 짐승이었다. 같은 주막에서 잠자고 같은 달빛에 젖으면서 장에서 장으로 걸어 다니는 동안에 이십 년의 세월이 사람과 짐승을 함께 늙게 하였다. 까스러진 목 뒤 털은 주인의 머리털과도 같이 바스러지고, 개진개진[6] 젖은 눈은 주인의 눈과 같이 눈곱을 흘렸다. 몽당비처럼 짧게 쓸리운 꼬리는 파리를 쫓으려고 기껏 휘저어보아야 벌써 다리까지는 닿지 않았다. 닳아 없어진 굽을 몇 번이나 도려내고 새 철을 신겼는지 모른다. 굽은 벌써 더 자라나기는 틀렸고 닳아버린 철 사이로는 피가 빼짓이 흘렀다. 냄새만 맡고도 주인을 분간하였다. 호소하는 목소리로 야단스럽게 울며 반겨 한다.

어린아이를 달래드키 목덜미를 어루만져주니 나귀는 코를 벌름거리고 입을 투르러거렸다. 콧물이 튀었다. 허 생원은 짐승 때문에 속도 무던히는 썩였다. 아이들의 장난이 심한 눈치여서 땀 배인 몸뚱어리가 부들부들 떨리고 좀체 흥분이 식지 않는 모양이었다. 굴레가 벗어지고 안장도 떨어졌다. 요 몹쓸 자식들, 하고 허 생원은 호령을 하였으나 패들은 벌써 줄행랑을 놓은 뒤요 몇 남지 않은 아이들이 호령에 놀라 비슬비슬 멀어졌다.

"우리들 장난이 아니우. 암놈을 보고 저 혼자 발광이지."

코흘리개 한 녀석이 멀리서 소리를 쳤다.

"고 녀석 말투가."

"김 첨지 당나귀가 가버리니까 왼통 흙을 차고 거품을 흘리면서 미친 소같이 날뛰는걸. 꼴이 우스워 우리는 보고만 있었다우. 배를 좀 보지."

아이는 앵돌아진 투로 소리를 치며 깔깔 웃었다. 허 생원은 모르는 결에 낯이 뜨거워졌다. 뭇 시선을 막으려고 그는 짐승의 배

6 짓물러 물기가 있는.

앞을 가려 서지 않으면 안 되었다.

"늙은 주제에 암샘을 내는 셈야, 저놈의 짐승이."

아이의 웃음소리에 허 생원은 주춤하면서 기어코 견딜 수 없어 채찍을 들더니 아이를 쫓았다.

"쫓으려거든 쫓아보지. 왼손잡이가 사람을 때려."

줄달음에 달아나는 각다귀에는 당하는 재주가 없었다. 왼손잡이는 아이 하나도 후릴 수 없다. 그만 채찍을 던졌다. 술기도 돌아 몸이 유난스럽게 화끈거렸다.

"그만 떠나세. 녀석들과 어울리다가는 한이 없어. 장판의 각다귀들이란 어른보다도 더 무서운 것들인걸."

조 선달과 동이는 각각 제 나귀에 안장을 얹고 짐을 싣기 시작하였다. 해가 꽤 많이 기울어진 모양이었다.

×××

드팀전 장돌이를 시작한 지 이십 년이나 되어도 허 생원은 봉평장을 빼논 적은 드물었다. 충주 제천 등의 이웃 군에도 가고 멀리 영남 지방도 헤매이기는 하였으나 강릉쯤에 물건 하러 가는 외에는 처음부터 끝까지 군내를 돌아다녔다. 닷새만큼씩의 장날에는 달보다도 확실하게 면에서 면으로 건너간다. 고향이 청주라고 자랑삼아 말하였으나 고향에 돌보러 간 일도 있는 것 같지는 않았다. 장에서 장으로 가는 길의 아름다운 강산이 그대로 그에게는 그리운 고향이었다. 반날 동안이나 뚜벅뚜벅 걷고 장터 있는 마을에 거지반 가까웠을 때 거친 나귀가 한바탕 우렁차게 울면—더구나 그것이 저녁녘이어서 등불들이 어둠 속에 깜박거릴 무렵이면 늘 당하는 것이건만 허 생원은 변치 않고 언제든지 가슴이 뛰놀았다.

젊은 시절에는 알뜰하게 벌어 돈푼이나 모아본 적도 있기는 있었으나 읍내에 백중이 열린 해 호탕스럽게 놀고 투전을 하고 하여 사흘 동안에 다 털어버렸다. 나귀까지 팔게 된 판이었으나 애끊는 정분에 그것만은 이를 물고 단념하였다. 결국 도로 아미타불로 장돌이를 다시 시작할 수밖에는 없었다. 짐승을 데리고 읍내를 도망해 나왔을 때에는 너를 팔지 않기 다행이었다고 길가에서 울면서 짐승의 등을 어루만졌던 것이었다. 빚을 지기 시작하니 재산을 모을 염은 당초에 틀리고 간신히 입에 풀칠을 하러 장에서 장으로 돌아다니게 되었다.

호탕스럽게 놀았다고는 하여도 계집 하나 후려보지는 못하였다. 계집이란 좀 쌀쌀하고 매정한 것이었다. 평생 인연이 없는 것이라고 신세가 서글퍼졌다. 일신에 가까운 것이라고는 언제나 변함없는 한 필의 당나귀였다.

그렇다고는 하여도 꼭 한 번의 첫 일을 잊을 수는 없었다. 뒤에도 처음에도 없는 단 한 번의 괴이한 인연. 봉평에 다니기 시작한 젊은 시절의 일이었으나 그것을 생각할 적만은 그도 산 보람을 느꼈다.

"달밤이었으나 어떻게 해서 그렇게 됐는지 지금 생각해도 도무지 알 수는 없었다."

허 생원은 오늘밤도 또 그 이야기를 끄집어내려는 것이다. 조 선달은 친구가 된 이래 귀에 못이 박히도록 들어왔다. 그렇다고

싫증을 낼 수도 없었으나 허 생원은 시침을 떼고 되풀이할 대로
는 되풀이하고야 말았다.

"달밤에는 그런 이야기가 격에 맞거든."

조 선달 편을 바라는 보았으나 물론 미안해서가 아니라 달빛에
감동하여서였다. 이지러는 졌으나 보름 가제[7] 지난 달은 부드러운
빛을 흔붓이 흘리고 있다. 대화까지는 칠십 리의 밤길, 고개를 둘
이나 넘고 개울을 하나 건너고 벌판과 산길을 걸어야 된다. 길은
지금 긴 산허리에 걸려 있다. 밤중을 지난 무렵인지 죽은 듯이 고
요한 속에서 짐승 같은 달의 숨소리가 손에 잡힐 듯이 들리며 콩
포기와 옥수수 잎새가 한층 달에 푸르게 젖었다. 산허리는 온통
메밀밭이어서 피기 시작한 꽃이 소금을 뿌린 듯이 흐뭇한 달빛에
숨이 막혀 하였다. 붉은 대궁이 향기같이 애잔하고 나귀들의 걸음
도 시원하다. 길이 좁은 까닭에 세 사람은 나귀를 타고 외줄로 늘
어섰다. 방울 소리가 시원스럽게 딸랑딸랑 메밀밭께로 흘러간다.
앞장선 허 생원의 이야기 소리는 꽁무니에 선 동이에게는 확적히
는 안 들렸으나 그는 그대로 개운한 제 멋에 적적하지는 않았다.

"장 선 꼭 이런 날 밤이었네. 객줏집 토방이란 무더워서 잠이
들어야지. 밤중은 돼서 혼자 일어나 개울가에 목욕하러 나갔지.
봉평은 지금이나 그제나 마찬가지나 보이는 곳마다 메밀밭이어
서 개울가가 어디 없이 하얀 꽃이야. 돌밭에 벗어도 좋을 것을 달
이 너무도 밝은 까닭에 옷을 벗으러 물방앗간으로 들어가지 않
았나. 이상한 일도 많지. 거기서 난데없는 성 서방네 처녀와 마조

7 '이제 막'의 사투리.

24

쳤단 말이네. 봉평서야 제일가는 일색이었지."

"팔자에 있었나 부지."

아무럼 하고 응답하면서 말머리를 아끼는 듯이 한참이나 담배를 빨 뿐이었다. 구수한 자줏빛 연기가 밤기운 속에 흘러서는 녹았다.

"날 기다린 것은 아니었으나 그렇다고 달리 기다리는 놈팽이가 있은 것두 아니었네. 처녀는 울고 있단 말야. 짐작은 대고 있었으나 성 서방네는 한창 어려워서 들고날⁸ 판인 때였지. 한집안 일이니 딸에겐들 걱정이 없을 리 있겠나. 좋은 데만 있으면 시집도 보내련만 시집은 죽어도 싫다지…… 그러나 처녀란 울 때같이 정을 끄는 때가 있을까. 처음에는 놀라기도 한 눈치였으나 걱정 있을 때는 누그러지기도 쉬운 듯해서 이럭저럭 이야기가 되었네…… 생각하면 무섭고도 기막힌 밤이었어."

"제천인지로 줄행랑을 놓은 건 그다음 날이었나."

"다음 장도막⁹에는 벌써 왼 집안이 사라진 뒤였네. 장판은 소문에 발끈 뒤집혀 고작해야 술집에 팔려가기가 생수라고 처녀의 뒷공론이 자자들 하단 말이야. 제천 장판을 몇 번이나 뒤졌겠나. 하나 처녀의 꼴은 꿩 궈 먹은 자리야. 첫날밤이 마지막 밤이었지. 그때부터 봉평이 마음에 든 것이 반평생을 두고 다니게 되었네. 평생인들 잊을 수 있겠나."

"수 좋았지. 그렇게 신통한 일이란 쉽지 않아. 항용 못난 것 얻어 새끼 낳고 걱정 늘고 생각만 해두 진저리나지. …… 그러나 늘

---

8 집 안의 물건을 팔려고 가지고 나갈.
9 한 장날로부터 다음 장날 사이의 동안을 세는 단위.

그 막바지까지 장돌뱅이로 지내기도 힘드는 노릇 아닌가. 난 가을 까지만 하구 이 생애와두 하직하려네. 대화쯤에 조고만 전방이나 하나 벌이구 식구들을 부르겠어. 사시장철 뚜벅뚜벅 걷기란 여간 이래야지."

"옛 처녀나 만나면 같이나 살까…… 난 거꾸러질 때까지 이 길 걷고 저 달 볼 테야."

산길을 벗어나니 큰길도 틔어졌다. 꽁무니의 동이도 앞으로 나서 나귀들은 가로 늘어섰다.

"총각두 젊겠다 지금이 한창 시절이렷다. 충주집에서는 그만 실수를 해서 그 꼴이 되었으나 섧게 생각 말게."

"처 천만에요. 되려 부끄러워요. 계집이란 지금 웬 제격인가요. 자나 깨나 어머니 생각뿐인데요."

허 생원의 이야기로 실심해한 끝이라 동이의 어조는 한풀 수그러진 것이었다.

"애비 에미란 말에 가슴이 터지는 것도 같았으나 제겐 아버지가 없어요. 피붙이라고는 어머니 하나뿐인걸요."

"돌아가셨나."

"당초부터 없어요."

"그런 법이 세상에."

생원과 선달이 야단스럽게 껄껄들 웃으니 동이는 정색하고 우길 수밖에는 없었다.

"부끄러워서 말하지 않으려 했으나 정말예요. 제천 촌에서 달도 차지 않은 아이를 낳고 어머니는 집을 쫓겨났죠. 우스운 이야기나 그러기 때문에 지금까지 아버지 얼굴도 본 적 없고 있는 고장도 모르고 지내와요."

　고개가 앞에 놓인 까닭에 세 사람은 나귀를 내렸다. 둔덕은 험하고 입을 벌리기도 대견하여 이야기는 한동안 끊겼다. 나귀는 건듯하면 미끄러졌다. 허 생원은 숨이 차 몇 번이고 다리를 쉬지 않으면 안 되었다. 고개를 넘을 때마다 나이가 알렸다. 동이 같은 젊은 축이 그지없이 부러웠다. 땀이 등을 한바탕 쭉 씻어 내렸다.

　고개 너머는 바로 개울이었다. 장마에 흘러버린 널다리가 아직도 걸리지 않은 채로 있는 까닭에 벗고 건너야 되었다. 고의를 벗어 띠로 등에 얽어매고 반벌거숭이의 우스꽝스러운 꼴로 물속에 뛰어들었다. 금방 땀을 흘린 뒤는 뒤였으나 밤 물은 뼈를 찔렀다.

　"그래, 대체 기르긴 누가 기르구."

　"어머니는 하는 수 없이 의부를 얻어 가서 술장사를 시작했소. 술이 고주래서 의부라고 전망나니[10]예요. 철들어서부터 맞기 시작한 것이 하룬들 편할 날 있었을까. 어머니는 말리다가 채이고 맞고 칼부림을 당하곤 하니 집 꼴이 무어겠소. 열여덟 살 때 집을 뛰어 나서부터 이 짓이죠."

　"총각 낫세론[11] 셈이 무던하다고 생각했드니 듣고 보니 딱한 신세로군."

　물은 깊어 허리까지 채였다. 속 물살도 어지간히 센데다가 발에 채이는 돌멩이도 미끄러워 금시에 훌칠 듯하였다. 나귀와 조 선달은 재빨리 거의 건넜으나 동이는 허 생원을 붙드느라고 두 사람은 훨씬 떨어졌다.

10　돈이라면 사족을 못 쓰고 못된 짓을 하는 사람.
11　그만한 나이로는.

"모친의 친정은 원래부터 제천이었든가?"

"웬걸요, 시원스리 말은 안 해주나 봉평이라는 것만은 들었죠."

"봉평. 그래 그 애비 성은 무엇인구."

"알 수 있나요. 도모지 듣지를 못했으니까."

그 그렇겠지, 하고 중얼거리며 흐려지는 눈을 까물까물하다가 허 생원은 경망하게도 발을 빗디뎠다. 앞으로 고꾸라지기가 바쁘게 몸째 풍덩 빠져버렸다. 허부적거릴수록 몸을 걷잡을 수 없어 동이가 소리를 치며 가까이 왔을 때에는 벌써 퍽이나 흘렀다. 옷째 졸짝 젖으니 물에 젖은 개보다도 참혹한 꼴이었다. 동이는 물속에서 어른을 해깝게[12] 업을 수 있었다. 젖었다고는 하여도 여윈 몸이라 장정 등에는 오히려 가벼웠다.

"이렇게까지 해서 안됐네. 내 오늘은 정신이 빠진 모양이야."

"염려하실 것 없어요."

"그래 모친은 아비를 찾지는 않는 눈치지."

"늘 한번 만나고 싶다고는 하는데요."

"지금 어디 계신가."

"의부와도 갈려져 제천에 있죠. 가을에는 봉평에 모셔 오려고 생각 중인데요. 이를 물고 벌면 이럭저럭 살아갈 수 있겠죠."

"아무렴, 기특한 생각이야. 가을이랬다."

동이의 탐탁한 등어리가 뼈에 사무쳐 따뜻하다. 물을 다 건넜을 때에는 도리어 서글픈 생각에 좀 더 업혔으면도 하였다.

"진종일 실수만 하니 웬일이오, 생원."

---

12 '가볍게'의 사투리.

조 선달은 바라보며 기어코 웃음이 터졌다.

"나귀야. 나귀 생각하다 실족을 했어. 말 안 했던가. 저 꼴에 제법 새끼를 얻었단 말이지. 읍내 강릉집 피마[13]에게 말일세. 귀를 쫑긋 세우고 달랑달랑 뛰는 것이 나귀 새끼같이 귀여운 것이 있을까. 그것 보러 나는 일부러 읍내를 도는 때가 있다네."

"사람을 물에 빠치울 젠 딴은 대단한 나귀 새끼군."

허 생원은 젖은 옷을 웬만큼 짜서 입었다. 이가 덜덜 갈리고 가슴이 떨리며 몹시도 추웠으나 마음은 알 수 없이 둥실둥실 가벼웠다.

"주막까지 부즈런히들 가세나. 뜰에 불을 피우고 훗훗이[14] 쉬어. 나귀에겐 더운물을 끓여주고. 내일 대화장 보고는 제천이다."

"생원도 제천으로."

"오래간만에 가보고 싶어. 동행하려나, 동이."

나귀가 걷기 시작하였을 때 동이의 채찍은 왼손에 있었다. 오랫동안 아둑시니[15]같이 눈이 어둡던 허 생원도 요번만은 동이의 왼손잡이가 눈에 띄지 않을 수 없었다.

걸음도 해깝고 방울 소리가 밤 벌판에 한층 청청하게 울렸다.

달이 어지간히 기울어졌다.

― 〈조광〉, 1936. 10.

---

13 다 자란 암말.
14 훈훈하게.
15 '어둠의 귀신'을 뜻하는 사투리로, '눈이 어두워서 사물을 제대로 분간하지 못하는 사람'을 가리킴.

낙엽기

　창 기슭에 붉게 물든 담쟁이 잎새와 푸른 하늘, 가을의 가장 아름다운 이 한 폭도 비늘구름같이 자취 없이 사라져버렸다. 가장 먼저 가을을 자랑하던 창밖의 한 포기의 벗나무는 또한 가장 먼저 가을을 내버리고 앙클한 회초리만을 남겼다. 아름다운 것이 다 지나가 버린 늦가을은 추잡하고 한산하기 짝이 없다.

　담쟁이로 폭 씌워졌던 집도 초목으로 가득 덮였던 뜰도 모르는 결에 참혹하게도 옷을 벗겨버리고 앙상한 해골만을 드러내 놓게 되었다. 아름다운 꿈의 채색을 여지없이 잃어버렸다.

　벽에는 시들어버린 넝쿨이 거미줄같이 얼기설기 얽혔고 마른 머루 송이 같은 열매가 함빡 맺혔을 뿐이다. 흙 한 줌 찾아볼 수 없이 푸르던 뜰에서는 지금에는 푸른빛을 찾을 수 없게 되었다.

　나는 거의 날마다 뜰의 낙엽을 긁어야 된다. 아무리 공들여 긁어모아도 다음 날에는 새 낙엽이 다시 슬며시 늘어져 거듭 각지[1]를 들지 않으면 안 된다. 낙엽이란 세상의 인총[2]같이도 흔한 것이다. 밑 빠진 독에 물을 긷듯 며칠이든지 헛노릇으로 여기면서도 공들여 긁어모은다. 벗나무 아래 수북이 쌓아놓고 불을 붙이면 속으로부터 푸슥푸슥 타면서 푸른 연기가 모로 길게 솟아오른다. 연기는 바람 없는 뜰에 아늑히 차서 울같이 괸다. 낙엽 연기에는 진한 커피의 향기가 있다. 잘 익은 깨금[3]의 맛이 있다. 나는 그 귀한 연기를 마음껏 마신다. 욱신한 향기가 몸의 구석구석에 배어서 깊은 산속에 들어갔을 때와도 같은 풍준한 만족을 느낀다. 낙엽의 연기는 시절의 진미요, 가을의 마지막 선물이다.

화단의 뒷자리를 깊게 파고 타버린 낙엽을 재를 묻어버림으로써 가을은 완전히 끝난 듯싶다. 뜰에는 벌써 회초리만의 나무들이 섰고 엉성궂은 포도 시렁이 남았고 담쟁이넝쿨이 서렸고 국화 포기의 줄거리가 솟았고 잡초의 시들어버린 양이 있을 뿐이니 말이다. 잎새에 가렸던 둥근 유리창이 달덩이같이 드러나고 현관 앞에 조약돌이 지저분하게 흩어졌으니 말이다.

낙엽을 장사 지내고 가을을 보내니 별안간 생활이 없어진 것도 같고 새 생활이 와야 할 것도 같은 느낌이 생겼다. 적어도 꿈이 가고 생활의 때가 온 듯하다. 나는 꿈을 대신할 생활의 풍만을 위하여 생각하고 설계하여야 한다. 가령 나는 아내를 대신하여 거의 사흘돌이로 목욕물을 데우게 되었다. 손수 수도에 호스

---

1 '갈퀴'의 사투리.
2 인구, 사람.
3 개암.

를 대서 물을 가득 길어 붓고는 아궁에 불을 넣는다.

음산한 바람으로 아궁이 연기를 몹시 낸다. 나는 그 연기를 괴로이 여기지 않는다. 눈물을 흘릴 지경이요, 숨이 막히면서도 연기의 웅덩이 속에서 정성껏 나무를 지피고 불을 쑤시고 목욕간의 창을 열어 연기를 뽑고 여러 차례나 물을 저어 온도를 맞추고 하면서 그 쓸데없는 행동, 적어도 책상에 맞붙어 책을 읽고 글줄을 쓰는 것보다는 비생산적이요, 소비적이라고 늘 생각하여오던 그 행동을 도리어 귀히 여기게 되고 나날의 생활을 꾸며가는 그런 행동이야말로 가장 생산적이요, 창조적인 것이라고까지 생각하게 되었다.

정리되지 못한 가닥가닥의 생각을 머릿속에 잡아넣고 살을 깎을 정도로 애쓰고 궁싯거리면서 생활 일에 단 한 시간 허비하기조차 아깝게 여기고 싫어하던 것이 생활에 관한 그런 사소한 잡일을 도리어 귀중히 알게 된 것은 도시 시절의 탓일까.

어두운 아궁 속에서 새빨갛게 타는 불을 보고 목욕통에서 무럭무럭 오르는 김을 바라보며 나는 이것이 생활이다, 이것이 책보다도 원고보다도 더 귀한 일이다, 이것을 귀히 여김이 반드시 필부의 옹졸한 짓은 아닐 것이며 생활을 업신여기는 곳에 필부 이상 뛰어날 아무 이유도 없는 것이다, 하고 두서없는 긴 생각에 잠겨도 본다.

이윽고 더운물 속에 몸을 담그고 창으로 날아 들어와 물 위에 뜬 마지막 낙엽을 두 손으로 건져내고 안개같이 깊은 무더운 김 속에 몸과 마음을 푸근히 녹일 때 이 생각은 더욱 절실히 육체 속에 사무쳐든다.

거리의 백화점에 들어가 그 자리에서 커피를 갈아서 손가방 속에 넣고 그 욱신한 향기를 즐기면서 집으로 돌아오는 것도 물론 이러한 생각으로부터이다. 진한 차를 탁자 위에 놓고 피어오르는 김을 바라보며 나는 그 넓은 냉방에다 난로를 피우고 침대 속에는 더운 물통을 넣고 한겨울 동안을 지내게 할까 어쩔까 그리고 겨울에는 뒷산을 이용하여 스키를 시작하여볼까 어쩔까 하고 겨울 또 크리스마스트리를 세우기를 아내와 의논한다.

시절이 여위어갈수록 꿈이 멀어갈수록 생활의 의욕이 두터워짐일까. 생활, 생활, 초목 없는, 푸른빛 없어진 멀쑥하게 된 집 속에서 나는 하루의 전부를 생활의 생각으로 지내게 되었다. 시절에 대한 반감에서 나온 것일까. 심술궂은 곁머리⁴에서 나온 것일까.

푸른 시절은 일종의 신비였다. 푸른 초목에 싸인 푸른 집 속에서 머릿속에 떠오른 제목은 반드시 생활이 아니었다. 그날그날은 토막토막의 흐트러진 생활의 조작이 아니요, 물같이 흐른 꿈결이었다.

푸른 널을 비스듬히 달고, 가는 모기둥으로 된 갸우뚱한 현관 차양에도 담쟁이가 함빡 피어올라 이른 아침이면 넓은 잎에 맺힌 흔한 이슬방울이 서리서리 모여 아랫잎 위로 뚝뚝 떨어지는 소리를 듣기란 산골짜기 물소리를 듣는 것과도 같아서 금시에 시원한 산의 영기를 느끼게 되었다. 머루, 다래의 넝쿨 대신에 드레드레⁵ 열매 맺힌 포도 넝쿨이 있고 바람에 포르르르 나부끼는 사시나무 대신에는 비슷한 잎새를 가진 대추나무가 있다. 뜰은

---

4 결증, 몹시 급한 성미 때문에 일어나는 화증.
5 물건이 많이 매달려 있거나 늘어져 있는 모양.

그림자 깊은 지름길만을 남겨놓고는 흙 한 줌 보이지 않게 일면 화초에 덮였다. 장미, 글라디올러스, 해바라기, 촉규화, 맨드라미, 반금초, 금잔화, 제비초, 만수국, 플록스, 달리아, 봉선화, 양귀비, 채송화의 꽃밭이 소나무, 벚나무, 버드나무, 회양목, 앵두나무, 대추나무, 능금나무, 배나무의 모든 나무와 어울려 뜰은 채색과 광채와 그림자의 화려한 동산이었다.

유리창에까지 나무 그림자가 깊고 방 안에까지 지천으로 푸른 빛이 흘러들었다. 화단에는 나비와 벌이 날아들고 풀숲에는 가을 벌레들이 일찍부터 울기 시작하였다. 나뭇가지에는 새들이 몰려오고 집에는 진귀한 손님이 왔다. 아름다운 것은 진실로 비늘구름과 같이도 쉽게 지나가 버렸다. 나뭇잎이 가고 푸른빛이 없어지고 그늘이 꺼져버렸다. 지금에는 벌써 벌레 울지 않고 나비 날지 않고 헐벗은 나뭇가지에는 새들도 드물게 앉게 되었다. 지난 시절의 기억이 머릿속에 아리숭하게 멀어졌다. 꿈이 지나고 생활의 때가 왔다. 손수 목욕물을 끓이고 차를 마시게 되었다.

그러나 나머지의 향기라는 것이 있다. 파도의 물결이 길게 주름 잡혀가듯이, 꺼진 음악의 멜로디가 오래도록 귀에 울려오듯이, 푸른 집과 푸른 뜰의 향기가 아련하게 남아서 흘러온다.

횐칠하고 쓸쓸한 뜰에서 한 떨기의 푸른 것을 발견한 것을 나는 더없이 신기하고 아름답게 여겼다. 꿈의 찌꺼기이므로 꿈보다 한결 더 귀하게 여겨짐인지도 모른다. 화단 한구석에 남은 푸른 클로버의 한 줌을 말함이 아니요, 현관 양편 기둥에 의지하여 창 기슭으로 피어올라 간 두 포기의 줄기 장미를 나는 의미한다.

단 줄의 장미이던 것이 어느 결에 자랐는지 낙지 다리같이 가닥 가닥 솟아올라 제법 풍성한 포기를 이루었다. 민출한 푸른 줄기에 마디마다 조그만 생생한 잎새를 달고 추위와 서리에도 상하는 법 없이 장하게 뻗어 올랐다. 신선한 야채에서 오는 식욕을 느껴 잘강잘강 먹고 싶은 충동을 금할 수 없다. 창 기슭으로 올라와 창에 어린 맑은 잎새와 줄기, 푸르면서도 붉은 기운을 약간 띤 줄기와 가시, 붉은 가시의 생각이 문득 나에게 한 폭의 환상을 일으킨다. 깊은 여름밤, 열어젖힌 창으로 나의 방에 들어오다 장미 줄기에 걸리고 가시에 찔려 하얀 팔과 다리에 붉은 피를 흘리는 낯모르는 임의의 소녀―가시와 소녀와 피―이것은 한 폭의 꿈일는지 모른다. 글로 썼거나 머릿속에 생각하여본 한 폭의 아픈 환영일는지 모른다. 가시와 소녀와 피!

그러나 꿈 아닌 환영 아닌 피의 기억이 있다. 장미의 붉은 줄기와 가시에서 나는 문득 지난 기억을 선명하게 풀어낼 수 있다. 나머지 꿈의 아픈 물결이다. 무르녹은 여름의 하룻날 아침 일찍이 가족들과 함께 집을 나와 뒷산으로 소풍을 떠났다. 여름은 짙고 송림 속은 그윽하였다. 드뭇한 소풍객들 속에 섞여 그림자 깊은 길을 걸으면서 동물원에를 들어갈까 강에 나가 배를 타고 하루를 지울까 생각하다 결국 동물원에 들어가기로 하였다. 짐승들의 표정 없는 얼굴을 보고 잠시 동안이라도 근심을 잊어보자는 생각이었다. 그러나 이 비위 좋은 생각은 여지없이 짓밟히고야 말았다.

동물원이라고는 하여도 이름만의 것이지 운동장과 꽃밭 한구석에 덧붙이기로 우리 몇 칸이 있을 뿐이다. 물새들의 못이 있고 원숭이와 독수리와 곰의 우리가 있을 뿐이다. 비극은 곰의 우리에서 왔다.

드문 사람 속에는 휘적휘적 우리와 우리 사이를 돌아치는 요정의 머슴 비슷한 한 사람의 젊은이가 있었다. 큰 눈이 둥글둥글 굵고 입이 반쯤 열린 맺힌 데 없는 허술한 사나이는 번번이 일행의 앞을 서서 우리 안의 짐승을 희롱하곤 하였다. 제 흥도 제 흥이려니와 그 어딘지 그런 철없는 거동을 우리들에게 보이고자 하는 듯한 허물없고 어리석고 주책없는 생각이 숨어 있음이 눈치에 보였다. 원숭이를 희롱할 때에도 새들을 들여다볼 때에도 너무도 지나쳐 납신거리는 것을 우리는 민망히 여기는 끝에 나중에는 불쾌히까지 생각하게 되었다.

불쾌한 감정은 곰의 무리 앞에 이르렀을 때에 극도에 달하였다. 철망 사이로 손을 널름널름 들여보내면 검은 곰은 육중한 몸을 끌고 와서 앞발을 덥석 들었다. 희롱이 잦을수록 곰은 흥분하여 나중에는 일종의 분에 타오르는 듯한 험상스러운 기세를 보였다. 고개를 끄덕이며 우리 안을 대중없이 왔다 갔다 하면서 기회를 노리는 눈치였다. 몇 번째인가 사나이의 손이 다시 철망 사이에 들어갔을 때 짐승은 기어이 민첩하게 왈칵 달려들어 앞발로 손을 잡자마자 입을 댔다.

사나이는 문득 꿈틀하며 소리를 치고 손을 빼려 애썼으나 손은 좀체 빠지지 않았다. 겨우 잡아냈었을 때에는 무서웠다. 손가락 끝이 보기에도 무섭게 바른 형상을 잃어버렸다. 손톱이 빠지고 끝이 새빨갛게 으끄러졌다. 사나이는 금시에 얼굴이 파랗게 질리고 두 눈이 휘둥그레지며 넋 잃은 사람같이 한참 동안이나 멍멍하게 섰다가 비로소 피 흐르는 손을 쥐고 어쩔 줄 모르고 쩔쩔 헤맸다.

민망한 생각도 불쾌한 느낌도 잊어버리고 우리는 순간 무서운 구렁 속에 휩쓸려 들어갔다. 신경을 퉁기는 저릿한 느낌이 전신에 끔찍한 꼴을 더 보기도 싫어서 주저하고 있는 동안에 사나이는 사람 숲에 쓸려 문을 나가 나무 그늘 아래 쩔쩔매고 섰는 것이었다.

이윽고 나가 보았을 때에는 근처 집에서 얻어온 석유에 손가락을 담갔다가 반석 위에 내놓고 피 흐르는 손가락을 돌멩이로 찧는 것이다. 말할 수 없이 미련한 그 거동이 도리어 화가 버럭 날 지경으로 측은하였다. 그러나 생각하면 그의 그 어리석고 철없는 거동이 우리들의 눈을 위한 것임을 생각하면 얼마간의 허물이 우리 편에 있듯이 짐작되어 마음이 더한층 아파졌다. 될 수 있는 대로의 것을 그에게 베풀어야 할 것을 느끼고 나는 속히 집으로 데려가서 응급의 소독을 해줄까 느끼다가 그보다도 떳떳한 방법을 생각하고 급스러운 어조로 소리쳤다.

"얼른 병원으로 뛰어가시오."

소리만 치고 쩔쩔매기만 하는 나보다는 훨씬 침착한 구원자가 있음을 알았다. 아내였다. 그는 지니고 있던 새 손수건을 내서 붕대 삼아 사나이의 피 흐르는 손을 감기 시작하였다. 사나이는 천치 같은 표정으로 손을 넌지시 맡기고 있었다. 나는 오래간만에 아내의 날렵한 자태에 접하여 아름다운 생각을 금할 수 없었다. 지나친 감상이었을까.

병원을 뛰어주기는 하였으나 사나이에게 그만한 능력이 있을 수 없음을 깨닫고 주머니 속을 들치다가 나는 또한 그날 지갑을 잊은 것을 알았다. 집에까지 가서 비용을 가지고 그를 병원에까지 인도하려고 생각할 때에 이번에도 또 아내가 진실한 구원자가 되고 말았다. 지갑 속에서 손쉽게 은화 한 닢을 집어내어 사나이의 손에 쥐여주는 것이었다. 나는 다만 물끄러미 그의 자태를 바라볼 뿐이었다. 한 사람의 모르는 사나이를 구원함에 공연한 마음의 주저뿐이었고 결국은 두 번 다 앞을 가로채이고 길을 빼앗긴 것을 생각하고 겸연쩍은 마음을 금할 수 없었다. 이제 나에게는 마지막 한 가지의 봉사만이 남았을 뿐이었다. 그 천치 같은 사나이를 근처 병원으로 인도함이었다. 나는 병원을 가리켜주는 길로 아울러 집에 들러 지갑을 가지고 반날의 뱃놀이를 떠나기를 계획하며 아이들을 송림 속에 남겨둔 채 사나이를 이끌고 길을 걸어 내려갔다.

아름다운 장면이 머릿속에 쉽사리 꺼지지 않았다. 흰 손수건과 붉은 피가 아름다운 한 폭을 이루었다. 피와 수건의 붉은 것과 흰 것의 조화가 맑고 진하게 오래도록 마음속에 물결치게 되었다.

수풀 속을 거닐 때마다 기억이 새로워지고 반석 위에 피 흔적을 살필 때마다 지난 때의 광경이 불같이 마음속에 살아났다. 근처 집에서 사나이의 그 뒷소식을 물어 무사하다는 것을 듣고 일종의 알 수 없는 안심조차 느꼈다. 시절이 갈려 가을이 짙고 수풀 속에 낙엽이 산란하게 날릴 때 오히려 기억은 더 새로웠다.

가을이 다 지난 흙빛만의 뜰에서 잠깐 잊었던 피의 기억을 장미의 붉은 가시로 말미암아 다시 추억해낸 것이다. 마음을 빛나게 하는 생생한 추억…… 늦게까지 남아 있는 장미 포기와 함께 늦가을의 귀한 마지막 선물이다.

푸른 집 속에 남은 철 늦은 꿈의 물결이다.

생활의 시절이, 단란의 때가 왔다.

어린것을 데리고 목욕물 속에 잠기는 것도 한 기쁨이 되었다.

크리스마스트리에 오색 전기를 장식하고 많은 선물을 달아맬 것도 한 즐거운 기대이다. 책상 위에는 그림책을 펴놓고 허물없는 꿈에도 잠길 수 있는 것이다.

가난한 재료로 될 수 있는 대로의 풍성한 꿈이 이 시절에 맡겨진 과제이다. 생활의 재주이다. 낙엽의 암시이다.

— 〈백광〉, 1937. 1.

성찬 聖餐

세상에 거울같이 괴이하고 야릇한 것은 없다. 태고적에 거울이라는 것이 아직 없고 고요한 저녁 강물 위에 자기의 그림자를 비추어 볼 수밖에 없었을 때에는 사람은 자기의 꼴과 원숭이의 꼴조차 구별할 수 없었을 것이며 따라서 가령 사람 사이의 애정이라는 것도 어수룩하고 순박하였을 것이다. 거울이 생긴 때부터 사람은 원숭이와의 구별을 알았고 제 얼굴의 맵시와 흠을 보았고 부끄럼과 사랑을 깨닫게 되었으리라. 적어도 사랑의 감정이 복잡하게 분화되고 연애라는 것이 있게 된 것은 거울이 생긴 후부터라고 보배는 생각한다.

그는 언젠가 동물원에 갔을 때 핸드백의 거울로 우리 안의 원숭이를 희롱해본 적이 있었다. 거울에 비친 제 꼴을 보고 짐승은 놀라고 흥분해서 한바탕 날뛰다가 나중에는 화를 내고 소리를 치고 독살을 피우며 우리 밖 사람에게로 달려드는 시늉을 하였다. 확실히 제 꼴과 사람의 모양과의 차이를 처음으로 발견한 때에 느낀 놀랍고 부끄럽고 괴이한 감정에서 온 것이라고 보배는 판단하였다. 같은 감정을 사람도 처음으로 거울을 보았을 때에 느꼈을 것이며 참으로 번민과 사랑과 모든 정서는 거기서 생기는 자기의 얼굴의 인식에서 시작된 것이라고 생각하게 되었다.

얼굴의 의식 없이 감정의 발로는 없으며 하루의 모든 생각과 생활은 참으로 얼굴의 생각에서부터 시작되는 것이다. 보배는 하루에도 수십 차례—일어날 때 잘잘 때 이외에 가게에 있을 때에도 틈틈이 거울을 보고 화장을 고치고 지금 와서는 그것이 생활의 한 중요한 부분이 되었다. 거울을 볼 때에 그 속에 자기의 얼굴만을 보는 것이 아니라 반드시 그 어느 다른 사람의 얼굴을 아울러 생각하였다. 두 얼굴을 비기는 곳에서 만족도 느끼고 불안도 왔다. 가령 요사이는 거울을 대할 때에 으레 민자의 얼굴이 의식의 전부를 차지하였다. 흡사 시몬느 시몽[1] 같은 둥글고 납작스름한 민자의 애숭이 얼굴을 생각하면서 그와는 반대되는 기름하고 엽렵한 자기의 얼굴이 대조적으로 솟아올라 그와의 사이에 가벼운 질투와 안타까운 초조와 신선한 야욕을 느끼게 되었다.

민자가 언니, 언니 하면서 겉발림이 아니라 진정으로 언니 대접을 하는 것을 보배 역시 기뻐하고 충심으로 맞아들이면서도 마음 한편 구석에 이런 대립의 감정을 느끼게 되는 것을 그 자신 괴이하게 여기기는 하였다. 이 대립의 감정은 물론 준보를 얼싸

1 1931년에 데뷔한 프랑스의 유명한 여배우.

고 오는 것이었다. 가게의 위층은 바요, 아래층은 끽차부喫茶部[2]로 보배는 바에 매였고 민자는 끽차부의 시중을 혼자 맡아보았다.

준보는 바에보다도 끽차부에 오는 때가 많았다. 신문사의 일이란 그렇게 한가한 것인지 거의 넘기는 날이 없으며 오후만 되면 어느 결엔지 아래층 소파에 와 앉아서 로버트 테일러 비슷한 기름한 얼굴을 청승맞게 괴고 어느 때까지든 머물러 한가한 시간을 보냈다. 친구가 있을 때면 친구의 탓으로나 밀 수 있지만 혼자 때에도 여전히 지리하게 눌러앉아 마치 애매한 시간과 씨름이라도 하자는 격이었다. 그렇게 천치같이 우두커니 앉았을 때의 의식의 대상이 민자임을 보배는 물론 안다.

하루는 보배가 늘 하는 버릇으로 신통한 손님도 없고 한 틈을 타서 아래층으로 살며시 내려가 보았을 때 그곳에도 손님 없는 횅뎅그렁한 한편 구석에 준보와 민자가 따로 앉아 속살거리고 있는 것을 발견하였다. 들어맞는 예감에 보배는 산뜻한 칼 맛을 느꼈으나 한편 섬뜩한 생각을 금할 수 없었다. 천연스럽게 내려가서 한자리에 다정스럽게 휩쓸리기는 하였으나 마음속에 솟아오르는 피 심지를 억누를 수는 없었다. 민자와의 사이에 담을 의식하게 되고 준보에게 불현듯이 욕심을 느끼게 되었다면 이때부터였을 것이다.

그가 끼였으므로 말미암아 잠깐 어색해지기는 하였으나 자리의 공기는 즉시 풀려서 세 사람은 단란한 회화 속으로 휩쓸려 들어갔다. 그만큼 준보와 보배의 사이도 서름서름한 처지는 아니었

2 현재의 다방, 카페의 역할을 하던 곳.

던 것이다. 그러나 이상한 것은 보배는 전에도 준보에게 흥미를 느끼지 않은 바는 아니었으나 불시에 피할 수 없는 절대적 야욕을 느끼게 된 것은 실로 이때부터였음이다.

인색하게 차만 마시러 오지 말고 더러는 위층에 술도 마시러 오라는 것이 그 자리의 한마디 야유이기는 하였으나 의외의 자리에서 의외의 실토를 하게 된 것을 보배는 즉시 마음속에 반성하게 되었고 그런 반성을 부끄럽게 여기기도 하였다.

준보와 민자는 어울리고 알맞은 한 쌍이다. 될 대로 맡겨두고 천연스러운 태도로 왜 옆에서 보고만 있을 수 없을까 하는 생각으로였다. 그러나 이런 생각에도 불구하고 이때에는 보배의 마음은 반은 벌써 악마의 차지가 되어 있었다. 셋 가운데에서 하나는 언제든지 악마의 역할을 하는 수밖에는 없는 듯하다.

거울이란 짜장 괴이한 물건이다. 그것은 때때로 어처구니없는 신비로운 장난을 즐겨 하는 것 같다. 몸에 소름이 돋치지 않고는 보배는 다음 기억을 되풀이할 수 없었다. 그날 밤 잡지사 축들과 늦도록 진탕으로 놀다가 다들 보낸 후 보배가 거나한 김에 흥얼흥얼 콧노래를 부르면서 아래층 끽차부로 비틀비틀 내려갔을 때였다. 몇 사람의 손님이 이 자리 저 자리에 흩어져 앉았고 카운터 근처 구석에는 준보가 늘 오는 모양 그대로 눅진히 붙어서 옆에 앉은 민자와 말을 건네고 있었다. 휘적휘적 걸어가서 준보의 옆에 섰을 때에 보배는 문득 놀라 한참 동안이나 맞은편을 노리고 섰었다. 창졸간에 그것이 꿈인지 현실인지를 의아해하면서 장승같이 넋을 잃고 우두커니 서 있었다. 준보 곁에 난데없는 여자가 한 사람 나타나 이쪽을 호되게 노리고 있는 것이었다.

여자의 날카로운 시선이 보배의 일신을 다구지게 쏘아붙였다. 눈이 매섭고 상이 긴 그 여인을 보배는 확실히 전에 그 어디서 보았던 듯도 하고 혹은 초면인 듯도 한 기괴한 착각에 현혹한 느낌을 마지못하고 서 있는 동안에 돌연히 또 이상한 발견을 하게 된 것은 준보와 여자와 민자의 세 사람을 우연히도 한자리에 모으게 한 그 기괴한 한 폭의 그림 속에서 어울리는 짝은 준보와 민자가 아니라 준보와 낯모르는 여자였던 것이다. 용모와 자세와 분위기가 두 사람에게 우연히도 빈틈없는 일치의 인상을 주었다. 이상한 발견에 놀라는 한편 보배도 그 짧은 순간 속에서도 돌연히 준보에게 모든 열정을 다 기울이고 있는 민자의 비극적 역할을 생각하고 그에 대한 한줄기의 가엾은 생각이 유연히 솟는 것이었다.

가엾은 민자! 날도적 같은 그 여인! 눈을 흡뜨며 주먹을 쥐려니 맞은편의 그 여인도 보배와 똑같은 시늉을 한다. 어이가 없어 몸자세를 늦추고 시선을 옮길 때 여인은 다시 그것을 흉내 냈다. 보배는 번개같이 정신이 깼다. 망측한 요술이었음을 깨닫고 몸에 소름이 돋았다. 맞은편 벽에 걸린 커다란 체경의 요술이었던 것이다. 여인은 물론 보배 자신이었다. 취흥으로 거나한 바람에 거울의 요술에 감쪽같이 속아 넘어갔던 것이다.

순식간에 그의 마음속에 일어났던 비밀을 두 사람에게 속 뽑힐까[3] 두려워하며 겸연쩍은 마음으로 준보 옆에 털썩 주저앉기는 하였으나 그 후까지도 이 괴이한 경험은 쉽사리 기억 속에서

---

3 마음속이 드러날까.

사라지지 않고 사람이 아무리 취하였기로 거울에 비친 제 얼굴도 못 알아보는 법 있나 하고 한결같이 의심이 솟는 지경이었다. 몸에 소름이 돋치지 않고는 이 기억을 되풀이할 수 없으며 동시에 이 경험은 보배에게는 한 큰 암시요, 유혹이었다. 이 암시로 말미암아 그는 세 사람 가운데에서 자기의 역할을 적확히 깨달았던 것이다.

이때부터 보배에게는 민자의 모든 것을 알고자 하는 욕망이 불현듯이 솟기 시작하였다. 합숙소에서는 쓰는 방이 다르므로 가까운 처지라고는 하여도 아무래도 사이가 떴다. 그럴수록 더한층 민자의 가지가지의 거동에 보배의 눈이 날카롭게 갔다. 합숙소에는 목욕장의 설비가 없으므로 거의 이틀돌이로 거리의 목욕간에 가지 않으면 안 되었다. 보배는 그때마다 민자와의 동행의 기회를 엿보았다. 목욕실에서만은 사람은 피차에 감출 것이 없다. 사람 없는 조용한 아침 목욕물 속에 잠기면서 보배는 민첩한 눈으로 민자의 육체의 구석구석을 살필 수 있었다. 젖꼭지가 살구꽃 봉오리같이 봉긋은 하나 아직도 젖가슴이 전체로 얄팍한 애잔한 애송이의 육체이기는 하나 그러나 사람의 육체같이 사람의 눈을 속이는 것은 없다. 보배는 천연스러운 웃음결을 이용하여 은근한 속에서 민자의 속을 떠보았다.

"과실의 맛이란 첫 송이만큼 자별스러운 건 없어."

장난삼아 물방울을 퉁기면서 목욕통 전에 나가 그의 옆에 앉았다.

"민자, 어데 손가락 좀 꼽아봐."

그의 손을 다정스럽게 끌어다 쥐고,

"한 번? 두 번? 세 번?⋯⋯."

하면서 그의 손가락을 꼽으려 하였다.

잠깐 동안 멍하니 무슨 뜻인지를 모르고 하는 대로 손가락을 맡기고 있던 민자는 겨우 그 뜻을 깨닫고 부끄러운 생각에 얼굴을 화끈 붉히면서 달팽이같이 손을 움츠러뜨렸다.

"망칙해라, 언니두. 망령 좀 작작 피우."

"부끄러울 것두 많다. 여자끼리 무슨 허물이야. 내 꼽아볼까. 자, 한 번, 두 번⋯⋯ 하하하하, 내게는 다섯 손가락쯤으로 당초에 부족한걸⋯⋯. 별 사내가 다 있었지. 그러나 옛날에 배운 영어의 단자單字와 같이 신기하게도 모조리 잊어버려지고 마음속에 남은 것은 그래도 첫 사내야. 첫 사내와의 사이라는 것은 대개 어처구니없고 흐지부지하고⋯⋯ 여자의 평생의 길은 거기서 작정되는 것인가 봐. 나도 첫 사내만 세상을 버리지 않았다면 지금까지 밟아온 길과 처신머리가 좀 더 달랐을는지도 모르나⋯⋯ 허나 나는 결코 밟아온 반생의 길을 불측하게도 생각하지 않고 부끄럽게도 여기지는 않어. 그런 것도 한 가지 살아가는 형식이거니만 생각되거든. 괴벽스럽고 어지러운 생각인지도 모르나 나는 한 사람 한 사람의 사내를 대할 때에 마치 한 상 한 상의 잔칫상을 대하는 것같이 준비된 성스러운 식탁을 대하는 것같이밖에는 생각되지 않았어. 식탁 위의 것이 아무리 귀한 진미였다 하더라도 시간이 지나면 그 맛의 기억이란 사라져버리는 것. 그렇게 제 앞으로 차례진 식탁을 대할 때에 마음껏 제 차지를 즐기는 것이 떳떳한 수지. 는실녀⁴라고 웃든지 말든지 내 생각과 태도는 이래. 자, 민자. 내 앞에서 숨길 것이 무엇이고 부끄러울 것이 뭐야."

장황하게 내섬기며 보배는 민자를 어지러운 연기 속에 후려쌌다. 그러나 민자는 그 속에서 허우적거리는 법 없이 침착하게 자기의 태도를 잃어버리지는 않았다.

"언니의 생각은 잘 알았어두 저를 더 족치지는 마세요. 한 번두 없어요."

두 볼을 발갛게 물들이는 그의 표정에서 거짓말을 찾을 수는 없었다. 팔다리가 아직도 가늘고 허리목이 아직도 얇다.

"그럼 준보와두?"

"미쳤네. 괴덕[5]두 작작 부려요, 좀."

부끄러운 판에 민자는 대야에 남은 물을 보배의 옆구리에 확 끼얹었다.

"아직 깨끗하다는 것이 현대에 있어서는 자랑두 아무것두 아니거든. 알맞은 때를 약빠르게 붙들어야지 고때를 놓치면 사람의 마음이 아무리 굳다고 하더라도 병이 생기기 쉬운 법이야. 기회라는 것은 늘 그 제일 알맞은 순간이라는 것이 있으니까."

"언니는 우리를 얕잡아보시는 셈이죠. 이래 봬두 결혼할 때까지는 아무런 일이 있어두 순결을 지켜볼 작정이라나요."

"결혼, 흥! 결혼, 나두 한때는 그런 꿈두 꾸어본 적이 있었다나. 그러나 결국 다 공상이고 꿈이었어. 결혼, 용감하고 원대한 포부야. 대담한 이상이야."

"올 안으로 신문사가 확장되면 지위도 높아질 터, 수입도 늘 터, 그때면 결혼해가지고 조그만 집 한 채 장만하고……."

---

4 행실이 잡스럽고 방탕한 여자를 가리키는 사투리.
5 실없이 수선스럽고 번거롭게 행동하는 성미.

"굉장한 계획이군. 어떻든 준보도 순진한 청년, 민자도 순진한 소녀. 어지간히 순진들은 해. 결혼의 축하로 물총이나 한 방 맞아 보지."

보배는 껄껄 웃으며 대야의 물을 민자의 등줄기에 괴덕스럽게 처버리고 물속으로 뛰어들어가 물소같이 네 활개를 죽 폈다.

순결하고 애잔한 민자의 자태가 눈에 아프다. 둥근 턱과 짧은 코와 짧은 윗입술이 새삼스럽게 가엾게 측은하게 여겨졌다.

보배는 오래간만에 음악을 들을 때면 별안간 울고 싶어지는 적이 있다. 훌륭한 음악을 들을 때같이 세상이 아름답고 환상이 샘같이 솟아서 살아 있는 것이 고맙고 즐겁게 여겨지는 때는 없다. 이 생명의 감격이 눈물을 솟게 하는 것이다. 그럴 때에는 옆에 있는 것이 그 누구이든지 간에 그것이 사람인 이상 보배는 그에게 인간적 동감을 느끼게 되고 부드러운 마음을 나누게 된다.

자리에는 준보와 그의 친구와 보배의 세 사람이 있을 뿐이었다. 오후의 바는 고요하고 황혼의 빛이 홀 안을 그윽하게 물들이고 있다. 보배는 교향악의 레코드를 뒤집어 걸고 친구가 잠깐 자리를 물러간 틈을 타서 준보에게로 가까이 갔다.

"민자와 결혼하신다죠?"

돌연한 질문에도 준보는 놀라는 법 없이 시선을 얕게 드리운 채로의 자세였다.

"이상주의라고 비웃고 싶단 말요?"

"비웃기는 왜요. 너무도 용감해서 하는 말이죠. 한 사람과 결혼해서 검은 머리 파뿌리 될 때까지…… 용감한 생각이 아니고 뭐예요. 한동안의 독신주의 사상은 헌신짝같이 버리셨나요?"

"사람은 어차피 한 가지의 구속은 받아야 하는 것이니 차라리 결혼해서 안타까운 구속 속에 살아보는 것도 한 가지의 흥미일 것이니까."

"그까짓 아침에 변했다 저녁에 고쳤다 하는 이치는 다 그만두고…… 더 놀라운 것은 결혼할 때까지 진미로 민자를 아직 손가락 하나 다치지 않고 그대로 두고 있다는 것."

"별 걱정을 다……."

준보는 어이가 없어 웃으며 잔에 남은 술을 마저 마셨다.

"그런 건 어떻게 다 발려냈단 말요?"

"민자와 저는 한 몸이거든요."

"언니 행세 잘한다."

"잘하고말고요. 민자에 대한 당신의 사랑이 얼마나 큰가도 내 시험해볼걸요."

"얼마든지."

"이 능청맞은 성인군자."

보배는 별안간 달려들어 괴덕스럽게 준보의 귓불을 끄들며 그의 이마에 입을 갖다 대려다가 마침 나갔던 친구가 들어오는 바람에 천연스럽게 그 자리를 떠나 의자 있는 편으로 물러갔다. 레코드의 교향악도 마침 끊어지고 보배는 음악의 세상에서 완전히 벗어나서 말끔한 자기의 세상으로 돌아갔다.

무릇 사내라는 것을 보배는 말하자면 얼음장 같은 것으로 여겨왔다. 처음에는 가장 굳고 찬 듯이 보이나 지그시 쥐고 녹이는 동안에 나중에는 형적조차 없이 손안에서 사라져버린다. 그의 반생의 경험 안에서 사내의 마음이 이 법칙을 벗어난 적은 없었다.

얼굴을 엄숙하게 가지고 시선을 곧게 지니는 것은 일종의 자세요, 한번 속마음을 뒤집어 본다면 음지에 돋아난 버섯같이 새빨갛게 찬란하게 독기를 피우고 있는 것이 사내의 정인 것이다. 준보의 경우 또한 보배에게는 벌써 수술대에 오른 개구리인 셈이었다. 자동차 속에서 민자와 보배 사이에 든 준보의 꼴은 너볏이[6] 다리를 뻗은 개구리의 모양이라고나 할까. 보배는 은근히 준보의 체온을 가늠해보았다. 이렇게 빈틈없이 꼭 끼어 앉았을 때에도 민자와 자기에게 보내는 준보의 체온에 두텁고 엷은 차별이 있을까. 민자에게만 후하고 자기에게는 박할 수 있을까. 체온은 곧 애정이다. 준보의 애정이 그 밀접한 접촉에 있어서 역시 차별이 있으리라고는 생각할 수 없었다. 애정은 접촉의 거리에 비례하는 것이요, 그 접촉되는 대상의 육체는 민자의 그것이라도 좋으며 보배의 그것이라도 좋고 그 외 그 누구의 것이라도 좋을 것이다.

보배는 준보와 맞닿은 그의 한편 어깨에 은근히 힘을 주고 준보의 속을 뽑아보려 하였다. 반응은 밀려오는 파도같이 더디기는 하였으나 적확한 것이었다. 이윽고 몸이 출렁하며 그 반동으로 준보의 어깨가 힘차게 자기의 어깨 위로 육박해온 것을 보배는 반드시 자동차의 바운드의 탓으로만 돌릴 필요는 없었다. 적어도 차의 탄력을 이용한 준보의 의지를 그 등 뒤에 발견하지 않으면 안 되었다. 그 의지는 보배가 같은 행동을 두 번 세 번 거듭하였을 때

6 반듯하고 의젓하게.

에 참으로 사람의 표정과 같이도 속임 없이 확적히 드러남을 그는 보았다.

남에게 들킬 바 없는 저 혼자의 스핑크스의 웃음을 띠면서 그 행동을 거듭하는 동안에 보배에게는 문득 한 가지의 걱정이 일어났다. 자기와 같은 동작을 건너편 민자 역시 하고 있지 않을까. 거기에 대하여 준보 또한 같은 반응의 표시를 보이고 있지 않을까 하는 걱정이었다. 이 걱정은 보배를 돌연히 전에 없는 초조 속으로 끌어넣었다. 초조는 즉시 용감한 결심으로 변하였다. 주저하고 유여할 것 없이 한시라도 속히 다가온 기회를 민첩하게 잡자는 것이었다. 고요한 강변을 닮는 고요한 표정 속에 싸여서 속심 없는 개구리를 목표에 두고 앙칼진 결심이 한결같이 솟아올랐다.

그러나 기회는 도리어 너무도 일찍 온 감이 있었다. 민자의 돌연한 신병으로 말미암아서였다. 목욕 후의 부주의로 가벼운 감기가 온 것을 무릅쓰고 가게에 출입하는 동안에 병은 활짝 덧쳐서 마침내 눕기까지 되었다. 공교롭게도 그사이에 준보의 신문사의 조그만 회합이 있었다. 이차 회를 바에서 하고 난 후 헤어지는 때 준보는 거나한 김에 드디어 보배의 차 속에 앉게 되었다. 물론 보배 단독의 뜻만이 아니요, 합의의 결과였으나 두 사람은 밤거리를 한바탕 돈 후 다시 술을 구하여 으슥한 요정 이층으로 올라갔다.

잔을 거듭하는 동안에 두 사람은 곤드레만드레 취하였다. 취중에는 행동이 까딱하면 돌발적이 되고 기괴하게 흐르기 쉬운 것이나 잊어서는 안 될 것은 그런 기괴한 행동의 속심에는 언제든지 계획한 뜻이 준비되어 있음이다. 너무도 모든 것이 수월하게 뜻대로 되어감이 보배에게는 도리어 싱거웠으나 사내의 마음이라는 것을 다시 한번 벗겨본 것 같아서 알 수 없는 기쁨과 모험의 흥분이 그의 열정을 한층 북돋았다.

간단하였다. 거기에 이르는 준비의 과정이 장황함에 비겨서 결과는 어처구니없이 간단하였다. 말이 없었으며 그 필요가 없었다. 말이란 괴로워하고 두려워하고 구할 때에 필요한 것이다. 말은 오히려 결과 후에 왔다.

"능청맞은 성인군자."

보배는 이제는 마음이 한층 더 허랑해져서 말에도 꺼릴 것이 없었다.

"본색이 탄로 났지. 이러구두 민자와 결혼하나?"

"왜 못해."

준보는 뒤슬뒤슬[7] 웃으며―두 사람의 태도는 그것이 있기 전과 똑같이 뻔질뻔질하고 천연스러운 것이었다. 시렁 위의 과일 한 개를 늠실 집어 먹은 아이의 천연스러운 태도였다.

"낯가죽도 두껍긴 해. 하긴 그것이 세상의 사내지만."

"내게 덕을 가르쳐주고 그것을 됩데 허물 잡자는 말인가?"

"허물은 왜? 마음이 이렇게도 대견한데."

사실 보배는 잔치를 먹은 후의 만족과 흥분을 겪은 후의 안정을 느꼈다. 화학실에서 뜻대로의 실험을 마친 후의 화학자의 평화로운 만족이었다.

사람들은 흔히 세상에서 제일 좋은 것이 '새것'이라는 생각을 잊는다.

---

7 되지못하게 건방진 태도로 행동하는 모양.

제일 아름답고 제일 빛나고 훌륭한 것은 '새것'이며 다른 많은 이유를 버리고라도 '새것'은 '새것인 까닭에 빛난다는 것을' 잊는 수가 많다. 새 옷, 새 신, 새집, 새 세상…… 이 평범한 진리를 그것이 너무도 평범한 까닭에 혹은 '새것'의 자극이 너무도 큰 까닭에 감히 엄두를 못 냄인지도 모른다. 낡을수록 좋은 것에 단 한 가지 포도주가 있음을 보배는 듣기는 하였으나 지하실에서 몇 세기를 묵었다는 포도주를 마셔본 적이 없는 까닭에 그는 포도주 또한 새것이 좋다고 생각하였다. 새것, 새 진미, 새 마음! 보배가 준보를 시험하였고 준보가 보배를 거쳐 다시 민자를 구함도 또한 '새것'의 진리에서 나왔음에 지나지 않는다. '새것'을 구함이 악덕이라면 묵은 것을 구함이 미덕인가 하고 보배는 반감적으로 느껴도 본다.

　새것이 가져오는 감격과 흥분에는 물론 위험스럽고 두려운 것이 있기는 하다. 겉으로는 평화를 꾸미고 있으면서도 속으로 역시 일종의 안타깝고 두려운 것을 한결같이 느끼게 되는 이 밤의 경험이 보배에게 그것을 말하였다.

　요정을 나와 자동차로 준보를 보내고 혼자 합숙으로 돌아왔을 때 그 감정은 한결 크게 마음을 둘러쌌다. 만족의 감정은 그 뒤에 숨어버렸다. 민자의 방 앞을 지날 때에 그는 모르는 결에 주춤하였다. 어차피 민자에게는 진실을 말하여야 할 것이나 진실을 말함은 별을 따기보다도 어려운 노릇이요, 그렇다고 숨긴다는 것은 또 얼마나 괴로운 일인가를 또렷이 느끼게 되었다. 그러나 사람에게는 재주라는 것이 있으니 결국 재주로—'기교로'—속히 시간을 주름 잡을 수밖에는 없지 않은가도 생각하며—한때의 선수

도 이 밤만은 우울한 번민자로 변할 수밖에는 없었다. 결국 아직
도 나의 주의가 철저하지 못한 탓이 아닐까 반성하며 불을 끄고
늦은 잠자리에 누웠으나 가닥가닥의 뒤숭숭한 괴롬이 한결같이
솟을 뿐이었다.

— 〈여성〉, 1937. 4.

마음에 남는 풍경

    삼월의 풍경같이 초라한 것은 없다. 아직 봄도 아니요, 그렇다고 겨울도 아닌 반지빠른[1] 시절이다. 풀이 나고 꽃이 필 때도 아직은 멀고 나뭇가지의 흰 눈은 알뜰히 사라져버렸고 이것도 아니고 저것도 아닌 반지빠른 풍경이 눈앞에 있을 뿐이다. 초라한 가운데에 한 가지 아름다운 것이 있으니 하얀 백양나무의 자태이다. 아침 일찍이 출근하는 날이면 나는 대개 신문실 창 기슭에 의지하여 수난로水緩爐[2]에 배를 대고 행길 건너편 언덕 위의 백양나무의 무리를 바라봄이 일쑤이다. 희고 깨끗하고 고결한 그 자태는 아무리 바라보아도 싫어지지 않는다. 그 무슨 그윽한 향기가 은은히 흘러오는 듯도 한 맑은 기품이 보인다. 나무치고 백화나 백양

---

1 어중간하여 알맞지 아니한.
2 방열기. 증기나 온수의 열을 발산하여 공기를 따뜻하게 하는 난방 장치로 라디에이터를 말함.

만큼 아름다운 나무는 없을 법하다.

이 두 가지 나무를 수북이 심어놓은 넓은 정원을 가진 집에 살아보았으면 하는 것이 원이다. 아직 원대로 못 되니 학교 창으로나 맞은편 풍경을 실컷 바라보자는 배짱이다.

이 며칠째 백양나무 아래편 행길 위를 낯선 행렬이 아침마다 지나간다. 불그칙칙한 옷을 입고 사오 명씩 떼를 지어 벽돌 실은 차를 끌고 어디론지 가는 형무소의 한패이다. 아마도 소 안의 작업으로서 굽은 벽돌을 주문을 받아 소용되는 장소까지 배달해가는 것인 듯하다. 한 줄에 매인 그들이건만 걸음들이 몹시 재서 구르는 수레와 함께 거의 뛰어가는 시늉이다. 행렬은 길고 바퀴 소리는 아침 거리에 요란하다. 군데군데 끼어 바쁘게 걷는 간수들은 수레를 모는 주인이 아니요, 도리어 수레에게 끌리는 허수아비인 셈이다. 그렇게도 종종걸음으로 그 바쁜 일행을 부지런히 쫓아가지 않으면 안 되는 듯이 보인다. 아침마다 제때에 그곳에는 그 긴 행렬이 변함없이 같은 모양으로 벌어지곤 하였다.

하루아침 돌연히 그 행렬에 변조가 생겼다. 구르는 수레 바로 뒤에 섰던 동행의 한 사람이 어찌된 서슬엔지 별안간 걸어가던 그 자리에 폭삭 꼬꾸라지는 것이 멀리 바라보였다. 창에 의지하였던 나는 무슨 영문인가 하고 뜨끔하여서 모르는 결에 고개를 창밖으로 내밀었다. 그가 꼬꾸라졌을 때에 간수는 바로 그의 곁에 있었다. 원체 구르는 수레는 빠른지라 꼬꾸라진 그는 미처 일어나지도 못하고 쓰러진 채 그대로 수레에게 끌려 한참 동안이나 쓸려 갔다. 아마도 몸이 처음부터 수레에 매여져 있었던 모양이다.

이상스러운 것은 곁에 섰던 간수가 끌려가는 그를 쫓아 재빠르게 달려가는 것이었다. 그 시늉은 마치 쓰러진 사람을 거들어 일으키려는 것도 같았다. 어찌된 서슬엔지 쓰러졌던 사람은 별안간 벌떡 일어서게 되어 여전한 자태로 수레를 따라가게 되자 간수는 이번도 또한 그의 곁에 가까이 서게 되었다.

변이라는 것은 그것뿐이나 이 삽시간의 조그만 사건은 웬일인지 마음속에 깊이 박혀 사라지지 않는다. 이상스러운 것은 쓰러진 사람과 간수와의 관계이다. 간수의 조급한 거동은 단순히 쓰러진 사람을 일으키자는 것이었든지 그렇지 않으면 도리어 그를 문책하자는 것이었든지, 아니 당초에 그가 쓰러지게 된 것조차도 실상인즉 간수의 문초의 탓이 아니었든지 도무지 알 바는 없는 것이다.

의아하고 있는 동안에 행렬은 어느 결엔지 벌써 시야의 범위를 지나가 버렸다. 이상스러운 한 폭 풍경이었다. 어찌된 동기의 사건인지 그 까닭을 모르겠으므로 말미암아 그 풍경은 더한층 신비성을 더하여가고 수수께끼를 던져준다. 아무리 생각하여도 곡절을 모를 노릇이다.

그 조그만 풍경이 오래도록 마음속에 남아 쉽사리 꺼지지 않는 까닭이다.

— 〈조선문학〉, 1937. 5.

삽화

의외로 재도 자신의 흉계譎計[1]임을 알았을 때에 현보는 괘씸한 생각이 가슴을 치밀었으나 문득 돌이켜 딴은 그럴 법도 하다고 돌연히 느껴는 졌다. 그제서야 동무의 심보를 똑바로 들여다본 것 같아서 몹시 불쾌하였다. 그날 밤 술을 나누게 되었을 때에 현보는 기어코 들었던 술잔을 재도의 면상에 던지고야 말았다.

"사람의 자식이 그렇게도 비루해졌더냐!"

"오, 오해 말게. 내가 무엇이기로 과장이 내 따위의 말에 따라 일을 처단하겠나. 말하기도 전에 자네의 옛일을 다 알고 있었네. 항상 그렇게 조급한 것이 자네 병이야. 세상에 처해 나가려면 침착하고 유유하여야 하네. 좀 더 기다려보게나."

1 남을 속이는 간사하고 능청스러운 꾀.

"처세술까지 가르쳐줄 작정이야."

이어 술병마저 들어 안기려다가 현보의 손은 제물에 주저앉아버리고 말았다. 문득 재도의 위대한 육체가 눈을 압박해오는 까닭이었다. 아무리 발악한대야 '유유한' 그 육체에는 당할 재주가 없을 것 같았고, 그 육체만으로 승산은 벌써 한풀 꺾인 것을 깨달았다. 서로 떨어져 있는 몇 해 동안에 불현듯이 늘어난 비대한 그 육체 속에는 음모와 권술과 속세의 악덕이 물같이 고여 있을 듯이 보였다. 그와 자기의 사이에는 벌써 거의 종족의 차이가 있고 건너지 못할 해협이 가로놓여 있음을 알았다. 사람이 그렇게까지 변할 수 있을까 하고 느껴지며 옛일이 꿈결같이 생각되었다.

"아예 오해 말게. 옛날의 정의라는 것도 있잖은가."

"고얀 놈."

유들유들한 볼따구니를 갈기고 싶었으나 벌써 좌석이 식어지고 마음이 글러서져서 싸움조차 어울리지 않음을 느꼈다. 거나한 김에 도리어 다시 술을 입에 품는 동안에 가늠을 보았던지 마침 재도 편에서 먼저 자리를 벌떡 일어나서 무엇인가 핑계의 말을 남기고 자리를 물러섰다.

'음칙한 것……'

또 한 수 꺾인 현보는 발등이 밟히고 얼굴에 침이 뱉어진 것 같아서 속심지가 치밀며 그럴 줄 알았더라면 당초에 놈의 볼따구니를 짜장 갈겨두었더라면 하고 분한 생각이 한결같이 솟아올랐다.

그때에 와서는 모든 것이 뉘우쳐졌다. 무엇을 즐겨 당초에 하필 그 있는 곳으로 자리를 구하려고 하였던가. 옛날에 동무가 아니라 동지이던 그 우의를 의지한 것이 잘못이었고, 둘째로는 그 자리를 알선하여준 옛 스승이 원망스러웠다.

　아무리 앞길이 막히고 형편이 곤란하다 하더라도 구구하게 하필 그런 자리가 차례에 왔던가. 하기는 결과는 그제서야 알게 된 것이니 당초에야 짐작할 수도 없는 일이기는 하였으나 재도는 한방에서 일보게 될 옛날의 동무를 거절하였던 것이다. 현보의 덮여진 전 일을 들추어내서 과장의 처음 의사를 손쉽게 뒤집어버린 것임을 현보는 늦게서야 깨달았던 것이다.

　사람이 그렇게까지 변할 수 있을까―현보에게는 수수께끼요, 신비였다. 그를 그렇게 만든 것은 무엇이었던가? 그의 여위었던 육체가 몰라보리만큼 비대해진 것같이 그의 마음의 바탕 그것을 믿을 수 없으리만큼 뒤집어놓은 것은 대체 무엇이었던가. 생각이 여기 이를 때에 현보는 현혹한 마음을 금할 수 없었다. 저지른 사건도 있고 하여 학교를 나오자마자 현보는 고향을 떠나 오랫동안 동경을 헤맸다. 운동 속으로 불쑥 뛰어 들어가지는 못하였으나, 그 가장자리를 빙빙 돌아치면서 움직이는 모양과 열정들을 관찰하여 간신히 양심의 양식을 삼았다. 물론 그를 그렇게 떠나보낸 것은 젊은 마음을 움켜잡은 시대의 양심뿐만 아니라 더 가까운 그의 가정적 사정이었으니 일개의 아전으로 형편이 넉넉지 못한데다가 그의 부친은 집 밖에 첩을 둔 까닭에 가정은 차고 귀찮아서 그 싸늘한 공기가 마침 현보를 쫓아 고향을 떠나게 하였던 것이다. 하기는 늘 그를 운동의 열정으로 북돋우게 한 것도 직접 동력은 그것이었던지 모른다. 그가 동경에서 상식을 벗어난 기괴한 생활을 하고 있는 동안 고향과는 인연이 전혀 멀었다. 그 아득한 소식 속에서 재도는 학교시대에 현보와 등분으로 가지고 있던 똑같은 사회적 열정을 헌신짝같이 버리고 오로지 일신의 앞길을 쌓아 올리고 안전한 '출세'의 무장을 든든히 했던 것이다. 고등 문관 시험이 절대의 목표였으나 해마다 실패여서 아직껏 과장급에는 오르지 못하였으나 그러나 이미 수석의 자리를 잡아 이제는 벌써 합격의 날을 기다릴 뿐으로 되었다. 여기에 이르기까지에는 뼈를 가는 노력을 한 것이니 그 노력을 하는 동안에 인간의 바탕이 붉은 것에서 대뜸 검은 것으로 변하였다. 너무도 큰 변화이나 그러나 그의 마음에는 조금도 꺼릴 것이 없게 되고 세상 또한 그것을 천연스럽게 용납하게 되었다. 다만 오랫동안 갈라져 있게 된 현보에게만—피차의 학교시대만을 알고 그사이에 시간의 긴 동이 떨어졌던 현보에게만 그것은 놀라운 변화로 보였을 뿐이다. 중학교시대부터 대학까지를 같이한 그사이의 가지가지의 이야기를 대체 어떻게 설명하면 옳은고 하고 현보는 마음속이 갈피갈피 어지러워졌다.

어린 때의 민첩한 마음을 뉘 것 할 것 없이 한 번씩은 다 끌어보는 것이 문학의 매력이다. 자라서 자기의 참된 천분의 길을 발견하고 하나씩 둘씩 떨어져 달아날 때까지는 그 부질없던 열정을 누구나 좀체 버리려고 하지 않는다. 현보와 재도들도 그 예에서 벗어나지는 못하였다.

숙성한 셈이어서 중학교 이년급 때에 벌써 동인 잡지의 흉내를 냈다. 월사금을 빌려가지고 모여들 들어 반지半紙[2]를 사고 묵사지墨寫紙[3]를 사서는 제 식의 원고를 몇 벌씩 복사하여 책을 매서 한 벌

---

2 얇고 흰 일본 종이.

씩 나누어 보는 정도의 것이었으나 그 얄팍한 책을 가지게 되는 날들은 장한 일이나 한 듯이 자랑스러운 마음을 얼굴에 드러내고들 하였다. 자연히 동인끼리는 친한 한패가 되어서 학교에서도 은연중에 뽐을 내고 다른 동무들의 놀림을 받고 그들과 동떨어지게 되는 것을 도리어 기뻐하였다. 잡지의 내용인즉은 대개 변변치 못한 잡지 쪽에서 훔쳐온 글줄이거나 간혹 독창적인 것이 있다면 유치하기 짝이 없는 종류의 것이었으나 그렇게 모여는 기분만은 상 줄 만한 것이 있어 그것이 한 아름다운 단결의 실례를 보이는 때도 있었다. 잡지 첫 호 첫 장에 사진들은 실릴 수 없고 하여 각기의 필적으로 이름들을 적었으니 육칠 명 어지럽게 모여든 이름들 속에서 현보와 재도의 이름이 가장 큼직하게 눈에 띄었다. 자라서 의사도 되고 공학사로도 나가고 혹은 자취조차 감추어버리고들 한 가운데에서 현보와 재도만이 끝까지 인연을 가지게 된 것도 생각하면 기묘한 일이다.

달의 차례가 돌아와 현보의 집에서 모이게 된 날 밤늦도록 일을 하다가 마침내 심상치 않은 장난이라고 노려본 현보의 아버지에게서 톡톡히 꾸중을 당하게 되었다. 한마디 거역하는 수 없이 그대로 못마땅한 얼굴로 헤어질 수밖에는 없었으나 책임을 느낀 현보는 그날 밤에 미안한 김에 술집에 들러서 동무들을 위로하게 되었다. 이것이 술을 입에 대게 된 시초였다. 얼근한 판에 현보는 부친의 무지를 비난하고 술버릇으로 소리를 높여 울었다. 심사풀이로 다음 날부터 며칠 동안은 드러누운 채 학교를 쉬었다. 사흘

3 한쪽 또는 양쪽 면에 검은 칠을 한 얇은 종이로 일반 종이 사이에 끼우고 골필이나 철필로 눌러써서 한꺼번에 여러 벌을 복사함. 먹지.

되는 날 재도에게서 그림엽서의 편지가 왔다. 고리키의 사진 뒤편에는 위안의 말과 함께 이 당대의 문호의 소식이 몇 자 적혀 있었다. 그 짧은 글과 사진은 현보에게는 말할 수 없이 아름다운 것이었다. 그 살뜰한 감격이 깨뜨려질까를 두려워하여 그 한 장의 엽서를 한 권의 책보다도 귀히 여겼다. 현대의 문호 고리키의 사적을 재도가 자기 이상으로 알고 있다는 것이 그에게는 한 큰 놀람이었고 귀한 그림을 아끼지 아니하고 보내주는 동무의 마음씨가 고마웠고 셋째로는 폐병으로 신음 중에 있다는 그 문호의 애달픈 소식이 웬일인지 문학으로 향한 열정을 한층 더 불 지르고 북돋았다. 다음 날부터는 곱절의 용기를 가지고 학교에 나갔다. 재도에게는 일종의 야릇한 사랑의 감정을 느끼게 되었다.

문학의 열정은 더욱 높아져서 그 후 동인 잡지가 부서지고 동무들이 다시 심상한 사이로 돌아가게 되어버린 후까지도 재도와 현보의 뜻은 한결같았고 사이는 더욱 친밀해졌다. 동인 잡지가 없어지고 학년이 높아감에 따라 신문과 잡지에 투고하는 풍속이 시작되었다. 외단으로 실려진 시나 산문을 가지고 와서는 서로 읽고 비평하기가 큰 기쁨이었다.

투고 중에서 가장 보람 있고 듬직한 것은 신년 문예의 그것이었으니 재도들이 처음으로 그것을 시험한 것은 마지막 학년의 겨울이었다. 재도와 현보는 전에 동인 잡지에 한몫 끼었던 또 한 사람의 동무를 꼬여 세 사람이 그 장한 시험을 헛일 삼아 해보기로 작정하고 입학 시험 준비의 공부도 잠깐 미루어놓고 학교를 쉬면서 각각 응모할 소설들을 썼다. 추운 재도의 방에 모여 화롯불에다 손을 녹이면서 각각 자기의 소설들을 낭독한 후 비판하고 격려하고 예측하고 한 그날 밤의 아름다운 기억을 배반하고 비웃는 듯이 소설들은 참혹하게도 낙선이고 다만 한 사람의 동무의 것이 선외 가작으로 뽑혔을 뿐이었다. 재도와 현보의 실망은 컸다. 더구나 재도는 조그만 그 한 일로 자기의 천분까지를 의심하게 되었고 문학에의 열정에 큰 타격을 받은 것도 사실이었다.

그때는 벌써 두 사람 사이에는 숨어서 술을 즐기는 버릇이 늘어서 화가 나는 때는 항상 그 좋은 기회가 되었다. 낙선의 소식을 신문에서 본 날 밤 재도와 현보는 단골인 뒷골목 집에서 잔을 거듭하면서 울분을 토하고 기염을 올리면서 화풀이를 하고 있었다.

"그까짓 신문쯤이 명색이 뭐야. 신문에 안 실리면 소설 낼 곳이 없나."

거나한 김에 재도는 눈을 굴리며 식탁을 쳤다.

"현보, 낙망 말게. 지금 있는 신문쯤에 연연한다면 졸장부. 참으로 위대한 문학과 지금의 신문과는 아무 관계도 없는 것야. 현재 조선에 눈에 걸리는 소설가라고 한 사람이나 있나. 그까짓 신문쯤으로 위대한 작가를 발견할 수는 없단 말야."

현혹한 기염으로 방 안의 공기를 휘저어놓더니 현보의 무릎을 치며,

"홧김에라도 내 잡지 하나 기어이 해보겠네. 내 몫으로 차례진 백석지기만 팔면 그까짓 조선을 한번 온통 휘저어놓지. 옹졸봉졸한 소설가쯤이야 다 끌어다가 신문과 대거리해볼 테야. 신문의 권위쯤이 무엇이겠나. 자네 소설 얼마든지 실어줌세. 그때는 내 잡지에 실려야만 훌륭한 소설의 지표를 받게 될 것이니까. 가까운데 것만 노려보고 대장부가 문학, 문학 하고 외치는 것이 어리

석은 짓이야. 낙담 말고 야심을 크게 가지세."

찬란한 계획에 현보는 눈이 부시고 정신이 얼떨하였다.

자라면 잡지를 크게 경영하여보겠다는 것이 그의 전부터의 원이기는 하였다. 앞으로 올 백석지기가 있다는 것과 그것을 사용함이 온전히 자유라는 것도 전부터 들어는 왔었다. 그러나 맹렬한 그 잡지의 열정도 결국은 자기의 문학의 욕심의 만족을 얻기 위한 것일 것이니 그의 그날 밤의 불붙는 희망은 문학에 대한 미련— 따라서 낙망 이외의 아무것도 아니었음을 현보는 간파할 수 있었다. 확실히 그 무엇에 홀렸던 취중의 그날 밤이 지나고 맑은 정신의 새날이 왔을 때에 현보는 자기의 간파가 더욱 적중하였음을 깨달았다. 낙망하지 말라고 동무를 격려한 재도 자신의 문학에 대한 낙망은 컸던 것이다. 거의 근본적으로 절망의 빛을 보였다. 야심을 크게 가지라고 동무에게 권한 그 자신의 야심은 날이 지날수록 간 곳없이 사라졌다. 하기는 문학에 대한 야심이 차차 다른 것에 대한 그것으로 형상을 변하여 모르는 결에 그의 마음속에서 점점 굵게 자라고 있었는지도 모른다.

문학은 사상과 혈족 관계가 가까운 듯하며 문학의 길은 사상의 길로 통하기 쉬운 것 같다.

재도와 현보가 중학을 마치고 예과를 거쳐 대학에 들어가게 되었을 때 다 같이 철학적 사색을 즐겨 하게 되었으며 시대의 사상에 민첩하였고 과외의 경제의 연구에까지 뜻을 두게 된 것도 전부터의 같은 혈연관계가 시킨 것이 아니었을까? 약속이나 한 듯이 경제 연구회의 임원으로 함께 가입하여 그것이 마침 해산을 당하게 될 때까지 회원임을 지속한 것은 반드시 일종의 허영심으로 시대의 진보적 유행을 좇은 것만은 아니었다.

현보는 드디어 조그만 행동까지를 가지게 되었으니 당초에 문학을 뜻한 그로서 그것은 결코 당치 않은 헛길은 아니었다. 그러나 연구회의 와해는 시대의 변천의 큰 뜻을 가져서 그 시기를 한 전기로 젊은 열정들은 무르게도 산지사방으로 흩어져버렸다. 재도의 오늘의 씨를 품게 한 것도 참으로 이때였다고 볼 수 있다. 그때의 재도와 오늘의 재도를 아울러 생각함은 마치 붉은 해를 쳐다보다가 그 눈으로 별안간 검은 개천 속을 들여다보는 것과도 같아서 머리가 혼란해지는 것이다. 그때의 재도는 그때의 재도로 생각하는 수밖에 없다.

대학 예과에서는 일 년에 두어 차례씩의 친목의 모임이 있었다. 가제 들어간 첫해 봄의 친목회는 다과를 먹을 뿐만의 것이 아니라 앞으로 발행할 조그만 잡지의 계획을 의논하여야 하는 것으로 일종 특별한 사명을 띤 것이었다. 의논이 분분하고 의견이 백출하여 자연 좌석이 어지럽고 결정이 늦었다.

여러 시간의 지리한 토론에 해는 지고 모두들 지쳐서 이제는 벌써 결정은 아무렇게 되든 속히 회합이 끝나기만 기다리는 지경에 이르렀다. 사람들이 모여서 한번 입을 열게만 되면 이론은 간단하면서도 말이 수다스러워짐은 어느 사회나 일반이어서 조그만 지혜가 솟으면 그것을 헤쳐 보이지 않고는 못 배기고 불필요한 말을 덧붙여서 자신의 존재를 알리고 싶어지고 쓸데없는 고집으로 정당한 말을 일부러 뒤집어보려고 하는 것이 거의 누구나의 천성이어서 잠자코만 있으면 밑진다는 듯이 반드시 그 어느 기회에 입을 한번씩은 열어보고야 만다. 그 어리석고 저급한 공기에 삭막한 환멸을 느끼며 무료한 하품들을 연발할 지경은 지경이었으나 그러나 별안간의 벽력 같은 소리에 좌석은 문득 놀라지 않을 수는 없었다. 수다스러운 의논에 싫증이 난 한 사람이 홧김에 찻잔을 던져 깨트린 것이다. 뭇사람의 눈총을 받은 그 당돌한 학생은 엄연히 서서 누구에게인지도 없이 고래 같은 목소리로 호통을 하였다.

"대체 이것이 무슨 꼴들인가? 요만한 일에 해가 지도록 의논이 분분해서 아직껏 해결이 없으니 그따위의 염량들을 가지고 일을 하면 무슨 일을 옳게 할 수 있단 말인가? 냉큼 폐회하기를 동의한다."

돌연한 호담스러운[4] 거동에 진행 중의 의논도 잠깐 중지되고 모두들 담을 떼이고 할 바를 몰라서 잠시 그 무례한 발성자를 우두커니들 바라볼 뿐이었다. 지친 판에 통쾌한 한 대의 주사의 효과는 있었으나 그 동기의 관찰이 좌중에 꼴사나운 인상을 준 것도 사실이었다. 더구나 초년급인 그는 하급생의 지위로서 상급생까지를 휘몰아 호통의 주먹을 먹인 셈이 되었다. 이윽고 상급생의 한 사람이 긴장된 장내를 헤치고 성큼성큼 앞으로 나가더니 분개한 꾸지람으로 아니꼬운 '영웅'을 여지없이 죽여놓았다.

"주제넘은 친구가 누구냐. 버릇없는 야만의 행동이라는 것이다. 거리에 나가 대로상에서나 할 일이지 어떻게 알고 이런 자리에서 그런 무지한 버르쟁이를 피우느냐. 누구를 꾸지람하자는 어

---

4 매우 담대한.

리석은 수작이야. 일이 늦어지는 것은 아무의 탓도 아닌 것이다. 여럿이 일을 할 때에는 반드시 적당한 계제를 밟은 후에 결론에 이르는 것이니 쓸데없이 조급하게 구는 것은 예의를 모르는 어린애의 버릇에 지나지 못한다. 다시는 그런 버릇없기를 동무로서 충고한다.”

한마디의 대꾸도 없었다.

장내는 고요하고 긴장되어서 그 무슨 더 큰 것이 터질 듯 터질 듯한 무시무시한 침묵이 흘렀다. 좌중은 두 번째의 통쾌한 자극에 침체되었던 무료를 깨뜨리고 시원한 흥분 속에서 목을 적신 셈이었다. 상급생의 의젓한 꾸지람도 물론 시원스러운 것이었으나 당초 하급생의 통쾌한 거동의 자극이 너무도 컸던 것이다. 시비와 곡절은 둘째요, 사람들은 솔직하게 두 가지의 자극 속을 헤매는 것이 사실이었다. 이런 때의 승패는 이치의 시비에보다도 완전히 행동의 자극에 달린 것이다. 승리는 뒤보다도 앞으로 기운 모양이었다. 더구나 꾸지람에 대하여 반 마디의 대꾸도 없이 고개를 숙이고 침착하게 주저앉은 것이 약한 것이 아니다. 기실은 더 굳세다는 인상을 주어서 그 효과는 거의 만점이었다. 현보는 한편 자리에 앉아서 유들유들하고 뻔질뻔질한 그 동무의 뱃심을 놀람과 신선한 감정 없이는 바라볼 수 없었다. 찻잔을 깨트린 그 무례한 ‘영웅’은 별사람이 아니라 재도였다.

이 조그만 재도의 행사를 생각할 때 현보는 한 줄의 결론을 발견하지 않을 수 없었다. 호담스러운 호통을 하고도 결국 꾸지람을 당한 것이 마치 중학 때에 자신 있는 소설을 투고하였다가 결국은 낙선을 해버린 그 경우와도 흡사하였다. 두 번 다 나올 때는 유들유들하게 배짱을 부리고 나왔다가 결국은 그 무엇에게 보기 좋게 교만을 꺾이고야 말았다. 그러나 그 당초의 뱃심만은 호락호락 꺾이지 않고 끝까지 지긋이 간직하고 있는 것이다. 그것이 그의 성격인 것같이 현보에게는 생각되었다. 그 배짱 속에 항상 야심이 숨어 있고 그 야심의 자란 방향이 오늘의 그의 길이 아니었던가.

호담스럽게 나왔다가 교만을 꺾인 예라면 또 한 가지 현보의 기억 속에 있었다.

대학 안에서의 연구회가 한창 성할 무렵이었다.

하루저녁 예외 아닌 임시회를 마치고 늦은 밤거리에 나왔을 때 재도는 현보와 함께 또 몇 잔을 거듭하게 되었다. 술이 웬만큼 돌았을 때 재도는 불만의 어조였다.

"오늘 S의 설화를 어떻게 생각하나? 자랑과 아첨과 교만에 찬 비루한 길바닥 연설 이상의 것이 아니야. 학문의 타락을 본 것 같아서 불쾌하기 짝이 없었네. 대체 S라는 인간 자체가 웬일인지 비위에 맞지 않아. 혼자만 양심이 있는 척하고 안하무인이나 기실은 거만의 옷자락으로 앞을 가렸을 뿐 아닌가. 회 자체까지도 나는 의심하게 되네. 모이는 위인들에게서 자존심과 허영심을 제하면 무엇이 남겠나. 다른 사람과 구별되는 무엇이 있겠나. 마치 회원 아닌 사람과는 종족이 다른 척하는 눈꼴들이 너무도 사납단 말야. 사실 그 축에 섞여 회원 되기가 부끄러워. 자네는 어떤가. 그 유에서 빠질 수 있겠나?"

쓸데없는 불쾌한 소리에 현보는 짜증을 발칵 내며 빈속에 들어간 술의 힘도 도와서 그의 손은 모르는 결에 재도의 볼을 갈기고 있었다. 갈기고 나서 문득 경솔함을 뉘우치게 되는 그런 거의 무의식중의 일이었다.

"자네 생각이 그르다는 것은 아니나 하필 그런 것을 생각하는 태도가 틀렸단 말이네. 그야 인간성을 말하려면 그 누구 뛰어난 사람이 있겠나. 그러나 우리의 문제는 하필 그런 것이어야 하겠나. 그런 것만 꼬집어내다가는 까딱하면 옳은 길을 잃고 빗나가기 쉬우니까 말이네."

의아한 것은 재도는 그 이상 더 대거리하려고도 하지 않고 현보의 말에 반박도 하지 않고 잠시 잠자코 있었음이다.

"그럴까? 내 생각이 글렀을까? 그러나 그런 것이 의식에 떠오르지 않는다면 새빨간 거짓말이지. 이 문제가 더 중요한 문제일는지도 모르니까."

"또 궤변이야. 내용이 좀 비지 않았나? 그런 소리만 할 젠."

"주제넘은 실례의 말은 삼가게. 회원이든 회원이 아니든 행동이 없는 이상 오십보백보가 아닌가. 회원이라고 굳이 뽐내고 필요 이상의 교만을 피울 것은 없단 말이야. 그 위인들 속에 장차 한 사람이라도 행동으로 나갈 사람이 있겠나? 내 장담을 두고 보게."

"고집두 어지간히는 피운다."

"자네 생각과 내 생각은 아마도 근본적으로 틀린 모양이네. 마치 체질이 서로 틀리듯이."

현보가 그만 침묵해버린 까닭에 말은 거기에서 끊어져버렸다. 재도의 괴망한 생각이 현보에게는 한결같이 위험하게만 생각되었다. 동무에게 볼을 맞으면서도 대거리는 하지 않으나 마음속에는 그의 독특한 배짱이 변함없이 서려 있을 것이 현보에게는 분명히 들여다보였다.

그 후로 두 사람의 거리와 생활이 갈라지게 되었으므로 다정한 모임으로는 이것이 마지막이었으나 생각하면 재도의 마지막 한마디가 두 사람의 근본적 작별을 암시한 무의식중의 한 선언이었던 듯이 현보에게는 생각되었다.

— 〈백광〉, 1937. 6.

개살구

　서울집을 항용 살구나무집이라고 부르는 것은 바로 집 뒤에
아름드리 살구나무가 서 있는 까닭인데 오대조 전부터 내려온
다는 그 인연 있는 고목을 건사할 겸 지은 집이언만 결과로 보면
대대로 내려오는 꾸준한 그 살구나무가 도리어 그 아래의 집을
아늑하게 막아주고 싸주는 셈이 되었다. 동리에서 제일 먼저 꽃
피는 것도 그 살구나무여서 한창 제철이면 찬란한 꽃송이와 향
기 속에 온통 집은 묻혀 무르녹은 꿈을 싸주는 듯도 하지만 잎이
피고 열매가 맺기 시작하면 집은 더한층 그 속에 묻혀버려서 밖
에서는 도저히 집 안을 엿볼 수 없는 형세가 되었다. 살구나무집
이라도 결국은 하늘 아래 집이니 그 속에 살림살이가 있을 것은
다 같은 이치나 그 살림살이가 어떠한 것이며 그 속에서는 허구
한 날 무엇이 일어나는지 외따로 떨어진 그 집안의 소식을, 호젓

한 나무 아래 사정을 동리 사람들이 알아낼 수는 없었다. 모든 것이 나무 속에 감추어져서 하늘의 별조차도 나무 아래 지붕은 고사하고 나무를 뚫고 속사정을 엿볼 수는 없었다. 푸른 열매가 익어갈 때 참살구 아닌 그 개살구의 양은 보기만 하여도 어금니에 군물이 돌았다. 집 안의 살림살이도 별수 없이 어금니에 군물 도는 그 개살구의 맛일는지도 모르나 그러나 그 살구를 훔치러 사람들은 집 뒤를 기웃거리기가 일쑤였다.

도시 함석집이라고는 면내에서는 면소와 주재소, 조합과 학교, 그러고는 서울집이어서 사치하기로는 기와집 이상으로 보였다. 장거리와 뒷마을과의 사이의 넓은 터전은 거의 다 김형태의 것이어서 그 한복판에다 첩의 집을 세웠다 한들 계관할 바 아니나 푸른 논 가운데 외딸아 우뚝 서 있는 까닭에 회벽 함석지붕의 그 한 채가 유독 눈에 띄고 마음을 끌었다. 오대산에 채벌장이 들어서면서부터 박달나무의 시세가 한창 좋을 때에는 산에서 벤 나무토막을 실은 우차 바리가 뒤를 이어 대관령을 넘었다. 강릉 주문진 항구에 부려만 놓으면 몇 척이든지 기선에 싣고는 철로공사가 있다는 이웃 항구로 실어 나르곤 하였다.

오대산 속에 산줄기나 가지고 있던 형태는 버리는 것인 줄만 알았던 아름드리 박달나무 덕택에 순시에 돈벼락을 맞게 되었다. 논 섬지기나 더 늘리게 된 것도 그 판이었고 살구나무집을 세운 것도 그때였다. 학교에 돈백이나 기부하여 학무위원의 이름을 가졌고 조합의 신용을 얻어 아들 재수를 조합의 서기로 취직시킨 것도 물론 그 무렵이었다. 흰 회벽의 집이 야청으로서밖에는 소용이 없다고 생각하였던 동리 사람들은 그 깎은 듯이 아담한 집

격식에 눈을 굴렸다. 뜰 안에 라디오의 안테나가 들어서고 유성기의 노랫소리가 밤낮으로 흘러나오게 되었을 때에는 혀를 말았다. 박달나무가 가져온 개화의 턱찌끼[1]에 사람들은 온통 혼을 뽑히었던 것이다. 뒷마을 기와집 큰댁과 앞마을 살구나무집 작은댁과의 사이를 한가하게 어슬렁어슬렁 거니는 형태의 양을 사람들은 전과는 다른 것으로 고쳐 보기 시작하였다.

꿈속 같은 호사스러운 그 속에서도 가끔 변이 생겨 서울집은 두 번째 댁이었다. 첫댁은 집이 서기가 바쁘게 강릉서 데려온 지 해를 못 넘어 달밤에 도망을 쳐버렸다. 동으로 대관령을 넘어서 강릉까지는 팔십 리의 길이었다. 아침에 그런 줄을 알고 뒤를 쫓는대야 헛일이었으며 강릉에 친가가 있는 것이 아니라 온전히 뜬 사람이었던 까닭에 찾을 길이 막막하였다.

다른 사내가 있었다는 말도 듣기도 하여 형태는 영동을 단념해버리고 이번에는 앞대[2]를 생각하게 되었다. 서로 서울까지는 문재 전재를 넘고 원주 여주를 지나 오백 리의 길이었다.

이틀 동안이나 자동차에 흔들려서 첫 서울의 길을 밟은 지 거의 달포 만에 꽃 같은 색시를 데리고 첩첩한 산을 넘어 돌아왔다. 뜨물같이 희여멀쑥한 자그만하고 야무러진 서울 색시를 앞대 물을 먹으면 인물조차 그렇거니만 생각하면서 사람들은 자동차에서 내리는 그를 울레줄레 둘러쌌다. 하기는 그만한 인물이 시골에까지 차례지게 되기까지에는 상당한 물재의 희생이 있었으니 형태는 그번 길에 속사리 버덩[3]의 일곱 마지기를 팔아버렸던 것

1 어떤 대상에 빌붙었을 때 받는 혜택이나 이익을 비유적으로 이르는 말.
2 어느 지방을 중심으로 그 남쪽 지방을 이르는 말.

이다. 들고나게 된 한 가호를 살려주고 그 값으로 외딸을 받아가 지고 왔다는 소문이었다. 장안에서도 일색이었다는 서울집이 시골 와서 절색임은 물론이었고 마을 사람들은 마치 여자라는 것을 처음 보는 것과도 같이 탄복하고 수군들 거렸다.

첫 번 강릉집의 경우도 있고 하여 형태는 단속이 무서웠다. 별수 없이 새장에 갇힌 새의 신세였다. 형태는 집안 재미에 마음을 잡고는 즐겨 하던 투전판에도 섞이는 법 없이 육중한 몸을 유들유들하게 서울집에 박혀 있는 날이 많았다. 검은 판장으로 둘러친 울과 우거진 살구나무와는 굳은 성벽이어서 안에서도 짐작할 수 없으려니와 밖에서 엿볼 수도 없었다. 그러나 단속이 심하면 심할수록 갇혀 있는 사람의 마음은 더욱 허랑하게 밖으로 날아서 강릉집이 영 너머 읍을 그리워하듯이 서울집 또한 첩첩한 산을 넘어 앞대를 그리워하는 심정은 일반이었다. 집에 든 지 달포도 채 못 되어서 하룻밤은 별안간에 헛소동이 일어났다. 서울집이 집 안에 없음을 깨닫고 형태가 황겁결에 도망이라고 외쳤던 까닭에 이웃 사람들은 호기심도 솟고 하여 일제히 퍼져 도망간 서울집을 찾으려 들었다. 마침 그믐밤이어서 마을은 먹을 뿌린 듯이 어두운데 각기 초롱에 불들을 켜가지고 웬만한 곳은 샅샅이 헤매었다. 어두운 속 군데군데에서 초롱불이 반딧불같이 움직이며 두런두런 말소리가 흘러왔다. 외줄 신작로를 동과 서로 몇 마장씩 훑어보고는 닥치는 대로 마을 안을 온통 뒤졌다.

뒷마을서부터 차례차례로 산기슭 수수밭 과수원을 들치고 앞

---

3 높고 평평하며 나무 없이 풀만 우거진 거친 들.

으로 나와 성황 숲에서는 느릅나무와 느티나무의 테두리를 살살이 살피고 거리를 새로 아래위로 훑어보고는 냇가의 숲 속과 물레방앗간을 뒤졌으나 종시 서울집의 자태는 보이지 않았다. 설레는 마음에 앞장을 서서 휘줄거리던[4] 형태는 홧김에 초롱을 던지고는 말도 없이 발을 돌렸다. 뒤를 따르는 사람들도 입맛을 다시면서 풀린 맥에 초롱을 내저으며 자연 걸음이 느려졌다. 아무래도 서쪽으로 길을 들었을 것이 확실하니 날이 밝은 후 강릉서 오는 자동차로 뒤를 쫓는 것이 상수라고 공론들이었다. 강릉집 때에 혼이 난 형태는 실망이 커서 그렇게라도 할 배짱으로 한시가 초조하였다. 담배들을 피우면서 웅얼웅얼 지껄이며 돌밭을 지나 물가에 이르렀을 때에 앞을 섰던 형태가 불시에 주춤하면서 걸음을 멈추고 어둠 속을 노렸다. 한 사람이 초롱불을 앞으로 획 내밀었을 때 물속에서는 철버덩 소리가 나며 싯허연 고래가 한 마리 급스럽게 숲 속으로 뛰어 들어갔다.

어둠 속에서도 유난스럽게 희고 퍼들퍼들한 몸뚱어리였다. 의외의 곳에서 그날 밤의 사냥에 성공하고 마을길을 더듬어 올 때 모두들 웃음에 허리를 꺾을 지경이었다. 도망했다고만 법석을 한 서울집은 좀체 나오기 어려운 기회를 타서 혼자 시냇가에 목물을 나왔던 것이다. 벌써 일 년 전의 일이었으나 그 일이 있은 후로 형태는 서울집의 심중에 적이 안심되어 덮어놓고 의심하지는 않게 되었다. 집안사람들의 출입도 잦지 못한 집 안은 언제든지 고요하고 감감하여서 그 속에 무슨 일이 일어나며 변이 생기는

---

4 자꾸 휘젓고 다니면서 우쭐거리던.

지 알 도리가 없었다. 푸른 살구가 맺혀 그것이 누렇게 익어갈 때면은 마을 사람들은 드레드레 달린 그 개살구를 바라보고 모르는 결에 어금니에 군물을 돌리곤 할 뿐이었다.

가

들에 보리가 익고 살구도 완전히 누런빛을 더하여갔다.

달무리가 있은 이튿날 아침 뒷마을 샘물터는 온통 발끈 뒤집혔다.

당초에 말을 낸 것은 맨 처음 물 이러 온 금녀였고 그의 말을 들은 것이 다음에 온 제천이었다. 제천이는 이어 온 춘실네에게 그것을 귀뜸하고 춘실네는 괘사 옥분에게 전하고 옥분은 히히덕거리며 방앗집 새댁에게 있는 대로 털어버렸다. 간밤의 변사는 순식간에 입에서 입으로 온통 번설煩說[5]되고야 말았다. 뒤를 이어 모여든 한 패는 물을 길어가지고는 냉큼 갈 줄을 모르고 물동이를 차례차례로 샘 전에 놓은 채 어느 때까지나 눈길을 흘끗거리면서 뒤숭숭하게 수군거렸다. 한번 말문이 터지면 좀체 수습하기 어려워서 있는 말 없는 말 주워섬기는 동안에 아침 시중이 늦어지는 줄도 모르고 횡설수설이었다. 새침데기이던 방앗집 새댁도 제법 말주머니여서 뒤에 오는 축들을 붙들고는 꽁무니가 무겁게 어느 때까지나 말질이었다.

5 떠들어 소문을 내는 것.

"세상에 그런 법도 있을까. 집 안이 언제나 감감하길래 수상하다구는 노렸으나—하필 김 서기일 줄야 뉘 알었을구. 환장이지 그럴 수가 있나. 무서워라."

두 동이째 물을 이러 온 금녀는 아직도 우물터가 와글와글 뒤끓는 것을 보고 별안간 무서운 생각이 들었다. 처음으로 말을 낸 경솔을 뉘우쳤으나 그러나 한번 낸 말을 다시 입안으로 거둬들일 수는 없는 노릇이었다. 청을 받는 대로 간밤의 변을 몇 번이고 간에 되풀이하는 수밖에는 없었다. 되풀이하는 동안에 하기는 마음은 대담하여가고 허랑하여졌다.

"아마도 무엇에 홀렸든 게지. 아무리 달이 밝기로서니 아닌 밤에 살구 생각은 왜 나겠수. 살구 도적 간 것이 끔찍한 것을 보게 된 시초니."

금녀가 하필 그 밤에 살구나무집 살구를 노린 것은 형태가 마침 며칠 전에 읍내로 면장 운동을 떠난 눈치를 알아챈 까닭이었다. 개궂은[6] 그가 출타한 이상 집을 엿보기쯤은 어려운 노릇이 아니었다. 논길을 살며시 숨어들어 살구나무에 기어올라 우거진 가지 속에 몸을 감추기는 여반장이었으나 교교하게 밝던 보름달이 공교롭게도 별안간 흐려지면서 누리가 금시에 캄캄하여간 것은 마치 무슨 조화나 붙은 것 같았다. 알고 보니 그날 밤이 월식이어서 그때 마침 온통 어두워진 하늘에서는 검은 개가 붉은 달을 집어먹으려고 노리고 있는 중이었다. 모든 것이 물속에 빠진 듯이나 고요하고 어두운 가운데에서 길을 잃은 듯한 박쥐의 떼가 파닥파닥

6 '짓궂다'의 사투리.

날아들고 뒷산의 부엉이 소리가 다른 때보다 한층 언짢게 들렸다.

멀리서 달을 보고 짖는 개의 소리가 마디마디 자지러지게 흘러왔다. 지척을 분간할 수 없는 나뭇잎 속에서 금녀는 불길한 생각에 몸서리를 치면서 살구 생각도 없어지고 나뭇가지를 바싹붙들었다. 변이라도 일어날 듯한 흉한 밤이었다. 하늘의 개는 붉은 달을 입에 넣고 게웠다 물었다 하다가 드디어 온전히 삼켜버리고야 말았다. 천지는 그대로 몽땅 땅속에 묻혀버린 듯이 새까맣고 답답하여졌다. 부엉이 울음도 개 짖는 소리도 어느 결엔지 그쳐진 감감한 속에서 금녀는 무서운 김에 팔 위에 얼굴을 얹고 차라리 눈을 감아버렸다. 눈을 감으면 한결 귀가 밝아져서 어느 맘 때는 되었는지 이슥한 속에서 문득 웅얼웅얼하는 사람의 속삭임이 들렸다. 정신이 귀로만 쏠릴수록 말소리도 차차 확실해져서 바로 살구나무 아래편 서울집 뒤안에서 들려오는 것인 줄을 알았다. 방 안에는 등불이 켜지지 않았고 나무에 오르자 월식이 시작된 까닭에 당초부터 그 아래에 사람이 있는 줄은 몰랐던 것이다. 비록 얕기는 하여도 굵고 가는 한 쌍의 목소리가 남녀의 목소리임에는 틀림없었다. 여자의 목소리는 서울집의 것이라고 하고 남자의 목소리는 누구의 것일까. 부엌일하는 점순이 외에는 남자의 출입이라고는 큰댁 식구들도 마음대로 못 하게 하는 형편에 아닌 밤에 서울집과 수군거리는 사내는 누구일까 하고 금녀는 무서움도 잊어버리고 이번에는 솟아오르는 호기심에 정신을 바짝 차리고 어둠 속을 노리기는 하나 워낙 어두운데다가 나뭇잎이 우거져서 좀체 분간하기 어려웠다. 무시무시하면서도 한편 온몸이 근실근실하여서 침을 삼키면서 달이 밝아지기를 조릿조릿 기다렸다. 이윽고 하늘개는 먹었던 달덩이를 옳게 삭이지 못하고 불덩어리째로 왈칵 게워버리고야 말았다. 응겼던 구름이 헤어지고 맑은 하늘이 그 사이로 솟기 시작하자 달았던 불덩어리도 어느 결엔지 온전한 보름달로 변하여갔다. 하늘의 변화를 우러러보던 금녀는 어느 결엔지 환히 드러난 제 꼴에 놀라 움츠러들며 나무 아래를 날쎄게 나뭇잎 사이로 굽어보다가 별안간 기급을 할 듯이 외면하여버렸다.

수풀 속에서 배암을 만났을 때의 거동이었다. 뒤안에 내놓은 평상 위에 배암 아닌 남녀의 요염한 꼴을 보았기 때문이었다. 처녀인 금녀로서는 처음 보는 보아서는 안 될 숨은 광경이었다. 그러나 더 놀라운 것은 그 남녀가 서울집과 조합의 김 서기 재수란 것이다. 서울집의 소문은 이러쿵저러쿵 기왕부터 있기는 있어서 이제는 벌써 등하불명으로 모르는 부처님은 남편 형태뿐이라는 소문은 소문이었으나 사내가 재수일 줄야 그 아무도 짐작하지 못한 바이며 그렇기 때문에 금녀의 놀람은 컸다. 너무도 어처구니가 없어 다시 한 번 무시무시 아래를 훔쳐보았으나 속일 수 없는 밝은 달은 사정이 없었다.

금녀는 그것을 발견한 자기 자신이 큰 죄나 진 것도 같아서 몸서리를 치면서 애비 아들의 기구한 인연을 무섭게 여겼다. 그들 둘이 아는 외에는 하늘과 땅만이 알 남녀의 속일을 귀신 아닌 금녀가 엿볼 줄야 어찌 짐작인들 하였으랴. 하기는 그래도 달을 두려워함인지 뒤안이 훤히 밝아지자 남녀는 평상에서 내려와서 방안으로 급스럽게 들어가는 것이었으나 어지러운 그 뒤꼴들을 바라볼 때 금녀는 다시 새삼스럽게 무서워지며 하늘이 벼락을 내린다면 바로 이런 곳이 아닐까 하고 머리끝이 선뜩하여져서 살구 생각도 다 잊어버리고 부리나케 나무를 미끄러져 내려왔다. 논길을 빠져 집까지는 거의 단숨에 달렸다. 밤이 맞도록 잠 한숨 못 이루고 고시랑고시랑 컴컴한 벽을 바라볼 뿐 하늘과 땅만이 아는 속일을 알았다는 두려움이 한결같이 가슴속에 물결쳤다. 그러나 시원한 아침을 맞아 샘물터에서 동무를 만났을 때에는 응겼던 마음도 적이 누그러져 허랑하게 그만 입을 열게 되었다. 하기는 그 끔찍한 괴변은 차라리 같이 알고 있는 것이 속 편한 노릇이지 혼자 가슴속에 담아두기에는 너무도 무서운 것이었다. 그날은 샘터도 별스러이 소란하여서 아침물이 지나고는 조금 뜸하더니 낮쯤 해서 또 한바탕 들끓고야 말았다. 꽤 먼 마을 한끝에서까지 길러 가는 샘이므로 모이는 인물들도 허다한 속에 대개 아침 인물이 한두 사람씩은 끼어 있었다.

"사내가 그른가, 계집이 그른고—하긴 그런 일에 옳고 그른 편이 있겠소만."

"터가 글렀어. 강릉집 때에두 어디 온전히 끝장이 났수. 오대를 나려온다는 그놈의 살구나무가 번번이 일을 치거든."

이렇게 수군거리는 패도 있었다.

"핏줄에서 난 도적이니 누구를 한하겠소만 면장 운동인가 무언가를 떠난 것이 불찰이지. 버젓이 앉아 있는 최 면장을 떼고 그 자리에 대신 들어앉으려니 그런 억지가 어디 있우. 박달나무 덕에 돈 벌고 땅 샀으면 그만이지 면장은 해 무엇한단 말요. 과한 욕심 낸 죄로 하면야 싸지. 군수하고 단짝이라나. 이번 길에도 꿀한 초롱과 버섯 말이나 가지고 간 모양인데 쉬이 군수가 갈린다는 소문이니까 갈리기 전에 한몫 얻으려고 바싹 붙는 모양이야."

"애비보다두 자식이 못나고 불측한 탓이 아니오. 장가든 지 불과 몇 달에 아내를 뚜두드려 쫓더니 그 짓이란 말야. 춘천 가서 웃학교를 칠 년 만에 마친 위인이니 제 구실을 할 수야 있겠소. 조합 서기도 애비 덕에 간신히 얻어 한 것이 아니오."

"자식과 원수 된 것을 알문 형태는 대체 어떻게 할구."

샘물 둔치에는 돌배나무 한 폭이 서 있었다. 돌팔매를 던져 풋배를 와르르 떨어서는 뜻 없이 샘물 속에 집어 던지면서 번설들이었다.

"이 자리에서만 말이지 까딱 더 구설들 맙시다. 형태 귀에 들어갔단 큰일 날 테니."

민망한 끝에 발설을 한 것이 춘실네였다. 그러나 저녁때도 되기 전에 또 점순에게 그것을 귀띔한 것도 춘실네였다.

서울집 부엌데기로 있는 점순은 전날 밤을 집에서 지내고 아침에 일찍이 나가 진종일 집에서만 일한 까닭에 그 괴변을 보지도 듣지도 못하였다. 다시 집으로 갔다가 저녁참을 대고 나올 때에 수수밭 모롱이에서 춘실네를 만나 들으니 초문이었다. 재수는 전에 그에게도 한번 불측한 눈치를 보인 일이 있어서 그의 편성은 웬만큼 짐작은 하는 터였으나 역시 놀라지 않을 수는 없었다. 서울집을 극진히 여기는 점순은 그의 변이 번설되는 것을 민망히는 여겼으나 변이 변인 만큼 가만있을 수도 없어 그 걸음으로 다시 집에 들어가 남편 만손에게 전하고 내친걸음에 거리로 나가 가게 보는 태인에게도 살며시 뛰어[7]주었다. 태인과는 만손 몰래 정을 두고 지내는 사이였다.

태인은 가게에 모이는 사람들에게 한두 마디씩 지껄이게 되고 만손은 그날 저녁 형태네 큰사랑에 마을 가서 모이는 농군들에게 말을 펴놓게 되었다.

이렇게 하여 소문은 하루 동안에 재빠르게도 마을 안에 쫙 퍼지게 되었다. 이제는 벌써 당사자 두 사람과 출타한 형태만이 몰랐지 마을 사람은 모두―형태 큰댁까지도 사랑 농군에게서 들어 알게 되었다. 큰댁은 놀라기는 무척 놀랐으나 제 자식의 처신머리가 노여운 것보다도 서울집의 빗나간 행동이 더 고소하게 생각되었다. 염라대왕에게 서울집 속히 데려가기를 밤낮으로 비는 큰댁은 남편이 돌아와 어떻게 이 일을 조치할까에 모든 생각이 쏠리는 까닭이었다.

나

그날 밤은 열엿샛날 밤이어서 간밤같이 월식도 없고 조금 늦게는 떴으나 달이 밝았다.

샘터 축들은 공연히 마음이 달떠서 달밤을 잠자코 지내기 어려운 속에서 옥분은 드디어 실무죽한[8] 금녀를 충충대서 끌어내고야 말았다. 하룻밤 더 살구나무를 엿보자는 것이었다. 옥분은 금녀보다도 바라지고[9] 앙도라져서 금녀가 모르는 세상을 벌써 재빠

---

7 '따주어'의 사투리, 또는 모르는 사실을 깨달아 알도록 암시를 준다는 의미의 '똥기어'의 사투리.
8 어떤 일을 하는 것이 마음에 썩 내키지 아니한 듯한.
9 나이에 비하여 지나치게 야무지고.

르게 엿본 뒤였다. 오대산에서 강릉으로 우차를 몰아 재목을 실어 나르는 박 도령과는 달에 불과 몇 번밖에는 만날 수 없어서 그가 장날 장거리까지 내려오거나 그렇지 못하면 옥분이 웃마을 월정거리까지 출가 전의 눈을 훔쳐가지고 올라가지 않으면 안 되었다. 그런 때에는 대개 밭에 일하러 간다고 탈하고 근 오 리 길을 걸어 올라가 월정사에서 나오는 길과 신작로가 합하는 곳에서 박 도령을 기다렸다가 조이[10]밭 머리나 개울가에 가서 묵은 회포를 이야기하곤 하였다. 나중에 어떻게 되리라는 계책도 서지 못한 채 다만 박 도령의 인금[11]만을 믿고 늘 두근거리는 마음에 위험한 눈을 훔치곤 하였다. 한 이태 더 모아서 돈백이나 모이거든 강릉에 가서 살자고 번번이 언약을 하고 우차를 몰고 대관령 쪽으로 느릿느릿 걸어가는 뒷모양을 바라볼 때 번번이 가슴이 찌르르하였다. 거듭 만나는 동안에 남녀의 정이라는 것을 폭 안 옥분은 금녀와는 달라서 남녀의 세상에 유달리 마음이 쏠렸다.

금녀와 둘이 뒷마을을 나와 밭길을 들어갔을 때 달은 한창 밝아서 옥수수수염과 피마자 대궁이 빨갛게 달빛에 어리었다. 논뚝에서 기다리고 있는 점순을 만나더니 한패가 되어서 지름길을 들어서 살금살금 살구나무께로 향하였다. 사특한 마음으로가 아니다. 주인 동정을 살펴서 잘 알고 있음이 부리우는 사람으로서 마땅한 일 같아서 점순은 저녁 시중이 끝나자 약조하였던 금녀들을 기다리려 논뚝에 나와 앉았던 것이다.

말 없는 나무는 간밤이나 그 밤이나 같은 태도 같은 표정이었

10 '조'의 사투리.
11 사람의 값어치. 됨됨이.

84

다. 금녀는 같은 나무에 두 번 오르기 마음이 허락지 않아 혼자 나무 아래에서 망을 보기로 하고 점순과 옥분을 올려 보냈다. 집에서는 유성기 소리가 쉴 새 없이 들리더니 판이 끝나도 정신없이 버려두어 판 갈리는 소리가 어느 때까지나 스르럭스르럭 들렸다.

나무 위에서 내려다보이는 집 안의 모양은 그 속에서 일할 때의 모양과는 퍽이나 달라서 점순은 모든 것을 신기한 것으로 굽어보았다. 평상 위에 유성기를 내놓고 금녀의 말과 틀림없이 서울집과 재수 단둘이 앉아 달 밝은 밤이라 월식의 괴변은 없으나 정답게 수군거리고 있는 것도 신기하였으나 열어젖힌 문으로 들여다보이는 방 안의 광경도 그 속에 있을 때와는 다르게 조촐하고 호화롭게만 보였다. 부러운 광경을 정신없이 내려다보는 동안에 점순은 이상하게도 다른 생각은 다 제쳐놓고 서울집 인물에 비겨 재수의 인금은 보잘것없고 그러므로 서울집을 훔친 재수는 호박을 딴 셈이요, 서울집으로서는 아깝다는 그 자리에 당치 않은 생각이 불현듯이 솟기 시작하였다. 언제인지 한번은 경대 위의 금반지를 훔친 일이 있어서 즉시로 발각되어 호되게 야단을 듣고 집을 쫓겨난 일이 있었으나 그런 변을 당하여도 점순은 서울집을 미워는커녕 더욱 어렵게 여기고 높이고 싶었다. 사내가 그에게 반한 듯이 점순도 그에게 반한 셈이었다. 여자로 태어나 마을의 뭇 사내들이 탐내는 그의 곁에서 지내게 되는 것을 다행으로 여겼다. 그러기에 한번 쫓겨나면서도 구구히 빌어 다시 그 자리로 들어간 것이었다. 삼신할머니가 구석구석 잔손질을 해서 묘하게 꾸며 세상에 보낸 것이 바로 서울집이라고 점순은 생각하였다.

손발이 동자같이 작고 살결이 물에 씻긴 차돌같이 희었다. 콧날이 봉긋이 솟은 아래로 작은 입을 열면 새하얀 잇줄이 구슬을 머금은 것같이 은은히 빛났다. 점순이 아무리 틈틈이 경대 속의 분을 훔쳐서 발라도 그의 살결을 본받을 수는 없었다. 검은 살결과 걱실걱실한 체대와 큰 수족을 늘 보이는 것이건만 그에게 보이기가 언제나 부끄러웠다. 열두 번 다시 태어난다고 하더라도 그의 몸맵시를 따를 수는 없을 것 같았다. 뒤안에 물통을 들여다 놓고 그 속에서 목물을 할 때 그 희멀건 등줄기를 밀어주노라면 점순은 그 고운 몸뚱이를 그대로 덥석 안아보고 싶은 충동이 솟곤 하였다. 여름 한때 새끼손가락 손톱에 봉선화 물이나 들이게 되면 누에 같은 손가락 끝에 익은 꽈리알을 띄운 것도 같아서 말할 수 없이 귀여운 감동을 자아내는 것이었다. 그 서울집이 재수 따위의 손안에서 허름하게 놀고 있음을 내려다보노라니 점순은 아까운 생각만 들었다. 즉시로 뛰어 내려가 그 자리를 휘저어놓고도 싶었다. 어느 때까지나 그대로 버려두기 부당한, 속히 한바탕 북새를 일으켜 사이를 갈라놓고 싶은 생각이 불현듯이 솟기 시작하였다. 그대로 살며시 덮어만 둔다면 어느 때까지나 애매한 형태에게까지 알려지지 않을 것이 한 되었다. 재수에게 대한 샘이 아니라 참으로 서울집에 대한 샘이었다.

그러나 점순이 그렇게 오래 걱정하지 않아도 좋은 것은 간밤 이상의 괴변이 금시에 눈 아래 장면 위에 일어난 것이다. 세상에는 기묘한 일이 간간이 생기는 까닭인지 혹은 그 불측한 장면을 오래도록 허락하지 않으려는 뜻인지 참으로 뜻하지 않은 어처구니없는 일이 일어난 것이다. 그렇게라도 되지 않으면 형태에게 그 숨은 곡절은 알릴 길이 없었던 탓일까. 읍내에 갔던 형태가 별 안간 나타난 것이다.

집을 떠난 지 여러 날 되기는 하나 하필 그 밤에 돌아오게 된 것은 귀신이 알린 탓이라고밖에는 생각할 수 없었다. 하기는 어느 날 어느 때 그 자리에 당장 돌아올는지도 모르면서 유하게 정을 통하고 있는 남녀가 어리석은지도 모른다. 정에 빠진 남녀는 어리석어지는 법일까.

다따가[12] 방문에서 불쑥 솟아 뒤안 툇마루에 나선 것이 형태임을 알았을 때 옥분은 기겁을 하고 점순에게로 몸을 쏠렸다. 나뭇가지가 흔들리며 살구가 후둑후둑 떨어졌으나 나무 위로 주의를 보내기에는 뒤안의 형세는 너무도 급박하였다.

평상 위에 서로 기대앉았던 남녀는 화다닥 자세를 바로잡으면서 물결같이 갈라졌다. 그 황급한 거동 앞으로 막아선 형태의 육중한 몸은 마치 꿈속의 무서운 가위 같아서 그 가위에 눌린 것이 별수 없이 두 사람의 꼴이었다. 움츠러들었을 뿐 찍소리도 없는데다가 형태 또한 바위같이 잠자코만 서서 한참 동안 자리는 고요할 뿐이었다. 검은 구름을 첩첩이 품은 채 천둥을 기다리는 무서운 순간이었다.

"대체 누구냐?"

지나쳐 상기된 판에 형태는 말조차 어리석었다. 하기는 재수가 아들임을 일순간 잊어버렸던지도 모른다.

"무엇들을 하고 있어?"

12 난데없이 갑자기.

육중한 체대가 움직였을 때 서울집은 허둥허둥 평상에서 내려서 신을 신었다. 방으로 뛰어 들어가려고 툇마루 앞에 이르렀을 때 말도 없이 형태의 손에 머리쪽을 쥐였다. 새 발의 피였다. 한번 거세게 휘나꾸는 바람에 보잘것없이 폴싹 땅에 쓰러지고 말았다.

형태의 손질을 아는 점순은 아찔하며 그 자리로 기를 눌리고 말았다. 그 밤으로 무슨 변이 일어날지를 헤아릴 수 없는 판에 나무 위에서 유유하게 주인집 변사를 내려다보기가 무서웠다. 한시가 바쁘게 옥분을 붙들어 먼저 내려보내고 뒤이어 미끄러져라 하고 급스럽게 나무를 타고 내려섰다. 뒤안에서는 주고받는 말소리가 차차 똑똑해지고 금시에 큰 북새가 시작될 눈치였다. 간밤의 변괴보다는 확실히 더 놀라운 변고에 혼을 뽑힌 셋은 웬일인지 그 밤의 책임이 자기들에게도 있는 것 같아서 다시 돌아다볼 염도 못 하고 꽁무니가 빠져라 논길을 뛰어나갔다.

이튿날 아침 소문은 도리어 뒷마을에서부터 났다. 새벽쯤 해서 점순이 서울집으로 일을 하러 집을 나왔을 때 길거리에서 춘실네에게 간밤의 소식을 듣게 되었다. 재수는 당장에서 물푸레나무 가지로 물매를 얻어맞아 피를 흘리고 그 자리에 까무러쳐 쓰러진 것을 농군이 업어다가 뒷마을 집에 갖다 눕힌 채 아침까지 정신을 못 차리고 있다는 것이다. 전신이 부풀어 올라서 모습까지 변한 것을 큰댁은 걱정하여 울며불며 일변 약을 지어다가 달인다 푸닥거리 준비를 한다 집안은 야단이라는 것이었다.

궁금해서 두근거리는 마음에 점순은 부리나케 앞마을로 뛰어나가 닫힌 채로의 서울집 대문을 열고 들어섰을 때 집 안은 빈 듯이 고요하였다. 겁이 덜컥 나서 마루에 뛰어올라 의걸이[13] 놓인 방문을 열었을 때 예료豫料[14]대로 놀라운 꼴이었다. 이불을 쓰고 누운 서울집을 벌써 운명이나 하지 않았나 하고 급히 이불을 벗겼을 때 살아 있는 증거로 눈을 뜨기는 하였으나 입에는 수건으로 재갈을 메웠고 볼에는 불에 덴 흔적이 끔찍하였다. 몸을 움짓움짓은 하면서 일어나지 못하는 것은 굵은 바로 수족을 얽어맨 까닭이었다. 바를 풀고 재갈을 빼었을 때 서울집은 소생한 듯이 간신히 일어나 앉았다. 흩어진 머리와 상기된 눈과 어지러운 자태가 중병이나 치르고 일어난 병자 모양이었다. 이지러져 변모된 얼굴을 볼 때 점순은 눈물이 핑 돌았다.

"죄를 졌기로서니 이럴 법이 있나 사람이 아니라 짐승이지."

이를 부드득 가는 서울집의 눈에도 눈물이 그렁그렁 어리었다. 구슬 같은 그 고운 얼굴이 뻘겋게 데어서 살뜰하던 모습은 찾을 수도 없었다.

"사지를 결박하구 입을 틀어막구 인두로 얼굴과 다리를 지지네나그려. 아무리 시골 놈이기루서 그런 악착한 것 본 적이 있나. 제나 내나 사람은 매일반 마음은 다 각각이지 인두를 달군대야 사람의 마음이야 어찌 휘일 수 있겠나. 이런 두메에 애초부터 자청하구 올 사람이 누군가. 산 설구 물 설구 인정조차 다른데, 게다가 허구한 날 집 안에만 갇혀 한 걸음 길 밖에도 못 나가게 하니 전중이[15] 생활인들 게서 더할까. 피 가진 사람으로서 어찌 고향인들 안 그립구 사람인들 안 아쉽겠나. 갇힌 새두 하늘을 그리워

13 의걸이장, 위는 옷을 걸고 아래는 반닫이로 된 장.
14 예측.
15 징역살이하는 사람을 속되게 이르는 말.

할라니 내가 그른지 놈이 악한지 뉘 알랴만 내 이 봉변을 당하구 가만있을 줄 아나. 나 당장에 주재소에 가 고소를 하구 징역을 시키구야 말겠네. 그날이 나두 이곳을 벗는 날이야. 생각할수록 분하구 원통하구!"

입술을 꼬옥 무니 이슬 같은 눈물이 방울방울 솟아 상한 두 볼 위로 흘러내렸다. 점순도 덩달아 눈물이 솟으며 무도한 형태의 행실을 속으로 한없이 노여워하고 미워하였다. 만약 사내라면 그놈을 다구지게 해내[16]고 싶은 생각도 들었고 간밤에 달려들어 말리지도 못하고 변이 일어날 줄을 알면서도 그 자리를 피해 간 비겁한 행동을 그지없이 뉘우치기도 하였다. 반드시 태인과 남편 만손의 사이에 든 자신의 처지를 생각하여서가 아니라 참으로 마음속으로부터 서울집의 처지를 측은히 여겨서였다. 그러나 위로할 말을 몰라 다만 콧물을 들이켜면서 일상 쥐어보고 싶던 서울집의 고운 손을 큰 손아귀에 징그시 쥐어볼 뿐이었다.

다

형태는 부락스러운[17] 고집에 겉으로는 부드러운 낯을 지니나 속으로는 심화가 솟아올라 그 어느 때나 술기에 눈알을 붉게 물들이고는 장거리에서 진종일을 보내곤 하였다. 옆사람들의 수군거리는 눈치와 소문을 유하게 깔아버리고는 배포 유하게 거들거

---

16 혼쭐을 내.
17 우악스러운 또는 만만치 않은.

렸다. 화풀이로 면장 운동에 마음을 돌리는 수밖에는 없어서 술집에서 장 구장을 데리고 궁리와 책동에 해 가는 줄을 몰랐다. 장 구장은 기왕에 구장으로 있다가 최 면장이 들어서자 떨어진 축이어서 형태가 면장을 하게 되면 다시 구장으로 들어앉자는 것이 그의 원이었고 두 사람이 공모하는 뜻도 거기에 있었다.

원래 면장 운동은 가제 시작된 것이 아니라 벌써 오래전부터의 형태의 책모하여오던 바였다. 박달나무로 하여 돈을 벌게 되자 마을에서 상당히 낯이 높아진 것이 그 원을 품게 한 근본 원인이었고 면장이 되면 윗마을과 뒷마을에 있는 소유의 전답에 유리하도록 마을 사람들의 부역을 내서 길과 도랑을 고쳐내겠다는 것이 둘째 희망이었다. 그러나 그보다도 더 절실한 원인은 최 면장에 대한 감정이었으니 전에 역군을 다녔던 형태가 지벌地閥[18]이 얕다고 최 면장에게서 은근히 멸시를 받고 있는 것과 아들 재수가 최 면장의 아들 학구보다 재물이 훨씬 떨어지는 것을 불쾌히 여기는 편협심에서 오는 것이었다. 부전자전으로 자기가 글을 탐탁하게 못 배운 까닭으로 자식도 그렇게 둔재인가 하여 뒤치송을 할 재산은 있는데도 불구하고 재수가 단지 재주가 부실한 탓으로 춘천고등보통학교도 칠 년 만에야 간신히 마치고 나오게 된 것을 형태는 부끄러워하고 한 되게 여겼다. 한편 최 면장의 아들 학구는 재수와 동갑으로 한 해에 보통학교를 마쳤으나 서울 가서 웃학교를 마치고는 전문학교에까지 들어가게 되었다. 선비와 역군의 집안의 차이를 실제로 눈앞에 보는 것 같아서 형태로

18 지체와 문벌.

서는 마음이 괴로웠다. 최 면장은 어려운 가운데에서 자식 하나만을 바라고 그에게 정성을 다 바쳤다. 몇 마지기 안 되는 땅까지 팔아버렸고 그 위에 눈총을 맞아가면서도 면장의 자리를 눅진히 보존해가는 것은 온전히 자식 때문이었다. 학구가 학교를 졸업할 때까지는 아무런 일이 있어도 그 자리를 비벼나갈 생각이었다. 그런 점으로서 형태와는 드러나게 대립이 되어도 하는 수 없는 노릇이었다. 그러나 그뿐이 아니었다. 참으로 무서운 최 면장의 비밀을 형태는 손아귀에 움켜쥐고 있었다. 학비의 보충을 위하여 회계원과 짜고 여러 번째 장부를 고치고 공금에 손을 댄 것이었다. 면장 운동에 뜻을 둔 때부터 형태는 면장의 흠을 모조리 찾아내려고 하던 판에 회계원을 감쪽같이 매수하여 그에게서 공금 횡령의 비밀을 샅샅이 들추어냈던 것이다. 그런 눈치를 알아채었는지 어쨌는지 최 면장은 모든 것을 모르는 채 다만 학구가 학교를 마칠 때까지를 목표로 시침을 떼는 것이었으나 형태는 형태로서 네 속을 다 뽑아 쥐고 있다는 듯한 거만한 배짱으로 모든 수단이 다 틀리면 그 뽑아 쥔 비밀을 마지막 술책으로 쓰리라고 음특하게 벼르고 있었다. 하기는 그는 벌써 최 면장이 좀체 속히 물러앉지 않을 줄을 짐작하고 이번 읍내 길에서도 군수에게 공금의 비밀을 약간 귀띔하고 온 터였다. 군수는 기회를 보아서 내막을 철저히 조사시켜 폭로시킨 후 적당한 조처를 하겠다고 언약하였다. 군수를 그만큼까지 후리기에는 상당히 물재도 들었으니 이번 길만 하여도 꿀과 버섯의 선사뿐이 아니라 실상은 논 한 자리까지 남몰래 팔았던 것이다. 군수의 일상 원이 일등 명기를 앞에 놓고 은주전자 은잔으로 맑은 국화주를 마시는 운치였다. 일등 명기야 형태의 수완으로도 어쩌는 수 없는 것이었으나 은주전자 은잔쯤은 그의 힘으로 족히 자라는 것이어서 이번 기회에 수백 금을 들여 실속 있는 한 쌍을 갖추어준 것이었다.

군수가 사양치 않은 것은 물론이며 그렇게 여러 번째 미끼를 흐뭇이 들여놓고 이제는 다만 속한 결과를 기다리게만 되었다. 평생 원을 풀 수만 있다면 그 모든 미끼의 희생쯤은 그에게는 보잘것없이 허름한 것이었다. 군수의 인품을 믿고 있는 것만큼 조만간 뜻대로의 결과가 올 것이 확실은 하였으나 될 수 있는 대로 그것이 속하였으면 하고 마음은 늘 초조하였다. 더구나 가정의 변이 생긴 후로는 어떠한 희생을 내서라도 기어이 뜻을 이루어야만 세상 사람들의 조롱과 웃음의 몇 분의 하나라도 설치[19]가 될 것이요, 지금까지 애써온 보람도 있을 것이며 맺힌 마음의 짐도 넌지시 풀어 부끄러운 집안의 변괴도 잊어버릴 수 있으리라고 생각되어 더욱 초조하였다. 술집에 자리를 잡고 허구한 날 거나하여서 충혈된 눈을 험상궂게 굴리곤 하였다.

장날 저녁이었다. 형태는 영월네 골방에서 장 구장과 잔을 거듭하다가 마침내 최 면장을 부르러 사람을 보냈다. 주석을 이용하여 마음을 떠보고 싸움을 거는 것이 요사이의 형세여서 장날과 평일도 헤아리지 않았다. 실상은 요사이 장 구장을 통하여 혹은 직접으로 그의 비밀을 한두 사람씩에게 차차 전포시키는 중이었다. 민심을 소란케 하여 그를 배반하게 하자는 생각이었다.

최 면장은 굳이 안 올 리가 없었으며 불과 두어 번 잔이 돌았을 때 형태는 차차 말을 풀어내기 시작하였다.

"정사에 얼마나 골몰한가. 덕택에 난 이렇게 술 잘 먹구 돈 잘 쓰구 태평하게 지내네만……."

돈 잘 쓴다는 말과 은근히 관련시키려는 듯이

"학구 공부 잘하나. 들으니 한다 하는 사상가라지. 최씨 집안에야 인물이구말구. 그러나 쓸데없는 걱정 같지만 주의니 무어니 할 때 단단히 단속하지 않으면 까딱하다 큰일 나리. 푸른 시절에는 물들기두 쉽구 저지르기두 쉬운 법이요, 더구나 이게 무서운 시절 아닌가. 어련하겠나만 사귀는 동무 주의하라고 신신당부해 두게."

비꼬는 말인지 동정하는 말인지 속뜻을 알 수 없어 최 면장은 대답할 바를 몰랐다. 장 구장과의 틈에 끼어 얼뺑뺑할 뿐이었다.

"다 아는 형편에 뒤치송하기 얼마나 어렵겠소만 면장, 이건 귓속말인데 사정두 딱하게는 되었소."

은근한 말눈치에 어안이 벙벙하여 있을 때 장 구장은 입을 가까이 가져오며 짜장 귓속말로 무서운 것을 지껄였다.

"미안한 말 같지만 사직을 하려거든 지금이 차라리 적당한 시기인가 하오. 더 끌다가는 큰 봉변할 것 같으니 말이오."

면장은 뜨끔도 하였거니와 별안간 홍두깨같이 불쑥 내미는 불쾌한 말투에 관자놀이에 피가 바짝 솟아오르며 몸이 화끈 달았다.

"무슨 소리요?"

단 한마디 짧게 퉁명스럽게 나갔다.

"노여워할 것이 아닌 것이 지금은 벌써 공연의 비밀이 되었소. 거리의 사람뿐이 아니라 멀리 읍내에까지두 알려져서 면내에서 모모하는 사람들 사이에는 공론이 자자한 판이오."

"대체 무슨 소리란 말요?"

면장은 모르는 결에 얼굴이 불끈 달며 어성이 높아졌다. 구장은 반대로 이번에는 목소리는 낮추었으나 그러나 다음 마디는 천 근의 무게가 있는 것이었다.

"아마도 윤 회계원의 입에서 말이 난 모양이오. 세상에서 누굴 믿겠소."

붉어졌던 면장의 낯은 금시에 새파랗게 질리며 입이 굳어지고 말문이 막혔다. 형태와 구장은 듬짓이 침묵하고 던진 말의 효과를 가늠 보고 있는 듯이 눈길을 아래로 향하였다. 불쾌한 침묵이었으나 그러나 면장은 즉시 침착을 회복하고 낯빛을 바로잡을 수 있었다. 설레지 않는 그의 어조는 막혔던 방 안의 공기를 다시 풀어버렸다.

"그만하면 말뜻을 알겠네만 과히 염려들 할 것은 없네. 일이라는 것이 나구 보아야 옳고 그른 것을 시비할 수 있는 것이지 부질없이 소문에 사로잡힐 것은 아니야. 난 나로서 충분히 내 각오가 있으니 염려들은 말게."

밉살스러우리만치 침착한 어조는 도리어 반감을 돋웠다. 형태의 말 속에는 확실히 은근한 뼈가 숨어 있었다.

"각오라니 무슨 각온지는 모르겠으나 일이 크게 되문 낭패가 아닌가. 들으니 읍에서는 군수두 쉬이 출장 와서 조사를 하리라는 소문인데 그렇게 되문 무슨 욕이 돌아올지 헤아릴 수나 있나. 일이 터지기 전에 취할 적당한 방책두 있지 않을까 해서 일르는 말이 아닌가."

마디마디 꼭꼭 박아대는 말에 면장은 화가 버럭 나서 드디어 고성대갈 호통을 하였다.

"일르는 말이구 무엇이구 다 그만둬. 그 속 다 알고 그 흉계 뉘 모르리. 군수를 끼구 책동하는 줄두 다 안다. 내야 어떻게 되든 어디 할 대루 해봐라."

"무엇을 믿구 큰소린구. 해보구말구 나중에 뉘우치지나 말게."

벌써 피차에 감출 것이 없어 속뜻과 싸움은 노골적으로 드러나게 되었다.

"뉘우칠 것두 없구 겁날 것두 없다. 무슨 술책을 써서든지 뺏을 대루 뺏어봐라."

면장은 붉은 낯에 입술은 푸르면서 육신이 부르르 떨렸다.

"이 사람 어둡기두 하다. 일이 벌써 어떻게 된 줄두 모르구 큰소리만 탕탕 하니."

"고얀 것들, 이러자구 사람을 불러냈어, 같지 않은 것들."

차려진 술잔을 밀쳐버리고 면장은 성큼 자리를 일어섰다. 형태의 유들유들한 웃음소리가 터지자 참을 수 없는 노염에 술상을 발로 차버리고 문밖으로 뛰어나갔다. 통쾌하다는 듯이, 계획은 거의 다 성사되었다는 듯이 형태는 눈초리를 질몃이 주름 잡고 구장을 바라보면서 한바탕 데설웃음[20]을 쳤다.

면장 운동에는 차차 성공하여가는 형태지만 속은 늘 심화가 나고 지뿌둥하여서 변괴가 있은 후로는 아직 한 번도 서울집에는 들어가지 않고 큰집이 아니면 거리에서 밤을 지내오는 것이

---

20 시원치 않게 웃는 웃음.

었다. 은근히 기뻐하는 것은 큰댁이어서 아들이 앓아누운 것을 보면 뼈가 아프기는 하였으나 그러나 그것을 한 기회 삼아 한편 남편의 마음을 돌리기에 애쓰고 밖에 나가서는 일방 앓아누운 서울집에 치성을 드리기가 날마다의 행사였다. 속히 일어나라는 치성이 아니라 그대로 살며시 가버리라는 치성이었다. 밤이 어둑어둑만 해지면 남편 몰래 새옹[21]에 메[22]를 짓고 맑은 물을 떠가지고는 뒷동산 고목나무 아래나 성황 숲이나 개울가에 나가서 염라대왕에게 손을 모으고 비는 것이었다. 산귀신 물귀신 불귀신 귀신의 이름을 모조리 외우며 치마 틈에 만들어 넣었던 손각시를 불에도 사르고 물에도 띄우고 땅에 묻고 하여 은근히 서울집의 앞길을 저주하였다. 원래 강릉집 때부터 치성을 즐겨 하여 강릉집이 기어코 실족이 된 것은 온전히 치성 덕이라고 생각하였다. 서울집이 오면서부터는 더욱 심하여서 어떤 때에는 오십 리나 되는 오대산에 가서 고산 치성도 드렸고 내려오던 길에 월정사에 들러 연꽃 치성도 드렸다. 이번의 서울집의 변괴도 재수의 허물로는 돌리지 않고 치성 덕으로 서울집에게로 내려진 천벌이라고 생각하였다. 내친걸음에 서울집을 영영 없애달라는 것이 치성할 때마다의 절실한 원이었다. 형태로서는 치성은 질색이어서 큰댁의 우매한 꼴을 볼 때마다 한바탕 북새를 일으키고야 말았다.

재수가 자리에서 일어나자 하루아침 가만히 도망을 간 것은 여름도 한창 짙었을 때 형태의 심중이 가지가지 일에 무덥게 지글지글 끓어오를 때였다. 한편 걱정되지 않는 바도 아니었으나

---

21 놋쇠로 만든 작은 솥.
22 제사상에 놓는 밥.

차라리 한시름 놓은 것 같아서 시원도 했다. 신통치도 못한 조합 서기쯤 그만두고 멀리 가버림이 마을 사람들의 기억에서도 사라질 것이요, 차차 죄를 벗는 길도 될 것으로 생각되어서 차라리 한시름 놓은 것 같았다. 다만 걱정되는 것은 불미한 생각을 일으키고 그 어느 구석에 가서 자진이나 하지 않았을까 하는 것이었다. 그날 아침 집 안은 요란하게 설레고 마을을 아래위로 훑으면서 헤매었다. 주재소에 수색원까지 내고 들끓었으나 그러나 그렇게까지 걱정할 것이 없는 것은 실상은 재수의 도망은 큰댁의 지시요, 계책이었던 것이다. 그날 새벽 장에 나가 치성을 마친 큰댁은 아들을 속사리재 아래까지 불러내다 등대하고 있다가 강릉서 넘어오는 첫 자동차에 태워서 앞대로 내보낸 것이었다. 거리에서 차를 타면 들킬 것을 염려하여 오 리 길이나 미리 나와 섰던 것이다. 전대 속에 알뜰히 모아두었던 근 백여 소수[23]의 돈을 전대째로 아들에게 주면서 마을에서 소문이 사라질 때까지 어디든지 앞대로 나가 구경 겸 어느 때까지든지 바람을 쏘이라는 당부를 거듭하면서 운전수가 재촉의 고동을 몇 번이나 울릴 때까지 차전을 붙들고 서서 눈물겨운 목소리로 작별을 서러워하였다. 그러나 물론 집에 돌아와서는 그런 눈치는 까딱 보이지 않으며 집안사람에게 휩쓸려 도리어 아들의 간 곳을 걱정하는 모양을 보였다.

재수의 처치가 제물에 된 후로 파였던 형태의 마음 한구석이 파묻힌 것은 사실이었으나 그렇게 되면 서울집의 존재가 머릿속에 더한층 똑똑하게 떠올랐다. 그러나 그대로 어느 때까지 버

23 몇 냥, 몇 말, 몇 달에 조금 넘음을 나타내는 말.

려두는 수밖에 별다른 처리의 방책은 없었다. 한번 흠이 든 것이니 시원히 버려볼까도 생각하였으나 도저히 할 수 없는 노릇임을 깨달았다. 속사리 버덩의 일곱 마지기를 팔아버린 것이 아까워서가 아니라 아무리 흠이 들었다고는 하더라도 아직도 그에게로 쏠리는 정을 끊어버릴 수는 없었다. 정이란 마치 허크러진 실뭉치 같아서 한쪽을 끊어도 다른 쪽이 매이고 끊은 줄 알았던 줄이 다시 걸리고 하여서 하루아침에 칼로 베인 듯이 시원히 끊어버릴 수는 없는 노릇이었다. 포악스럽게는 굴었어도 아직도 서울집에 대한 정은 줄줄이 허크러져 그의 마음 갈피에 주체스럽게 걸리고 감기는 것이었다. 그 위에 세월이라는 것은 무서워서 처음에는 살인이라도 날 것 같던 것이 차차 분이 사라졌고, 봉욕에 치가 떨리고 몸이 화끈 달던 것이 지금은 그것도 차차 식어가서 그대로 가면 가을에 찬바람이 나돌 때까지에는 분도 풀리고 마음도 제대로 가라앉을 것 같았고 일이 뜻대로 되어 면장으로나 들어앉게 되면 무서운 상처는 완전히 사라질 듯도 하였다. 다만 서울집의 마음이 자기의 마음같이 가라앉고 회복될까 하는 것이 의심이었다. 한때의 실책이었던지 그렇지 않으면 정이 벌어졌던 탓인지 그의 마음을 좀체 들여다볼 수는 없었다. 늘 밖을 그리워하는 눈치를 보아서는 마음속이 심상치는 않은 것도 같았기 때문이다. 집에 누운 채 얼굴과 다리의 상처에는 약국에서 가져온 고약을 바르고 일변 보약을 달여 먹도록 시키기만 하고 형태는 아직 한 번도 들여다보지는 않았으나 서울집에 대한 의혹이 생길 때에는 불현듯이 정이 불꽃같이 타오르며 그를 만나고 싶은 생각이 유연히 솟아올랐다. 그럴 때에는 면장 운동보다도 오히려

더 큰 열정이 그를 송두리째 사로잡으며 서울집을 잃는다면 그
까짓 면장은 얻어 해 무엇하노 하는 생각조차 들었다.

— 〈조광〉, 1937. 10.

거리의 목가

1

"몇 점이요."

"스물다섯."

"요번에야─."

힘 맺힌 장대 끝에서 튀어난 골프알은 쏜살같이 둔덕을 넘어서 오목한 솥 안에 뛰어들기는 하였으나 지나친 탄력으로 하여 볼 동안에 다시 솥을 튀어나와 언덕 아래로 굴러 떨어지고 말았다.

"두 점 하니─스물일곱."

골프알이 코스의 테두리를 벗어났음으로 말미암아 두 점을 더한 것이다.

명호는 거듭되는 실수에 혀를 차고 알을 다시 집어다가 제자리에 놓고 손수건을 내서 이마의 땀을 씻는다. 부드러운 미소 속에 떠오르는 지친 빛을 볼 때 영옥은 너무도 오래 끌어가는 그의 실수에 민망한 생각조차 들었다.

베이비 골프는 역시 마지막 코스가 제일 지루해서 단 두 사람만의 결전이면서도 벌써 한 시간을 훨씬 넘었다. 코스는 쉬운 데서부터 점차 까다로워져서 열째 코스가 가장 난관이었다. 당초부터 명호에게 유리하던 승산이 별안간 뒤집혀진 것은 참으로 이 열째 코스에서였다. 그렇다고 영옥의 재주가 더 익숙한 것은 아니었으니 그는 명호에게 끌려오자 오늘이 처음이었다. 온전히 그 순간순간의 손의 수요 재치여서 처음인 영옥이면서도 익숙한 명호와 거의 같은 점수로 진행되어온 것이 마지막 코스에 들어와서는 도리어 그보다 한 수 앞서 의외의 승패의 결단을 짓게 된 것이었다. 한번 이지러지기 시작한 명호의 수는 빗나가게만 되어 실수를 거듭하는 동안에 좀체 바른 호흡을 찾기 어렵게 되었다. 솥 안 구멍 속에 빠져버려야 할 골프알은 번번이 솥을 튀어나와 언덕을 굴러 내려왔다. 알은 알로서 손은 손으로서 피차에 고집을 피우는 셈이었다. 그 코스 나기를 기다리노라고 울레줄레 옆에 와 선 다른 패들 속에서 명호는 겸연한 표정을 지니고 알을 노리며 장대를 흔들었다.

거의 십분이나 더 지나 스무 점 이상을 거듭하고서야 겨우 판은 끝났다. 지루하던 판에 알이 솥 안으로 굴러 사라졌을 때 영옥은 모르는 결에 박수를 하였다. 명호는 겸연한 낯에 빙그레 웃으며 오래된 그 자리를 떠나가 경기에 열중하고 있는 사람들 사이를 헤치고 코스 밖 벤치 있는 곳으로 걸었다. 저고리를 벗고 땀을 들이는 동안 영옥도 벤치에 걸어앉아 허공을 스쳐 오는 바람을 맞았다. 그곳은 백화점의 오층 위 옥상 정원이어서 도회의 상층을 흐르는 바람이 난간의 기슭을 스치고는 나무 아래로 흘러들었다. 먼 하늘에 거뿐하게 떠 있는 신문사의 경기구도 시원하게 보인다. 다섯 층 아래 거리가 불에 얹은 냄비 속같이 무덥고 답답한데 비겨 그곳은 다섯 층만큼 하늘에 가까운 천국인 셈이었다. 시원하고 즐겁고 한가들 하였다.

"졌소이다."

쪽지에 적힌 점수를 속으로 계산하고 나서 명호는 반드시 실망의 어조가 아니요 차라리 명랑하고 유쾌한 목소리로 영옥을 바라보았다.

"그것도 오십 점이나."

"부러 져주셨지요."

영옥은 미안한 어조였다.

"그럴 리 있나요. 승부라는 것은 언제든지 본능적으로 최선의 노력을 요구하는 것입니다."

"우연히 이긴 게지요."

"첫솜씨로는 대단히 훌륭하셨습니다—목적하시는 음악의 길도 그렇게 수월하게 성공하시기 바랍니다."

"예술에도 우연이라는 것이 있을까요. 골프와 음악과—꼬을로 통하는 길은 일반일까요. 장구한 세월의 기초의 노력이 없이 무엇이 되겠어요."

"음악의 길도 천차만층이겠지만 유행가수의 길쯤이야 골프의 요령과 다를 게 없겠지요."

"그럴까요."

영옥의 목표는 손쉬운 유행가수로서의 성공에 있었다. 미국 출신의 고명한 성악가인 명호의 말을 영옥은 믿고 싶었다.

유행가수의 길쯤이야 골프의 요령과 다를 게 없다고.

"골프에 이긴 듯이 재치 있고 묘리 있게 목표만 향하고 나가시오."

지도는 얼마든지 아끼지 않겠다는 뜻이 말 속에 은연중 포함되어 있는 듯하여서 영옥은 기쁘면서도 한편 그를 알게 된 당초부터 느껴오는 일종의 무거운 감정을 억제할 수는 없었다. 무슨 까닭에 그는 그만큼의 지위로서 초면의 영옥의 지도를 그렇게 선선하게 맡았던가 하는 의문에서 오는 감정이었다. 그만한 호의와 친절에 값갈 만한 무슨 턱과 소질이 자기에게 있는가 하고 영옥은 생각한 까닭이었다.

"어떻든 유쾌한 승패였소이다."

명호는 하루의 행락을 마음으로 유쾌히 여기는 듯이 옷소매에 팔을 넣으면서 자리를 일어섰다. 영옥도 자태를 수습하고 약간 피곤한 걸음으로 뒤를 따랐다. 골프의 행락은 그것으로서 끝났으나 그날의 행사는 결코 그것으로 끝난 것이 아니었다. 골프의 승패의 결과는 파를 끌어서 스스로 다음의 행동을 작정하였다.

"진 때에는 진 만큼의 턱이 있는 법이지요."

명호의 거의 선언에 가까운 말이 들렸을 때에 두 사람은 마침 층계를 걸어 내려와 삼층 어귀에 서 있었다. 그 한구석에는 악기부가 있었다.

"드려야 할 선물이 있는데―."

악기부에 가서 별로 오래 따질 것도 없이 점원에게 분부하여 고급품 포터블 축음기 한 대를 골라서 고이 싸도록 이를 때까지 영옥은 다만 얼뻥뻥하여서 그의 거동을 눈부시게 바라볼 뿐이었다.

"숙소가 어디신가요."

점원이 별안간 묻는 바람에 영옥은 하는 수 없이 쪽지 위에 숙소를 적지 않을 수 없었다. 물건을 배달해주자는 뜻이었다. 집이 초라해서뿐만 아니라 여러 가지 의미로 아무에게도 알리지 않았던 숙소를 공교로운 서슬에 그 자리에서 그만 명호에게 알리게 된 것을 속으로 괴롭게 여겼다.

"성악 공부에는 역시 손쉬운 것으로 축음기가 필요하니까요."

필요한 줄은 처음부터 알고 있었고 속으로 은근히 원하고도 있기는 있었으나 그렇게 수월하게 생길 줄은 짐작하지는 못하였다. 너무도 과분의 선물을 미안히 여기노라니 문득 골프에서부터 시작된 오늘의 출발이 결국 이 결과를 위한 그의 성산이 아니었던가 하고도 생각되었다. 그러나 벌써 그 과당한 선물을 받을까 말까 망설일 여유조차 없었다. 점원과의 매매의 교섭은 간단하게도 끝난 뒤였다.

그길로 지하층 식당에 내려가 다시 오찬의 대접을 받게 되었을 때까지 영옥의 마음속은 그날의 반성으로 채워졌다. 어차피 속세에 출마하여 적으나마 목표의 야심을 가진 이상 홀로 고결하고 상망하게만 굴 수는 없는 노릇이요, 때로는 텁텁하게 휩쓸리기도 하고 웬만한 정도의 타협이라면 용납해 들이자고 일종의 속세의 철학으로 배짱을 작정은 한 바였으나 그러나 오늘의 선물은 아무리 해도 과분하고 부당한 것으로밖에는 생각되지 않았다. 현재의 자기의 형편을 가늠 본 것이라면 오히려 견딜 수 있는 것이나 마음속까지 뽑히운 것이라면 부끄럽고 괴로운 노릇이라고 생각되었다.

서울 올라온 것부터가 불과 달포였다. 한번 접질린 생애를 가지고 새삼스럽게 새 출발을 하기에는 고향이 좁다고 생각한 까닭에 평양을 등지게 된 것이었다. 기구한 생애는 결혼에서 시작되었다. 딸의 뜻을 휘어서 어머니는 어떤 성심 아래에서 결혼을 강제하였으나 그 어머니조차도 결코 행복되지 못한 것은 결혼한 지석 달 만에 남편이 우연히 세상을 떠났음이다. 결혼 석 달—이라는 것은 죽도 아니고 밥도 아니어서 어느 모로 보든지 불행만을 의미하는 것이다. 남편 거만의 재산에는 손가락 하나 댈 것 없이 영옥은 한 몸을 희생만 당한 채, 그러나 개운한 마음으로 친가로 돌아와 버렸다. 어머니는 못마땅하나마 이제는 더 딸의 마음을 휘일 수 없었다. 희생을 당하였을지언정 영옥에게는 차라리 생애의 한 기회가 되었다. 본격적인 음악의 길은 철 늦은 이제 감히 엄두를 못 낸다 하더라도 백 걸음을 사양하여 고른 유행가수의 길—그것이 그의 오래전부터 희망하여오던 길이었다. 그만의 희망의 길이 아니라 어머니의 행복의 길도 의미하였으니 성공의 날, 그는 그것으로서 어머니를 봉양하려고 생각하였다. 몇 달 동안을 망설이다가 굳은 결심을 하고 드디어 낯설은 곳에 배수의 진을 치게된 것이다. 신문사의 동무 애란을 의지하고 올라온 것이었으나 결국은 외로운 가시길이었다. 애란의 소개로 음악비평가 민수를 알고 민수의 인도로 성악가 명호를 사귀게 되었다. 명호의 지도로 새삼스럽게 성악의 기본 지식인 호흡법, 발성법, 시창법을 연습해온 지 몇 주일이 되었다. 명호는 믿음직하고 성실한 지도자였다. 그의 말은 별반 거역할 것이 없었으나 오늘의 선물만은 아무리 생각해도 과만하였던 것이다—.

정식의 긴 코스 동안 영옥은 더 많이 침묵을 지키게 되었다.

과실을 먹고 차를 마실 때에 난데없는 한패가 별안간 등 뒤로부터 몰려 들어와서 영옥을 놀라게 하였다. 민수와 낯모를 남녀와의 세 사람이었다. 명호와 단둘만의 그 자리를 민수에게 보인 것이 그다지 유쾌한 일은 못 되었다. 민수는 위인이 데설데설하고 시원스럽기는 하였으나 그 반면에 경한 데가 있어서 애란이 처음에 소개할 때에도 특별히 주의하라고 은근히 귀띔하여준 인물이었다. 첫째 그의 굵은 알의 누런 안경이 비위에 거슬렸고 터놓고 선전하는 그의 독신주의라는 것이 수상하였다.

"소개를 할까요."

바로 옆 식탁에 자리를 잡고 나서 민수는 영옥의 편을 보았다.

"방송국 문예부의 남구 씨. 강남회사 전속 가수 박인실 씨."

남녀를 소개한 후 영옥을 마저 그편에 소개하였다. 이가 바로 그들인가 하고 영옥은 전부터 소개하겠다고 벼르던 남구와 인실을 찬찬히 바라보면서 인사의 고개를 숙였다. 이들이 모두 그 방면의 유명한 사람들이며 앞으로 기어이 길을 같이하지 않으면 안 될 인물들임을 깨닫고 영옥은 일종의 감회와 흥분을 느꼈다.

"이름은 익히 듣고 있었습니다."

마치 구면인 듯이 남구는 말을 걸었다.

"명호 씨의 지도 아래서 공부하시니 어련하실까요."

"농담은 쉬엄쉬엄 하십시다."

영옥을 대신해서 명호가 한마디 갚았다.

"대단히 사무적이어서 미안합니다만 인사드리자 곧 부탁이 있는데요—."

남구가 말을 내자 민수가 꾀바르게 그 앞을 채었다.

"실상 내가 먼저 말씀 전하려고 하던 것인데 알맞은 기회가 없어서.—오는 달쯤에 신인의 밤의 방송을 연다는 것입니다."

뒤를 이어 남구가 자세히 설명하였다.

"—일종의 앙데팡당[1]이어서 말하자면 방송의 기회 없는 신인들에게 한 기회를 던져서 출세의 길을 주자는 것입니다. 성악이나 기악이나 각각 장기를 가지고 모여 재주껏 해서 세상 사람의 판단을 받자는 것이지요. 실력의 인정을 받으면 라디오의 가수로 출세할 수도 있겠고 혹은 레코드 회사에 채용될 수도 있겠고 특별히 전선 중계여서 방송국으로서는 대단한 용단이고 신인들에게는 둘 없는 기회라고 생각합니다. 영옥 씨께서도 한몫 끼어주신다면 국으로서는 영광이겠다고 민수 씨와 의논했던 터인데 의향이 어떠실는지요."

미처 생각의 여유도 주지 않고 민수가 뒤를 받았다.

"외람한 것 같으나 의향 여부가 없을 것 같습니다. 예술의 세상에는 실력을 충분히 가졌다고 하더라도 항상 기회라는 것이 중요하여서 알맞은 기회를 놓치면 세상에 나설 시기를 영영 잃어버리는 수조차 있는 것이니까요. 이번 기회 같은 것은 응당 붙

---

1 프랑스에서 아카데미즘에 반대하는 화가들에 의해 1844년부터 개최되어온, 심사도 시상도 없는 미술 전람회.

들어야 할 것인데 주저 여부가 있습니까."

신인의 밤! 너무도 현란한 미끼요 유혹이었다. 영옥은 전신이 상기되어서 다만 얼떨떨할 뿐이었다. 사실 그것을 놓치고는 다른 기회가 그다지 흔할 것 같지도 않았다. 꿀같이 단 말은 기쁨과 함께 초조를 가져왔다.

"그러나 실력이 있어야지요."

하면서 명호를 바라보는 수밖에는 없었다.

"겸손의 말씀이겠지요."

민수는 어디까지든지 우겨든다.

"충분히 연습을 해서 나가보시는 것도 한 수겠지요."

명호의 한마디가 영옥에게는 묵직한 선언같이 믿음직하게 들렸다. 다만 얼굴을 붉히고 고개를 숙이고 그 말이 주는 흥분을 삭이고 있었다.

"승낙하였지요.―크게 기대하고 있겠습니다."

남구는 중대한 교섭이나 마친 듯이 대견한 표정을 띠었다.

"죄 없는 유행가수만 늘어간다. 그렇지 않아도 수가 많아서 먹고살기 어려운데 레코드쟁이 음악가 나부랭이가 제멋대로 자꾸 맨들어 내노니 어떻게 살아가란 말인고. 팔자 없는 유행가수가 되었더니 꼴사나워 살 수 있나."

인실의 암팡진 하소연이 좌중을 보기 좋게 휘젓고 찔렀다. 이선진의 무례한 말씨를 영옥은 딴은 그럴 법도 하다고 생각하고 그 게정[2]꾼의 얼굴을 찬찬히 바라보았다. 예측하지 않았던 다른

---

2 불평을 품고 떠드는 말과 행동.

한 폭의 현실이 별안간 눈앞을 가리우게 되면서 영옥에게는 그 것이 또한 반성의 재료가 되는 것이었다.

좌석이 식어진 것을 기회로 명호가 자리를 일어서자 영옥도 따라서 일어났다. 문간에까지 이르렀을 때 민수가 와서 긴한 듯 이 영옥에게 은근히 귀뜀하였다.

"신인의 밤이 있기 전에 늘 말하던 윤주 강남레코드회사 문예 부장을 만나두는 것이 유리할 것 같으니 그쯤 생각하고 기회를 엿보아두시오. 이건 한마디 충고요."

영옥은 황망한 마음에 영문을 모르고 우두커니 듣고만 있었다.

2

명호와 헤어진 후 저녁때는 되어서 숙소에 돌아왔을 때에 영 옥은 말할 수 없는 피곤을 느꼈다. 몸도 피곤하였거니와 마음도 무척 피곤하였다.

노파가 반갑게 말을 걸며 배달된 짐을 내보였다. 명호의 선물 축음기였다.

축음기―신인의 밤―유행가수와의 회견―그날의 자극은 너 무도 컸다. 마음이 갈피갈피 복잡하고 흥분되고 산란하였다.

어차피 돌릴 수 없는 선물이니 하고 풀어서 간직하였던 몇 장 의 레코드를 걸었다. 일상 좋아하는 샌티스테반의 〈뱃노래〉의 멜 로디가 고요하게 흘렀다. 이어 오펜바흐의 〈아름다운 밤〉과 슈베 르트의 〈세레나데〉를 듣고 있는 동안에 설레던 마음도 차차 가라

않았다. 그러나 그 대신 고요한 가운데서 외로운 정회가 불현듯이 솟아올랐다. 화려하고 복잡하던 하루의 생활은 간곳없고 쓸쓸한 그림자만이 마음속에 어리어서 서글픈 심회가 가슴을 씹었다.

영옥은 거의 바른 정신없이 자리를 차고 일어나서 갈아입지도 않은 그 옷 그대로 집을 뛰어나와 다시 거리로 발을 돌렸다.

"있을까."

마음이 적적할 때마다 그는 순도를 생각하는 것이었다.

그 고집쟁이 순도에게로 그같이 마음이 쏠리는 까닭을 알 수 없었다. 한 간 방구석에서 소설가가 되겠다고 밤이나 낮이나 들어 엎드려 궁싯거리는 양은 유행가수가 되려고 애쓰는 자기 자신의 꼴보다도 몇 곱절 초라한 것이었다. 그러면서도 마음은 높고 교만하여서 그 무서운 고집과 자신은 휠래야 휠 수 없었다. 웬일인지 그 고집이 영옥의 마음을 끌었다. 고향이 같은 탓보다도 그리울 것 없는 고향의 가정을 배반하고 떠나 무엇을 즐겨 하필 소설가가 되겠다고 객지의 가난한 방구석에서 고생하고 있는 그 꼴이 알 수 없이 마음을 울렸다. 한 고향 같은 객지라고 영옥은 그를 적지 아니 믿었으나 영옥의 목적에 대하여서는 처음부터 반대여서 그를 거들떠볼 염도 하지 않았다. 그러나 그러면 그럴수록 영옥의 마음은 더한층 간절히 그에게로 기울어졌다.

어두운 방 속에서 부엉이같이 눈만 빛내고 책상을 노리고 있던 순도는 영옥의 목소리를 듣고도 들어오란 말도 없이 됩더 주섬주섬 옷을 입더니 밖으로 나왔다. 어색한 침묵을 지킨 채 두 사람은 골목을 나와 가까운 공원으로 들어갔다. 그것이 늘 하는 그의 버릇이었다.

"마음이 울적해서 정신없이 찾아왔어요."

연못가 벤치에 이르렀을 때에 영옥은 처음으로 입을 열었다.

"유행가수는 되어서 무엇한단 말요."

생판 딴소리로 순도는 우겨대기 시작하였다. 영옥은 어이가 없었다.

"실례의 말이 아니에요."

"허영같이 해로운 것은 없소. 뭇 사내들과 얼려서 무시로 거리를 돌아다니는 꼴처럼 보기 사나운 것이 또 어디 있소."

"반드시 허영일까요."

영옥은 설명의 도리가 없어서 안타까웠다.

"장차 그것을 수단으로 먹고살아야만 한다면 어떻게 하나요."

"공장으로 들어가시오."

모진 한마디가 영옥의 마음을 후려치는 듯도 하였다. 영옥은 가슴이 무거워서 한참이나 할 말을 몰랐다.

"말이 과했는지는 모르나―생활수단으로 가수의 길을 골랐다면 아예 길을 잘못 들었소."

"잇속 없는 소설가 되려는 것이나 가수가 되려는 것이나 무엇이 다르단 말예요."

영옥은 겨우 반박의 말을 찾았다.

"소설과 유행가를 같이 본다면 더 할 말이 없소."

"가수 되려는 것을 허영이라고 하시면 실리지도 못하는 소설을 쓰노라고 허구한 날 궁싯거리는 것은 대체 무언가요."

순도는 벤치를 일어나서 연못가로 한 걸음 나섰다.

"하기는 피차에 그 무엇에 홀리었나 부오. 마치 귀신에게나 홀리우듯이."

연못에 던진 돌이 풍덩하고 파문을 일으키자 고기떼가 물 위에 솟아올랐다. 우거진 나뭇가지에서는 새가 날았다.

"유행가에는 가까운 기회나 있지요."

영옥도 따라 일어서서 못가로 해서 순도의 뒤를 따랐다.

"─실상은 거기 대해서 조금 이야기드리려고 했는데요."

나무 그늘 속으로 사라지는 순도의 꽁무니를 영옥은 바싹 쫓았다.

"라디오의 신인의 밤이 있다는데 어떻게 했으면 좋을까 했어요."

"내가 아우. 고명한 선생들이 많은데 거기 좀 대로 하지."

뿌루퉁한 그 꼴이 반드시 즐겁게만 생각되지 않는 것은 순도의 그 말이 영옥을 위한 질투에서 나오는 말이 아니라 참으로 무관심하고 냉정한 태도에서 나온 것인 까닭이었다.

"그렇게 쌀쌀만 하시니 한 고향의 우정이라는 것도 없나요."

"예술에 우정이 무슨 아랑곳이오. 예술의 길은 피차에 다 제만의 외롭고 쓸쓸한 길인데."

"그렇다고는 해도 한마디의 충고라는 것도 없어요."

"소설이 유행가에게다 무슨 충고를 한단 말요."

생각 같아서는 그 자리에서 그에게 전신을 던지고 찬바람 도는 그 자리를 한 장의 웃음의 장면으로 변하고 맺힌 심회를 풀어보고도 싶었으나 한결같은 그의 태도에는 한 곳도 붙들 데가 없었다.

"끝끝내."

"내 뒤를 더 따라오지 마시오."

피차에 길이 다르니까.

순도는 돌아보지도 않고 그늘 속 길을 혼자 멋대로 내뺐다.

영옥은 홧김에 손에 쥐이는 얕은 나뭇가지를 훑어 나뭇잎을 되구 말구 입에 품었다. 눈물이 빠지지[3] 고였다. 하기는 나뭇잎이 쓴 까닭이었는지도 모르나.

3

창립된 후 처음으로 당해오는 공연이라 명호가 거느리고 나가는 음악협회에서는 날마다 회원들이 회관에 모여서 준비 연습에 분주하였다. 전에 무슨 회관으로 쓰이던 퇴물림일 듯도 한두 간으로 된 넓은 방에 밤만 되면 이십 명에 넘는 남녀 회원이 모여들어 각각 맡은 곡조를 익히기에 이슥할 때까지 떠들썩하였다. 음악협회라고는 하여도 기악보다는 성악들이 위주여서 독창 이중창 사중창 혼성합창이 연주의 주목이었다. 높고 얕게 조화된 합창 소리가 회관 안에서 설다 가라앉았다 아름답게 울렸다.

영옥이 그날 밤 회관을 찾은 것은 명호의 간곡한 청을 저버릴 수 없었던 까닭이었으나 옆방에서 흐르는 〈아름다운 밤〉의 멜로디에 귀를 기울이고 있을 때 모르는 결에 가벼운 흥분 속에 잠겨지며 오기를 잘했다고 거듭 느꼈다. 흥분되는 음악적 분위기―외롭게 혼잣길을 걸어가는 영옥에게는 그것이 귀한 것이었다. 걸어

---

3 마음이 매우 안타깝게 타는 모양.

가는 길에 의혹과 초조만을 느끼던 그에게 그날 밤의 흥분은 확실히 용기를 주고 결심을 새롭혀주기에 족하였던 것이다. 오펜바흐의 그 고요한 노래가 눈물이 솟아날 지경으로 아름다웠다. 영옥은 살며시 한숨을 내쉬었다.

한 곡조의 연습이 끝났을 때 긴장이 풀린 회원들의 수선거리는 소리가 나며 지휘를 마친 명호가 곁방으로 들어와서 땀을 훔치며 연주의 효과를 묻는 듯이 싱글벙글 웃으며 피아노 있는 교의에 와서 주저앉았다. 영옥이 수고의 말을 미처 보낼 여유조차 없이 무엇을 생각하였는지 명호는 금시에 자리를 일어서 영옥의 앞으로 가까이 오더니 얼굴이 거의 맞닿을 정도로 몸을 굽히며 영옥의 두 손을 잡는다. 무서우리만큼 가까운 불같이 빛나는 그의 눈은 확실히 그 무엇을 구하는 듯이도 보였으나 사람이 피곤할 때에는 그러려니만 생각하며 영옥은 몸을 피하면서 자리를 냉큼 일어섰다. 그것을 기회로 명호는 영옥의 손을 잡은 채 일순간의 감정을 감추려는 듯이도 날렵하게 회원들 있는 옆방으로 끌고 들어갔다. 영문을 몰라 두근거리는 판에 초면인 수많은 남녀에게 밑도 끝도 없이 일장의 소개를 하는 것이다.

"오늘 처음으로 들어오신 동호자 임영옥 씨. 앞으로 우리 협회에도 드셔서 회원의 한 사람으로 힘쓰실 분. 여러분의 애호와 사랑이 날로 깊어가기를 바랍니다."

아무 예고도 없었던 다따가의 소개에 영옥은 얼굴을 붉히면서도 하는 수 없이 몸을 굽혔다.

"오늘밤 일부러 와주신 수고를 회원을 대표해서 감사드립니다."

명호는 이번에는 영옥을 향하여 맞선 허리를 굽히면서 미소를 띠었다.

뭇 시선 속에서 어쩔 줄을 모르고 무춤거리고 있는 가운데에서 남자 회원들의 눈살은 유난스럽게도 귀찮은 것이었다.

"회원이 부족해서 불편을 느끼던 차에 실력 있는 분이 뒤를 이어 참가해주시니 명호로서는 더없는 영광으로 생각됩니다."

실력이라는 말도 영옥으로서는 고맙지 않은 것이었으나 회원 되기를 승낙한 적도 아직 없는 것을 마치 벌써 회원인 듯이들 들추슬러대는 것이 괴로웠다.

"여회원 모아들이는 덴 권 선생은 펄펄 나셔. 어디서 찾아오는지 인물만 골라오시니 솜씨가 놀랍단 말야."

한 사람의 남자 회원이 아마도 농을 겸하여서인지 명호와 영옥을 번갈아 보면서 패사를 피우니 여자 회원 한 사람이 뒤를 받아 명호를 조롱하는 듯 맞장구를 쳤다.

"여회원에게 지나쳐 한눈을 파시다 옥주 씨에게 야단날려구 그러시지. 약혼시대같이 몸 가지기 어려운 게 없다는데 가제나[4] 옥주 씨 편이 좀 세신 터에―바로 말이지 제가 만약 옥주 씨라면 선생의 거동을 그냥 보고만 있진 않겠어요……."

"농이 지난 모양이오."

명호의 한마디가 그의 입을 막아버렸으니 망정이지 버려만 두면 무슨 말이 나올는지도 헤아릴 수 없는 경망한 여회원의 어세였다.

영옥은 불쾌하였다. 경솔한 여회원의 태도도 이해하기 어려운

4 '가뜩이나'의 사투리.

것이었으나 그의 말이 여러 사람에게 줄 인상도 진저리나는 것이며 그 말의 내용과—만약 내용대로라면 명호의 태도 그것조차도 불쾌하고 싫은 것이었다.

명호가 여학교 교사이자 피아니스트인 옥주와 약혼의 사이라는 것은 금시초문은 아니었으나 이제 막상 터놓고 그 사실을 들었을 때에는 결코 유쾌한 것은 아니었다. 명호의 지나쳐 친절한 태도는 여회원의 말마따나 한눈을 파는 셈인가. 그렇다면 그 또한 유쾌한 것은 아니었다. 장막 속에 은근히 가리어졌던 얼크러진 속을 들여다본 것도 같아서 영옥은 한결같이 불쾌한 심사를 금할 수 없었다. 어느 결에 어느 회원이 숨어들어 치는 것인지 이웃방에서는 별안간 피아노 소리가 요란하게 울렸다. 그 무슨 광상곡인 양 어지러운 곡조는 돌연히 높아졌다 낮아졌다 하면서 수선스럽고 빠르게 울렸다. 마치 자기의 산란한 마음을 그대로 나타낸 것도 같아서 영옥은 별안간의 그 곡조에 몸이 쏠려짐을 느꼈다.

피아노는 피아노대로 울리건만 영옥이 돌연히 피아노의 정서에서 떨어지게 된 것은 회원의 한 사람의 외치는 소리에 문득 정신이 든 까닭이었다.

"옥주 씨. 옥주 씨가 오셨어요."

나갔던 회원이 외치며 들어오는 뒤로 옥주가 따라 들어온 것이다. 공교롭게도 그 자리에 나타난 옥주는 제 소리를 듣고 들어온 호랑이인 셈이었다. 방 안 사람들이 반갑게 맞이하는 그를 초면인 영옥은 복잡한 심정으로 대하지 않을 수 없었다. 빈틈없이 반들반들하고 팽팽한데다가 안경까지 쓴 그 얼굴을 영옥은 닷치기 어려운 것으로 보았다.

　명호도 옥주의 앞에서는 온전히 기맥이 없어서 그의 눈짓을 받자 다른 사람들의 존재는 완전히 잊어버린 듯이 한마디 말도 없이 둘만이 옆방으로 들어갔다. 필연코 그 무슨 의논이 있으려니는 짐작하면서도 영옥은 그 거동이 도무지 맞갖지[5] 않았다.

　"그게 양식인지 무엔지는 모르겠으나 사나운 꼴 작작 보이구 얼른 결혼해버리지그래."

　회원들의 눈에까지 날 제는 아마도 두 사람의 거동은 보기 어려운 것인 모양이었다.

　"집이 돼야 결혼하지 결혼하자 곧 든다는데…… 지금 짓는 문화주택이 꼭 구천 원이 먹는데 선생이 삼천 원, 나머지 곱절을 옥주가 당한다나. 그러니 터세도 꼭 곱절을 쓸 모양이야."

　"세야 쓰건 말건 구천 원짜리 문화주택이면 좋지 뭐냐. 피아노는 이미 있는 것 갖다놀 테구."

　장황한 소문도 귀에 거슬리는 것이었고 도무지가 불쾌한 것뿐이어서 영옥은 명호가 눈앞에 없음을 차라리 기회로 조금 퉁명스럽게 회관을 나와버렸다.

　몹시도 서글퍼지며 외로운 생각이 금시에 등줄기에 찬물을 끼얹는 듯도 하였다. 명호들의 세상은 결국 그에게는 너무도 먼 것이었고 세상에는 혼자 걸어나가야 할 외줄기 지름길만이 있는 것이 쓸쓸하게 내다보였다. 그날 밤 회관을 찾은 것이 뉘우쳐도 졌다.

5　마음이나 입맛에 꼭 맞지.

이튿날 명호가 찾아온 것은 영옥에게는 의외라면 의외였다. 아침도 일찍이 집도 수월하게 찾아서 뜰 안에 들어온 것을 바라보니 명호였다.

"왜 오셨어요."

어리석은 질문이나 영옥으로서는 중대한 문책이었다.

"어젯밤엔 실례가 많았으나—그러나 왜 모르는 결에 말도 없이 오세요."

"무슨 낯짝을 들고 더 있으란 말예요."

협착한 방 안에 맞아들이기도 괴로워서 영옥은 옷을 쉽게 갈아입고 명호를 데리고 밖으로 나왔다.

"다따가 소개는 왜 하시구, 회원이라구는 왜 추수르세요. 승낙한 적도 없었는데."

"그게 노여우셨나요…… 워낙 소소리패⁶들이라 입들이 수다스러워서 짖어들 대다가 불쾌하게 해드린 모양인데 앞으론 충분히 주의시킬 테니 과히 허물 마세요."

"아녜요. 선생의 태도 그것부터가 불쾌하단 말예요."

하고 뒤미처 호되게 반박하고도 싶었고 구천 원의 문화주택과 피아노의 생활과는 저는 인연이 너무도 멀어요, 하고 욱박아대고도 싶었으나 다시 생각하면 모두가 쓸데없는 말 같아서 영옥은 입을 굳게 다물었다. 그러한 비꼼이 웬일인지 일종의 질투에서 나오는 것 같고 명호들에게 대하여서 질투를 느낄 아무것도 없음을 차게 반성은 하면서도 모순된 자기의 심정을 제 스스로도 이해하기 어

---

6 나이가 어리고 경망한 무리.

려웠다.

"결국 선생들의 처지와 제 처지와는 거리가 너무도 멀어요. 선생의 현재 처지로는 제게 지나친 후의와 친절을 보이시지 말아야 해요. 이미 작정된 행복의 길을 살리세야 하잖어요."

"그런 그런 쓸데없는……."

"아녜요. 그렇구말구요. 어젯밤 회원의 말마따나 지금 한눈을 파시는 건 선생으로선 금물이 아녜요."

"그건 오 오해요. 한눈을 파느니 무어니 그런 말로 표시할 감정이 아닌데."

흥분된 서슬에 손을 와서 덥석 잡는다. 그 무슨 간절한 감정을 하소연하려는 것도 같다.

"어떻든 너무 가깝게 하시진 마세요."

잡히운 손을 징그시 빼면서 영옥은 순간 부질없고 끝없는 사내의 마음이라는 것을 생각하였다. 애정 위에 애정을 구하고 사랑 위에 또 사랑을 받아서 그칠 줄 모르는 마음—사내의 마음이란 그렇게도 다정다한하고 수심[7] 많은 것일까. 애정에 대한 수심이란 그렇게도 무한한 것일까. 철없이 꾀 없이 허둥허둥 쫓아오는 명호의 손에서 냉정한 마음으로 몸을 막고 빼쳐야 할 것은 도리어 자기 편임을 생각하고 영옥은 냉정한 반성을 해야 하는 것이 왜 하필 남자 편보다도 여자 편이어야 하나를 슬퍼하였다.

"제발 앞으론 지나친 후의는 끊어주세요."

"영옥 씨 영옥 씨……."

7 짐승같이 사납고 모진 마음.

여전히 외치면서 쫓아오는 명호를 돌아보아서는 안 된다. 영옥은 앞만을 곧게 내다보면서 들은 체 만 체 혼잣길을 재게 걸었다.

4

이제는 벌써 외가닥의 나갈 길이 빤히 보이는 것 같았다.

그 외줄 길에 대한 열정이 불현듯이 곧게 솟아올랐다. 그 열정은 물론 명호와의 사이에 실망과 환멸을 느끼게 됨으로 인한 서글픔과 고독에서 나오는 것이었으나 그러므로 마치 외줄기의 철사와도 같이 날카롭고 곧은 것이었다.

명호에게서 뿌리치고 온 그길로 영옥은 거리에 들어와 단골 찻집에 들렀다. 거기에서 민수를 만난 것은 더없는 기쁨이었다. 물론 그가 이미 그곳에 있을 줄을 뻔히 짐작하고 온 것이었으면서도 우연히 만나게 된 것 같아서 새삼스럽게 기뻤던 것이다. 조금 찹찹스러운 그 독신주의자를 그때까지 꺼려온 영옥이언만 그 당장에서는 그는 벌써 자기를 구해줄 주인공과 같이도 반갑게 보였다. 지금에는 벌써 붙들고 솟아오를 생명의 줄은 그밖에 없다고 생각되었기 때문이었다.

탁자에 마주 앉자마자 영옥은 다짜고짜로 첫마디의 사정이었다.

"라디오 방송 신인의 밤에 나가보기로 결심했어요."

불현듯이 열정이 북돋은 외줄의 길이라는 것이 바로 그것이었던 것이다. 마음속에 싸두었던 중요한 한마디를 말해버렸을 때 영옥은 무거운 짐을 풀어버린 듯이도 개운하였다. 민수는 그 한

마디에 별안간 생기를 얻은 듯이 누른 안경을 번쩍이며 영옥보다도 오히려 이상의 기쁨을 보이는 것이다.

"듣던 중 반가운 소식이외다. 그러기를 바라왔고 또 응당 그래야죠. 아시다시피 그런 알맞은 기회는 다시없고 나가시기만 한다면 어떻게든지 성공하시도록 뒤에서 일을 꾸며놓을 작정이었으니까요."

장황한 설교를 듣고만 있으면 항상 한이 없는 것이기에 영옥은 급히 앞을 서둘렀다.

"방송국에다 속히 출연 가입 수속을 마쳐놔야 할 텐데요."

"암 하구말구요. 속할수록 좋을 테니까."

민수는 마시던 찻잔을 놓고 마치 소년같이 민첩하게 자리를 일어섰다.

"남구 군에게 전화를 걸죠."

그 자리로 구석편 전화실로 들어갔다.

마치 가게의 차인꾼같이도 고분고분히 분부대로 움직이는 민수의 자태를 바라볼 때 영옥은 통쾌하다느니보다는 마음이 서글펐다. 민수의 태도가 비굴한 것일까. 그보다도 자기 자신의 태도가 더한층 비굴한 것이 아닌가.—영옥의 심사는 이미 일을 시작해놓은 그 당장에 있어서도 오히려 갈피갈피 복잡하였다.

전화실을 나온 민수는 벙글벙글 웃으며

"일이 잘돼 들어가기는 하는데."

다시 자리에 앉지 않고 탁자 위의 담배 책자 등속을 주머니 속에 수습하면서

"자리를 뜹시다. 오늘 마침 노는 차례라나요. 같이 점심을 먹

기로 했지요. 거기서 이야기도 하시고 타협도 하시고……."

영옥은 군이 거역하지 않고 자리를 일어서 함께 찻집을 나왔다. 이제는 벌써 범의 새끼를 잡으려면 범의 굴까지라도 사양하고 싶지 않은 처지였다. 민수와 나란히 서서 거리를 걷는 것이 시스럽지도[8] 않았다.

"녀석 요새 번민이 심한 모양인데."

담배를 붙여 물며 혼잣말이라기에는 좀 크게 중얼거렸다.

"누가요."

"남구 말예요."

연기를 내뿜더니

"─아마도 아시겠지만 성악도 하고 피아노도 좀 공부한 유명한 보배라고 있지 않습니까. 남구와 약혼의 사이였던 것이 요새 완전히 갈라진 모양이에요. 남구가 사람 잘못 골랐죠. 허영밖에는 없는 여자와 무슨 결혼이 온전히 되겠습니까. 여배우로 행세하기가 평생의 원이라더니 남구도 모르게 어떤 놈팽이와 동경으로 달아났다나 봐요. 금시에 결혼할 것같이 말하더니─별것 아니죠, 남구가 속았죠. 한 가지 재미있는 사실은 그 놈팽이가 삼천 원짜리 백금반지를 보배에게 선사했다나요. 그 선사에 홀리었는지도 모르죠."

보배의 이름은 영옥도 들은 적이 있기는 하나 민수가 그 길에서 왜 하필 그런 소식을 전하는가가 영옥에게는 모를 일이었다. 다만 한 조각의 거리의 가십을 전하는 셈일까. 그렇지 않으면 그

---

8 스스럽지도, 수줍고 부끄러운 느낌이 있지도.

무슨 뜻을 두자는 것일까.

"별 뜻 없죠. 다만 남구가 요새 번민이 심하다는 것을 말하려는 것뿐이죠. 상처가 대단히 큰 모양인데 마음 보낼 곳 없어 더한층 쓸쓸한 눈친데요."

"민수 씨에겐 그만한 얘기 한 토막쯤 없나요."

"없죠 없죠. 품행방정한 청교도인 줄 모르시나요."

질색을 하고 펄쩍 뛰면서 잡아떼는 것이 영옥에게는 도리어 우습게 보였다.

빌딩 지하층 그릴[9]에서 남구를 기다려서 세 사람이 식사를 하면서 출연에 대한 타협은 비교적 수월하게 끝났다.

남구는 영옥의 일신에 관한 것을 몇 가지 적고 연주할 곡목을 작정하였다. 영옥이 늘 좋아하고 또 장기인 슈베르트의 〈세레나데〉와 브람스의 〈들장미〉의 두 곡목이 선택되었다. 피아노 반주자의 선택은 남구에게 맡기고 그에게서 몇 가지의 주의를 들은 것으로 이야기는 끝났다.

방송이 있기 전 며칠을 기약하고 먼저 시험 연주회가 있다는 것이었다. 그 테스트를 통과하여야 방송에 출연할 수 있다는 것이나 그만한 실력과 자신은 이미 준비된 뒤이다. 영옥은 방송의 날이 은근히 기다려질 뿐이었다.

"성공하시면 한턱 있어야 합니다."

남구의 말을 영옥이 대답하기 전에 민수가 가로채어서

9 간이식당.

"여부 있겠나. 자네는 자네로서 난 나로서 배후의 원조나 단단히 하세그려."

식사도 거반 끝났을 때 민수는 차를 저으면서 남구를 찬찬히 바라보았다.

"아까도 말했지만 자네 요새 번민이 과한 모양이야. 얼굴이 못됐을젠."

"머 무슨 말을 했단 말인가."

남구는 별안간 정신이 번쩍 뜨이는지 들었던 식도[10]를 놓으면서 민수를 바로 건너보았다.

"자네 파혼한 얘기 말일세."

"파 파혼한 얘기를 누 누구와 했단 말인가."

"영옥 씨와."

"미 미쳤나 이 사람."

남구는 금시에 빛을 변하며 눈썹이 험해졌다.

"쓸데없이 실없는 소리는 왜 하나."

"못할 말 무엇인가. 그렇게 허물되나."

"할 말 따로 있고 말할 처지 따로 있지 남의 속일을 그렇게 함부로 지껄인단 말인가."

남구의 노염은 예측 이상으로 큰 것이었다. 무슨 까닭의 노염인지 영옥 자신도 그의 태도를 이해하기 어려울 정도였다. 아무리 말을 들은 상대자가 자기로서니 한 구절의 로맨스의 실패담이 그렇게도 그를 상하는 것일까. 말을 들은 책임상 영옥의 처지

10 과도.

는 딱하고 곤란하였다.

"자네는 자네만 유독 청교도인 척 자처하나 자네 속사정을 지금 영옥 씨 앞에서 얘기한대도 자네 탄하지 않겠나. 인실과의 얘기, 연희와의 곡절……."

"딴은 그럴 법도 하네. 그만두게. 자, 빌 테니."

이번에는 민수가 뜨끔하면서 정색을 하였다가 금시에 빛을 풀며 웃음으로 그 자리를 얼버무리려고 하였다.

"윤주와 친한 인실을 가로채인 건 자네가 아닌가."

민수는 기급을 할 듯이 일어나서 남구에게 손을 모고 빌었다.

"제발 살려주게, 그만두게."

"자네가 버린 백화점 연희가 지금 어떤 난경에 있는지를 자네 생각이나 해봤나. 그래두 청교돈가. 못된 청교도. 음흉한 돈팡……."

민수는 저린 상처를 다치운 듯이도 절절매면서 하는 수 없이 남구를 뒤로 돌아가 안고 손으로 그의 입을 막아버렸다.

뜻하지 않은 그 한 토막의 우스꽝스러운 희극을 눈앞에 보면서 영옥은 어안이 벙벙하여 해석의 도리를 몰랐다.

무슨 까닭에 친한 동무인 두 사람이 그렇게까지 안달을 하고 법석을 하는지가 도시 이해하기 어려웠다. 두 사람의 그만한 정도의 내막을 들었대야 영옥 자신으로서는 아무 감동도 자극도 받지 않았고 두 사람에 대한 인상도 처음과 별반 다른 것이 없는 것을 두 사람은 헛되이 자기 한 사람을 둘러싸고 불필요한 감정을 낭비하는 것으로밖에는 보이지 않았다. 결국 자기 한 사람 때문에 일어난 결과임을 생각할 때 어리석은 두 사람의 꼴들을 겉으로는 웃으면서 대하나 속으로는 우울하기 짝 없었다.

"녀석 말을 그대로 다 믿지는 마십시오."

입을 풀리운 남구는 마지막 결론이듯이 영옥을 바라보며 민수를 손가락질하였다.

영옥은 여전히 부드러운 웃음을 띠우면서 일부러 고개를 끄덕여 보였다.

마음은 한없이 우울하고 답답하였으나 다만 하나 눈앞에 닥쳐오는 목표의 길만을 바라보고 그 큰 것을 위하여서는 조그만 우울의 감정쯤은 억지로라도 희생해버리고 말살해버리려고 생각하였다.

모처럼의 오찬의 뒷맛이 이지러져버린 것을 아깝게 여기며 영옥은 식은 차를 단모금에 마셔버렸다.

5

시험 연주가 있은 지 며칠 안 되어 방송 연주의 날이 왔으나 이미 몇 차례의 시험으로 배짱을 든든히 다진 후였건만 영옥은 그날 유독 설레는 마음을 금할 수 없었다. 시험 연주 때에 벌써 충분한 실력을 보였고 그것이 단지 발라맞춤이든 무엇이든 간에 관계자들의 지나친 칭찬의 소리를 들어왔건만 막상 목적의 날을 당하였을 때 그날은 그날로서의 불안과 초조가 있었던 것이다.

자기에만 유독히 과한 대접이라고 생각하면서 방송국에서 온 자동차에 남구들과 같이 올라 거리를 달릴 때에 가슴과 머릿속에 금시에 그 무엇이 가득 차지며 애써 마음을 가라앉히려고 할수록 육신은 더한층 굳어갔다.

자랑스러운 것보다도 근심스러운 것이 앞서며 영광의 자리가 아니라 도리어 수난의 자리로 끌려가는 듯한 생각이 들며 차의 요동과 창밖에 흐르는 거리의 풍경의 심상한 한 폭이 유난스럽게도 순간순간의 마음을 잡는 것이었다. 한자리에 앉은 남구와 민수의 격려의 말은 도리어 뜻 없이 한편 귀로 흘려버렸다.

다 각각 이런 마음으로 모여들었을 신인들로 하여 방송국의 응접실은 방송의 시간을 앞두고 수선거리고 설다. 안타까운 꿈들은 가슴에 품고 닥쳐올 운명의 고패[11]를 바라들 보며 어두운 초조의 빛이 얼굴들을 한 빛으로 칠하였다. 즐거운 듯이 이야기를 하고 웃고들 할 때 그것은 모두 억지로 꾸민 표정이요 거짓 자세에 지나지 못하는 듯이 보였다. 남자들 속에 섞인 몇 사람의 여자—별수 없이 영옥과 비슷한 길을 걷는 처지가 아닐까. 재주조차 팔기 어려운 세상—이라는 느낌이 그 안타까운 분위기 속에 그 어디인지 들여다보였다. 설레는 속을 떠나 영옥은 휴게실 소파에서 피아노 반주자와 몇 가지의 곡목에 대한 주의를 타협하고 있었다. 타협이라는 것보다는 차라리 침착한 태도를 준비하려는 것이었다. 어느덧 방송이 시작되어 응접실 확성기에서는 노래가 흐르기 시작하였다. 방 안의 공기도 가라앉은 듯한 고요한 속에서 누구인지 신인의 목소리가 제법 유창하게 들려옴이 영옥에게는 일종 신기한 느낌조차 주었다. 가슴이 한층 달어지는 속에서 악보

11 고비, 고개.

에 적힌 노래의 마디를 외우려고 애쓰는 동안에 확성기에서 흐르는 연주의 인물도 몇 차례나 갈렸건만 얼마나의 시간이 지났는지 흥분된 마음에 꿈결같이만 생각되는 판에 문득 눈앞에 남구의 자태를 발견하고 영옥은 암시나 받은 듯이 제물에 자리를 일어섰다. 연주의 차례가 온 것이었다. 반주자와 함께 거의 또렷한 정신없이 복도를 걸어가 방송실에 들어가는 걸음걸이조차 약간 떨리는 듯하였다.

"정성껏―믿습니다."

한마디 귀뜸하고는 이어서 방송 소개를 하는 남구의 말소리가 먼 바닷속에서 오는 것과도 같이 아련하게 들렸다. 눈앞에 마이크로폰이 꿈속의 괴물같이 이쪽을 노리고 있는 것을 볼 때 전신이 화끈 달며 머리끝이 솟았다. 그 괴물 앞에 수많은 사람이―명호가 옥주가 민수가 남구가 애란이 인실이 그 외 수천 혹은 수만의 낯모를 사람이 귀를 기울이고 있을 것이 문득 생각되자 몸은 불덩이같이 달았다. 피아노 소리가 떨어지자 또 한 사람 문득 마지막으로 마이크로폰 앞에 떠오르는 사람이 있었다. 순도였다. 언제인가 공원에서 헤어진 후 다시 만나지 않은 순도가 그 순간 거리의 어느 구석에 묻혀 있을까가 돌연히 생각나며 그가 부르려는 노래가 결국 모두 단 한 사람 순도에게 바치려고 한 것임을 새삼스럽게 깨닫자 그의 그림자가 금시에 눈앞에 활짝 다가오는 듯도 하여 상기된 몸에다 마음의 열성까지를 부어 영옥은 사랑의 노래의 첫마디를 대담하게 불러냈다. 첫마디가 떨어지자 생각은 생각을 잇고 곡조는 곡조를 낳아 노래는 줄줄이 흘렀다.

× × ×

순도는 그때 거리의 찻집에 앉아 있었다. 그것은 반드시 우연이 아니라 실상인즉 그날 밤의 신인의 밤 방송의 예정을 알아듣고 그렇다고 영옥에게 펴 보일 수도 없는 은밀한 마음으로 그 자리에 앉게 되었다. 식어가는 찻잔을 앞에 놓고 맞은편 벽에서 흘러오는 라디오의 소리에 정신을 쏠리고 영옥의 차례를 조릿조릿하게 기다리고 있었던 것이다.

공원에서 영옥의 태도를 나무라고 유행가와 소설의 구별을 엄격하게 판단하고 서글프게 헤어진 후 다시 영옥을 만나고 싶은 생각은 간절하면서도 실상 그를 만나지 못하고 있는 복잡한 순도의 마음이었다. 유행가를 비웃고 소설의 값을 한층 치하하였건만 아직 한 편의 소설도 쓰지 못하고 있는 순도의 심경이었다. 소설을 생각할수록에 소설을 쓰게 되지는 않았다. 참된 소설은 마음속에 있을 수 있는 것같이만 생각되었고 참된 괴롬은 가슴속 깊이 묻어두어야만 옳을 것같이 생각되었다. 한번 입 밖에 나오면 글자로 나타나면 그것은 벌써 괴롬이 아니요, 소설도 아니요, 김빠진 허수아비일 듯이만 생각되었기 때문이다. 그렇기 때문에 세상의 소설은 모두 마음속에 고여 있을 때만이 참된 것이요 한번 소설로 나타나면 거짓말인 것이다. 차라리 붓을 꺾어버릴지언정 거짓말을 써낼 수는 없다고 생각한 곳에 그가 소설을 못 쓰는 이유가 있었다. 그러나 한 자도 쓰지는 못하고 허구한 날 궁싯거리고만 있는 괴롬은 더한층 큰 것이었다. 쓰다가는 꾸기고 쓰다가는 버리고 하여 휴지 된 원고지만이 책상 앞에 늘어갔다. 화를 내고는 거리에 나와 한 잔 차에 분풀이를 하고 하는 요사이의 그였다. 안타까운 심정에 영옥의 생각만이 늘어갔다. 냉정하게 비웃기는 하였으나 소설 못 쓰는 자기가 유행가를 부르려는 영옥보다 별로 나을 것도 없이 생각되었다. 쌀쌀하게 그를 떨쳐버린 것이 마음에 저리게 뉘우쳐졌다. 부질없이 냉정하게 군 것은 결국 완고한 고집에서 나온 것이었으나 생각하면 그 모든 것이 영옥에게 대한 질투가 아니었던가를 짐작할 때 마음속에 숨어 있는 것이 결국 그에게 대한 사랑이었던 것을 깨닫기 시작하였다. 그날 밤은 이러한 마음의 고패를 겪은 후이라 영옥의 자태를 가슴속 깊이 간직하고 애달픈 마음으로 라디오 앞에 자리를 잡았던 것이다. 찻잔에서 김이 피어오르듯 마음속에서는 잡을 수 없는 애수가 피어올랐다.

한 사람의 노래가 끝나고 영옥의 소개의 말소리가 들려올 때 순도는 모르는 결에 허리를 세우고 정신을 차렸다. 반사적으로 라디오를 우러러보고는 시선을 탁자 위로 떨어뜨렸을 때 슈베르트의 사랑의 노래가 고요히 흐르기 시작하였다. 바로 귀밑에서 부르는 듯도 한 영옥의 목소리를, 연연한 노래의 구절구절을 그 모두가 자기 한 사람에게 보내진 것으로 생각하면서 순도는 한마디 한 마디를 놓치지 않으려 하였다. 듣고 있는 동안에 피가 수물거리고 얼굴이 빛나갔다.

　　내 노래 사붓이
　　밤새도록 그대에게 구하노라
　　고요한 숲을 내려와

님이여 내게 옵소사고.

그대도 떨리는 가슴으로
님이여 내 노래 들으소서
내 떨면서 기다리니
오소서 내게 사랑 주소서…….

×××

떨리는 목소리로 노래를 마쳤을 때 영옥은 눈물이 핑 돌며 피아노 앞에 그대로 쓰러질 듯도 하였다. 마이크로폰 앞에 그때까지 귀를 기울이고 있던 순도가 금시에 먼 곳으로 쏜살같이 달아난 듯한 착각이 눈을 후려갈겼던 까닭이다.

반주자가 일어나서 그를 붙드는 동안 남구가 달려오고 민수가 문을 열고 들어오고 하여 다음 순간에는 칭찬의 소리가 그의 귀를 덮을 지경이었다.

"대성공이오."

"오늘밤 으뜸의 성적이오."

"방송국 총출동으로 함빡들 취하였소."

방송실을 나가 응접실에 이르렀을 때 신인들과 등대하고 있던 국원들 속에 영옥은 둘러싸였다. 수다스러운 말소리에 마음이 현혹할 뿐이었다. 어안이 벙벙하고 얼굴이 달았다. 성공 여부를 자기로 알 수는 없었으며 결국 성적보다는 사람들이 요란히 떠드는 속에 성공이라는 것이 있음을 깨달을 때 문득 서글퍼지며 그

수선스러운 자리를 속히 피하고 싶은 생각뿐이었다.

"반가운 손님이 두 분 있는데—감격해서 기다리고 있는."

민수가 전하는 말소리에 영옥은 문득 귀가 뜨이며 반가운 손님이라니—행여나 순도가 아닐까 하는 순간의 생각이 머릿속을 스쳤다. 더 물을 여가도 없이 그를 따라 다른 방으로 들어갔다.

눈앞에서 실망의 빛을 보일 수도 없어 웃음을 띄우기는 하였으나 기쁘던 마음은 금시에 움츠러드는 듯도 하였다. 부인란 기자로 있는 한 고향 동무 애란과 또 한 사람 모를 사나이였다.

"뛰어오니까 벌써 방송이 시작됐더구나. 오늘밤같이 감격한 때도 적었다. 그만하면 큰 성공이지."

애란이 속임 없이 던져주는 칭찬의 말이 다른 사람들의 그것보다도 한층 기쁘기는 하였다. 그러나 이런 때 순도의 한마디를 듣는다면 얼마나 기쁠까를 생각할수록에 마음 한편으로는 섭섭함을 금할 수 없었다.

"늘 말씀드린 강남레코드회사 문예부장 윤주 씨."

민수의 소개를 따라 맞은편에 앉았던 사나이는 허리를 엉거주춤 일으키고 말을 이었다.

"이런 기회에 뵙기 영광으로 생각합니다."

자름하고 비대한 그 사나이가 소문에 익은 윤주임을 듣고 영옥은 하는 수 없이 덩달아 허리를 굽히고 애란의 옆에 자리를 잡았다. 어지러운 마음속을 정리도 못한 채 딴 사람을 차례차례로 만나기가 본의는 아니었으나 현재 놓여 있는 처지상 하는 수 없는 노릇이라고 새삼스럽게 마음을 먹었다.

"오늘밤 노래는 재미있게 들었을 뿐 아니라 침착한 천분에 실상은 놀라고 있습니다."

윤주의 말을 민수가 괴덕스럽게 채어서

"내 말이 헛말이 아니죠. 칭찬은 천천히 하시구 어서 사무부터 시작하시지."

윤주도 하는 수 없이 본색을 내는 수밖에는 없었다.

"직업이 직업인만큼 무엇보다도 먼저 늘 상담이 앞서는데―."

잠시 동안을 두었다가

"민수 씨에게서 들어서 희망하시는 바를 대강 짐작해서 말씀인데 이번 기회에 우리 회사에 나와주실 의향은 없으신지. 전속가수로 승낙만 하신다면 계속해서 작품은 얼마든지 맨들 작정이고―."

다따가의 청이 영옥에게는 웬일인지 거짓말같이만 생각되어서 대답하기조차 얼뻥뻥하였다.

"승낙 여부가 있나요. 물론 좋으시겠죠."

민수의 말을 이어 애란조차가 추서드는 것이다.

"하룻밤 동안에 출세의 길을 잡았구나. 기회로 생각하고 해보렴."

그러나 한번 목표를 정하기는 한 영옥이언만 갈피갈피 복잡한 심정을 가진 그로서 그 자리에서 선뜻 단마디의 대답을 할 수는 없었다. 기쁘지 않은 것은 아니었다. 그러나 그것을 받아들이기에는 마음이 너무도 산란하였고 무엇보다도 말이 너무도 수월하고 조건이 너무도 좋았다. 영옥은 우선 겸양의 말을 한마디 보냈을 뿐이었다.

"천천히 생각해보죠."

6

방송이 끝난 후 신인을 망라한 피로연이 있었다. 그 자리에서도 영옥은 국원들에게서 남달리 혀끝에 걸리는 값싼 칭찬의 말을 들으면서 마음으로부터 즐길 수는 없었다. 도무지가 우울한 시간의 연속이었다.

이날 밤의 연속으로 다음 날 하는 수 없이 민수에게 끌려 그의 아파트를 찾게 되었을 때 우울은 절정에 달하였다. 독신주의자의 방을 찾기가 어색하고 싫었으나 연주 비평에 관한 타협이 있다고 하여 거의 그에게 끌리다시피 되었다.

북쪽으로 창이 난 어두운 방에 침대가 놓이고 어지러운 품이 애란이 처음 소개할 때에 하던 말이 생각나며 영옥은 두려운 느낌만이 솟았다.

별반 긴한 타협도 아니건만 이번 그가 쓸 원고에 대한 몇 가지의 의논이 끝났을 때 민수는 어조를 변하였다.

"왜 그렇게 잠자코만 계십니까. 좀 더 적극적으로 절 이용하려고 하시지 못합니까. 실상은 전 그것을 원하는데—."

정신을 차리라는 듯이 별안간 와서 어깨를 흔드는 것이다. 잠깐 침묵을 지켰다가 어조는 다시 변하였다.

"……사내가 여자에게 할 말이 있다고 할 때에는 늘 뻔한 속 같지만—."

"무슨 말씀이세요."

"……남녀가 처음 만날 때의 인상이란 대개 거의 결정적인 것인데 영옥 씨를 처음 뵐 때의 인상도 역시 그런 것이었죠. …… 저

같이 사생활이 복잡하고 불평한 사람은 아마도 드물 거예요. 그 한 가지 예가 아시다시피 연희—일전 남구 군이 지껄인 그 연희의 일건인데, 세상에서는 저 혼자만이 비난의 목표가 되어 있으나 그런 경우 애정 문제가 있어서 대체 옳고 그른 편이 있을까요. 옳고 그르다느니보다는 일종의 건질 수 없는 숙명이 있을 뿐이죠. 이 숙명에서부터 시작되는 비극이 옛날부터 얼마나 많습니까. …… 저같이 불행한 사람도 없을 법예요. 밤에 혼자 고요히 자리에 누우면 세상에는 꼭 나 혼자만 남은 것 같은—어둡고 바람 부는 지구 꼭대기에 나 혼자만이 우뚝 서 있는 듯도 한 쓸쓸한 마음을 금할 수 없어요. 금방 그 자리에서 그대로 사라져버리고도 싶은 그런 외로운 마음, 공부도 음악도 다 귀찮아지는 마음, 그저 그 자리에서 살곳이[12] 없어지고 싶은 마음…….”

“…….”

“……영옥 씨는 늘 즐겁고 유쾌하고 희망만이 있습니까. 쓸쓸한 때는 없습니까. …… 문득 가슴이 쓰라려지고 모르는 결에 눈물이 징그시 고여지고—어린애같이 몸부림쳐보고 싶은—그런 쓸쓸한 때 없습니까. …… 허구한 날 무엇을 생각하시며 댁에 계실 때 무엇을 하시는지가 절실히 알고 싶어지는 것은 무슨 까닭인지 저도 실상은 모르겠어요.”

민수의 표정은 전에 없이 부드럽고 그의 태도는 애잔하였다. 듣고 보니 결국 마음의 하소연이었으나 하소연을 할 때의 사람의 마음이란 예외 없이 다 아름다운 것이다. 그의 말 속에는 반드시 거짓이 있어 보이지는 않았다. 한 마디 한 마디가 절실한 실감에서 나온, 듣는 가슴에 울려오는 말임에는 틀림없었다. 애란이 말한 민수의 인금과는 또 다른 그의 인면에 접한 듯도 한 느낌조차 생겼다. 그러나 물론 그의 하소연은 영옥으로서는 귀로 들은 것이지 마음으로 들은 것은 아니었다. 부드러운 발음이 한 구절 한 구절 즐겁게 귀를 간지를 뿐이었다.

"제 청이 그다지 불측한 것 같지는 않은데 영옥 씨는 어떻게―."

"사람을 잘못 고르셨어요.―저로서는 들을 취지가 못 되는걸요."

"오해는 하시지 않으시는지."

"오해가 아니라―근본 문제로요."

"……근본 문제라면―애정 말씀이죠. 즉 제가 영옥 씨에게 느낀 인상과는 반대 인상을 제게 느끼셨단 말이죠.―아픈 곳을 쏘셨습니다. 상당히 대담하세요."

민수는 적이 실망한 듯한 서글픈 표정을 지었다.

"……반드시 대담해서가 아니라."

"알만 합니다―순도 말씀이죠. 순도는 저도 압니다만 순직한 청년이죠. 비록 소설은 못 써도 누구보다도 무서운 소설가라고 할 수 있구요. 고집쟁이구 변통이 없구―그러나 믿음직한 사람. 순도와 겨루면 저도 한 수 꺾이겠는걸요."

"그런 줄 아신다면 아까 같은 말씀 더 마시죠."

민수는 무안한 듯이 한참이나 말을 잊었으나 무엇을 생각하였는지 다시 자리를 일어나서 이번에는 영옥에게로 가까이 갔다.

"아무리 그러기로서니 말을 그렇게 문덕문덕 막 하세요. ……영옥 씨의 마음이 순도에게로 기운 것을 번연히 알면서두 사내의 마음이란 그렇게 수월하게 벗겨지는 것이 아니니까요.—저를 아무리 따보세두 제 마음은 떨어지지 않는걸요. 원래 끈끈한 것이 사내의 마음인지는 몰라두."

몸이 가까이 오면서 영옥은 별안간 목덜미에 더운 숨결을 느꼈다. 황겁결에 벌떡 일어나려 할 때 그의 몸은 완전히 민수의 품 안에 있었다.

"오늘만 뵐 것이 아닌데 왜 이리 무례한 짓을 하세요."

몸을 잡아나꾸고 몇 걸음 떠났으나 민수는 즉시 와서 팔을 붙들었다.

"아무리 노여하셔두 전 저대로 제 마음을 표현하지 않구는 못 견디겠어요. 특별히 저를 원망하실 것이 없는 것은 사내의 마음이란 한번 벗겨만 보면 다 일반인걸요. 순도에게서 기어코 영옥 씨를 뺏어보고야 말걸요."

어쩌는 수 없이 몸은 다시 그의 팔 안으로 끌려 들어갔다. 부치는 힘에 영옥은 고함이라도 치고 싶었으나 부끄러운 마음에 그러지도 못하고 몸을 요동할 뿐이었다. 우러러보던 민수였건만 그 순간 한 마리의 짐승으로밖에는 보이지 않았다. 분이 머리끝까지 치받치며 전신이 화끈 달았다. 그러나 몸을 움직일수록에 더한층 군세게 붙들릴 뿐이었다. 손에 장기[13]가 있다면 그 자리로 그를 해하고도 싶은 심정이었다.

13 연장이나 무기의 옛말.

짜장 고함이라도 치려고 하던 순간 그 겸연한 장면에 별안간 공교롭게도 방문이 열린 것은 영옥에게는 다행인지 불행인지 분간할 수 없었다. 열어젖힌 문으로 나타나자 순간 놀라는 표정을 지닌 것은 영옥에게는 모를 한 사람의 여인이었다.

민수는 기겁을 할 듯이 물러서며 상기된 눈으로 그 돌연한 침입자를 노려보았다. 영옥이 이지러진 몸을 수습하면서 영문을 몰라 한편에 서 있는 동안에 민수와 여인은 한참이나 앙칼진 눈으로 서로 바라만 보고 있더니 이윽고 여인의 입에서는 불이라도 뱉는 듯이 모진 어세가 쏟아져 나왔다.

"어떤 순둥이를 끌어들이구 또 이 짓야. 그놈의 버릇 언제나 고치누, 악마 같으니."

민수도 펄펄 뛸 듯이 별안간 목소리를 높였다.

"무슨 원수로 허구한 날 나타나 이 발광인지 모르겠네."

"발광? 누가 발광이야. 사람을 요 모양을 맨들어놓구두 누굴 발광이래. 하루를 살아두 아내겠지. 신신이 일 보고 있는 사람을 꼬여내다간 짓밟아 망쳐놓구 자식까지 버리게 하구두 그래도 부족해서 허구한 날 이 꼴야. 악마가 아니구 무엇인구."

고래고래 소리를 치고는 분김에 손에 닥치는 대로 책상 위 것을 집어 민수의 면상에 던지는 것이었다. 마개 열린 잉크병이었다. 쏟아져서 그의 얼굴과 옷자락에 한바탕 엉키고도 오히려 똑똑 떨어졌다. 바로 바라보기 어려운 꼴이었다.

"오늘은 어떤 일이 있든지 결단을 내고야 말걸."

"온전히 미쳤구나."

민수의 짧은 한마디를 여인은 그대로 푹 씌워 엎으며

"미치구말구. 마지막 판에 헤아릴 것이 무엇인데. 자, 어떻게 해줄 테야. 죽이든지 살리든지— 살자고두 하잖는다. 눈앞에서 시원하게 죽어버리면 그만일 게니, 누가 죽음을 두려워할까."

문득 치마 틈에서 집어낸 것이 조그만 약병인 것을 보고 영옥은 무서운 생각에 뜨끔하면서 모르는 결에 몸을 쏠렸다. 발악을 들으면서 눈치로 헤아려보니 수척한 그 여인이 바로 언제인가 남구가 지껄인 연희—백화점에 있다가 민수에게 발견되고 그와 지낸 지 해를 못 넘어 버림을 받았다는 연희임을 알았다. 두 사람 사이의 자세한 곡절은 물론 알 바 없었으나 그 살기를 띤 어지러운 여인의 꼴이 영옥에게는 가엾다느니보다도 두렵게만 생각되었다.

마지막으로 약병을 집어낸 것을 보았을 때에는 벌써 그 자리에 더 서 있을 수 없으리만치 몸이 떨리고 마음이 수선거렸다. 책상 위에 놓인 핸드백을 찾아 쥐는 손도 유난스럽게는 떨렸다.

"같이 먹기 싫으면 내 혼자라두 먹을 테야. 사내라는 건 비겁하게 야비하게……."

연희의 고함 소리에 영옥은 더 참을 수 없어 그만 열려진 문밖으로 쏜살같이 나와버렸다.

앞으로 몇 시간 동안에 방 안의 비극이 어떻게 될까를 생각하면 소름이 돋고 머리끝이 으쓱해지는 것이었다.

벌써 민수 개인에 대한 판단의 힘조차 없어지고 한결같이 두려운 생각만이 들어 하필 그날 그 시간에 민수를 찾게 된 것을 아무리 뉘우쳐도 한이 없었다.

지난날부터 계속하여오는 우울한 생각이 한껏 절정에 이른 것이었다.

목표의 가수의 길이 새삼스럽게 가시덤불같이 험하게 내다보이는 듯도 하였다.

7

신인 방송의 밤이 지난 지 일주일이 넘었으나 윤주는 그날 밤의 영옥의 인상을 잊을 수 없었다. 혼자 있을 때의 그의 마음을 차지하는 것도 영옥의 자태였고 친구와 지낼 때의 그의 입을 스치는 화제도 자연 영옥의 위로 향하여 갔다. 남달리 몸이 육중하고 허울이 위대한 육척 장정의 거한이언만 가정에 있어서의 지위는 그 반대로 초라하고 가엾어서 거센 아내의 앞에서는 소리를 잊은 쥐 행세를 하게 되었다. 세상의 비극은 항상 비뚤어진 대조에서 오는 것이어서 윤주의 처지도 이 예에서 벗어나지 않았다. 아내와 그와의 지위와 대조는 처음부터 거의 숙명적이어서 억지로 꾸며낸 노력으로써는—즉 애써 아내를 달래본다든가 혹은 억지로 위엄을 보이려고 한다든가 하는 후천적 노력으로써는 도저히 건질 수 없는 것이었다. 이러한 가정적 불행이 그의 마음을 밖으로 향하게 하였는지 혹은 그의 마음이 너무도 허랑하고 정이 많은 까닭에 도리어 가정적 불행이 늘어가는지는 알 바 없으나 어떻든 그의 밖에서의 생활은 어지간히 어지러운 것이었다. 수많은 예기와의 거래는 고사하고라도 가까이 인실과의 관계도 아직 부자연스러운 인연을 그대로 끌어가는 중이며 그러면서도 이제 또다시 영옥의 출현에 한눈을 팔게 된 것이다. 그러나 그 모두가 결국 가정의 불행에서 오는 것이라고 생각하는 까닭에 남구는 이날의 윤주의 하소연을 달게 들으며 맞장구까지를 치게 되었다. 바의 오후는 고요하며 두 사람의 음성만이 꺼릴 것 없이 자유롭게 흘렀다.

"대강 이만저만한 줄 알았지 그렇게 뛰어난 줄야 짐작이나 했겠소. 더 말할 것 없이 장안의 일색이구료."

"웬만하게 야단들이지 그렇지 않으면야 그렇게까지 법석을 하나요."

"명호, 민수…… 또 누구요. 남구 씨도 한몫 끼었죠 아마."

"그다지 명예롭지도 않습니다만 헛물들을 켜면서―생각하면 우습죠들."

"땅 위 일이란 결국 그런 것이 아니오. 우스울 것도 불명예 될 것도 없지. 자리만 있다면 나도 한구석 비집고 들겠소. 서로들 싸우고 겨루고 떠보고 하다들―이기고 지는 것이지. 그 격식이 짐승 사회와 같다구 반드시 부끄러울 것은 없잖우."

"문제는 저편 뜻에 달렸는데 가장 중요한 편의 의사는 접어놓고 이편에서들만 법석을 해야 헛일이란 말이죠."

술들이 웬만치 돈 까닭에 말들이 허랑하여갔으나 남구는 취중에서도 한편 맑은 정신으로 반성할 때에 애매한 한 사람의 의젓한 인격을 도마 위에 올려놓고 뭇 머슴들이 멋대로 의논하고 작정하고 난도질하는 것이 한없이 부끄러워졌다. 사내인 까닭으로의 그러한 특권이 용납되어야 옳을까, 되지 않아야 옳을까 하는 의혹이 늘 마음속에 뱅 돌면서 윤주의 술과 말을 받음이 도무지 꿈속의 일같이만 생각되었다.

"그의 맘이 그렇게도 굳은가."

"수월한 줄 알았나요."

"아무리 굳어도 이편 정성만 지극하다면야."

"어디 최대한도의 정성을 보여보시죠. 휘어드나 어쩌나."

"될 법하오. 한몫 대서[14]보게."

윤주는 바짝 마음이 당기는지 그 육중한 몸을 앞으로 쏠리고 남구의 눈을 떠보려는 듯이 노리며 술잔을 들었다. 그 야단스러운 꼴이 남구에게는 어리석게도 보이고 한편 두렵게도 보였다.

"—그이만 얻을 수 있다면 난 현재의 모든 것을 버려도 좋겠소.—지위도 사람도 집안도 모든 것 다."

×××

민수는 아파트에서의 그 변이 있은 후로는 다시 영옥과도 만날 수 없는 처지에 인실과 가까이 지내는 날이 별안간 많아졌다. 연희의 절박한 자살극의 한 막이 있었건만 어떻게 두루뭉수려 해결을 지었는지 적어도 인실과 거리를 걸을 때의 민수의 거동에는 그런 복잡한 기억의 자취는 티끌만큼도 보이지 않음이 신기하였다. 뱀장어같이 미끄러워 손아귀에 휘어잡을 수 없는—잡았다고 생각하면 어느 결엔지 손가락 사이로 미끄러져 빠지는—그것이 그의 살아가는 태도인지도 모른다. 그런대로 사랑과 사랑 사이를 능란하게 헤엄쳐 건너는 것이 그의 일생일는지도 모른다.

---

14 대들어 맞서.

인실과 만날 때에는 늘 천연스럽고 그 천연스러운 속에서 놀랍게도 애정을 익혀가는 것이었다.

인실은 인실로서 또한 정이 많아서 윤주와의 오래된 애정의 거래가 있으면서도 민수와의 사랑은 또 그것으로서 충분히 천연스러운 것이었다. 일종의 사랑의 '카멜레온'이라고 할까. 윤주를 대할 때에는 윤주의 빛으로, 민수를 대할 때에는 민수의 빛으로—경우경우를 따라서 각각 몸에 맞는 빛으로 몸을 채색하고 장식하는 것이 인실의 놀라운 천재였다. 민수의 생활에 연희와의 파탄이 있은 후로는 더욱 그와 밀접하게 되어 윤주의 눈앞을 거리낄 사이 없었고 고삐 놓인 말의 자유를 그는 마음껏 즐길 수 있었다. 윤주 편에도 인실의 행동에 참견할 아무 힘도 없었고 감정적 요구도 굳이 느끼지는 않았다. 가령 서로 한자리에 앉게 되었을 때에도 피차의 행동은 극히 자유로워서 거역을 하든 한눈을 팔든 피차의 임의였다.

민수와 인실의 동행은 요사이에 들어 별안간 잦아진 것이다. 그날도 두 사람은 늘 하는 버릇으로 거리를 휘돌아 찻집을 모조리 들춘 끝에 술까지 구하게 되었다. 민수의 그 드러내놓은 자포자기적 태도는 물론 영옥과의 실패에서 온 것이기는 하나 그렇게 부질없이 거리를 휘돌아치는 꼴이란 별수 없이 한 사람의 무위의 거리의 청년의 표본으로밖에는 보이지 않았다. 두 사람이 들어간 바가 공교롭게도 윤주와 남구가 앉아 있는 바로 그곳이라고 하여도 민수와 인실은 조금도 뜨끔할 것이 없으리만치 마음들이 유하여졌고 윤주 또한 심드렁한 태도로 두 사람을 천연스럽게 맞이하였다.

"시위운동인가 낮부터 이렇게 무장들을 하구 돌아다니게."

오히려 이 정도의 농을 거는 윤주였다.

"만나구 보니 정말 시위행동같이 됐으나 용서하시오. 숨어서 농간을 부리는 것보다는 도리어 내놓고 무장하는 편이 속임은 없으니."

농은 농으로 이렇게 넌지시 받게 된 것이 민수의 요사이의 발전이라면 발전이었다.

"용서니 무엇이니―민수쯤이 그런 촌스러운 소리를 할 줄은 몰랐소. 나 역 피차의 그만쯤의 도덕을 이해하지 못할 내가 아닌데."

"도덕―악덕이지 도덕이야."

인실이 따끔하게 쏘아붙일 때에 그를 곁눈으로 비스듬히 가로보며

"인실에게서 도덕의 항의를 들을 줄은 꿈에도 몰랐네."

싱글싱글 웃는 윤주.

"……어떻든 잘 만났소. 지금 막 영옥 씨 얘기를 하고 있던 판에 민수 씨야 영옥 씨에 관해서야 횅하실 테니 이야기두 더 듣구 도움두 받을 테구……."

윤주는 새삼스럽게 남구를 곁눈질하고 다음으로 민수를 바라보았다.

"내 앞에서까지 뻔질뻔질하게 그런 소리를 할 젠 상당히 대담해졌는데."

인실은 여자로서 자기 앞에서의 다른 여자의 화제를 못마땅하게 여기는 눈치였으나 윤주에게는 벌써 인실과 영옥은 같은 뜻

의 여자는 아니었다. 그의 앞을 꺼릴 것 없이 얼마든지 말할 수 있었고 그것으로써 도리어 인실의 마음을 찔러보고도 싶은 충동까지 없지 않았다.

"영옥에게 관해서 행하다구요.—글쎄요, 잘 안다면 알고 모른다면 모르고—그는 벌써 내 뜻 밖에 사람 내 힘 밖에 사람이니까요."

이렇게 말하는 민수의 가슴 한구석에는 물론 영옥과의 쓴 한 장면의 기억이 새로 솟아 나와 그것이 그를 불유쾌하게 비웃는 것이 사실이었다.

"영옥—난 되려 그를 미워할는지도 모르죠."

"그렇다면—그런 다행은 없소. 그를 미워하고 그가 뜻밖에 사람이라면 내겐 더 큰 기쁨이 없겠소. 내가 가장 두려워한 것이 터놓고 말하면 민수 씨였소. 민수 씨가 참으로 영옥을 미워한다면 그때엔 날 도와주어도 좋잖겠소. 참으로 미워한다면—어떻소, 대답해보시오."

윤주의 한 마디 한 마디는 동요하는 민수의 마음을 마치 마술같이 한 고리 한 고리 잡아나꾸어 목적의 함정에 빠치기에 족한 효과를 가진 것이었다. 설레는 마음이 부채질하는 바람에 짜장 활활 불붙어서 뜻에 있는지 없는지 나중에는 흥분된 구절을 뱉게 되었다.

"미워하구말구요. 내가 지금 세상에서 제일 미워하는 것이 영옥이오. 제일 경멸하고 싶은 것이 영옥이오."

처음부터 잠자코 있던 남구는 민수의 뜨거운 그 한마디에서 말 뒤의 그 무슨 곡절을 민첩하게 짐작하고 불쾌한 시선을 동무에게서 옮기면서 딴전을 보았다. 두 사나이의 회화가 도무지 마음에 거슬리는 불측한 것으로밖에는 들리지 않았다.

"그러면 모든 것이 해결이오."

윤주는 기운을 얻은 듯이 호기롭게 술을 마시고 잔을 민수에게 권하면서

"—이왕 이렇게 된 바에야 꺼릴 것이 있겠소. 우리 피차 친구로서 한 개의 약속을 가지는 것이 어떻소. 이미 민수 씨의 마음을 들었고 내 맘이 또 얼마나 간절한가를 아신다면 그다지 이해하기 어려운 것이라고는 생각지 않는데—."

"무슨 조약이든지 맺읍시다."

"—이미 인실을 차지하신 터이니 대신으로 영옥을 사양하시란 말이오."

"좋구말구요 얼마든지."

"남구 씨와도 말했지만 난 지금 모든 것을 희생하여도 좋소. 가령 내 지위—민수 씨의 힘으로 뜻을 이룬다면 난 현재의 지위를 그대로 드릴 작정이오. 농담이 아니라 정말."

"옆에는 사람이 없는 듯이들—뻔질뻔질하구 아니꼬워서 못 듣겠네."

인실은 사실 더 견딜 수 없어 날카롭게 외치고는 자리를 차고 일어나 앞 탁자로 가버렸다. 남구야말로 처음부터 불쾌한 생각을 참기 어려워 자리를 뜨려던 차에 인실의 거동에 암시나 받은 듯이 같이 자리를 일어나 자연 그와 동석이 되었다.

"사내 녀석들같이 주제넘고 불측한 동물들이 있을까. 여자를 마치 물건인 양 중간에 세우고 제멋대로들 거래를 하려는—어

느 세상이 되면 그 버릇들 고쳐질까."

남구도 인실이 말하는 그런 한 사람의 사내이기는 하나 그 자리에서는 도리어 인실의 말에 절대의 동감을 느끼게 되리만치 두 사람이 동무의 꼴들이 비록 취중이라고는 하여도 한없이 불쾌한 것이었다.

"문예부장의 자리와 사랑과―교환 조건이 그다지 삐뚤지는 않죠."

"힘껏 해보리다."

두 사나이의 배포는 어지간히들 유들유들하여서 아마도 조약의 마지막 다짐인 듯이 악수를 한 후 술잔을 나누는 것이 옆눈으로 보였다.

윤주의 태도는 잠시 묻지 말고 확실히 그때까지 영옥을 사모하여오던 민수의 그 경망한 태도가 남구에게는 수수께끼였다. 그 무슨 변이 있었다고 하고 거기에 대한 복수의 심사에서 나온 것이라고 하더라도 한 사람의 인격에 관한 일인 만큼 경솔하고 비추한 그의 행사를 동무로서 슬퍼하였다. 그 자리로 일어나서 정신이 번쩍 들게 두 사람에게 톡톡히 주먹다짐이라도 하고 싶었으나―그것도 못하는 자기 자신을 더한층 슬퍼하였다. 그러나 그 원한을 약간이라도 풀어준 것이 있다면 그것은 인실의 별안간의 의분에 넘치는 짤막한 거동이었다.

"야비한 짐승들."

민수와 윤주의 악수가 끝나고 막 술잔들을 쳐들었을 때에 인실은 더 견딜 수 없어 한마디 짧게 외치며 들었던 자기의 잔을 두 사나이에게로 다따가 내던진 것이다. 문득 들었던 잔들을 떨어뜨리고 이쪽을 노릴 때에 인실은 뒤이어 술병을 던졌다. 민수는 안경을 잃어버리고 윤주의 낯에는 술이 번지르르 흘렀다. 어안이 벙벙하여 한마디의 말도 없을 때 인실은 갈퀴진 한마디를 날카롭게 던졌다.

"안된 것들 같으니. 세상의 착한 사람을 위해서 그 자리로 혀를 물고 꼬꾸라져도 싸겠다—."

그 꼴들을 더 보기 어려워 남구는 눈을 징그시 감으며 자리를 벌떡 일어섰다.

8

사랑의 기쁨은 굴복을 할 때보다 굴복을 받을 때가 가장 크다.

비록 한 장의 엽서였건만 영옥이 그렇게까지 기뻐한 것은 순도가 은근히 굴복해온 까닭이다. 피차에 고집스러운 마음으로 어느 편이 꺾이어드나 하고 기다리던 판에 기어코 순도 편에서 먼저 말을 걸어온 까닭이다. 문밖 고요한 교외에서 하루를 이야기하고 지내자는 간단한 사연이 영옥을 날듯이 기쁘게 하였다. 날을 두고 달을 두고 괴어온 수심이 한꺼번에 개이는 듯도 하였다.

이튿날 영옥은 원족[15]을 떠나는 아이같이 가벼운 마음으로 집을 나서 약속한 교외를 찾았다. 오래간만에 보는 벌판, 언덕, 초목들이 모두 마음을 뛰놀게 하는 것들뿐이었다. 푸른 하늘을 우

15 소풍.

러러보면 흰 구름을 잡아타고 금시에 날 듯도 싶었다.

순도를 만난 것은 언덕을 넘은 풀밭에서였으나 일껏 사람을 불러내 놓고도 막상 만나서는 인사 한마디 걸지 않았다. 영옥은 마음 같아서는 오래간만에 만난 터에 순도에게 몸을 쏠리고 실컷 응이래도 부리고 싶었으나 말이 없는 이상 그럴 수도 없이 그의 곁에 묵묵히 앉은 채 그의 입이 떨어지기만을 기다렸다. 마음을 뛰놀게 하던 초목도 하늘도 구름도 사랑의 말이 없는 속에서는 다시 의미 없는 것으로 변하였다. 은근한 사랑에는 말이 필요하지 않을까, 말의 실마리를 얻기가 부끄러운 탓일까, 먼저 휘어들기가 싫은 탓일까, 세상에 문학 청년이라는 것은 대체 무슨 턱에 무엇을 믿고 그렇게도 교만하고 고집스러울까.—의미 없이 풀을 쥐어뜯으면서 영옥은 순도의 마음속을 이모저모로 헤아려보았다. 누가 어디 먼저 말을 걸게 되나 보자하고 은근히 마음속으로 으르고 있는 듯도 한 무거운 침묵이 두 사람 사이에 가로막혔다. 물론 비록 말은 없다 하더라도 순도와 같이 있는 시간이 영옥에게는 가령 명호나 민수나 남구나 그 어떤 사람과 같이 있는 시간보다도 행복스러운 것이기는 하나 그만큼 침묵은 한결 안타까운 것이었다. 먼 바다의 기선같이도 굼뜬 한 조각의 흰 구름이 맞은편 언덕 위 백양나무 사이를 완전히 벗어날 때까지도 두 사람은 그 구름을 우러러볼 뿐 벙어리같이 잠잠하였다.

"어느 때까지나 잠자코만 계시구—실례라고 생각지 않으세요."

구름에서 암시나 얻은 듯 영옥은 이윽고 몸을 일으키면서 한마디 게정을 부렸다.

"할 말이 픽도 많은 듯하더니 막상 만나고 보니ㅡ."

순도도 덩달아 일어서면서 비로소 입을 열었다.

"무엇보다도 앞으로 어떻게 할 작정인지도 알고 싶고ㅡ."

지향 없이 발을 옮기기 시작하였다. 앞에는 또 다른 언덕이 가리워 있었다. 두 사람은 풀밭을 걸어 내려 좁은 언덕길을 더듬어 올랐다.

"어떻게 했으면 좋겠어요."

"내 길도 옳게 못 잡는 형편에 다른 사람 몫까지 알 수야 있소."

"기껏 그렇게 대답하실 것을 당초에 말은 왜 내세요."

영옥은 샐룩해지면서 발끝으로 대중없이 풀잎을 찼다.

"어떻게 대답하면 좋단 말요."

속에는 가득히 품으면서도 그것을 마음껏 표현하지 못하는 안타까움에 순도도 할 바를 모르고 실상은 마음을 죄일 뿐이었다. 길바닥의 돌멩이를 집어 뜻 없이 언덕 위로 팔매를 던지는 것이 화풀이도 되고 심심풀이도 되었다. 돌은 언덕을 휘엿이 넘어서는 보이지 않는 그 너머로 떨어지곤 하였다. 순도는 어린아이와 같이도 몇 번이고 돌을 집어서는 언덕 너머를 겨누었다.

"위험해요ㅡ그 너머에 집이 있어요."

보다 못해 영옥이 순도의 팔을 나꾸었다.

"빈집인걸ㅡ상관있나요."

"아무리 빈집이래도 집에 돌을 던지면 꾸중을 듣잖아요."

"누구에게서."

"서양 마마에게요."

어느덧 언덕 너머 지붕이 보이기 시작하더니 언덕을 오르는 동안에 산허리에 선 외채의 양옥이 드러났다. 회사엔지 다니는 외국사람 부부가 들었다가 조그만 가정적 갈등으로 해서 아내가 본국으로 돌아가자 남편 혼자 빈집에 살기도 멋쩍어서 어딘지로 옮겨버린 후 완전히 빈 지가 거의 반년에 가깝다는—그런 곡절 있는 집이었다. 거리의 풍편으로 들은 그런 이야기를 마음속으로 새기면서 두 사람은 언덕을 내려 빈집 후원께로 가까이 갔다. 닫친 창 안으로는 휘장이 가리워져 있고 짐승 소리 한마디 없는 감감한 속에서 후원의 나무와 풀만이 철망 안에 우거질 대로 우거져 있는 것이 그 무슨 이야기 속의 집과도 같은 신비로운 느낌을 두 사람에게 주었다. 벽으로 얼크러져 올라간 담장이 그늘에는 그 무슨 이야기의 나머지가 서리어 있는 듯도 해서 그것이 알 수 없이 마음을 당겼다. 보지 못한 외국사람 두 양주는 담장이넝쿨 속 벽 안에서 어떤 살림을 하였을까. 두 사람이 갈라진 이유는 대체 무엇이었을까.

"이왕 빈집이니 기웃거려볼까요."

문득 호기심을 느끼면서 영옥이 제의하였다.

"돌을 던지면 꾸중을 들어두 기웃거리면 꾸중 듣지 않나."

순도가 싫은 소리로 대답할 때 영옥은 그러나 벌써 철망 사이에 다리를 걸고 있었다. 몸만은 들어섰으나 철망에 걸린 치마 폭을 수습하노라고 애를 쓰건만 순도는 그것을 부축해줄 만큼의 재치도 보이지 않는다. 영옥이 완전히 철망에서 손을 뗀 후에야 순도는 혼자 스스로 뒤를 이어 뜰 안으로 들어섰다. 확실히 불만을 품은 영옥은 한 걸음 먼저 그 자리를 떠나 담장이를 등지고 남쪽 벽에 기대어 섰다.

"여자가 항상 제일 원하는 것이 무엇인지 아세요."

"수수께끼를 거는 셈이오."

"친절이에요. 따뜻한 마음이에요.—아무리 사내 양반이기루 왜 그리 무뚝뚝하세요, 늘."

"내겐 원래 그런 미덕이 없나 부오. 억지로 친절하게 하고 싶지 않을 젠."

"마음에 없으니까 그렇죠."

"그런 뜻의 따뜻한 마음이라면 난 굳이 보이고 싶지 않소. 웃음이라든지 아첨이라든지 재미있는 이야기라든지라면 얼마든지 그런 것을 보이는 사람들이 있잖우—가령 명호나 민수나 그런 지도자들."

"지도자들이 어쨌단 말예요."

영옥은 짜증을 내며 몇 걸음 옆으로 물러섰다.

"—왜 그렇게 늘 빈정만 대세요. 그것이 사랑이에요? 사랑이 그래야 돼요? 왜 좀 더 달리 사랑의 마음을 표현하시지 못해요. 늘 욱박어만 댄다면 그것이 미움[16]이지 사랑인가요."

"어떻게 표현하란 말요.—이것이 내겐 기껏의 표현인데. 나도 실상 어쨌으면 좋는지 몰라서 그러우."

순도는 사실 어쩔 줄을 몰라서 그 자리에 그대로 아이 모양으로 주저앉아 버렸다.

"—가령 내가 달아날 때 쫓아와서 왜 붙들어주시지 못하세요.

---

16 원문에는 '표움'임.

따뜻한 말을 던져주시지 못하세요."

영옥도 넘치는 감정을 억잡을 수 없어서 문득 순도에게 달려들며 전신은 쏠렸다.

"—제발 더 빗나가지 마세요. 솔직한 마음을 보여주세요. 냉정하게 구실 젠 제 마음을 저며내는 것같이 괴로워요."

두 사람은 복받치는 감정을 못 이기고 한데 휩쓸려 그 자리에 쓰러졌다. 순도는 영옥의 따뜻한 체온 속에서 목소리를 놓고 울고 싶었다. 맞닿은 그의 부드러운 입술을 어느 때까지나 놓고 싶지 않았다. 늘 원하고 바라온 것이 그런 무더운 사랑의 기쁨이었었건만 그것을 대담하게 구하지 못하고 표현하지 못한 것이 생각하면 부끄러웠다. 대체 무엇을 가운데 두고 마음이 지금까지 그 테두리를 한결같이 뱅 돌았던지를 알 수 없다. 피차에 처음으로 주고받는 열정에 두 사람은 꿈속에 있는 듯이 혼몽하였다. 잠시 동안 온전히 말을 잊었다. 말 없는 열정 속에서는 무슨 생각이 솟아야 옳을 것인지 순도는 모든 것을 잊어야 할 그 무더운 사랑 속에서 오히려 한 갈피의 욕심이 솟아오름을 슬퍼하였다. 사랑의 욕심은 항상 질투에서부터 온다.

"강남레코드에 나갈 작정이오?"

문득 이렇게 물은 순도의 한마디는 질투 이외의 아무것도 아니었던 것이다.

"글쎄요. 모처럼 희망했던 길을 중간에서 일부러 버릴 수도 없고 어떻게 했으면 좋을는지요."

"윤주라는 위인이 웬일인지 비위에 안 맞는구려—생긴 품이 음탕한 짐승 같아서 은근히 걱정돼서 하는 말이오."

"세상의 사내란 사내는 왜 모두 그런지요. 윤주뿐이겠어요. 민수란 양반도 점잖은 줄 알았더니 알고 보니 망나니예요."

"그런 것을 날 보고 그 사람같이 하란 말요. 어쩌자는 생각인지 속을 알 수 없구려. 내가 그 사람들을 결코 좋아하지 않는 줄을 뻔히 아는 처지가 아니오."

"그럼…… 나를 의심하시는 말씀이죠."

영옥은 문득 불쾌한 생각이 들면서 혼자 자리를 일어섰다.

"정색할 필요야 있소.—의심하지 말라는 말요."

"얼마든지 의심해보세요."

영옥은 손을 번긴 듯이 화를 내며 달아나는 듯이 철망께로 내뺐다. 그 거동에 문득 순도도 노염을 품고 자리를 일어섰다.

"의심하구말구.—밤낮 마음을 괴롭히는 것이 그 생각이오."

"사람을 무시해두 분수가 있죠."

영옥은 얼굴을 붉히면서 혼자 허둥허둥 다시 철망을 타 넘었다.

"사람의 속을 뉘 알꼬."

순도의 이 한마디가 거의 치명적이었다. 날카로운 소리가 나며 급스럽게 서두는 영옥의 치맛자락이 철망에 걸려 보기 좋게 찢어졌다. 노염과 격동을 못 이겨 영옥은 너펄거리는 치마폭을 돌아다보지도 않고 도망이나 하는 듯이 쏜살같이 언덕을 달았다.

'—사람의 속을 뉘 알꼬.'

순도는 고집스럽게 한 번 더 마음속으로 이것을 외쳐보며 아무 감정도 없는 목석같이—기실은 용솟음치는 뭇 감정으로 가슴이 터질 듯도 하였으나—영옥의 뒷모양을 우두커니 바라만 보고 섰었다.

마음의 싸움이 왜 항상 사람을 이렇게도 괴롭히나를 생각할 때 영옥은 숨차게 달으면서도 안타까운 심정에 차라리 이대로 솔곳이 사라졌으면 하고 느꼈다. 물론 우두커니는 서 있을지언정 순도도 똑같은 생각을 마음 한편에 떠올리고 있기는 일반이었다.

9

영옥이 명호와 옥주의 결혼식에 참례한 것은 교외에서 어설프게 작별하게 된 순도에게 대한 일종의 심술인 셈이었다. 보라는 듯이 보내온 청첩을 받았다고는 하더라도 군이 출석할 필요는 없었고 아니꼬운 마음에 도리어 싫은 생각도 들었으나 부러 고집을 피우려는 심사로 몸단장까지를 가든하게 한 것이었다.

결혼식도 유달리 야단스럽기는 하였다. 음악협회 일동의 축하의 합창이 있었다. 성스러운 합창 소리가 장내를 더한층 높게 보이고 엄숙하게 가라앉혔다. 음악 속에서는 신랑과 신부의 자태도 한층 엄연하게 보이는 것이었다.

영옥도 지난날에 꿈결 같은 속에서 몸으로 한번 겪어본 광경이언만 떨어져서 그것을 방관할 때에는 또 다른 감상이 솟았다. 이미 헤적거려본 육체요 헤벌어진 마음인지도 모르건만 단지 예복으로 단장하고 면사포로 얼굴을 가리웠을 뿐으로 그렇게도 엄숙하고 단정한 것으로 보이는 것일까. 그 한 쌍은 마치 주위 사람들과는 동떨어져서 세상에서 특별히 선택된 신령스러운 한 쌍과도 같이 보였다.

결혼식이란 결국 예복과 면사포로 어마어마하게 무장하고 세상 사람에게 장엄한 인상을 주는 일종의 시위운동일는지도 모른다. 옛사람이 예식이라는 것을 꾸며냈을 때에는 으레 그런 뜻에서 나온 것이겠지만 예복의 우상에서 벗어난 신랑과 신부의 다음 날부터의 누그러진 가정생활이라는 것을 생각할 때 사람의 하는 짓이 도대체 야단스럽고 주체스럽게만 여겨져서 영옥은 아닌 때 생각이 자꾸 비판적으로만 들어갔다.

그러나 어떻든 의젓한 두 사람의 자태에 비길 때 그 외 사람들은 모두 금줄을 친 테두리 밖 사람같이만 보였고 더구나 자기의 자태는 외모로나 마음으로나 너무도 초라한 것으로 영옥에게는 느껴졌다. 안경을 쓴 옥주의 야물어진 얼굴이 한층 자랑스럽게 보이고 가슴속에 갈피갈피의 비밀을 감추었을 명호의 태도가 능청스럽고 점잖게 보였다. 모르는 숲 속에 외롭게 섞여서 두 사람을 바라보기가 쓸쓸하여지면서 자신의 꼴이 새삼스럽게 내려다보이곤 하였다.

"왔었구면."

등 뒤에서 귀 익은 목소리 들린 것이 도리어 다행이었다. 애란이었다.

"왜 이런 데 숨어서―."

동무의 목소리를 반갑게 여기면서 영옥은 그의 손을 붙들었다.

"―남의 틈에 숨어서 결혼식을 보는 것같이 초라한 꼴은 없는데."

"눈에 뜨이는 건 더 창피할 것 같아서."

영옥은 픽 웃어 보였다.

"그래두 명호의 요량으론 영옥이 오늘의 주빈일 듯싶은데."

애란도 웃음으로 대답한다.

"비꼬는 요량으로."

"사람의 속을 뉘 알게. 저렇게 나란히 선 것을 보면 세상에는 저 둘밖엔 없는 것같이 정답고 평화롭게 보이지. 그러나 알고 보면 오늘 이 시간까지두 둘 사이에 옥신각신이 삐지 않았다나. 영옥이 이름두 두 사람 입에 안 올랐을 줄 아나."

"그래서 꼴 좀 봐달라구 청첩을 보냈단 말인가."

"적어두 옥주의 짓 같애. 내 짐작으론─생긴 걸 보지 여간내기 아닌가. 그러니깐 차라리 앞에 나서 버젓하게 노려주는 것두 대거리가 돼서 좋을 것 같애."

"대거릴 해선 무얼 하누."

영옥이 움직일 양도 하지 않고 섰는 것을 보고 애란도 그 자리에 머무르기로 하였다.

"놀라운 소식 또 하나 말할까."

장황한 주례의 말을 듣기도 지루하여서 애란은 한참이나 있다가 또 귓속말을 지껄였다.

"─오늘만에 드는 결혼비가 얼마나 되는지 짐작이나 하나. 놀라지 말라. 일금 오천 원야라. 그 대부분을 옥주 편에서 댄다나. 신랑 측보다두 저 신부 측의 위세들을 보지 얼마나 장관인가. 피로연은 호텔서, 신혼여행은 금강산으로."

단둘이 훗훗하게 만난 까닭인지 애란은 전에 없이 말이 많고 수다스러웠다. 영옥은 오래간만에 입이 무겁던 동무에게서 한 사람의 가십쟁이를 본 듯도 하였다.

"옥주 학교 사직한 소문 들었나. 결혼 후에는 구천 원짜리 문화주택에 얌전한 가정인으로 들어앉는데. 현모양처가 또 한 분 생기는 셈이지. 양처—제발 착한 아내가 되라지."

거의 혼자만 지껄이다시피 하는 애란의 입살이 명호는 싸두고 여자끼리인 옥주 한 사람에게로만 던져짐이 영옥으로서는 야속도 하였다. 그러나 한편 잠자코만 있기가 미안도 하였다.

"쓸데없는 말을 내가 왜 이리 야단스럽게 늘어놓는고 하면—."

애란의 말은 가려운 데까지 손이 닿았다.

"—도대체 오천 원이니 문화주택이니 피아노니 하는 것이 아니꼬아서 하는 말야. 오천 원을 쓰려거든 쓰고 문화주택을 지으려거든 짓지 그런 것은 가만히 잠자코나 할 일이지 무엇이 장하다구 소문을 내구 거리의 이야깃거리를 만들려고 하느냐 말이지. 옥주의 약은 계책으로 은근히 왁짝 선전을 하구 소문을 낸 눈치니 천하에 근성머리가 더럽단 말야. 뒤집어보면 그게 우리 여성 전체에 대한 도전이 아니구 무어야. 모욕이 아니구 무어야. 왼통 누가 부러워하구 장해 여기나 부지. 비위 사납게 천박한 것. —그런 눈치를 알면서 오늘두 올 걸 왔나, 꼴 좀 비웃으러 왔지. 내 주장하구 인제 집 꼴 되나 보지. 제일 가여운 게 명호야. 평생 판관 노릇을 하구 집안에선 깔리어만 지낼 신세니."

장황은 하였으나 듣고 보니 그럴 법도 하였고 애란의 말 속에는 영옥 자신이 하고 싶던 말도 많았다. 명호와 옥주의 숨겨진 내막을 우연한 기회에 톡 털어본 듯도 하여서 시원도 한 한편 가없기도 하였다. 그러려니 짐작하지 못한 바는 아니었으나 막상 너무도 또렷이 듣고 보니 일종의 환멸조차 느껴졌다. 대답할 말을 몰라 짐짓 잠자코 있는 동안에 결혼식도 거의 끝나는 모양이었다.

백년해로의 계약을 마친 새 부부는 나갔던 길을 되돌아 나왔다. 양편 숲 속에서 날아드는 오색 테이프의 얼크러진 줄이 걸어 나오는 두 사람을 친친 얽고 뿌려지는 쌀이 길 위에 천하게 널려졌다. 장내가 어지럽게 수물거렸다. 내막을 털어본 후이므로 그런지 영옥에게는 두 사람의 자태가 새삼스럽게 찬찬히 바라보였다. 알뜰히 바라보려고 고개를 사람들 어깨 사이로 기웃거리는 동안에 수물거리는 파도에 휩쓸려 영옥의 몸도 밀리고 있었다. 두리번거리는 사이에 어디로 사라졌는지 애란의 자태조차 놓쳐버리고 어느덧 회당 문이 미어지게 꾸역꾸역 나가는 숲 속에 싸여 있었다.

움직이는 사람들 가운데에는 면목 있는 얼굴도 간혹 눈에 뜨이기는 하였으나 그 복잡한 속에서 자기의 모양이 문득 민수의 눈에 뜨일 줄은 몰랐다.

"어디 계신가구 찾았더니―."

옆을 스치고 나선 것을 보니 뜻밖에 민수였던 것이다.

"드릴 말두 있구 한데 마침 잘 만났습니다."

언제인가 그의 아파트에서 그 불측한 짓이 있은 후로 처음 만나는 것이었으나 그 당장 같아서는 노여운 마음에 다시 만나고 싶지도 않고 눈도 지릅떠[17] 볼 것 같지 않던 것이, 시간이 흐르면 마음도 누그러지는지 그 자리에서 영옥은 노염을 피울 수도 없었다. 민수의 태도부터가 아무 일도 없었던 듯이 천연스러웠고 그 판에 영옥도 굳이 그를 꾸짖을 수는 없었다.

17 부릅떠.

"우선 피로연에 같이 가셨다가—."

민수는 혼자 작정으로 은근히 영옥의 마음을 나꾸어보려는 눈치였다.

"거길 뭣하려요. 여기 나온 것도 가장껏 정성인데."

어느덧 마당에까지 밀려 나왔다. 넓은 마당에서는 밀렸던 파도도 헤벌어지면서 빽빽하던 사람들이 제물에 듬성듬성 헤트려졌다. 등대하고 선 여러 대의 자동차가 기우는 햇빛을 받고 검은 속으로 눈부시게 빛났다. 신랑 신부가 탄 뒤로 차례차례로 가족들 들러리들이 올라타는 한 대씩 뒤를 이어 움직이기 시작하였다.

"명호의 특청두 있구 했으니 가시죠.—오늘 손두 바쁘다구 해서 친한 대빈들의 뒷갈망을 제가 맡다시피 했는데요."

민수는 차 소리에 충동을 받은 듯이 조급하게 재촉한다.

"안 가요."

"얼른 타세요."

자동차를 가리켰으나 영옥의 대답은 한결같았다.

"싫다니까요."

"실상은 피로연보다두 더 중요한 일이 있어서 그러는데요—."

민수는 기어코 하는 수 없이 말머리를 돌리는 수밖에는 없었다.

"—강남회사에서는 영옥 씨의 전속 입사를 자기들끼리 임의로 결정해버렸다는데 늦은 인사지만 거기 대한 영옥 씨 자신의 의견도 듣고 싶고 구체적으로 취입할 레코드의 곡목도 작정해야겠고 테스트도 한번 해봐야겠고, 해서 실상 오늘 윤주의 청으로 같이들 만나기로 했는데요. 피로연이 끝나는 대로 곧 적당한 곳에서 모이려고—."

오래전부터 말썽이 많던 강남회사의 교섭의 되풀이였으나 진저리가 날 지경의 그 말이언만 영옥은 그래도 번번이 그것을 단번에 차버리지 못하는 처지였다. 가슴에 걸리는 감정의 체증이 있으면서도 청을 받을 때 외마디에 선뜻 따버리지 못하는 그였다. 더구나 신인 방송에 출연하였을 뿐 그 후 아무런 계획도 없이 지내오던 판에 일종의 불안과 초조조차 느끼게 되어 언제나 거게서 고집만을 피울 수도 없었던 것이다. 한참이나 잠자코 대답이 없음은 은연중에 그의 말을 받아들이는 셈이었다.

"—오늘 기회만은 놓치지 마십시오."

"피로연엔 아무래두 안 가겠어요."

"그럼 곧 윤주는 만나더래두—."

민수는 벌써 완전히 영옥의 마음을 붙들고 민첩하게 눈치를 나꾸었다.

"어떻든 차를 타시죠."

찌뿌듯은 하면서도 영옥은 마치 모르는 결에 보이지 않는 힘에 이끌리듯 차 앞으로 나서는 것이었다.

10

영옥이 싫어하는 바람에 피로연으로 이끌 수는 없었으나 윤주를 만날 것을 청탁하고 민수는 차를 어떤 바 앞에 세웠다. 그것으로써 결혼식 행사에서는 온전히 벗어져난 셈이었으나 그것이 도리어 민수의 처음부터의 작정이었지 명호에게서 결혼식 내빈의 뒷갈망을 맡은 법도 없었고 그 이상 더 식의 행사에 참례할 의무도 없었던 것이다.

영옥도 피로연에서 벗어져나게 된 것을 크게 다행으로 여기며 그 바람에 민수가 권하는 대로 수월하게 바로 들어갔다.

민수는 차 대신이라고 하면서 큐라소[18]의 병을 분부하였다. 한 잔의 술이 아니라 한 병의 술이 탁자 위에 올랐다. 밑이 받은 유리잔에 진득한 누른 술을 따라놓고 민수는 전화를 걸러 안으로 들어갔다. 회사에 있을 윤주를 부른다는 것이었다.

차 대신이라는 바람에 영옥은 잔의 술을 입에 대었다가 단 바람에 한 모금 머금어보았다. 단술과도 같아서 달고 눅진하게 목을 눅이는 품이 만만할 듯싶어서 한 잔을 완전히 켜버리는 판에 민수는 마침 윤주가 잠깐 자리에 없다는 뜻을 전하면서 전화에서 돌아왔다.

"좀 있다 다시 걸기로 하구.—술맛이 아니라 홍차 맛쯤밖엔 안 되죠."

빈 영옥의 잔을 채우고 자기 몫을 단모금에 마시는 것이다. 기름한 질그릇 병에서 나오는 감빛 술을 영옥은 짜장 홍차쯤으로 짐작하면서 그 단맛에 유혹을 느끼기 시작하였다.

"병째로 청했으니 얼마든지 드시죠. 그까짓 차쯤."

농을 농으로 받으면서 영옥은 술잔을 사양하지 않았다.

"언제인가 아파트에서 실례가 많았으나 벌써 잊어주셨겠죠."

차차 누그러져가는 영옥의 모양을 가늠 보면서 민수는 묵은

18 알코올에 쓴맛이 나는 오렌지 껍질을 넣어 조미한 단맛이 나는 양주.

이야기를 풀어냈다.

"그러나 불측한 소리 같지만 과히 노여하지 마실 것은 그만한 허물은 남자치고는 여사란 거요. 남자 된 특권—이야 무슨 특권이겠습니까만 일종의 숙명이라고두 할까요. 아마도 지금 이 거리의 사내치구 누구나 그만한 장면 겪지 않은 사람, 그만한 허물을 가지지 않은 사람은 없을 게니요. 적어도 마음을 쪼개보면 누구나 그만한 일 저지를 위험성은 다 가졌고—결국 평생에 그런 기회가 닥쳐오나 안 오나가 문제일 뿐이라는 걸 알아주십시오."

"……."

"제 입으로 말하긴 변명 같애서 대단히 불리합니다만 알구 보면 남자란—사람이란 그런 겝니다. 내가 지금 이 자리에서 세상의 남자를 대신해서 이 비밀을 고자질한다구 내게 항의할 남자두 없겠거니와 그런 자격을 가진 사내라곤 세상에 태어나지도 않았겠죠."

"……."

"연희 말만 들으면 내가 세상에서 제일 고약한 사내인 셈이지만 피차에 이해만 어그러지면 사람이란 별 말이래두 다 하는 법. 날더러 말하라면 내가 그다지 고약한 사내두 아니거니와 연희의 처지가 그렇게 불행한 것두 없구—실상은 현재두 될 수 있는 대로 정성껏 뒤를 보살펴주는 처지인데 지나친 발악은 쓸데없는 센티멘털리즘일 뿐."

술잔을 거듭하면서 민수는 싱숭생숭 말이 많았으나 단술에 맛을 들인 영옥에게는 그것이 그다지 불쾌한 말들은 아니었다. 별반 반감도 동감도 없이 한 귀로 흘릴 정도로 심드렁하게 듣고 있었다.

"여자를 두고 움직일 때의 사내의 마음이란 것이 원래 고약한 것은 아니지만 경우에 따라 빗나갈 때에 고약하게 나타나는 수도 있겠죠. 결국 생각하면 항상 원인은 여자에게 있기 때문에 죄는 그편이 더 많은 것 같은데─가령 세상의 악마라는 것도……."

무엇을 생각하였던지 민수는 거기에서 말을 멈추고 문득 다시 전화를 걸러 안으로 들어갔다. 노엽던 마음이 그만큼이라도 풀리는 것은 술의 덕일까 하고 영옥은 큐라소의 잔을 신기한 것으로 노려보았다. 마음은 별 궁리 없이 단순하게 가라앉아 갔다.

민수는 부리나케 전화에서 돌아오더니 부랴부랴 영옥을 재촉하였다. 윤주는 벌써 장소를 정하고 먼저 그리로 가서 두 사람 오기를 기다린다는 것이었다. 급스럽게 서두르는 바람에 영옥은 바를 나온 것이며 자동차에 오른 것이며가 거나한 정신에 도무지 꿈속 일만 같았다. 벌써 불이 들어온 거리를 달리는 차가 하늘을 달리는 날개인 듯 유쾌하였다.

"좀 야단스러운 것 같지만 오늘은 회사로서의 정식 초대라나요. 그래서 특별히 이런 장소를 골랐다는군요."

어두워가는 뒷골목에서 차가 섰을 때 민수의 설명을 듣고 보니 딴은 조금 거추장스럽게 큰 요정이었다. 그런 길은 처음인 영옥이 문간에서 얼마간 주저는 하였으나 결국은 수월하게 들어서게 된 것은 역시 술김이었을까. 사실 만만히 보고 잔을 거듭한 단술의 효과는 처음에는 몰랐던 것이 차차 그 효험을 나타내는 것이었다. 요정에 들어섰을 때의 그의 눈청은 벌써 바를 나올 때의 아직도 맑던 그 눈청은 아니었다. 다리의 맥도 어딘지 없이 허전거렸다. 복잡한 복도를 아부러져 구석편 방에 들어갈 때까지 도무지 온전한 걸음은 아니었다. 방 가운데 도사리고 앉은 윤주를 보았을 때 문득 부끄러운 생각이 나며 정신이 들었다.

"잘 오셨습니다. 장소가 좀 어떤까도 생각했으나 과히 허물 마시구―."

장소에 관한 설명을 윤주에게서까지 마저 듣게 되는 영옥은 비로소 섬짓한 생각이 나면서 조심스럽게 앉았다.

"제 마음대로는 했습니다만 입사는 이미 작정되신 게니 오늘은 축하를 위한 피로의 잔치를 사로서 드리고도 싶고 해서―."

사실 영옥은 교섭의 회담을 하러 온 것이 아니라 잔치의 대접을 받으러 온 셈이었다. 넓은 식탁에는 야단스럽게 진미가 올랐다. 교섭이래야 문예부의 작곡 작사로 취입할 곡목이 작정되었다는 것과 그 연습을 하러 일차 사에 나와달라는 것과의 통지와 분부이지 그 이상 별 내용도 없이 즉시 만찬이 시작되었다. 극히 어렵고 까다로워야 할 일이 왜 이리도 수월할꼬, 생각하면서 영옥의 마음속은 그다지 편편한 것은 아니었다. 기어이 마셔야 된다는 축배의 석 잔 술이 의외에도 전신에 활짝 피기 시작하였다. 잡담을 건네면서 고래같이 술을 켜는 두 사나이를 영옥은 혼몽한 정신으로 바라보았다. 민수는 꾀바른 사냥꾼으로 친다면 육중한 윤주는 갈데없이 짐승이었다. 사물거리는 눈앞에서 망아지로 보였다가 산돼지로 어리었다 하였다……. 얼마나 시간이 흘렀는지 실상은 얼마 안 지났겠건만 픽도 오래된 듯이 생각되는 속에서 영옥은 문득 민수의 흐리멍덩한 한마디를 들었다.

"취한걸.―바람 좀 쐬구 오리다."

비틀비틀 나가는 민수를 물끄러미 바라보다가 그의 자태가 문밖으로 사라졌을 때 영옥은 문득 정신이 들며 새삼스럽게 고요하여진 방 안 공기가 몸을 선뜻 스쳐 오고 웅크리고 있는 윤주의 자태가 위험한 짐승으로 느껴지며 별안간 몸서리가 치는 것이었다.

복도에 나선 민수는 문밖에 장승같이 한참이나 우두커니 서 있었다. 짜장 술도 취하기는 하였으나 그러나 거나한 속으로 한 줄기 맑은 정신이 마치 곧은 철사같이 날카롭게 전신을 꿰뚫고 있었다.

'어떻게 해야 옳을꼬.'

짧은 순간의 일이었으나 이런 번개 같은 생각이 머릿속에 편적[19]이고 있었다.

'동무의 우의가 중할까, 정조가 중할까.'

언제인가 윤주와 맺은 신사조약을 생각하고 있는 것이었다. 문예부장의 지위와 사랑과의 교환을 걸었던 약속의 일건을 생각하고 있었다. 사내들끼리의 멋대로의 작정이었으나 윤주의 영옥에게 대한 욕망과 민수의 영옥에게 대한 노염—이 두 감정의 합류에서 시작된 것이었다. 윤주로서는 야욕이었고 민수로서는 일종의 분풀이요 복수의 심사였던 것이다. 그러나 처음에는 불측한 농으로 시작된 것이었으나 일단 약속이 성립되었을 때에는 거기에는 스스로 사내로서의 배짱도 서고 위신도 보여야 되게 되었다.—민수의 마음의 괴롬은 그 점에 있었던 것이다.

19 '번쩍'의 오기로 보임.

답답한 판에 창을 열고 어두운 뜰을 내다보면서 무더운 얼굴에 바람을 맞다가 민수는 문득 그러고만 있을 수도 없는 듯이 결의를 하고 창 기슭을 내려섰다.

'결국 내 손가락 하나에 달린 일이다.'

방문 옆 벽 위 스위치를 눈 꾹 감고 손가락으로 누르면 그만인 것을 안다. 방 안의 불이 꺼질 것이요 민수의 앞에 어둠의 세상이 놓여질 것이요 따라서 그와의 약속은 이행되는 것이다.

등불 아래에서 어둠을 기다리면서 웅크리고 앉았을 윤주의 꼴이 눈앞에 떠오른다. 짐승 같은 꼴이라니! 뒤이어 우두커니 마주 앉아 잠시 후에 올 운명도 모르고 있을 영옥의 자태가 떠오른다. 불한당들의 계책으로 그런 줄도 모르고 지금 막 희생의 단 위에 오르려는 가여운 양! 참으로 가여운 양! 숭한 불한당들! 가여운 양!

민수는 어지러운 생각에 삼삼거리던 방문 앞을 떠나 다시 창 기슭에 올라 가슴을 헤치고 바람을 맞았다. 맞은편 창에서 등불이 흘러 초목이 그 속에서 신선하게 빛났다. 복도에는 어른거리는 뽀이들의 그림자가 보이고 그 어디인지 방에서는 유흥의 소리가 은은히 들려왔다. 고요한 속에서 시간이 무한히 흐르는 듯한 느낌이 불현듯이 솟으며 민수는 초조하게 창에서 내렸다.

'악마 되기가 이렇게도 어려운가.'

고개를 흔들며 복도를 거니는 발이 떨린다. 아직까지도 할 바를 모르고 방 안에 우두커니 웅크리고 앉았을 윤주의 꼴이 별안간 딱하게 생각되자 견딜 수 없이 몸이 숭숭거린다. 우의와 정조와—우의가 반드시 정조보다 허름한 법은 없을 것이다. 약속은 약속이다. 한 번 입 밖에 낸 장부의 한마디가 그렇게 허수하게 버려질 법은 없다. 조약이란 이행하기 위한 것이다. 아무리 주석에서 맺은 언약이기로 헌신짝같이 버려질 법은 없는 것이다. 행할 뿐이다. 말은 행하여야 한다.

'악마가 되려다가 미끄러진 팔동이는 악마보다 더 못난 것이다. 어차피 악마의 심정으로 시작된 것이니 차라리 악마가 되어버리는 것이 편한 노릇이다. 무엇을 주저하랴.'

마음이 작정되자 민수는 더 뭉갤 필요는 없었다. 짜장 금시에 악마로나 환생한 듯이 얼굴을 괴롭게―가 아니라 무섭게 찡그리고 문밖 벽 앞으로 달려들었다. 운명의 골패쪽이 떨어지는 순간같이 엄숙하고 긴장된 순간이 있을까. 골패쪽을 쥔 악마의 손―스위치를 잡은 민수의 손은 나무같이 굳으면서 떨렸다. 항상 망설이는 동안이 길었지 떨어지는 시간은 한순간에 지나지 않는 것이다. 한순간―골패쪽은 떨어지고 말았다.

민수는 벽에서 번개같이 손을 떼고 장승같이 굳은 몸으로 문앞에 한참이나 우두커니 섰었다. 무엇이 어떻게 되었는가. 세상이 별안간 함정 속에 빠졌는가. 하늘의 별이 떨어졌는가⋯⋯. 빙글빙글 돌던 지구 덩이가 금방 문득 서버린 듯도 한 착각이 일어나며 민수는 정신이 아찔하여졌다. 문틈으로 들여다보이는 방 안이 어두울 뿐 아니라 복도도 어둡고 세상 전체가 암흑으로 변한 듯싶었다.

'흠, 대체 무엇을 저질렀노. 무엇이 일어났노.'

현기증으로 금시 그 자리에 쓰러질 듯도 한 것을 간신히 몸을 곧추세우고 골을 흔들어보았다. 골이 떨어지지 않고 그대로 붙어 있음이 신기하였으나 눈앞이 핑핑 도는 판에 그 자리에서 발을 돌리는 수밖에는 없었다. 저주받은 방문 앞에 한시도 더 머물러 있기가 괴로웠다. 거의 미칠 듯이도 수선거리는 머리를 부둥켜안고 복도를 허둥허둥 뛰어가는 것이었다. 어덴지도 모르게 복도를 구부러져서는 대중없이 달았다. 그 무엇에 쫓기는 듯도 한 참혹한 그 꼴은 자랑에 넘치는 악마의 꼴이 아니라 싸움에 짓찢기우고 달아나는 광대의 꼴이었다.

11

　오후의 강가는 고요하였으나 그러나 또 이날같이 맑은 강물과 찬 바람과 신선한 초목이 민수의 마음을 괴롭힌 적은 드물었다. 흔하게 흐르는 물과 강기슭을 스쳐 내리는 바람이 무거운 마음을 개운하게 덜어줄 줄만 알았던 것이 도리어 효과는 반대여서 나부끼는 풀잎 하나까지도 그의 마음속을 갈피갈피 헤치고 들어 생각을 더 하게 하였다.

　그날 밤 요정에서 아무것도 모르고 함정에 들어온 영옥을 싸고 윤주와의 사이에 무서운 계책을 썼던 그 저주의 밤이 있은 후 며칠 동안의 날과 밤을 민수는 무거운 번민 속에서 지내왔다. 거리에 나가기조차를 피하고 집 안에서 궁싯거리다가 견디지 못하고 뛰어나온 것이 날마다 교외의 강가였다. 그러나 아무리 바람을 맞아도 한 번 저지른 마음의 짐이 좀체 덜어지지는 않았다.

　죄라는 것이 무엇인지를 그는 진심으로 생각해본 적이 없었고 다만 가벼운 입으로 비판해보고는 수월한 것으로 여겨왔을 뿐이었다. 무엇이 죄이냐는 둥—시대를 따라 죄의 의식이 다르다는 둥—입으로 지껄이기만 할 때에는 퍽도 수월한 것이었으나 일단 실감으로 그것을 느낄 때에는 무섭고 무겁고 드세임을 깨달았다.

죄는 죄인 것이다. 죄를 결정하는 저울과 자는 다른 아무것도 아니요 참으로 마음인 것이다. 제아무리 이치를 캐고 장담을 해보았어도 결국 마음이 무섭고 무거워질 때 그것이 바로 죄이라는 것을 깨달았다. 그 마음의 무겁고 음산한 짐을 덜어줄 사람은 다른 아무도 아니라 참으로 자기 자신임을 깨달았다. 그 의지할 곳 없는 외로운 생각이 두 겹으로 마음을 눌렀다. 죄진 사람의 설레고 음산한—그것이 요사이의 민수의 표정이었다.

'그만 정도의 악마두 돼보지 못한단 말인가.'

물론 이렇게도 생각은 해보았다. 당초에 윤주와 계약을 맺을 때에는 제법 악마의 역할을 호돌스럽게 할 수 있을 것 같았고 현대에 있어서 악마 노릇을 함에는 성인 노릇을 하는 이상의 자랑이 있다고 생각하였던 것이다. 그것이 일단 일을 저질러놓고 볼 때에는 큰 오산이었음을 알고 예측하지 못했던 괴롬이 가위같이 육신을 누르는 것이다. 악마 노릇을 함은 성인 노릇을 하는 것과 똑같은 정도로 어려운 일이요, 여간내기가 아니고는 감히 그 노릇을 해낼 장사 없다는 것을 또렷이 깨달았다. 줄을 타다가 미끄러진 광대와도 같은 희극의 인상을 악마가 되려다가 미끄러진 자신의 꼴에서 보았다.

그렇게 생각할수록에 민수는 자신의 옹졸한 꼴에 비겨 윤주의 배포 유한 태도가 장하게도 우러러보이고 밉살스럽게도 느껴졌다. 체질로나 기질로나 애초부터 맞수가 아니었는지도 모른다. 자기와는 반대로 악마의 소질을 처음부터 갖추어 있었던 윤주임이 틀림없는 것이 차례진 무서운 역할을 늠실하게[20] 감당하였을 뿐이 아니다. 오늘은 그 보수로서의 민수와의 계약의 조건을 이행하러 강으로 나온다는 약속이었다.

'악마일까, 영웅일까.'

어처구니가 없어 민수는 속으로 중얼거려보면서 윤주의 위인을 알 수 없는 괴물로 생각하는 수밖에는 없었다. 그와 겨루다가 딴죽걸이로 보기 좋게 쓰러진 자신의 꼴이 한층 가엾게 떠오른다. 너무도 감감한 것이 괴로워 돌을 집어 올려 강물에 던져본다. 풍덩 소리가 나며 파문이 일고 강 속에 길게 뻗친 자신의 그림자가 깨트려진다. 파문이 사라지자 그림자는 제자리에 모여들었다가 돌을 던지면 다시 흩어지곤 한다. 돌을 수없이 던지는 동안에 물속이 어지럽게 수선거리다가 맑게 가라앉았을 때 민수는 문득 자기 그림자 아닌 또 하나 다른 그림자를 물속에 발견하고 뒤를 돌아보았다. 윤주가 와 있었다. 민수는 홧김에 또 한 번 돌을 집어 물속의 윤주를 힘껏 깨트려버리고는 돌아서서 언덕 위로 뛰어올랐다.

"자네게 할 말도 많네만.─감사하다구 하면 옳을는지, 어쩌면 옳을는지."

윤주가 어슬렁어슬렁 뒤를 따르는 것을 알고 민수는 한층 급스럽게 발을 떼었다.

---

20 부드럽고 조금 가볍게.

"하긴 입으로만 감사하려는 것이 아니네. 조약을 조약대로 이행해준 자네가 신사라면 나두 사내대장부 간대루 일구이언을 하겠나. 약속은 약속대로 지키겠네."

민수가 풀 위에 덜썩 주저앉으니 윤주도 덩달아 그의 옆에 자리를 잡는다.

"그 눈치 누가 모르겠나만 자네겐 아직두 감상이니 무어니 하는 귀찮은 게 남아 있는 모양이야. 내 눈으로 보면 그게 다 아직두 어린 탓. 그다지 괴로워할 법은 없어."

담배를 내서 불을 붙여 물고는

"고지식한 자네에게 비하면 난 아마 악한 중에서두 상악한인지는 모르겠으나 감상은커녕 마음속에 손톱만큼의 심책두 안 느끼니 대체 웬 까닭인가. 모든 것이 그저 있을 대로 있었고 될 대로 된 것같이밖엔 생각되지 않네. 그다지 야단을 칠 만한 큰일두 아무것두 아니구 넓은 세상 그 어느 구석에서 꽃 한 송이가 깜박한 것쯤밖엔 생각되지 않으니."

"암, 악한이구말구. 자네 같은 위인을 알게 된 것이 내겐 일생의 불행이었네. 일대의 실책이었네."

민수는 입에 고인 신물이라도 뱉어버리는 듯 어세가 급스럽다.

"그러나 당초에 자네의 제의로부터 시작된 일이었지 내가 시킨 일인가. 자네로선 그만하면 복수가 됐겠구 내가 그 복수를 사서 한 셈이니 벼르던 복수를 한 이상에 무슨 더 잔소린가. 그날 밤의 자네의 행동을 칭찬하러 왔지 그 우울한 꼴 보러 여기까지 나온 줄 아나."

"딴은 악한의 배짱은 그만큼은 서야 되렷다. 악한과 씨름을 한

댔자 편편히 질 뿐이지 내야 밑천이나 찾겠나."

민수는 벌떡 자리를 일어서면서 한 옴큼 뜯어 쥔 풀잎을 윤주의 면상에 던졌다.

"쓸데없이 흥분하지 말게. 아직 판이 다 끝난 것은 아니야. 내자네에게 갚을 게 있으니 말이네. 약속한 문예부장의 자리―언제든지 그것을 자네에게 물려줄 마음의 준비가 내게 있네. 자네 원하는 때 언제든지."

"그래두 조롱인가. 무엇이 부족해서 두구두구 사람의 맘을 성가시게."

소리가 절걱 나게 윤주의 볼을 쥐어박고 민수는 그래도 화를 못 이겨 돼지 목심 같은 그의 목을 팔에 걸었다.

"기어코 쌈을 하자는 셈이지. 어쨌다구 엉뚱하게 내게 화풀이야. 그까짓 분은 강물에나 띄워버리잖구."

팔에 목을 감기어 말소리조차 끊어지면서 한참 동안이나 꼼짝부득이던 윤주였으나 문득 차력이나 한 듯 힘을 쓰면서 몸을 일으키는 바람에 민수의 몸이 거꾸로 곤두서며 두 몸이 한데 휩쓸려 볼 동안에 언덕을 굴러 내려갔다.

한참 동안 모양들은 안 보이고 깔리거나 누르거나 두 몸이 한데 엉긴 채 욱박아대는 소리만이 고요한 강가에 세차게 들렸다. 유유한 강물과 나부끼는 초목들은 당초부터 순간순간에 명멸하는 인간에는 관심을 안 가진 듯 천연스럽게 제 몫만을 보고 있는 그 속에서 그 유유한 자연에 거역이라도 해보려는 듯이 뛰어나게 두 사람의 기운은 세찼다. 두 몸은 떨어졌다 어울렸다 하면서 강기슭으로 밀려 나갔다. 윤주의 몸은 허울만 클 뿐 민수에게 깔리기가 일쑤였다. 목을 눌리면서 간신히 토막토막의 말소리를 자아냈다.

"……무슨 까닭에 이 짓인지를 다 안다. 아직까지두 영옥을 못 잊어서 그러지. 복수란 얼토당토않은 몽상이었어. 내게 사랑을 사양한 것이 얼마나 원통한가. 더 좀 뒤두구 지긋지긋 정성껏 사랑을 구해볼걸. 자네 맘속 다 들여다보네……."

힘을 불끈 써서 몸을 세우고 민수를 눕히려다가 다시 됩데 깔리고야 말았다. 이제는 벌써 전신을 맞을 대로 맞아 기운도 어지간히 쇠진하였다. 반대로 민수는 더욱 생기가 팔팔하여지고 기운을 더하여갔다.

"난 왜 그리 경솔하였던지 모른다. 너 같은 악마와 애초에 쓸데없는 농을 건 것이 내 잘못이었지. 죽어두 이 원한 풀어질 성싶지 않다. 고약한 것, 어떡하면 모든 것이 제대로 돌아설까."

"그만두세. 그만하면 자네가 이겼네. 내가 이긴 줄 알았으나 결국 겉뿐이구 정말 이긴 건 자네네. 마음으로 이겼네. 사랑에 이겼네. 나만 결국 참패네……."

손을 모고 빌면서 발을 구른 서슬에 윤주는 간신히 몸을 빼치고 민수의 팔을 벗어났다. 민수가 쓰러져 있는 틈을 타서 다시 더겨룰 염도 못하고 허둥허둥 언덕을 올라갔다. 민수가 몸을 일으켜가지고 뒤를 따르려 할 때에는 벌써 도망의 자세를 하고 쏜살같이 언덕 위를 달아나는 것이었다.

"잠깐 먼 데루 갔다 오려네. 가서 생각해보겠네. 오늘의 쌈은 이것으로 헤치세."

"도망을 가다니 비겁한 것. 잠깐만 참게, 잠깐만……."

"더 따라오지 말어. 자네가 이겼달밖엔……."

살려달라고 숨이 차게 줄행랑을 놓는 윤주의 꼴을 우습게 여기면서 뒤를 쫓던 민수는 별안간 그 꼴이 가엾게 보여져서 도중에서 걸음을 늦추어버리고 말았다. 도망가는 참패병의 뒤를 굳이 쫓을 것은 없다고 생각한 까닭이다. 두 사람 싸움에서 이긴 것은 확실히 자기편임을 느끼면서 민수는 밭은 숨을 쉬면서도 가슴을 내밀고 거리로 들어가는 교외의 길을 자랑스럽게 걸었다.

가쁘면서도 그길로 민수는 순도를 찾았다. 내친걸음에 그에게 대한 무거운 감정마저 정리해버리자는 생각이었다. 그러나 순도의 태도는 엽렵[21]하였고 국면은 의외에도 예측치 아니한 방향으로 흘렀다.

"자네게 할 말도 많네만―."

서름서름한 사이였으나 민수는 배짱을 세우고 속을 털어 보일 작정이었다.

"왜 긴치 않게 눈앞에 어른거려. 아예 꼴두 보기 싫다."

외마디에 퉁명스러운 호통이었다.

"내가 지금 얼마나 뉘우치고 있다는 것을 알면 자네 생각도 달러지리. 무엇하러 이렇게 구구하게 자네게까지 오겠나. 마음속이나 알아주게."

목소리를 부드럽히며 굽혀도 보았으나 순도의 기색은 여일하였다.

"도대체 꼴이 보기 싫어. 생쥐같이 꾀로만 살아가는 그 꼬락서

---

21 슬기롭고 민첩함.

니가 처음부터 보기 싫었다. 나쁜 짓들은 도맡아놓고 해감직한 세상에서두 가증한 동물."

"욕 받으러 온 게 아니다. 와준 것만 고맙다구 해라."

당초부터 어울리지 않는 말에 민수도 화가 버럭 나서 그만 마루를 내려서려 할 때 순도의 손이 번개같이 날아오며 볼에 불이 번쩍 났다.

"사람을 조롱하러 왔나 이 녀석이."

몸을 피하려 하였으나 미처 뺄 새도 없이 뒤에서 덮치는 순도의 팔에 전신을 감기어버렸다. 싸움이로구나 하고 느끼자 민수는 문득 강가에서 자기가 윤주에게 한 바로 그 공격의 시늉을 이제 거꾸로 순도에게서 당하고 있음을 깨달았다. 별수 없이 뱃심을 정하고는 힘을 쓰면서 몸을 일으키는 바람에 순도의 몸이 곤두서며 두 몸은 한데 휩쓸려 뜰아래로 쓰러졌다.

"그렇게 노여워할 것이 없는 것이 뭐니 뭐니 해두 자네가 제일 행복자이네. 영옥의 사랑을 완전히 차지한 건 자네뿐이니 우리는 결국 헛물만 켜면서 가장자리로만 빙글빙글 돌아낸 셈야."

"쓸데없는 걱정은 그만두구.─저질러논 흠집을 어떻게 도로 바로잡아 줄 테냐 말이다."

순도의 팔팔한 기운은 박세고, 벌써 두 번째의 싸움이라 민수는 기진한 눈치가 완연하였다. 힘이 부치는데다가 도무지 악이 나지 않고 흥이 솟지 않았다. 당초부터 싸움의 산수는 기울었던 것이다. 날아오는 주먹을 일일이 막아내기가 귀찮고 몸 그 어느 구석이 마치 금시에 신경이나 빠진 듯이도 둔해짐을 느꼈다.

"그만두세. 때리려거든 얼마든지 맞기는 하겠네만 더 싸우지 않아두 승패는 이미 결정된 것이네. 자네가 이겼네. 사랑에두 싸움에두 난 참패야…….”

간신히 몸을 뺐을 때에 날쌔게 일어서면서 달려드는 순도의 가슴을 힘차게 지르니 무르게도 쓰러져버린다. 더 싸울 필요도 없었거니와 노곤하고 귀찮은 마음에 그 틈을 타서 민수는 대문을 나와버렸다.

“도망을 가다니 비겁한 것.”

뒤미처 순도가 쫓아 나오는 것을 보고 민수는 천연스럽게 하려다도 귀찮은 마음에 자연 빨라졌다.

“쫓아오지 말게. 자네가 이겼달밖엔.”

알고 보니 쫓아오는 순도의 앞에서 자기는 어느 결엔지 달아나고 있는 것이었다. 부리나케 뛰는 동안에 숨조차 막혀졌다. 숨차게 도망가는 자기의 꼴―민수의 머릿속에는 문득 강가에서 자기에게 쫓기는 윤주의 꼴이 번개같이 떠오르며 그 꼴이 흡사 지금의 자기의 꼴임을 느꼈다. 윤주와의 싸움에서는 자기가 이겼다고 생각되었으나 이제 순도와의 싸움에서 완전히 참패를 당한 것을 알았다. 그러나 그것이 자기가 범한 허물을 지워주는 보상이 된다면 또한 원한이 없다고 생각하면서 부끄럼도 없이 정신없이 길을 달리는 것이었다.

12

공원의 아침은 맑다.

순도와 영옥의 마음속도 연못의 물같이 고요하고 맑은 것이었다.

영옥의 마음이 한결 개운한 것은 그날 아침 순도가 먼저 자기를 찾아주고 공원까지 끌어내준 까닭이었다. 사랑의 고집은 마지막까지도 끈끈스럽게 마음을 지배하는 모양이었다.

영옥에게는 그 변이 있은 후 오늘에 이르기까지에 무서운 번민의 날과 밤이 있었다. 봉욕의 순간을 생각하면 살이라도 에우고 싶은 듯한 지옥의 괴롬이었으나 그러나 날이 지날수록에 상처도 사라져가고 무엇보다도 순도가 그것을 허물하지 않고 용서하여줌이 그에게는 더없는 구원이었던 것이다. 어디론지 사라져 버린 윤주에게 대하여서는 징계의 길이 없었으나 짐승이 아닌 이상 제 스스로의 뉘우침에 맡겨두기로 하였고─그보다도 영옥과 순도 두 사람에게는 어느 결엔지 큰 깨달음이 생겼던 것이다. 그 깨달음 앞에 지난날의 흠쯤은 그다지 문제가 아니었다.

공원에서 그렇게 두 사람이 조용히 만나기는 언제인가 서글프게 싸우고 헤어진 후 여러 달 만에 처음이었다. 몇 날의 시간이 많은 마음의 변천을 가지고 와서 그때와 오늘과의 두 사람의 처지는 같은 것이 아니었고 마음과 표정 또한 퍽도 다른 것이었다. 험한 한 고패를 지난 후의 평화로운 표정이었다.

"생각할수록에 사람이란 어리석고 앞눈이 어두운 것이 한되는구려."

순도는 나뭇잎을 뜯어 입술에 물면서 나무 그림자 사이로 영옥의 뒤를 천천히 따랐다.

"─첨부터 이날이 올 것을 알았다면 무엇을 즐겨 군이 파란곡절을 꾸며놓고 그 속을 괴롭게 헤매왔단 말요. 단걸음에 순순하게 결말을 잡았더면 될 것을."

"제 생각엔 꼭 무슨 조물주 같은 것이 있어서 사람의 길을 심술궂게 요리조리 틀어놓고 사람의 걸어가는 등 뒤에서 농간을 부리는 것만 같아요. 마치 소설가 모양으로 부질없이 인생을 기구하게만 꾸며놓구―조물주란 꼭 소설가와 마찬가지로 심술궂은 것인 듯해요."

"소설가―소설가는 걸작인데. 그러나 나 같은 소설가야 그런 꾀를 부릴 줄이나 아우. 그러게 당초부터 소설가두 아니요 그런 의미의 소설가라면 되구 싶지두 않으나."

"애매한 소설가를 걸어서―말이 빗나갔어요. 용서하세요. 어떻든 결국은 되돌아오게 되는 첫길인 것을 공연히 장황하게 빙돌다가 전신에 상처투성이를 해가지구 다 저녁때 어슬어슬 돌아오게 되는 것이 피할 수 없는 일이라군 해두 생각하면 원통해요. 같은 값이면 첨부터 순조로웠으면 오죽 좋겠어요."

"조물주의 농간으로만 돌리지 말구 피차의 마음에두 비쳐봅시다―터놓구 말이지 영옥 씨가 당초부터 괜한 고집을 피우지 않았다면 그렇게 빗이야 나갔겠소."

어느덧 두 사람은 나란히 서서 걸었다. 나뭇잎의 그림자가 두 사람의 얼굴과 몸에 아롱아롱 무늬를 놓으면서 지나간다.

"고집이라니요. 아니 누가 먼저 고집을 피셨어요. 생판 고집 없는 양반이."

영옥은 거의 펄쩍 뛸 듯이 발을 멈추고는 순도를 찬찬히 바라보는 것이다. 순도는 웃음을 머금으면서 부드러운 낯으로 그의 시선을 받는다.

"그렇게 정색할 게야 있소."

"정색하구말구요. 고집을 누가 먼저 피웠게."

귀엽게 짜증을 내면서 영옥은 벤치에 가서 덜썩 앉는다.

"그럼 말할까.―명호들에게 지도를 받느니 뭐니 하구 서두른 것두 고집. 강남회사에 들어가느니 뭐니 하구 법석을 한 것두 고집……."

영옥은 참을 수 없다는 듯이 발을 톡 구르고 일어나서 순도의 앞을 가로막고 섰다.

"당초에 길을 옳게 잡아둘 생각은 하잖구 그렇게 되도록 부러 꾸민 것은 대체 누구의 고집이었어요. 누구의 고집이었어요. 얼른 말씀하세요."

목이 메이는 듯 잠깐 숨을 돌려가지고는

"―늘 뿌루퉁하구 빼지구 쌀쌀하구 심술궂구 화만 지르구.―그 고집엔 그만 지쳤어요."

"한마디 더 하지.―공연한 일에 이렇게 쓸데없이 법석을 하는 것두 고집이 아니오."

그 말에는 영옥도 대꾸를 몰라 입을 다문 채 두 사람은 다시 나무 그늘을 걷기 시작하였다.

"어떻든 생각하면 결국 고집의 비극이었소. 앞으론 고집을 버립시다."

"제발요."

"정말―."

순도는 발을 머무르고 마치 미친 사람 양으로 영옥의 두 어깨를 억세게 붙들었다. 타는 눈이 녹일 듯이 그를 쏜다.

"—고집을 버리겠소? 그리구 내 시키는 대로만 하겠소? 내 명령대로만—일절 거역 없이."

"아무렴요. 무엇이든지 분부하세요.—땅속에래두 들어가죠."

대답이 떨어지기도 전에 순도는 열광적으로 영옥을 안으면서 숙인 그의 얼굴을 찾았다. 바로 머리 위 나뭇가지가 새의 짓인지 바람의 짓인지 별안간 나부끼며 두 사람의 자태를 어른어른 싸고도는 것이 마치 그들과 농을 하자는 것과도 같다.

"그럼 우선 오늘부터 내 분부대로 움직이시오.—자, 먼저 하숙으로 갑시다."

영옥은 마치 최면술에 걸린 것과도 같이 온전히 순도의 의지대로 발을 떼어놓았다.

"물론 오늘 문득 작정한 것이 아니라 전부터 생각해오던 것이지만—."

영옥의 하숙에 이르렀을 때에 순도는 침착한 어조로 분부—가아니라 선언을 하는 셈이었다.

"—얼른 짐을 싸시오. 오늘루 서울을 떠납시다. 불결한 분위기를 시원하게 떠나서 고요한 속에서 장래의 계책을 다시 세웁시다."

듣고 싶던 말이 바로 그 말이었던 듯이 영옥은 한마디 거역은 새로에[22] 눈 한번 깜박거리는 법 없이 침착하게 짐을 싸기 시작하였다. 그 억센 고집도 어디로 갔는지 사랑의 말을 좇는 그의 양은 어른 말에 순종하는 어린아이의 바로 그 양이었다.

"어디로 가느냐구두 묻지 마시오. 고향으로 가든 어디로 가든

---

22 '물론, 커녕'의 뜻을 나타내는 보조사.

내게 맡기구 내 뒤만 따르시오—모든 준비 벌써부터 다 해가지구 있었던 거요."

서울 그것이 싫증이 난 영옥에게 초라한 하숙방에 도대체 미련이 남을 것이 없었다. 마치 잠깐 걸어앉았던 대합실 벤치를 떠나는 정도의 심사로 하숙을 나왔다. 두 짝의 트렁크가 양편 손에 들렸을 뿐인—개운한 나그네의 자태였다.

순도의 숙소에 들러 짐을 꾸려가지고 차 시간을 살펴 역까지 나온 것은 오후를 훨씬 지나서였다. 거리에서 아무도 만나지 않은 것도 요행으로 생각되었다.

어디까지가 한정인지 목적지 모를 두 장의 차표—그것이 순도의 손에 쥐인 것을 볼 뿐 굳이 물어볼 것도 없이 영옥은 순도의 뒤를 따라 기차 속에 몸을 던졌다. 하루 동안에 차례차례로 급스럽게 일어난 모든 거동이 꿈속 일같이만 생각되었다. 행여나 거짓말이나 아닌가 하고 영옥은 손으로 차창을 만져보았다, 자리를 더듬어보았다 하면서 신기한 생각에 가슴을 떨었다.

아직 해는 길었으나 이미 준비되어 있는 침대차를 올랐던 까닭에 그다지 번잡하게 서두르지도 않고 두 사람은 수월하게 자리에 마주 앉을 수 있었던 것이다. 이제야말로 속임 없이 바라던 세상이 눈앞에 닥쳐오는 것을 느끼며 영옥은 알 수 없이 마음속이 그득 차지는 것이었다.

"이때까지 명령만 들어왔으니 이번엔 제가 명령할 차례예요. —제 질문을 꼭 대답해주세요."

막 차가 움직이기 시작하였을 때 영옥은 응석을 하는 어린아이 양으로 다따가 순도의 손을 잡았다.

"절 얼마나 생각하세요. 어디가 그렇게 좋아요."

"하늘만큼. 구슬이라면 그대로 입에 삼키고 싶소."

시원스러운 이 대답을 비록 짧기는 하건만 하늘 아래에서 가장 행복스러운 말로 느끼면서 영옥은 얼굴만이 아니라 전신에다 함빡 미소를 머금었다.

"또 한 가지 분부—."

별안간 정색을 하고 눈으로 창을 가리키면서

"—창을 닫아주세요. 그리고 휘장을 내리구."

그러나 그 어여쁜 분부를 좇기 전에 순도는 그저 영옥의 상기된 볼을 마치 꽈리를 주무르듯 손가락 사이에 징그시 집어보는 것이었다.

— 〈여성〉, 1937. 10~1938. 4.

장미 병들다

　싸움이라는 것을 허다하게 보아왔으나 그렇게도 짧고 어처구
니없고—그러면서도 싸움의 진리를 여실하게 드러낸 것은 드물
었다. 받고 차고 찢고 고함치고 욕하고 발악하다가 나중에는 피
차에 지쳐서 쓰러져버리는—그런 싸움이 아니라 맞고 넘어지고
항복하고—그뿐이었다. 처음도 뒤도 없이 깨끗하고 선명하여 마
치 긴 이야기의 앞뒤를 잘라버린 필름의 몇 토막과도 같이 신선
한 인상을 주는 것이었다. 그 신선한 인상이 마침[1] 영화관을 나와
그 길을 지나던 현보와 남죽 두 사람의 발을 문득 머무르게 하였
는지도 모른다. 그러나 두 사람이 사람들 속에 한몫 끼여 섰을 때
에는 싸움은 벌써 끝물이었다.

1　원문에는 '마치'임.

영화관, 음식점, 카페, 매약점 등이 어수선하게 즐비하여 있는 뒷거리 저녁때, 바로 주렴을 드리운 식당 문 앞이었다. 그 식당의 쿡으로 보이는 흰옷에 흰 주발 모자를 얹은 두 사람의 싸움이었으나 한 사람은 육중한 장골이요, 한 사람은 가무잡잡한 약질이어서, 하기는 그 체질에 벌써 승패가 달렸던지도 모른다. 대체 무엇이 싸움의 원인이며 원한의 근거였는지는 모르나 하루아침에 문득 생긴 분김이 아니요, 오래 두고두고 엉겼던 불만의 화풀이임은 두 사람의 태도로써 족히 추측할 수 있었다. 말로 겨루다 못해 마지막 수단으로 주먹다짐에 맡기게 된 것임은 부락스러운 두 사람의 주먹살에 나타났었으니 약질의 살기를 띤 암팡진 공격에 한 번 주춤하였던 장골은 곱절의 힘을 주먹에 다져 쥐고 그의 면상을 오돌지게 욱박았다.

소리를 치며 뒤로 쓰러지는 바람에 문 앞에 세웠던 나무 분이 넘어지며 분이 깨뜨러지고 노가주나무가 솟아났다. 면상을 손으로 가리어 쥐고 비슬비슬 일어서서 달려들려 할 때 장골의 두 번째 주먹에 다시 무르게도 넘어지고 말았다. 땅 위에 문질려져서 얼굴은 두어 군데 검붉게 피가 배고 두 줄의 코피가 실오리 같은 가느다란 줄을 그으면서 흘렀다. 단번에 혼몽하게 지쳐서 쭉 늘어졌음에도 불구하고 약질은 간신히 몸을 세우고 다시 한 번 개신개신 일어서서 장골에게 몸을 던지다가 장골이 날쌔게 몸을 피하는 바람에 겨뤄보지도 못한 채 또 나가쓰러지고 말았다. 한참이나 죽은 듯이 고요한 속에서 코만 흑흑 울리더니 마른 땅에는 금시에 피가 흘러 넓게 퍼지기 시작하였다.

"졌다."

짧게 한마디—그러나 분한 듯이 외쳤으니 그것으로 싸움은 끝난 셈이었다.

"항복이냐."

장골은 늠실도 하지 않고 마치 그 벅찬 힘과 마음에 티끌만큼의 영향도 받지 않은 듯이 유들유들하게 적수를 내려다보았다.

"힘이 부쳐 그렇지 그리 쉽게 항복이야 하겠나."

"뼈다구에 힘 좀 맺히거든 다시 덤비렴."

"아무렴. 그때까지 네 목숨 하나 살려둔다."

의젓하고 유유하게 대꾸하면서 약질이 피투성이의 얼굴을 넌지시 쳐들었을 때 현보는 그 끔찍한 꼴에 소름이 끼쳐서 모르는 결에 남죽의 소매를 끌었다. 남죽도 현장에서 얼굴을 피하며 재촉을 기다릴 겨를 없이 급히 발을 돌렸다. 한참 동안 말이 없었다. 우연히 목도하게 된 그 돌연한 장면에서 받은 감격이 너무도 컸다.

강하고 약하고, 이기고 지고—이 두 길뿐. 지극히 간단하다. 강약이 부동으로 억센 장골 앞에서는 약질은 욕을 보고 그 자리에 폭삭 쓰러져버리는 그 한 장의 싸움 속에서 우연히 시대를 들여다본 듯하여서 너무도 짙은 암시에 현보는 마음이 얼떨떨하였다. 흡사 약질같이 자기도 호되게 얻어맞고 피를 흘리며 쓰러져 있는 듯도 한 실감이 전신을 저리게 흘렀다.

"영화의 한 토막과 같이 아름답지 않아요. 슬프지 않아요."

역시 그 장면에서 받은 감동을 말하는 남죽의 눈에는 눈물이 그리어 보였다. 아름답다는 것은 패한 편을 동정함일까. 아름다운 까닭에 슬프고, 슬프리만큼 아름다운 것—눈물까지 흘리게 한 것은 별수 없이 그나 누구나가 처하여 있는 현대의 의식에서 온 것임을 생각하면서 현보는 남죽을 뒤세우고 거리목 찻집 문을 밀었다.

차를 청해 마실 때까지도 현보와 남죽은 그 싸움의 감동이 좀체 사라지지 않아서 피차에 별로 말도 없었다. 불쾌하다느니보다는 슬픈 인상이었다. 슬픔으로 인하여 아름다운 것이었음을 남죽과 같이 현보도 느끼게 되었다. 그렇게까지 신경을 민첩하게 일으켜 세우게 된 것은 잠깐 보고 나온 영화 때문이었던지도 모른다.

영화관에는 마침 〈목격자〉가 걸려 있어서 우연히 보게 된 그 아름다운 한 편이 장면장면 남죽을 울렸다.

전체로 슬픈 이야기였으나 가련한 주인공의 운명과 애잔한 여주인공의 자태가 한층 마음을 찔렀다. 억울한 혐의로 아버지를 여읜 어린 자식을 데리고 늙은 어머니가 어둡고 처량한 저녁에 무덤 쪽을 바라보는 장면과 흐린 저녁때의 빈민가 다리 아래 장면과는 금시에 눈물을 솟게 하였다. 다리 아래 장면에서는 거지의 자동 풍금 소리에 집집에서 뛰어나온 가난한 구민들이 그 슬픈 음악에 맞추어 춤을 추기 시작하였다. 요란한 소리를 듣고 순검이 달려와서 춤을 금하고 사람들을 헤칠 때 억울한 혐의로 아버지를 재판한 늙은 검사는 양심의 가책을 조금이라도 덜려고 가난한 사람들을 위해 항의를 하나 용납되지 못하고 사람들은 하는 수 없이 비슬비슬 그 자리를 헤어진다. 그 웅성거리는 측은한 꼴들이 실감을 가지고 가슴을 죄었다. 어두운 속에서 남죽은 흐르는 눈물을 손수건으로 몇 번이고 훔쳐냈다. 눈물로 부덕부덕한 얼굴을 가지고 거리에 나오자 당면하게 된 것이 싸움의 장면이었다. 여러 가지의 감동이 한데 합쳐서 새 눈물을 자아내게 한 것이다.

하기는 남죽들의 현재의 형편 그것이 벌써 눈물 이상의 것이기는 하다. 두 주일 이상을 겪고 갓 나온 것이 불과 며칠 전이었다. 남죽은 현재 초라한 꼴, 빈 주머니에 고향에 돌아갈 능력도 없고 그렇다고 다른 도리도 없이 진퇴유곡의 처지에 있는 셈이었다. 〈목격자〉 속의 주인공들보다 조금도 나을 것이 없었다. 현보와 막연히 하루를 지우러 영화 구경을 나선 것도 또렷한 지향 없는 닥치는 대로의 길 그 자리의 뜻이었다. 온전히 그날그날의 떠도는 부평초요, 키 잃은 배요, 목표 없는 생활이었다.

극단 '문화좌'가 설립되자마자 와해된 것이 두 주일 전이었다. 지방 공연이라는 점에 중점을 두려고 일부러 서울을 떠나 지방의 도회로 내려와 기폭을 든 것이었으나 그것이 도리어 화 되어 엄격한 수준에 걸린 것이었다. 인원을 짜고 각본을 선택하고 모든 준비를 마친 후 첫째 공연을 내려왔던 것이 그닷한 이유 없이 의외에도 거슬리는 바 되어 한꺼번에 몰아가 버렸다. 거듭 돌아보아야 그럴 만한 원인은 없었고 다만 첩첩한 시대의 구름의 탓임이 짐작될 뿐이었다. 각본을 맡은 현보는 고향이 바로 그곳인 탓으로인지 의외에도 속히 놓이게 되고 뒤를 이어 남죽 또한 수월하게 풀리게 되었으나 나머지 인원들은 자본을 댄 민삼, 연출을 맡은 인수, 배우인 학준, 그 외 몇몇은 아직도 날이 먼 듯하였다. 먼저 나오기는 하였으나 현보와 남죽은 남은 동무들을 생각하고 또 한 가지 자신들의 신세를 돌아보고 우울하기 짝 없었다. 하는 노릇 없이 허구한 날 거리를 헤매이는 수밖에 없던 현보와 역시 별 목표 없이 유행가수를 지원해보았다 배우로 돌아서 보았다 하던 남죽에게 극단의 설립은 한 희망이요 자극이어서 별안간 보람 있는 길을 찾은 듯도 하여 마음이 뛰고 흥이 나는 것이, 의외의 타격에 길을 꺾이우고 나니 도로 제자리에 주저앉은 셈이었다. 파랗게 우러러보이던 하늘이 조각조각 부서져버리고 다시 어두운 구렁텅이로 밀려 빠진 격이었다.

현보의 창작 각본 〈헐어진 무대〉와 오닐의 번역극 〈고래〉의 한 막이 상연 예정이어서 남죽은 그 두 각본의 여주인공의 역할을 자기의 비위에 맞는 것으로 그지없이 사랑하였다. 예술적 흥분 외에 또 한 가지의 기쁨은 그런 줄 모르고 내려왔던 길에 구면인 현보를 칠 년 만에 뜻밖에 다시 만나게 된 것이었다. 이 기우는 현보에게도 물론 큰 놀람이자 기쁨이었다.

극단의 주목을 보게 된 민삼이 서울서 적어 내려보낸 인원의 열 명 속에 여배우 혜련의 이름을 발견하고 현보는 자기 작품의 주연을 맡은 그 여배우가 대체 어떤 인물일꼬 하고 호기심이 일어났을 뿐 무심히 덮어두었던 것이 막상 일행이 내려와 처음으로 상면하게 되었을 때 그가 바로 남죽임을 알고 어지간히 놀랐던 것이다. 혜련은 여배우로의 예명이었다. 칠 년 전에 알고는 그후 까딱 소식을 몰랐던 남죽은 그런 경우 그런 꼴로 우연히 만나게 될 줄이야 피차에 짐작도 못하였던 것이다. 지난날을 돌아보면서 그날 밤 둘은 끝없는 이야기와 추억에 잠겼다. 서울서 학교에 다닐 때 우연히 세죽 남죽 자매를 알게 된 것은 그들이 경영하여가는 책점 대중원에 출입하게 된 때부터였다. 대중원은 세죽이 단독 경영하여가는 것이었고 남죽은 당시 여학교에서 공부하는 몸으로 형의 가게에 기식하고 있는 셈이었다. 세죽의 남편이 사건으로 들어가기 전에 뒷일을 예료하고 가족들의 호구지책으로 미리 벌인 것이 소규모의 책점 대중원이었다. 남편의 놓일 날을 몇 해고 간에 기다려가면서 세죽은 적막한 홀몸으로 가게를 알뜰히 보면서 어린것과 동생 남죽의 시중을 지성껏 들었다. 남죽은 어린 나이에도 철이 들어서 가게에 벌여놓은 진보적 서적을 모조리 읽은 나머지 마지막 학년 때에는 오돌지게도 학교에 일어난 사건을 지도하다가 실패한 끝에 쫓겨나고 말았다. 학업을 이루지도 못한 채 고향에 내려갈 수도 없어 그 후로는 별수 없이 가게 일을 도울 뿐, 건둥건둥 날을 지우는 수밖에는 없었다. 소설을 닥치는 대로 읽어대고 아름다운 목청을 놓아 노래를 불러대곤 하였다. 목소리를 닦아서 나중에 성악가가 되어볼까도 생각하고, 얼굴의 윤곽이 어글어글한 것을 자랑삼아 영화배우로 나갈까도 꿈꾸었다. 그 시기의 그를 꾸준히 관찰할 수 있는 기회를 가졌던 현보는 그 남다른 환경에서 자라가는 늠출한 처녀의 자태 속에 물론 시대적 열정과 생장도 보았으나 더 많이 아름다운 감상과 애끓는 꿈을 엿보았던 것이다. 단발한 머리를 부수수 헤뜨리고 밋밋하고 건강한 육체로 고운 멜로디를 읊조릴 때에는 그의 몸 그대로가 구석구석에 아름다운 꿈을 함빡 머금은 흐뭇한 꽃이었다. 건강한, 그러나 상하기 쉬운 한 송이의 꽃이었다. 참으로 아담한 꽃을 보는 심사로 현보는 남죽을 보아왔다. 그러나 현보가 학교를 마치고 서울을 떠날 때가 그들과의 접촉의 마지막이었으니 동경에 건너가 몇 해를 구른 뒤 고향에 나와 일없이 지

내게 된 전후 칠 년 동안 다만 책점 대중원이 없어졌다는 소문을 풍편에 들었을 뿐이지, 그 뒤 그들이 고향인 관북으로 내려갔는지 어쨌는지 남죽과 세죽의 소식은 생각해보지도 못했고 미처 생각에 떠오르지도 않았다. 그만한 여유조차 없는 것은 다른 사람의 생각은커녕 자신의 생활이 눈앞에 가로막히게 되었고, 무엇보다도 현대인으로서의 자기 개인에 대한 생각이 줄을 찾기 어렵게 갈피갈피로 찢어졌다 갈라졌다 하여 뒤섞이는 까닭이었다. 칠 년 후에 우연히 만나고 보니 시대의 파도에 농락되어 꿈은 조각조각 사라지고 피차에 그 꼴이었다. 하기는 그나마 무대 배우로 나타난 남죽의 자태에 옛 꿈의 한 조각이 아직도 간당간당 달려 있는 셈인지도 모르나 아담하던 꽃은 벌써 좀먹기 시작한, 그 어디인지 휘줄그러진 한 송이임을 현보는 또렷이 느꼈다.

시간을 보고 찻집을 나와 현보는 남죽을 데리고 큰 거리 백화점으로 향하였다. 준구와 만나자는 약속이었다. 가난한 교원을 졸라댐은 마치 벼룩의 피를 긁어내려는 격이었으나 그러나 현보로서는 가장 가까운 동무이므로 준구에게 터놓고 남죽의 여비의 주선을 비추어둔 것이었다. 남죽에게는 지금 '살까 죽을까가 문제'가 아니라 〈목격자〉 속의 빈민들에게 거리의 음악이 필요하듯이 고향으로 내려갈 여비가 필요하였다. 꿈의 마지막 조각까지 부서져버린 이제 별수 없이 고향으로 내려가 몸도 쉬고 마음도 가다듬는 수밖에는 없었다. 고향은 넓은 수성평야의 한가운데여서 거기에서는 형 세죽이 밭을 가꾸고 염소를 기르고 있다는 것이었다. 남편이 한번 놓였다 재차 들어가게 된 후 세죽은 이번에는 고향에다 편편하게 자리를 잡고 책점 대신에 평야의 한 복판에서 염소를 기르게 되었다는 것이다. 도회에 지친 남죽에게는 지금 무엇보다도 염소의 젖이 그리웠다. 염소의 젖을 벌떡벌떡 마시고 기운차게 소생됨이 한 가지의 원이었다.

몇 십 원의 노자쯤을 동무에게까지 빌리기가 현보로서는 보람 없는 노릇이었으나 늘 메말라서 누런 '현대의 악마'와는 인연이 먼 그로서는 하는 수 없는 것이었다. 찻집이라도 경영해볼까 하다가 아버지에게 호통을 들은 후부터는 돈을 타 쓰기도 불쾌하여서 주머니에는 차 한 잔 값조차 동떨어질 때가 있었다. 누구나 다 말하기를 꺼려하고 적어도 초연한 듯이 보이려고 하는 '돈'의 명제가 요사이 와서는 말하기 부끄러우리만치 자나 깨나 현보의 머리를 차지하게 되었다. 그 '악마'에 대한 절실한 인식은 일종의 용기를 낳아서 부끄러울 것 없이 준구에게 여비 일건을 부탁하고 남죽에게는 고향 언니에게도 간청의 편지를 내도록 천연스럽게 일렀던 것이다.

그러나 막상 휘줄그레한 보라 양복²에 땀에 절은 모자를 쓴 가련한 그를 대하였을 때 현보는 준구에게 그것을 부탁하였던 것을 일순 뉘우쳤다. 휘답답한 그의 꼴이 자기의 꼴과 매일반임을 보았던 까닭이다.

그래도 의젓한 걸음으로 층계를 걸어올라 식당에 들어가 두 사람에게 자리를 권하고 음식을 분부하고 난 후, 준구는 손수건을 내서 꺼릴 것 없이 얼굴과 가슴의 땀을 한바탕 훔쳐냈다.

---

2 포럴이라는 여름 옷감으로 쓰는 직물로 만든 양복을 말하는 듯하다.

"양해하게. 집에는 아이들이 들끓구 아내는 만삭이 되어서 배가 태산 같은데두 아직 산파도 못 댔네. 다달이 빚쟁이들은 한 두 럼씩 문간에 와서 왕메구리³같이 와글와글 짖어대구—어쩌다가 이렇게 됐는지 이제는 벌써 자살의 길밖에는 눈앞에 보이는 것이 없네……. 별수 있던가, 또 교장에게 구구히 사정을 하구 한 장을 간신히 돌러 왔네. 약소해서 미안하나 보태 쓰도록이나 하게."

봉투에 넣고 말고 풀 없이 꾸겨진 지전 한 장을 주머니에서 불쑥 집어내서 현보의 손에 쥐여주는 것이다. 현보는 불현듯이 가슴이 찌르르하고 눈시울이 뜨거웠다. 손안에 남은 부풀어진 지전과 땀 배인 동무의 손의 체온에 찐득한 우정이 친친 얽혀서 불시에 가슴을 죄인 것이다.

남죽은 새삼스럽게 고맙다는 뜻을 표하기도 겸연쩍어서 똑바로 그를 바라보지도 못하고 시선을 식탁 위에 떨어뜨린 채 손가락으로 머리카락을 오리오리 매만질 뿐이었다. 낯이 익지도 못한 여자의 앞에서까지 가릴 것 없이 집안 사정 이야기를 터놓고 하지 않으면 안 되는 가난한 시민의 자태가 딱하고 측은하고 용감하여서—그 순간 그 자리에서 살며시 꺼지고도 싶은 무더운 좌중의 기분이었다.

거리에 나와 준구와 작별한 뒤까지도 현보들은 심사가 몹시 울가망⁴하였다. 현보는 집에 돌아가기가 울적하고 남죽 또한 답답한 숙소에 일찍 들어가기가 싫어서 대중없이 밤거리를 거닐기

---

3 왕개구리.
4 근심스럽거나 답답해 기분이 나지 않는 상태.

시작하였다. 동무가 일껏 구해준 땀내 나는 돈을 도로 돌릴 수도 없이 그대로 지니기는 하였으나 갖출 것도 있고 하여 여비로는 적어도 그 다섯 곱절이 소용이었다. 현보는 다른 방법을 생각하기로 하고 그 한 장 돈의 운명을 온전히 그날 밤의 발길의 지향에 맡기기로 하였다.

레코드나 걸고 폭스트롯이나 마음껏 추어보았으면 하는 것이 남죽의 청이었으나 거리에는 춤을 출 만한 곳이 없고 현보 자신 춤을 모르는 까닭에 뒷골목을 거닐다가 결국 조촐한 바에 들어 갔다. 솔내 나는 진을 남죽은 사양하지 않고 몇 잔이고 거듭 마셨다. 어느 결에 주량조차 그렇게 늘었나 하고 현보는 놀라고 탄복하였다. 제법 술자리를 잡고 얼굴을 붉게 물들이고 뭇 사내의 시선 속에서 어울려나가는 솜씨는 상당한 것으로 보였다. 술이 어지간히 돌았는지 체면 불고하고 레코드에 맞추어 몸을 으쓱거리더니 나중에는 자리를 일어서서 춤의 자세를 하고 발끝으로 달가닥달가닥 춤을 추는 것이었다. 현보 역시 취흥을 못 이겨 굳이 그를 말리지 않고 현혹한 눈으로 도리어 그의 신기한 재주를 바라볼 뿐이었다. 술은 요술쟁이인지 혹은 춤추는 세상의 도덕은 원래 허랑한 것인지 이해하기 어려운 것은 맞은편 자리에 앉았던, 아까 남죽의 귀에다 귓속말로 거리의 부랑자[5] 백만장자의 아들이라고 가르쳐주었던 그 사나이가 성큼 일어서서 남죽에게 춤을 청하는 것이었고, 더 이상한 것은 남죽이 즉시 응하여 팔을 겨르고 스텝을 밟기 시작한 것이다. 그것이 춤의 도덕인가 보다

5 '불량자'의 뜻으로 보인다.

만 하고 현보는 웃는 낯으로 한참이나 바라보고 있었으나 손님
들의 비난의 소리 속에서 별안간 여급이 달려와서 춤은 금물이
라고 질색하고 두 사람을 가르는 바람에 현보는 문득 정신이 들
면서 이 난잡한 꼴에 새삼스럽게 눈썹이 찌푸려졌다. 남죽의 취
중의 행동도 지나쳐 허랑한 것이었으나 별안간 나타난 부량자의
유들유들한 심보가 괘씸하게 느껴져서 주위에 대한 체면과 불쾌
한 생각에 책임상 비틀거리는 남죽의 팔을 끌고 즉시 그 자리를
나와버렸다. 쓸데없이 허튼 곳에 그를 끌어온 것이 뉘우쳐도 져
서 분이 좀체 가라앉지 않았다.

"아무리 부량자기로 생면부지에 소락소락[6]―안된 녀석."

"노여하실 것 없는 것이 춤추는 사람끼리는 춤을 청하는 것이
모욕이 아니라 도리어 존경의 뜻인걸요. 제법 춤에 격식이 익숙
하던데요."

남죽의 항의에는 한마디도 대꾸할 바를 몰랐으나 그러면 그
괘씸한 심사는 질투에서 나온 것이었던가, 그렇다면 남죽을 얼마
나 사랑하고 있는 셈인가. 하고 현보는 자신의 마음을 가지가지
로 의심하여보았다.

"……참기 싫어요, 견딜 수 없어요―죄수같이 이 벽 속에만 갇
혀 있기가. 어서 데려다 주세요 떼에빗. 이곳을 나갈 수 없으면―
이 무서운 배에서 나갈 수 없으면 금방 미칠 것두 같아요. 집에 데
려다 주세요 떼에빗. 벌써 아무것두 생각할 수 없어요. 추위와 침
묵이 머리를 가위같이 누르는걸요. 무서워. 얼른 집에 데려다 주

---

6 말이나 행동이 요량 없이 경솔한 모양.

세요."

남죽은 남죽으로서 딴소리를—듣고 보니 오닐의 〈고래〉의 구절구절을 아직도 취흥에 겨운 목소리로 대로상에서 마치 무대에서와 같은 감정으로 외치는 것이었다. 북극 해상에서 애니가 남편인 선장에게 애원하고 호소하는 그 소리는 그대로가 바로 남죽 자신의 절실한 하소연이기도 하였다.

"……이런 생활은 나를 죽여요.—이 추위, 무섬. 공기가 나를 협박해요.—이 적막. 가는 날 오는 날 허구한 날 똑같은 회색 하늘. 참을 수 없어요. 미치겠어요. 미치는 것이 손에 잡힐 듯이 알려요. 나를 사랑하거든 제발 집에 데려다 주세요. 원이에요. 데려다 주세요……."

이튿날은 또 하루 목표 없는 지난날의 연속이었다. 간밤의 무더운 기억도 있고 남죽에게 대한 말끔하게 청산하지 못한 뒤를 끄는 감정도 남아 있고 하여 현보는 오후도 훨씬 늦어서 남죽을 찾았다. 아직도 눈알이 붉고 정신이 개운하지 못한 남죽의 청을 들어 소풍 겸 강으로 나갔다.

서선[7] 지방의 그 도회는 산도 아름다우려니와 물의 고을이어서 여름 한철이면 강 위에는 배가 흔하게 떴다. 나룻배 외에 지붕을 덩그렇게 단 놀잇배와 보트와 모터보트가 강 위를 촘촘하게 덮었다. 놀잇배에서는 노래가 흐르고 춤이 보여서 무르녹은 나무 그림자를 띄운 고요한 강 위는 즐거운 유원지로 변한다. 산 너머

7 황해도와 평안도를 통틀어 이르는 말.

저편은 바로 도회에서 생활과 싸움으로 들복닥거리건만 산 건너 이편은 그와는 별세상인 양 웃음과 노래와 흥이 지천으로 물 위를 흘렀다.

현보와 남죽도 보트를 세내서 타고 그 속에 한몫 끼어서 시원한 물세상 사람이 된 듯도 싶었다. 백양나무가 늘어선 위로 흰 구름이 뭉실뭉실 떠서 강 위에서는 능라도 일대의 풍경이 가장 아름다웠다. 현보는 손수 노를 저으면서 물결을 거슬러 올라가 섬께로 향하였다. 속을 헤아릴 수 없는 푸른 물결이 뱃전을 찰싹찰싹 쳤다.

"언니에게서 편지가 왔는데—요새는 염소 젖두 적구 그렇게 쉽게 노자를 구할 수 없다나요."

남죽은 소매 속에서 집어낸 편지를 봉투째 서너 조각으로 쭉쭉 찢더니 물 위에 살며시 띄웠다. 별로 언니를 원망하는 표정도 아니요 다만 침착한 한마디의 보고였다.

"—며칠 동안 카페에 들어가 여급 노릇이나 해서 돈을 벌어볼까요."

이 역 원망의 소리가 아니고 침착한 농담으로 들리긴 하였으나 그 어디인지 자포자기의 기색이 보이지 않는 것도 아니었다.

"차차 무슨 방법이든지 있을 텐데 무얼 그리 조급하게 군단 말요."

현보는 당치 않은 생각은 당초에 말살시켜버리려는 듯이 어세가 급하고 퉁명스러웠다. 그러나 고향을 그리는 남죽의 원은 한결같이 절실하였다.

"얼음 속에 갇혀 있으면 추억조차 흐려지나 봐요. 벌써 머언 옛

일 같아요—지금은 유월 라일락이 뜰 앞에 한창이고 담 위 장미
는 벌써 봉오리가 앉았을걸요."

이것은 남죽이 늘 즐겨서 외는 〈고래〉 속의 한 구절이었으나
남죽의 대사는 이것으로서 그치는 것이 아니었다. 물 위에 둥둥
떠서 멀리 사라지는 찢어진 편지 조각을 바라보며 남죽의 고향
을 그리는 정은 줄기줄기 면면하였다.

"솔골서 시작해서 바다 있는 쪽으로 평야를 꿰뚫은 흰 방축
이 바로 마을 앞을 높게 내달고 있어요. 방축이라니 그렇게 긴 방
축이 어디 있겠어요. 포플러나무가 모여 서고 국제 열차가 갈리
는 정거장 근처를 지나 바다까지 근 십 리 장간을 일직선으로 뻗
쳤는데 인도교와 철교 사이를 거닐기에두 이십 분이나 걸려요. 물
한 방울 없는 모래 개천을 끼고 내달은 넓은 둑은 희고 곧고 깨
끗해서 마치 푸른 풀밭에 백묵으로 무한대의 일직선을 그은 것
두 같수. 둑 양편으로 잔디가 깔린 속에 쑥이 나고 패랭이꽃이 피
어서 저녁 해가 짜릿짜릿 쪼이면 메뚜기와 찌르레기가 처량하게
울지요. 풀밭에는 소가 누운 위로 이름 모를 새가 풀 위를 스치면
서 얕게 날고 마을로 향한 쪽에는 조, 수수, 옥수수 밭이 연하여
서 일하는 처녀 아이가 두어 사람씩은 보이죠. 여름 한철이면 조
카아이와 같이 염소를 끌고 그 둑 위를 거닐면서 세월없이 풀을
먹여요. 항구를 떠난 국제 열차가 산모퉁이를 돌아 기적 소리가
길게 벌판을 울려올 때 풀 먹던 염소는 문득 뿔을 세우고 수염을
드리우고 에헤헤헤헤헤 하고 새침하게 한바탕 울어대군 해요. 마
을 앞의 그 둑을—고향의 그 벌판을—나는 얼마나 사랑하는지
몰라요. 그리운지 모르겠어요."

남죽의 장황한 고향의 묘사는 무대 위에서와는 또 다르게 고요한 강물 위를 자유롭게 흘러내렸다. 놀잇배에서 흘러나오는 레코드의 음악이 속된 유행가가 아니고 만약 교향악의 반주였던들 남죽의 대사는 마디마디 아름다운 전원 교향악으로 들렸을 것이다.

그의 '전원 교향악'에 취하였던 것은 아니나 그의 고향에 대한—적어도 현재 이외의 생활에 대한 그리운 정이 얼마나 간절한가를 느끼며 현보는 속히 여비를 구해야 할 것을 절실히 생각하면서 능라도와 반월도 사이의 여울로 배를 저어 올렸다. 얕아는 졌으나 센 물살을 거슬러 저으면서 섬에 오를 만한 알맞은 물기슭을 찾았다.

"첫가을이면 송이의 시절—좀 이르면 솔골로 풋송이 따러 가는 마을 사람들이 둑 위를 희끗희끗 올라가기 시작하겠어요. 봉곳이 흙을 떠받들고 올라오는 송이를 찾았을 때의 기쁨! 바구니에 듬짓하게 따가지고 식구들과 함께 둑길을 걸어 내려올 때면 송이의 향기가 전신에 흠뻑 배이지요. 풋송이의 향기—〈고래〉 속의 라일락의 향기 이상으로 제겐 그리운 것예요."

듣는 동안에 보지 못한 곳이언만 현보에게도 그의 말하는 고향이 한없이 그리운 것으로 생각되었다. 모랫바닥이 보이는 강가로 배를 몰아놓고 섬 기슭을 잡으려 할 때 배가 몹시 요동하는 바람에 꿈에 잠겼던 남죽은 금시에 정신이 깬 모양이었다. 백양나무가 늘어선 사이로 새풀[8]이 우거져서 섬 속은 단걸음에 뛰어 들어가고도 싶게 온통 푸르게 엿보였다. 발을 벗고 물속을 걷기도 귀찮아

---

8 '억새'의 사투리.

서 남죽은 뱃전에 올라서서 한걸음에 기슭까지 뛰어 건너려 하였다. 뒤뚱거리는 배를 현보가 뒤에서 붙들기는 하였으나 원체 물의 거리가 먼데다가 남죽은 못 미치는 다리에 풀뿌리를 밟은 까닭에 껑청 발을 건너자 배가 급각도로 기울어지며 현보가 위태하다고 느꼈을 순간 풀뿌리에서 미끄러지며 볼 동안에 전신을 물속에 채워버렸다. 현보가 즉시 신발째로 뛰어들어 그의 몸을 붙들어 일으키기는 하였으나 전신은 물에 빠진 쥐였다. 팔에 걸린 몸이 빨랫짐같이도 차고 무거웠다.

하루의 작정이 흐려지고 섬의 행락이 틀어졌다. 소풍이 지나쳐 목욕이 된 셈이나 물에 빠진 꼴로는 사람들 숲에 섞일 수도 없어 두 사람은 외따로 떨어져 섬 속의 양지를 찾았다. 사람들 엿보지 못하는 호젓한 외딴 곳에서 젖은 옷을 대충 말리는 수밖에는 없었다. 현보는 신과 바지를 벗어서 널고 남죽은 속옷만을 남기고 치마저고리를 벗어서 양지쪽 풀 위에 펴놓았다. 차라리 해수욕복이나 입었던들 피차에 과히 야릇한 꼴들은 아니었을 것이나 옷을 반씩들 벗은 이지러진 자태—마치 꼬리와 죽지를 뽑히우고 물벼락을 맞은 자웅의 닭과도 같은 허수한 꼴들은 한층 우스운 것이었다. 더구나 팔다리와 어깨를 온전히 드러내고 젖어서 몸에 붙은 속옷 바람으로 풀밭에 선 남죽의 꼴은 더욱 보기 딱한 것이어서 그 자신은 그다지 시스러워 여기지 않음에도 현보는 똑바로 보기 어려워 자주 외면하지 않을 수 없었다.

별수 없이 그 꼴 그대로 틀어진 반날을 옷 말리기에 허비하고 해가 진 후 채 마르지도 못한 축축한 옷을 떨쳐입고 다시 배를 젓고 내려올 때, 두 사람은 불시에 마주 보고 껄껄껄 웃어댔다. 하루의 이지러진 희극을 즐겁게 끝막으려는 듯 웃음소리는 고요한 저녁 강 위에 낭랑하게 퍼졌다.

그 꼴로 혼자 돌려보내기가 가여워서 현보는 그길로 남죽의 숙소에 들른 채 처음으로 밤이 이슥할 때까지 같이 지내게 되었다. 뜻 속[9]의 것이었든지 혹은 뜻밖의 것이었든지 그날 밤 현보는 또한 남죽과 모든 열정을 주고받았다. 그것은 반드시 한쪽만의 치우친 감정의 발작이 아니라 피차의 똑같은 감정의, 말하자면 공동 합작이었으며 그 감정 또한 우연한 돌발적의 것이 아니요 참으로 칠 년 전부터 내려오는 묵고 익은 감정의 합류였다. 늦은 밤거리에 나왔을 때 현보는 찬란한 세상을 겪은 뒤의 커다란 피곤을 일시에 느꼈다.

일이 일인 만큼 큰 경험 후에 오는 하루를 현보는 집에 묻힌 채 가지가지 생각에 잠겼다. 묵은 감정의 합류라고는 하더라도 하필 그 시간에 폭발된 것은 이때까지 피차에 감정을 감추고 시험해왔던 까닭일까, 그런 감정에는 반드시 기회라는 것이 필요한 탓일까 생각하였다. 결국 장구한 시기를 두었다가 알맞은 때를 가늠 보아 피차에 훔쳐낸 감정에 지나지 않았다. 사랑이라기에는 너무도 어처구니없는 것인지는 모르나 그러나 사랑이 아니라고 할 수도 없는 것이, 비록 미래의 계획이 없는 한 막의 애욕극이었다고는 하더라도 거기에 이르기까지는 오랜 시간의 양해가 있었던 것이라고 생각하였다. 남죽의 마음 또한 그러려니는 생각하면

---

9 원문에는 '뜻밖'으로 되어 있다.

서도 현보는 한편 남자 된 욕심으로 남죽의 허랑한 감정을 의심도 하여보았다. 대체 지난 칠 년 동안의 그에게는 완전히 괄호 안의 비밀인 남죽의 생활이 어떤 내용의 것이었을까 하는 것이었다. 그에게 있어서 간간이 생리의 정리가 필요하듯이 남죽에게도 그것이 필요하지 않았을까, 혹은 한 번쯤은 결혼까지 하였다가 실패하였는지도 모르며—더 가깝게 가령 그와 다시 만나기 전에 친히 지냈던 민삼과는 깊은 관계가 없었을까 하는 생각이 갈피갈피 들었으나 돌이켜보면 그렇게 그의 결벽하기를 원하는 것은 순전히 자기 자신의 지나친 욕심이며 그것을 희망할 자격은 자기에게는 없다는 것을 느끼게 되었다. 괄호 안의 비밀, 그의 눈에 비치지 않은 부분의 생활은 그의 계관할 바 아니며 다만 그로서는 자기에게 보여준 애정만을 달게 여기면 족한 것이라고 결론하면서 그의 애정을 너그럽게 해석하려고 하였다.

값으로 산 애정은 아니었으나 남죽의 처지가 협착한 만큼 현보는 애정에 대한 일종의 책임을 느껴서 그의 여비 일건을 더욱 절실히 생각하게 되었다. 그를 오래도록 붙들어둘 수 없는 이상 원대로 하루라도 속히 고향에 돌려보내는 것이 애정의 의무일 것같이 생각되었다.

여비를 갖춘 후에 떳떳이 만날 생각으로 그 밤 이후 며칠 동안은 남죽을 찾지 않았다. 여비를 갖춘대야 생판 날탕인 현보에게 버젓한 도리가 있을 리는 없었다. 이미 친한 동무 준구에게 한번 청을 걸어 여의치 못한 이상 다시 말해볼 만한 알맞은 동무는 없었으며 그렇다고 그의 일신에 돈으로 바꿀 만한 귀중한 물건을 지닌 것도 아니었다. 옳은 길이라고는 생각지 않았으나 별수 없이 남은 한 길을 취할 수밖에는 없었다. 진종일을 노리다가 사랑 문갑에서 예금통장을 집어내기에 성공하였던 것이다. 은행과 조합의 통장이 허다한 속에서 우편예금 통장을 손쉽게 집어내서 도장까지 위조하여 소용의 금액을 감쪽같이 찾아내기는 하였으나 빽빽한 주의 아래에서 그것에 성공하기에는 온 이틀을 허비하였다. 가정에 대한 그 불측한 반역이 마음을 괴롭히지 않는 바도 아니었으나 그만한 희생쯤은 이루어진 애정에 대한 정성과 봉사의 생각으로 닦아버리려고 생각하였던 것이다.

그 밤 이후 처음으로 만나는데 소용의 금액을 넌지시 내놓음이 받은 애정의 대상을 갚는 것도 같아서 겸연쩍기는 하였으나 그러나 한편 돈을 가진 마음은 즐겁고 넉넉하였다. 마음도 가뿐하고 걸음도 시원스럽게 현보는 오후는 되어서 남죽의 여관을 찾았다.

여관 안은 전체로 감감하고 방에는 남죽의 자태가 보이지 않았다. 원체 아무 세간도 없는 방인 까닭에 텅 빈 방 안을 현보는 자세히 살펴볼 것도 없이 문을 닫고 아마도 놀러 나갔으려니 하고 거리로 나왔다. 찻집과 백화점을 한 바퀴 돌고는 밤에 다시 찾기로 하고 우선 집으로 돌아왔을 때 뜻밖에 남죽의 엽서가 책상 위에 있었다.

연필로 적은 사연이 간단하게 읽혔다.

왜 며칠 동안 까딱 오시지 않았어요. 노여운 일 계세요. 여러 날 폐만 끼친 채 여비가 되었기에 즉시 떠납니다. 아마도 앞으로는 만나 뵙기 조런치[10] 않을 것 같아요. 내내 안녕히 계세요. 남죽 올림.

돌연한 보고에 현보는 기를 뽑히고 즉시로 뒷걸음을 쳐서 여관으로 향하였다.

여러 날 안 왔다고 칭원을 하면서 무슨 까닭에 그렇게도 무심하고 급스럽게 떠나버렸을까. 여비라니 다따가 오십 원의 여비를 대체 어떻게 해서 구하였을까. 짜장 며칠 동안 카페 여급 노릇이라도 한 것일까—여러 가지로 생각하면서 여관에 이르러 다시 방문을 열어보았을 때 아까와 마찬가지로 텅 빈 것이었으나 그런 줄 알고 보니 사실 구석에 가방조차 없었다. 경솔한 부주의를 내책하면서 그제서야 곡절을 물어보러 안문을 들어서서 주인을 찾았다.

궂은일을 하던 노파는 치맛자락으로 손을 훔치면서 한마디 불어대고 싶은 듯도 한 눈치로 뜰 안에 나서며 간밤에 부랴부랴 거둬가지고 떠났다는 소식을 첫마디에 이르고는 뒤슬뒤슬 속 있는 웃음을 띠었다.

"그게 대체 여배우요 여학생이오. 신식 여자들은 겉만 보군 알 수가 없으니."

무슨 소리를 하려는 수작인고 하고 그다지 반갑지는 않았으나 현보는 잠자코 있을 수만 없어서

"여학생으로두 보입디까."

되려 한마디 반문하였다.

"그럼 여배우군. 어쩐지 행동거지가 보통이 아니야. 아무리 시체 여학생이기루 학생의 처신머리가 그럴까 했더니 그게 여배우

---

10 만만할 정도로 헐하거나 쉬움.

구려."

"행동이 어쨌단 말요."

"하긴 여배우는 거반 그렇답디다만."

말이 시끄러워질 눈치여서 현보는 귀찮은 생각에 말머리를 돌렸다.

"식비는 다 치렀나요."

그러나 그 한마디가 도리어 풀숲의 뱀을 쑤신 셈이었다. 노파의 말주머니는 막았던 봇살[11]같이 한꺼번에 터져 나오기 시작하였다.

"식비 여부가 있겠수. 푸른 지전이 지갑 속에 불룩하든데. 수단두 능란은 하련만 백만장자의 자식을 척척 끌어들이는 걸 보문 여간내기가 아닌, 한다 하는 난군입디다. 그런 줄 알구 그랬는지 어쨌는지 아마두 첫눈에 후려댄 눈친데 하룻밤 정을 줘두 부자 자식이 좋기는 좋거든. 맨숭한 날탕이든 것이 하룻밤 새에 지전이 불룩하게 쓸어든단 말요. 격이 되기는 됐어. 하룻밤을 지냈을 뿐 이튿날루 살랑 떠난단 말요."

청천의 벼락이었다. 놀라고 어처구니가 없어서 노파의 입을 쥐어박고도 싶었으나 그러나 실성한 노파가 아닌 이상 거짓말도 아닐 것이어서 현보는 다만 벌렸던 입을 다물 수 없었다.

"백만장자의 자식이라니 누 누구란 말요."

아마도 말소리가 모르는 결에 떨렸던 상싶다.

"모르시오. 김 장로의 아들 말이외다. 부랑자루 유명한."

11 봇물의 물살.

현보는 아찔해지며 골이 핑 돌았다. 더 물을 것도 없고 흉측한 노파의 꼴조차가 불현듯이 보기 싫어져서 뒤도 돌아다보지 않고 허둥허둥 여관을 나와버렸다.

'그것이 여비의 출처였든가.'

모르는 결에 입술이 찡그려지며 제 스스로를 비웃는 웃음이 흘러나왔다. 김 장로의 아들이라면 며칠 전 바에서 돌연히 남죽에게 춤을 청한 놈팽이인데 어느 결에 그렇게 쉽게 교섭이 되었든가. 설사 여비를 구하기 위한 수단이라고 하더라도 어둠의 여자와 다를 바가 무엇인가 생각할 때 무서운 생각에 전신에 소름이 쪽 돋으며 허전허전 꼬이는 다리에 그 자리에 쓰러져 울고도 싶었다.

남죽은 그렇게까지 변하였든가. 과거 칠 년 동안의 괄호 속의 비밀까지가 한꺼번에 눈앞에 보이는 듯하여 현보는 속았다는 생각만이 한결같이 들어 온전히 제정신 없이 거리를 더듬었다.

우울하고 불쾌하고—미칠 듯도 한 며칠이었다. 칠 년 전부터 남죽을 알아온 것을 뉘우치고 극단이고 무엇이고를 조직하려고 한 것조차 원 되었다. 속은 것은 비단 마음뿐이 아니고 육체까지임을 알았을 때 현보는 참으로 미칠 듯도 한 심정이었던 것이다. 육체의 일부에 돌연히 변조가 생기기 시작한 것은 다음 날부터였으나 첫 경험인 현보는 다따가의 변화에 하늘이 뒤집힌 듯이나 놀랐고, 첫째 그 생리적 고통은 견딜 수 없이 큰 것이었다. 몸에는 추접한 병증이 생기며 용변할 때의 괴롬이란 살을 찢는 듯도 하여 이루 헤아릴 수 없었다. 세상에서 흔히 말하는 병이 바로 이것인가 보다 즉시 깨우치기는 하였으나 부끄러운 마음에 대뜸은 병원에도 못 가고 우선 매약점에를 들렀다가 하는 수 없이 그길로 의사를 찾았다. 진찰의 결과는 예측과 영락없이 들어맞아서 별수 없이 의사의 앞에서 눈을 감고 부끄러운 치료를 받기 시작하면서 찡그린 마음속에는 한결같이 남죽의 자태가 떠올랐다.

　마음과 몸을 한꺼번에 속인 셈이나 남죽은 대체 그런 줄을 알았던가 몰랐던가. 처음에는 감격하고 고맙게 여겼던 애정이었으나 그렇게 된 결과로 보면 일종의 애욕의 사기로밖에는 생각되지 않았다. 칠팔 년 전 건강하고 아름다운 꿈으로 시작되었던 남죽의 생애가 그렇게 쉽게 병들고 상할 줄은 짐작도 할 수 없었던 것이다. 굳건한 꿈의 주인공이 칠 년 후 한다 하는 밤의 선수로 밀려 떨어질 줄은 생각할 수 없었던 것이다. 아담하던 꽃은 좀이 먹었을 뿐이 아니라 함빡 병들어 상하기 시작하지 않았던가. 책점 대중원 뒷방에서 겨울이면 화롯전을 끼고 앉아서 독서에 열중하다가 이론 투쟁을 한다고 아무나를 붙들고 채 삭이지도 못한 이론으로 함부로 후려대다가는 이튿날로 학교의 사건을 지도한다고는 조금 츨츨한[12] 동무들이면 모조리 방에 끌어다가는 의논과 토의가 자자하던 칠 년 전의 남죽의 옛일을 생각할 때 현보는 금할 수 없는 감회에 잠기며 잠시는 자기 몸의 괴로움도 잊어버리고, 오늘의 남죽을 원망하느니보다는 그의 자태를 측은히 여기는 마음이 끝없이 솟았다. 어린 꿈의 자라가는 것은 여러 갈래일 것이나 그 허다한 실례 속에서 현보는 공교롭게도 남죽에게서 가장 측은하

12　씩씩하여 보기 좋은.

고 빗나간 한 장의 표본을 본 듯도 하여서 우울하기 짝이 없었다.

부정한 수단을 써가면서까지 여비로 만든 오십 원 돈이 뜻밖에도 망측한 치료비로 쓰이게 된 것을 생각하고 그 돈의 기구한 운명을 저주하면서 답답한 마음에 현보는 그날 밤 초저녁부터 바에 들어가 잠겼다. 거기에서 또한 우연히도 문제의 거리의 부량자 김 장로의 아들을 한자리에서 마주치게 된 것은 얼마나 뼈저린 비꼼이었던가. 반지르르하면서도 유들유들한 그 꼬락서니가 언제 보아도 불쾌하고 노여운 것이었으나 그러나 남죽 자신의 뜻으로 된 일이었다면 그도 하는 수 없는 노릇이며 무엇보다도 그 당장에서 그 녀석을 한 대 먹여서 꼬꾸라트릴 만한 용기와 힘 없음이 현보에게는 슬펐다. 녀석도 또한 그 자리로 현보임을 알아차리고, 가소로운 것은 제 술잔을 가지고 일부러 현보의 탁자에 와 마주 앉으며 알지 못할 웃음을 띠는 것이다.

"이왕 마주 앉았으니 술이나 같이 듭시다."

어느 결엔지 여급에게 분부하여 현보의 잔에도 술을 따르게 하였다. 희고 맑은 그 양주가 향기로 보아 솔내 나는 진인 것이 바로 그 밤과 같은 것이어서 이 또한 우연한 비꼼으로밖에는 생각되지 않았다.

"……이렇게 된 바에 무엇을 속이겠소. 터놓고 말이지 사실 내겐 비싼 흥정이었소. 자랑이 아니라 나도 그 길엔 상당히 밝기는 하나 설마 그런 흠이 있을 줄이야 뉘 알았겠소. 온전히 홀린 셈이지. 그까짓 지갑쯤 털린 거야 아까울 것 없지만 몸이 괴로워 못 견디겠단 말요. 허구한 날 병원에만 단기기두 창피하구 맥주가 직효라기에 날마다 와서 켰으나 이 몸이 언제나 개운해질는지……."

술잔을 내고는 얼굴을 찡그리고 쓴웃음을 띠는 것을 보고는 녀석을 해낼 수도 없고 맞장구를 칠 수도 없어서 현보는 얼떨떨할 뿐이었다.

"……당신두 별수 없이 나와 동류항이리오. 동류항끼리 마음을 헤치구 하로밤 먹어봅시다그려."

하면서 군이 술잔을 권하는 것이다. 현보는 녀석의 면상에 잔을 던지고 그 자리를 일어나고도 싶었으나—실상은 웃지도 못하고 울지도 못할 난처한 표정대로 그 자리에 빠지지 앉아 있는 수밖에는 없었다.

—〈삼천리문학〉, 1938. 1.

막^幕

'삼십이립三十而立'이란 옛사람의 말을 생각할수록 지금의 신세
가 억울한데 더한층 안타까운 것은 '사십四十'에는 무엇이었던가를
잊어버렸다. 삼십에 서지 못했다고 하더라도 사십에는 어떻게 되
어야 하는지 옛사람의 가르침을 어느 결엔지 까먹어버린 것이 삼
십을 넘어 사십을 바라보는 요사이의 세운의 마음을 한층 죄었다.

　행차칼[1]이나 목에 멘 듯 괴로운 마음으로 사십의 교훈을 생각
하면서 포도를 걸어갈 때 정해놓고 가게 유리창에 어리는 자기
의 꼴이 눈에 띈다.

　그 자기의 꼴에 한눈을 팔게 된 것이 또 한 가지 요사이의 기괴
한 버릇이다. 사람의 모양을 호들갑스럽게 망측하게 비춰내는 것

1　죄인을 다른 곳으로 옮길 때 목에 씌우던 형구.

이 거리의 유리창의 심술이기는 하나 그 비뚤어진 속으로도 후락(朽落)한 육체의 꼴이 눈에 드러나 보이는 것은 속일 수 없는 사실이었다. 거리의 목욕탕에 들어가 저울 위에 오를 때 아무리 발을 굴러보아도 바늘이 십칠 관[2]을 더 가리키지는 않았다. 이십 관을 자랑하던 위장부[3]의 늠름하던 체중이 반년 동안의 비참한 몰락인 것이다. 얼굴에 온통 허구렁[4]이 진 것은 오히려 나이의 탓이라고 하더라도 비대하던 몸집이 거의 반쪽으로 축난 것은 유리 속으로도 보기 딱했다. 그 헌거롭던[5] 자태가 이제는 하릴없는 등신의 행진이었다.

지난 반년 동안 술이 과했고 몸가짐이 허탕했던 까닭으로밖에는 돌릴 수 없는 것이 그 이상의 이유를 세운은 생각하기도 싫었고 생각했대야 말할 수도 없는 것이다. 지혜 있는 사람같이 또박또박 이치를 따지지 못하나 무거운 울화만은 거리의 누구에게도 밑지지 않게 가슴속에 간직한 그였다.

아침에 집을 나가면 동무들과 휩쓸려 술과 동무를 하다가는 밤을 패야 돌아간다. 소리패와 좌석을 같이하고 진종일을 지낸다고 해도 별반 신통한 재미가 있는 것도 아니고 농을 걸고 북새를 놓고 하는 동안에는 도리어 사람이 허름해만 지고 처신이 떨어져갈 뿐이었으나 그러나 집 안에 있을 때의 지옥의 괴롬을 생각하면 그래도 실속은 없으나마 그 긴치 않은 동무들과 자리를 같이하게 된다. 달뜬 마음을 가라앉히고 길을 잡아보겠다고 몇 번이나 두문불출 집 안에 들어박혀보려고 애썼는지 모른다. 애를

2 한 관은 한 근의 열 배로 3.75킬로그램, 17관이면 63.75킬로그램이다.
3 인품이나 외모가 몹시 뛰어난 남자.
4 텅 빈 구렁.
5 풍채가 좋고 의기가 당당하던.

썼을 뿐이지 그 갑갑한 공기 속에서는 단 반날을 진정하고 앉아서 신문 한 장 편히 읽을 수는 없었다. 생활의 기쁨이라고는 없는 어둡고 무거운 유풍遺風 속에서 아내는 허구한 날 황고집을 피우면서 흥이야항이야[6] 쓸데없는 일에까지 입살이 세다. 생각하면 묵은 대의 희생을 당한 결혼부터가 불행한 것이었다. 남편 된 도리를 다하지도 못했거니와 아내로서의 부드러운 정리情理를 받아본 적이 없다. 남편의 밖에서의 처신이 허랑하다고 활이야 살이야[7] 문책이 심하던 끝에 자진해버리겠다고 약사발 소동을 일으켰던 것이 아직도 기억에 새롭다. 뺏어서 던진 약사발이 공교롭게도 뜰 앞 향나무를 맞히면서 뿌리 위에 쏟아져서 독한 잿물 기운에 잎이 타고 가지가 시들기 시작했다. 선친이 돌아가기 전에 손수 심어놓은 기념수였다. 경망스럽게도 치명의 상처를 입은 향나무를 바라만 보아도 심화가 터 올라와서 그 후부터는 더욱 집이 싫어졌다. 집이 아니라 굴이요, 잠깐 잠자리를 빌리러 들어갈 뿐인 게 껍질인 셈이었다. 잠만 깨면 작정 없이 거리로 나와 계획도 지향도 없이 발 가는 대로 뜻을 맡겼다.

자연 삼십의 교훈이 마음속에 절실히 떠오르게 되었고 유리창에 어리는 메마른 꼴이 눈에 띄게도 된 것이다. 그러나 발 맥이 노곤한 판에 단골 찻집에 들어가 이것도 그맘때만 되면 어김없이 와 앉아 있는 진을 만나 마주 앉게 되면 세운은 무시근하게도 교훈도 자기 꼴도 흐리마리[8] 잊어버리고 만다. 긴치 않다고는 해

6 쓸데없이 참견하여 이래라저래라 하는 모양.
7 큰 소리로 꾸짖어 야단. 활쏘기를 할 때 근처에 있지 말라고 크게 소리치던 말에서 나왔다.
8 생각이나 기억, 일 따위가 분명하지 아니한 모양.

도 그 바람에 아직도 동무만은 버리지 않고 좋든 궂든 사귀어오는 것이다.

"이십 관짜리 돈키호테의 출근이시라."

진이 이렇게 괴덕을 부리는 것도 마땅한 것이 세운의 육신이 아무리 축났다고는 해도 진의 체질은 다시 그의 반쪽이었다. 선천적인데다가 현대인의 신경이 두 겹으로 겹쳐서 빈약한 육체를 만든 것이다.

"이십 관을 십칠 관으로 정정하게. 숫자는 발러야 하니."

"그럼 십칠 관의 돈키호테. 오래간만에 한번 울어보게."

울어보라는 것은 웃어보라는 뜻이었다. 어디서 배운 것인지 세운은 일부러 호걸스럽게 보이려는 듯이 꾸며서 웃는 너털웃음의 버릇을 고치지 못했다. 능청스럽게 헐헐대고 웃는 품은 흡사 말이 우는 소리와도 같았다. 그러나 그 말 웃음도 요사이의 그의 입에서는 까딱 들을 수 없었던 것이다.

찻집은 차만 먹는 데가 아니라는 듯이 세운과 진은 대낮부터 술타령이다.

"내가 십칠 관의 돈키호테면 자넨 무엔가?"

술잔을 놓고 세운은 허룽허룽[9] 진을 바라본다.

"난 십사 관밖엔 안 되네."

"십사 관짜리 산초 판산가?"

"이렇게 여윈 산초 판사라는 게 있나. 정작 산초는 돈키호테보단 되려 뚱뚱하고 오돌진 딸보[10]였으리."

9 말이나 행동을 다부지게 하지 못하고 실없이 자꾸 가볍고 들뜨게 하는 모양.
10 키도 작고 몸집도 작은 사람.

"어쨌든 자넨 내 산초가 아니었나?"

"일을 거들어주었을 뿐이지 자네 종노릇한 밥은 없어."

"일이구 뭐구 쓸데없는 자네 발설루 멀쩡하던 사람을 요 모양을 맨들었어. 죄가 크지 커."

"되려 치사나 하게. 내 덕으루 그래두 그만큼이나 사람 행세를 하잖았나."

"행세라니 요 모양 된 게 요게 행세야. 위신만 떨어지구 욕만 당하구. 문화니 문화인이니 인젠 진저리가 난다. 괜히 어림두 없이 문화인에 한몫 끼어보란 것이 당초에 불찰이었지."

"그게 벌써 돈키호테…… 여기 집적 저기 집적 그 돈키호테적 심정 때문이었지 문화사업이야 언젤 간들 그럴 리가 있나. 문화를 나무랠 것 없어."

십칠 관과 십사 관은 술김에 얼굴이 후렷해가며 뜨던 입들이 누그러지면서 입방아가 재 간다. 소위 문화사업이라는 것은 그들이 작년 가을까지 한 일 년 동안 해오던 잡지의 일건을 가리킴이다. 당초의 시작이 말하자면 진의 종용으로 된 일이었다. 때를 맞춘 진의 권고가 번둥번둥 날을 지우기가 무료하던 세운의 호기심과 허영심을 낚아내기에는 충분하였다. 일거양득이었다. 세운의 허영심도 만족되었으려니와 이 역 하릴없던 진에게도 어떻든 날마다 돌보아야 할 일이 생겨서 활기를 얻은 것은 사실이었다. 세운에게는 대대로 물려오는 돈푼이 아직도 조금은 남아 있었고 선친의 피라고 할까 문화사업에 대한 일종 미치광이의 열정과 야심이 부질없이 솟았다. 잡지 경영에 대한 일정한 정견도 지식도 없었으나 문화인의 한몫을 본다는 자랑이 가슴속에 찬란히 빛나고 성산成算[11]이 어울리지 않더라도 술 먹은 턱만 대면 그만일 것을 생각하고 잡지 창간호 첫머리에 사시社是를 내걸고 사장의 이름으로 창작한 발간사를 발표했을 때에는 세상사람의 눈이 한꺼번에 자기의 한 몸 위로 쏠린 것 같아서 헝겁지겁[12] 기쁨이 박차고 솟았다. 선친은 세상을 떠나기 전에 유산의 대부분을 던져 사회 봉사로 시민에게 도서관을 기부한 것이 한동안 이야깃거리가 되고 사회의 찬하讚賀[13]를 받아 거리의 인기를 휩쓸었으나 눈에 보이게 찬란한 잡지 사업이 결코 그만 못한 것이 아니라고 느꼈다. 그러나 그런 기쁨도 처음뿐 한두 호를 계속하는 동안에 아무 반향도 없었거니와 곶감 빼먹듯 다달이 뭉칫돈을 뽑아 넣기도 야속하였고 사회 사람 또한 도리어 교만한 눈으로 조롱의 빛을 보일 뿐이었다. 적어도 거리의 문학 청년들만은 완전히 휩쓸어다가 뜻대로 휘둘러볼까 한 것이 그들 역시 존경은커녕 눈알을 희게 해가지고 멀리서 할끔할끔 바라볼 뿐이었다. 일 년 동안에 봉도 웬만큼 빠졌고 실속 없는 광대 노릇을 한 것이 겸연도 해서 그다지 많이 남지도 못한 여재를 차라리 술 먹어 없애는 것이 낫다고 고쳐 생각하고는 잡지를 폐간해버렸다. 진은 그의 뜻을 휠 수도 없거니와 그역 별반 잇속도 없는 일에 어지간히 싫증이 났다. 그러나 하릴없는 생활이란 더한층 허망하고 쓸쓸한 것이어서 세운은 반년 동안의 허탕한 생활에 몸과 마음이 오싹바스러져 버린 것이었다.

"잡지에 성공했는지 못했는지는 모르겠으나 다른 건 다 그만

11 일이 이루어질 가능성.
12 너무 좋아서 정신을 차리지 못하고 허둥거리는 모양.
13 두 손바닥을 마주 대어 손을 가슴에 모으고, 경사스러운 일을 축하함.

두구래두 월매의 맘을 낚은 건 잡지 덕이 아니구 뭔가? 기생이라구 돈에만 홀리는 줄 아나. 요새 기생은 자네만큼의 허영은 다 가졌다네."

진은 모든 책임을 혼자 도맡을 것도 아니어서 이렇게라도 말길을 돌리는 수밖엔 없었다.

"뚱딴지같이 월매는 왜? 알구 보면 월매두 호락호락 외줄에 걸려올 계집이 아니지만 그보다두 내 알구 싶은 건 주리의 일인데 자네 어느 정도로 주리를 후렸나?"

"그런 비밀을 물으면 어떻게 대답하란 말인가. 여자 하나를 후린다는 게 남자에겐 필생의 대업인데 결국 내 재주와 인품을 말하란 말인가. 쓸데없는 속 앓지 말구 어서 오늘밤 한턱 쓰게."

벌써 돈키호테와 산초와의 관계를 해약해버린 십칠 관과 십사 관이 그날 밤 카페에 가서 도사려 틀고 앉은 것은 물론이다.

주리를 옆에 앉히고 따라주는 술을 받아 마시면서 두 사내는 은근한 공론이 분분하다.

"주리와 사귄 지두 벌써 오래가 아닌가. 그러면서 지금 이 자리에서두 피차의 맘을 알 수가 있나. 적어두 내겐 자네들 맘속이 천길 바닷속이란 말야."

"욕심두 많지 주리마저 가지잔 말인가. 난다 긴다 하는 놈 다 밀치구 월매를 얻었으면 그만이지 욕심이 과해."

"월매, 월매 하니 말이지 아까두 말했지만 외줄에 걸려 올 위인이 아니거든. 연분은 깊다구 해두 아직두 맘속은 옳게 모르네. 생각하면 나같이 염복 없는 불행한 사내두 드므리. 사내치구 사랑에만 성공한다면 세상은 무슨 한이 있겠나. 잡지구 문화구가 아랑곳인가. 여자 하나두 못 낚구군 살아서 뭣 하겠나."

"그게 솔직한 고백인진 모르겠으나 그렇게까지 외통곬으로 생각하게 됐단 말인가. 위험한걸. 자네 맘씨가 위험해."

"그러게 마지막으로 주리의 맘속이나 알아봤으면 하는 것이네. 알아서 어쩌자는 건 아니라 알았으면 가슴이 후련하겠단 말이야. 미련이 아니라 내 맘의 한 개의 시험이네."

"얼마든지 알아보게나. 허나 나와의 관계를 굳이 캘 것이 없는 건 수수께끼는 수수께끼대로 두는 것이 운치가 있으니 말야."

"자네에게 청할 것이 아닌진 모르겠으나 주리를 며칠 동안 내게만 맡겨두게. 화학실의 시험용으로 반응을 살펴볼 테니."

"그 대신 실패할 때에 자네가 져야 할 배상이 클 것을 알아야 하네."

"또 한 번 말해주리. 이게 마지막 시험이라는걸."

요행 말이 통하지 못하는 까닭에 주리는 두 사내의 불측한 의논을 속 모르고 딴 귀로 흘리면서 심심하다는 듯이 손가락에다 쏟아진 술을 찍어서 탁자 위에 글씨 장난을 친다.

언제나 드레스를 입고 고수머리를 붉은 리본으로 매어 올린 그의 자태를 세운은 영화 잡지에서 본 배우의 인상과도 같이 마음속에서 지워버릴 수가 없었다. 마음의 고백이란 한번 기회를 잃으면 다시 잡기가 겸연해서 어느 때까지나 심드렁하게 늦추어지는 것이다. 세운은 주리에 대한 열정을 바닷속을 흐르는 조수같이 은근히 간직해왔다.

"이런 실례가 어디 있어요. 시퍼런 사람을 옆에 놓고 혼자들만 모를 소리로 수군덕거리니."

주리의 불평은 당연하였다. 짜증을 내고 일어서 가려는 것을 세운이 팔을 붙들어 간신히 자리에 앉혔다.

"대신 산보나 갈까."

그 카페에서는 시간의 구속이 비교적 자유로울 뿐 아니라 세운은 남과는 다른 중요한 손님이어서 그의 청이라면 좀처럼 거절을 당하는 법이 없었다. 그 자리로 차를 불러 주리는 두 사람 사이에 끼어 앉았다.

소위 '속력 있는 산보'라는 것이었다. 차를 두 시간 동안 온전히 세내서 시간이 끊어질 때까지 지향 없이 거리를 휘돌아치는 것이다. 늘 하는 버릇이었으나 말하자면 미치광이의 짓이었다. 교외를 한 바퀴 거닐고는 다시 시가로 돌아와 휘돌아치는 판에 같은 거리를 두 번 세 번 지나곤 하였다. 가운데 낀 주리의 따뜻한 체온 속에 묻히면서 두 사내는 흐르는 등불의 행렬을 옆눈으로 스치며 지리한 줄을 몰랐으나 그러나 두 시간은 상당히 길어서 철교를 지날 때에 잠깐들 내려 바람을 쏘이기로 하였다.

이번에는 주리 혼자만 따로 떨어지고 세운과 진이 한 짝이 되어 나란히 걸었다. 한 묶음이 되었던 셋이 풀려질 때 그것이 가장 무난한 격식일지도 모른다. 몸에 뱄던 주리의 체온과 향기가 차차 일신에서 사라져감을 느끼면서 세운은 다리 난간에 의지했다. 진도 덩달아 옆에 서서 두 사람은 강 위를 하염없이 내려다본다. 거리의 등불이 멀리 바라다보일 뿐이요, 배 한 척 없는 강물은 어둠 속에서 한없이 넓어 보인다. 바로 발아래 굽이에서는 검은 물이 후미[14]를 쳐서 흐르면서 마치 악마의 도가니와 같이도 께름칙하다.

"내가 지금 무슨 생각을 했겠나?"

오래된 침묵을 깨트린 것은 세운이었다. 옆구리를 찔린 진은 어두운 속에서 세운의 옆얼굴을 노렸다.

"어차피 악마의 생각밖에 더 했겠나?"

"맞었네. 노여 말게. 자넬 지금 이 난간에서 밀어 떨어트리면 어떻게 될까 생각해봤네."

"엣, 추워! 난 먼저 들어가겠네."

진은 짧게 외치고 짜장 몸이 떨리는 듯이 옷섶을 세우면서 차 있는 곳으로 급스럽게 걸었다.

세운의 의견에 의하면 거리에서는 호텔같이 예절이 바르고 인사성이 깍듯한 데는 없다는 것이다. 들어갈 때나 나올 때나 방에 있을 때나 보이들의 시중은 가려운 곳에 손이 닿을 지경으로 조밀하고 친절하였다. 무례하기 짝이 없는 거리와는 딴 세상인 그 속에 있을 때만은 거리에서 받은 가지가지의 상처와 잡지를 하다가 입은 여러 가지의 봉변을 잊어버릴 수 있었다.

'그까짓 하찮은 문화인이 다 뭐며 주제넘은 문학자들이 다 무엇에 쓰자는 것이냐'

하고 호텔 문을 나들 때 보이들이 뛰어나와서는 구두를 털어주고 모자를 받아주고 할 때마다 세운은 고개를 곧추들고 속으로 한번씩은 외어보았다.

편안한 속에서 일없이 하루이틀 묵는 동안에는 거리에서 받은 모욕의 화풀이는 완전히 된다. 그가 자별스럽게 호텔을 좋아하는

---

14 물가나 산길이 휘어서 굽어진 곳.

이유는 참으로 그 점에 있었다. 잡지를 하다가 남은 여재를 술값과 호텔 비용에 쓰게 된 것을 통쾌하게 생각하며 진작 그런 용도를 터득하지 못했던 것을 오히려 한되게 여겼다.

이튿날 주리를 데리고 단둘이 호텔 문을 밀치고 들어가기가 바쁘게 낯익은 보이가 달려와 전과 같이 허리를 굽히고 모자를 받았을 때 세운은 주리의 면전에서 옷섶이 적어도 아홉 자는 넓어진 듯한 느낌이었다. 객실에 들어가 커다란 검은 의자에 허리를 쉴 때엔 거리의 왕자는 내로다 하는 자랑이 유연히 솟았다. 마침 가게가 공휴일인 까닭에 세운의 청을 주리는 군이 사절할 것은 없었던 것이다. 마음의 문제가 아니요, 직업의 문제였던 까닭이다. 주리의 직무상으로는 하필 진뿐만이 아니라 누구나 단골손님의 청은 거역할 처지가 못되었다. 이날의 세운의 청을 받아들인 것도 간밤에 세 사람이 자동차로 거리를 달렸을 때 이상의 심정으로는 아니었다.

호텔의 풍속은 낡은 것을 좋아하는 듯 의자의 검은 가죽도 진홍빛 카펫도 천장에서 드리운 샹들리에도 낡은 것이었다. 기름진 고무나무와 찬란한 양진달래의 화분도 그 낡은 치장 속에서는 달뜨지 않고 침착하였다. 그런 분위기 속에서의 주리의 자태를 세운은 밤에 볼 때와는 또 다르게 밝은 것으로 느꼈다.

"잡지하다 실패한 얘기했던가?"

"전 씨에게서 대강 들었죠만."

"진이 녀석 때문에 실없이 망신했어. 점심이나 먹으면서 천천히 얘기합시다."

마침 보이가 분부해놓았던 식사의 준비를 알리러 온 까닭에 세운은 주리를 데리고 식당으로 들어갔다. 식사를 마치고 다시 객실로 나오면서 세운은 말을 계속한다.

"……그래서 난 화풀이로 남은 재산을 술타령에 쓰려고 작정한 것이오. 말하자면 일종의 복수도 되구……."

"갸륵한 심지군요."

주리 자신 그것이 조롱인지 진정인지 모르고 던진 말이다.

"괴벽스러운 버릇이라고나 할까, 예금통장을 늘 몸에 지니는 습관이어서……."

세운은 앉은 자리에서 그 통장이라는 것을 속주머니에서 내어서 탁자 위에 털썩 던지면서 주리의 표정을 살피는 눈치였다.

"집에 두면 도적을 맞을까봐서요?"

문득 아내 생각을 하고 아닌 게 아니라 주리의 한마디에 세운은 뜨끔했으나 금방 천연스러운 어조로 돌아가면서,

"결국 어느 순간에 쓰게 될지를 모르니까 몸에 지니는 것이 편하거든. 우선 당분간 쓸 것인데 얼마나 되겠나 맞혀봐."

"판도라의 상자 속을 누가 알아요."

"어디 단위만…… 천일까 만일까?"

"몰라요."

"숫자를 말하는 건 실례라구 치구 그럼……."

세운은 동안을 띄우고는 말머리를 돌렸다.

"주리의 뜻 하나면 이 순간에라도 통장을 살러버릴 수 있는데."

"통장이 제게 무슨 아랑곳이에요."

"……지금 다따가 하는 소리가 아니오. 오래전부터 하려던 소리를 이제 이 자리에서 할 뿐이오. 다른 누구가 주리에게 어떤 열

정을 품고 있는지 모르나 난 나대로의 생각을 첨부터 변함없이 품어왔던 게요."

"그런 소리 들으려구 여기까지 동무했던가요?"

일어서는 주리를 붙들면서,

"농이 아니오. 나로선 이게 평생 한 번의 청이고 마지막 시험이오. 주리, 내 미래의 열쇠는 주리의 손안에 있음을 알아주시오."

"그런 중대한 문제를 제겐 왜요? 난 오늘 이럴 줄 모르구 따라왔는데. 진 씨께나 물어보세요."

짜장 진을 사랑하고 있음을 알고 세운은 순간 겸연한 자기의 꼴이 다시 돌려 보였다. 요번에는 나가는 주리를 붙들 염도 못하고 우두커니 서 있을 뿐이었다.

잡지에서 받은 욕보다도 오히려 주리에게서 받은 욕이 더 크고 아팠다. 두 번째의 봉변에 세운은 맥을 잃고 호텔을 나왔다. 주리에게도 부끄럽거니와 그보다도 더욱 진에게는 들 낯이 없다. 생각만 해도 얼굴이 화끈 달고 몸이 으쓱 솟는 듯하였다.

마지막 고패에 다다른 듯도 하다. 예료하지 않은 바는 아니었으나 짜장 거리에 이르고 보니 일종 알지 못할 안도의 염과 함께 캄캄한 담장이 앞에 가로막힌 듯한 답답한 느낌이 가슴을 쳤다. 인생의 피리어드…… 뜻 없는 청춘을 저주하듯 그것이 왜 그리 빨리 왔는가.

벌써 갈 곳이 없었다. 월매의 집일까. 마지막 시험까지 지내지 않았던가. 월매의 시험이 또 남았단 말인가. 졌을 때에는 자기가 져야 할 배상이 클 것을 약속한 진과 그 체면으로는 더 어울릴 수도 없어서 혼자 이름도 모를 거리의 술집에서 남은 날을 지내고 거나한 김에 월매의 집을 찾은 것은 밤이 벌써 이슥한 때였다.

시세가 나서 거리의 인기를 독차지하고 그 어느 하루나 불리지 않는 날이 없는 이름 높은 월매였다. 아침부터 시간을 다는 날도 많았고 초저녁에 불리면 이차 회, 삼차 회로 돌아다니다가 밤이 패서[15]야 겨우 집에 들어가는 요사이의 인기였다. 자정을 넘은 시간이기는 했으나 벌써 돌아왔을까 의심하면서 문 앞에 섰을 때 대문이 열린 채로다.

요행으로 여기고 문 안에 들어서면서부터 취한 김에 소리를 쳤다.

"월매, 월매 있나?"

아직 돌아오지 않았음일까. 방 안에는 불이 꺼졌고 인기척이 없다. 목소리를 한층 더 높인 것은 물론 취한 까닭도 있었다.

"월매가 아직 안 올 법이 있나. 월매, 대답이 없으면 막 들어갈 테다."

섬 뜰에 올라섰을 때에 겨우 모깃소리만 한 대답이 있었다. 월매는 방 안에 있었던 것이다. 이불 속에서 자아내는 목소리였을까.

"누구예요?"

"누구라니, 목소리도 몰라보나. 너무 괄세 마라."

세운은 마루에 털썩 주저앉으면서 가쁜 숨을 내쉰다.

"김 선생이세요?"

"발딱 자빠져서 김 선생은 뭐야. 그래두 냉큼 일어나 도령님 맞이를 못 나오나."

---

15 '새워서'의 사투리.

"오늘밤만 용서해주세요. 몸이 고달파서 누웠으니. 점잖게 댁으로 돌아가셨다 내일 만나 뵙죠."

"흥, 월매가 사장 영감을 딴다. 세상이 이렇게 됐던가."

"제발 용서하세요."

"하루에 계집 둘에게 요 망신이니 세운도 이 세상에선 볼일 다 봤지."

"내일 말씀드릴 테니 노여 마시구 돌아서요."

"돌아가다니, 죽으란 말이냐. 발칙한 것, 먹을 것 다 먹었다구 이제 와서 이 푸대접이야. 정 고따위로 군다면 들어가서 능지를 해놓겠다. 네 방에 못 들어갈 내더냐."

홧김에 황소같이 소리를 지르면서 구둣발로 허둥허둥 마루에 올라 장지에 손을 댔을 때였다.

"누구야?"

월매 소리가 아닌 그것도 황소 소리만큼은 한 사내의 고함이 별안간 방에서 난 것이다.

"아닌 밤중에 웬 잔소리야 시끄럽게. 월매, 월매 하구 야단이니 세상에서 월매의 임자가 너 하나뿐이더냐."

세운은 정신이 번쩍 들면서 장지에서 제물에 손이 떨어졌다. 안타까워하던 월매의 비밀이 그 눈에 보이지 않은 사내의 고함 소리로 그 자리에 폭로된 것이다. 술이 금시에 깨면서 널판으로 면상을 후려갈기우고 시커먼 구렁 속에 굴러 빠진 듯한 정신의 혼란이 순간 육신을 뒤흔들었다.

그 이름 모를 사내와 한바탕 겨루고 사생결단을 내보고 싶다는 분한 마음보다도 먼저 자기 얼굴에 진흙이 끼얹혀졌을 때의 부끄럼이 전신에 용솟음쳐 흘렀다. 사내를 미워할 것도 아니고 계집을 원망할 것도 아니요 눈앞에 드러난 사실은 다만—자기의 한 몸이 이제는 완전히 진흙 구덩 속에 빠져버리고 말았다는— 그 사실뿐이었다.

다시 더 두말이 없이 더 따지는 법도 없이 세운은 마루를 내려서 대문을 나왔다. 술에서는 깼으나 다시 그 무엇에 취한 듯한 무의식중의 황망한 태도였다. 고요한 밤거리를 부는 바람이 무정하게도 무례하게도 대중없이 면상을 스쳤다.

한낮은 되어서 세운은 잠자리에서 일어났다. 그 어느 날 개운한 날은 없었으나 이날은 더한층 몸이 흐리고 무거웠다. 간밤 일이 꿈속 일만 같이 생각되다가도 문득 현실이었음을 깨달을 때 관자놀이가 후끈 달곤 하였다.

밀창을 열고 의자에 앉아 맑은 바람을 맞을수록 정신이 들면서 마음은 괴로워만 갔다. 뜰 앞 향나무를 정면으로 마주 대하고 앉은 것도 오래간만이었다. 향나무를 대할 때마다 돌아간 선친의 의용에 접하고 그 목소리를 듣는 듯한 것이었으나 이날 그가 눈을 새삼스럽게 뜨고 놀란 것은 독한 약사발의 세례를 받았던 나무가 눈을 돌린 그 며칠 동안에 무섭게도 시들어버렸음이다. 처음에는 한 부분이 탔을 뿐으로 그래도 소생할 희망이 있거니만 생각했던 것이 어느덧 나무 전체가 시들었을 뿐이 아니라 탄 자리는 점점 헤져서 나무의 반 이상이 누렇게 말랐던 것이다. 운명의 날은 벌써 시각을 다투고 있었다. 세운은 모르는 결에 시선을 돌려 하늘을 우러러보았다. 가슴이 아파지며 그 자리에 쓰러져 통곡이라도 하고 싶었다.

세상 사람이 세운을 말할 때에는 반드시 선친의 이름을 들었다. 늘 선친의 공에 비겨서 아들의 하는 일이 판단되었다. 아들의 하는 일은 선친의 공을 한층 빛내거나 그렇지 않으면 욕되게 하는 두 가지 길밖에 없다. 세운이 잡지 사업을 생각한 것은 선친의 사업에 한 가지를 더하고자 함이었음은 물론이다. 사업을 처음 시작할 때에는 세상은 부전자전의 공덕이라고 찬양하면서 세운의 뜻을 한없이 칭찬하던 것이 한번 실패하게 될 때 인심의 표변은 손바닥을 뒤집는 것보다도 빨랐다.

요사이의 세운의 처신은 온전히 선친의 이름을 그르치고 욕되게 함에 지나지 않는 셈이었다. 자기 한 몸의 번민뿐만이 아니라 선친의 사적까지를 들어서 생각할 때 세운의 괴롬은 뼈를 가는 지경이었다. 향나무의 운명은 선친의 운명만이 아니라 세운 자신에게 보내는 암시가 너무도 컸던 것이다.

주리와 월매가 반드시 원인은 아니었다. 그러나 그들에게서 발붙일 곳을 완전히 잃은 것은 사실이었다. 오후는 되어서 세운은 또 그것이 마치 운명인 듯이 집을 나섰다. 마지막이 되는지도 모르는 향나무를 다시 더 바라보기도 싫어서 부랴부랴 대문을 나섰다. 요정 이층에 올라 완전히 하루의 화대를 달고 오래간만에 월매를 부른 것은 물론 애착도 미련도 아니었다. 다만 그의 마음을 한 번 더 낚아보자는 것이었다. 술이 웬만큼 돈 후에야 비로소 피차에 말이 있었다.

"간밤 일 용서해주시겠죠? 직업이 시키는 노릇이지 진정이야 설마 버렸겠어요."

"요 가살이[16] 같으니, 그 수로 몇 놈이나 녹여냈니."

세운은 놈팡이가 누구냐고는 묻지도 않고 다짜고짜로 월매의 볼을 부리나케 갈겼다. 월매는 혼을 뽑히고 한편으로 몸이 쓰러지는 지경이면서도 한마디 항력抗力도 없었다.

"네게 줄 게 있다. 직업이 시키는 노릇이라면 무엇이든지 한다니 난 이것으로 네 직업을 살 테다. 정조와 마음까지두 도맡아 살 테다."

세운의 속주머니에서 나온 것은 호텔에서 주리에게 보였던 예금 통장이었다. 여자의 값을 통장 이상의 것으로 치지 않는 것이 세운의 버릇이었고 반생의 경험에 있어서 그것이 늘 진리임을 깨달아왔던 것이다. 그러나 그가 내놓은 통장을 월매는 굳이 거들떠보지는 않았다.

"돈은 돈 진정은 진정이지, 아무렇기루 그렇게까지 사람을 얕잡아보세요."

"진정이라는 게 항상 귀찮은 물건이야. 두말 말구 난 지금 통장으로 네 맘을 샀다. 앞으론 내 명령대로만 쫓아야 돼."

무슨 이야기가 있고 무슨 거래가 있었는지 넓은 방에서 두 사람은 날을 지우고 저녁을 보냈다. 이야기에 지치고 술김에 잠들이 들었다가 깨어났을 때에는 이미 밤이었다. 등불이 별스럽게 노랗고 식탁 위가 어지럽게 널린 것이 알 수 없이 세운의 가슴을 쓰라리게 찔렀다. 요란하던 밖 세상이 무덤 속에 묻혀버린 듯이 쓸쓸하다. 잠 속에서 운 것일까. 세운의 두 볼에는 눈물자국이 보였다. 누운 채로 역시 눈을 방긋이 뜨고 누워 있는 월매를 바라보면서 세운은 목소리를 부드럽혔다.

16 말씨나 행동이 가량맞고 야살스러운 사람.

"아깐 말이 너무 과했던 걸 허물 말구…… 월매, 어디 진정으로 내 말에 대답해보려나."

월매는 팔을 굽혀서 베개를 삼고 세운을 향해 옆으로 누웠다.

"월매에게두 설마 이 세상 재미가 깨알 쏟듯 자별스럽진 않겠지. 어느 때까지든지 살구 싶은가?"

"마지못해 사는 게죠."

"정말인가?"

"나두 몇 번이나 그런 생각해봤는지 몰라요."

"좋은 수가 있지. 나와 동행할까?"

세운은 벌떡 일어나서 주머니 속을 부스럭거리더니 조그만 종이갑을 집었다. 물끄러미 바라보던 월매는 처음으로 그 뜻을 짐작하고 깜짝 놀라 덩달아 자리에서 일어났으나 설레는 법 없이 즉시 누그러진 태도를 가졌다.

"왜 하필 지금이 맛인가요?"

"지금 이 자리에서 문득 생각한 것이 아니라 오래전부터 계획해오던 것을 특별히 오늘로 작정했던 것이니까."

침착하게 종이를 풀고 물을 준비하는 것을 보고는 월매는 가슴이 섬뜩해졌다.

"그러나 전 생명이 하나만은 아녜요."

"뭐? 그럼……."

이번에는 세운이 휘둥그런 눈으로 월매의 몸을 훑어보았다. 새 생명이 꿈틀거리고 있을 곳을 겨냥하면서. 그것이 누구의 생명이든 간에 그 새로운 사실에 놀라지 않을 수는 없었다. 그러나 물론 자기 일이 더 긴하다는 듯이 즉시 눈을 돌리기는 하였다.

"천생에 외로운 팔자. 나 혼자 가지."

"에그머니나, 세운 씨, 세운 씨."

월매가 기겁을 하고 황망스럽게 외쳤을 때에는 세운은 벌써 일정한 분량의 약을 물로 삼키고 자리에 쓰러진 뒤였다.

월매의 고함 소리에 보이들이 달려와 의사를 부르고 응급 치료를 하며 급히 서둔 것이 공을 이루었던지 세운은 교묘하게도 소생되었다. 요행이면 요행이요, 불행이라면 불행이었다.

세운이 간신히 정신을 차리고 눈을 뜬 것은 이튿날 아침 병원 침대 위에서였다.

누구보다도 먼저 눈에 띈 것이 옆에 앉은 월매였다. 간밤과는 달라서 그를 보기가 한없이 겸연쩍다.

"가장 은인인 척하고 남의 얼굴을 그렇게 빤히 보지 마라."

"은인이 아니라 원수같이 보이시겠죠. 그러나 제발 이담에는 그런 모험은 혼자 계실 때 하세요."

"암, 혼자 하구말구. 당초에 월매 따위와 동행하려던 것이 오산이었지."

세운은 문득 생각난 듯이 새삼스럽게 월매의 배를 훑어보았다. 그러나 기맥이 쇠진한 지금의 그에게는 별반 흥미도 질투도 솟지 않았다.

"이것두 제발 다시 내던지질 말구 잘 간직해두세요."

월매가 살며시 침대 요 속에 넣어준 것은 간밤의 예금통장이었다. 세운은 다따가 얼굴이 화끈 달며 월매의 볼을 또 한 번 부리나케 갈겨볼까 하였으나 몸이 아직 마음대로 움직여지지 않았다. 궁싯거리는 팔을 별안간 달려와서 붙든 것이 어디서 튀어나왔는지 진이었다.

"황천 맛이 어떻든가?"

그답게 사정없는 조롱이었다.

"한 번 실패를 너무들 비웃지는 말게."

"한 번은 왜 한 번이야. 자네가 겨우 한 번만 실패했단 말인가. 잡지구 주리구 월매구 다 잊어버렸나."

"또 한 번 안 하나보지."

"제발……."

결국 눈을 떠보아야 어제의 연속인 오늘이지 세상의 운행에는 아무 변화도 없었다. 세운은 간밤 일이 흡사 잘못된 희극의 한 토막 같아서 보람 없는 자기의 꼴이 더한층 의식의 복판을 파고들었다.

재주를 넘다 쓰러진 어릿광대의 꼴…… 그것이 자기의 꼴임을 깨달을 때 마음속에는 사실 불 같은 결심이 다시 타기 시작하였다.

"하구말구. 이번엔 독립 독행 기어코 성공해 보일 테니."

그러나 세운의 그 결단의 말도 진의 귀에는 여전히 광대의 헛나발 소리로밖에는 들리지 않아서 역시 농으로 대답하는 수밖에는 없었다.

"그렇게 결심한다구 장할 것이 없네. 이 세상에선 자네나 내나 다 마찬가지거든."

지껄이다가 월매와 우연히 시선이 마주치자 자기들도 모를 미소를 둘만이 주고받는 것이었다. 누워 있는 세운의 눈에 그 꼴들이 띄지 않은 것이 다행인지도 모른다.

— 〈동아일보〉, 1938. 5. 5~14.

공상구락부[1]

"자네들 뭘 바라구들 사나?"

"살아가자면 한 번쯤은 수두 생기겠지."

"나이 삼십이 되는 오늘까지 속아오면서 그래두 진저리가 안 나서 그 무엇을 바란단 말인가."

"그 무엇을 바라지 않고야 어떻게 살아간단 말인가? 말하자면 꿈이네. 꿈꿀 힘 없는 사람은 살아갈 힘이 없거든."

"꿈이라는 것이 중세기 적에 소속되는 것이지 오늘에 대체 무슨 꿈이 있단 말인가? 다따가 몇 백만 원의 유산이 굴러온단 말인가. 옛날의 기사에게같이 아닌 때 절세의 귀부인이 차례질 텐가? 다 옛날 얘기지 오늘엔 벌써 꿈이 말라버렸어."

---

1 구락부는 클럽의 일본식 음역어.

"그럼 자넨 왜 살아가나? 뭘 바라구."

"그렇게 물으면 내게두 실상 대답이 없네만. 역시 내일을 바라구 산다고 할 수밖엔. 그러나 내 내일은 틀림없는 내일이라네."

"사주쟁이가 그렇게 말하던가, 관상쟁이가 장담하던가?"

"솔직하게 말하면……."

"어서 사주쟁이 말이든 뭐든 믿게나. 뭘 믿든 간에 내일을 생각하는 마음이야 일반 아닌가. 결국 그것 없이는 살아갈 수 없는 게니까. 악착한 현실에서 버둥버둥 허덕이지 말구 유유한 마음으로 찬란하게 내일이나 꿈꾸구 지내는 것이 한층 보람 있는 방법이야. 실상이야 아무렇게 되든 간에 꿈조차 꾸지 말라는 법이야 있겠나."

"그렇구말구. 꿈이나 실컷 꾸면서 지내세그려. 공상이나 실컷 하면서 지내세그려."

"꿈이다. 공상이다."

이렇게 해서 좌중에 공상이란 말이 시작되었고 거듭 모이는 동안에 지은 법 없이 '공상구락부'라는 명칭까지 붙게 되었다.

구락부라고 해야 모이는 집이 따로 있는 것도 아니요, 부원이 많은 것도 아니요, 하는 일이 또렷한 것도 아닌 친한 동무 몇 사람이 닥치는 대로 모여서는 차나 마시고 잡담이나 하고 하는 정도의 것이었다. 다시 말하면 직업 없는 실직자들이 모여서 하는 일 없는 날마다의 무한한 시간과 무료한 여가를 공상과 쓸데없는 농담으로 지우게 된 것에 지나지 않는다. 공상구락부란 사실 허물없는 이름이었고 대개는 하루의 대부분의 시간을 찻집에 들어가서 식어가는 커피잔을 앞에 놓고 음악 소리를 들어가면서 언제까지든지 우두커니들 앉아 있는 꼴들은—좌중의 어느 얼굴을 살펴보아도 사실 부질없는 공상의 안개가 흐릿한 눈동자 안에 서리서리 서리지 않을 때가 없었다. 꿈이란 눈앞에 지천으로 놓인 값없는 선물이어서 각각 얼마든지 그것을 집어먹든 시비하는 사람은 없는 것이다. 그 허름한 양식으로 배를 채우려고 한 잔의 차와 음악을 구해서는 차례차례로 거리의 찻집을 순례하는 것이다. 솔솔 피어오르는 커피의 김을 바라볼 제 그 김 속에 나타나는 꿈으로 얼굴을 우렷이 아름답게 빛내는 것은 유독 총중에서 얼굴이 가장 뛰어나고 문학을 숭상하는 청해 군뿐만 아니었다. 어느 때부터인지 코 아래에 수염을 까무잡잡하게 기르기 시작한 천마 군도 그랬고, 비행사 되기를 원하는 유난히 콧대가 엉크런 백구 군도 그랬고, 총중에서 가장 몸이 유들유들한 운심도 또한 그랬던 것이다. 꿈이라면 남에게 질 것 없다는 듯이 일당백의 의기를 다 각각 가슴속에 간직하고는 의자에 깊숙이 몸을 잠그고 앉아서 음악에 귀를 기울이고 있는 네 사람의 자태를 그 어느 날 그 어느 찻집에서나 발견하지 못하는 때는 없었다.

"남양²의 음악을 들으면 난 조그만 섬에 가서 추장 노릇을 하고 싶은 생각이 버쩍 생긴단 말야."

그 추장 노릇의 준비 행동으로 코 아래 수염을 기르는 것일까. 총중에서 누구보다도 가장 추장의 자격이 있다면 있을 천마는 음악에 잠기면서 꿈의 계획을 피력하는 것이다.

"세상에서 가장 이상적인 부락을 맨들겠네. 섬에는 물론 새 문

---

2 태평양의 적도를 경계로 하여 그 주변 지역을 통틀어 이르는 말.

화를 수입해서 각 부문에 전부 근대적 시설을 베풀고 한편으로는 농업에 힘써서 그 농업 면에도 근대화의 치장을 시키고 농업 면과 공업 면이 잘 조화해서 조금도 어긋나고 모순되지 않도록 즉 부락민은 농사에 종사하면서도 도회 면에서 살 수 있도록…… 그러구 물론 누구나가 다 일해야 하구 일과 생활이 예술적으로 합치되도록 그렇게 섬을 다스려보겠네. 노동이 있을 뿐 아니라 예술이 있고 음악이 있고 음악에 맞춰서 일이 즐겁고 수월하게 되는 부락…… 그 부락의 추장 노릇을 하고 싶은 것이 평생 원이야."

"그럴 법하긴 하나 원두 자네답게 왜 하필 추장 노릇이란 말인가. 이왕 꿈이구 공상이라면 좀 더 사치하고 시원스러운 것이 없나. 공중을 훨훨 날아본다든지 하는 비행가가 되기가 내겐 천상 원인 듯하네. 꿈이 아니라 가장 가능한 일인 것을 시기를 놓쳐버리고 나니 별 수 없이 공상이 되구 말았으나."

백구는 천마를 핀잔주듯이 말하면서 은연중에 공상을 늘어놓는 셈이었다.

"추장이니 비행가니 공상들두 왜 그리 어린애다운가. 어른은 어른답게 어른의 공상을 해야 하잖나."

청해의 차례이다. 다른 동무들과 달리 그다지 부자유롭지 않은 처지에서 반드시 취직 걱정도 할 것 없이 안온하게 지내가는 그가 문학서를 많이 읽고 생활의 기쁨이라는 것을 유달리 느껴오는 탓일까. 그렇지 않으면 남보다 뛰어난 얼굴값을 하자는 수작일까. 하필 하는 소리가,

"두구 보지. 내 이십 세기의 클레오파트라를 찾아내지 않고 두는가. 세기의 미인 만대의 절색…… 그 한 사람을 위해서는 천릿

길을 걸어도 좋고 만릿길을 걸어도 좋은…… 그의 분부라면 그 당장에서 이내 목숨 하나 바쳐도 좋은…… 그런 절색 내 언제나 구해내구야 말걸. 이 목숨이 진할 때까지라도.”

하는 것이다.

“찾아내선 어쩌잔 말인가. 지금 왜 절색이 없어서 걱정인가. 할리우드만 가보게. 클레오파트라 아니라 그 이상의 몇몇 갑절의 이십 세기의 일색들이 어항 속의 금붕어 새끼들같이 시글시글[3] 끓을 테니. 가르보나 셔러는 왜 클레오파트라만 못하단 말인가. 디트리히나 콜베르두 몇 대 만에 태어나는 인물이겠구 아이린 던이나 로저스두 천 사람 만 사람 가운데의 한 사람인 인물이네. 요새 유명한 다니엘 다류[4]는 어떤가. 미인이 아니래서 한인가. 미인이 없는 것이 아니라 자네 차례에 안 가서 걱정이라네. 이 철딱서니없는 동양의 돈 후안 같으니.”

천마의 핀잔에 청해는 가만있지 않는다.

“다류나 로저스를 누가 미인이래서. 그까짓 할리우드의 여배우라면 자네같이 사족을 못 쓰는 줄 아나. 이 통속적인 친구 같으니. 참된 미인은 스크린 위에 있는 것이 아니라 더 다른 숨은 곳에 있는 것이라네.”

“황당하게 꿈속의 미인을 찾지 말구 가까이 눈앞에서부터…… 자네 대체 미모사의 민자는 그만하면 벌써 후리게 됐나 어쨌나. 민자쯤을 하나 후리지 못하는 주제에 부질없이 미인 타령은 뭐야.”

---

3 사람이나 짐승 따위가 많이 모여 우글우글 들끓는 모양.
4 전부 1930년대 유명했던 서양의 배우들이다. 그레타 가르보, 노마 셔러, 마를렌 디트리히, 클로데트 콜베르, 아이린 던, 진저 로저스, 다니엘 다류.

운심의 공격에 청해도 얼굴을 붉히면서 할 말을 모르는 것을 보면 미모사의 민자는 아직 엄두도 못 낸 눈치였다.

"어서 나와 같이 세계일주 계획이나 하게. 이것이야말로 공상이 아니라 계획이네. 세계를 일주해봐야 자네의 원인 절색두 찾아낼 수 있지 찻집 이 한구석에 가만히 앉아서야 이십 세기의 일색을 외친들 다따가 코앞에 굴러 떨어지겠나. 내 뜻을 이루게 되면 그까짓 세계일주쯤이 무엇이겠나. 자네두 그때엔 한몫 끼어주리. 자네 비위에 맞는 미인을 얼마든지 구할 수 있도록. 자네뿐이겠나. 천마 군의 추장의 꿈두 백구 군의 비행가의 공상두 그때엔 다 실현하게 되리. 내 성공하는 날들만을 빌구 기다리구들 있게."

운심의 뜻이니 성공이니 하는 것은 그가 오래전부터 '꿈'꾸고 생각해오던 광산의 일건이었다. 고향이 충청도인 그는 특수광 지대인 고향 일대에 남달리 항상 착안해서 엉뚱하게도 광맥에 대한 욕망을 품고 있어온 지 오래였다. 물론 당초부터 광산을 공부한 것도 아니요, 전문적 지식을 갖추고 있는 것도 아니요, 다만 막연히 상식적으로 언제부터인지 그런 야심을 가지게 되었던 것이다. 서울에서 공부를 마치고는 그대로 눌러서 날을 지우게 된 그로서 공상구락부에서 꾸는 그의 꿈은 언제나 광산에 대한 애착이요, 공상이었다.

그러나 세상에 기적이라는 것이 있듯이 공상도 간간이 가다가 공상의 굴레를 벗어나서 실현의 실마리를 찾는 것인 듯하다. 아마도 사람에게 공상이라는 것을 준 조물주의 농간이라면 농간이 아닐까. 운심은 다행인지 불행인지 그 조물주의 농간을 입어 그의 공상과 현실의 접촉점을 우연히도 찾게 되었던 것이다. 이때부터 그의 공상은 참으로 공상 아닌 현실의 성질을 띠고 나타나게 되었고, 그뿐 아니라 동무인 세 사람에게도 그것이 영향이 되어 그들은 벌써 공상만이 아니라 공상을 넘어선 찬란한 계획을 차차로 생각하게 되었던 것이다. 신기한 일이었다.

고향을 다녀온 운심의 손에 이상한 것이 들려 있었다. 알고 보면 그 일 때문에 일부러 시골 있는 동무에게서 편지를 받고 내려갔던 것이나 근처 산에서 희귀한 광석을 주워 가지고 온 것이다. 여전히 공상의 안개가 솔솔 피어오르는 찻집 좌석에서 운심은 주머니 속 봉투에서 집어낸 그 광석을 내보이면서 설명하는 것이었다.

"돌맹이 속 틈틈에 거무스름한 납덩이가 보이잖나. 손톱 자리가 쑥쑥 들어가는 것이 휘수연輝水鉛이라는 것이네. 몰리브덴이라구 해서 경금속으로 요새 광물계에서 떠들썩하는 것인데 가볍기 때문에 비행기 제조에 쓰이게 되어 군수품으로 들어가거든. 시세가 버쩍 올라 한 톤의 시가가 육천 원을 넘는다네. 광석째로 판다구 해두 퍼센티지에 따라서 팔수록 그만큼의 이익은 솟을 것이네. 고향에서 한 삼십 리 들어간 산속에서 발견한 것인데 늘 유의하고 있던 동무가 내게 알려준 것이네. 한 가지 천운으로 생각되는 것은 실상은 들어본즉 애초에 어떤 사람이 그 산을 발견해가지고 일을 시작했다가 성적이 좋지 못하다구 단념하구 산을 버렸다는 것인데 아마도 그 사람은 휘수연 광산이라는 것을 몰랐던 모양이구 알았어두 그때엔 시세도 없었던 모양이네. 버린 것을 줍지 말라는 법이야 있겠나. 별반 수고도 하지 않고 남이 발견한 것을 차지한 셈인데 꼭 맞힐 듯한 예감이 솟네. 희생을 당하더래두 집안을 홀두드려 파는 한이 있더래두 이 산만은 꼭 손을 대보구야 말겠네. 공상구락부의 명예를 걸어서래두 성공해보겠네. 맞혀만 보게, 자네들 꿈쯤은 하루아침에 다 이루게 될 테니.”

좌중은 멍하니들 앉아서 찬란한 그의 이야기에 혼들을 뽑히고 있었다. 금시에 천지가 바뀌고 해가 서쪽에서 뜨게 된 듯도 한 현혹한 생각들을 금할 수 없었고, 운심이란 위인을 늘 보던 한 사람의 평범한 동무를 새삼스럽게 신기한 것으로 바라보는 것이었다. 오돌진 그의 육체 속에 그런 화려한 복이 숨어 있었던가 하고 눈이 부실 지경이었다.

그렇게 되고 보니 운심은 제법 틀이 생기고 태도조차 의젓해져서 거리를 분주하게 휘돌아치는 꼴조차 그 어딘지 유유한 데가 보였다. 우선 사사로운 몇 군데 광무소를 찾아 감정을 해보고 마지막으로 식산국 선광 연구소에서 결정적 판단을 얻기가 바쁘게 지도와 인지를 붙여서 그 자리로 출원해버렸다. 당분간 시굴을 해볼 필요조차 없이 곧 본격적으로 채굴을 시작하려고 즉일로 고향에 내려갔다. 땅마지기나 좋이 팔아서 천 원 돈을 만들자마자 부랴부랴 올라와서 속허원을 내서 광업권 설정을 하고 일 년분 광구세까지 타산해놓고 앞으로 일주일이면 당장 일을 시작하게까지 재빠르게 서둘러놓았던 것이다.

동무들은 그의 활동력에 놀라면서 그가 다시 고향으로 떠나려는 전날 밤 송별연을 겸해 모였을 때에 그의 초인적 활동을 칭찬하고 성공을 빌면서 새로운 인격의 탄생인 듯이 그를 찬양하였던 것이다. 지금까지의 공상들이 더한층 현실성과 생색을 띠고 아름답게 빛났던 것은 물론이다. 백구는 그 자리에서 금시 한 사람의 비행가나 된 듯 비행기의 설화를 시작하는 것이다.

"속력이 무척 빠르고 원거리로 날 수 있는 것은 물론 군용기에 지나는 것이 없으나 민간에서 쓸 수 있는 특수기로라면 영국의 데 하빌랜드 코멧 장거리 비행기 같은 것이 가장 튼튼한 것인데 사백사십팔 마력 최고 속도 한 시간에 삼백칠십육 킬로, 이만하면 세계일주두 편히 되지. 이런 장거리 비행기가 아니라면 차라리 조그만 걸 가지구 가까운 곳에서 장난하기 좋은데 가령 불란서에서 시작한 부 드 쉘이란 것이 있지 않은가. 그것도 속력이 한 시간에 백 킬로는 되거든."

"염려할 것이 있나 무엇이든지 뜻대로지."

운심은 얼근한 김에 술잔을 들고는 동무를 응원하는 것이었다.

"세계일주를 하거든 같이 맞서세나그려. 자네는 비행기로, 난 배로. 비행기로 일주일 동안에 세계를 일주한 기록이 천구백삼십삼년에 서지 않았나 왜? 그러나 난 그런 급스러운 일주는 뜻이 적은 것이라구 생각하네. 불란서 어떤 시인은 팔십 일 동안에 세계를 유람했구 세계일주 관광선이란 것두 넉 달 만에 한 바퀴 유람들을 하구 하지만 그런 것은 재미가 덜할 것 같아. 이상적 세계일주로는 역시 그 시조인 십육 세기 마젤란의 격식이 옳을 듯하네. 삼 년 동안이 걸리지 않았나? 그는 고생하느라고 삼 년이나 지웠지만 나는 그 삼 년 동안을 각지에서 적당히 살면서 다니자는 것이네. 시절을 가려 적당한 곳을 골라서는 몇 달씩 혹은 한 철을 거기서 살고는 다음 목적지로 향하는 것이네. 그렇게 각지의 인정, 풍속과 충분히 사귀고 생활을 즐기면서 다니는 곳에 참된 유람의 뜻이 있지 않나 하네. 가령 봄 한 철은 파리에서 지내고 여름은 생모리츠에서 지내고 가을은 티롤에서 겨울은 하와이에서 다시 부에노스아이레스에서 다음에 서전瑞典[5]에서…… 이렇게 해서 세계를 모조리 맛보자는 것이네."

"그 길에 제발 나두 동행하세나. 이십 세기의 절색을 찬찬히 구해보게."

청해의 농담도 벌써 농담만은 아닌 듯 또렷한 환영이 눈앞에 보여와서 그는 눈동자를 빛내면서 술잔을 거듭 들었다.

"어떻든 내 자네들 구세주 되리, 공상구락부의 명예를 위해서래두. 그것이 동무의 보람이란 것이 아닌가."

운심은 어느덧 곤드레만드레 취해서 나중에는 혀조차 꼬부라지는 판이었으나 그래도 이튿날에는 말끔한 정신과 개운한 몸으로 동무들의 전송을 받으면서 늠름하게 출발의 첫걸음을 떼어 놓았다. 고향에 내리기가 바쁘게 사람들을 모아 일을 시작하고 있다는 소식을 며칠 안 가 동무들은 듣게 되었다.

운심이 시골로 간 후 그에게서 소식은 자주 듣는다고 해도 아무래도 무료한 마음들을 금할 수 없었고 공상의 불꽃도 전과 같이 활활 붙지는 못했다. 세 사람이 찻집에 모여들 보아도 좌중의 공기가 운심이 있을 때같이 활발하지 못했고 생활의 경우가 갈린 이상 마음들도 서로 떨어지는 것 같아서 서먹서먹한 속에서 공상구락부의 명칭조차 그림자가 엷어가는 듯한 기색이었다. 그러는 중에 생긴 한 가지의 큰 변동은 천마와 백구가 뒤를 이어 차례차례로 직업을 얻게 된 것이었다. 물론 다따가 돌연히 된 것이 아니라 어차피 무

---

5 '스웨덴'의 음역어.

엇이든지 일을 가져야 하겠기에 두 사람 다 은연중에 자리를 구해 오던 중이었다. 그것이 공교롭게도 바로 이때 두 사람이 전후해서 천마는 신문사에 백구는 회사에 각각 자리를 얻게 되었던 것이다. 근무 시간을 가진 두 사람은 낮 동안 온전히 매어 지내는 속에서 자유로이 시간을 가지지 못하고 밤에 들어서야 겨우 박쥐같이 거리로 활개를 펴고 날았으나 피곤한 몸과 마음에 꿈을 꾸고 공상을 먹을 여가조차 줄어갔던 것이다. 결국 세 사람을 잃은 청해 혼자만이 자유로운 몸으로 허구한 날 미모사에 나타나 민자를 노리면서 날을 지우게 되었다. 공상구락부란 대체 그만 없어지고 만 것일까 하는 생각은 세 사람의 가슴속에 다 각각 문득 솟는 때가 있었다.

하루는 청해가 역시 미모사에서 차 한 잔을 앞에 놓고 우두커니 앉아 있으려니 별안간 눈앞에 나타난 것이 의외로 운심이었다. 놀라서 멍하니 바라보고 있는 동안에 운심은 막 시골에서 올라오는 길이네 하고 앞자리에 덜썩 주저앉는다. 사실 광산에서 그대로 빠져나온 듯이 촌스러운 허름한 차림이었다.

"자네 내 주머니 속에 지금 돈이 얼마나 들었는지 짐작하겠나?"

운심은 빙그레 웃으면서 두두룩한 가슴을 두드려보았다. 물론 속주머니에 가득한 것이 돈이라는 뜻임이 확실하였다.

"이럴 것이 없네. 남은 동무들을 속히 모으게. 취직들 했다는 소리는 들었네만 오래간만에 얘기두 많어."

그날 밤으로 천마와 백구를 불러 네 사람이 오래간만에 한자리에 모여 편편하게 가슴을 헤치게 되었다.

"난 지금 운명의 희롱을 받고 있다구밖엔 생각할 수 없네. 일이라구 시작은 했으나 이렇게 잘 필 줄은 몰랐구 너무도 어이가 없어 세상에 이런 수두 있나 이것이 정말일까 하는 생각이 하루에도 몇 차례씩 드네. 파기 시작한 지 얼마 안 돼서 소위 부광대富鑛帶[6]를 만났는데 하루에도 몇 톤씩 나오네그려. 사람을 조롱하는 셈인지 어쩌는 셈인지 조물주의 조화를 알 수가 있겠나. 한편 즉시 시장으로 보내곤 하는데 벌써 돈 만 원의 거래는 됐단 말이네. 난 지금 꿈을 꾸고 있는 셈이지 결코 현실 속에 살고 있는 것 같지는 않어. 이렇게 된 바에야 더욱 전력을 들일 수밖에 없는데 번 돈 전부를 넣어서 위선 완전한 기계장치를 꾸미려고 하네. 이번엔 그 거래 겸 자네들과 놀 겸 해서 온 것이네만."

당사자인 운심 자신이 놀라는 판에 동무들이 안 놀랄 수는 없었다. 식탁 위 진미보다도 술보다도 눈앞의 명기들보다도 그들은 더 많이 운심의 이야기에 정신을 뺏긴 것은 사실이었다.

"우리들의 공상두 이제는 정말 실현할 날이 얼마 남지 않았네. 일이 되기 전에는 세계일주니 비행기니 하는 공상이 아무래두 어처구니없는 잠꼬대같이 들리더니 지금 와서는 차차 현실성을 띠어가는 그 모양이 또 어처구니없게 생각된단 말이네. 세상에 사람의 일같이 알 수 없는 것이 있겠나. 땅속의 조화와 같이 사람의 일이란 참으로 알 수 없는 신비야."

"공상, 공상, 하구 헛소리루 시작된 것이지 사실 누가 이렇게 될 줄이야 알았겠나. 지금 세상 그 어느 다른 구석에 이런 일이 또 한 가지 있으리라고는 도저히 생각할 수두 없네."

6 광맥이 풍부한 지대.

"제발 이 일이 마지막까지 참말이 되어주기를…… 운심이 최후까지 성공하기를 동무들의 이름을 모아서 충심으로 비는 바이네."

모두들 달뜬 마음으로 동무를 찬미하고 술을 마시고 밤이 늦도록 기쁨을 다할 수는 없었다. 넘치는 기쁨은 마치 식탁 위에 빌새가 없는 술과 같이도 무진장이었다. 잔치는 하룻밤에 그치는 것이 아니었다. 이틀이 계속되고 사흘로 뻗쳤다. 운심이 모든 준비를 갖추어가지고 다시 고향인 일터로 떠났을 때에야 동무들은 비로소 마음을 가라앉히고 공상의 고삐를 조이고 각각 맡은 직업으로 나가게 되었다. 공상이 실현될 때는 실현되더라도 그때까지는 역시 사소한 맡은 일에 마음을 바침이 사람의 직분인 듯도 하다. 물론 직업이 없는 청해는 역시 자기의 맡은 일, 미모사에 나가 다시 민자를 바라보게 되었던 것은 말할 것도 없다.

그러나 세상에 기적이라는 것이 간간이 가다가 생길 수 있는 것이라면 나타났던 기적이 꺼지는 법도 있을 수 있는 것이 아닐까. 운심은 이번의 자기의 성공을 설명하기 어려워서 사람의 일이란 알 수 없는 신비라고 탄식했고 자기의 경우를 운명의 희롱이나 아닌가 하고 의심도 했다. 그러나 그 의심과 탄식도 결국은 시간이 해결해주는 것일 것이며 그 말마따나 조물주의 농간에 맡기고 기다리는 수밖에는 없는 것이다.

참으로 사람의 일이 알 수 없는 것임은 두 번째 나타난 운심의 자태를 보지 않고는 모를 일이었다. 운심이 내려간 지 달포나 되었을 때였다. 청해가 여전히 미모사에서 건들거리고 있을 때 오후는 되어서 그의 앞에 두 번째 나타난 것이 운심임을 보고 청해는 놀라서 첫 번 때와 똑같이 멍하니 앉아 있었다. 그때의 청해의 한 가지의 변화라면 전번과는 달리 달포 동안 진을 치고 있는 동안에 완전히 민자를 함락시켜 그를 수중에 넣고 뜻대로 휘게 되었던 것이다. 때마침 민자와 마주 앉아 단 이야기에 잠겨 있던 판이었다. 다따가의 동무의 출현에 사실 뜨끔하고 놀랐던 것이다.

"자넨 항상 기적같이 아무 예고두 없이 불쑥불쑥 나타나네그려. 이번엔 또 무슨 재주를 피우려나."

전번과 똑같은 마치 산속에서 그대로 뛰어나온 길인 듯한 허름한 차림임을 보고 청해는 농담을 계속했다.

"자네 내 주머니 속에 지금 돈이 얼마나 들었는지 짐작하겠나 하고 왜 얼른 묻지 않나. 그 두두룩한 속주머니 속이 이번에두 지전으로 그득 찼겠지. 자넨 아무리 생각해두 보통 사람은 아니야. 초인이야, 영웅이야. 아니 수수께끼고 신비야."

그러나 운심은 첫 번 때와 같이 빙그레 웃지도 않으면서 동하지 않는 엄숙한 표정을 지닌 채 분부하는 듯 짧게 외쳤을 뿐이었다.

"동무들을 속히 모아주게."

한참이나 동안을 떼었다가 조건까지를 첨부했다.

"요전같이 굉장한 데를 고르지 말구 될 수 있는 대로 간단하구 조촐한 좌석을 잡아주게."

그날 밤 네 사람이 한자리에 모여 앉았을 때에도 물론 전번과 같이 좌중의 공기가 유쾌하지도 즐겁지도 않고 알 수 없이 무겁고 서먹서먹한 것이었다. 물론 운심의 입이 천근같이 무거웠던 것이요, 그의 입이 떨어지기 전에는 아무도 감히 입을 열 수 없었던 까닭이다. 마치 제사의 단 앞에나 임한 듯 운심은 음식상을 앞에 놓고 간신히 무거운 입을 열었다.

"난 지금 운명의 희롱을 받고 있다구밖엔 생각할 수 없네."

별것 아닌 첫 좌석에서 말한 그 한마디건만 그의 심상치 않은 태도에 긴장하고 있던 동무들은 그 말 속에서 첫 번에 들었던 것과는 다른 뜻을 민첩하게 직각할 수 있었던 것이다.

"자네들의 공상의 책임을 졌던 나는 지금 말할 수 없는 괴롬과 두려움을 느끼고 있는 중이네. 내 운명이라는 것이 이제야말로 참으로 얼마나 무서운 것인가를 느끼게 됐네."

숨들을 죽이고 잠자코만 있던 동무들은 별수 없이 그들의 예감이 적중된 셈이어서 더 듣지 않아도 결과를 넉넉히 짐작할 수 있었다. 운심의 그 이상의 말은 다만 자세한 설명으로밖에는 들리지 않았다.

"사람의 일이라는 것이 아무리 생각해두 그렇게 만만하게 잘될 리는 만무한 것이야. 그것을 똑똑히 알게 됐네. 소위 부광대라는 것도 그다지 큰 것이 못돼서 일을 시작하자마자 얼마 안 돼서 벌써 광맥이 끊어져버린 것이네. 원래 휘수연의 광맥은 단층이 져서 찾기 어려운 것이라곤 하는데 광맥이 끊어진 위와 아래를 아무리 파 가두 줄기를 찾을 수가 없네그려. 아마도 지각의 변동이 몹시 심했던 것인 듯해서 기술자를 들여 아무리 살펴보아두 광맥의 단층이 정단층인지 역단층인지 수직단층인지조차도 알 수 없단 말야. 괜히 헛땅만을 파면서 하루에 기계와 인부의 비용이 얼마나 드는 줄 아나. 기계장치니 뭐니 해서 거진 수만 원이나 들여 놓고 이 지경을 만났으니 일을 중단할 수두 없는 처지요, 그렇다구 막대한 비용을 들여가면서 헛일을 계속할 수두 없는 것이구, 첫째 벌써 그런 비용을 돌려낼 구멍조차 없어져버렸네. 어쨌으면 좋을는지 밤에 잠 한숨 이을 수 있겠나. 물론 하소연할 곳조차 없는 것이구 이렇게 이런 좌석에서 자네들에게 얘기하는 것이 처음이네. 별수 없어 운명의 희롱을 받은 셈이지 다른 것 아니야."

긴 설명을 듣고도 동무들은 다따가 대답할 바를 몰랐다. 자기일들만 같이 실망과 놀람이 너무도 커서 탄식했으면 좋을는지 동무를 위로했으면 좋을는지 격려했으면 좋을는지 금시에는 정리할 수 없는 어리뻥뻥한 심정이었다.

"사람의 일이란 알 수 없는 것이야. 당초에 그런 산을 발견할 줄도 모른 것이요, 발견하자마자 옳게 맞힐 줄도 몰랐네. 그러던 것이 오늘 다따가 맥이 끊어질 줄도 누가 알았겠나. 모두가 땅속의 조화같이두 알 수 없는 것이야. 혹 앞으로 일을 계속하다가 다시 또 풍성한 광맥을 찾을는지도 모를 일이지만 무리 애써봐두 벌써 일을 더 계속할 처지는 못되는 것이네. 불가불 내일부터래두 모든 것을 던져버려야 하는데…… 지금의 마음을 도저히 걷잡을 수는 없어."

"자네 일은 말할 수 없이 섭섭하고 가여운 것이어서 어떻다 위로할 수도 없으나…… 지금까지의 호의가 마음속에 배어서 고맙기 한량없네."

동무를 위로하는 천마의 가장껏의 말이 이것이었다.

"공상이란 물거품과도 같이 부서지기 쉬운 것! 사람의 힘으로 어찌 눈에 안 보이는 일을 헤아릴 수 있겠나. 부서지는 공상, 깨어지는 꿈…… 난 웬일인지 이 자리에서 엉엉 울고 싶네. 자네 자태가 너무도 안타깝게 보여서."

사실 백구의 표정은 금시 그 자리에서 울 것도 같은 기색이었다. 기생의 자태가 그의 옆에 있었던들 탄할 것 없이 목소리를 놓았을는지도 모른다.

"민자를 후리기를 잘했지. 어차피 미인 탐구의 세계일주의 길을 못 떠나게 될 바에는."

애수의 장면을 건지려는 듯이 청해는 모든 것을 농담으로 돌렸으나 그러나 그의 마음속도 따져보면 쓸쓸하지 않은 것이 아니었다.

"어떻든 오늘밤 모임이 공상구락부로서는 최후의 모임 같은 느낌이 자꾸만 드네. 화려한 꿈이 여지없이 부서져버린 것이네."

운심의 그 한마디부터가 마지막 한마디인 듯한 생각이 나면서 비장한 최후의 만찬을 대하고 있는 듯도 한 감상이 동무들의 가슴속을 흐리게 해서 모처럼의 별미의 식탁도 그날 밤만은 흥이 없고 쓸쓸하였다.

그날 밤의 그 쓸쓸한 기억을 남겨놓고 운심은 다음 날 또다시 구름같이 사라져버렸다. 고향으로 간 것은 틀림없는 것이나 사업을 계속하는지 어쩌는지는 물론 알 바도 없었다. 구만리의 푸른 창공으로 찬란한 생각을 보내며 아름답게 피어오르는 구름을 잠깐 동안 잡았던 동무들은 순식간에 그 구름을 놓치고 하염없이 빈 허공을 바라보는 격이 되었다. 천마는 분주한 편집실 책상 앞에 앉았다가는 그 어떤 서슬에 문득 운심을 생각하고는 사라진 추장의 옛 꿈을 번개같이 추억하다가는 별안간 책상 위에 요란히 울리는 전화의 종소리로 인해 꿈에서 놀라 깨어가는 것이었고, 백구 또한 무료한 회사의 책상 앞에 우두커니 앉아서는 까마득하게 사라진 비행가의 꿈을 황소같이 입안에 되씹고 곱씹고 하는 것이었다. 청해 역시 잡았던 등불이나 잃어버린 듯 집에서 책을 읽는 때나 미모사에서 차를 마실 때나 운심을 생각하고는 풀이 없어지며 인생의 적막을 느끼곤 했다. 혹 가다가 토요일 밤 같은 때 세 사람이 찻집에서 만나게 되어도 그들은 생각과 일에 지쳐서 벌써 전과 같이 아름다운 공상의 잡담을 건네는 법도 없이 우울한 표정으로 찻집을 바라보면서 마음속으로는 인생의 답답함을 탄식하고 원망하였다.

"운심이 요새 어떻게 하구 지낼까?"

"뉘 알겠나. 그렇게 되면 벌써 사람 일이 아니구 하늘 일에 속하는 것을. 하늘 일을 뉘 알겠나."

"우리 맘이 이럴 제야 운심의 심중은 어떻겠나. 꿈이라는 것이 구름같이 항상 나타났다가는 꺼져버리는 것이기에 한층 아름다운 것이긴 하나 운심의 경우만은 너무도 그것이 어처구니없구 짧았단 말이네."

"꿈이라는 것이 원래 사람을 실망시키기 위해서 장만된 것이 아닐까. 우리가 조물주의 뜻을 일일이 다 안다면야 웬 살 재미가 있구 꿈이 마련됐겠나."

쓸데없는 회화로 각각 답답한 심경을 말하고 그 무슨 목표를 잡으려고들 애쓰는 그들이었으나 날이 지나고 달이 지나고 종시 이렇다 하는 생활의 표지를 찾을 수는 없었던 것이다. 다만 나날의 판에 박은 듯도 한 일정한 생활의 범위와 지리한 되풀이가 있을 뿐이었다. 그러는 중에서도 은연중에 운심의 뒷일을 궁금히 여기는 그들에게 하루는 우연히도 한 장의 소식이 날아들었다.

뜻밖에 운심에게서 온 한 장의 엽서를 받고 청해는 사연을 전할 겸 천마와 백구를 찾았던 것이다. 물론 기쁜 편지가 아니었고 궁금히 여기는 그의 곡절을 결정적으로 알렸을 뿐이었다. 내용은 간단했다.

일을 더 계속해보았으나 이제는 완전히 실패임을 알고 모든 것을 던져버렸네. 그동안의 손해로 해서 얻은 것을 다 넣었을 뿐 아니라 되려 수만금의 빚으로 지금엔 벌써 목조차 돌리지 못하게 되었네. 이 자리로 세상을 하직하고 죽어야 옳을지 살아야 옳을지 지금 기로에 헤매고 있네. 수척한 내 꼴을 보면 모두들 놀라리. 아무래도 일을 다시 계속해볼 계책은 서지 않네. 두 번째의 기적이 일어나기를 또 누가 바라겠나. 잘들 있게. 다시 못 만나게 될지 혹은 만나게 될지 지금 헤아릴 수 없네.

세 사람이 엽서를 낭독하고는 그 채 묵묵하니 말들이 없었다. 결국 기다리던 마지막 소식이 왔구나, 세상이 끝났구나 하는 생각이 각 사람의 가슴속에 서려 있을 뿐이었다. 가엾구나, 측은하구나 하는 감상의 여유조차 없는 그 이전의 절박한 심경이었다.
"운심은 죽을까 살까."
이어서 일어나는 감정이 이것이었다. 이 크고 엄숙한 예측 앞에서 동무들은 한 결심을 하지 않으면 안 되었다.
"죽어서는 안 돼. 전보래두 치세나."
세 사람은 허겁지겁 각각 전보도 치고 편지도 쓰고 하면서 그 절박한 순간에 있어서 문득 운심은 죽을 위인이 아니냐 두고 보지 반드시 또 한 번 일어나서 그 광산으로 성공하지 않는가. 편지 속에도 그것이 약간 암시되어 있지 않는가. 두 번째 기적을 또 누가 바라겠나 한 속에 은근히 기적을 바라는 심정이 나타난 것이며 만나게 될는지 못 만나게 될는지 한 속에도 역시 만나게 될 희망이 은연중에 번역되어 있지 않은가. 운심은 죽을 위인이 아니야. 보통 사람 아닌 초인적인 성격이 반드시 그의 핏속에 맥치고 있어…… 하는 생각이 들면서 얼마간 기운들을 회복하고 마음을 놓게 된 것이었다.

"운심은 사네. 다시 광산을 시작해서 이번에야말로 크게 성공해서…… 우리들의 공상도 다시 소생돼서 실현될 날이 반드시 있으리."

절박한 속에서의 이 한 줄기의 광명을 얻어가지고는 세 사람은 그 자리에서 희망을 회복하고 그 한 줄기를 더듬어서 지난 꿈의 실마리를 다시 풀기 시작하면서 운심의 뒷일을 한결같이 빌고 축복하는 것이었다. 흐렸던 세 사람의 얼굴에 평화로운 기색이 내돌며 거리를 걸어가는 그들의 발자취 또한 개운한 것이었다.

— 〈광업조선〉, 1938. 9.

부록

운파 군의 사건이 있은 지도 달포가 넘었다. 주위와 친구들이 한바탕 떠들썩도 했고 그의 종적을 수색하느라고 발끈들 뒤집혔으나 이제 와서는 벌써 실종의 사실로밖에는 들릴 수 없게 되었다. 날마다 내게 쫓아와서는 울고 보채고 하던 군의 부인과 식구들도 결론을 안 바에야 얼마간 가라앉은 것도 사실인 듯해서 요새는 그들의 자태를 보기도 드물게 되었다.

가장을 잃은 집안이 얼마나 쓸쓸하고 적막할 것을 생각하고 그들의 자태에 눈자위가 따끈해지기도 했으나 요새 와서는 나도 가라앉은 마음에 운파 자신의 몸 위를 생각해보게 되었다.

그가 언제 돌아오는지 혹은 다시 안 돌아오는지는 모르는 일이요, 어느 방향으로 길을 잡았는지도 모를 노릇이나 나는 조만간 그에게서 긴 편지를 받을 것을 예감하고 있다. 편지를 받게 될 때 모든 곡절이 확연히 알려질 것은 사실이나 그러나 지금 이 자리에서도 그의 심증을 모를 바는 아닌 것이 오늘의 그의 심경이나 내 심경이나가 매일반인 까닭이다.

그의 마음을 그대로 내 마음속에 비추어볼 수 있는 까닭이다. 그의 간 곳이— 수소문에 의해서 동경이나 신경[1]이 아님은 알 수 있으나 어디인가를 캐려는 것이 어리석은 짓임은 다만 지금 이 눈앞의 분위기를 떠나자는 것이 그의 뜻인 듯했으니 말이다. 하기는 그가 가령 구라파의 그 어느 나라에 간다고 하더라도 그 공기가 그 공기일 것이니 차라리 대담하게 남양 군도의 한 귀퉁이나 아프리카의 복판에다 그의 자태를 환상함이 더 통쾌한 일이 아닐까. 그러나 이것이 너무 황당한 상상이라면 더 가까운 곳에 넘어지면 코 닿을 곳에 그의 종적을 생각하는 것도 무방한 것이다. 어떻든 답답한 방의 창을 깨트리고 창밖 물속에 풍덩 뛰어든 것이 그의 이번의 행동인 것이요, 물속에 고래가 있든 악어가 잠겼든 그것은 다음 문제이다.

물론 그의 그런 행동이 벌써 아무 해결의 방법도 되지는 못한다. 십 년 전만 해도 떠난다는 것은 위대한 열정의 명령이었고 따라서 즐거운 해결의 방법이었다. 오늘에 와서는 벌써 떠난대야 갈 곳이 없는 것이다. 하늘에 오르거나 땅속에 들어가기 전에는 땅 위는 무척 좁고 어디를 가든 같은 공기 같은 조수가 파도칠 뿐이다. 센 물살에다 여윈 다리를 곤추세우고 간신히 버티고 섰다가 기어이 견디지 못해 그 자리에서 곤두박질을 하면서 답답한 머리

---

1 일본이 만들었다는 만주국의 수도 '신징'의 잘못.

를 물속에 박은 것이 운파의 이번의 행동이다. 머릿속이 얼마만은 시원할 것이며 이 점에서 나는 그의 결단성을 한없이 부러워 여기면서 그의 뒷일을 생각해보는 것이다.

　가령 로댕의 〈생각하는 사나이〉라는 조각을 방 한구석에 세웠다고 생각해봐라. 그야말로 돌같이 입을 다물고 얼굴의 주름살 하나 움직이는 법 없이 언제까지든지 퉁명스럽게 잠자코 있는 꼴. 최근의 운파와 내가 마주 대할 때의 언제든지 어느 장소에서든지의 인상이 바로 그것이었다. 늠실하고 마주 앉아서는 손으로 턱을 괴거나 그렇지 않으면 바지 주머니에 손을 넣고 이쪽이 말을 걸기 전에는 결코 입을 여는 법이 없었다. 물론 나는 그의 심중을 잘 읽을 수 있는 까닭에 두 사람 사이의 기분은 조금도 어색할 것이 없을뿐더러 말없이 잠자코 있는 그편이 도리어 자연스럽고 편편함을 느낀다. 술좌석에서는 술 그것이 또 한낱의 벗이 되므로 말의 필요는 더욱 없어지고 자리는 감감해진다. 그날 밤의 그의 태도 역시 그런 것이었음은 물론이다.

　모나미에 색다른 여자가 나타났다는 소문이 들리자 일주일을 못 넘어 우리도 발을 들여놓게는 되었으나 나는 직업을 가진 사람이요, 운파 군은 나와 아니면 행동을 하지 않는 까닭에 한 주일이면 한 두 번의 출입 정도밖에는 못 되기는 하였다.

　마리는 바탕이 이지적인데다가 어느 정도의 풍파까지 겪어온 편이라 침착하고 이해가 빠르고 한 것이 그의 인상과 함께 우리의 호의를 끌게 되었다. 그러나 세 번 출입에 우리는 벌써 그의 마음속을 환하게 들여다볼 수 있었다. 문학을 말해도 어느 정도까지는 분별하고 문학보다도 시대적 이론에 관한 책을 읽고 싶다고도 말은 하나 알고 보면 그것이 한 자태일 뿐이요, 직업의식에 바싹 바스러져서 쉴 새 없이 설레는 태도에 너그러운 여유라고는 조금도 보이지 않는다.

흥을 잃고 실망한 날부터 잠깐 발을 끊었으나 다음부터는 말동무를 대한다느니보다 한 사람의 여급을 대한다는 정도의 뜻으로 이따금 가다가 심심파적으로 들러보곤 하게 되었다. 그날 밤도 물론 그 정도의 뜻으로 발을 들여놓은 것이다.

운파와 내가 말없을 때 마리는 곁에서 술을 따르는 재주밖에는 없어 무료한 공기를 부드럽혀보려고 애쓰는 눈치였다. 그러나 따라주는 술을 한 모금 머금고는 다시 입을 다물어버리는 운파와 나였다. 실속을 말하면 결국 할 말이 없는 것이었고 말의 실마리를 잡기 어려웠던 것이다. 이윽고 마리가 성큼 자리를 일어선 것은 술을 가지러 가자는 것이었으나 뒤미처 한편 좌석에서 운파를 부르는 소리가 귀에 익다면 익고 설다면 선 참으로 놀라운 한마디가 들려왔다.

"박 동무!"

의아하면서 고개를 돌렸을 때 언제부터인지 구석 자리에 몇몇 친구들과 앉아 있는 신문사의 윤 군의 짓임을 알기는 알았으나 그 의외의 한마디가 주는 충동이 너무도 컸던 까닭에 운파는 한참이나 눈을 크게 뜨고 있었다. 조롱일까, 야유일까. 홀 안의 뭇 시선이 운파에게로 쏠린 그 당장에 있어서 그 당돌한 한마디가 적어도 명예로운 칭호는 될 수 없었던 것이다. 한 칠 년 전만 해도 어디서든지 귀 익게 들을 수 있었던 그 한마디가 칠 년 후의 오늘 술좌석에서 돌연히 들려올 때 아닌 게 아니라 내 자신도 그 신선한 어감에 귀가 번쩍 뜨이는 판에 당시 그 칭호에 충분히 값갈 만한 일을 해온 운파에게야 얼마나 감개 깊고 충동적인 발음이었을까는 추측하기에 넉넉하여 그토록 사람의 가슴속을 불쑥 찌르게 한 것은 두말없이 경솔한 악의에서 온 것이 사실이었다.

원래 윤 군이란 위인이 자랑스러운 신문인이라기보다는 차라리 주정꾼이요, 경박한 거리의 소소리패의 한 사람인 것이다. 과거에 운파들과 같은 범위에 소속되었던 사실을 그 뒤 몇 번이나 발을 접질리고 몇 고패나 굴러 떨어지고 떨어진 오늘에 있어서 아직까지도 자랑삼아 날름거리는 혀끝으로 어느 좌석에서든지 흘리곤 하는 그의 경솔을 운파는 당초부터 경계하고 멀리해왔던 것이다.

두 사람 사이의 뜸이라는 것이 이런 점에서 시작되었다면 시작되었을 것이요, 윤 군은 자기 조롱에서 오는 안타까운 심정으로 일종의 압박을 느끼게 되는 운파의 무거운 인격에 대해서 부질없이 공격의 화살을 마음속에 준비해오던 중인지도 모른다. 생각하면 윤 군도 역시 일종의 시대의 희생을 당한 가엾은 존재이기는 하다.

"박 동무! 술맛 어떤가?"

윤 군이 성큼성큼 걸어와 우리의 탁자 옆에 섰을 때에는 벌써 그들 두 사람은 피차의 심리를 서로 속속들이로 파헤쳐 본 뒤요, 일정한 의지의 방향조차 준비되고 있었던 것이다.

그러나 물론 운파의 어조는 침착하고 무거웠다.

"조롱인가?"

"조롱이라니, 동무란 말이 그렇게 고전적으로 들리나?"

윤 군은 한바탕 주정이나 부리려는 듯 숫제 자리에 앉아버렸다.

"자네 낯짝에 되려 침 뱉는 셈이네."

운파 군의 한마디에 윤 군은 발끈하는 기색이었다.

"어차피 나서부터 지금까지 남의 침만 받아온 낯짝이네. 자네 같이 그렇게 도도하게 군은 절개를 지켜올 수야 있겠나."

"어서 자리에 가서 술이나 먹게나."

"먹든 말든 왜 이리 주제넘은가? 자네가 이불을 쓰고 열 번을 운다면 나도 한두 번은 우는 사람이네."

"그럼 어서 가서 이불 쓰고 울게나."

"몇 푼 양심을 가졌다구 사람을 이렇게까지 얕잡아봐?"

"왜 치근덕거리니, 싸우자는 셈이냐?"

운파의 고래 같은 어세에 윤 군도 벌떡 자리를 일어서는 눈치였으나 볼 동안에 다시 그 자리에 쓰러지면서 의자째 뒤로 나동그라졌다. 모르는 결에 운파의 번개 같은 주먹에 맞은 것이다.

술을 날라 오던 마리가 기겁을 하고 다시 카운터 쪽으로 피하는 동안에 다른 좌석의 주객들도 줄레줄레 일어서는 것이었다.

쓰러졌던 윤 군은 의자를 들고 일어섰다. 이렇게 된 바에는, 하고 운파도 양복저고리를 벗어붙였다. 팔팔한 기운에 두 사람은 번개같이 화닥닥 겨루어 붙었다. 탁자가 흔들리며 술병이 깨뜨려졌다. 창밑까지 밀려갔을 때 창 기슭의 화분이 굴러 떨어지면서 두 사람을 한꺼번에 맞추었다. 물론 나는 날쌔게 서둘러 전화로 차를 분부는 해놓았으나 아무도 말리는 사람이 없는 동안에 싸움은 격렬해갔다. 흡사 고래와 상어의 싸움이어서 서로 상하기는 일반이었다. 차가 달려왔을 때에 코피가 터지고 이마가 찢어져서 두 사람 다 참혹한 꼴이었다. 운파를 간신히 빼내서 끌고 나가 차에 앉히는 동안 아직도 화풀이를 못한 듯 등 뒤에서 윤 군의 고함이 구절구절 들렸다.

"그까짓 양심 몇 푼어치나 돼. 넌 뭐구 난 뭔데……."

싸움에서 떨어졌을 때 운파는 또 그뿐 돌같이 입을 다물어버렸다. 이렇다 저렇다의 한마디의 말도 피차에 없이 피곤한 그를 집까지 데려다주고 나는 다시 그 차로 집으로 향했으나 그때까지도 운파는 한마디 말이 없었다.

그렇기 때문에 나는 그가 실종하기 직전의 마지막 말이라는 것을 듣지 못한 셈이 되었다. 그날 밤의 그 차 속에서의 행동이 그를 만난 마지막이었던 까닭이다. 다음 다음 날 아침 그의 부인이 집에 뛰어와서 남편이 전날 아침에 나간 채 밤을 지내도록 안 돌아왔다는 뜻을 허겁지겁 전했다. 그가 밖에서 밤을 새우는 일은 좀체 없는 까닭에 나는 일터에 나가는 길로 즉시 여러 군데 전화로 물었으나 그의 소식은 아득했다. 저녁때 부인이 또 달려왔고 날이 새면 또 달려와 그렇게 해서 하루에도 몇 차례씩 쫓아오게 되었으나 운파의 소식은 그뿐 자취가 끊어진 채 일주일이 지나고 열흘이 넘고 달포가 되어 기어이 실종의 사실로 판명되었던 것이다.

운파의 〈생각하는 사나이〉의 자세가 시작된 것은 물론 훨씬 이전의 일이다. 한 반년 전 들어간 지 불과 몇 달도 못되는 어떤 교직을 그만두고 물러나왔을 그때부터 무언 침묵의 그 표정이 얼굴에 새겨졌던 것을 나는 잘 안다. '우울'이란 말이 한동안 유행했던 것이 사실이긴 하나 그러나 그것이 헛되게 과장된 정이거나 혹은 차례차례로 전염된 모방만이 아니요, 역시 '우울'은 견디기 어려운 우울이다. 같은 계급 같은 공기 속에 산다 하더라도 날마다 얼마의 금전을 주머니 속에 준비해 넣고 술잔이나 찻잔에 엄벙해 지내거나 그렇지 않으면 집 안에 들어박혀 책권이나 뒤적거리는 종류의 생활쯤으로는 도저히 '우울'의 진짬[2]의 지독한 맛은 모르는 것이요, 어떤 직업적 기관이나 단체 속에 객관과 직접으로 접촉할 때에 비로소 뼈를 가는 듯한 우울이라기보다 괴롬의 맛을 참으로 맛보게 된다.

운파가 교직에 있으면서 느낀 것도 그것이며 교직을 물러나온 것도 그 까닭이었다. 민첩한 신경이 피곤한 끝에 육체가 피로하고 무언 침묵의 표정이 시작된 것이다. 그가 얼마나 피곤했던가는 한 가지의 사실을 들면 그만이다. 거리에서 나와 함께 식사를 할 때 중도에서 문득 수저를 버리고 그대로 그만 식사를 중지해 버린다. 물론 식욕이 없는 것이나 그보다도 식사를 하기가 거추장스럽고 귀찮다는 것이다. 식당을 나와서는 으레 먹었던 커피를 게워버리고야 만다. 결코 빈약하지 않은 비교적 큰 편인 그의 육신으로 이 피로만은 어쩔 수 없는 모양이었다.

집으로 찾아와서 나와 마주 앉으며 하는 소리가 세상 사람들이 무던히는 용감하다는 것, 왜 냉큼 죽지들 못하고 추접스럽게 살아가느냐는 것이었다.

"지렁이를 밟아본 적이 있나. 몸이 두 동강이 나두 세 동강이 나두 동강마다 목숨이 붙어서 다시 꿈틀꿈틀 살아난단 말야. 밟

2 잡것이 섞이지 아니한 순수한 물건.

히고 맞으면서 지싯지싯 살아가는 사람의 꼴이 바로 그것이 아니구. 먼저 내 자신부터가 죽지 않으면서 큰소리만 같으나 얻어들 맞거든 좀 사나운 꼴들 보이지 말구 그 자리루 차례차례 죽어주었으면 하네. 악마 같은 생각인진 몰라두 생명의 행복이 더 중할까, 사람의 길이라는 게 더 중할까? 그까짓 결머리두 없이 살아선 또 무엇하나."

하면서 싸움의 경우를 구체적으로 설명한다. 겨루고 겨루다 기진맥진할 때까지 겨루어 피를 흘리고 쓰러져 그대로 고요하게 거꾸러지는 그림― 얼마나 아름다운 것이냐는 것이다.

이어 단체의 운명이라는 것을 말하면 개인의 경우와 역시 같음을 설명한다. 바다 가운데서 폭풍우를 만나 파선의 지경에 이르렀을 때 선객의 한 사람 한 사람의 운명은 바로 기선 전체의 운명인 것이며 잠기는 선체와 함께 한 사람도 잠기지 않고 몽땅 그대로 한 치 두 치 바닷속에 가라앉는 광경―비장은 하나 이 또한 깨끗하고 아름답다는 것이다.

"결국 나두 한 사람의 예술가인지두 몰라."

픽 웃으면서 결론을 말하고는 창밖 화초 포기 위로 시선을 돌린 채 그뿐 그만 입을 다물고는 언제까지든 꽃송이만을 바라보는 것이다.

패배의 이론이며 죽음의 예술이 도시 그의 소위 '결머리'의 결백에서 나온 일종의 역설임을 나는 잘 안다. 죽음이라고 해도 물론 그 자신의 개인의 죽음을 암시하는 것은 아니요, 괴롬 끝에 나온 일종의 자포적 언설임을 나는 잘 안다. 하기는 요번의 실종으로 그는 죽음의 예술을 대신한 폭이 충분히 되기는 하나.

전무후무로 격에도 없는 돈 이야기를 꺼낸 것도 극히 최근의 일이다. 이제 보면 그것이 실종의 준비였던 듯하다.

돈 천 원을 어떻게 하면 얻을 수 있느냐는 의논이었으나 천 원의 개념과 실감이 없는 내게는 수수께끼보다도 어려운 과제였다. 운파는 자신의 여러 가지 방법을 말하면서 나의 의견을 구하려는 것이었으나 방법의 판단도 내게는 인연 밖의 일이어서 다만 천 원의 돈이 빚어낼 아름다운 환상에 잠기는 것이 그 자리에서의 한껏의 정성이었다. 시골에서 오는 추수로 집안의 일 년의 생계는 이럭저럭 다스려가는 운파이긴 하나 그에게도 역시 다따가의 돈 천 원은 어려운 과제인 듯싶었다.

도박 행위에 의지하지 않고는 당장에 천 원을 구할 수는 없는 노릇인데 그런 도박의 기관이 거기에 있을 성싶지는 않았다. 미두[3]라야 세월없는 노릇이요, 마작이라도 그런 큰 판은 없을 듯하다. 안동현에 가서 경마나 해볼까…… 하품을 섞어 그런 소리도 하다가 나중에는 꾸는 수밖에는 없다고 작정하고 친히 거래하는 유한마담이 한 사람 있으니 그에게서 돌려보는 것이 단 한 가지의 수라고 결론을 지었다.

그가 짜장 그 유한마담에게서 돈을 돌렸는지 혹은 달리 그 무슨 도리가 있었는지 후의 그의 일은 나의 알 바 못되나 어떻든 그가 나와 돈 이야기를 한 것은 그것이 단 한 번의 일이었으며 지금 생각하면 부합되는 점이 많다는 것이다. 그리고 나도 격이 아닌 돈 이야기로 해서 무의미는 하나 그러나 어떤 의미에서는

---

3 쌀의 시세를 이용하여 약속으로만 거래하는 일종의 투기 행위.

확실히 그와의 유쾌한 시간을 보냈음도 사실이었다.

따져보면 그의 마음이 기둥을 잃고 헤매기 시작한 지 칠 년이 된 셈이다. 칠 년 전 그가 몇 해의 고생을 겪고 그곳에서 놓여나왔을 때 그 순간이 바로 그의 전기가 갈려지는 한 큰 분수령이었다. 화려한 페이지는 벌써 벗겨져 넘어가고 다음 날부터 바로 오늘까지의(무슨 시대라고 할까. 역시 '칠 년간'이라고밖에는 부르는 수가 없으나) '칠 년간'이 시작된 것이다. 마음에 변화가 있는 것은 아니나 무기력한 팔을 꼬나보면서 지난날을 추억해보는 길밖에는 없었다.

건강이 웬만큼 회복되었을 때 무료도 하고 답답도 한 판에 신문사에 자리를 얻고 들어가게 되었다. 분주한 분위기 속에서 '잡념'을 잊을 수는 있었으나 그러나 편집실 안에 어지러운 공기라는 것은 가령 회관 안의 공기에 비하면 너무도 무미건조하고 살풍경한 것이었다. 열정이라는 것도 없거니와 그 열정의 통일과 방향이라는 것이 있을 리가 없다. '회관'의 기쁨이라는 것은 참으로 그 안에서 친히 잠자고 모이고 이야기하고 한 사람이 아니고는 도저히 알 수 없는 듯하다.

비 오는 날, 눈 오는 밤 혹은 닭 소리 들리는 새벽…… 그때그때의 회관의 정서라는 것은 그 어느 다른 세상에서는 구할 수 없는 즐겁고 흥분되고 그 무엇으로 마음속을 흐뭇이 채워주는 그런 것인 듯하다. 역사를 꾸며가는 낮과 밤의 흥분, 회관의 이 맛은 운파가 신문사 편집실 안에서 찾으려야 도리어 찾으려는 편이 무리였을 것이 사실이다.

그러나 항상 창조적인 군이 아무 속에 있어서나 열정의 방향을 찾지 못할 리는 없었다. 분주하고 요란한 그 속에서도 그의 머릿속을 정리하고 책권을 들치면서 위대한 논문의 제작을 남몰래 시작하고 있었던 것이다. '고대로부터 현대에 이르기까지의 정의의 역사적 고찰'이라는 방대하고도 대담한 계획의 전술이었다. 이 '정의의 논문'의 착상은 참으로 그에게는 일생의 대업이어서 논문의 완성 여부는 주위의 동무들의 다대한 관심을 끌고 있었던 터였다. 그러나 시대의 탓은 참으로 너무도 큰 것이었고 사람은 환경의 구속에서 벗어나려야 벗어날 수 없는 것인 듯하다.

나는 지금 이 자리에서 그의 논문의 미완성을 보고하면서 마음속의 눈물을 금할 수 없는 것이다. 같은 편집실에서 숨을 쉬면서 그만 유독 떨어진 생활을 할 수도 없는 터에 휩쓸리는 동안에는 도리어 그들의 영향을 입게 되는 수도 많았다. 한 해 두 해 지내는 동안에는 술도 늘고 거리의 지도도 훤하게 익히게 되었다.

하루는 거리에서 조금 유축[4]인 낯선 집에 들어갔다가 새로 왔다는 한 사람의 여급을 보고 깜짝 놀랐다. 괴이한 인연이라고 할까, 사 년 전에 지방에서 같이 일보던 동무였던 것이다. 그동안 산산이 흩어져 어떻게들 하고 있는가 가끔 생각해내던 중의 한 사람. 만나고 보니 그다지 변하지도 않은 얼굴에 분을 바르고 술잔을 권하게 된 그였던 것이다. 이야기를 주고받고 술을 마시고 하는 동안에 시간도 흘렀으나 그 의외의 반가운 기우奇遇가 금시에 피차의 화로 변할 줄이야 누가 알았으랴. 한 사람의 사복이 나타나 그의 옆에 앉더니 구면인 듯이 그와 말을 건네는 것을 운파

---

4 외따로 떨어져 구석진 곳을 가리키는 사투리.

는 영문을 모르고 바라보고 앉았다가 이윽고 두 사람이 일어서면
서 운파에게까지 동행을 요구했을 때에야 비로소 그는 뜨끔해지
면서 곡절을 짐작하게 되었던 것이다. 여자에게는 아직도 여죄가
남아서 수색의 대상이었던 것이다. 한마디의 시대적 해설을 붙인
다면 이때에는 법도의 수준이 몇 곱절 더 옹색해지고 엄격해진
때였다.

　그날 밤에 들어간 채 허불없이 반년 동안이나 부대끼는 동안
에 외부의 사정도 퍽은 변해졌다. 다시 나왔을 때에는 벌써 편집
의 자리는 없어진 뒤였다. 축난 건강에 두 번째의 무료하고 답답
한 시절이 시작되었다.

　그러는 동안에 '정의의 논문'은 어느 속에 들어가 묻혔는지 다
시 그것을 들추어내서 논조를 계속할 기력조차 없게 되었다. '정
의의 논문'에 새로 기괴한 일이 일어난 것은 그가 깊이 간직했던
몇 권의 책까지 불가불 불에 살라버리지 않으면 안 될 처지를 당
하고 있던 판이다.

　어디 가 묻혔던지 마침 눈에 띄지 않았던 까닭에 어쩌다 그때
에 화장의 변을 모면한 '정의의 논문'의 신세가 다행이라면 다행
이었고 불행이라면 불행이었다.

　변화 혹은 변천이란 말이 나날이 그 내용을 드러내고 인상을
또렷하게 해가는 시절이었다. 운파는 인제는 완전히 키를 잃고
초점 없는 시선을 허공에 멀끔히 던지고 지내는 날이 많았다. 빈
속에 술을 고래같이 켜게 되었다.

　하루아침 술이 깬 맑은 정신에 문득 생각하고 일기를 적기 시
작하게 되었다. 생각하면 연전의 '정의의 논문'의 뒤를 잇는 한 가

닥의 방향을 찾으려는 같은 심정의 발로였던지도 모른다.

물론 지나가는 날도 많았으나 정신이 맑은 날이면 반드시 몇 장씩 적어놓는다. 간행물 위에 '지성의 옹호'라는 제목이 굵게 나타나 어중이떠중이 다 한마디씩 입 참례를 할 때 그는 그것을 비웃는 일기를 썼다가는 다시 다음 날 반성의 붓을 들어 자신의 지성론을 한바탕 쓰는 것이며 또 어떤 날이면 집에 돌아가던 길에 개천에 빠진 노인의 양을 보고 가서는 세밀한 감상을 주관적 색채를 가미해서 길게 적어보곤 하였다.

그러나 결국은 그 전부가 마음의 불안정한 방탕에서 나왔음은 그 일기조차도 때때로 가다가는 몇 달씩 끊어지는 때가 있었을 뿐 아니라 나중에는 그 무의미한 것에 싫증이 나서 그만 일기장을 찢어버리는 동시에 어디서 뛰어나왔던지 '정의의 논문'마저 같은 기회에 불살라버리고 말았으니 오래도록 끌어오던 '정의의 논문'도 기어이 여기서 끝나버리고 만 것이다.

드디어 반년 전에 어떤 교직에 들어가게 된 것이 옳든 그르든 생활의 한 통일을 얻은 것이었으나 그의 결백으로 이런 사회에 맞추어나갈 수는 만무한 것이며 아까 말한 것과 같이 불과 몇 달이 못돼 피곤한 신경과 육체로 그 자리를 물러 나온 것이다. 이어 돌부처의 표정이 실종의 사건을 일으킨 것이다.

따져보면 꼭 칠 년 동안이다. 그동안을 무슨 시대라고 했으면 좋을는지 별수 없이 '칠 년……'이라고 부를 수밖에는 없는 칠 년간이었다. 무기력한 방탕에서 시작해서 실종의 사건으로 끝난 칠 년간이었다.

이 칠 년간의 이야기는 운파의 평생의 한 시기 동안의 간단한 약도에 지나지 못하는 것이며 그의 칠 년 전까지의 생활에 비기면 본론에 대한 한 부록에 지나지 못하는 것이다. 더 크게 잡아 시대의 부록이라고 보아도 좋다. 어떻든 이 기록은 운파 군에 있어서는 한 부록에 그치는 것이요, 그러기를 나도 원하는 것이다. 다시 말하면 군은 이 부록을 얼마든지 뛰어넘어 칠 년 전의 본론에다 다음 본론을 연속해달라는 것이다.

나는 마음속에 운파 군의 자태를 부단히 생각하면서 이것을 써온다. 이 조그만 기록이 군의 눈에 뜨일는지 안 뜨일는지 의문이나 만약 뜨인다고 해도 과히 낯을 찡그리지는 않으리라고 생각한다. 비록 짧고 거칠기는 하나 내 요량으로는 충실하고 바르게 군을 그려본 셈이다. 군이여, 불미가 있거든 용서하고 편지를 달라. 군의 편지를 날마다 고대하고 있은 지 오래다.

— 〈사해공론〉, 1938. 9.

소라

하루에도 몇 차례씩 고깃배가 들어올 때마다 판매소 창고 앞은 모이는 사람들로 금시에 장판을 이룬다. 선창에 수북이 쌓인 고기를 혹은 그물째로 혹은 통에 담아서 창고에 옮기기가 바쁘게 포구의 여인들은 함지를 들고 모여들 든다. 판매소 서기가 장부를 들고 고기를 나누고 적고 할 때에는 어느덧 거의 고기만큼의 수효의 여인들이 그를 둘러싸고 만다. 고기와 사람의 산더미 속에서 허덕이면서 한 사람씩 한 사람씩 함지에 분부해 주면 여인들은 차례차례로 담아 가지고는 그길로 읍내로 향한다. 읍내 장터까지는 오릿길이다. 여인들은 하루에도 몇 차례씩 그 길을 그렇게 왕복함으로써 한 집안의 생계를 이어간다.

학수는 그 여인들 속에 그 어느 때라도 어머니의 자태를 보지 않을 때가 없다. 늙은 어머니에게는 한 마리의 나귀가 있었다. 망아지보다도 작고 등허리의 털이 거의 쓸려서 없어진—아마도 어머니의 연세만큼이나 늙었을 그 나귀가 어머니에게는 단 하나의 귀한 살림의 연장이었다. 늙은 낫세로는 부치는 근력에 함지를 이고 오릿길을 걷기는 힘들다. 어머니는 함지 대신 수레에 고기를 받아 가지고는 나귀를 몰고 읍냇길을 걷는 것이었다. 가는 길은 힘드나 오는 길은 빈 수레 속에 고기 대신에 몸을 얹고 가벼운 것이었다. 그 어머니의 양을 학수는 해변에 서서 혹은 뱃전에 의지해서 물끄러미 바라보는 것이다. 마음이 저리고 가슴이 아프지 않은 바는 아니었으나 그러나 불효니 뭐니 그 이전의 절박한 문제로 학수의 가슴속은 가득 찼던 것이다. 읍내의 학교를 중도에서 나온 지도 반달이 가까우면서 아직도 어지러운 마음속을 정리도 못했거니와 나갈 길의 지향을 못 찾고 갈팡질팡하고 있는 중이다. 불역[1]에 나와 서서 바다를 내다보고 판매소의 요란한 광경을 바라보고 하는 것이 결코 한가한 심사에서 나온 것이 아니라 눈을 쏠리는 것보다는 차라리 그 애쓰는 자태를 바라봄이 얼마간이라도 어머니의 짐을 덜어주자는 그런 뜻임은 물론이었다. 그렇기 때문에 어머니가 나귀를 몰고 판매소 앞을 떠나 읍으로 향하는 큰길로 들어설 때에는 학수는 은근히 모래펄을 지나 밭둑에 나서서 멀어지는 어머니의 자태를 어느 때까지나 우두커니 바라보는 것이었다. 어머니는 이웃집 분녀와 동행하는 때가 많았다. 그런 때면 둘이 무슨 이야기를 하는지 분녀는 함지를 인채 나귀 옆에 서서 걸음을 같이하면서 자별스럽게 웃고 지껄이

1 큰 강이나 바닷가의 모래벌판 또는 그 언저리.

고 하였다. 그 정경을 학수는 더없이 귀엽고 부러운 것으로 여기면서 두 사람의 자태가 읍으로 향한 곧은길 저편으로 까맣게 사라질 때까지 시름없이 바라보곤 했다.

분녀와의 사이도 사실은 학수가 학교를 버린 후부터는 뒤틀리고 빗나가기가 일쑤였다. 앞으로 졸업을 일 년 앞둔 모처럼의 길을 중간에서 접질리고 말하자면 쫓겨난 것이니 기대가 컸던 분녀에게 큰 실망을 주었을 것은 사실이었다. 농업학교를 마치면 보통학교의 삼종훈도나 금융조합의 서기쯤은 제물에 떼놓은 셈이다. 포구 사람들이 우러러볼 뿐만 아니라 읍내에서 제법 뽐을 내게 되었다. 일 년이면 얻을 그 아름다운 결과를 학수는 조그만 불찰로 스스로 버리고 만 셈이다. 분녀와의 사이에는 그가 그렇게 출세했을 후의 언약이 피차에 은연중에 맺어졌던 것이다. 포구 사람들도 그것을 믿었고 분녀는 거기서 한층의 용기를 얻어 날마다의 일에도 힘이 맺히고 마음이 기뻤다. 그만큼 일단 일이 어그러졌을 때의 분녀의 믿은 타격은 컸고 마음은 무거워만 졌다. 그 당초에는 입맛을 잃고 며칠 동안은 일도 손에 잡히지 않는 지경으로 그때부터 학수와의 사이에는 말도 적어지고 사이도 점점 뜨게 되었다. 분녀의 마음도 괴로울 것이나 학수의 마음속은 더 말할 것 없이 괴롭고 무거운 채로 지금에 이른 것이다. 그렇다고 학수가 자진적으로 분녀에게 설명하고 원하고 할 수도 없는 노릇이어서 그는 다만 괴로운 심사를 꾹 참고는 분녀의 자태를 멀리서 바라보는 버릇을 배웠을 뿐이다. 특히 그가 어머니의 나귀 옆에 서서 읍으로 동행할 때에는 그 화목스러운 양이 마치 두 모녀의 양과도 같이 보였다. 학수는 괴로운 가운데에서도 남모를 일종의 위안을 움켜내면서 될 수 있으면 어머니의 혼잣길보다도 분녀와의 동행하는 것을 보려고 불역에서 그 기회를 은근히 살피고 엿보는 날이 요사이에 와서는 많아졌던 것이다.

책이 화였다. 그런 풍속이 시작되기는 벌써 여러 해 전부터였으니 그런 줄을 알면서도 그 금단의 그물에 걸린 것이 온전히 자신의 실책임을 학수는 물론 깨닫기는 했다.

공교롭게 양잠 당번이어서 하룻밤에 뜻 맞는 동무가 삼사 인이나 모이게 된 것이 불행의 근원인지도 모른다. 겨우 한잠을 자고 일어난 누에는 그다지 많은 뽕을 요구하지는 않는다. 어슴푸레한 저녁 농장 뽕밭에 나가 한꺼번에 몇 바구니를 뜯어 오면 하룻밤의 누에의 양식으로는 충분하였다. 이 수월한 작업을 마쳤을 때 동무들은 한가하게 밤 화단을 돌아보거나 우리 안의 소나 양을 희롱하거나 임의였다. 학수는 가장 친한 동무 명재와 함께 화단 옆 잔디 위에서 무엇인지를 격렬하게 토론하다가 어두워짐에 따라 방에 들어갔을 때 두 사람 사이에는 별안간 말이 끊어지면서 그 대신에 각각 간직했던 책을 내서 읽기 시작했다. 긴장된 마음이 지나쳐 정신없이 독서에 열중하였던 탓일까. 밖에 누가 왔었는지 방에 별안간 들어온 것이 누구인지를 분별할 힘조차 창졸간에 없었던 것이다.

문제가 커져서 학수와 명재는 몇 차례씩 직원실에 불려서는 많은 시선 앞에서 얼굴을 붉히고 말을 더듬고 하지 않으면 안 되었다. 그뿐이 아니었다. 명재는 읍내의 집에서, 학수는 오 리나 떨어진 포구의 집에서 각각 담임의 방문을 받았다. 설렐수록 일이 벌어만 져서 결국 갈 데까지 가고야 말았다. 여러 날 동안의 불안이 있은 후에 학수와 명재는 기한 없는 금족을 당했고 근 달포의 금족의 기한이 끊어지자 마지막 통첩을 받게 되었다. 예측한 결말이었으나 너무도 큰 변에 처음으로 어안이 벙벙하였다. 하기는 처음부터 학교가 큰 희망에 넘치는 것도 아니요, 깨알 쏟듯 재미있는 것도 아니기는 아니었다. 단지 일종의 습성으로 날마다의 판에 박은 듯한 일과로 다니게 될 뿐이었다. 남달리 지나치게 일찍이 깨인 비애임을 그들은 잘 안다. 그러나 그들의 진짜 마음속은 그런 것이라고 하더라도 우선 발 디딜 곳을 잃어버렸음이 애틋했고 창졸간에 앞길에 대한 계책이 서지 않았던 것이다. 예측하지 못한 커다란 우울이 엄습해와서 어두운 장막을 눈앞에 드리웠다. 더구나 학수는 분녀와의 미래를 생각할 때 더한층 괴롬이 컸다. 좁은 학교의 공기라는 것은 지나치게 인색하고 답답하고 협착한 것으로 여기기는 했으나 그렇게 빨리 반대의 효과가 닥쳐올 줄은 꿈꾸지 못했던 것이다.

인색하고 협착하다면 학수들이 그날 밤에 당한 변부터가 그런 것이었으나 평일에도 그는 네 활개를 펴고 시원한 공기를 마음껏 마셔본—그런 적이 혹은 그런 감동을 받아본 적이 몇 해 동안에 한 번도 없었다. 늘 달팽이같이 움츠리고 쪼그리고 감각과 신경과 지혜를 죽이고 허구한 날 그 무슨 꾸중과 벌을 기다리는 허물없는 어린아이의 꼴이었다. 오죽하면 그 인색한 속에서 학수가 발견한 유일의 자유로운 천지라는 것이 그 기괴하고 야릇한 곳이었을까.

네 쪽의 벽으로 된 반 평도 차지 못하는 공간이라면 세상 사람은 대체 무엇을 상상할까. 학수에게 가장 자유롭고 가장 너그럽고 가장 넓고 가장 신성하게 여겨진 그 세상을 세상 사람은 항용 생각지도 못하며 생각할 필요도 없는 것이다. 왜 그러냐 하면 학수에게 가장 자유롭고 신성한 그곳은 세상 사람에게는 가장 추접하고 구역나는 곳이니 말이다. 그 구역나고 추접한, 아니 넓고 신성한 곳에 과즉過則[2] 십분이나 이십분의 시간을 웅크리고 앉았을 때가 학수에게는 가장 자유로운 시간이었던 것이다. 주머니 속에 감추어두었던 담배를 피우며 유유한 마음으로 생각에 잠겼다 벽의 낙서를 바라보았다 하는 것이 얼마나 즐거운지 모른다. 벽의 낙서는 반역의 표현이요, 한 사회의 평판의 기록이다. 낙서를 바라볼 때에 학수는 교내의 동향과 인물들의 평판을 한꺼번에 손안에 쥘 수가 있었다. 참으로 그 야릇한 공간 안은 다른 동무에게도 같은 기쁨을 가져다주고 같은 습관을 길러주었는지는 모르나 학수에게는 교내에서 그 어느 곳보다도 즐거운 곳이었다. 양잠실에서 거북한 책도 그 속에서는 지극히 자유롭고 꺼리낄 것이 없었다. 펴 든 책을 여러 장을 넘기는 동안에 정신은 통일되고 문리는 발라져서 학수는 필요 이상의 시간을 보내는 수가 많았고 차라리 그것을 원했다. 어떻든 가장 뜻있는 시간, 가장 중요한 시간이 그 불과 몇십 분이었던 것이다. 하기는 그 별천지에도 간간이 변이 없지는 않았다. 하루는 글에 열중하였을 순간 별안간 밖에서 문이 열리는 바람에 기겁을 하고 들었던 책을 떨어트려 아깝게도 어두운 밑 세상으로 장사 지내 버린 적도 있기는 있었다. 밖에서 동무가 웃는 바람에 학수도 하는 수 없이 표정이 이지러지기는 했으나 이것이 그 속에서 받은 한 가닥의 수난이라면 수난이었다.

학교를 나온 후부터는 하염없이 바다를 바라보는 날이 늘어갔다. 모래언덕에 서서 쉴 새 없이 꿈틀거리는 창파를 바라보는 동안에 지난날의 인색했던 기억이 혹은 기쁘게 혹은 슬프게 마음속에서 부서지고 사라져갔다.

맑은 모래펄이 포구에서 시작해서 바다의 후미를 몇 고패나 굽이굽이 돌아 남쪽으로 아련하게 연했고 모래펄 등으로는 해당화가 송이송이 푸른 전을 수놓았다. 그러므로 오 리 장간의 넓은 벌판이 뻗치고 벌판 끝에 읍내가 아물아물 보였다. 모래펄 밖으로 열린 바다─바다는 무엇하자고 왜 그리도 넓은가. 그 필요 이상으로 넓은 바다는 아마도 조물주가 잘못 만든 것이거나 그렇지 않으면 우주를 만들다가 지친 판에 귀찮다는 듯이 중도에서 그대로 버려둔 것일 거라고 학수는 생각했다. 그렇지 않다면 그 넓고 자유로운 세계의 설명이 마음속에 서지 않는 것이다. 바닷빛에는 층이 있어서 가까운 데는 희고 그다음은 초록이요, 먼 곳은 푸른 빛이어서 초록과 푸른빛과는 칼로 가른 듯이 구별이 확실했다. 초록 바다 위에서는 갈매기가 날고 푸른 바다 위에는 어선과 발동선이 아물거렸으나 위대한 바다에 비기면 값없는 장난감같이밖에는 보이지 않았다.

먼 수평선 위로 외줄기의 연기를 허공 위에 그리면서 기선이 지나는 때가 있었다. 끝에서 끝으로 기선이 사라질 때까지는 한 시간이 넘어 걸렸다. 기선은 움직이지 않고 한자리에 서 있는 듯했고 연기는 날리는 법 없이 그림 속에서처럼 공중에 얼어붙은 것 같았다. 다만 기적 소리만이 동안을 두고 뽀오— 뽀오오— 아련히 울려올 뿐이었다. 그만큼 바다는 넓었다. 비록 그다지 변화는 없다 하더라도 다만 한없이 넓은 그 탓으로만도 그 넓은 것을 사랑함으로써 학수는 진종일이라도 바다를 바라볼 수 있었고 그럼으로써 조금도 권태와 염증을 느끼는 법이 없었다. 모래언덕에 앉아서 혹은 불역에 내려가서 아침의 바다, 대낮의 바다, 저녁의 바다를 차례차례 즐기고 맛보고 하는 동안에 그는 그 속에서 그 무엇을 얻으려는 듯도 했다. 단조한 그 속이건만 자꾸만 들여다보는 동안에 그 무엇이 가슴속에 흘러오고 금시에 손에 잡힐 듯했다. 옛 시인이 반드시 바다에 대해서 그 무슨 영원한 것을 읊었을 것 같으며 그것이 무엇이었을까를 학수는 맨주먹으로 터득하려고 은연중에 마음이 설렜다. 다른 것은 모르나 지금까지의 세상에 비해서 바다는 얼마나 활달하며 그 뜻을 사람에게 전하고 가르쳐주려고 하는가를 그는 쉽게 깨달을 수 있었다. 인색하고 협착하던 학교에 비겨서 얼마나 활달하고 너그러운가 바다는.

학교에서는 기껏해야 네 쪽의 벽으로 된 반 평에도 차지 못하는 야릇한 공간에서 학수는 자유의 세상을 구하지 않았던가. 바다의 네 쪽의 벽과—이 얼마나의 차이인가. 바다는 그런 인색하고 추접한 세상과는 엄청나게 거리가 멀다. 기가 막히게 풍격이 위대하다. 학수는 전엔들 그것을 느끼지 못한 바는 아니었겠지만 요사이의 처지로서는 그것이 새로이 한 큰 발견과도 같은 기쁨을 가져왔다.

하루는 강천수 공장의 발동선을 탔다. 바다 밖에 늘일 덤장[3] 그물을 실은 어선을 여러 척 끌고 발동선은 저녁때는 되어서 포구를 떠났다. 아는 사공의 권고를 받아 학수는 소풍 겸 발동선에 올랐던 것이다. 그는 발동선에 대해서는 전부터 특별한 애착을 가지고 있었다. 이것만 한 척 손에 넣을 수 있다면 학교고 뭐고 집어치우고 바다에서 살아볼까 하는 생각이 일찍부터 마음을 당겼다. 어떻게 하면 천여 원을 손에 잡을 수 있을까, 그것으로 발동선을 살 수 있을까 하는 것이 항상 마음속에 어리는 숙제였다. 학교를 마친다는 뜻도 결국은 발동선을 구하는 수단으로 하자는 뜻에 지나지 않았던지 모른다. 바다 복판에 섰을 때 거기서 한층 더 넓어지는 바다와 작아지는 포구와 읍내를 바라볼 때 학수는 육지에서 느낀 이상의 몇 곱절의 신기한 감상을 받았다. 바다는 모래언덕에서 볼 때의 바다보다도 제한 없이 더욱더욱 넓어지고 열려져서 눈 닿는 바다는 가없었다.

바다는 무한대의 힘이요, 자랑이었다. 그 속에 새 그물을 던지고 그물 안에 든 고기떼를 선창에 퍼 담는—그 경영이 또한 사람의 하는 일로서 그렇게 유유하고 의젓할 데는 없을 듯이 느껴졌다. 사람과 자연은 싸우는 것이 아니라 서로 조화되고 합치되는 것이라고 느껴졌다. 비록 싸움이 있다고 있더라도 사람과 사람의 싸움같이 그렇게 작고 좀스럽고 인색한 것은 아니다. 죽든지 살든지 간에 보람 있고 장하고 늠름한 것이다. 바다 밖에서 여러 시간을 지내는 동안에 학수는 일종의 묵시의 계시를 받은 듯 마음이

---

[3] 물고기가 다니는 길목에 막대를 박아 그물을 울타리처럼 쳐두고 물고기를 원통 안으로 몰아넣어 잡는 그물.

빛나고 그득 차고 만족스러웠다. 여러 척의 목선에는 고깃더미 수북이 쌓였고 학수의 마음속에는 묵시의 영감이 가득 넘쳐서 육지로 돌아오는 길은 한결 기쁘고 듬직한 것이었다. 발동선은 가벼운 폭음을 울렸고 사공들은 노래 구절을 길게 빼었다. 푸르고 붉은 깃발이 돛대 위에 날려 고기의 수확이 많음을 자랑했다. 황혼 속에 자옥한 바다를 건너 포구에 가까워 갈 때 육지에 아물거리는 사람들의 기쁨에 뛰노는 양이 눈에 어렸다. 불역에 가까워 감에 따라 마음도 뛰놀았으나 발동선 좁은 뱃기슭에 올라서서 포구의 사람들을 신기한 것으로 보고 있던 학수는 지나치게 기뻤던 그날의 마지막 수확인 듯 불의에 발을 빗디디고 뱃전 밖으로 떨어졌다. 바닷물에 빠져 아닌 때 물세례를 받은 학수는 하는 수 없이 헤엄을 쳐서 멀어지는 배 뒷전을 따랐다. 옷이 물에 젖어서 몸이 무거웠다. 불역과의 거리가 가까웠으니 망정이지 좀 더 멀었던들 헤엄쳐 나가기가 곤란하였을 것이다. 모래 위에 기어올랐을 때에는 물에 빠진 거위라도 참혹한 꼴이었다. 그러나 그다지 불쾌한 생각 없이 그것도 하루 동안의 감격 대신에 받은 한 작은 귀여운 선물이라고 여기면서 사람의 틈을 빠져서 급하게 집으로 향하였다.

부엌일을 하던 어머니는 그 꼴을 결코 칭찬하지는 않았다. 꼴 좋다. 학교를 그만두더니 날로 주접[4]이 들구 꼬락서니가 사나워만 가는구나. 츨츨치 못한 것, 이 몸이 얼른 죽어야 저 꼴을 안 보게 되지―하는 어머니의 꾸중이 마음을 꼬치꼬치 찔렀다. 그렇게까지 싫은 소리를 할 어머니가 아니건만 요새의 고생과 불미한 자

4 '주접'의 사투리.

식의 보람 없는 꼴을 보면 그것도 마땅하려니는 생각되나 그러나 학수의 마음속은 한없이 쓰리고 불쾌하였다. 그렇다고 대꾸를 할 수도 없어 잠자코 또다시 퉁명스럽게 집을 나와버렸다.

사람의 세상이란 참으로 왜 이리도 인색한가―중얼거리면서 발 가는 곳이 역시 바다였다. 갈아입지 못한 옷이 무겁게 드리우고 물방울이 모래 위에 떨어졌다. 해변은 어느덧 어두워지고 파도 소리만이 변함없이 규칙적으로 흘러왔다. 모래언덕에 섰을 때 어두운 바다는 한없이 멀고 깊고 장하게 눈앞에 가로누웠다. 조수 냄새와 해초 냄새가 전신을 눅진하게 채워주는 듯도 하다. 그는 바닷바람을 몇 번이고 한껏 마셔보았다. 그럴수록 그 무슨 한없는 큰 신비가 그 속에 숨어 있는 듯이 느껴졌다. 무엇이 있어. 바닷속에는 반드시 그 무슨 큰 것이 있어 사람을 호리는 장한 그 무엇이 있어. 그러나 어떻게 하면 그것과 사람을 조화시킬 수 있을까. 어떻게 그 위대한 자연과 사람을 일치시킬 수 있을까―학수는 어둠 속을 노리면서 어느 때까지나 궁리에 잠겼다.

하루는 무료한 판에 읍내에 들어갔다. 그 일이 있은 후 불쾌한 마음에 발을 끊고 까딱 출입을 금하고 있었던 것이나 오래간만에 명재도 만날 겸 집을 떠났던 것이다.

명재도 그 모양 그 주제였다. 얼굴이 얼마간 축난 듯도 했으나 그제나 이제나 별반 차가 없는 자태였다. 그 역 무료하던 판에 옷을 주섬주섬 걸치고 나왔다. 거리 밖 벌판으로 들어가 백양나무 아래에 두 사람은 앉았다.

먼 둑 위를 오후의 기차가 연기를 뿜으며 달았다. 기적 소리가 산모롱이에 부딪쳐 야단스럽게 울려왔다. 사라지는 기차의 뒷모양을 우두커니 바라보던 명재가 별안간 입을 열었다. 빌어먹을, 달아나 날까.

그의 말에 의하면 서울 갈 계획이 틀어졌다는 것이다. 집안 형편이 학수같이 핍박하지는 않아서 학교를 나오게 되자 즉시 서울로 가서 공부를 계속할 작정이었던 것이 여러 가지를 서둘러보아야 역시 지금 형편으로는 그것이 허락되지 않는다는 것이었다. 그것이 명재의 우울의 원인이었다. 빌어먹을, 달아나 날까. 이것이 홧김에 나오는 탄식이었다.

물론 학수도 같은 마음이었다. 어떻게 하면 막힌 앞길을 열어볼까, 차라리 이 고장을 떠나면 그 무슨 길이 열리지나 않을까 하는 것이 핍박한 마음의 일시의 위안이었던 것이다. 바다를 접할 때에는 바다의 위력에 눌려 그 매력에 취해버리고 마나 벌판의 기차를 볼 때에는 그 또한 한 가지의 신선한 매력이요, 유혹이었다.

생각만 해야 답답하니 좀 걸어나 볼까. 해결 없는 무더운 공기에 견디기 어려워 학수는 명재를 재촉해서 벌판을 걸었다. 벌판은 활달하고 넓은 것이나 결국 사람의 생활을 그곳까지 연장시켜볼 때 그곳 또한 답답하고 협착한 곳이 되었다. 인색하고 빽빽한 인간사를 귀찮고 불서러운[5] 것으로 여기면서 두 사람은 어느 때까지나 풀밭을 거닐었다.

읍내에서 집으로 돌아가는 길 다릿목에서 우연히도 학수는 역시 읍내 장에까지 갔다 오는 분녀를 만났다. 처음에는 양편에서

---

5 몹시 서러운.

다 미적거렸으나 결국은 말없는 속에서 나란히 서서 동행이 되었다. 빈 함지를 인 분녀의 걸음은 개운하고 빨랐다. 한참 동안이나 피차에 말이 없음을 괴롭게 여기는 판에 분녀가 먼저 입을 열어 읍내에는 무엇하러 갔다 오느냐고 물었다. 명재를 만난 곡절을 이야기했을 때 분녀는 펄쩍 뛰면서, 만날 사람이 없어서 겨우 명재를 만났어. 끼리끼리 모인다구 그따위 부랑자 날탕패와 사귀구 몰려다니니 학교까지 쫓겨났지. 그래두 심을 못 채리구 쫓아다니다니 아직두 철이 안 든 셈이지―하고 명재에 대한 욕과 학수에 대한 비난을 센 입살로 한꺼번에 줏어댔다. 멋두 모르고 주제넘게 웬 잔소리야. 명재가 왜 어디가 나쁘단 말야. 왜 남만 못하단 말야. 아무것두 모르는 거리 사람들의 하는 말을 그대로 받아가지구는 경솔하게 야단이야―하고 학수는 톡톡히 분녀를 꺾으려 했다. 그러나 분녀도 황고집을 부리면서 명재의 말이라면 사족을 못 쓰듯 그에 대한 비난을 늘어놓고는 요번에 학수가 받은 봉변이 결국 명재가 깡충댄 탓이라는 것, 그에게서 애매하게 물들었다는 것을 말했다. 학수가 아무리 동무를 막아주려고 해도 분녀의 고집은 당할 수 없어 주춤하는 동안에 분녀는 한번 터진 입심으로 하고 싶은 말은 다 내섬기는 것이다. 나중에는 꺼내는 소리가 영진이의 이야기였다. 학수들보다는 한 해 앞선 그는 학교를 졸업하자 읍내 금융조합에 서기로 들어가 집안을 제법 옳게 다스려가는 것이었다. 분녀의 말을 빌면 위인이 어찌도 착실한지 조합 안에서나 거리에서도 신용을 얻어서 읍에서는 모범 청년으로 돌리게 되고 일 년 동안이나 충실히 저축한 돈으로 얼마 안 가 잔치까지 하게 된다는 것이었다. 색시는 분녀의 동무 봉선이라는 것이다. 들으라는 듯이 높은 목소리로 지껄이는 분녀의 뜻을 학수가 모르는 바는 아니었으나 다따가 영진이의 이야기를 그렇게 야단스럽게 늘어놓는 것을 참을 수 없이 불쾌히 여겼다. 홧김에 퉁명스럽게 한마디 톡 쏘는 소리가, 그럼 왜 대신 시집이 래두 가지 하는 싫은 소리였다. 이 한마디가 고집스러운 분녀의 마음을 찌른 모양이었다. 시집가구말구, 그만큼 착실한 사람에게 가게 되든 왜 안 가겠어. 봉선이 신세가 오죽 부러운데. 부랑자들 보다야 인금으로야 열 곱절 백 곱절 웃질이지―하고 재빠르게 지껄이는 것이다. 학수의 마음이 편할 리 없다. 어째 또 한 번 지 껄여봐. 부랑자? 누가 부랑자야―하면서 노여운 마음에 주먹으 로 분녀의 턱을 치받쳤다. 주춤하면서 서는 것을 이어 뺨을 두어 번 갈겼다. 네까짓 게 뭐라구 뭘 믿구 그따위 큰소리를 탕탕해― 분김으로 발길로 차버리고도 싶었다. 분녀는 얼굴이 새빨개지면 서 그 자리에 푹 주저앉고 말았다. 한마디의 대꾸도 없을 뿐만 아 니라 눈물이 빠지지 흐르면서 그만 울음이 터져버렸다. 다시 그 런 버릇했다 봐라―큰소리를 한마디 남기고는 학수는 그를 다 시 돌아보지도 않고 혼자 버덩길을 재게 걸어갔다.

이 조그만 일이 있은 후로 학수의 마음은 더한층 괴로워졌다. 날이 지나자 곧 자기의 행동이 뉘우쳐지며 분녀에 대한 거동이 과혹過酷[6]했던 것을 깨달았다. 결국 이 사건으로 해서 울적한 심사 는 더한층 늘어갔을 뿐이다. 끼니만 지내면 바다에 나가게 되고 풀

6 몹시 모질고 혹독함.

밭에 서면 그 자리에 엎드려서 엉엉 울고 싶은 충동조차 솟았다. 나날이 그것이 일과였고 그날이 전날의 연속이 되고 했으나 그러는 하룻밤 우연히 읍내에서 명재가 찾아왔다. 풀밭에 앉아 바다를 내다볼 때 별안간 등 뒤에 나타나 소리를 건 것이 명재였다.

　서울 가는 것두 틀리구 이 계획 저 계획두 다 어그러진 판에 집구석에만 허구한 날 묻혀 있기두 울적해서 자네같이 날마다 바다로 나오기루 했네. 이리 기울거나 저리 기울거나 사람 된 바에야 길이 열려지구 방법이 있겠지. 사람의 자식이 그렇게 근심과 걱정만 하구야 어찌 살겠나. 새옹마의 득실[7]이라구 뒤틀린 길이 바로잡힐 날두 있겠지 설마 세상의 길이 그렇게 뻑뻑하구 군색한 것이겠나. 바람이나 쏘이면서 마음을 크게 먹을 도리나 배우세그려―마치 며칠 동안에 사람이 변한 듯이 서글서글하고 명랑한 어조로 명재는 이렇게 길게 내섬기면서 손에 들고 온 보자기를 내보인다. 학수는 자기 홀로 우울에 잠겨 있던 판에 그의 사람이 변한 듯한 어조도 놀라운 것이었으나 내든 물건을 의아해하면서 무엇이냐고 물었다. 자네가 새삼스럽게 놀랄 만한 별로 신기한 것은 아니나 그러나 대단히 뜻있고 중요한 것이네―하면서 명재는 보를 앞에 내놓는 것이다. 그 형상으로서 대개 추측은 되었으나 그래도 선뜻 손을 대지 않고 대체 무엇이냐고 물었을 때, 명재는 빙그레 웃으면서 그제서야 보를 풀기 시작했다. 물건, 그것은 하찮고 평범한 것이나 그 정신이 우리에게 용기와 힘을 주는 것이네― 말이 끝날 때 보 속에서는 풋볼 한 개가 굴러 나왔다.

---

7 한때의 이익이 장차 손해가 될 수도 있고 한때의 화가 장차 복을 불러올 수도 있음을 이르는 말.

흠, 하면서 학수가 그것을 물끄러미 바라볼 때 명재는, 자네는 아직두 이 뜻을 모르리, 하루이틀 이것을 차보고 굴려보는 동안에 뜻을 알아가리 하면서 그것을 사게 된 곡절을—학교에서 배우던 책을 통틀어 싸 가지고 책점에 팔아서 그 값으로 그 한 개의 볼을 샀다는 것을 이야기했다. 범연하게 들으면서 그때까지도 영문을 모르고 우두커니 앉았던 학수도 명재가 볼을 들고 일어서서 넓은 풀밭 위에서 한바탕 탕 차서 푸른 하늘 위로 까맣게 올렸을 때 불현듯이 충동을 느끼면서 벌떡 자리를 차고 일어섰다. 두 사람이 볼을 차는 소리가 풀밭 위에 탕탕 울렸다. 발끝에서 떨어지자 금시에 하늘 위로 솟아올라 맑은 푸른빛 속에 둥실 뜨는 그 탄력 있는 자태를 바라볼 때 학수는 차차 명재의 뜻을 알 듯했다. 아까까지의 우울도 어느 결엔지 사라지고 분녀와 어머니의 사정도 잊어버리고 오금에 솟는 힘이 근실근실 전신에 파도쳐 흘렀다. 또 한 가지 신기한 발견이 있었다. 볼을 찬 지 불과 십분이 못되어서 그 탄력 있는 명랑한 볼 뛰는 소리를 듣고 포구의 아이들이 몰려왔고 장정들도 어슬렁어슬렁 뒤를 따라 풀밭으로 몰려드는 것이었다. 학교 운동장에서 볼을 찰 때와는 또 의미가 달랐다. 운동에 별반 흥미를 느끼지 못하던 학수가 이제 그 속에서 새로운 뜻을 길러내게 되었다. 아이들과 장정들도 어느덧 두 사람의 경기 속으로 들어와서 한데 휩쓸려서 유쾌하게 웃고 쓰러지고 지껄이고들 했다. 구르는 볼을 먼저 집은 사람이 힘껏 차올리면 볼은 쏜살같이 하늘로 쑤욱 솟는 것이다. 솟는다, 솟는다, 까맣게 솟는다, 하늘 위에 오른다—볼과 함께 그것을 쳐다보는 사람들의 마음도 볼 동안에 하늘 위로 까맣게 솟는 것이었다.

볼 차기가 시작된 후로 학수는 확실히 새로운 힘과 새로운 방법을 발견한 셈이었다. 참으로 예측하지 못했던 신기한 발견이었다.

명재는 날마다 읍내에서 오릿길을 혹은 걸어서 혹은 자전거로 나왔다. 두 사람이 볼을 가지고 풀밭에 이를 때면 반드시 아이들을 선두로 장정들이 모여든다. 사공의 김 선달, 박 서방…… 밭에서 최 서방, 이 도령…… 한가할 때면 수십 명의 장정이 볼 동안에 모여들었다. 볼 소리가 한번 울리기 시작하면 풀밭은 금시에 왁자지껄해지며 유쾌한 장마당으로 변한다.

어떤 때는 학수들은 포구를 떠나 슬며시 바위께로 이르는 고개를 넘어온다. 포구에서 댓 마장 떨어진 곳이나 고개를 바로 넘은 곳에는 바다가 후미져 도는 아늑하고 고요한 풀밭이었다. 그곳까지도 사람들은 따라오는 것이었다. 두 시간, 세 시간 차는 동안에는 사람들도 물론 차례차례로 다소간 갈리기는 했으나 처음부터 끝까지 화하는 사람도 많았다. 으슥한 후미 속에 볼 소리는 맑게 울리고 그 소리와 함께 사람들의 마음도 유쾌하게 화하고 일치되었다. 볼이 울릴 때에는 마음도 울리고 볼이 설 때에는 마음도 섰다. 한바탕 차고 풀밭 위에 군데군데 앉아 쉴 때에도 뭇사람의 마음은 같은 생각 같은 방향으로 정지되었다. 잠자코 그 무엇을 기다리는 듯이 고요히들 앉았을 때에는 학수는 벌떡 일어서서 한자리 연설이라도 하고 싶은 충동을 느꼈다. 그때면 물론 집안일이고 분녀의 일이고 간에 그런 사소한 세상일은 씻은 듯이 마음속에서 자취 없이 사라져버리는 것이었다.

— 〈농민조선〉, 1938. 9.

해바라기

1

언제인가 싸우고 그날 밤 조용한 좌석에서 음악을 듣게 되었을 때 즉시 싸움을 뉘우치고 녀석을 도리어 측은히 여긴 적이 있었다. 나날의 생활의 불행은 센티멘털리즘의 결핍에서 오는 것이 아닐까. 사회의 공기라는 것이 깔깔하고 사박스러워서[1] 교만한 마음에 계책만을 감추고들 있다. 직원실의 풍습으로만 하더라도 그런 상스러울 데는 없는 것이 모두가 꼬불꼬불한 옹생원이어서 두꺼운 껍질 속에 움츠러들어서는 부질없이 방패만은 추켜든다. 각각 한 줌의 센티멘털리즘을 잃지 않는다면 적어도 이 거

---

1 성질이 보기에 독살스럽고 야멸친 데가 있어.

칠고 야만스러운 기풍은 얼마간 조화되지 않을까―아닌 곳에서
나는 센티멘털리즘의 필요라는 것을 생각하면서 모처럼의 일요
일도 답답한 것이 되기 시작했다. 확실히 마음 한 귀퉁이로는 지
난날의 녀석과의 싸움을 되풀이하고 있었다. 싸움같이 결말이 늦
은 것은 없다. 오래도록 흉측한 인상이 마음속에 남아서 불쾌한
생각을 가져오곤 한다. 즉 싸움의 결말은 그 당장에서 나는 것이
아니라 오래도록 마음속에서 얼마든지 계속되는 것이다. 창밖에
만발한 화초 포기를 철망 너머로 내다보면서 음악을 들을 때와
도 마찬가지로 나는 녀석을 한편 측은히 여겨도 보았다. 별안간
운해가 찾아온 것은 바로 그런 때였다.

제 궁리에 잠겨 있던 판에 다따가 먼 곳에서 찾아온 동무의 자
태는 픽도 신선한 인상을 주었다. 몇 해 만이건만 주름살 하나 없
는 팽팽한 얼굴에 여전히 시원스러운 낙천가의 모습 그대로였다.

"싸움의 기억에 잠겨 있는 판에 하필 자네가 찾아올 법이 있나."

"싸움두 무던히는 좋아하는 모양이지."

"욕을 받구까지야 가만있겠나."

"싸웠으면 싸웠지 기억은 뭔가. 자넨 아직두 그 생각하구 망설
이는 타입을 벗어나지 못한 모양이야. 몇 세기 전의 퇴물림을. 개
운치두 못하게 원."

"핀잔만 주지 말구―센티멘털리즘의 필요라는 건 어떤가?"

"센티멘털리즘으로 타협하잔 말인가, 싸우면 싸웠지 타협은
왜. 싸움이란 결코 눈앞에서 화다닥 끝나는 게 아니구 길구 세월
없는 것인데 오랜 후의 결말을 기다리는 법이지 타협은 왜―."

"자네 낙관주의의 설명인가."

"낙관주의 아니면 지금 이 당장에 무엇이 있겠나. 방구석에 엎드려 울구불구만 있겠나."

운해는 더운 판에 저고리를 벗고 부채를 야단스럽게 쓰기 시작했다.

"내 낙관주의의 설명을 구체적으로 함세—봄부터 어떤 산업 회사에 들어가 월급 육십 원으로 잡지 편집을 해주고 있네. 틈을 타서 영화 회사 촬영대를 따라 내려온 것은 촬영 각본을 써주었던 까닭—."

간밤에 일행들과 여관에 들었다가 아침에 일찍이 찾아온 것은 묵은 회포를 이야기할 겸 내게 야외 촬영의 참관을 권하자는 뜻이었다. 물론 이런 표면의 사정이 반드시 그의 낙관주의의 설명은 아닌 것이요, 그것을 터놓고 이야기하는 그의 태도가 낙관적일 뿐이다. 그의 처지를 설명하는 어조에는 오히려 일종의 그 스스로를 비웃는 표정조차 있었던 것이요, 그런 그의 태도 속에 나는 낙관의 노력의 자취를 역력히 보는 듯했다. 과거에 있어서도 문학의 세상과 인연이 없는 것은 아니어서 열정의 나머지를 기울여 평론도 쓰고 문학론도 해오던 그였다. 영화에 손을 댄 것도 결국은 막힌 심정의 한 개 구멍을 거기서 찾자는 셈이라고 짐작하면 그만이다.

그가 쓴 각본 〈부서진 인형〉 속에 남녀 주인공이 강에서 배를 타다가 물속에 빠지는 장면이 있다는 것이다. 그 장면의 촬영을 보러 가자고 운해는 식모가 날라 온 차를 마시고 나더니 나를 재촉한다. 물에 빠진 가엾은 남녀의 꼴을 보기보다도 내게는 나로서 강에 나갈 이유가 있기는 있었다.

"올부터 모래찜을 시작했네. 어떤 때엔 매생이[2]를 세내서 고기 두 더러 낚아보구. 일요일마다 강에 안 나가는 줄 아나. 오늘은 망설이든 판에 뜻밖에 이렇게 자네에게 끌리게 됐을 뿐이지."

"됐어, 모래찜과 낚시질과."

운해는 무릎을 칠 듯이 소리를 높였다.

"강태공의 곧은 낚시를 물에 드리우는 그 일밖엔 우리에게 오늘 무엇이 남았나. 금방 세상이 두 동강으로나 나는 듯 법석을 하구 비판을 할 것은 없어. 사람 있는 눈치만 나면 언제까지든지 웅크리고 엎드리는 두꺼비를 본 적이 있나. 필요한 건 다른 게 아니라 그 두꺼비의 재주라네."

듣고 보니 능성하고 일어서는 그의 자태가 그대로 두꺼비의 형용이었다. 오공이[3] 같은 체격이며 몽종[4]한 표정이 바로 두꺼비의 인상임을 나는 신기한 발견이나 한 것처럼 바라보았다. 옷을 갈아입고 같이 집을 나섰을 때 나는 더욱 그를 주의해 바라보며 짜장 두꺼비를 느끼기 시작했다.

운해가 동무들과 함께 전주를 다녀온 것이 오 년 전이었다. 그가 막 전주서 올라왔을 때의 인상―그것이 내가 이 몇 해 동안 그에게서 받은 인상 중에서 가장 선명한 한 폭이기는 하나 그러나 그때의 인상이 반드시 전주로 가기 전의 파들파들한 열정시대의 그것보다 초라한 것은 아니었으며 오늘의 그의 인상이 또한 과히 그때에 떨어지는 것도 아니다. 생각건대 이 두꺼비의 인상

2 노로 젓는 작은 배를 가리키는 사투리.
3 지붕 위에 얹는 잡상인 손오공 같다는 뜻으로, 몸이 작고 단단하게 생긴 사람을 놀림조로 이르는 말.
4 아랑곳함이 없이 냉정함.

을 그는 열정시대부터 벌써 육체와 마음속에 준비해가지고 오늘에 미친 것인 듯도 하다. 물론 다만 소질의 문제만이 아니요, 노력의 결과 (중략) …… 없는 오늘 그가 그의 유의 철학을 마음속에 세우게 되었음으로 인해서 짜장 두꺼비의 형용을 가지게 된 것으로서 설명할 수 있을 듯하다.

"석재 소식 자주 듣나."

거리에 나섰을 때 운해는 역시 같은 한 사람의 서울 동무의 이야기를 꺼냈다. 전주시대부터 운해와 걸음을 같이한 나와보다도 물론 그와 더 절친한 사이에 있는 석재였다.

"녀석두 체질로나 기질로나 나와는 달라서 꼬물거리는 성질이거든. 요새 죽을 지경이지."

"두꺼비 되긴 어려운 모양인가."

"직업두 웬만한 건 다 싫다구 집에서 번둥번둥 놀구만 있으려니깐 하루는 부에서 나와서 방어 단원으로 편입해버리지 않았겠나. 공교로운 일도 있지. 등화관제 연습날 밤 불 꺼진 거리를 더듬고 걸으려면 방어 단원들이 여기저기서 소리를 치면서 포도를 걸으라고 경계가 심하지 않은가. 나두 거리 복판을 걷다가 한 사람에게 호되게 꾸중을 받고 포도 위로 올라섰을 때 가로수 곁에 웅크리고 선 것이 누구였겠나. 어렴풋한 속에서도 그렇듯이 짐작되는 국방색 단원복과 모자를 쓴 것이 석재임을 알았을 때 얼마나 놀랐겠나. 자네에게 보이고 싶은 광경이었네. 이튿날 벼락같이 찾아와서 하는 말이 단원복을 맨드는 데 십오 원이 먹혔는데 그 십오 원을 맨들기 위해서 다따가 하는 수 없어 츨츨한 책을 뽑아가지구 고물 서점을 찾았다나—."

운해는 껄껄 웃었으나 석재의 자태가 너무도 선명하게 눈앞에 떠오르는 바람에 목이 눌리우는 것 같아서 나는 웃으려야 웃음이 나오지 않았다.

"정직한 대신 사람이 외통곬이래서 마음의 괴롬이 한층 더하거든."

"나두 집에 두꺼비나 길러볼까."

농이 아니라 사실 내게는 운해의 탄력 있고 활달한 심지와 태도가 부러운 것이었다.

배로 강을 건너 반월도에 이르렀다.

강 위에는 수없이 배가 떴고 언덕과 섬에는 사람들이 들끓었다. 강 건너편에 운해의 일행인 촬영대의 일동이 오물오물 몰켜 있는 것이 보였으나 운해는 굳이 참견하러 갈 필요를 느끼지 않는 모양이었다.

섬의 풍경은 해방적이어서 사람들이 뒤를 이어 꾀여들건만 수영복을 입은 사람이 드물었다. 몸에 수건 하나 걸치는 법 없이 발가숭이 채로 강에 뛰어들었다가는 기슭에 나와 모래 속에 몸을 묻고들 했다. 거개가 장골들이었다.

"저것두 내 부러운 것의 한 가지."

운해는 내 시선의 방향을 더듬으면서 이쪽저쪽에 지천으로 진열된 육체의 군상을 바라보았다.

"결국 저 사람들이 가장 잘 사는 사람들일는지두 모르네. 곰상거리는 법 없이 날마다 고깃근이나 구워 먹구 모래찜을 하는 동안에 신경이 장작같이 무즈러지거든."

그러나 굳이 모르는 그 사람들을 탄복할 것 없이 나는 운해 자신이 옷을 벗고 수영복을 갈아입었을 때 그의 장한 육체에 솔직하게 놀라지 않을 수 없었다. 목덜미가 떡메같이 굵고 배꼽은 한 치가량이나 깊은 듯하다. 그 어느 한구석 빈 데가 없이 옷을 입었을 때의 인상보다도 몇 곱절 충실하다.

"훌륭한걸!"

내 눈 안에 꽉 차는 그의 육체를 나는 그 무슨 탐탁한 물건같이도 아름답게 보았다.

"몇 관이나 되나?"

"십팔 관이 넘으리. 저울에 오를 때마다 느니까."

"훌륭해. 그 육체 외에 더 바랄 것이 무엇이겠나. 자네 낙관주의라는 것두 결국은 그 육체에서 시작된 것인가 부네."

"육체가 먼전지 정신이 먼전진 모르나 요새 부쩍 몸이 늘기 시작한단 말야. 그렇다구 저 사람들같이 고기를 흔히 먹는 것두 아니네만 월급 육십 원으로야 고긴들 마음대루 먹겠나. 결혼두 아직 못하구 있는 처지에—."

결혼이란 말이 다따가 내게는 또 한 가지 신선한 인상을 가지고 들려왔다. 운해는 내 표정을 살피는 눈치더니 좀 더 자세한 이야기가 있는 듯 자리를 내려서며 걷기 시작한다.

"실상은 오늘 자네에게 들리려고 한 중요한 이야기가 그 결혼의 일건이구, 오늘 이 당장에 자네에게 그 약혼자까지 선뵈려는 것이네."

하면서 운해는 섬 위를 이쪽저쪽 살피는 눈치나 아직 그 약혼자가 나타나지는 않은 모양이었다. 금시초문의 그의 사정 이야기에 나는 정색하면서 그의 곁을 따라 걸었다.

"평생 독신으로 지낼 수도 없겠구 결혼하는 편이 역시 합리적이라구 생각한 까닭인데, 아무래두 집 한 채는 장만해야 할 테니 삼천 원은 들 터―자네두 알다시피 내게 돈 삼천 원이 있을 리 있나. 규수는 바로 이곳 사람으로 현재 여학교에 봉직하고 있는 중이지만 결혼하면 서울로 데려가야 할 터. 이것이 한 가지의 곤란이구 당초에 동무의 소개로 알게 된 것이나 워낙 거리가 떨어져 있는 까닭에 연애니 뭐니 하는 감정적 과정이 아직 생기지두 못한 채 타성으로 질질 끌어 오늘에 이른 것인데 자네두 알다시피 내게 미묘하고 세밀한 연애의 감정이니 하는 것이 있을 리가 없구 무엇보다두 그런 쓸데없는 감정의 낭비를 극도로 경멸하는 내가 아닌가. 그런 까닭에 지금까지 약혼의 사이라는 형식으로 오기는 했으나 실상인즉 그를 아직두 완전히 모르고 또 이해도 못하고 있다는 것이네. 연애니 뭐니 하구 경멸은 했으나 이런 어리석을 데가 있겠나. 지금 와서 결혼이 촉박하게 되니 비로소 불찰이 느껴지면서 마음이 황당해간단 말이네. 결말이 짜장 어떻게 될는지 해서 마음이 설레고 불안해간단 말야. 오늘두 사실은 자네와 한데 어울려 시스럽지 않은 분위기 속에서 그의 마음을 가늠도 보구 불안한 공기를 부드럽혀두 볼까 한 것이네. 자네에겐 폐가 될는지두 모르나 친한 사이에 허물할 것두 없을 법해서."

들고 보니 그가 나를 찾았던 이유의 속의 속뜻도 비로소 알려지고 그의 연애라는 것도 과연 그다운 성질의 유유한 것임을 느끼면서 나는 마음속에 생각하는 바가 많았다.

"낙관주의자두 연애에 들어선 초년병이네그려."

"너무 낙관했기 때문에 이제 와 이렇게 설레게 된 것인지두 모르지. 그러구 한 가지의 불안은—."

말을 끊더니 먼 하늘을 보며 빙그레 미소를 띠었다.

"—그가 너무도 미인이라는 것이네."

"흠, 행복자야!"

"오거든 보게만 평양서두 이름이 높다네. 약혼자가 미인인 까닭에 느끼는 불안—자네 읽은 소설 속에 그런 경우 더러 없었나."

"연애에 성공하기를 비네."

모래 위를 두어 고패나 곱돌아 물가를 오르내리는 동안에 짜장 그의 약혼자가 나타났다. 멀리 보트를 저어 오는 것을 운해가 눈 빠르게 발견하고 내게 띄워주었다. 배는 사람이 드문 물가를 찾아서 한 귀퉁이에 대었다. 운해가 쫓아가 그를 부축해서 내려주고는 한참 동안이나 서서 이야기가 잦더니 이리로 걸어오는 것이었다. 아닌 게 아니라 나는 별안간 눈이 번쩍 뜨이는 '이름 높은 미인'을 보고 인사하는 말조차 어색해졌다. 짙은 옥색 적삼 위에서 그의 눈과 코는 아로새긴 것같이 또렷하고 선명하다. 상스러운 섬의 풍속 속에서 그를 보기가 외람한 듯한 그런 뛰어난 용모였다.

"운해 군에게서 말씀 들었습니다만 쉬이 경사를 보신다구요."

나로서는 용기를 다해서 한 말이었으나 그에게는 그닷한 영향도 안 준 듯

"글쎄요."

하고 고개를 약간 숙였을 뿐이었다.

글쎄요—이 말의 뜻을 생각하면서 두 사람의 모양을 바라볼 때 나는 그 속에 낀 내 존재의 무의미한 역할을 깨닫기 시작했다.

운해의 부탁으로는 나도 한몫 끼어 시스럽지 않은 분위기를 만들고 불안한 공기를 부드럽혀달라는 것이었으나, 두 사람의 모양을 바라볼 때 그것이 도저히 내 역할이 아님과 남의 연애 속에 들어가 잔말질을 함이 얼마나 쑥스러운 짓인가를 즉시 느끼게 되었다. 무엇보다도 그 약혼자가 결코 범상한 여자가 아님을 안 것이요, 그가 뿌리는 찬란한 색채와 자극이 너무도 큰 까닭에 그의 옆에 주책없이 머물러 있기가 말할 수 없이 겸연쩍던 것이다.

"잠깐 물에 잠겼다 올 테니 얘기들 하구 계시죠."

운해가 빌듯이 붙드는 것이었으나 굳이 그 자리를 사양하고 물가로 나갔다. 걸으면서도 머릿속에 새겨진 두 사람의 인상의 대조가 너무도 선명하게 마음을 괴롭혔다. 두꺼비와 공작─별수 없이 이것이다. 운해가 잘 아는 어색한 공기라는 것이 결국은 이 너무도 큰 대조에서 오는 것이요, 두 사람 사이의 비극─만약 그런 것이 온다고 하면─은 참으로 약혼자의 너무도 뛰어난 용모에서 시작된 것이라고밖에는 생각할 수 없다. 내가 그렇듯 탄복한 십팔 관을 넘으리라는 탐탁하고 훌륭하던 운해의 육체건만 약혼자의 맑은 자태와 비길 때 그렇게도 떨어지고 손색 있어 보임이 웬일인지를 알 수 없었다. 기울어진 대조에서 오는 불길한 암시를 떨어버리려는 듯 나는 물속에 텀벙 잠겨 깊은 곳으로 헤엄치기 시작했다. 모래언덕에 앉은 두 사람의 자태가 차차 멀어지는 것을 곁눈질하면서 자꾸만 헤엄쳐 들어갔다.

밤거리에서 단둘이 술상을 마주 대했을 때 운해는 낮에 섬에서의 내 행동을 책하며 결국 단둘이 앉았어도 별 깊은 이야기를 못했다는 것을 고백하고 눈치가 어떻더냐고 도리어 내게 자기들의 판단을 맡기는 것이었다.

"글쎄."

나는 얼뻥뻥해서 이렇게 적당하게 대답해두는 수밖에는 없었으나 대답하고 나서 문득 그 한마디가 바로 그의 약혼자가 섬에서 내게 대답한 같은 한마디였음을 깨닫고 놀라지 않을 수 없었다. 시대에 민첩한 낙관주의자도 연애에는 둔하고 불행한 것인가 하고 마음속으로 동무를 가엾게도 여겨보았다.

"막차로 일행들보다 먼저 떠나겠으나 자네 알다시피 이런 형편이니까 틈 있는 족족 내려는 오겠네. 즉 자네와 만날 기회두 많다는 것이네."

"부디 연애에 성공하구 속히 결혼하도록 하게."

축배인 양 나는 술잔을 높이 들어 그에게 권했다.

2

두어 주일 후였다. 일요일 오후는 되어서 운해는 두 번째 나를 찾았다. 내가 그때까지 집에 머물러 있었던 것은 그의 방문을 예측하고 있었던 까닭이요, 그의 찾아온 목적까지도 짐작하고 있었던 것이다. 영화 각본의 책임자로 촬영대 일행과 온 것도 아니요, 그렇다고 약혼자와의 결혼 때문에 온 것도 아니었다. 결혼―은 커녕 가엾게도 그와 반대의 목적으로 온 것이다. 끝난 연애―놓쳐버린 연애의 뒷소식을 알리러 온 것임을 나는 안다.

"자넨 무서운 사람이네. 자네 신경 앞에는 모든 것이 발각되구

마는 것을 이제야 겨우 깨달았네. 그러면은 그렇다구 그때에 왜 그런 눈치 못 뵈어주었나. 솔직하게 일러만 주었던들 다른 방책이 있었을 것을."

두꺼비같이 털썩 주저앉더니 운해는 원망하듯 늘어놓는다.

"나두 민망해서 못 견디겠네만 그러나 일이 그렇게 대담하게 될 줄이야 뉘 알았겠나."

"내가 비록 호인이기로 그렇게까지 눈치를 몰랐을까. 아침에 그 집에를 갔더니 되려 반가워하면서 내게 곡절을 물으려고 드는 것을 보니 집안사람들두 까딱 모르고 지냈나부데."

"대담한 계획이야."

"영원의 여성, 나를 인도해 가―지는 못할지언정 나를 버리고 가다니 무서운 세상이다."

주의해 보니 운해는 벌써 술잔이나 기울이고 온 모양이었다. 슬픈 표정이라기보다는 울적한 낯에 거나한 기운이 돌고 있었다. 그의 그런 심정을 나는 이해할 수 있으며 그에게서 듣지 않아도 그의 사정을 거리의 소문으로 이미 잘 알고 있었던 것이다.

약혼자가 며칠 전에 달아난 것이다. 교직을 버리고, 성악을 공부한다는 사람의 뒤를 따라서 동경으로 건너갔다는 것이다. 거리에는 크게 소문이 나고 구석구석에서 이야깃거리가 되었다. 공작같이 찬란하던 그의 용모의 값을 한 셈이다. 소식을 들은 순간 나는 섬에서 느낀 예감이 적중한 것을 느끼고 한참 동안 가슴이 설렘을 어쩌는 수 없었다. 운해를 위해서는 그지없이 섭섭한 일이기는 하나 엄숙한 사실 앞에는 하는 수 없는 노릇이다. 운해와의 약혼을 표면으로 내세우고 그 그늘에서 참으로 즐기는 사내와 만나고 있었던 것이 짐작되며, 섬에서의 그의 표정과 말투 속에 벌써 그것이 암시되어 있지 않았던가. 운해는 그것을 모르고 일률로 결혼의 길만을 생각하고 있었던 셈이다.

"내 사랑 끝났도다."

노랫조로 부르는 운해의 목소리는 그러나 반드시 비장한 것은 아니었다. 오장육부를 찌르고 뼈를 긁어내고─응당 그런 심경이어야 할 것이지만 운해의 경우는 반드시 그런 것이 아니고 그 어디인지 넉넉하고 심드렁한 태도조차 보였다.

"그러나 내 마음 편하도다."

사랑이 끝났으므로 참으로 그의 마음은 편한 듯도 보였다. 결국 연애도 그에게 있어서는 생활의 전부가 아닌 것일까. 그의 모든 생활의 다른 경우와 같이 간단하고 유유하게 정리할 수 있는 것일까─나는 그의 모양을 새삼스럽게 찬찬히 바라보았다.

밖에서 만찬을 같이하려고 함께 집을 나오자마자 운해는 다시 걸음을 돌리면서 나를 집으로 끌어들였다. 불란서어나 독일어 책을 빌려달라는 것이다.

"어학이나 시작하면 생활에 풀이 좀 날까 해서."

"기특하구 장한 생각이야."

나는 초보적인 독일어 책 몇 권을 뽑아가지고 나와서 그에게 전했다.

"이히 바이스 니히트 바스 솔 에스 베도이텐 다아스 이히 소우 틀라우리히 빈!"

큰 거리에 나왔을 때 운해는 문득 언제 기억해두었던 것인지 하이네의 시인 듯한 한 구절을 외이는 것이었으나 노래의 뜻같이 반드시 슬픈 것이 아니요, 그의 어조는 차라리 한시라도 옳는 듯 낭랑한 것이었다. 흥에 겨워 몇 번이고 거듭 외이었다.

"이히 바이스 니히트 바스 솔 에스 베도이텐 다아스 이히 소 우 틀라우리히 빈!"

술이 고주가 된 위에 밤이 깊은 까닭에 이튿날 아침에 떠나보낼 생각으로 나는 운해를 집으로 끌고 왔다.

나란히 자리를 펴고 누웠으나 담배를 여러 개째 갈아 물어도 좀체 잠이 오지 않았다. 고요하기에 그는 이미 잠이 들었으려니 하고 운해 편을 바라보았을 때 감긴 눈 속으로 한 줄기 눈물이 흘러 귓방울을 적시고 있는 것이다. 나는 가슴이 뭉클해지면서 얼굴을 반듯이 돌리고 말았다.

"자네 감상주의를 비웃었으나 오늘밤은 내 차례네."

눈을 감은 채 목소리가 부드럽다.

"보배를―약혼자 말이네―내 얼마나 사랑했는지 아무두 모르리. 끔찍이두 사랑하기 때문에 어쩔 줄을 모르다가 결국 그를 놓치구야 말았네. 다른 그 누구와 결혼하게 되든지 간에 평생 그를 잊을 수는 없을 듯해."

"아직두 여자 생각하구 있었나. 술 취하면 눈물 나는 법이니."

농으로는 받았으나 그의 심중을 모르는 바는 아니었다.

"지금의 이 심중을 한 마디로 표현할 수 없을까. 꼭 한 마디로, 자네 좀 생각해보게."

나는 궁싯거리면서 생각하려고 애썼다. 그의 슬픈 심경의 적절한 표현이라는 것을 찾으려고 무한히 애를 쓰면서 시간을 보내나 종시 그것이 떠오르지는 않는 것이다. 밤이 얼마나 깊었을까. 그러나 나는 그런 헛수고를 할 필요는 도무지 없었던 것이다. 애쓰는 나를 버려두고 운해는 혼자 어느 결엔지 잠이 들어 있었으니까. 눈물은 꿈에도 흘린 법 없듯 코 고는 소리가 점점 높게 방 안에 울렸다.

3

다음 일요일, 나는 운해의 세 번째의 자태에 접하게 되었다.

일주일 전과는 퍽도 다른, 아니 그 어느 때보다도 달라서 씻은 듯이 신선한 인상으로 나타났다. 쉴 새 없이 발전해가는 유기체라고 할까. 나는 사실 그의 번번의 자태에 눈을 굴리는 것이나 그날의 인상이란 그 어느 때보다도 신선하고 당돌해서—참으로 나는 놀라는 수밖에는 없었다.

그의 대담하고 거뿐한 차림차림부터가 내 눈을 끌기에 족했다. 그런 차림으로 기차를 타고 거리를 지나온 것일까. 마치 소년 선수같이 신선한 자태가 아닌가. 넥타이 없는 셔츠 바람에 무릎 위로 달롱 오르는 잠방이를 입고 긴 양말에 등산 구두, 둥근 모자에 걸빵[5]을 진—별것 아니다. 한 사람의 등산객의 차림인 것이나 그것이 다른 사람 아닌 바로 운해 군의 차림이기 때문에 물론 나는 신기하게 본 것이다. 손에 든 것도 자세히 보니 늘 짚는 단장이 아니고 피켈인 모양이었다.

5 '배낭'의 사투리.

"자넨 번번이 나를 놀래려구만 나타나나. 이담엔 대체 또 어떤 꼴로 찾아올 작정인가."

"필요에 따라서야 무슨 옷인들 못 입겠나. 자네가 무례하다구 생각해주지 않는 것만 다행이네."

"필요라니, 등산이 자네 목적 같은데 등산하러 평양까지 왔단 말인가?"

"등산은 등산이래두 뜻이 달러. 자네, 들으면 또 놀라리."

"그 륙색인지 한 것 속에는 무엇이 들었나?"

걸빵을 내리더니 부스럭부스럭 봉투에 든 것을 집어냈다.

"놀라지 말게—광산으로 가는 길이네."

"광산!"

"중석 광산을 발견했어."

"미친 소리."

"자넨 눈앞에 보물을 두고두 방구석에서만 꼼질꼼질 대체 하는 것이 무엔가. 성천 있는 동무가 하루는 산에 나갔다가 이상한 돌을 주워서 곧 내게로 보내지 않았겠나. 나두 그런 덴 눈이 좀 밝거든. 식산국 선광 연구소와 그 외 사사로운 광무소 몇 군데를 찾아서 감정을 해보니 아니나 다를까 중석이라는 거네. 함유량두 상당해서 육십 퍼센트는 된다지. 부랴부랴 광산과 조사실에서 대장을 열람했더니 아직두 출원하지 않은 장소란 말이네. 그것을 안 것이 어제 낮, 실제로 한번 돌아보고 곧 올라가 출원할 작정으로 급작스레 밤차로 떠난 것이네. 형편에 따라서는 회사두 하루 이틀 쉴 생각이네."

봉투 속에서 나온 것은 몇 개의 까무잡잡한 돌멩이였다. 내 눈으로는 알 바도 없으나 납덩어리같이 윤택도 아무것도 없이 다만 은은하고 굳은 무게만을 가지고 있는 그것이 딴은 그 무슨 귀중한 뜻을 가지고 있으려니는 막연하나마 짐작되었다. 그의 흉내를 내서 나도 한 개를 집어 들고는 멋도 모르면서도 이모저모 살피기 시작했다.

"흰 것은 석영이네. 중석이란 원래 석영 맥에 붙어 있는 것이거든. 그 붙은 모양과 형식에도 여러 가지 구별이 있는 것이지만 어떻든 그 석영을 깨뜨리고래야 중석을 얻는 것이네."

운해의 설명도 내 귀에는 경 읽는 소리였다. 중석이란 명칭부터가 먼 세상의 암호로밖에는 생각되지 않았다.

"중석이란 대체 무엇하는 것인가?"

"자네 무지에는 놀라는 수밖엔 없어. 중석두 모르구 오늘 이 세상에 살아간단 말인가—텅스텐 말이네. 철물 중에서 가장 강하고 견고한 것이기 때문에 요새 군수품으로 쓰이게 된 것인데 시세가 어느 정돈지 아나. 한 톤에 평균 칠천 원이라네. 육십 퍼센트의 함유량이래두 사천 원이 되는 것이구, 단 십 퍼센트래두 칠백 원은 생기거든. 중석광이라구 이름만 붙으면 시작해두 채산이 맞는다는 것이네. 그러게 조선에만도 출원하는 수가 전에는 일 년에 단 삼십 건이 못되던 것이 요새 와서는 하루에 평균 삼십 건을 넘는다네. 지금 특수광 지대로 충청북도와 금강산을 세나 평안 남북도의 지경 일대두 상당하구 성천 같은 곳도 장차 유망하지 않은가 생각하네."

"자네의 풍부한 지식과 세밀한 조사에는 놀라는 수밖엔 없으나 성천이 유망하다면 자네 얼마 안 가 백만장자 되게."

그의 설명으로 나는 적지 않이 계몽이 되어 중석에 대한 일반 지식을 얻기는 했으나 어쩐 일인지 모든 것이 꿈속 일같이만 생각되었다.

"문제는—지금 가보려는 산 일대가 정말 중석광 지댄가 아닌가, 동무가 주운 이 돌이 원처[6]에서 굴러 온 것이나 아닌가, 중석 지대라면 얼마나 큰 범위의 것인가 하는 것인데, 전문가 아닌 내 눈으로 확실히야 알겠나만 가보면 짐작은 되리라고 생각하네. 참으로 유명한 것이라면 자네 말마따나 백만장자 될 날두 멀지 않네."

"제발 백만장자나 돼주게. 동무 가운데 한 사람쯤 백만장자가 있다구 세상이 뒤집힐 리는 없으니."

"오늘은 바빠서 이렇게 한가하게 할 순 없어. 자네에게 한 가지 청은—."

운해는 주섬주섬 돌덩이를 봉투에 넣어서 류색 속에 수습하고는 나를 재촉했다.

"오후 차까지 아직두 몇 시간이 있으니 자네 아는 광무소에 가서 자네 눈앞에서 한 번 더 감정시켜보겠네. 앞장을 서서 광무소까지 안내를 하게."

여가가 있었던 까닭에 쾌히 승낙하고 같이 집을 나섰다.

오전의 산들바람을 맞으며 피켈을 단장 삼아 내저으면서 걸어가는 운해의 자태는 일종의 독특한 매력을 가진 것이었다. 옷맵시가 오돌진 육체에 꼭 들어맞아서 평복을 입었을 때의 두꺼비의 인상과는 또 달라 한결 거뿐하고 츨츨한 것이었다. 걷어 올린

---

6 본고장이 아닌 다른 곳을 뜻하는 '외처'의 사투리.

소매 아래에 알맞게 탄 두 팔이 뻗치고 다리 아래가 훤히 터져서 보기에도 시원스러웠다. 무엇보다도 그 등산의 차림이야말로 그에게는 가장 잘 맞고 어울리는 차림인 듯도 했다. 그 차림으로 휘파람이나 한 곡조 길게 뽑으면서 걷는다면 도회의 가로수 아래서의 오전의 풍경으로는 그에 미칠 것이 없을 듯했다.

나는 친히 아는 사람의 광무소를 찾았다. 거기서 내가 다시 놀란 것은 젊은 주인의 즉석에서의 판단에 의해서 그것이 상당히 우수한 중석광이요, 함유량도 육십 퍼센트를 내리지는 않으리라는 확언을 얻은 것이다. 정확한 분석을 하려면 방아로 돌멩이를 찧고 가르고 해서 하루가 걸린다기에 그것을 후일로 부탁하고는 우선 그곳을 나왔으나 그 대략의 판단만으로도 그 자리에서는 족했고 나는 짜장 신기한 생각을 금할 수 없었던 것이다.

차 시간을 앞두고 식당에 들어갔을 때 또 한 번 그를 따져보았다.

"자네 정말 출원할 작정인가?"

"오만분지 일 지도 다섯 장과 출원료 백 원 벼락같이 구해놓고 내려왔네."

더 묻지 말라는 듯이 큰소리였다.

"……뭘 그리 또 꼼질꼼질 생각하나. 군수 공업으로 쓰인다니까 번민하는 모양인가. 아무 걸루 쓰이든 광석은 광석으로서의 일을 하는 것이네. 그렇게 인색하고 협착한 것은 아니니 걱정할 건 없어."

"……이왕이면 석재두 한몫 넣어주지."

"암 출원하게 되면 녀석 한몫 안 끼이게 될 줄 아나. 그렇지 않아두 일이 없어 번둥번둥하는 판인데 일만 되면 같이 산에 들어가 어련히 일 보게 안 될까. 녀석뿐이겠나. 짜장 성공하게 되면 자네게두 응당 한몫 노나 주겠네. 자네 일생의 원인 극장두 지을 테구, 촬영소두 꾸밀 테구, 문인촌두 세울 테구, 문학상 제도두 맨들 테구…….”

“잡기 전부터 먹을 생각만.”

“기적이라는 것이 있을려면 있게 되는 법이네.”

“어서 남의 계획만 장하게 하지 말구 자네 월급 육십 원 모면 할 도리나 생각하게―육십 원이 화 돼서 결혼두 못하게 되지 않았나.”

말하고 나서 나는 번개같이 뉘우쳤다. 무심히 던진 말이지만 결혼이라는 구절이 그의 마음의 상처를 다시 스칠 것은 당연하지 않은가.

“쓸데없는 소리에 밥맛 없어진다.”

그러나 운해로서는 사실 그것이 농이었음을 알고 나는 안심했다.

“결혼이구 보배구 벌써 그다음 날부터 잊어버리기루 했었네. 연애가 생활의 전부가 아닌 게구, 결혼 문제 같은 것두 일생일대의 중대사라고는 생각지 않네. 하려면야 앞으로도 얼마든지 기회가 있을 테구, 되려 한 번 실패가 새옹마의 득실루 더 큰 행복을 가져올는지 뉘 아나.”

반드시 그가 거짓말을 하고 있다고는 생각지 않았으나 보배 개인에게 대한 그의 특별한 심정을 묻지만 않는다면 대체로 그는 벌써 그 자신을 회복하고 바른 키를 잡은 것이 사실이었다.

“그까짓 연애가 다 무엔가. 속을 골골 앓구 눈물을 쭐쭐 흘리구.”

사실 임박한 차 시간에 역에 나가 표를 사 가지고 폼에 들어갔을 때까지─그의 자태 속에서 지난날의 괴롬의 흔적이라고는 한 점도 찾아볼 수 없었다. 연애란 어느 나라 잠꼬대냐는 듯이 상쾌한 그의 모양에는 다만 앞을 보는 열정과 쉴 새 없이 그 무엇을 꾸며나가려는 진취적 기력만이 보일 뿐이었다. 잠시도 쉬는 법 없이 기차 시간표를 세밀히 조사하면서 쓸데없는 잡스러운 밖 세상의 물건은 하나도 그의 주의를 끌지 않는 눈치였다.

차에 올라 창 옆에 자리를 잡은 그를 향해 나는 다시 한 번 축원의 말을 던졌다.

"부디 성공하게. 갈 때 또 들르게."

차가 움직이기 시작할 때 그는 모자를 벗어서 창밖으로 흔들어 보였다. 두루뭉수리 같은 그의 오돌진 머리가 그 무슨 굳센 혼의 덩어리같이도 보여올 때 짜장 그는 광산으로 성공하게 되지 않을까 하는 찬란한 환상이 문득 가슴속을 스쳤다.

─〈조광〉, 1938. 10.

가을과 산양

화단 위 해바라기 송이가 칙칙하게 시들었을 젠 벌써 가을이 완연한 듯하다. 해바라기를 비웃는 듯 국화가 한창이다. 양지쪽으로 날아드는 나비 그림자가 외롭고 풀숲에서 나는 벌레 소리가 때를 가리지 않고 물 쏟아지듯 요란하다. 아침이나 낮이나 밤이나 그 어느 때를 가릴까. 사람의 오장육부를 가리가리 찢으려는 심산인 듯하다. 애라에게는 가을같이 두려운 시절이 없고 벌레 소리같이 무서운 것이 없다. 지난 칠 년 동안, 준보를 알기 시작했을 때부터 그 어느 가을인들 애라에게 쓸쓸하지 않은 가을이 있었을까. 밤 자리에 이불을 쓰고 누우면 눈물이 되로 흘러 베개를 적신다.

'사랑이란 무엇인가?'

스스로 물을 때,

'외롭고, 적적하고, 얄궂은 것.'

칠 년 동안에 얻은 결론이 이것이었다. 여러 해 동안 적어온 사랑의 일기가 홀로 애태우고 슬퍼한 피투성이의 기록이었다. 준보는 언제나 하늘 위에 있는 별이다.

만질 수 없고 딸 수 없고 영원히 자기의 것이 아닌 하늘 위 별이다.

한 마리의 여우가 딸 수 없는 높은 시렁 위 포도송이를 바라보고 딸 수 없으므로 그 아름다운 포도를 떫은 것이라고 비난하고 욕질한 옛날이야기를 생각하며 애라는 몇 번이나 그 여우를 흉내 내어 준보를 미워해보려고 했는지 모르나 헛일이어서 준보는 날이 갈수록 더욱 그립고 성스럽고 범하기 어려운 것으로만 보였다. 이 세상은 왜 되었으며, 자기는 왜 태어났으며, 자기와 인연 없는 준보는 왜 나타났을까…….

준보의 마음과 자기의 마음은 왜 그다지도 어긋나며, 준보가 그다지 대수롭게 여기지 않는데도 왜 자기의 마음은 한결같이 그에게로 기울까. 자나 깨나 애라에게는 이것이 큰 수수께끼였다. 준보가 옥경이와 결혼한다는 발표가 났을 때가 애라에게는 가장 무서운 때였다. 동무 옥경이의 애꿎은 야유였을까? 결혼의 청첩은 왜 보내왔을까? 애라에게는 여러 날 동안의 무서운 밤이 닥쳐왔다. 자기의 패배가 무엇이 원인이 되었나를 생각하고 자기의 육체를 저주하고 얼굴을 비춰주는 거울을 깨뜨려버렸다. 칠 년 동안의 불행을 실어온다는 거울을 깨뜨려버리고는 어두운 방 안에서 죽음을 생각했다. 몸이 덥고 가슴이 답답하고 불 냄새가 흘러오면서 세상이 금시에 바숴지는 듯했다. 그 괴로운 죽음의 환영에서 벗어나는 데는 일주일이 넘어 걸렸다. 그런 고패를 겪었지만 그래도 여전히 준보에 대한 미련과 애착이 끊어지지 않음은 웬일일까.

준보는 자기를 위해 태어난 꼭 한 사람일까. 전세에서부터 미래까지 자기가 찾는 사람은 단 한 사람 준보라는 지목을 받아온 것일까. 너무도 고전적인 자기의 사랑에 애라는 싫증이 나면서도 한편 여전히 그 사랑에 매여가는 스스로의 감정을 어쩌는 수 없었다. 준보 외에 그의 영혼을 한꺼번에 끌어당길 사람은 다시 그의 앞에 나타날 성싶지는 않았고, 그런 추잡한 생각을 하는 것부터가 싫었다. 준보는 무슨 일이 있었던 간에 그에게는 영원의 꿈이요, 먼 나라이다. 준보의 아름다운 환경을 가슴속에 간직해 가지고 평생을 지내겠다고 마음먹었을 때 애라에게는 절망의 속에서도 한 줄기 희망이 솟아올랐다.

"일르는 말은 안 듣구 언제까지든지 어쩌자는 심사냐? 늙어 빠질 때까지 사람이 홀몸으로 지낼 수 있을 줄 아나부다."

어머니는 오래전부터 내려오는 혼인 말을 되풀이하고는 딸의 마음을 야속히 여기고 때때로 보챈다. 그러나 애라는 자기 방에 묻힌 채 책을 읽거나 무료해지면 염소를 끌고 풀밭으로 나간다. 고요한 마음의 생활을 보내며 준보의 동정을 들으면서 가을을 보내고 가을을 맞이해 왔다.

며칠 전 준보에게서 편지를 받고 애라는 가라앉았던 가슴이 다시 설레기 시작하고 마음의 상처가 다시 살아났다. 준보 부부가 별안간 음악 수업차로 미주로 떠나게 되었다는 것이요, 그들 송별

의 잔치를 동무들이 발기한 것이었다. 인쇄된 청첩에 준보는 기어
이 출석해달라는 뜻을 따로 적어서 보냈던 것이다. 초문의 소식에
애라는 놀라며 곧 옷을 차리고 나섰다가 다시 반성하고 머뭇거려
도 보았으나 결국 출석하기로 했다.

오후의 호텔은 고요하면서도 그 어딘지 인기척을 감추고 수다
스러운 기색을 보이고 있었다. 손님들의 자태는 그리 보이지 않건
만 잔치를 준비하는 중인지 보이들의 오락가락하는 모양이 눈에
삼삼거린다. 복도를 들어가 바른편 객실을 기웃거렸을 때, 모임에
출석하는 사람인 듯한 사오 인이 웅얼거리고들 앉았다. 낯선 속
에 어울리기도 겸연해서 애라는 복도를 구부러 왼편 객실로 들어
갔다. 카운터에서 한 사람의 보이가 계산에 열중하고 있을 뿐 객
실은 고요하다. 애라는 차 한 잔을 분부하고는 창 가까이 자리를
잡았다. 창밖은 조그만 뜰이 되어서 몇 포기의 깨끗한 백양나무
가 여름 한철 깊은 그늘 속에서 이슬을 뿜고 있던 것이, 이 역 어
느덧 가을을 맞이해서 병들어가는 잎들이 바람도 없건만 애잔하
게 흔들리고 있다. 가을은 어느 구석에든지 숨어드는구나. 여기도
밤에는 벌레 소리가 얼마나 요란할까. 생각하면서 찻잔을 들려고
할 때 공교롭게도 문득 눈앞에 나타난 것이 준보였다. 그날 모임
의 주빈답게 검은 예복으로 단장한 그의 자태가 그 어느 때보다
도 싱싱하게 눈을 끌었다. 그렇게 가깝게 면대하기는 오래간만이
었다. 언제든지 그의 앞이 어렵고 시스럽고 부끄러운 애라였다.
가슴이 두근거리며 고개를 숙여버렸다.

"진작 만나 뵙고 여러 가지 얘기드리려던 것이 급작스레 떠나
게 돼서 이제야 기회를 얻었습니다. 옥경이의 희망도 있구 해서

별안간 미주행을 계획한 것인데 한 일 년 지내구 내년 가을에는 구라파로 건너갈 작정입니다만…….”

준보의 장황한 설명에 애라는 한참이나 동안을 두었다가 입을 열었다.

“그러실 줄 알았죠. 별일 없으면서두 떠나신다니 섭섭해요. 어디를 가시든지 편안하셔야죠. 두 분의 행복을 비는 것이 이제는 제 행복이 됐어요…… 행복이구 불행이구 간에 어쩌는 수 없이 그것만이 밟아야 할 길이 된 것을요.”

다음 말까지에는 또 한참이나 동안이 뜬다.

“남의 집 창밖에 서서 안을 기웃거리는 가난한 마음을 짐작하실 수 있으세요? 안에는 따뜻한 불이 피고 평화와 단란이 있죠. 밖에서 있는 마음은 춥고 떨리고…….”

준보가 그 대답을 하는 데 다시 한참이 걸린다.

“경우가 어떻게 됐든 간에 그동안의 애라 씨의 심정을 나는 감사의 생각 없이는 받을 수 없었습니다. 칠 년 동안의 변함없는 정성에 값갈 만한 사내가 아닌 것을요.”

“감사란 말같이 싫은 말은 없어요. 제가 요구할 권리가 없듯이 감사하실 것은 없으세요.”

“감사는 하면서두 요구에 대답하지 못하는 것을 슬퍼합니다. 일이 애꿎게 그렇게 되는군요. 솔직하게 말하면 처음엔 무심했던 것이 차차 그 곧은 열정을 알게 됐을 때 난 무서워도 졌습니다.”

“그래요. 전 남을 무섭게만 구는 허수아빈지두 몰라요.”

“……운명이라는 것 생각해보신 적 있습니까? 슬픈 것, 기쁜 것, 어쩌는 수 없는 운명이라는 것…….”

"운명을 생각할 때 진저리가 나구 울음이 나요."

"……거역하고 겨뤄봐도 할 수 없는 것. 고지식이 항복할 수밖에 없는 것."

"결국 그렇게 돌리구 그렇게 생각할 수밖엔 없겠죠. 슬픈 일이긴 하나……."

시간이 가까워와 그 객실에까지 사람의 그림자가 어른거리게 되었을 때 두 사람은 회화를 그쳤으나 이윽고 다른 방에서 연회가 시작되었을 때에도 애라에게는 은근히 준보의 모양만이 바라보였다. 그의 옆에 앉은 옥경이의 자태까지도 범하기 어려운 하늘 위 존재로 보임은 웬일이었을까? 연회가 끝난 후 여흥으로 부부의 피아노 듀엣 연주가 있었다. 건반 앞에 나란히 앉아 가벼운 곡조를 울리는 두 사람의 자태는 그대로가 바로 곡조에 맞춰 승천하는 한 쌍의 천사의 자태이지 속세의 인간의 모양들은 아니었다. 그렇듯 아름다운 두 사람의 모양은 애라와는 너무도 먼 지경에 놓여 있었다. 그 거리가 구만리일까. 애라는 그날 밤같이 준보 부부의 사이에 큰 거리를 느껴본 적은 없었다.

'이것이 준보가 말한 운명이란 것인가.'

애라는 새삼스럽게 서러운 생각이 들며 그날 밤 출석을 뉘우치고 될 수 있으면 그 자리를 물러나고도 싶었으나 그런 무례를 범할 수도 없어 그 괴로운 운명의 시간을 그대로 참을 수밖에는 없었다. 가슴속은 보이지 않는 눈물로 젖었다.

괴로운 시간에 놓여서 사람들과 함께 식당을 나오게 되었을 때 다시 다음 괴로움이 준비되어 있었다. 옥경이가 긴한 듯이 달려와서 옆에 서는 것이었다.

"이렇게 와주어서 고맙긴 하나 한편 미안두 해요."

그러나 옥경이의 태도는 자랑에 넘치는 태도였지 미안하다는 태도는 아니었다.

"애라두 소풍 겸 저리로나 떠나보면 어때. 좁은 데서 밤낮 속만 태우지 말구."

조롱인지 충고인지, 그러나 애라는 그것을 충고로 듣는 것이 옳을 듯했다.

"목적두 없이 가선 뭣 하누."

"그렇게 또렷한 목적 가진 사람이 어데 있겠수. 목적을 가졌다구 다 이루어지는 것두 아니구. 거저 맘속에 늘 무엇을 생각하구만 있으면 그것이 목적이 아니우."

"뭘 생각하누."

"가령 고향을 생각해두 좋지. 외국에 가서 고향을 생각하는 속에 목적은 아니지만 그 무엇이 있을 법하잖우."

"어서 무사히 다녀들이나 와요."

"구라파로나 떠나봐요. 내년 가을쯤 파리에서나 같이 만나게."

애라에게는 옥경이와의 대화가 도시 괴로운 것이었다. 준보들과 작별하고 그 괴로운 분위기를 떠나 한 걸음 먼저 거리로 나왔을 때 지옥을 벗어나온 듯도 했으나 한편 거리의 등불이 왜 그리 쓸쓸하게 보이고 오고 가는 사람들의 모양이 왜 그리 무의미하게 보였을까. 찻집에 들렀을 때 레코드에서는 베토벤의 〈운명 교향악〉이 흘렀다. 열리지 않는 운명의 철문을 두드리는 답답하고 육중한 음향이 거의 육체를 협박해오는 지경이었다. 〈운명 교향악〉은 음악이 아니요, 운명 그것이다. 〈운명 교향악〉을 작곡한 베토벤은 음악가가 아니요, 미치광이나 그렇지 않으면 조물주다. 애라는 〈운명 교향악〉을 들을 때마다 몸에 소름이 끼치고 금시 미칠 듯이 몸이 떨리곤 한다.

'찻집에서까지 〈운명 교향악〉을 걸 필요가 뭔가. 즐겁게 차 먹으러 오는 곳에 미치광이 음악이 아랑곳인가?'

애라는 중얼거리며 분부했던 차도 마시는 둥 만 둥 찻집을 뛰어나와 버렸다. 등줄기를 밀치는 듯 등 뒤에서 교향악의 연속이 애끓게 울려오는 것을 들으며 거리를 걷는 애라의 마음속에는 무거운 구름이 겹겹으로 드리웠다.

이튿날 역에서 준보 부부를 떠나보내고 집으로 돌아온 애라는 한꺼번에 세상이 헐어진 것 같은 생각이 나며 눈알이 둘러 파일 지경으로 어두웠다. 두 번째 죽음을 생각하고 약국에서 사 온 약병을 밤새도록 노리면서 한 생각을 되하고 곱돌아 하는 동안에 나중에는 죽음 역시 쓸데없는 것으로 생각되었다.

'어차피 짓궂은 운명이라면 그 운명과 겨뤄보는 것이 어떨까. 진 줄을 뻔히 알지만 그 패배의 결론과 다시 대항하는 수도 있지 않은가. 즉 두 번째 싸움이다. 이번이야말로 사생결단의 무서운 싸움이다.'

이렇게 깨닫자 애라에게는 절망 속에서도 다시 한 줄기의 햇빛이 돌아오며 문득 옥경이의 권고가 생각났다.

'……구라파로나 떠나봐요. 내년 가을쯤 파리에서나 같이 만나게…… 또렷한 목적 가진 사람이 어데 있겠수. 거저 마음속에 늘 무엇을 생각하구만 있으면 그것이 목적이 아니우…….'

옥경이가 무슨 뜻으로 했든지 간에 이제 애라에게는 이것이 한 줄기의 암시였다. 애라는 머릿속에 다따가 보지 못한 외국을 환상하며 책시렁에서 한 권의 책을 뽑아 기행문의 구절구절을 마음속에 외어보는 것이었다.

'시월에 잡아들면 파리는 벌써 아주 겨울 기분이 돈다. 나뭇잎새는 죄다 떨어지고 안개 끼는 날이 점점 늘어가서 그 안개 속을 사람의 그림자가 어렴풋하게 거무스름하게 움직이게 된다…….'

그 사람의 그림자를 마치 자기의 그림자인 듯 환상하고 그 파리의 한구석에서 준보를 만나게 될 것을 생각하면서 기행문의 구절구절을 아끼면서 두 번 읽고 다시 되풀이하였다.

그날부터 애라에게는 또렷한 구체적 성산도 없으면서 다시 먼 곳을 꿈꾸는 버릇이 시작되었다. 외국의 풍경을 상상하고 준보의 뒷일을 궁금히 여기면서…… 그러나 기실 하루하루가 더욱 쓸쓸하고 적막해갈 뿐이었다.

외로운 꿈에서 깨어서는 게같이 방 속에서 나와 뜰에 맨 흰 염소를 데리고 집 앞 풀밭을 거닌다. 턱 아래에다 불룩하게 수염을 붙인 흰 염소는 그 용모만으로도 벌써 이 세상에 쓸쓸하게 태어난 나그네다. 초점 없는 흐릿한 시선을 풀밭에 던지면서 그 어느 낯선 나라에서 이 세상에 잘못 온 듯이 쓸쓸하게 운다. 울면서 풀을 먹고 풀에 지치면 종이를 좋아한다. 그 애잔한 자태에 애라는 자기 자신의 모양을 비추어 보고 운명을 생각하면서 종이를 먹인다. 한 권의 잡지면 여러 날을 먹는다. 백지를 먹을 뿐 아니라 인쇄된 글자까지를 먹는다. 소설을 먹고 시를 먹는다. 잡지 대신에 애라는 하루는 묵은 일기장을 뜯어서 먹이기 시작했다. 칠 년 동안의 사랑의 일기(지금에는 벌써 쓸모없는 운명의 일기) 그 두터운 일곱 권의 일기장을 모조리 찢어서 염소의 뱃속에 장사 지내기 시작했던 것이다. 흰 염소는 애잔한 목소리로 새침하게 울면서 주인의 운명을—슬픈 역사를 싫어하지 않고 꾸역꾸역 먹는다.

염소 배가 불러지면 주인은 염소를 몰고 풀밭을 떠나 강가로 나간다. 물을 먹이면서 주인은 흰 돌 위에 서서 물소리 속에 흘러간 지난날을 차례차례로 비추어 본다. 해가 꼬박 져서 집으로 돌아오면 다시 게같이 꿈의 보금자리인 방으로 기어든다. 방에서는 가을 화단이 하늘같이 맑게, 그러나 쓸쓸하게 내다보인다.

해바라기 송이가 칙칙하게 시들고 국화가 한창이다. 양지쪽으로 날아드는 나비 그림자가 외롭고 풀숲에서 나는 벌레 소리가 때를 가리지 않고 물 쏟아지듯 요란하다. 아침이나 밤이나 그 어느 때를 가릴까. 사람의 오장육부를 가리가리 찢으려는 심사인 듯도 하다.

애라에게는 가을같이 두려운 시절이 없고 벌레 소리같이 무서운 것이 없다. 밤 자리에 이불을 쓰고 누우면 눈물이 되로 흘러 베개를 적시고야 만다.

— 〈야담〉, 1938. 12.

산정 山精

여름내나 가으내나 그슬린 얼굴이 좀체 수월하게 벗어지지 않는다. 아마도 해를 지나야 멀쑥한 제 살을 보게 될 것 같다. 바닷바람에 밑지지 않게 산 기운도 어지간히는 독한 모양이다.

"호연지기가 지나친 모양이지."

동무들은 만나면 칭찬보다도 조롱인 듯 피부의 빛깔을 걱정한다. 나는 그것을 굳이 조롱으로는 듣지 않으며 유쾌한 칭찬의 소리로 들으려고 한다.

"두구 보게. 역발산기개세 안 하리."

큰소리도 피부의 덕인 듯 나는 그을은 얼굴을 자랑스럽게 쳐들어 보이곤 한다.

학교에 등산구락부가 생기면서부터 신 교수, 박 교수와 세 사람이 하는 수 없이 단짝이 되어버렸다. 학생들을 인솔할 때 외에도 대개는 세 사람이 주동이 되어서 등산을 계획하고 실행하고 차례차례로 산을 정복해왔다. 학교와 가정과 거리와 그 외에는 생각지도 못하던 세상, 산을 새로 발견한 셈이었다. 한두 번 오르는 동안에 산의 매력이 전신에 맥 쳐오면서 산의 맛을 더욱 터득하게 되었다. 동룡굴을 뚫고 묘향산을 답파한 데서부터 시작되어서 여름부터 가을 동안 차례로 장수산을 정복하고 대성산을 밟고 가까운 곳으로는 사동까지 나가고 주암산을 돌기는 여사로 되었다. 일요일만 돌아오면 으레 걸빵들을 짊어지고 나서게 되었다. 거리에 나가 별일 없이 하루를 허비하거나 집에서 책자를 들척거리는 것보다도 한결 그편이 더 뜻있음을 알게 된 것이다. 하룻길을 탈 없이 다녀만 오면 가슴속이 맑아지고 몸이 뿌듯이 차져서 눈에 보이지 않는 힘이 그 어느 구석에 포개져가는 것 같다. 사람의 일생은 물론 노동의 일생이어야 되나 산에 오름은 결코 소비적인 행락이 아니요, 반대로 참으로 생산적임을 알게 되었다. 기쁨과 함께 오는 등산의 공을 몸과 혼을 가지고 느끼게 되었다. 동무가 말하는 '호연지기'가 그슬린 피부 그 어느 구석에 간직해 있다면 산의 덕이 이에 더 큼이 있으랴.

스타킹 위로 벌거숭이 무릎을 통째로 드러내 놓고 등산모를 쓰고 류색을 메고 피켈을 짚고 나선 모양은 완전히 세 사람의 야인이다. 선생이니 선비니 하는 귀찮은 직책과 윤리를 떠나서 평범한 백성으로 변한다. 그 자유로운 모양으로 거리를 지나고 벌판을 걸을 때 벌써 신 교수가 아니고 신 서방이며, 박 서방 이 서방인 것이다. 하기는 이 범용한 한 지아비 될 양으로 거추장스러운 옷을 벗어버리고 등산복으로 갈아입은 셈인 것이다.

그 범속한 차림으로 거리에 나서서 류색 속을 더 충실히 채워 가지고는 목적지로 향하는 것이나 목적지는 처음부터 결정된 때도 있고 차리고 나선 후에 작정되는 때도 있었다. 그날 같은 날은 나선 후에 작정된 것이었다. 백화점에서 머뭇거리면서 어디로 갈까를 망설이던 끝에 작정된 것이 서장대 방면의 코스였다. 서장대로 나가 야산들을 정복하고 남포가도로 나서서 돌아오자는 것이었다. 그날의 세 사람의 류색 속을 별안간 대로상에서 수색당했다면 요절할 광경을 이루었을는지도 모른다. 김말이 점심밥과 술병과 과실이 든 것은 별반 신기한 것이 못되나 항아리 속에 양념해 넣은 소고기와 석쇠와 숯이 그 속에 있을 줄이야 누구나 쉽게 상상하지 못할 법이다. 산허리에 숯불을 피우고 석쇠를 걸고 맑은 공기 속에서 고기를 구워 먹자는 생각이었다. 별것 아니라 고깃집 협착한 방 안의 살림살이를 하늘 아래 넓은 자리 위로 이동시키자는 것이었다. 워낙 고기를 즐기는 박 서방의 제안이었으나 그 기발한 생각은 즉석에서 두 사람의 찬동을 얻어 그날의 명물 진안주가 된 것이었다.

따끈 쪼이지도 않고 흐리지도 않은 알맞은 가을 날씨였다. 나뭇잎이 혹은 물들고 혹은 떨어지기 시작하고 과실점 앞에는 햇과실이 산더미같이 쌓이기 시작하는 시절이었다. 보통문을 지나 벌판에 나섰을 때 세 사람은 소고기 항아리와 석쇠와 숯과 술과 밥을 짊어지고 다리가 개운들 했다. 시든 잡초가 발아래에 부드럽고 익은 곡식 냄새가 먼 데서 흘러온다. 알지 못할 새빨간 나무 열매가 군데군데에서 눈에 뜨이는 것도 마음을 아이같이 즐겁게 한다.

밭둑을 지나 산기슭에 이를 때까지도 신 서방의 이야기는 진하는 법이 없다. 거리에 있을 때에는 엄두도 안 내던 이야기가 일단 길을 떠나게 되면 세 사람 사이에 꽃피기 시작하는 것이었으나 총중에서도 신 서방의 오산 있었을 때의 가지가지의 쾌걸담은 늘 나의 귀를 끈다. 짧은 경력에도 불구하고 그는 거기서 많은 인생의 폭을 살아온 듯 뒤를 잇는 이야기가 차례차례로 그림같이 내 눈 속에 새겨진다. 동료와 낚시질을 떠났다가 비를 만나 주막에 들어 소주 타령을 했다던 이야기. 직원 가운데에 사냥 잘하는 포수가 있어 서해 바다로 물오리 사냥을 나가게 되면 해 뜰 때 해질 무렵이 한창 오리들이 날아오는 고패여서 아침 고패에 한바탕 잡아 가지고는 술집에 들어가 안주 삼아 하루 동안 술놀이를 하다가는 저녁 고패에 또 한바탕 사냥을 나서면 술기운에 손이 떨려 총 겨냥이 빗나가기만 하고 결국 한 마리의 수확도 없이 집으로 돌아왔다던 이야기…… 비등한 이야기에는 한이 없는 것이었다. 그날은 오산을 떠나던 때의 이야기였다. 구수한 말소리가 말할 수 없이 진기한 것으로 내 귀에는 한마디 한마디 들려온다.

"명색은 나를 보내는 송별연이지만 나두 내 몫을 내서 세 사람이 톡톡 터니까 합계 육십 원이라. 시간이 파하자 읍내로 나가서 제일가는 청운루를 찾아 육십 원을 통째로 주고 이 몫의 치만 먹여 달라고 도급을 맡기지 않았겠나."

어느 때까지나 놀았는지 곤드레만드레 취해서 나중에는 의식의 분별이 없게 되어 세 사람이 공교롭게도 함께 취중의 욕망에 사로잡히게 되었으나 기생이라고는 처음부터 끝까지 꼭 한 사람만이 시중하고 있었고 주인에게 술값의 셈을 따지니 단 십 원밖에는 남지 않았다는 것이란다.

"어떻게 했겠나? 십 원을 자리에 놓고 제비를 뽑지 않았겠나. 공교롭게도 내가 맞췄다. 그렇게 되니 두 친구는 껄껄껄껄 앙천 대소를 하면서 차라리 잘됐다구 보내는 한 사람을 위해서 담박한 심사로 나를 축수하네그려. 취한 판이라 십 원을 가지구 여자를 데리구 옆방으로 들어간 것은 물론이거니와 여자두 된 여자라 십 원은 도루 사양해서 술값에 넣어준단 말이네. 즉 밤은 됐는데 십 원어치 술이 더 남았단 말이네."

데설데설 웃으며 땀을 씻느라고 모자를 벗었을 때 신 서방의 머리카락은 바람에 우수수 흩어져서 벗어진 이마에 제법 훌륭한 풍채를 띤다. 벌써 반백이 되어버린 희끔한 머리오리에 풍상 많은 과학자의 반생이 적혀 있는 듯 인상 깊은 그의 자태와 그날의 이야기가 알 수 없는 조화를 띠고 나의 마음속에 새겨진다.

"벌써 날이 훤하게 밝은 새벽 세 사람은 하는 수 없이 나귀를 세내서 한 사람이 한 필씩 타고는 집으로 향할 때 어스러지는 달은 서천에 걸리구 찬바람이 솔솔 불어와 가슴속에 스며들구…… 그렇게 통쾌한 날두 드물었어."

아직 청운의 뜻을 반도 이루지 못한 소장 과학자의 유쾌한 웃음소리가 산허리를 굴러 내려 벌판 건너편으로 사라진다. 나뭇가지 풀잎도 마음 있는 듯 나부끼는 양이 흡사 그 웃음소리에 뜻을 맞추려는 것인 듯도 하다. 확실히 그 웃음소리로 해서 우리들의 걸음도 한결 가벼웠다.

산을 넘고 골짝을 지나고 또 산을 넘었을 때 몸도 허출해지고 시계도 벌써 낮을 가리킨다. 과수원 옆 평퍼짐한 산허리에 자리를 잡고 짐들을 내린다. 풀밭에 서서 아래를 굽어볼 때 골짝에는 인가가 드뭇하고 먼 벌판에는 철로가 뻗쳤고 산을 넘은 맞은편 하늘 아래 산정에는 등지고 온 도회가 짐작된다.

목청을 놓아 노래를 부르면서 돌을 모아서는 화덕을 만든다. 검불을 긁어서 불을 피우고 숯을 얹으니 산비탈에 때 아닌 아지랑이가 아롱아롱 피어오른다. 이윽고 고기 굽는 연기가 피어오르고 양념 냄새가 사방에 흩어지면서 조그만 살림살이가 벌어지고 사람의 경영이 흙과 초목 사이에 젖어든다. 금목수화토 오행이 모두 결국 사람의 경영을 도와줄 뿐이요, 광막한 누리 속에 그득히 차 있는 그 무엇 하나 사람의 그 경영을 반대하고 멸시하는 것은 없다. 술잔이 거듭 돌아 간잎[1]이 너볏너볏 펴질 때 마음은 즐겁고 멀리 내려다보이는 속세가 아무 원한 없는 담담하고 하잘것 없는 것으로 차라리 그럽게 바라보인다.

별로 신기할 것도 없는 평범한 행사요 하루건만 그것이 항간이 아니고 산인 까닭에 순간순간이 기쁨에 찬 것이요, 감격에 넘치는 것이었다. 짧은 하루가 오랜 하루 같고 인생의 중요한 고패를 넘는 하루 같다. 몇 시간 동안의 살림의 자취를 그 이름 모를 산비탈에 남긴 후 불을 끄고 뒷수습을 하고 산을 내려와 다시 벌판에 나섰을 때 세상이 눈앞에 탄탄대로같이 열리면서 그런 유쾌할 데는 없다. 전신에 꽉 배인 산의 정기를 느끼며 훤히 트인 남포가도를 걸으면 걸음걸음에 산 냄새가 떠돈다.

---

1 좌우로 나누어진 간의 한쪽 부분. 모양이 잎사귀와 닮았음.

저녁때는 되어서 거리에 다다를 때 세 사람의 자태는 거리에서는 완전히 타방의 나그네다. 아직까지도 거나해서 휘적휘적 걷는 세 사람의 야릇한 풍채가 사람들의 눈을 알뜰히 끈다. 이미 속세쯤은 백안시하고 흘겨볼 만한 용기를 얻은 세 사람은 그 무엇 하나 탄할 것도 부끄러워할 것도 없이 찻집에 들어가 한 잔 차에 목을 축이고는 그길로 목욕탕으로 향해 더운 목욕물 속에 하루의 피로를 깊숙이 잠근다.

목욕물은 피곤을 풀어주고 산 때를 씻어주면서도 몸속에 배이고 배인 산 정기만은 도리어 북돋아주고 간직해주는 듯 목욕을 마치고 자리에 나서면 전신이 뿌듯하고 기운이 넘친다. 저울에 오르면 확실히 근수도 는 듯 흔들리는 바늘이 킬로를 가리키면서 언제까지든지 출렁출렁 춤을 춘다. 카메라 속에 남은 필름에다 그 벌거숭이의 몸들을 각각 찍어 수습하고 나면 그 하루 동안에 그 무슨 위대한 역사의 한 장이나 창조들 하고 난 듯한 쾌감과 자랑이 유연히 솟는다. 거리에 나섰을 때 참으로 세상은 내 것인 듯 세 사람은 각각 가슴을 내밀고 심호흡을 거듭한다.

그날 저녁 집으로 바로 돌아가기가 아까운 듯 기어코 탈선을 해버린 것은 그 유쾌한 감정의 연장으로였다.

"한 군데 가볼까?"

박 서방의 제의를 거역할 리는 없는 터에 세 사람은 결국 뒷골목의 그 '수상한 집'이라는 것을 찾아냈다.

날이 밝으면 다시 교직과 책임이 우리를 부르게 될 것이나 그날 하루는 마지막의 일순간까지라도 교직을 벗어난 세 사람의 야인의 자유로운 해방의 날이어야 한다.

청하지 않은 술이 뒤를 이어 대중없이 들어오고 단칸방에 여자는 세 사람이었다. 정체 모를 세 사람의 머슴 사이에 끼여 세 사람의 여자는 갖은 교태를 부리며 한없이 술을 권한다.

"신 서방의 허물이오."

낮의 산에서의 신 서방의 지난 때 이야기를 생각하고 이렇게 문책하는 것이었으나 물론 이것은 농담인 것이요, 신 서방의 허물은 세상 어느 구석에서든지 항상 되풀이되는 것이다. 다만 하나의 암시가 되었다면 되었을까(그 밤과 이 밤과 같다면 같고) 다른 것이 있다면 여자가 한 사람이 아니었다는 것이다. 즉 제비를 뽑아서 신 서방만을 이롭힐 것은 없었던 것이다.

온전히 야생의 날이었다. 문명을 벗어나서 야생의 부르짖음만이 명령하는 날이었다. 산의 죄가 아니요, 산의 덕이다. 전신에 흠뻑 배이고 넘치는 산 정기의 덕이었다. 더럽혀진 역사의 한 장이 아니고 역시 옳은 역사의 한 장이었다. 등산복을 입고 스타킹을 신고 있는 한 부끄러울 것 없는 밤이었다.

산은 야릇한 것. 나는 지금 아직 산 때를 완전히 벗지 못한 피부를 바라보면서 산 정기를 또 한 번 불러본다.

— 〈문장〉, 1939. 2.

황제

······어둡다 요란하다 우렛소리 번갯불 바람은 천지를 쓸어가려건가 구름은 우주를 뭉개버리런 건가 파도 소리 저 파도 소리 절벽을 물어뜯는 저놈의 파도 소리 수십 길 절벽을 뛰어넘어 이 집을 쓸어가려는 듯 차라리 쓸어가 버려라 집까지 섬까지 한 모금에 삼켜버려라 오늘은 어인 일로 아침부터 이 바람 소리 파도 소리 오월이라 며칠이냐 날짜까지 까마득 내 세월을 잊고 지낸 지 오래거니 이 외로운 섬에서 롱우드의 쓸쓸한 언덕에서 세월을 잊은 지 오 년이라 육 년이라 지내온 세상일이 벌써 등 뒤에 아득하게 멀구나 자연이 무심할쏘냐 그대만이 나를 알아주누나 내 마지막을 일러주누나 오늘의 그대의 이 뜻을 내 모를 바 아니요 이 어두운 천지의 조화와 부질없는 대서양의 파도 소리가 무엇을 재촉하는지를 내 모를 바 아니다 오늘이 올 것을 마음속에 생각하

고 있었고 기다리고 있었다 며칠 전에 섬 위로 쏜살같이 혜성이 떨어짐을 내 보았으니 옛적 시저가 세상을 떠날 때 떨어지던 그 혜성이 이 섬에 떨어짐을 보았으니 내 무엇을 모르랴 그러나 내 무엇을 겁내랴 '광야의 사자'인 내 감히 무엇을 겁내랴 차라리 이 불측한 곳을 한시바삐 떠나구 싶다 이 무례한 고장을 얼른 떠나 구 싶다

　해발 이천 척의 언덕 위에 덩그렇게 올려놓은 이 나무집 병영 으로 쓰이던 낡은 집 일 년이면 아홉 달은 바람과 비에 눅어지고 나머지 석 달은 복닥 더위에 배겨낼 수 없는 오랑캐 땅 땡볕과 바 람 속에서는 초목 한 포기 옳게 자란단 말인가 자연의 정취는커녕 말동무조차 없는 열대의 이 호지胡地─사람을 죽이는 땅이다 꽃 시들어버리는 땅이다 나를 이곳으로 귀양 보낸 건 필연코 피트의 뜻이렷다 무더운 바람으로 사람을 죽이자는 셈 템스 강가에 사는 그 불측한 놈들이 아니고는 이런 잔인무도한 짓은 못할 것이다 나를 학살함은 영국의 귀족 정치이다 영국놈같이 포악무도한 인 종이 세상에 있을까 내게 처음부터 거역한 것두 그놈들 내 평생 에 파멸을 인도한 것도 그놈들 그놈들에 대한 원한은 골수에 젖 어들어 자나 깨나 잊을 날이 없다 불측하고 무례한 허드슨 로─ 이런 놈에게 나를 맡기는 행사부터가 글렀지 이놈은 사람의 예를 분별하지 못하는 놈이야 이만 파운드의 연액을 팔천 파운드로 깎 다니 음식을 옳게 가져온단 말인가 신문과 잡지를 보인단 말인가 시종들과의 거래를 금하고 구라파로 보내는 편지를 몰수해버리 구 그 즐기는 승마까지를 금하는 모두가 로의 짓 불측한 영국놈 의 짓 나와 사귐이 깊다구 시의侍醫 오메아라를 쫓고 라스 카즈를

쫓고 구르고드를 멀리한 것도 그놈의 소위所爲 내 기르는 시줄들을 위해 지니고 왔던 그릇까지를 팔게 한 것도 그놈의 짓인 것이다 그러나 참을 수 없는 한 가지의 모욕은—나더러 장군 보나파르트라고 내 일찍이 이런 모욕을 받아본 일이 없으니 분수를 모르고 천리를 그르치는 놈이지 장군 보나파르트라니 영국놈이 무엇이라구 하든지 간에 나는 황제 나폴레옹이다 황제인 것이다 지금에도 변함없는 황제인 것이다 천년만년에 한 사람 태어나는 뭇 별 중에서 제일로 빛나는 제왕성 황제로 태어나 황제로 끝을 막는 것이다 코르시카의 집안에 태어난 가난뱅이 귀족의 후예가 아닌 것이다 잠시 그 집의 문을 빌렸을 뿐 천칠백육십구년 팔월 십오일—이날은 세상의 뭇 백성이 영원히 기억해두어야 할 날 이 마리아 승천절 날 태후 레티치아 나를 탄생하시매 침대 요 위에는 시저와 알렉산더의 초상이 있어 스스로 제왕의 선언을 해주다 천팔백삼년 오월 십팔일 백성들은 드디어 내 제왕의 몸임을 발견하고 황제로 받들었다 원로원은 공화제를 폐지하고 전 국민의 뜻 삼백오십칠만 이천삼백이십구 표의 투표로써 황제로 추대하매 로마에서는 법왕이 대관식을 거행하러 몸소 파리로 왔고 십이월 이일 튀일리 왕궁에서 노트르담으로 이르는 시오리 장간의 길을 보병이 늘어서고 일만의 기병이 팔두 마차의 전후를 삼엄하게 경계하는 속으로 위풍이 당당하게 거동할 때 연도의 군중은 수백만 은은한 축하의 포성과 백성들의 기쁨의 부르짖음으로 파리의 시가는 한바탕 뒤집힐 듯 그 귀한 날을 얼마나 축복했던고 내 조제핀과 함께 노트르담에 이르자 나선형의 스물한 층의 층계 그 위에는 진홍빛 용합을 둘러친 옥좌가 놓여 내 그날 있기를 기다리지 않았던가 조제핀과 함께 층계를 올라가 옥좌에 나란히 걸치매 문무백관 시종과 시녀 엄숙히 읍하고 있는 속으로 삼백 명으로 된 합창대의 찬송가가 궁을 떠들어갈 듯 장엄하게 울려올 때 백성들은 비로소 그들의 황제를 찾아낸 것이다 내 마음 기쁘고 만족해서 몸에 소름이 끼치고 가슴에 감격이 넘치다 법왕이 왕관을 받들고 내 앞에 나오매 내 그것을 받아 가지고 하늘의 주 내게 이것을 보내다 나 이외에 아무도 감히 이것을 다칠 수 없도다 외치고 스스로 머리에 얹고 이어 조제핀에게도 손수 국모의 관을 이 위주었으니 이것으로써 구라파에 새로운 천지가 탄생되었고 주가 황제로서 나를 땅 위에 보냈음이 인류의 역사와 함께 영원히 지울 수 없이 하늘과 땅과 인류의 마음속에 새겨진 것이다 이날로부터 한 달 동안 불란서의 천지는 뒤집힐 듯 상하 축하의 잔치에 정신이 없었고 해를 넘어 오월 밀라노에 거동해 이태리 왕위에 오르고 리구리아 공화국과 치살피나 왕국을 합쳤으니 나는 불란서뿐이 아니라 전 구라파 천지에 군림하게 되었다 구라파의 황제의 위에 오른 것이다 군소의 뭇 토끼들이 사자의 앞에 숨이나 크게 쉬었으랴 내 위엄 앞에서 구라파는 떨고 겁내고 정신을 잃었다 불측한 것이 영국 내 위를 소홀히 하고 예를 잃고 거역하고 끝까지 화살을 던져온 발칙한 백성—바다 건너 이 섬나라를 내 어찌 다 원망하고 저주하리 내 황제임을 거역하고 배반하는 분수를 모르고 천리를 그르친 백성들이지 장군 보나파르트라니 그놈들이 무엇이라구 하든지 간에 나는 황제 나폴레옹이다 황제인 것이다 영원히—지금에도 변함없는 황제인 것이다

섬에서 병을 얻은 지 이태 몸 고달프고 마음 어지러워 전지 소

풍을 원하나 목석 같은 악한 로는 종시 들어주지 않는다 내 목숨이 진한 후 유골이나마 사랑하는 불란서 센 강 언덕에 묻어주기를 원하나 이 역 그 무도한 백성이 들어줄 것 같지는 않다 백만의 군졸을 거느리고 구라파의 천지를 뒤흔들던 이 내 힘으로 이제 한 사람의 냉혈한 로의 뜻을 휘지 못함은 어인 일고 내게 왕관을 보내고 황제로 택하신 주여 이제 내게 영광을 거절하고 욕을 줌은 어인 일고 원하노니 그 뜻을 말하소 우주의 비밀을 말하소 하늘의 조화를 말하소 그대의 뜻이 무엇이관대 무엇을 원하고 무엇을 기르고 무엇을 기하건대 인간사를 이렇게 섭리하는고 영광은 오래가지 말란 건가 기쁨은 물거품같이 꺼지란 건가 '영원'의 법칙은 공평되지 못하단 건가 변화와 무상이 우주의 원리란 말가 주 그대에게도 미움이 있고 질투가 있단 말가 사랑이 지극하듯 미움도 지극하단 말가 천재를 만들고 이를 질투하듯 영웅을 낳아놓고 이를 질투한단 말가 원하노니 비밀을 말하소 조화를 말하소 내 그대의 뜻을 몰라 얼마나 마음 어지럽고 몸 고달프게 이날이 마지막 시간까지 의심과 의혹의 세상을 헤매임을 안다면 내게 말하소…… 나무와 무명으로 얽어놓은 이 낡은 침대―이것이 황제의 침대여야 옳단 말가 진홍빛 용합은 못 둘러칠지언정 황제의 몸을 용납하기에 족한 것이어야 할 것을 이 나무와 무명의 침대는 어인 일고 주여 그대도 보았으리니 무도한 로의 인색함에 못 견디어 지난겨울 한 대의 침대를 도끼로 쪼개어 불을 피우고 추위를 막지 않았던가 둘밖에 없는 창에는 검은 무명 휘장이 치였으니 황제의 거실의 치장이 이것으로 족하단 말가 창틈으로는 구름이 엿보고 빗발이 치고 바람이 새어 드니 이것으로 제왕의 품

위를 보존하기에 족하단 말가 병에는 벌써 한 방울의 포도주도 없고나 이것도 인색한 로의 짓 날마다의 포도주의 분량을 덜어버린 것이다 우리 안의 짐승에게 던져주는 음식의 분량같이 일정한 분량을 제 마음대로 정한 것이다 왕을 대접하는 도리가 이것이다 이곳은 왕이 살되 왕이 살 곳이 아니며 전부 야인의 거처하는 곳도 이보다는 나으렷다 왕을 이같이 무시하는 자 그들이 옳을 리가 없으며 그 어느 때 천벌이 없을 건가 불란서 백성이 조석으로 전전긍긍 외고 복종하던 윤리문답에 비추면 그들은 응당 지옥감이다―"우리들의 황제에 대한 의무를 결하는 자는 사도 바울에 의하면 주께서 결정한 율법을 물리치는 자로서 영원의 지옥에 빠질 것이니라"

생각나는 건 지나간 영광의 나날―튀일리 궁중의 생활―궁전은 화려하고 장엄한 설비와 치장을 베풀었으나 내 자신의 생활은 검박해서 말 한 필과 일 년에 천이백 프랑만 있으면 유쾌하게 지낼 수 있음을 입버릇같이 외면서 그러나 주위는 될 수 있는 대로 화려하게 해서 제왕으로서의 위엄을 보이고 조화를 지니기에 넉넉한 것이었다 평생 네 시간 이상을 자본 일이 없는 나는 오전 일곱시면 반드시 기침해 시의 코르비자르의 건강진단을 받고 다음에 목욕―목욕은 가장 즐겨 하는 것 끝나면 솔로 전신 마찰을 하고 수염을 밀고 아홉시에 예복을 입고 등각, 대신 이하 문무백관의 열람식을 마치고 아침 식사 포도주와 커피 한 잔씩을 마시고 나면 하루의 정사가 시작된다 비서 브리엔느나 마느발이나 펜을 데리고 서재나 국무원에서 국가 경륜의 대책을 초잡고 궁리하고 의논하고 만찬 후에는 조제핀의 방에서 무도회―내 침실을 지키는 건 여섯 사람 이웃방에 롱스탕이 숙직 그다음 방에 시종 두 사람 사환 두 사람 마부 한 사람의 여섯 사람—말메종 별장에서 의 조제핀과의 즐거운 생활의 가지가지 조제핀의 일 년 세액은 삼백만 프랑 의복 칠백 벌 모자 이백오십 보석 일천만 프랑 화장 의 비용 삼천 프랑 그의 곁을 모시는 여관女官 백 명—그러나 이 것도 루이 십육세의 왕후 마리 앙투아네트의 생활에 비기면 검 박하기 짝이 없는 것—모든 범절이 질소하면서도 늠름한 위풍을 보인 것이 튀일리 궁중의 생활이었다 백성들은 내 작성한 윤리문 답을 알뜰히 외고는 나 황제에 대한 의무를 추상같이 엄하게 여 겼다—"기독교도는 그들을 통치하는 뭇 군주에게 특히 우리들 의 황제 나폴레옹 일세에 대해서 바쳐야 할 것은 사랑 공경 순종 충성 병역의 의무와 제국급及 그의 제위를 유지하고 옹호함에 필 요한 세금 이것이다 우리로 하여금 특히 우리들의 황제 나폴레 옹 일세와 연결시키는 동기는 무릇 그야말로 국가 다난의 시대를 당하여 우리들의 선조의 신성한 종교의 일반적 숭배를 부활시키 고 그 보호자로 삼기 위해 주께서 특히 선택하신 사람 그 심원하 고 활동적인 지혜로 백성의 질서를 회복하고 그것을 유지한 사람 그 위풍 있는 수단과 힘으로써 국가를 옹호한 사람 그리고 전 가 톨릭 교회의 수장인 법왕에게서 성별을 받고 주께서 도유塗油를 받은 사람인 까닭이므로니라" 그러나 그러면서도 내게는 한 가 지 불만이 있었던 것이다 비록 그 최고의 선택된 자리에 있기는 하나 시대가 시대라 내 하늘의 아들이니라고는 자칭할 수 없었 던 것이다 알렉산더는 동방을 정복하고 스스로 제우스의 아들이 라고 선언했을 때 그의 모母 올림피아스 그의 스승 아리스토텔레스와 아테네의 학자들을 제하고는 동방의 모든 백성이 그것을 믿었다 그러나 그것은 옛일 지금엔 벌써 내 스스로 제우스의 아들이라고 일컬을 수는 없다 이것이 나의 불만이라면 불만이었다 하늘의 아들 못되는 불만이지 황제로서의 불만은 아니다 알렉산더와 시저를 넘던 그 내 위풍 해같이 빛나고 바람같이 세차고 힘 산을 뽑고 뜻 세상을 덮고 나는 새까지 떨어트리던 그 위엄과 세력 지금 어디메 갔나뇨 그 십 년의 영화와 이십 년의 과거가 하룻밤 꿈이런가 한 장의 요술이런가 꿈과 요술이 잠시 이 몸을 빌려서 나타난 것인가 요술을 받을 때의 몸과 지금의 이 몸이 다른 건가 지금의 이 머리 바로 이 위에 왕관이 오르지 않았던가 이 입으로 삼군을 호령하지 않았던가 이 팔로 이 주먹으로 장검을 휘두르지 않았던가 이 몸이 튀일리 궁전 용상에 오르지 않았던가 그 몸과 이 몸이 다른 것인가 지금 이 몸은 이 살은 이건 허수아비인가 모르겠노라 비밀의 문 내게 닫혀졌고 세상이 내게 어둡도다 섬의 날은 음산하고 대서양의 바람은 차다 사면을 둘러싼 망망한 바다 가없는 그 너머를 바라볼 때 마음 차지고 눈이 아득하다 그 바다 너머로 하루 한시라도 마음 달리지 않은 적 있었던가 달과 함께 바람과 함께 파도를 넘어서 항상 달리는 곳은 바다 저쪽 몸은 이곳에 있어도 마음은 그곳에 하루에도 몇 차례씩 억만 리 길을 쏜살같이 달려 다뉴브 강 언덕을 피라미드 기슭을 이태리의 벌판을 눈 쌓인 아라사[1]의 광야을 헤매다 번개같이 파리의 교외로 달리다가는 금시에 코르시카의 강산으로 날으다 나를 길러준 보금

자리 그리운 코르시카의 강산 고향인 아작시오의 항구 따뜻한 어머니의 애정—아니 태후 레티치아—아니 어머니—태후이든 무엇이든 어머니임에 틀림없다 태후라느니보다는 나는 지금 어머니라고 부르고 싶은 것이 음산하고 황량한 이 섬 속에서는 어머니라고 부르는 것이 정다운 것이다 쓸쓸하고 쓰라린 속에서 제일 많이 생각나는 것은 어머니의 자태 어머니의 애정 그의 품은 결국 내 영원한 고향이다 옛적의 장군 홀로페르네스는 여자를 멸시하고 어머니를 무시했으나 그릇된 망상 예수도 어머니에게서 난 아들 알렉산더도 시저도 어머니가 있은 후에 생긴 몸 내게도 어머니가 있음은 치욕이 아니요 영광이다 인자하고 용감스러운 여걸인 어머니 조국 코르시카의 독립과 혁명을 위해서는 그의 뛰는 심장 아래에 나를 밴 채 손에 칼을 들고 출진하지 않았던가 일찍이 내게 가르치기를 사람의 앞에 굴하지 말라 다만 주 앞에만 머리를 숙이라고—나는 평생에 사람 앞에 머리를 숙인 적이 없다—단 한 번 숙인 일이 있다면 천칠백팔십오년 열일곱 살 때 라 페르 연대에 불란서 주둔병 포병 소위로 승급되었을 때 월급은 근근 사십 원 가난뱅이 사관같이 해먹기 어려운 노릇은 없어서 사교계에 나서야 된다 몸치장을 해야 한다 양복도 사야 하구 장화도 맞추어야 하구 하는 수 없이 양복 장수에게 한 번 머리를 숙인 일—이것이 전무후무 단 한 번의 굴복이었다 굴복이라느니보다는 생각하면 즐거운 추억의 한 토막—조그만 추억의 실마리에도 어머니의 기개와 품격이 서려서 그를 그리는 회포 더욱 간절하구나 어머니는 내게 허다한 진리와 모범을 드리웠고 나는 과거의 모든 것을 전혀 그에게서 힘입었다 어머니는 내 영광의 보금

자리요, 마음의 고향 낯선 타향에 부대끼는 고달픈 마음에 서리는 향수—그것은 어머니에게로 향하는 회포이기도 하다

고향—마음의 고향이라면 어머니 다음에 그리운 것은 역시 조제핀 뭐니 뭐니 해도 내게는 잊을 수 없는 여자이다 무슨 소문을 내고 어떤 풍문을 흘렸든 간에 점차 나를 정성껏 사랑했음은 사실이며 나 역 그를 영원히 잊을 수 없다 아름답고 요염한 걸물 세상이 넓다 해도 그에게 비길 여자 없다 내게 행복을 준 것은 조제핀 바로 그대 잊기나 할쏘냐 파리의 혁명이 지나 폭동을 진정시킨 후 파리 주둔병 사령관의 임명을 받자 즉시로 시민들의 무기를 압수했을 때 그 속에 한 자루의 피 묻은 칼이 있었으니 그것이 그대와 나의 인연을 맺어줄 줄이야 꿈엔들 생각했으랴 하룻날 외젠이라는 소년이 와서 돌아간 아버지의 유검遺劍이라고 그것을 원한다 단두대의 이슬로 꺼져버린 지롱드 당의 지사 보아르네의 유검이었던 것이다 비록 원수의 사이라고는 해도 소년의 자태가 가엾어서 칼을 내주매 어린 마음에 감격되어 그 자리로 눈물을 흘리더니 이튿날 내 호의를 사례하러 찾아온 것이 보아르네 미망인 서른 전후의 조제핀이었던 것이다 유분으로 얼굴을 치장하지는 않았어도 그 초초하고 검박한 근심에 싸인 자태가 스물일곱 살의 내 마음을 흠뻑 당겼다 사교계에서 거듭 만나는 동안에 마음에 작정한 바 있어 천칠백구십육년 삼월 구일 바라스의 알선으로 드디어 결혼해버렸다 왕위에 올라 내 손에서 여왕의 관을 받을 때까지 그의 행실이 어쨌든지 간에 내게는 조강의 아내였고 왕위에 오른 후부터 내게 대한 사랑이 더욱 극진해갔음을 나는 안다 튀일리 궁정에서 혹은 말메종의 별장에서 가지가지 즐거운 추억의

씨를 뿌려주었다 흡사 수풀 속의 샘물 같아서 길러 내고 길러 내
도 다하지 않는 그런 야릇한 매력을 가진 그였다 확실히 그는 여
걸이요 천재였다 내가 그와 이혼한 것은 그에 대한 사랑이 진한
까닭은 아니었고 자나 깨나 마음속에 서러워오는 위대한 욕망 채
우지 않고는 견딜 수 없는 원—이것이 나로 하여금 그를 버리게
했다 불란서의 이익을 위해서 그에 대한 애정을 베어버리지 않으
면 안 되었던 것이다 왕위를 이으려면 왕자가 필요한 것이나 조
제핀에게서 그것을 바랄 수 없음은 그나 내나 다 같이 아는 바 드
디어 조제핀이여 그대 내 뜻을 굽히지 말라고 원했을 때 그는 슬
픔과 절망을 못 이겨 그 자리에서 기절을 했겠다 보아르네의 유
자遺子 오르탕스와 외젠이 어미를 위로해주었겠다 천팔백구년 십
이월 십오일 이혼식을 거행한 후 몇 달 장간을 울어서 그는 눈이
보이지 않았더라고 내 엘바섬에 흐르는 날 병석에 누운 것이 종
시 못 일어나고 오월 삼십일 내 초상을 부둥켜안고 마지막 작별
을 하고 그날 저녁으로 세상을 버렸다는 것이다 가엾다 나를 얼
마나 원망하고 저주했을까 그러나 그의 자태가 내 마음속에 이렇
게 생생하게 지금껏 살아 있는 이상 마지막까지 마음의 교통이
그치지 않았고 사랑의 실마리가 얽혀 있음은 사실 그에게 비길
여자는 없다 내게 행복을 준 것은 그대 조제핀이었던 것이다 이
제 특히 그대에 대한 생각이 간절함은 그 까닭이다 그대의 뒤를
이어서 황후로 들어선 오지리[2]의 공주 마리 루이즈—이를 맞이한
것은 비록 정책에서 온 것이라고는 하더라도 당시에 백성들이 상

2 오스트리아.

심하고 통탄히 여겼던 것같이 나의 큰 실책이요 만려의 일실이었던가 그 후의 정사에 어떤 변동이 생기고 역사가 어떻게 변했든지 간에 나는 아무도 모르는 루이즈의 여자로서의 면을 아는 것이다 이것이 내게는 가깝고 친밀하고 귀중한 것도 된다 당시 열여덟 살 건강하고 혈색이 좋고 무엇보다도 내 마음을 당긴 것은 그 푸른 눈 하늘빛같이 푸른 눈 품성이 냉정은 하나 그다지 억센 편은 아니어서 적국의 공주이면서도 불란서에 들어서는 역시 불란서 사람 내 아내로서 원망도 분한도 잊어버리고 원만한 부부의 사이였던 것이다 조제핀만큼 다정하지는 못하나 남편을 섬기는 도리는 극진해서 부부 생활로 볼 때 나는 그를 조제핀보다 얕게 칠 수는 없다 여자란 쪼개 보고 헤쳐 보면 다 같은 것 그에게 비록 조제핀의 재기가 없고 프러시아 왕후 루이제의 고상한 이상은 없었다고 해도 단순한 여자로서의 일면에 있어서는 그들과 같은 것 나는 내 황후에게서 그 여자의 면을 구하면 되었지 그 이상의 것은 도시 귀찮은 것 이 점에서 나는 그를 조제핀과 같은 정도로 사랑할 수 있었고 지금에도 역시 내 황후임에는 틀림없어 가장 먼저 생각하는 것은 그이다 지금 어디서 어떻게 하고 있을 것인고 나의 가장 가까운 가족인 그가 나의 유일의 황자 프랑수아조세프를 데리고 어디서 어떻게 하고 있을 것인가 가장 궁금한 것이 그것이다 지리멸렬하게 찢어진 내 생애의 파멸의 마지막 걸음에서 가장 생각나고 원하는 것은 일가의 단란이다 황제라고 해도 영웅이라고 해도 그에게 항상 필요한 것은 이 단란 여기에 산 보람이 있고 인생의 기쁨이 있는 것이 아닌가 조물주나 악마만이 혼자 살 수 있는 것이요 사람은 단란 속에 살라는 마련이다 반생 동안 단란을 무시하고 버려온 내게 이제 간절히 생각나는 건 그것이다 이것도 인과의 장난인가 조물주의 내게 대한 복수인가 무엇이든 간에 내 지금 간절히 생각나는 건 루이즈와 조세프의 일신 편지가 끊어지고 소식조차 아득하니 마음 더욱 안타깝다 영국놈 로 그 불측한 놈이 편지조차 허락하지 않는다 도척에겐들 한줄기의 눈물이 있지 녀석은 악마이다 지옥의 악마이다 인면을 쓴악마인 것이다 조세프여 루이즈여 조제핀이여 어머니와 함께 내그대들을 생각할 때마다 철벽같은 이 가슴속에도 눈물이 어리누나 구름이 막히누나 조제핀이여 루이즈여―도합 일곱 사람의 여인이여 이제 그대들의 자태가 무엇보다도 먼저 선명하게 차례차례로 떠오름은 이 어인 일고 그대들을 생각할 때 나는 황제도 아니요 영웅도 아니요 한 사람의 범상한 지아비요 그것으로서 만족한 것이다 그대들을 대할 때 나는 황제도 아니었고 영웅도 아니었고 세상의 뭇 사내와 다를 바 없는 지아비에 지나지 못했던것이다 이제 나는 그대들을 사랑한 범상한 지아비의 자격으로서생각하는 것이요 그편이 즐겁고 훨씬 생색도 있다 그대들이 침실에서 내 턱을 치고 하던 말이 오 황제 나폴레옹이여가 아니고 사랑하는 보나파르트였던 것이요 나 또한 황제의 복색을 벗고 평범한 알몸으로 그대들의 사랑을 받지 않았던가 루이즈가 그러했고 조제핀이 그러했고―그리고 조제핀이여 그대 이전에 내 열아홉 살 때 그레노블 포대에 중위로 있을 시절 내게 접근해온 쥬코 롱베에의 딸―이가 말하자면 내게는 첫사랑이었다 그와의 사이가 깨끗은 했었으나 평생에 내 앞에 나타난 일곱 사람의 여자 중에서 그 제일 첫째 손가락에 꼽힐 여자가 그였다 나는 그의 옛정

을 버릴 수가 없어 조제핀 그대가 황후가 되었을 때 그대의 곁에
데려다가 시관侍官을 삼지 않았던가 그 여자의 다음 즉 둘째손가
락에 꼽힐 여자가 조제핀 그대이다 셋째가 천팔백이년 리용에서
안 여자 그다음이 천팔백육년에 안 루베르 부인 다섯째가 다음
해 폴란드에서 사귄 와레브스카 백작부인 여섯째가 두 번째 황후
마리 루이즈였고 마지막 일곱째가 이 섬 세인트헬레나에 와서 안
한 사람의 시녀이다―이 일곱 사람의 여자가 내 마음속에는 순
서도 어김없이 차례차례로 적혀서 가장 즐거운 추억을 실어오고
유쾌한 정서를 일으켜준다 마음속에 첩첩으로 포개 들어앉은 반
생 동안의 파란중첩한 사건과 역사 속에서 그대들의 역사만이 가
장 참스럽고 아름답게 몸에 사무쳐온다 일곱 자태가 일곱 개의
별같이 가슴속에 정좌하고 들어앉아 모든 것에 굶주린 내 마음을
우렷이 비추어준다 그 별들을 우러러볼 때만 내 마음 꽃을 본 듯
이 반기고 누그러진다 그 한 떨기의 성좌는 내 고향이요 일곱 개
의 별은 각각 그 고향의 한 칸씩의 방 나는 내 열쇠를 가지고 일
곱 칸의 방문을 열고 차례차례로 각기 방 안의 모든 것 빛과 그림
자와 치장과 분위기와 비밀의 모든 것을 살피고 별의 안과 밖 마
음과 육체의 모든 것을 알아버린 것이다 세상에서 가장 가깝고
친한 것이 별들 이제 그 별들과 하직하고 이렇게 떨어져 있으려
니 생각나는 것은 그 고향 일곱 칸의 방 안 자장가의 노래같이 귀
에 쟁쟁거리고 강가의 물소리같이 마음 기슭에 울려오는 건 고향
의 회포―고향의 언덕과 수풀과 강가와 노래와 방 안의 그림자와
비밀과 꽃과 모든 것―그 고향의 산천만이 내 심회를 풀어주고
넋을 위로해줄 것 같다 그러나 그 고향 지금 어디메 있나뇨 그 별

들 어디메 있나뇨 손 닿지 않는 바다 저편에 멀리 마치 하늘의 북두칠성같이도 까마득하구나 별을 그리는 마음 오늘에 이토록 간절하도다 간절하도다 황제의 회포를 지금 이토록 아프게 하는 것이 별것 아니다 그 북두칠성이다 범부의 경우와 다를 바 없는 이내 심서心緒[3]를 내 부끄러워하지 않고 욕되게 여기지 않노라

북두칠성의 자랑에 비하면 지난날의 가지가지의 영광과 승리도 오히려 생색이 엷어진다 혁명의 완성 이태리 원정 애급埃及[4] 정벌 통령시대 제정시대―이십 년 동안의 싸움과 사자의 토끼 사냥―그러나 알지 못할래라 영광에는 왜 반드시 치욕이 섞이고 승리에는 패배가 뒤를 잇는고 무슨 까닭이며 무슨 조화인가 영광은 날이요 치욕은 씨인가 승리는 날이요 패배는 씨인가 그 날과 씨가 섞여서야 비로소 인생의 베를 짤 수 있는 것인가 영광만의 승리만의 비단결은 왜 짤 수 없는가 무서운 치욕을 위해서 영광을 버릴 건가 영광을 얻은 값으로 치욕도 달게 받아야 할 것인가 치욕에 얼굴을 붉히면서도 그래도 영광을 바라는 욕심 많은 인생이 곰곰이 생각하면 차라리 처음부터 범부의 일생을 보냈던들 얼마나 편한 노릇이었을까도 뉘우쳐진다 코르시카에 태어난 몸이 코르시카에서 평생을 보내게 되었던들 얼마나 평화롭고 안온하였으리 만약 영광을 위해 태어난 몸이라면 차라리 공명의 마지막 고비 워털루의 벌판에서 쓰러져 말가죽 속에 시체를 쌓던들 혹은 드레스덴의 싸움터에서 넘어져 마지막을 고했던들 이제 만고의 부끄럼을 이 외로운 섬 속에 남기게 되지는 않았을 것을 모스크바에서 돌아온

3 심회.
4 이집트.

이후 내 스스로 내 목숨을 끊으려 했을 때 코오렌쿠올이며 시의 콩스탕이며 이이방이며가 왜 귀찮게 나를 간호하고 다시 소생하게 했던고 그들이 원수만 같다 한번 때를 놓치자 그 후부터는 좀처럼 그런 기회조차 얻을 수 없다 왜 알맞은 때 알맞은 곳에서 곱게 진해버려 영광의 뒷갈망을 깨끗이 못하고 이 목숨이 이렇게도 질기게 남아 영원의 원한을 끼치게 하는고 알지 못할래라 내 조물주의 뜻을 알 수 없노라 그는 연극을 즐겨 하는 것인가 계책을 사랑하는 것인가 장난이라고 할까 시험이라고 할까 그가 꾸며놓은 막이 열린 것은 천칠백팔십구년 칠월 십사일 파리의 거리가 불란서의 전토가 폭발하고 뒤끓던 날—이날로부터 시작된다 혁명이 이루어지자 동란은 동란을 낳아서 천지가 뒤집히는 듯 오지리와 프러시아의 팔만의 연합병이 파리의 시민을 위협할 때 마르세유의 군중 오천 명은 애국의 노래를 부르면서 파리로 들어오고 삼천의 왕당이 화를 맞고 구월의 살육이 일어나고 루이 십육세가 형을 받고 공포시대는 시작되었다 우리 집안이 코르시카에서 불란서로 옮겨 간 것은 이때 내 툴롱에 의거하여 영국 서반아西班牙[5] 연합 함대를 물리친 공으로 소위에서 일약 여단장의 급에 오르니 이것이 오늘의 운의 실마리였던 것이다 천칠백구십오년 새로운 헌법이 준가准可되자 반대당이 일어나 소란은 그칠 바 없고 폭도 사만 명이 왕궁을 쳐들어오자 의회는 그들을 방어하기에 힘을 다해 시장 바라스는 드디어 나를 총독으로 임명하고 진정의 책임을 맡겼다 때에 내 나이 스물일곱 노장군들은 아연실색해서 풋둥이 사

5 에스파냐.

관이 무엇을 하려는가 하고 나를 백안시하는 것이었으나 내 대답해 가로되 "승산 없는 일을 감히 하려는 어리석은 내 아니다 역량을 세밀히 헤아린 후에 이 사업을 맡을 것이다" 곧 센 강가에 오십 대의 대포를 늘이고 포병을 배치하고 루브르 궁전에 팔천의 주력을 모으고 폭도를 진무할[6] 새 수만의 난민은 바람에 불리는 꽃같이 물에 밀리는 개미떼같이 여지없이 쓰러져 그날의 파리 성하城下의 참혹한 꼴을 입으로 다할 수 없었다 내 시민의 여망을 두 어깨에 지고 즉시로 파리 주둔병 사령관의 임명을 받게 되었다 평생의 대망이 시작된 것은 이때부터 조제핀과 결혼한 지 순일旬日[7]을 넘지 않아 이태리 주둔병 사령관의 임을 받은 것을 다행으로 드디어 이태리 원정을 떠나게 된 것이다 니스의 병영에 이르러 볼 때 군세가 말할 수 없이 쇠미하고 빈약한 것이었으나 이를 격려시켜 오지리 이태리의 대군에게 향하게 하매 북이태리에서 이를 격파하고 사월 하순 토리노로 향해 사르데냐 왕 아메데오로 하여금 니차를 베어 바치게 하고 다음 날 밀라노에 들어가 볼로냐에서 로마 법왕 비우스 육세와 화和를 강講하고 더욱 나아가 니차를 함락시키고 케른텐을 거느리고 바이에른의 부류을 치다 눈 속의 알프스 산을 넘어 오지리의 빈에서 성하의 맹서를 맺게 하고 사월에 레오벤에서 가조약을 맺은 후 오월 베네치아에 들어가 그 공화제를 버리고 치살피나 공화국을 창설 제노바를 리구리아 공화국으로 고치다 시월 십칠일 오지리와 캄포포르미오에서 본조약을 맺으니 이때의 불란서의 영토는 네덜란드 이오니아 제도 베

6 무력을 떨쳐 드러냄.
7 열흘.

네치아 라인 강반江畔 치살피나 공화국 리구리아 공화국의 광범한 것이었다.

이 년 동안의 원정에 생광生光[8] 있는 승리를 한 것이요 적군의 포로 십일만 오천 군기 백칠십 대포 천백사십 그 외에 쓸어온 미술품과 조각 등은 산을 이루었다 백성들은 나를 군신 수호신이라고 받들어 파리 개선의 날 성하의 열광은 거리를 쓸어갈 듯 개선식 거행의 날 뤽상부르 궁정은 적국의 군기로 찬란히 장식된 속에서 내 엄숙히 나아가 조약서를 내고 전리품을 바친 후 거리로 나가 수만 군졸을 거느리고 앞잡이를 서서 행진을 할 때 시민의 열광 속에서 군졸들의 늠름히 노래하는 말이 정부의 속관들을 물리치고 나폴레옹을 수령으로 하자는 뜻이었던 것이다 바라스가 나를 찬탄해하는 말 "나폴레옹을 만들어내기에 조물주는 그 천력을 다하고 조금도 여력을 남기지 않았으렷다" 보나파르트의 집안은 차차 일기 시작해 일가 족속이 중요한 지위에 올라 명문 귀현貴顯[9]들의 숭배의 중심이 되다 그러나 내 마음은 만족은커녕 한 시도 편한 날이 없어 야심만만 소심익익[10]이 오척의 단신 속에 감춘 계책은 아무도 옆에 앉은 조제핀조차도 알 바 없었다 승전 후 소란한 도읍을 떠나 뤼칸티렌의 시골에서 유유자적 독서와 사색에 몰두할 때 가슴속에는 염염한 불꽃이 피어올라 생각과 계획에 한시도 쉴 새가 없었다 이때야말로 나의 황금시대였던 것이나 사람의 욕망이란 왜 그리도 한이 없는 것인가 구구한 구라파의 한쪽

8 영광스러워 체면이 섬.
9 벼슬이나 명성, 덕망 따위가 높은 사람.
10 조심스럽고 겸손함.

구석은 내 대망의 곳이 아니요 위대한 경륜을 행하기에 너무도 척박한 땅이었다 차라리 내 가서 동쪽에 기골을 시험함만 같지 못하다 무릇 세계의 영걸이 그 위대함에 이른 것은 동방에 의거하지 않음이 없으니 나도 구라파를 떠나 시저와 같이 애급으로 갈 것이다 애급으로 동방으로! 이렇게 해서 애급 정벌이 시작되었다 천칠백구십팔년 오월 십구일 군함 열세 척 소선 열네 척 운송선 사백 척 군졸 사만 학자 백 명 바다에 나서 반월의 진을 친 그 길이 십팔 노트에 뻗치다 유월 몰타 섬에 올라 이를 항복시키고 알렉산드리아를 빼앗고 카이로로 나아가 칠월 이십일일 이를 함락시키고 시리아로 향해 가자를 빼앗고 하이파를 떨어트리고 생 장 다크르를 포위했으나 사나운 토이기土耳其[11] 군 때문에 동방 정략이 채 이루어지지 못한 채 본국의 위난을 듣고 클레벨에게 애급을 맡기고 일로一路[12] 불란서로 향했던 것이다 혁명정부의 전복을 계획하는 구라파 열강은 제이차 연합군을 일으켜서 본국을 침범하게 되매 위기는 날로 더해 정부의 위신 땅에 떨어지고 민심 더욱 소란해감을 들었던 까닭이다 악한 정사에 국가는 피폐하고 백성들은 굶주려 원망의 소리 구석구석에 넘쳐흐를 때 정부의 요인들은 사리사욕을 채울 줄밖에는 모르고 오히려 민심을 돌보지 않은 것이다 단신 파리로 향하는 도중에 내 뒤를 따르는 민중 몇 천만이던가 십일월 십일 나는 드디어 무력으로 정부를 넘어트리고 새로운 헌법을 준가해서 집정을 폐지하고 세 사람의 통령 제도를 세워 그 제일통령에 오른 것이다 문란한 정사를 바로잡고 국내를 정리하고 열국과

11 터키.
12 외곬으로.

화평을 구하나 고집스러운 영국만이 종시 휘어들지 않는다 내 다시 분연히 일어나 허리에 우는 칼을 뽑아 들었다 뮈라와 마세나를 각각 오지리와 이태리로 향하게 하고 나는 롬바르디아 방면으로 나아가 치살피나 공화국을 재흥시키고 마렝고에서 격전해서 이태리를 정복 뮈라는 다뉴브 강을 건너고 모로는 프러시아를 쳐서 불란서는 다시 대승하고 신성로마제국은 여기에 완전히 멸망해버렸다 영국도 드디어 뜻을 굽혀 조지 삼세와 아미앵조약으로 열국과 화평을 구하게 됐으니 이때 불란서는 바야흐로 황금시대 내정과 외교가 크게 부흥되어 천팔백이년 팔월 이일 의원의 제의로 국민의 추대를 받아 삼백오십만 표로서 종신 통령이 되어 치살피나 리구리아 두 공화국의 통령까지를 겸하고 튀일리 왕궁에 살게 되니 왕궁에 몸을 들이게 된 처음이다 내 적은 항상 영국—영국은 다시 아미앵조약을 버리고 애급과 몰타에다 아직도 손을 대는 것이요 국내에서는 공화당이 내 주권을 즐겨 하지 않는 눈치이다 차라리 공화 정치를 버림만 같지 못해 오월 십팔일 원로원은 국민의 투표를 얻어 나를 황제의 자리에 올려놓았다 때에 서른다섯 살 코르시카의 조그만 집에 태어나 오척 단구에 담았던 대망 가슴속은 항상 염염이 타올라 한시도 잊을 새 없던 그 대망이 그제야 이루어진 것이다 백년 천년에 한 사람 선택 될까 말까 한 주께서 특히 골라내는 그 인류 최고의 영광의 자리에 올랐을 때 내 마음은 얻을 것을 얻어 비로소 놓이고 만족했다 노리던 것을 얻은 그날로 내 목숨이 진했다고 해도 기쁘고 만족스러웠을 것을 내 힘은 너무도 크고 뜻은 너무도 높았다 흡사 땅 위의 태양 하늘에 해가 있고 땅 위에 내가 있다 솟아오르는 태양의 위력 앞에 무엇이 거역하랴

열국이 제삼차 연합군을 일으켰댔자 사자 앞에 토끼 꼴이나 되랴 뮈라로 하여금 빈을 치게 하고 마세나를 이태리로 보내고 나는 이십만을 거느리고 동쪽에서 아라사를 치니 구라파의 전국이 드디어 내게 항抗하는 자 없게 되었다 일가 족속으로 하여금 구라파 전토를 다스리게 함은 원래부터 내 소원 형 조제프를 서반아 왕으로 뮈라를 나폴리 왕으로 동생 제롬을 베스트팔렌 왕으로 루이를 화란和蘭[13] 왕으로 봉해서 라인연맹을 일으키고 내 그 맹주가 되니 여기에 구라파 통일은 완성되고 나는 서반구에 군림하다 마리 루이즈를 두 번째 황후로 맞아들여 황자 조세프를 탄생하매 왕업의 터 더욱 견고해지고 백년 왕통의 대계가 완전히 서게 되었다 위력이 서반구에 떨치고 경륜이 사해에 뻗쳐 참으로 이제는 하늘의 해와 마주 서고 그와만 패를 다투게 된 것이다 한 가지의 부족이 있다면 알렉산더같이 내 자신 제우스의 아들이라고 선언하지 못한 그 일뿐이다 그 외에 더 바랄 것도 원할 것도 없었다 힘껏 당긴 활이니 그에 무엇이 두려운 것이 있으며 꽉 찬 만월이니 그에 무엇이 더 그리운 것이 있으랴―그러나 슬프다 그 활이 왜 늦춰져야 하고 그 만월이 왜 이지러져야 하는가 영원의 만족 영원의 행복 영원의 정복이라는 것은 없는 것이 우주의 법칙인가 무엇하자는 법칙인가 누구를 위한 무엇 때문의 법칙인가 조물주의 심술인가 질투인가 조물주는 자기가 절대의 소유자이므로 자기 이외의 절대라는 것은 작정하지 않고 허락하지 않는 것인가 인간과 땅은 지배할 수 있는 나로되 이 우주의 법칙과 조물주의 뜻만이야 어찌 지

13 네덜란드.

배할 수 있으랴 영광의 뒤를 잇는 굴욕을 행복의 뒤를 잇는 불행
을 만족의 뒤를 잇는 슬픔을 내 어찌 막아낼 수 있었으랴 굴욕과
실패의 자취를 생각하면 치가 떨리고 피가 솟고 이가 갈리나─오
호라 그것은 오고야 말았다 물결 밀리듯 밀려들고야 말았다 영광
의 시대가 올 때와 마찬가지로 막아내는 재주 없이 제물에 기어코
와버리고야 말았던 것이다 구라파의 뭇 생쥐들이 내 앞에 속닥질
을 하고 항거하기 시작했다 각국은 대륙조약을 헌신짝같이 버렸
고 이베리아 반도에서는 영장英將 웰링턴이 군건하게 항전하고 아
라사는 연내의 분풀이를 걸어왔다 내 하는 수 없이 북국정벌을 계
교하고 오월 드레스덴에서 사십만 병을 거느리고 니멘 강을 건넜
을 때에는 육십만을 넘어 팔월 스몰렌스크를 떨어트리고 구월 노
장 쿠투조프를 보로디노에서 깨트리고 일로 모스크바로 들어갔으
나─실패는 여기서 왔다 그 북쪽의 호지 눈과 추위와 거기다 화
재는 나고 군량은 떨어지고 수십만 부하를 눈 속에 뺏기고 간신히
목숨만을 얻어가지고 되[14] 땅을 벗어나온 것이 다음 해 칠월─한
번 기울기 시작하는 형세는 바로잡을 도리 없이 어리석은 자의 옥
편 속에만 있던 '불가능'의 글자가 어느덧 내 마음속에도 살아나
기 시작했던 것이다 연합군 이십오만과 이베리아 반도는 웰링턴
의 손에 떨어지고 뮈라는 오지리와 통하고 연합군은 불란서의 변
경을 침범하게 되어 천팔백십사년 삼월 드디어 파리 함락하다 오
오라! 사월 육일 내 퐁텐블로에서 주권을 던지고 엘바 공에 임봉
되니 근위병 근근 사백 명 세액 이백만 프랑 불란서 제정 이에 몰

14 오랑캐.

락되다 이십일 궁전 앞에 근위병을 모아놓고 마지막 고별을 할 때 비창하다 세상일 그렇게 무상하고 슬픔이 뼛속에 사무친 적이 있었던가 사령관 부티를 안고 군기에 입을 대고 군대에 읍하고 마차에 올라 엘바로 향해 떠날 때 사랑하는 군졸들의 얼굴에 눈물이 비 오듯 느끼는 소리 이곳저곳에서 나더니 전 부대가 일제히 고함을 치고 우누나 그 울음소리 내 오장육부를 녹이고 뼈를 긁어내는 듯 눈을 꾹 감았다 얼굴을 창으로 돌리나 다시 흐려지는 눈동자에는 사랑하는 부하들의 얼굴 모습조차 꺼지고 내 정신 점점 혼몽해질 뿐 엘바의 가을은 소슬하고 지중해의 바람은 차고 날이면 날 밤이면 밤 창자를 끊어내는 쓰라림과 슬픔—어젯날 백만의 병을 거느리고 구주의 천지를 좁다고 날갯짓하던 내 오늘날 수십 리밖에 못되는 조그만 섬 속에 몸을 던지게 될 때 영웅의 심사 그 얼마나 애달프고 황제의 가슴속 그 어떨쏘냐 세상 인정은 백짓장같이 얇고 인생의 무상은 바람같이 차고 영웅이 목석이 아닌 바에 정도 있고 피도 있나니 내 그때의 회포를 알아줄 이 누구일지 눈물과 한숨은 황제의 것이 아니라면 그도 못하는 심중이 얼마나 어지럽고 아프던가 엘바를 벗어나 파리에 들어가 백 날 동안 다시 제위에 올랐다고 해도 그것은 내 마지막을 장식하는 한 뼘의 무지개요 한 떨기의 꽃에 지나지 못하는 것 활짝 피었다 지고 확 돋았다 꺼지는 순간의 기쁨이었던 것이다 한번 떨어진 운명의 골패쪽을 어찌 바로잡을 수 있으랴 워털루에서의 적장 웰링턴과 블뤼허는 내 운을 빼앗은 사람 운명의 방향을 돌린 사람 내 힘 벌써 진하고 기맥이 빠진 뒤라 적장과 내 지위가 벌써 바뀌어지고 꺼꾸러진 것이다 칠월 칠일 파리가 함락하자 로슈포르에서 미국으로 건너려 할 때 영국함 벨레로폰이 나를 잡아버렸다 엘바를 벗어난 지 백 날 나는 다시 이 작은 섬 헬레나로 온 것이다 엘바는 이 섬에 비기면 왕토였다 이 세상 끝의 조그만 되 땅 여기는 사람 살 곳이 못된다 땅이 뜨겁고 모래가 달아 수목이 자라지 못하고 무더운 공기가 몸을 찌른다 목숨은 질긴 것 그래도 어언 이 호지에서 육 년 동안을 살아오누나 바람 부는 아침 비 오는 밤 묵묵히 인생을 생각하며 쓰린 속에서 육 년이 흘렀구나 어젯날의 황제가 오늘의 섬사람— 그 속에 무슨 뜻이 있는고 무슨 교훈이 있는고 내 날이 맞도록 해가 맞도록 궁리해도 아직 터득하지 못했노라 아무 뜻도 없는 것이다 아무 교훈도 없는 것이다 다만 조물주의 심술인 것이다 질투인 것이다 주여 이후에 영웅을 내려거든 다시 두 번 내 예를 본받지 말지어다 이런 기구한 인생의 창조는 한 번으로써 족한 것이다 애매한 후세의 영웅에게 짓궂은 장난을 다시 두 번 베풀지 말지어다 이것이 지금의 내 원인 것이다.

　내게 충성을 다하기 위해서 아까운 뼈를 벌판에 내던진 수천만 장졸의 영혼들이 얼마나 나를 원망할 것인가 나는 포악무도한 목석은 아니다 그들을 생각할 때 가슴속에 한 줌의 눈물이 없을쏜가 내 미워하는 건 나를 배반하고 달아난 비열한 장군들 뜻을 굽히고 절개를 꺾어버린 반역자들—가장 총애한 외젠 빅토르 르페브르 네베르티에 그대들은 마치 생쥐들같이 살금살금 퐁텐블로를 떠나 다시 부르봉 조정에 신하로 들어들 가지 않았던가 황제로서 영웅으로서 사랑하는 부하의 배반을 받았을 때같이 불쾌하고 원통한 일은 없다 그대들이 내 심사를 살펴나 줄 것인가 지난날을 생각이나 해줄 것인가 나머지의 장군들은 지금 대체 어떻게들 하고 있을 것인가 반생 동안 나와 생사를 같이하고 조정에서나 싸움터에서나 운명을 같이한 수많은 그대들—마크도날 마세나 베르나도트 클레벨 오제로 켈레르만 베시에르 마르몽 베르티에 장 드 듀 슐트 다부 몽세 다들 어디메 있나뇨 어디서 무엇을 하며 나를 생각하나뇨 내 마음 통하면 내 그대들을 생각할 때 그대들 역시 나를 생각하리니 그대들 지금 어디서 나를 생각하나뇨 그대들을 괴롭힌 적군의 장군들 그들 또한 지금에 어디 있을 것인고 찰스 대공 블뤼허 피트 넬슨 웰링턴 그들의 왕 알렉산더 일세 프랜시스 일세 프레더릭 삼세 루이제 왕후 조지 삼세—그들 또한 지금에 내 생각을 하고 있을 것인가 운명의 변화란 골패쪽보다도 어이가 없구나 어제와 오늘을 바꾸어놓고 오늘과 어제를 바꾸어놓고 그 등 뒤에서 웃는 자 누구인고 얄궂다 원망스럽다 어젯날 내 앞에서 허리를 못 펴고 길을 못 찾던 적장들이 오늘은 나를 멀리 바라보고 비웃고 뽐을 낼 것인가 측은히 여기고 조롱할 것인가 그들로 하여금 그렇게 시키기 위해서 오늘의 나를 꾸며놓은 것인가 일의 전말을 이렇게 배치해놓은 것인가 오냐 그들의 심사가 그 무엇이든 간에 나는 오늘 내 부하의 장졸들과 함께 그 적장들 또한 그리운 것으로 생각한다 사람은 일생의 마지막에 있어서는 누구나를 모두 적이나 부하나를 다 함께 사랑할 수 있는 것인가 부다 지금 다 같이 생각나는 것은 적장과 부하와 일곱 개의 별과 어머니와 형제들과 그리고 단 하나의 황자 프랑수아 조세프와—오오 조세프여 내 아들 조세프여 지금 어디메서 무엇하고 있나뇨 내 섬에 온 이후 라신의 비극 〈앙드로마크〉를 읽으면서 그대를 생각하고 몇 밤이나 울었던고 〈앙드로마크〉의 회포가 나와 흡사하구나 내 그대를 생각하고 몇 밤이나 울었던고 그대의 사진이 지금 내 앞에 있다 사진이 판이 나라고 나는 그것을 바라본다 아침저녁으로 바라보고 바라보아도 또 바라보고 싶은 것 조세프여 그대의 사진 제일 그리운 것이 그대의 모양 아무쪼록 이 아비—아니 황제의 사적을 잊지 말고 혈통을 이을지어다 내 원이요 희망이다 명심하라 아아 피곤한 눈에 벌써 그대의 화상조차 흐려지누나 그대의 이마가 흔들리고 볼이 찌그러지누나 오늘이 내 마지막이란 말이냐 이 시간이 내 마지막이란 말이냐 영웅의 말로가 황제의 최후가 이렇단 말인가 아아 피곤하다 너무 지껄였다 내 평생에 이렇게 장황하게 지껄인 날은 한 번도 없었다 늘 속에만 품고 궁리에만 잠겼었지 이렇게 객설스럽게 지껄인 적은 없다 영웅도 마지막에는 잔소리를 하나 부다 잔소리를 하지 않으면 안 되게 되었다 묵묵히 사라지기가 원통한 것이다 그러나 지금 내 곁에 비서 브리엔느나 마느발이나 펜이 없는 것이 다행이지 그들은 필기의 명인들 행여나 내 이 잔소리를 그대로 받아 적어 후세에 남긴단들 반드시 내 명예는 아닐 법하다 잔소리가 많았다 피곤하다 몇 시나 됐누 아아 어둡다 요란하다 여전한 우렛소리 번갯불 바람은 천지를 쓸어가련 건가 구름은 우주를 뭉개버리련 건가 파도 소리 저 파도 소리 절벽을 물어 뜯는 저놈의 파도 소리 수십 길 절벽을 뛰어넘어 이 집을 쓸어가려는 듯 차라리 쓸어가 버려라 집까지 섬까지 한 모금에 삼켜버려라 아침부터 진종일 이 바람 소리 파도 소리 자연이 무심할쏘냐 그대만이 나를 알아주누나 내 마지막을 일러주누나 오늘의 그대의 이 뜻을 내 모를 바 아니요 이 어두운 천지의 조화가 무엇을 재촉하는지를 내 모를 바

아니다 오늘이 올 것을 마음속에 생각하고 있었고 기다리고 있었
다 내 무엇을 모르랴 내 무엇을 겁내랴 차라리 이 불측한 곳을 한
시바삐 떠나구 싶다 이 무례한 고장을 얼른 떠나구 싶다 시저도
결국 세상을 떠나구야 말지 않았던가 나 역 그의 뒤를 따르는 것
이다 내 세상을 떠나면 다시 구라파로 돌아가 상젤리제를 거닐고
센 강가를 헤매며 부하들과 만날 것이다 클레벨 베르티에 베시에
르 오제로 뮈라 마세나 이들이 와서 나를 반갑게 맞이할 것이다
옛적의 영웅 스키피오 한니발 시저 프레더릭 이들과 웃고 피차의
공을 이야기할 것이다 이제 마지막으로 내 머리맡에 모시는 자
단 여섯 사람밖에는 안 되누나 목사 비갸리이와 의사 앤트말모오
몽트론 아놀드 그리고 시녀와 시복과—이뿐이란 말이냐 단 여섯
사람 하기는 뒤일리 궁중에서도 내 침실을 모시는 자는 여섯 사
람이었다 그때의 여섯 사람과 오늘의 여섯 사람—오늘은 왜 이
리도 쓸쓸하고 경황없는고 몽트론이여 아놀드여 왜 그리들 침울
한고 가까이 와서 내 맥을 짚어보라 몇 분의 시간이 남았나를 알
아맞히라 목사 비갸리이여 그대도 가까이 와서 나를 위해 기도하
라 마지막 기도를 올리라 목숨이 떨어지자 주가 내 손을 이끌어
그의 왼편에 앉히도록 가장 신성한 복음의 구절로 기도를 올리라
그리고 내 진한 후에 모든 것을 구라파의 내 유족에게 전해달라
어둡다 요란하다 바람 소리 파도 소리 땅 위의 태양이 떨어지다
용기를 내라 탄환이 나를 뚫을 수는 없는 것이다 흠 흠으으……

—〈문장〉, 1939. 7.

향수

찔레 순이 퍼지고 화초 포기가 살아났다고 해도 원체가 고양이 상판만큼밖에 안 되는 뜰 안이라 자욱이 깔아놓은 조약돌을 가리면 푸른 것 돋아나는 흙이라고는 대체 몇 줌이나 될 것인가. 늦여름에 해바라기가 솟아나고 국화나 우거지면 돌밭까지 가려 버려 좁은 뜰 안은 오종종하게 더욱 협착해 보인다. 우러러보이는 하늘은 지붕과 판장에 가려 쪽보[1]만큼 작고 언덕 아래 대동강을 굽어보려면 복도에서 제기를 디디고 서야만 된다. 이 소꿉질 장난감 같은 베이비 하우스에서 집을 다스리고 아이를 돌보고 몸을 건사해야 하는 아내의 처지라는 것을 생각하면 별수 없이 새장 안의 신세밖에는 안 되어 보이면서 반날을 그래도 밖에서

1 조각보.

지울 수 있는 남편의 자리에서 보면 측은히도 여겨진다.

　제 스스로 즐겨서 장 안에 갇힌 '죄수'라면 이 역 하는 수 없는 노릇, 누구를 탄하려면 남편 된 입장으로서 나는 사실 같은 처지의 세상의 수많은 아내들에게 한 조각의 미안한 생각이 없지 않다. 기껏해야 한 달에 몇 번씩 영화 구경을 동행하거나 거리의 식당에서 점심을 먹거나 하는 것쯤으로 목이 흐뭇이 축여질 리는 없는 것이요, 서양 영화에 나오는 넓은 집 안과 사치한 일광실 속에서 환상에 잠기다가 일단 협착한 현실의 집으로 돌아올 때 차지 않는 속에 감질이 안 날 리가 없다. 현대의 무수한 소시민의 생활의 탄식은 참으로 부질없는 감질 속에 숨어 있는 듯싶다.

　아내의 건강이 어느 때부턴지 축나기 시작해서 눈에 띄게 되었을 때 나는 놀라며 그 원인을 역시 이 감질에서 구하는 수밖에는 없었다. 구미가 떨어지고 불면증이 생기고 그 어딘지 없이 몸이 졸아들면서 하루 세때 약그릇을 극진히 대한대야 하루이틀에 되돌아서지도 않는 것이다. 의사도 이렇다 할 증세를 집어내지 못하는 것으로 보아서 나는 그 원인을 감질로 돌려서 도시 도회 생활에서 오는 일종의 피곤증이라고 볼 수밖에는 없었다. 서른 평짜리 베이비 하우스에 피곤해진 것이다. 협착한 뜰에 숨이 막히고 살림살이에 지친 것이다. 그 위에 그의 신경을 한층 피곤하게 만든 것은 남편의 욕심이라고 할까. 세상의 남편들같이 고집스럽고 자유로운 욕심쟁이는 없다. 아내의 알뜰한 애정을 받으면서도 그 밖에 또 무엇을 자꾸만 구하는 것이다. 집에 들어서는 범사에 봉건 왕이요, 폭군 노릇을 하면서 마음속에는 항상 한없는 꿈과 욕망을 준비해 가지고는 새로운 밖 세상을 구해 마지않는다. 참으로 그리마[2]의 발보다도 많은 열 가닥 백 가닥의 마음의 촉수를 꾸미고 그 은실 금실의 끝끝마다 한 개의 세상을 생각하고 손닿지 않는 먼 데 것을 그리워하고 화려한 무지개를 틀어본다. 그 자기의 마음 세상 속에 아내는 한 발자국도 못 들어서게 하고 엄격하게 파수 보면서 완전히 독립된 왕국을 몰래 다스려간다.

일생에 있어서 가장 가까운 아내가 그 왕국에서는 가장 먼 것이다. 이것이 세상 남편들의 어쩌는 수 없는 타고난 천성머리니 나 역 그런 부류에서 빠진다고는 생각하기 어려우며 세상에서 꼭 한 사람밖에는 없다고 생각해주는 아내의 정성의 백의 하나도 갚지 못하게 됨을 부끄러워하지 않을 수 없다.

남자 된 특권인 듯이 부질없이 마음의 왕국을 세우면서 그것이 아내를 얼마나 상하게 하고 달게 하나를 눈으로 볼 때 날카로운 반성이 솟으며 불행한 것이 여자요, 악한 것이 남편이라는 생각만이 난다. 서른 평 속에서 속을 달이고 신경을 일으켜 세우고 하는 동안에 아내는 몸이 어느 때부턴지도 모르게 피곤해진 것 같다. 나는 남편 된 책임을 느끼고 과반의 허물을 깨달으면서 평화와 건강의 일을 생각하는 것이나─아무튼 도회의 서른 평은 숨을 쉬기에는 너무도 촉박한 것이다. 이 촉박감이 마음을 한층 협착하게 하는 것이 사실이어서 어느 결엔지 막연히 그 무슨 넓은 것 활달한 것을 생각하게 되었을 때 아내는 하루아침 문득 계획을 말하는 것이었다.

"잠깐 시골이나 다녀오겠어요."

2 절지동물 그리맛과의 동물을 통틀어 이르는 말.

새삼스러운 뚱딴지같은 소리는 아니었다. 해마다 한 번쯤은 다녀오는 고향이었고 이번 길도 착상한 지는 벌써 오래 그동안에 현안 중에 걸려 있었던 문제이다.

"몸두 쉬구 집안 형편도 살필 겸……."

그러나 막상 이렇게 현실의 문제로서 눈앞에 나타나고 보니 선뜻 작정하기도 어려워서,

"글쎄."

하고 어리뻥뻥하게 대답하는 수밖에는 없었다.

"제가 지금 제일 보고 싶은 게 뭔데요. 울 밑의 호박꽃. 강낭콩. 과수원의 꽈리. 바다로 열린 벌판. 벌판을 흐르는 안개. 안개 속의 원두꽃……."

"남까지 유혹하려는 셈인가."

"제일 먹구 싶은 건 뭐구요. 옥수수라나요. 옥수수. 바알간 수염에 토실토실한 옥수수 이삭. 그걸 삐걱하구 비틀어 뜯을 때 그 소리 그 냄새…… 생각나세요. 시골 그렇게 좋은 게 또 있어요. 치마폭에 그득이 뜯어 가지고 그걸 깔 때 삶을 때 먹을 때…… 우유 맛이요, 어머니의 젖 맛이요, 그보다 웃질 가는 맛이 세상에 또 있어요. 지금 제일 먹구 싶은 게 옥수수예요. 바다에서 한창 잡힐 숭어보다두 뒤주 속의 엿보다두 무엇보다두……."

"혼자 내빼구 집안은 어떻게 하라구."

그러나 마침 일가 아이가 와 있던 중이었고 아내의 시골행의 결심도 사실은 거기에서 생겼던 까닭에 이것은 하기는 헛걱정이기는 했다.

"나 혼자 남겨두구 맘이 달지 않을까."

"에이구 어서 없는 새 실컷 군것질해두 좋아요. 얼마든지 하라지 지금에 시작된 일인가 뭐. 이제 다 꿈만 하니."

"큰소리한다. 언제 맘이 저렇게 열렸든구. 진작……."

장담은 해도 여린 아내의 마음이다. 두 마디째가 벌써 그의 마음을 호비는 것을 나는 안다. 눈썹을 찌푸리면서 그 말은 그만 그 것으로 덮어버리고 천연스럽게 말머리를 돌리는 아내의 눈치를 나는 더 상해서는 안 된다.

"또 한 가지 이번 길의 이유로는……."

다 듣지 않아도 나는 뜻을 짐작한다. 늘 말하는 일만 원 건인 것이다. 그의 어머니보다도 오빠가 용돈으로 일만 원을 약속한 것이다. 그것을 얻으러 가겠다는 말이다.

"만 원은 갖다 뭘 하게. 그까짓 남의 돈 누가 좋아할 줄 아나. 사람의 맘을 괜히 얽어놓을까 해서."

"앗다, 큰소리 그만둬요. 돈 보구 춤만 흘렸다 봐라."

"지금 내게 그리울 게 뭐게."

"그까짓 피아노 한 대 사놓고 장담 말아요."

"방 안에 몇 권의 책이 있구 뜰 안에 몇 포기 꽃이 있으면 그만이지 또 뭐가 필요한데."

반드시 시인을 본받아 그들의 시의 구절을 왼 것이 아니라 사실 이런 청빈의 성벽이 마음속에 없는 바가 아니다. 때때로 사치를 원할 때가 없는 것도 아니나 뒤를 이어 청빈에 대한 결벽이 자랑스럽게 솟곤 한다. 이 두 마음 중의 어느 것이 더 바른지는 헤아릴 수 없으나 두 가지 다 한몫씩 자리를 잡고 있는 것은 사실이며 지금에 있어서는 사치에 대해서 일종의 경멸과 반감을 가지고 있는 것도 속임 없는 사실인 것이다. 허나 아내의 말이 바른 것이라면 그가 또 내 마음을 곁에서 한층 날카롭고 정직하게 관찰하고 있는지는 모르는 것이기는 하나.

"만 원에 한 장도 어김없이 가져올게 어서 이리같이 약탈이나 하지 마세요."

"내 마음 제발 이리 되지 맙소서!"

합장하는 나의 시늉을 흘겨보고는 아내는 그날부터 행장을 꾸리기에 정신이 없다. 행장이라야 지극히 간단한 것이나 잘고 빈틈없는 여자의 마음씨라 간 뒤의 집안 살림살이의 요령과 질서까지를 일가 아이에게 뛰어주고 거기에 맞도록 집 안을 온통 한바탕 치우고 정돈하기에 여러 날이 걸리는 모양이었다. 눈에 띄리만치 말끔하게 거두어진 것을 나는 신기하게 바라보았다. 그러나 집 안이 정돈된 것보다도 더 신기한 일이 생겼다. 떠나는 그날 저녁 거리에서 돌아온 아내의 자태에 일대 변혁이 생겼던 것이니 머리를 자르고 퍼머넌트를 한 것이다. 집 안이 정리된 이상의 정리였다. 멀끔하게 추려서는 고슬고슬 지져놓은 머리는 용모를 일변시켜 총명하고 개운한 자태로 만들어놓았다. 굳이 펄쩍 뛰며 놀랄 것은 없었던 것이 퍼머넌트에 대한 의논도 오래전부터 있었던 것으로 충충대고 권한 장본인은 결국 내 자신이었던 까닭이다.

여자의 머리로서 퍼머넌트를 나는 오래전부터 모든 비판을 떠나 아름다운 것으로 생각해왔다. 모방이니 흉내니 한다면 이 땅에 그럼 현재 모방이 아니고 흉내가 아닌 무엇이 있단 말인가. 살로메가 요한의 머리를 형용해서 에돔[3] 나라의 포도송이 같다고 한 머리 그것을 나는 남녀 간의 머리의 미의 극치라고 생각해왔던 까닭에 아내의 머리에 그 운치를 베풀자는 것이었다. 내가 놀란 것은 도리어 아내의 그 결단성이었다. 아무리 충충대도 오랫동안 머뭇거리던 것을 그날로 단행한 그 결단성인 것이다.

그러나 거기에는 또 아내의 동무들의 실물 교육이 직접 도와 힘이 된 모양도 같다. 집에 놀러 오는 그들이 하나도 그 풍습에서 벗어난 사람이 없다. 아내가 그들이 보이는 모범에서 용기를 얻었을 것은 사실—어떻든 그날 저녁 그 변모로 나타난 아내의 자태에 비록 놀라지는 않았다고 해도 일종의 신기하고 청신한 느낌을 금할 수 없었던 것은 사실이다. 피곤하던 종래의 인상을 다소간이라도 떨쳐버린 셈이요—그 모든 아내의 행사는 결국 고달픈 피곤증에서 벗어나자는 일종의 희복책이었던 것이다. 도회의 피곤에서 향수를 느끼고 잠깐 전원으로 돌아가기로 결심한 그의 해방의 의욕의 표시였던 것이다. 머리를 시원스럽게 자르고 서른 평을 떠나 넓은 전원의 천지에서 숨을 쉬자는 것이다. 바다로 열린 벌판에서 안개를 받고 원두꽃을 보고 풋옥수수를 먹자는 것이다. 내 자신 도회에 지쳐 밤낮으로 그것을 그리워하고 향수를 느끼고 하던 판에 원래부터 찬성하는 바이다. 아내의 전원행은 어느 결엔지 자연스럽게 응낙되었다. 같이 떠나지 못하는 것이 한될 뿐 별수 없이 나는 서리는 향수를 가슴속에 포개넣은 채 마음속으로 시골을 그리는 수밖에는 없게 되었다.

이튿날로 아내는 짙은 옥색으로 단장하고 퍼머넌트를 날리고 홀가분한 몸으로 길을 떠나는 것이었으나 차창에서는 금시 눈물

3 고대 이스라엘과 경계를 이루던 지역.

을 머금고 쉬이 돌아올 것을 거듭 말한다. 차가 굽이를 돌 때까지도 작아가는 얼굴을 창으로 내놓고 손수건을 흔드는 것을 보고는 그럴 것을 그럼 왜 떠나는구 하는 동정도 솟았으나 한편 이왕 떠나는 것이니 어서 실컷 시골 맛이나 맡고 몸이나 튼튼해져서 오라고 축수하는 나였다. 호박꽃, 강낭콩 실컷 보고 옥수수, 숭어 실컷 먹고 좀 거무잡잡한 얼굴로 돌아오기를 원하는 것이었다. 아내가 간 후 집 안이 텅 빈 것 같고 서른 평이 좁기는커녕 넓게만 여겨지면서 휑휑한 느낌을 금할 수 없었으나 그가 돌아오기를 기다리는 것도 또한 기쁨이 되었다.

일만 원이니 뭐니 도시 아내의 꿈이란 것이 좁은 서른 평의 세계 속에 묻혀 있게 된 까닭에 포태胞胎된 것인데 그의 꿈의 실마리도 이 집과 함께 시작된 것이다. 넓은 집을 바라는 곳에서 일만 원의 발설을 알뜰히 명심하게 되었고 그것이 은연중에 여행의 계획도 된 모양이었다. 행인지 불행인지 아내의 동무들이라는 것이 어찌어찌 모이다 보니 거개 수십만 대급貸給에 가는 유한부인들로서 퍼머넌트의 실물 교육을 하듯이 이들이 어린 아내에게 사치의 맛과 속세의 철학을 흠뻑 암시해준 모양도 같다.

이웃에서는 며느리를 가진 안늙은이[4]들 입에 오르리만큼 소문이 나서 모범 주부로 첫손을 꼽게 된 아내라고는 해도 아직 스물을 조금밖에는 넘지 않은 어린 나이인 것이라 속세의 철학에 구미가 안 돌 리가 없다. 물욕에 대한 완전한 초월 해탈이라는 것은 산속에 숨어 있는 도승에게나 지당할는지 속세에 살면서 그것을 무

4 '할머니'의 사투리.

시하기는 어려운 노릇이어서 적어도 사치 아닌 것보다는 사치에 마음이 기우는 것은 여자(뿐이 아니겠지만)의 본성일 듯도 싶다.

그러나 사치의 한도란 대체 얼마인 것인가. 천에서 만족할 수 있으면 백에서도 만족할 수 있으려니와 천에서 만족하지 못할 때 만에선들 만족할 수 있을까. 필요한 것은 만이나 십만의 한계가 아니요, 천에서라도 만족할 수 있는 심정이 아닐까. 십만 대급의 유한부인들의 철학을 나는 속으로 비웃으면서 아내의 일만 원의 일건을 위태하게 여기며 하회[5]를 기다리는 것이었다.

아내의 친가는 결혼 당시만 해도 몇 십만 대의 호농으로 시골에서는 뽐내는 편이었으나 그 시기에 농가의 몰락이란 헐어지는 돌담을 보는 것같이 빠르고 가엾은 것이었다. 재산이라는 것이 대개는 농토나 산림인 것을 무엇을 하느라고인지 은행과 회사에 모조리 넣은 것이 좀체 빠지지는 않아서 우물쭈물하는 동안에 한 몫이 파여 나가기만 했다. 낙엽송의 묘포[6]를 하느니 자동차 회사를 경영하는 동안에 불끈 솟아오르지는 못하고 점점 쓸어만 가는 것이다. 일찍 아버지를 여의고 어머니와 두 남매—아내와 오빠, 즉 이 오빠의 손에서 가산은 기우는 형세를 당했다. 눈에 보이지 않는 속에서 문득문득 나가기 시작한 것이 불과 몇 해가 안 지난 것 같은데 집안은 후출하게 줄어들고 말았다. 도무지 때와 곳의 이를 얻지 못한 것이 보기에 딱할 지경이나 생각하면 등 뒤에 그 무슨 조화의 실이 이리 당기고 저리 끌면서 농간을 부리는 것만 같아 어쩌는 수 없다는 느낌도 난다. 부근에 제지회사가 되면서

5 어떤 기준보다 밑돎.
6 묘목을 기르는 밭.

부터 벌목이 성하게 된 까닭에 한 고장의 산이 유망하다고 그것을 잔뜩 바라고 있는 것이나 그것이 십만 원에 팔릴 희망도 지금 같아서는 먼 듯하다. 아내는 오빠에게 이 산에서의 오만 원의 약속을 받은 것이나 어쩌랴. 아내의 꿈은 오빠의 운명과 발을 맞추지 않으면 안 되게 되었다. 지금 당장의 일만 원이란 것도 필연코 읍 부근의 토지의 매매에서 솟을 것인 듯하나 이 역 운이 대단히 이로워야 차례질 몫일 듯 골패쪽의 장난같이도 허황한 것이다.

일만 원이나 오만 원의 꿈은 어서 천천히 꾸기로 하고 시급한 건강이나 회복해가지고 오라고 마음속으로 축원하고 있을 때 대망을 품고 고향으로 내려간 아내에게서는 며칠 만에 간단한 편지가 왔다. 대망을 품은 폭으로는 흥분도 감격도 없는 담담한 서면이었다. 어머니의 흰 머리칼이 더 늘었다는 것과 둘째 조카딸이 어여쁘게 자란다는 것을 적어 보낸 것이다. 호박꽃 이야기도 과수원 이야기도 옥수수 이야기도 한마디 없는 것이요, 도리어 놀란 것은 진찰한 결과 신경쇠약의 증세로 판명되었다는 것이다. 도회의 병원에서는 증세를 바로잡지 못하는 것이 왜 하필 시골 병원에서 판명된단 말인가. 신경쇠약의 선언을 받으려고 일부러 시골을 찾은 셈이던가. 만약 말과 같이 신경쇠약이라면 그 원인을 만든 내 허물이 한두 가지가 아닐 듯해서 애처로운 생각조차 났으나 어떻든 병이 병인 만큼 일부러 전지 요양도 하는 판에 시골을 찾은 것만은 잘되었다고 안심도 되었다. 살림 걱정도 잊어버리고 활달한 자연과 벗하고 지내는 동안에 차차 회복될 것으로 생각한 까닭이다. 될 수 있는 대로 오랫동안 지니고 간 약이나 먹으면서 마음 편히 지내기를 나는 회답하면서 마음속으로는 과수원도 거닐고 풋콩도 까고 조카아이들과 놀고 거리의 부인들과도 휩쓸리면서 모든 것 잊어버리고 유유히 지내고 있을 그의 자태를 상상해보는 것이었다.

뒤를 이어 사흘돌이로 편지가 오는 것이 어느 한 고패를 넘기는 법이 없이 한가한 전원의 풍경을 그려 보내느냐 하면 그렇지도 않고 멀리 이곳 집안의 걱정과 살림살이의 주의를 편지마다 세밀히 적어 보낸다. 생선을 소포로 보내온다 편지 봉투 속에 돈을 넣어 보낸다 하면서 면밀한 주의는 가려운 데 손이 닿을 지경이다. 그리고는 이곳에 대한 끊임없는 걱정과 조바심인 것이다. 향수를 못 잊어 고향을 찾는 그의 마음이니 응당 누그러지고 풀리고 놓여야 할 것임을 그같이 걱정이 자심하고야 누그러지기는커녕 도리어 안타깝게 죄어드는 판이니 그러다가는 병을 고치기는 새로 도리어 더치기가 첩경일 듯싶었다. 혹을 떼러 갔다 혹을 붙여 올 것도 같다.

하기는 걱정이라면 내게도 걱정이 없는 것이 아니었고 무엇보다도 그를 보내고 나니 일상의 불편이 이루 한두 가지가 아님을 당면하게 되었다. 아침저녁으로 대하는 음식상으로부터 주머니 속에 드는 손수건 하나에 이르기까지가 손이 달라지니 불편하고 맞갖지 않은 것이다. 아내란 상 위의 찌개 그릇이요, 책상 위의 옥편이라고 할까. 무시로 눈에 띌 때에는 심드렁해서 대수롭게 여기지도 않으나 일단 그것이 그 자리에 빈 때에는 가지가지의 불편이 뼈에 사무치게 알려지면서 그 값을 비로소 깨닫게 된다. 아내 없는 불편을 더구나 집안을 거느리고 있을 때의 그 불편을 절실히 느껴가면서 웬만큼 정양하고 그만 돌아왔으면 하고 내 편에서도 느끼게 되었다.

　대체 세상에서 마지막으로 편안하고 마음 놓을 곳이 어딘지 아무도 모르는 것일까. 그립고 안심을 얻을 마지막 안식처가 어디요, 고향이 어디임을 말해주는 이 없을 듯싶다. 내가 아내 없는 불편으로 해서 그렇게 안달을 하고 갈망을 하지 않아도 아내 편에서 도리어 조바심을 하고 제 스스로 또다시 돌아온 것이다. 별안간 전보를 치고는 그날로 떠난 것이었다. 불과 한 달도 못되어서 협착하다고 버리고 간 도회를 다시 찾아왔다. 그리 원하던 옥수수 시절도 채 못 맞이하고 우유 맛이요 어머니의 젖 맛 같다던 그 즐기는 옥수수 한 이삭 먹어보지 못한 채 도회에서는 좀 있으면 피서들 떠난다고 법석들을 할 무더운 무렵에 무더운 도회로 다시 돌아온 것이다. 향수에 복받쳐 고향을 찾은 그에게 그리운 것이 또 무엇이 있던가. 향수란 결국 마지막 만족이 없는 영원한 마음의 장난인 것인가. 말할 것도 없이 아내는 고향에서 두 번째의 향수—도회에 대한 향수를 느낀 것이다. 도회가 요번에는 고향같이만 보였을 것이 사실이다. 시골로 떠날 때와 똑같은 설레고 분주한 심정으로 집을 떠나 서른 평을 찾아든 것이다. 안타깝고 감질이 나던 서른 평이 조촐하고 알맞은 안식처로 보였을 것이다. 집 안의 구석구석이 시골보다도 나은 곳으로 보였을 것이다. 물론 한 해를 살아가는 동안에 피곤해지면 또 시골이 그리워질 것이요, 시골로 갔다가는 다시 또 이곳을 찾을 것이요, 향수는 차례차례로 나루를 찾은 나룻배같이 평생 동안 그칠 바를 모르는 것이다.

　차에서 내리는 아내의 신색은 떠날 때보다 조금 나아진 것도 같고 되려 못해진 것도 같다. 퍼머넌트를 날리고 옷맵시가 개운하게 보이는 것은 떠날 때와 일반이나—어쨌든 올 곳에 왔다는 듯 얼굴에는 안도의 빛이 떠오른 것은 사실이다.

"그렇게 푸지게 있을 걸 왜 그리 설레긴 했든구."

"어때요. 이만하면 얼굴 좀 그슬렸죠. 군것질 너무 할까봐 걱정이 돼서 뛰어왔죠."

"그래 옥수수 먹을 동안두 못 참았어?"

"수염이 바알개지는 걸 보구 왔어요. 익거든 철도 편으로 두어 푸대 뜯어 보내라구 일러는 두었지만."

"이 가방 속에는 이게 모두 지전으로 만 원이 들어찼으렷다?"

"찰 뻔했어요."

아내는 조금 겸연쩍은 듯이 빙그레 웃으면서 재게 걷는다.

"일만 원의 꿈 깨트려지도다 아멘."

"노상에서 자세한 이야기를 드릴 수는 없으나—거리에는 군대가 들어와 양식고糧食庫가 선다구 땅 시세가 급작히 올라 발끈들 뒤집혔는데 철도를 가운데 두구 바른편 터가 군용지로 작정되구 왼편 땅이 미끄러질 줄을 누가 알았겠어요. 바로 작정되는 날까지 두 어느 쪽으로 떨어질 줄을 몰라 수물들거리다가 그 지경이 되구보니 한편에서는 좋아라구 뛰는 사람, 한편에서는 낙심해서 우는 사람—오빠는 사흘이나 조석을 굶구 헤매는 꼴 차마 볼 수 있어야죠."

"아멘!"

"운이 박할 때는 할 수 없는 노릇 같아요. 다음 기회를 노릴 수밖에 어쩌는 수 있나요."

"안 되기를 잘했지. 옳게 떨어졌다간 그 만 원 때문에 또 무슨 걱정이 생겼게. 거저 없는 것이 제일 편하다나."

사실 당치 않은 꿈 깨어진 것이 도리어 마음 편하고 다행한 노
릇이라고 생각한 것은 물질이 가져오는 자질구레한 근심을 잘 아
는 까닭이었다. 현재 군이 만 원이 없어도 좋은 것이다. 아내가 돌
아온 것만으로도 불편하던 집이 필 것 같아서 반가웠다. 고기를
놓친 것이 아까울 것도 애틋할 것도 없이 빈손으로 간 아내가 빈
손으로 온 것이 얼마나 시원한 노릇인지 모른다.

"두구 보세요. 다음 기회는 영락없을 테니. 사람의 운이 한 번
은 이로운 날 있겠지요."

"암, 꿈이란 자꾸 멀리 다가갈수록 좋은 것이라나. 그렇게 수
월하게 잡혀선 값이 없거든."

집에 이르렀을 때 아내는 좁은 뜰 안에 한 걸음 들어서자 만면
희색을 띠고 우거진 꽃 숲을 바라보는 것이었다.

"어느새 이렇게 만발이야. 카카리아,[7] 샐비어, 플록스,[8] 애스터,[9]
달리아, 국화, 해바라기…… 온통 한창이니."

무지개를 보는 아이와도 같다. 조금 오도깝스럽게[10] 수다스럽
게…… 기쁨이란 그렇게 표현하는 것이 가장 정당한 듯도 싶다.
카카리아의 꽃망울 하나를 뜯어 가지고는 손가락으로 문질러 물
을 들이고 향기를 맡고 하는 것이다.

"호박꽃보다 못하지 않지."

"호박꽃두 늘 보니까 싫증이 났어요. 흡사 새집 새 세상에 처

---

7 연지 붓꽃.
8 꽃잔디.
9 과꽃.
10 호들갑스럽게.

음으로 온 것만 같아요."

복도로 뛰어올라서는 공연히 방 안을 서성거리며 부엌을 기웃거리며 마루방을 쿵쿵거리며 현관문을 열어보며 제기를 디디고 언덕 아래 강을 굽어보며…… 흡사 새집으로 처음 들어온 신부의 날뛰는 양이다. 집을 한 바퀴 휭허케 살펴보고야 비로소 안심한 듯이 방에 와 앉으면서 놓이는 마음에 잠시는 어쩔 줄을 모르고 멍하니 뜰을 내다본다.

"다시는 시골을 간다구 발설을 하구 법석을 안 하렷다?"

"시골을 다녀왔으니까 오늘의 이 기쁨이죠. 맘이 이렇게 편하구 기쁠 때는 없어요."

그 즉시로 신경쇠약증이 떨어져버린 듯이 건강한 신색에 기쁨을 담고는 새로운 감동의 발견에 마음이 흐뭇이 차 있는 모양이었다. 그가 그날 찾아온 데는 서른 평의 집이 아니라 삼만 평의 집이었던지도 모른다. 그날의 그보다 더 기쁠 사람이 또 있었을까.

—〈여성〉, 1939. 9.

일표一票의 공능功能

낮쯤 학교로 전화를 걸고 다짐을 받더니 사퇴하고 집으로 돌아오기가 바쁘게 건도는 자동차를 가지고 왔다. 끌어 앉히다시피 하고는 거리를 내려가 남쪽으로 훨씬 나가더니 뒷골목 한 집으로 다다랐다. 뜰 안의 초목과 조약돌은 저녁 물을 뿌린 뒤라 푸르고 깨끗하다. 낯선 집은 아니었으나 양실만이 있는 줄 알았던 터에 층 아래에 그렇게 조출한 자시키¹를 본 것은 처음이어서 안내를 받아 복도를 고불고불 깊숙이 들어가니 그 한 칸의 푸른 자릿방이었다. 또 한 가지 나를 서먹거리게 한 것은 방으로 들어섰을 때 상 건너편에서 방긋 웃음을 띤 한 송이 색채가 우리를 반기는 것이다. 그 역 낯선 사람은 아니었으나 그날 저녁의 그 모든 당돌

---

1 '객실'이라는 뜻의 일본어.

한 배치가 불시에 끌려나온 내게는 도무지 뜻밖의 일이었다. 건도의 그날의 목적을 짐작하지 못하는 바는 아니었으나 그만쯤의 목적을 위해서는 지나치게 거창한 행사였다.

"만난 지 오래기에 하룻밤 애기나 해볼까 해서."

설매도 그와 같은 표정으로 웃어 보인다. 이해의 유행인지 치잣빛 적삼이 철에 맞아 화려하다. 술이 자꾸 뒤를 이어 들어오고 요리가 그릇마다 향기를 달리한다. 웬만큼 술이 돈 때에야 비로소 건도는 부회府會[2] 의원 선거의 일건을 슬그머니 집어냈다. 선거기가 임박했다는 것, 심심파적으로 출마해보겠다는 것을 말했을 때 나는 이미 나의 한 표를 원하는 그의 심중을 응당 살피고,

"그까짓 내 뜻이 뭐게. 오늘 저녁 대접은 과해. 몇 백 표를 얻는데 이렇게 일일이 턱을 썼다간 자네 봉 빠지게."

"일일이야 낭비를 하겠나만…… 자네 혹시 다른 곳에 승낙하지나 않았나 해서."

"한 번은 했네만."

"거 다행이네. 놓치지나 않을까 해서 이렇게 조급히 서둔 것이야."

대체 선거라는 것부터가 내게는 귀 설은 것이어서 선거권이 있는지 없는지도 당초에는 몰랐고 있다고 해도 그 시민적 특권을 그다지 달갑게 여기지는 않았다. 선거에 관한 주의서가 부에서 개인명으로 나오게 되어 동료의 몇 사람이 내 한 표의 뜻을 설명하며 친구들의 모모가 그것을 원한다는 말을 전했을 때 비로소 내가 이 고장에 온 지 몇 해며 일 년에 바치는 세금이 얼마

2 일제 강점기 지방 행정단위의 의결 기관.

가량이라는 것이 막연히 머릿속에 떠오르며 의원의 덕으로 부민에게 얼마나의 이익이 올 것인지는 모르나 차려진 의무는 차려진 대로 하는 것이 옳으려니도 생각하기 시작했다. 그러나 후보자 속에 얼마나 뛰어난 사람이 있는지 몰라도 나로 보면 그 한 표쯤 아무에게 준들 안 준들 일반인 것이다. 가까운 친구가 그것을 기다리고 있었을 줄이야 어찌 알았으랴.

"자네가 출마할 줄 꿈이나 꾸었겠나. 내 한 표가 긴하다면야 두말 있겠나."

그러나—하는 표정으로 그를 보았을 때 그도 민첩하게 그 표정 속에 숨은 출마는 해서 무엇한단 말인가, 자네도 그런 부류의 인간이었던가 하는 뜻을 눈치 챈 모양.

"자네 경멸할는지도 모르나…… 이것두 생애의 한 체험으로 생각하려네."
하는 변명의 어조였다.

"체험…… 파란 많은 자네 생애엔 벌써 체험도 동이 난 모양이지. 운동을 못해봤나 교원 노릇을 못했나 기자 생활을 안 겪었나……."

기자 생활을 청산한 후로는 변호사 시험을 보아오는 것이 몇 해 동안 실패만 거듭하고 있다. 시험에 성공한다면 그 자격으로서 또 의원의 자리를 바랄는지는 모르나 지금 같아서는 시험에 실격한 것이 출마의 원인일 듯도 싶다. 기자 생활을 버리고 변호사 시험을 원한 것부터가 그에게는 큰 생애의 변동이었고 이제 의원으로 출마하게 된 것은 다시 백보의 변동으로서 그 과정이 내 눈앞에는 억지 없이 차례차례로 나타나고 그의 심경의 변화해감도 짐작할 수 있기는 하다. 사상에 열중했을 때와 의원을 원하게 된 오늘과의 먼 거리를 캐서는 안 될 것이 시간의 거리와 변천의 고패에 착안함이 그를 충실히 이해할 수 있는 유일의 실마리일 듯싶으니 말이다.

"오늘 이 당장에 내게 그것밖엔 할 일이 무엇이겠나. 돌부처같이 가만히 있을 수 있다면 또 몰라두……."

변화라는 것이 그에게는 몸에 지닌 철학이자 처세의 원리라는 듯도 하다. 도리어 반문하는 듯이 어세가 높은 그의 태도 속에 그가 지금까지 자기류로 살아온 모든 배포가 들여다보인다.

"그게 이번 출마의 이유란 말인가. 하긴 자넨 잠시도 가만있지 못하는 활동객이니간."

"전에는 사상으로 행세했지만 지금에야 행세의 길이 달라지지 않았나."

"거리에서 꼭 행세를 해야 값이 있단 말인가."

"행세를 못하구야 또 산 값이 뭐겠나."

당초보다는 그의 생각이 퍽도 달라졌다. 사상으로 행세하던 때의 그의 입에서 나는 지금과 같은 말투를 들어본 적이 없었다.

지금에는 벌써 그의 따지는 이치가 완고하리만치 군은 듯하다. 속은 무르면서 겉만을 그렇게 굳게 무장하고 있는지도 모르기는 하다.

"어서 뜻을 얻어 마음대로 행세하도록 하게나. 내 표는 염려 말구."

"북촌에서만두 근 스무 명이 출마를 했으니 적어도 이백 표는 얻어야 바라보겠는데. 요행 교원시대와 기자시대에 사귀어둔 사람들이 있어서 그들의 말이 헛것이 아니라면 그럭저럭 희망이 있네만 사람이 말만 가지구야 믿을 수 있어야지."

"설마 나까지야 못 믿겠나."

"다 자네 마음 같은 줄 아나."

"이렇게 야단스러운 상을 받구야 턱값이래두 해야 하잖겠나."

웃으니까 그도 따라 웃고 설매도 입을 열고 고운 잇줄을 구슬같이 내보인다. 이때까지 다른 술좌석에서 설매를 만난 일이 여러 번이었어도 그가 건도의 짝일 줄은 몰랐다. 익숙한 두 사람의 눈치로 보면 여간한 사이가 아닌 듯하다. 그 원앙 같은 쌍이 합심해서 내게 베푸는 정성을 생각하면 거나한 김에 마음이 따끈해지면서 나도 건도를 위해서 마음의 정성을 베풀어야 할 것을 가슴속에 굳게 먹게 되었다.

그날 밤 술이 과했던지 이튿날 개운치 못한 정신으로 교단을 오르내리면서 건도의 일건이 머릿속을 떠나지 않았다. 부회 의원 선거 한 표를 얻기 위한 그 극진한 대접, 설매의 아슬아슬한 아첨, 건도의 장황한 설화, 의원이 되어야 면목이 서고 행세를 할 수 있다고 거듭 되풀이하는 그의 조바심이 내 일만 같이 마음속에 살아 나왔다. 이날부터 내게도 뒤를 이어 오게 된 우표 없는 약속 우편의 무수한 편지들 속에 건도의 것도 끼이기 시작했다. 한 사람이 여러 차례씩이나 비슷한 판에 박은 선거 희망의 서장을 보내오는 속에서 건도의 것도 그들과 다름없는 같은 격식 같은 내용의 것이었다. 그를 후원하는 후원회에서 보낸 추천장에는 십여 명의 후원자의 열명列名³ 아래에 그의 학력과 경력과 인물을 세세히 적어 후보자로서 가장 적당함을 증명했고 그 자신이 보낸 서장 속에는 피선된 후의 포부와 계획을 당당 오륙천 자의 장황한 문자로 논술 설명해왔다. 교육기관의 확충, 특히 초등교육의 충실, 시가지 계획, 위생시설, 사회적 시설, 산업 조장 등의 항목을 들어 부의 행정시설을 검토하고 장래 부세에 대한 설비를 계획해서 부정府政의 백년대계를 세우겠다는 위대한 기개였다.

수십 명이 차례차례로 보내온 비슷비슷한 글발을 뒤적거리면서 나는 그 자신들의 흥분과는 인연이 멀게 나중에는 지쳐서 하품이 날 지경이었다. 그들이 감언이설로 유혹하나 나는 첫째로 그들에게 부탁할 말이 없는 것이요, 그들의 힘에 의지해서 부탁하고자도 않는다. 거리의 목마다 입후보의 흰 간판이 늘어서고 부민들이 선거의 화제로들 수물거린대도 내게는 선거라는 것이 도무지 경황없는 일로만 보이면서 흥분은커녕 마음은 차게 가라앉을 뿐이었다. 일면식도 없는 그들 군소 정객에게서 받은 수십 매의 편지를 거리에 뿌려지는 광고지만큼도 긴히 여기지 않으면서 드디어 선거의 날을 당하게 되었다.

오월도 끝 무렵이라 날이 무더워가는 때였다. 마침 일요일이었던 까닭에 나는 아침부터 뜰에 나서 꽃을 매만지고 있었다. 선거 투표는 오후 다섯시까지였던 까닭에 조급히 집을 나서지 않아도 좋았던 것이요, 선거보다도 내게는 솔직히 화단의 꽃이 더 소중했던 것이다. 벌써 꽃피기 시작한 양귀비 포기를 만지며 물도 주고 잎사귀도 가지런히 추어주며 한가하게 속사俗事를 잊어버리고 있는 동안에 어느덧 오정이 울렸다. 행여나 투표를 잊어서

3 여러 사람의 이름을 나란히 적음.

는 안 된다고 한가한 마음을 깨워주려는 듯이 뜻밖에 불쑥 들어온 것이 건도였다. 별반 필요가 없었던 까닭에 요정에서 만난 후 처음이었다. 가장 분주한 날일 텐데 웬일이냐고 물으니까 며칠 동안 들볶아친 판에 피곤도 하고 그날 특히 자기에게 맡겨진 일도 없기에 수선스러운 선거 사무소를 빠져나왔다는 것이었다. 마침 잘 왔다고 나는 차리고 나서면서 거리로 이끌었다. 일전의 호의에 대한 답례도 할 겸 투표까지의 시간을 함께 지우려는 것이었다. 그릴에서 점심을 먹고 맥주잔을 기울이노라니 놓이는 마음에 내게는 내 고집이 생기면서 그의 말에 맞장구만을 치지 않고 내 유의 반성이 솟기 시작해 자연 입이 허랑해졌다.

"자네 낯이 넓으니까 염려야 있겠냐만 운동한 결과 낙자나 없을 것 같은가?"

"삼백 표를 약속받았으니 반만 믿더래두 백오십이 아닌가. 백오십 표면야……."

"그럼 내 한 표쯤은 부뚜막의 소금 한 줌 폭두 못되겠네그려."

"삼백분지 일이니까 비례로는 적으나 그러나 자네 같은 정성이야 자네를 놓고야 삼백 중에서 또 누구에게 바라겠나."

"정성? 자네 부회 의원 돼서 거리에서 행세 잘하라는 정성 말이지……. 이 며칠 그 정성에 대해 조금 반성하기 시작했는데."

단숨에 잔을 내고 다시 맥주를 받으면서,

"자네 보낸 그 야단스러운 포부두 읽구 계획두 들었네만, 초등교육 문제니 인도교 가설 문제니 위생시설 문제니 그것이 왜 내겐 그림엽서나 포스터 속의 빛 낡은 선전문같이만 보이는지 모르겠네. 좀 더 알뜰히 생각해보래두 맘이 자꾸 빗나간단 말야. 확

실히 필요한 조목인데두. 자네들의 실력을 얕잡아보는지는 모르
겠으나."

그렇게 터놓고 말하는 것이 반드시 친구의 비위를 건드리지는
않은 듯 그도 속임 없는 한 꺼풀 속 심경을 감추지는 않았다.

"사실 나두 그게 격식이라기에 뭇사람을 본받아 흉내는 내봤
으나 일을 하면서도 흡사 연극을 하고만 있는 것 같으면서 맘속
이 텁텁해 못 견디겠어. 대체 무슨 큰 수가 있어서 그것을 하노
하구 피곤한 뒤에는 반드시 맘 한 귀퉁이가 피곤해. 내게 무슨 할
일이 없다구 그 짓을⋯⋯."

과는 달랐어도 함께 학문을 공부하고 학술을 연구한 그 동기
동창의 솔직한 마음속일 듯싶었다. 서른을 가제 넘은 젊은 학사
의 속임 없는 하소연인 듯싶었다.

"의원의 하는 일이 불필요야 하겠나만 자네를 그 역할에 앉힌
다는 것이 아무래두 희극이야. 양복을 입구 고깔을 쓴 것 같아서
격에 어그러져 뵈거든."

"내 할 일을 내가 간대루 모르겠나⋯⋯."

동창의 얼굴은 불그레 물들고 눈은 온화하게 빛난다. 상 위에
는 맥주병이 어느새 수북이 늘어섰다.

"나이가 늦었다면 또 모르거니와⋯⋯ 적수공권의 알몸이라면
또 모르거니와."

"그러게 말이네. 앞이 아직 훤한 우리가 뭘 못해서. 더구나 자
네의 의기와 경제력을 가진다면야 앞날의 대업을 위한 준비를
하는 것이 차라리 값있는 일이겠구."

"시험에 성공했었다면 또 모르거니와 내게 무슨 계획인들 없

었겠나. 제일 가까운 수로 만주나 동경으로 내 뺄려구까지 맘먹었네. 그런 것이 차일피일 거리에 묵고 있는 동안에 이 궁리를 하게 된 것이라네."

"망발이야. 아무리 생각해두 수치면 수치지 당선한댔자 영광은 못돼. 삼십 세의 소장 법학사가 부회 의원이라니. 의회 석상에서 부윤 이하 늙은이 의원들을 앞에 놓구 자네 웅변이 아무리 놀랍구 거리의 명성을 한 몸에 차지한다구 치더래두 자네 하는 역할이 희극배우 감밖에는 못돼."

지나친 조롱이 그의 가슴을 호볐는지 동무는 자조의 웃음을 빙그레 띠더니,

"섣불리 돈푼이나 있는 게 내게는 얼마나 불행인지 모르겠네. 무슨 계획을 세우든 미지근해서 배수의 진을 치구 부락스럽게 나서질 못한단 말야. 그러나 계획은 계획 눈앞은 눈앞, 일단 출마한 바에야 뒤로 물러서는 수야 있겠나."

"당선돼야 한단 말인가."

온화하던 눈망울이 긴장해지면서 결의를 보인다.

"암, 이겨야지. 근 반달 동안을 고생해놓구 지금 내 앞에 남은 결과가 이기는 것밖엔 더 있겠나. 나선 바엔 성공해야지. 그 후에 또 다른 일을 계획하든 어쩌든 그건 이것과는 별문제거든."

"자네 당선된다는 게 반가운 일 같지는 않어. 새옹마의 득실로 실패함으로써 참으로 큰 결의가 오는지 뉘 아나."

"두구 보게. 성공하잖나."

술병이 빈 것을 알고 나는 시계를 보았다. 이야기에 열중하느라고 시간 가는 줄을 모르고 있는 동안에 오후가 훨씬 지나 투표

도 앞으로 두어 시간을 남겼을 뿐이었다. 나는 내 의무를 생각하고 조금 급스럽게 자리를 일어섰다. 너무도 한가한 오찬의 시간이었다.

"나만큼 자네를 생각하는 사람도 드무리. 어떻든 내 정성을 다하고 올게. 차차 또 만나세."

가게를 나와 건도와 작별하고 홀몸으로 나의 소속된 투표장을 향했다. 북부 투표 분회장인 S소학교 강당까지 이르기에 술도 거나한 까닭이었지만 나는 유쾌하다고 할까 우습다고 할까 복받쳐 오르는 내 스스로의 유머를 못 이겨서 휘전휘전 정신이 없었다. 교문에는 순사가 삼엄하게 지키고 섰고 휑한 운동장에는 입후보의 간판이 일렬로 늘어선 앞으로 마치 입학시험의 마당같이 군데군데 몇 사람씩 성글게 모여 서서는 수군들 거리는 것이 모두 내 유머의 비밀의 배경을 이루어 내게는 유쾌한 것이었다. 도착 번호표를 받는다, 명부 대조소에서 승인을 받는다, 투표 교부소에서 주소 성명을 자칭한다…… 넓은 강당 이모저모에서 밟아야 할 절차가 단순하지는 않았다.

회장 한 모에 높은 단을 모으고 그 위에 부윤 이하 칠팔 명이 회장을 향해 엄연히 앉아 있다. 투표용지를 들고 한구석에 이르렀을 때 집어든 붓대가 내 손끝에서 약간 떨렸다. 세모로 접은 복판 줄에다 나는 내 친구인 입후보자 박건도의 성명을 정성스럽게 적어야 하는 것이요, 그 목적으로 그곳까지 이른 것이다. 박건도의 획수를 마음속에 그리면서 순간 몸이 움칫하며 붓끝이 종이 위를 달렸다. 일분이 걸려야 할 이름이 일초가 채 안 걸렸다. 달막거리는 가슴을 억제하면서 용지를 제대로 집어 들고 투표함

앞에 이르러 '정성의 한 표'를 넣었다. 내일로 내 경멸의 뜻을 알리라 외치고 싶은 충동을 느끼면서 거나한 눈으로 그들을 쏘아붙이고는 회장을 나왔다. 운동장을 나서 집으로 향할 때 그 지난 일 초 동안의 유머가 나를 한없이 통쾌하게 했다. 감독관과 선거 행위에 대해서 날카로운 비판의 화살을 던졌을 뿐 아니라 사랑하는 동무 건도에게 대해서도 나는 내 마음의 정성을 다한 것이다. 반생 동안에 그렇게 통쾌한 유머와 풍자의 순간을 맛본 적이 없다. 다리가 비틀비틀 꼬이면서 행길 복판에서 목소리를 높여 웃고 싶으리만큼 즐거운 심정이었다. 세계 선거 역사상에 전례가 없을 특출한 순간의 걸작을 내놓은 그 선거의 하루가 내게는 오래 잊을 수 없는 독창적인 만족을 주는 것이었다.

이튿날은 아침부터 본회장에서 개표가 시작되었다. 신문은 선거의 기사로 전면을 채우고 따로 호외까지를 발행했다. 그 야단스러운 거사가 별안간 엄숙하게 여겨지면서 나는 어제의 내 행동을 생각하며 마음이 어느 정도로 흥분하지 않는 것도 아니었다. 대체 건도의 하회가 어떻게 되나 궁금해하면서 사퇴한 후 저녁거리에 나섰을 때 큼직한 목마다 세운 각 신문사 속보판이 시간마다의 개표의 결과를 보도했다. 일렬로 늘어선 백여 명 후보자의 이름 아래서 숫자가 시시각각으로 경쟁을 했다. 건도의 이름 아래로 주의를 보낸 나는 기뻐해야 옳을는지 슬퍼해야 옳을는지 그의 성적은 상당히 우수한 편이어서 열 스물씩 오르는 것이 다른 후보자의 결코 밑을 가지 않았다. 나는 목구멍이 근실거리는 일종 야릇한 심정을 느끼면서 백화점에 들렀다 찻집을 찾았다 하다가는 다시 속보판을 들여다보는 것이었으나 건도의 성적은 단연 우수해서 뭇 적수를 물리치고 내가 집으로 돌아갈 때까지는 거의 백 점을 바라보는 것이었다.

개표는 다음 날까지 계속되었다. 건도는 역시 거리에서는 상당히 유력한 편이로구나 부민들의 원이라면 그도 괜찮을 테지 생각하면서 냉정한 태도로 그의 성적의 발표를 주의하는 것이었으나 이날은 웬일인지 대단히 불리해서 낮까지 백삼십 표까지 오르고는 저녁때에 이르기까지 조금도 요동하지 않는다. 다른 후보자들이 거의 이백 표를 바라볼 때까지 그는 종시 백삼십에 머무르고 말았다. 물론 그것이 결코 적은 표수는 아니어서 그 아래로는 층이 많고 심지어 백 표에 차지 못하는 사람도 많았으나 반면에 그보다 윗수도 많아서 높은 것은 이백을 넘으려는 것이었다. 나는 저녁불이 들어올 때까지 거리에 머물렀으나 도무지 까딱하지 않는 건도의 고정수 백삼십을 한도로 집으로 들어갔다. 전날의 놀라운 성적에 비겨서 웬일인고 생각하며 나는 기쁜지 섭섭한지 거의 표정과 말이 없이 걸었다.

반달을 두고 끌어온 수선스러운 선거의 행사는 그날로 완전히 끝난 것이었다. 이튿날 신문은 호외를 가지고 당선된 새로운 부회 의원의 이름을 발표했다. 건도의 이름은 그 속에 없었다.

야릇한 것은 백삼십이 당락의 분기점이었던 것이다. 백삼일 점부터 당선이요, 백삼십 표가 낙선—건도는 하필 그 공교로운 분기의 숫자로서 낙선의 비운을 맞은 것이다. 백삼십과 하나—한 표를 더 얻었더라면 당선이다. 한 표를 놓쳤기 때문에 낙선이다. 한 표. 운명의 한 표! 공교로운 한 표!

'건도 만세.'

신문을 들여다보는 동안에 너무도 신기한 생각이 나서 모르는 결에 속으로 외쳤다.

'한 표로 그대의 운명이 작정되다. 건도 만세. 낙선 만세!'

불운하게 당선이 되어서 부회 의원이 된댔자 거리에서 행세를 한다고 휘돌아치다 소성小成에 안심한 채 몸을 버리기가 첩경 쉬울 뿐이다. 낙선이야말로 그에게 새로운 결심을 주고 새로운 길을 보일 것이다―이것이 나의 처음부터의 생각이고 그에 대한 정성이었다. 그는 요행 낙선했다. 한 표의 부족으로. 그 한 표를 거절한 것이 참으로 나였던 것이다! 뜻하지 않은 그 공교로운 결과를 괴이한 것으로 여기면서 투표하던 날의 그 순간의 걸작을 나는 마음속에 되풀이해 그려보았다.

건도의 표정은 지금 대체 어떠한 것일까. 불만의 표정일까 만족의 표정일까. 장차는 내게 얼마나 감사해야 옳을 것인가. 그의 낯짝을 구경하고 낙선 턱을 우려내리라―고는 생각하면서도 차일피일 즉시로는 만나지 못하고 그가 찾아올 날을 기다리고 있는 동안에 삼사 일이 지난 날 저녁이었다.

학교 동료들과의 조그만 모임이 있어 강을 내다보는 요정에서 마침 부른다는 것이 설매였다. 건도를 족쳐낼 작정인 내게는 그 또한 다행한 일이었다. 붙들고는 첫마디가,

"건도 소식 들었나?"

설매도 마치 그 질문을 기다리고 있었던 듯이,

"첫날은 풀이 죽었더니."

"다시 살아났단 말이지. 꼴 좀 보구 싶어."

"이를 갈아 물고 결심이 단단한 모양예요."

"턱을 톡톡히 받아야 할 텐데."

"낙선 턱 말이죠?"

"아무렴"

"만나면 말씀 전해달라드만요."

"전화나 걸어볼까."

든손[4] 일어서려는 나를 설매는 붙들어 앉힌다.

"장거리 전화를 거실 작정인가요?"

"장거리는 왜?"

"동경으로 갔어요. 그저께 밤 부랴부랴 떠났어요."

"동경으로. 흐음……."

나는 마치 내 자신의 계획이 맞아떨어진 것같이 무릎을 칠 듯이 쾌연한 심사였다.

"거리에 더 무죽거리구 있을 면목두 없는 터에 몇 해 공부를 하겠다구 급작스럽게 차려 가지구 떠났죠. 선생님두 만날 체면이 없는지 뵙거든 소식을 전해달라구 신신부탁을 하면서."

"잘했어. 바로 내 바라는 것이야."

결말을 들으면 간단한 것이나 건도의 심경을 생각하면 내 심중도 복잡하지 않은 것은 아니다. 그러나 마음이 고요하게 가라앉아가면서도 한편 유연히 솟는 기쁨을 금할 수는 없었다. 동무를 한 사람 그런 방법으로 구해냈다는 것이 반드시 내 유의 독단은 아닌 듯하며 그의 경우를 아는 사람이라면 나와 의견이 같을 것을 믿는다. 술을 마시고 잔을 설매에게 권하면서,

---

4 일을 시작한 김.

"설매두 건도가 이제야 옳은 길을 잡았다구 생각하잖나. 무엇을 어떻게 공부해 오든 봉지를 떼어봐야 알 일이지만 의원이니 뭐니 때꼽쟁이 감투를 쓰구 가들거리는 것보다는 수가 몇 층이나 윗길인가."

"저두 잠시는 섭섭하지만 잘했다구 생각해요. 젊은 양반이 괜히 똑똑하다구 거리에서 들추스르는 바람에 까딱하다간 사람 버리기 일쑤죠. 뚝 떠난 게 잘하구말구요."

"그래 그를 뚝 떠나게 한 게 누군 줄이나 아나? 꼭 한 표로 낙선됐는데 그 한 표로 그를 떨어트린 게 누군 줄 아나?"

무엇을 말하려노 하고 설매는 나를 바로 바라본다.

"나라네 나."

"선생님이라니요?"

"건도를 떨어트려 동경으로 떠나보낸 것이 바로 나야."

"승낙하신 한 표를 주시지 않았단 말인가요?"

"왜 주기야 줬지. 그러나 건도를 쓰지 않았어."

"어쩌나."

"이름을 안 쓰구 장난을 쳤어. 투표지에다 작대기를 죽 내리그었어."

"위반행위를 하셨군요."

"그게 건도를 생각하는 정성이라구 생각했거든. 건도의 이름을 썼댔자 오늘의 건도가 났겠나. 어쩌다 그 한 표가 맞혔는지 생각할수록 신기하단 말야."

"그러니 약속하신 한 표를⋯⋯."

"아무렴 모두 내 공이야. 내 공이 커."

설매는 천만의외라는 듯 놀라는 표정이 좀체 사라지지 않는다. 기쁜지 슬픈지 분간할 수 없는 눈매로 뚫어져라 하고 내 얼굴을 바라보는 것이다.

"왜 설매는 반댄가? 내 한 일이 그르단 말인가?"

"천만에요. 그르기야 왜. 잘하셨죠. 청춘 하나 살리셨죠."

"건도가 있었더라면 얘기를 하구 한바탕 낄낄낄 웃으려던 것이 그만."

"편지로래두 제가 일러드리죠. 그간의 곡절을."

"편지는 나두 할 작정이야. 좀 장황하게 내 공을 자랑하구 요다음 만날 때 톡톡히 예를 받아내게."

"선생님두 원 못하는 것이 없으셔."

설매는 내 심중을 터득하고 그제서야 활달한 웃음을 지었다.

"자, 우리 둘이 건도 만세나 불러줄까."

병을 들어 설매에게도 따라주니 그도 나와 마주 잔을 대었다.

"건도 만세!"

"건도 만세!"

가느다란 목소리로 합창을 하고 술을 머금을 때 동료들은 무슨 일인고 하고 우리들을 빙그레 바라보는 것이었다.

— 〈인문평론〉, 1939. 10.

사냥

　연해 두어 번 총소리가 산속에 울렸다. 몰이꾼의 행렬은 산등을 넘고 골짝을 향하여 차차 옴츠러들었다. 발밑에 요란히 울리는 떡갈잎, 가랑잎의 어지러운 소리에 산을 싸고도는 동무들의 고함도 귀 밖에 멀다. 상기된 눈앞에 민출한 자작나무의 허리가 유난스럽게도 희끔희끔거린다.

　수백 명 학생들이 외줄로 늘어서 멀리 산을 둘러싸고 골짝으로 노루를 모조리 내리모는 것이다. 골짝 어귀에는 오륙 명의 포수가 등대하고 섰다. 노루를 빼울 위험은 포수 편보다 늘 포위선에 있다. 시끄러운 책임을 모면하기 위하여 몰이꾼들은 빽빽한 주의와 담력으로 포위선을 한결같이 경계하여야 된다. 적어도 눈앞에서 짐승을 놓쳐서는 안 되는 것이다.

　"학년 사이의 연락은 긴밀히! ○학년 우익 급속 전진!"

전령이 차례차례로 흘러온다.

일제히 내닫느라고 산이 가랑잎 소리에 묻혀버렸다. 낙엽 속은 걷기 힘들다. 숨들이 막힌다.

학년의 앞장을 선 학보도 양쪽 동무와의 간격을 단단히 단속하면서 헐레벌떡거린다. 참나무 회초리가 사정없이 손등과 낯짝을 갈긴다. 발이 낙엽 속에 빠진다. 홧김에 손에 든 몽둥이로 나뭇가지를 후려치기도 멋없다.

'미친 짓이다. 노루는 잡어 무엇한담.'

아까부터 실상은 처음부터 이런 생각이 마음속에 뱅 도는 것이었다. 노루잡이가 그다지 교육의 훈련이 될 듯도 싶지 않으며 쓸모없는 애매한 짐승을 일없이 잡음이 도무지 뜻 없는 일 같다. 원족이면 원족, 거저 하루를 산속에서 뛰고 노는 편이 더 즐겁지 않은가.

"인간이란 제 생각밖에는 못하는 잔인한 동물이다. 노루잡이는 무의미한 연중행사이다."

기어코 입밖에 내서까지 중얼거리게 되었다. 땀이 내배어 등허리가 끈끈하다.

별안간 포위선의 열이 어지럽게 움직이더니 몽둥이가 날며 날쌔게들 뛰어든다. 고함 소리가 산을 흔든다.

"노루, 노루, 노루!"

"우익 주의!"

깨금나무 숲에 가려 노루의 꼴조차 못 보고 어안이 벙벙하여 있는 서슬에 송아지만 한 노루는 별안간 학보의 곁을 쏜살같이 지나 포위선을 뚫었다. 학보는 거의 반사적으로 몽둥이를 휘두르며 쫓았으나 민첩한 짐승은 순식간에 산등을 넘어버렸다.

"또 한 마리. 놓치지 마라!"

고함과 함께 둘쨋마리가 어느 결엔지 성큼성큼 뛰어오다 벼르고 있는 학보의 자세를 보더니 옆으로 빗뛰어가 이 역 약빠르게 뒷산으로 달아나 버렸다.

껑충한 귀여운 짐승…… 극히 짧은 찰나의 생각이나 학보는 문득 놓친 것이 아까웠다. 동시에 겸연쩍고 부끄러운 느낌이 났다. 조롱하는 동무들의 말소리가 얼굴을 달게 하였다.

"바보, 노루 두 마리 찾아내라."

이런 말을 들을 때에 확실히 몽둥이로 한 마리라도 두드려 잡았더라면 얼마나 버젓하였을까 하는 생각이 났다. 골 안에는 벌써 더 짐승이 없었다. 동무들의 조롱을 하는 수 없이 참으면서 힘없이 산으로 내려가는 수밖에 없었다.

'요행히' 잡은 것은 있었다. 망아지만 한 한 마리가 배에 탄창을 맞고 쓰러져 있다. 쏜 포수는 쏠 때의 형편을 거듭 말하며 은근히 오늘의 수완을 자랑하는 눈치였다. 다른 포수들은 잠자코만 있었다. 소득이 있으므로 동무들의 문책은 덜해졌으나 학보는 검붉은 피를 흘리고 쓰러진 가여운 짐승을 볼 때 문득문득 일종의 반항심이 솟아오르며 소득을 기뻐하는 몹쓸 무리가 한없이 미워지고 쏜 포수의 잔등을 총부리로 쳐서 꼬꾸라트리고도 싶은 충동이 솟았다.

품 안에 들어온 두 마리 짐승을 놓친 것이 얼마나 다행인가. 위대한 공같이도 생각되었다. 잃어진 한 마리를 찾느라고 애달픈 가족들이 이 밤에 얼마나 산속을 헤맬까를 생각하면 뼈가 저렸다. 인간의 잔인성이 곱절로 미워지며 '인간중심주의'의 무도한 사상에 다시 침 뱉고 싶었다.

죽은 짐승을 생각하고 며칠을 마음이 언짢았다. 삼사 일이 지난 후에 겨우 입맛도 돌아섰다. 때[1]가 유난스럽게 맛났다. 기어코 학보는 그날 밤 진미의 고기를 물어보았다.

"장에 났더라. 노루 고기다."

어머니의 대답에 불현듯이 구미가 없어지며 숟가락을 던져버렸다.

"노루 고긴 왜 사요."

퉁명스러운 짜증에 어머니는 도리어 어안이 벙벙한 모양이었다. 학보는 먹은 것을 모두 게우고도 싶었다. 결국 고기를 먹지 말아야 옳을까. 하기는 다시 더 생각이 날 것 같지도 않았다.

— 출처 미상

---

1 끼니.

여수旅愁

1

미레이유 발랭의 얼굴을 나는 대여섯 장째나 그리고 있었다. 결국 한 장도 만족스럽지는 않아서 새로운 목탄지를 내서는 또다시 그의 얼굴의 데생을 시험하는 것이었다. 내일부터 봉절[1]될 영화 〈망향〉[2]의 석간 신문지 속에 넣을 조그만 광고지의 도안이었다. 별이 총총히 빛나는 하늘을 배경으로 발랭과 가뱅의 얼굴을 그리고, 그 속에 출연자의 스태프와 자극적인 광고문을 넣자는 고안이었으나 광고문은커녕 나는 발랭의 얼굴에서 그만 막혀버린 것이 좀체 운필이 뜻대로 되지는 않아 마음이 초조하고 답답

1 개봉.
2 1930년대 해외에서 가장 성공한 프랑스 영화.

해지기 시작했다.

"여배우 얼굴 하나 가지구 벌써 몇 시간을 잡아먹나. 얼른 끝을 내야 인쇄소에 넘겨 저녁때까지에 박어내지 않겠나."

맞은편에 책상을 마주 대고 앉은 동료는 나의 궁싯거리는 양이 보기 민망해서 기어코 자리를 일어선다.

"웬일인지 모르겠네. 그리다 그리다 이렇게 맥힐 법은 없어. 고 눈과 코가 종시 말을 들어야 말이지."

동료는 등 뒤로 돌아오더니 어깨 너머로 내 그림을 바라보며

"자네 벌써 발랭과 연앤가?"

"연애라니?"

"암, 연애구말구. 그렇게 망설이는 자네 마음이 심상치 않어."

쓸데없는 말을 걸어온 까닭에 결국 망쳐버리고야 말았다.

"연애!"

스스로 비웃으면서 나는 붓을 던지고 그림을 두 조각으로 찢어버리는 수밖에는 없었다. 그 깊은 눈과 불룩한 콧방울이 내 마음을 한꺼번에 잡으면서도 붓끝으로는 종시 표현할 수 없는 것이다. 참으로 연애인지도 모른다. 여러 해 동안 수많은 영화의 뭇남녀를 그려왔어도 이번같이 마음이 뜨고 설레는 때는 없었다. 대체로 영화관 사무실에서 장구한 세월을 두고 그런 업에 종사해 나가노라면 그 많은 자태 없는 화상에다가 그때그때 일종의 정을 느끼게 됨은 자연스러운 사실일는지도 모른다. 일상생활에서보다도 그림들을 상대로 꿈의 교통을 하게 되는 것이다. 그러나 이번 발랭의 경우와 같이 내 마음을 잡은 때는 드물었고 가령 디트리히를 그릴 때나 가르보를 그릴 때나 다류를 그릴 때나 그

어느 때보다도 가슴이 뛰고 설레는 것이다. 어제 낮에 본 〈망향〉의 시사의 구절구절—망명의 도적, 페페 르 모코와 파리 여자 가비와의 위험한 연애의 장면장면이 가슴을 흔들면서 가비로 분한 발랭의 자태가 땅 위에 둘도 없는 염염한 꽃송이같이 무시로 눈앞에 어린다.

'연애, 발랭과의 연애! 어차피 우리는 그런 환상의 연애밖에는 하지 말라는 팔잔가 부다. 허수아비인 사진 쪽지와 연애니 무어니—다 귀찮다.'

나머지 데생을 마저 찢어버리려 할 때 동료의 손이 와서 그것을 빼앗아 들면서

"잔소리 말구 어서 여기다 광고문이나 적어넣게. 별수 있나. 시간두 없는데 이대로 인쇄소에 돌릴 수밖에—."

시계를 바라보니 오후도 늦은 때이다. 석간이 돌 때까지는 광고지의 체재를 갖추어야 신문지 속에 끼어 배달이 될 것이다. 불과 몇 시간이 남았을 뿐이다. 나는 하는 수 없이 다시 붓을 들어 불만스러운 대로 이왕 그린 얼굴에다 색을 칠하고는 붓을 갈아 굵은 획으로 광고문을 쓰기 시작했다.

　　남쪽 고을 알제리에 전개되는 모코와 가비의 숙명적 연애! 세기의 경이 발랭의 출현. 새 시대의 디트리히 발랭을 보라! 이국 정서의 결정인 발랭—그는 오늘의 별이다.

여기까지 적어 내려갔을 때 문득 사무실 옆 문간이 요란스러우면서 귀 선 목소리가 흘러왔다. 창밖으로 흘긋 눈을 돌리니 세

르비안 쇼의 한패들이었다. 내일부터 〈망향〉과 함께 막 사이 출연하기로 계약이 된 외국인 어트랙션[3]의 일단이었다. 거리에 나 갔다가 무대 준비를 하러 들어옴인지 찬란한 남녀의 복색이 문간에 환하게 어리었다.

2

세르비안 쇼는 노래와 춤을 밑천 삼아 이곳으로 흘러든 가무단으로 반드시 세르비아 사람들로만 조직된 것이 아니라 십여 명 단원이 백계노인[4]을 주로 하여 폴란드, 유태, 헝가리, 체코 등 각기 국적을 달리하고 가운데에는 유러시안도 끼어 있는—마치 조그만 인종의 전람회를 이룬 혼잡한 단체였다. 그들의 노래와 춤이 그닥 놀라운 것은 못되었으나 그들의 색다른 자태가 낯설은 곳에서는 사람들의 눈을 끌기에 족했고 우리의 관주가 상당히 비싼 조건으로 그들과 선뜻 계약을 맺은 것도 그 점을 노려서였다. 삼십분가량씩 하루 세 번씩 출연에 대한 사례가 오백 원, 엿새 동안에 삼천 원이라는 것이 그들을 맞이하는 거의 최고의 대접이었으며 생각건대 만주 등지에서 일없이 뒹굴던 동호자들이 가지고 있는 재조들을 모아 일거에 탐탁한 벌이나 해보려고 멀리 외지로 원정을 나온 그들로서도 역시 재조보다는 자기들의 그 이

3 극장에서 손님을 끌기 위해 짧은 동안에 상연하는 공연물.
4 '백계 러시아인'의 음역어. 1917년 러시아 혁명 때 혁명을 반대한 러시아인의 한 파. 혁명 당시 보수적인 반대파가 흰색을 상징으로 삼아 이렇게 불림.

국적 풍모를 미끼 삼아보겠다는 심리가 없지도 않을 듯하다. 조선을 한 바퀴 돌고 나서는 또 어디로 가려는지 그것은 알 바 없으나 어떻든 그들의 풋날리는 이국 정서는 거리에서는 진귀한 것이어서 그들을 계약한 관주의 수완과 야심을 우리들 사무원도 절대로 찬성하는 바였다. 실상인즉 그들의 걸음은 벌써 두 번째여서 지난가을에 왔을 때에도 우리와 계약이 되어 의외의 호평으로 예상 이상으로 배를 불린 일이 있어서 이번에 관주의 마음이 두 번째 혹한 것이나, 그들로서도 전번보다는 더욱 충실을 기하기 위해 여덟 사람밖에 안 되던 단원이 네 사람을 더해 열두 사람의 상당히 흥성한 일단을 이루었던 것이다. 두 사람의 처녀 마리와 일리나, 소년 소녀 미샤와 안나의 네 사람이 처음 보는 얼굴이었으나 그 거창한 한 식구들을 바라볼 때 각각 얼마나 숨은 재조들을 감추고 있나 싶어서 출연이 기대되었다. 무시로 외국 영화를 바라보고 그들 남녀의 사진을 그리던 내게는 눈앞에 직접으로 노란 고수머리와 푸른 눈을 보게 된 것이 한 가지 기쁨이었고, 일상 품고 있던 이국 정서에 대한 갈증을 얼마간 축일 수도 있었다. 그들은 바로 어제 차로 내려서 무대 뒤에 여장을 풀었을 뿐이나, 새로 더한 네 사람 외에는 모두 내게는 두 번째의 구면이라 낯이 선법 없이 가장 친밀하게 대하고 말을 걸 수 있음이 또 하나의 기쁨이었다. 더구나 내게는 하찮은 그림장이나 그려서 먹고사는 몸이기는 하나 외국어의 소양이 얼마간 있었던 까닭에 그들의 서투른 일어와 맞서는 것보다는 여러 가지 외국어의 범벅으로 의사를 소통하는 편이 피차에 편한 노릇이어서 관주도 그들과의 교섭에 나를 내세운 점이었고, 그들 역 나를 의뢰하고 믿는 바 많았다. 이것이 내가 그들의 사정을 남달리 깊게 관찰하게 된 원인이라면 원인이었다. 가령 조그만 일이 있거나 원이 있어도 그들의 누구나는 반드시 사무실로 쫓아오거나 복도에서 나를 붙들고는 피차에 통함직한 말을 뒤섞어 용건을 말하는 것이었다.

3

이날 이때에도 내가 막 광고지에 광고문을 적고 났을 때 문간과 복도에서 지껄지껄 요란하던 총중에서 한 사람 문득 사무실 안으로 들어와 내 앞에 나타났으니 일행 중에서 춤으로는 으뜸격에 가는 카테리나였다. 별안간 방 안이 환해진 것은 그의 누런 머리카락과 흰 살결과 사치한 차림차림으로만이 아니라 그의 손에 쥐인 한 묶음의 꽃으로 말미암음이었다.

간단히 인사의 말을 던졌을 때 카테리나는 방긋 웃으며 하는 말이 꽃을 꽂을 터인데 혹시나 남는 화병이 없느냐는 것이었다.

"화병? 화병쯤이야 있구말구."

나도 웃음으로 대답하면서 일어서서는 영화 잡지, 신문, 포스터 등이 어지럽게 쌓여 있는 책궤를 열고는 뒤적뒤적 묵은 화병을 찾아내는 것이었다.

요행 화병을 찾아서 책상 위에 내놓았을 때 카테리나는 기뻐하면서

"메르시!"

라고도 해보았다.

"하라쇼!"

라고도 했다 하며 혼합된 단어로 감사를 표한다. 내친걸음에 나는 플라스크의 물을 화병에 붓고 그 속에 꽃 꽂는 것을 도와줄 때 옆에 섰던 동료는 능청맞게 딴전을 보면서 나만이 알아들을 말로

"괜히 그림 속의 발랭에게 반해서 그러지 말구 가까운 눈앞의 떡이나 후려보지그래? 발랭보다 어디가 못해. 오히려 나으면 낫지. 모습부터가 비슷하잖은가."

"실컷 놀려보게나."

"찬찬히 뜯어보라니까. 비슷한 바가 많잖은가."

그의 말로 새삼스럽게 깨달을 것도 없이 카테리나는 참으로 발랭과는 같은 바탕의 미인이었다. 동그스름한 윤곽도 같으려니와 깊고 부드러운 눈매며 불룩한 콧방울이 발랭을 그대로 떼어붙인 것도 같고, 다만 다른 것이 있다면 입술이 얇고 두 볼이 팽팽해서 발랭보다는 조금 쌀쌀한 듯한 인상을 주는 점이었다. 그러나 이것이 반면에 다른 효과를 자아내서 그 냉정하고 침착한 속에 말할 수 없이 으늑한 일종의 애수를 담은 것이었다. 눈앞을 깔아 보고 그 어디인지 먼 곳을 생각하고 있는 듯한 기색이 눈과 볼에 나타나서 그것이 알 수 없는 매력을 더한다.

꿈의 매력이라고 할까―발랭에게도 그것이 없는 것은 아니나 그의 남국적인 데 비해 카테리나의 그것은 북국적인 향기를 풍겨 그와는 또 다른 힘으로 사람을 잡는다. 참으로 동료의 말마따나 나는 가장 가까운 내 눈앞에 꿈의 대상을 보고 있는 셈이었다.

"어서 용기를 내서 한몫 대서보지. 이런 기회가 얼마든지 있는 것이 아닐 텐데―용기가 첫째야."

조롱인지 격려인지 동료가 뜨끔 눈짓을 하고는 인쇄소로 간다고 내가 그린 광고지의 원고를 가지고 사무실을 나갔을 때 나도 꽃을 다 꽂은 꽃병을 카테리나의 앞으로 내밀었다.

"무대 옆방이 너무 침침해 꽃이나 놓아야 조화가 될 것 같아서요."

그래서 사 온 꽃이라는 뜻이었다.

"그 방이 원래 어두워요. 창이 작은 까닭에 여름엔 더웁구."

"좀 와보세요. 창을 떼야 할 텐데 떼도 좋은지 어쩐지."

꽃병을 들고 나가면서 흘끗 눈을 돌리는 카테리나의 뒷모양을 바라보고는 마침 손에 일이 뼘했던 차이라 나도 그의 뒤를 따르지 않을 수 없었다.

오후의 두 번째 영사가 시작되었던 까닭에 관 안으로 들락날락하는 관객으로 복도는 어지러웠다. 옆 복도를 종종걸음으로 들어가 무대 옆방에 이르렀을 때 활짝 열어젖힌 문 안으로 울긋불긋한 방 안의 모양이 들여다보였다. 좁은 방 안에서 어쩔 줄들을 모르면서 트렁크들을 열고 무대 의상들을 내서 벽에 걸며 화장품 그릇을 책상 위에 놓고 하면서 복작거리는 것이 답답하게들 보였다. 처음 보는 초면의 처녀. 그들이 아마도 새로 단원이 된 마리와 일리나일 듯 소년소녀가 미샤와 안나일 듯하고는 그 외는 모두 구면이었다. 피아니스트인 스타호프, 수풍금을 울리는 크리긴, 기타를 타는 아킴, 북을 치는 이바노프, 바이올린을 켜는 피에르—모두가 나를 보고는 방긋이들 웃으면서 구면임을 그 스스로들 기뻐한다. 그 한 커다란 가족에 대한 반가움이 버쩍 솟으면서 나도 창께로 가서는 그들을 조력해서 한편 창을 떼어냈다. 답답하던

방이 한결 시원해진 것 같다. 카테리나를 비롯해서 모두들

"메르시! 스파시보!"

하면서 감사의 말을 던지는 것을 나는 아이같이 솔직하게 기쁜 것으로 들었다. 문득 등 뒤에 나타난 것은 일좌의 지배인 빅토르였다. 거리에서 막 돌아온 그의 얼굴에는 땀이 이슬 같고 뚱뚱한 몸집에는 늘 보이는 그 너그러운 웃음을 벙글벙글 띠고 있다.

"가스파딘 킴!"

하고 내게 손을 내미는 그의 등 뒤에는 그의 아내인 그라샤가 막 따라 들어오는 중이었다.

4

무대의 준비도 있고 한 까닭에 그날 밤 영화가 끝난 후 거의 열시가 넘었으나 쇼의 일행은 전부 한번 무대에 모이기로 되었다. 스크린 뒤편에 배경을 세워야 하고 그 옆으로 조그만 막을 층층으로 드리워야 하고—관객들이 헤어져버린 빈 홀에서 숨을 놓고 그들은 설렐 대로 설렜다. 나는 책임상 관의 대표자 격으로 남아서 피곤한 것을 무릅쓰고 그들과 동무하게 되었다. 조용한 속에서 꺼릴 것이 없이 못 박는 소리를 탕탕 내면서 며칠 후이면 다시 뜯어버려야 할 객지의 살림살이를 차려놓느라고 법석들을 하는 양이 내게는 엄숙하면서도 한편 애달프게 보였다. 좌중의 장골은 뚱뚱한 빅토르와 이바노프여서 거센 일은 대개 그들이 앞서서 하는 것이었으나 그 아무 자리에 내놓아도 손색이 없을 늠름한 의장부

들이 하필 할 일들이 없어서 낯선 외지 조그만 무대에 와서 하찮은 그 일들을 하고 있노, 느껴지면서 웬일인지 '인생의 애수'라는 제목이 가슴속에 굵게 맺혀오는 것이었다. 의장부라면 그 두 사람뿐이 아니라 조금 몸이 호리호리들은 하나 기타와 수풍금의 아킴과 크리긴도 유러시안인 바이올리니스트 피에르(독일 성에 동양의 피가 섞였다고 한다)도 미목이 수려하고 총명하게 보이는 의장부여서, 그들이 어쩌다 그런 삼류급 예술가의 행세를 시작했으니 말이지 그런 초라한 배경 속에서 벗어나서 의젓하고 소중한 사회의 자리에 앉혀본다면 넉넉히 그 위품을 보존해갈 만한 인품들이다. 그런 그들로서 기껏 그 자리에서 못질을 한다, 피아노를 끌어다 놓는다, 의자의 위치를 작정한다 하는 것이 천하게만 보이면서 인물들이 아까워 견딜 수 없다. 총중에서 제일가는 예술가는 역시 스타호프일 듯 타고난 풍모가 가장 순수할 뿐 아니라 그의 피아노의 실력도 그 정도의 무대에 내세우기는 아까울 만큼 높고 본격적인 것이었다. 그 실력 있던 피아니스트의 그날 밤 무대에서 맡은 일은 악기의 소제였다. 피아노의 안과 밖을 닦고 갖은 장기를 내서 키의 음을 조절하는 그의 모양은 피아니스트라느니보다도 한 사람의 공인의 자태였다. 그와 친한 것이 카테리나인 모양이어서 피아노 옆에 붙어 서서 잔손질을 돕는 것이 보기에도 다정한 풍경이었다. 그 앞을 어릿광대같이 어깻짓을 하면서 빙빙 도는 것이 그라샤, 단장 빅토르와는 나이로써 벌써 짝이 되어 비록 몸은 작아도 중년의 올찬 태도 속에 일좌를 은연중에 누르고 있는 힘이 보인다. 밤불에 비추어져서 그런지 처음 보는 마리의 자태는 뛰어나게 아름다웠다. 카테리나와는 갑을을 나누기가 어려울 정도의 용모로서 그보다도 도리어 젊고 수줍어하는 자태가 한층의 매력조차 더한다. 날씬한 맵시에다 부드러운 얼굴이 귀한 집 외딸의 품격을 띠었다. 그에게 비기면 일리나는 같은 낫세이면서도 용모가 수 단 떨어져 설레지 않고 잠자코 서만 있는 것이 흡사 인형같이만 보인다. 대체 무슨 재조를 감추었는지 조용한 모양으로는 무대에서 관객을 놀라게 할 수 있을 것 같지도 않았다. 나어린 미샤와 안나의 한 쌍은 무대 한편 구석에 웅크리고 서서는 서먹서먹한 눈매로 나를 바라볼 뿐이다. 어린 그들이 왜 그리도 기운이 없을까 하면서 찬찬히 바라보니 둘 다 여윈 얼굴이 퍽도 창백하다. 서리 맞은 새같이 앙크런 그들이 왜 고생을 하면서 어른들과 함께 무대에 서야 되는가. 측은히 여기는 내 눈초리를 짐작했는지 빅토르가 가까이 오더니 함께 그들을 바라보며

"남맨데 약해서 큰일 났어요. 무대를 좀 더 흥성히 해볼 양으로 하얼빈서 특별히 구해냈는데 몸들이 어찌 가냘픈지 무대에서 쓰러지지나 않을까 겁이 나요."

일단의 주인으로서 지당한 걱정이라고 생각되는 것은 그만큼 그들은 누구의 눈에도 잔약하게 보이는 것이다. 그들의 며칠 동안의 무대 생활에 별 탈이 없기를 축원하는 것은 참으로 거짓 없는 나의 진정이었다.

거의 열한시가 넘어서야 일들을 마치고 일행은 관을 나왔다. 나도 길이 같은 까닭에 그들이 유숙하고 있는 호텔 가까이까지 동행했으나 비단 소년 소녀뿐이 아니라 그들 전부에 대한 일종의 애감이 곡절 없이 가슴속에 솟으면서 그러므로 그들을 유달리 친밀히 느끼게 되어 나의 걸음은 약간의 흥분조차 띠어갔다.

5

이튿날 오전, 아직 개관하기 전에 무대에서 올리는 피아노 소리를 듣고 나는 사무소를 뛰어나갔다. 스타호프가 혼자 피아노 앞에 앉아 있었다. 아무도 나타나기 전의 한적한 시간을 연습에 열중하고 있는 중이었다. 요란한 재즈가 아니고 고요한 명곡임을 느끼고―나는 곧 파데레프스키의 〈미뉴에트〉임을 쉽게 깨달았다. 삼박자의 경쾌하면서도 애수를 띤 무도곡이 빈 홀을 사치하게 치장했다.

불도 안 켠 어둑스레한 홀 복판 의자에 검은 그림자를 보았다. 아무도 없을 줄 안 것이 웬 사람인고 하고 가까이 갔을 때 검은 웃옷을 걸치고 의자에 푹 묻혀 앉은 카테리나였다.

"놀라라."

흘끗 고개를 돌리면서 오도깝스럽게 눈을 떴다.

"되려 내가 놀랬쇠다. 이렇게 혼자 우두커니 앉았다니."

별로 앉으라는 권고도 없었으나 나는 내 멋대로 옆 의자에 허리를 걸치면서

"조그만 음악회의 단 한 사람의 청중이란 말이죠."

"그래요. 스타호프의 예술을 가장 잘 이해하는 것이 나라면 나니까요."

"한 사람의 청중과 한 사람의 연주자와―대단히 아름다운 음악회요."

"스타호프는 저래 뵈어도 예술가라나요."

"상당히 능한 피아노인 줄을 나두 대강 짐작합니다만."

"우리 단원으로는 아까운 한 사람이에요. 큰 뜻을 가지면서도 기회를 못 잡아서 이렇게 방황은 하나."

"송곳이 뾰족하면 어느 때나 염낭을 뚫을 날 있겠죠."

"들으세요. 저 아름다운 터치와 감정이 바른 해석."

카테리나는 말도 채 못 마치고 음악 속에 정신을 뺏겨갔다. 곡조는 다시 첫 대문의 모티프로 돌아가 가벼운 리듬이 반복되었다. 어디선가 먼 곳에서 울려오는 것 같은 아련하고 애끊는 정서이다. 파데레프스키 자신의 연주를 레코드에서 늘 들었으나 지금 무대의 연주도 거의 그 명장의 재조를 쫓아감직한 것인 듯 느껴졌다. 자세를 바로하고 앉아 엄숙하게 뜯는 그 태도부터가 범인의 것은 아닌 듯싶었다.

곡조가 끝났을 때 그는 두 사람의 청중을 내려다보며 미소를 띠우고 카테리나는 거기에 대답하는 듯이 박수를 울렸다. 나도 그를 본받아 박수를 한다는 것이 소리가 지나치게 커져서 앙코르인 줄 짐작했는지 스타호프는 또 한 곡조를 시작했다.

"오, 쇼팽! 쇼팽의 왈츠."

카테리나는 뛸 듯이나 기뻐하면서 몸을 흔들었다. 나도 그 곡조를 대강은 짐작하는 터이었으나 쇼팽의 왈츠가 그들에게 그렇게도 큰 기쁨을 주는 것일까.

화려하면서도 슬픈 곡조이다. 동양적인 애수가 구절구절에 넘쳐흐른다.

"폴란드의 음악은 왜 저리도 모두 슬픈고. 파데레프스키도 쇼팽도……."

중얼거린다는 것이 그만 소리를 치게 되었다.

"그래요, 슬퍼요. 나라가 슬프니 음악이 슬픈지, 음악이 슬프니까 나라가 슬픈 것인지."

카테리나는 대답하고는 내 귀밑에다가 거의 입속말로

"스타호프도 폴란드 사람이에요."

"오라, 그래서……."

그의 음악이 그렇게 슬픈 이치를 터득한 것 같았다.

6

"왈소오[5]의 국립극장에서 세계적으로 이름 낼 날을 꿈꾼 적이 있었다나요. 한번 동쪽으로 흘러온 후로는 예술도 점점 타락해서 저 모양이 됐죠. …… 지금은 왈소오는커녕 하루아침에 조국이 없어지지 않았어요. 스타호프의 꿈도 영원히 사라진 셈예요."

"흠……."

"우리 모두가 그렇지만 스타호프의 지난 경력을 생각하면 눈물이 나요."

나는 카테리나의 눈물을 보기를 두려워하는 듯 고개를 무대편으로 길쑥이 뽑았다. 작은 아침의 음악회는 아직도 끝날 줄을 몰랐다.

흥행은 예측대로 대단한 인기여서 첫날부터 관내는 만원의 성황을 이루었다. 영화 〈망향〉이 시작되었을 때 홀은 빈자리가 없

---

5 바르샤바.

이 차서 문밖에는 '만원사례'의 붉은 간판을 내세우고 손님을 거절하는 수밖에는 없었다.

〈망향〉의 영사 다음이 어트랙션의 시간이었다. 영화가 반쯤 진행되었을 때 일행은 한 사람 두 사람씩 모여들기 시작했다. 무대 옆방에 들어가 행장을 풀고 조급하게 무대 화장을 시작하는 패들도 있었으나 거개 더운 김에 홀 안을 질숙거렸다 복도 의자에 주저앉았다들 했다. 이바노프는 일리나와 한 짝인 듯 대개 동행하는 눈치였고 관 안에 들어오더니 복도에 놓인 소파에도 나란히 걸터앉았다. 짝이라면 그들은 맞춤인 짝이어서 뚱뚱한 몸집이며 불그스름한 얼굴이며가 남매인 양 비슷하게 보였다. 일리나는 몸집이 건강한데다가 무뚝뚝하고 말이 적은 것이 도리어 애티가 나고 애잔해 보였다. 항상 번잡하게 말을 거는 것이 이바노프이었다. 손바닥으로 부채질하는 시늉을 내면서 나를 보더니 꽃송이같이 입을 연다.

"아 덥다 현기증이 나면서."

그 무슨 불만같이도 들리길래 나는 내 고장을 변호하려는 듯이

"여름은 더우라는 법이 아니오. 어디나 일반으로."

이바노프는 만만히 휘어들지 않는다.

"그럴 리가 있나. 세상에서 안 더운 곳이 꼭 한 곳 있지. 송화강. 송화강은 아무리 복더위에도 시원하다나."

"왜 여기도 강이 있다우. 송화강보다 더 맑은 강이. 모두들 나가 헤엄치고 놀고 하는 강이."

지껄이다가 나는 문득 그런 소리가 그에게는 무의미함을 느꼈다. 고향을 그리워하는 나그네에게 딴 고장의 자랑이 무슨 위안

이 되랴. 차라리 고향의 회포에 잠기는 편이 그에게는 더 보람 있지 않을까.

"그러니까 고향이 하얼빈이란 말이죠, 송화강 근처라면."

"내 고향은 치타.[6] 학교도 다니다 농사도 짓다 군인으로도 뽑혔다가 지금은 이 노릇. 고향에 가서 살고는 싶으나 전과는 달라 지금은 아주 재미없는 곳이 됐다우. 하얼빈은 일리나의 고향. 고향이라도 이름뿐이지 부모를 다 여읜 곳이 무슨 고향이겠수. 일리나는 고아라우."

듣고 보니 그런지 얼굴을 쳐드는 일리나의 모양이 애처롭다. 허부룩한 머리조차가 돌보아줄 사람 없는 것이거니 생각하니 쓸쓸해 보인다. 그러나 일리나의 그 허부룩한 머리와 애티 나는 몸집이 쓸쓸한 것이라면 마리의 호리호리하고 가냘픈 자태는—그것은 대체 쓸쓸한 것이 아니란 말일까. 아킴과 함께 팔을 끼고 들어오는 뒤를 크리긴이 따라 들어온다. 세 사람 가운데에서 유독 눈을 끄는 것이 마리였고 앞으로 다가오는 것을 똑똑히 보니 흰 얼굴에 푸른 눈이다. 먼 고향의 하늘빛인 푸른 눈으로 사람을 바라보는 마리의 자태는 쓸쓸한 것이 아니었던가. 세 사람의 한패가 무대 옆방으로 들어가는 것을 보고 이바노프는

"마리의 아버지는 제정시대의 육군 소장이었다우. 지금은 외딸을 저렇게 밖으로 버려둘 지경으로 하얼빈 뒷골목에서 답답한 나날을 보내지만 한때는 다 이름을 날리던 사람이라나요."

"그래 아버지를 구하려고 이번에 한몫 새로 끼어 나왔나요."

---

6 러시아 남동부 치타 주의 주도.

"아버지까지를 구하다니 자기 한 몸을 살리기가 간신인데. ······ 아큅도 저래 뵈어도 명문의 집안에 태어난 귀족의 아들이구 크리긴도 한때는 한다 하는 군인이었다우."

일리나만이 고아의 외로운 정경이 아니라 듣고 보면 그들 모두가 비슷한 처지였던 것이다. 그런 것을 들을 때 나는 좁던 내 마음의 세계가 조금씩 넓어짐을 깨닫게 되면서 모르던 정회를 그들과 함께 느낄 수 있는 것이었다.

7

"고향은 없어도 고향이 그리워요. 송화강은 이웃 사람들과의 단란의 곳이거든요. 얼른 이번 흥행이 끝나고 그곳에 가서 함께들 잠길 날을 생각해요."

그럴 것이라고 나도 이바노프의 감정을 그대로 품을 수 있었다.

영화가 끝나고 어트랙션이 시작되었을 때 홀 안은 조금의 여지도 없이 관객으로 찼고 박수가 파도같이 번거롭게 울렸다. 나도 지난해에 본 후로는 처음이라 두 번째의 기대로 얼마간 흥분에 사로잡히면서 뒤편에 자리를 잡았다. 관주며 안내하는 아이들이며 관내가 총출동으로 들락날락하며 사무실의 동료도 내 옆에 앉아서 호기심에 눈을 똑바로 무대로 보낸다.

빅토르는 단장일 뿐이 아니라 무대에서도 한몫을 보아서 서투른 일어와 패사스러운 몸짓으로 틈틈이 나와서는 관객을 웃겼다. 그의 사회의 역할이 일단으로서는 확실히 중요한 부문으로 짐작되었으나 그만큼 그의 무대에서의 노력은 눈물겨우리만치 필사적이었다. 관객을 웃기고 끊임없는 흥을 돋워주는 곳에만 그의 생명이 있는 듯 보기에도 딱하리만큼 갖은 노력을 다했다. 우리의 흥미의 대부분도 사실 그에게 걸려 있었다.

피에르는 그의 양친 중에서 어느 편이 독일 사람인지는 모르겠으나 자그마한 몸에는 동양의 피가 더 세게 흐르고 있는 듯 눈매나 코 맵시가 부드럽고 연하다. 켜는 바이올린 소리도 부드럽고 가늘어서 애끓는 대문에나 이르면 빅토르는 그의 앞을 막아서면서

"먼 데 둔 아내 생각이 간절해서 바이올린 소리가 이렇게도 구슬프답니다."

하고 패사를 피워서 관객을 웃기고 피에르의 얼굴을 붉혀주고 하는 것이었다.

빅토르와 피에르가 어릿광대같이 앞에서 설레는 뒤편에는 밴드의 패가 바른편에서부터 차례차례로 피아노의 스타호프, 수풍금의 크리긴, 기타의 아킴, 북 치는 이바노프의 차례로 늘어앉고 무대 복판에 마이크로폰을 세우고 마리와 그라샤가 번갈아로 나와서 노래를 부르고 간간이는 크리긴과 아킴이 밴드 좌석에서 빠져나와 노래에 섞어 수풍금과 기타 독주를 했다. 빅토르의 아내인 그라샤는 노래도 춤도 온전하지 못하고 남편 모양으로 무대 위를 부질없이 건들거리는 넌덜꾼이요, 마리의 노래도 대단한 것은 아니었으나 가는 목소리로 〈아리랑〉을 부른 것은 확실히 장내의 인기를 한꺼번에 가로채게 되어 요란한 갈채로 두 번 세 번 무대 위에 불리게 되었다. 외국 소녀가 부르는 〈아리랑 타령〉이 왜

그리도 마음을 잡아 흔드는지 사실 나도 그 애끓는 곡조에는 눈물이 핑 돌 지경으로 가슴이 벅찼다. 그가 외국의 다른 어떤 노래를 부른대도 그토록 사람의 가슴을 뒤흔들지는 못했으리라고 생각한다. 아리랑 고개로 넘어가는 간들간들한 그의 푸른 눈은 그렇게 흔하게 어디서나 볼 수 없는 쓸쓸한 정감을 북돋우게 했다.

마리의 〈아리랑〉은 확실히 한 토막의 성공된 예술이었다.

그러나 그뿐 그에게서 더 신기한 재주는 볼 수 없었고 귀족의 후생인 푸른 눈의 처녀에게는 결국 외국의 그 한 곡조 노래가 단 하나의 준비된 예술인 모양이었다. 여러 번 앙코르를 받고 나오는 그의 모양을 카테리나는 무대 한구석에 차라리 측은한 눈초리로 바라보는 듯도 했다. 물론 조롱도 아니요 시기도 아니겠지만 그의 냉정한 시선에는 확실히 한 줄기의 불만이 엿보이는 듯하다. 그만큼 카테리나의 무대에서의 노력은 성의 있고 열중된 것이어서 흡사 그 혼자가 일단의 운명을 짊어지고 동행의 체면을 살리기 위해 만신의 힘을 다하고 있음을 알았다. 카자크의 춤, 헝가리의 춤을 비롯해서 다채한 의상을 차례차례로 갈아입고 나와서는 거의 무대를 휩쓸어가려는 듯 열정적으로 각가지의 춤을 추어댔다. 요란스러운 관중의 박수 소리와 함께 스스로의 열정으로 점점 피곤해가는 모양이 역력히 관객석으로 보여온다. 참으로 성의 있는 예술가는 카테리나 한 사람이었다.

8

그에게 비기면 일리나는 무대의 허수아비였다. 노래 한 곡조 부르는 법 없이 춤 한번 추는 법 없이 마치 벽의 꽃인 양 밴드 뒤편 막에 붙어 서서 한 송이의 치장의 역할밖에는 더 하지 않았다. 소년 소녀의 미샤와 안나의 한 쌍 역시 대단한 재롱은 피우지 못하고 손을 잡고 탭을 밟는 것이 위태스럽게만 보였다. 그러면 그럴수록 무능한 그들까지를 긁어모아 가난한 무대를 번거롭게 하려는 그들의 마음씨가 내게는 아프게 흘러오면서 예술의 성과를 떠나서 그들의 속사정에 마음이 부드럽게 되는 것이었다.

한 시간 남짓한 무대가 그렇게도 피곤하게 하는지 출연이 끝났을 때 그들의 수고를 말할 겸 무대 옆방을 들어서니 화장을 떤다 의상을 갈아입는다 하면서 볶아치는 그들의 얼굴에는 확실히 피곤의 빛이 보였다. 한판의 싸움을 하고 난 뒤와도 같을 법 싶었다.

"돼서 이 노릇도 못해먹겠다 이젠."

빅토르는 수건으로 이마의 땀을 훔치면서 빙글빙글 겸연쩍게 웃어 보인다. 사십이 넘은 장년 신사의 절구통 같은 목덜미는 불그스름하게 상기되었고 손가락에까지 땀이 내배인 것이 보인다.

"사람을 웃기기가 세상에 얼마나 어려운 노릇이라구요."

"이곳 사람들은 돌부처요 샌님들이 돼서 좀처럼 웃어봐야 말이죠."

"그만큼 사람을 웃김은 상당한 예술가가 아니면 못할 일이오. 나도 허리를 꺾다시피 했소."

내가 빅토르를 위로하고 있는 동안에 아킴은 마리를, 스타호프는 카테리나를 각각 추어주고 위로해주는 눈치였다. 밤 출연까지에는 여러 시간의 여유가 있었다. 이바노프는 일리나를 데리고 누구보다도 먼저 어디론지 가고 뒤를 이어 빅토르 부처가 거리로 나간 후로는 남은 패들은 자유로운 시간을 어떻게 허비할까 망설이는 눈치였다. 스타호프에게 영화 구경을 권했을 때 그는 금시 찬성하고 카테리나와 함께 나를 따라 홀 안에 들어가 알맞은 자리를 잡고 앉았다. 마리와 아킴도 우리를 본받고 크리긴도 어느 결엔지 우리들의 앞, 아킴과 마리의 옆에 앉아 있는 것이었다.

〈망향〉은 벌써 퍽 많이 나가 알제리의 그 야릇하고 복잡한 거리의 묘사를 거처 파리의 여자 가비의 출현의 대목에 이르고 있었다. 가비로 분장한 발랭의 요염한 자태에는 거듭 보아도 신선한 매력이 넘쳤다. 현실의 모든 것을 잊고 우리들은 가비의 매력으로 정신이 쏠렸다. 내게는 그 순간 카테리나의 생각도 없었다. 영화는 미처 숨도 갈아쉴 새 없는 긴장된 박력을 가지고 차례로 페페와 가비의 상면—두 사람의 약속—호텔에서의 가비의 불만—페페의 초조한 연정—정부의 질투—결심한 페페의 출발—의 대목으로 발전하다가 드디어 페페가 우연히 거리에서 가비를 만나는 장면에 이르렀다. 페페는 낙심하던 끝에 문득 만나자 말 없는 감격 속에서 그를 이끌고 방에 이른다. 야릇한 방, 페페의 정성, 준비된 식탁, 가비의 호기심, 페페의 열정—두 사람의 사랑은 세상에서 제일가는 신기하고도 뜨거운 것이다. 가비의 두 눈은 별같이 탄다…….

그 불타는 화면에서 문득 내 시선을 떼게 한 것은 몇 자리 앞에 앉은 아킴과 마리의 돌연한 거동이었다. 영화에서 감동을 받음인지 별안간 페페와 가비를 모방해서 그들의 열정을 연장시킨 것이다. 충동적으로 몸을 쏠리더니 번개같이 얼굴을 댄다. 어둠 속으로도 그 열광적인 자태는 또렷하게 눈에 띄었다. 그 순간 눈을 끌린 것은 나만이 아닐 듯싶다. 그들은 한참이나 있다가 얼굴을 뗐으나 몸은 그대로 가까웠다. 나는 영화에서는 벌써 마음이 떠서 두 사람만을 쏘아보게 되었다. 변괴는 뒤를 이어 일어났다.

　두 사람의 거동을 보고서인지 옆에 앉았던 크리긴은 벌떡 자리에서 일어섰다.

9

　무죽거리다가 아킴들을 향해 무어라고 지껄이더니 마리의 손을 잡는 것이었다. 함께 밖으로 나가자는 눈치인 듯했다. 아킴이 대꾸하면서 엉거주춤 자리를 일어서서 실랑이를 치다가 관객의 눈을 끌 것을 두려워함인지 주저앉으니까 크리긴도 자리에 앉았다. 앉아서도 오고 가는 말이 한참이나 많은 모양이더니 이윽고 크리긴은 혼자 자리를 일어서서 사잇길을 지나 비틀비틀 밖으로 나가버렸다. 남은 아킴과 마리는 아까와는 다른 조금 불안한 듯한 기색으로 정신없이 지껄거린다. 마음을 가라앉히기에는 오랜 시간이 걸리는 눈치였다. 크리긴은 다시 안 들어오고 두 사람은 수군거리면서 벌써 영화는 보면 말면 하는 기색이었다.

　마리를 사이에 두고 아킴과 크리긴이 은연중에 대립하고 있는 눈치는 벌써 내게는 첫눈에 짐작된 것이었다. 두 사나이는 호리호리한 몸맵시며 신경질로 보이는 기질이며가 흡사해서 마치 형제인 듯한 인상을 준다. 이바노프의 말대로 아킴은 귀족의 후신이요 크리긴은 훌륭한 군인이었던 관계인지 아킴의 부드럽고 상냥한 데 비겨 크리긴은 그 어디인지 뻣뻣스럽고 억센 데가 보이기는 하나, 그러나 대체로 비슷한 풍격과 기질이 마리에게 대해서도 같은 정감과 호의를 품게 한 듯하다. 연연한 목소리로 〈아리랑〉을 부르던 마리의 온순한 마음씨가 두 사람에 대해서 태도를 선명하게 구별하지 못했던 까닭에 두 사람도 얼뻥뻥해서 함께 속을 태우는 듯했으나 아킴과의 사이가 크리긴과보다도 현저하게 기울었던 것도 사실이다. 그것을 눈앞에 보는 크리긴의 심사가 안온할 리는 없어서 두 사람에게 대해서 자연 눈에 모가 서는 것이 국외자인 내게조차 확적히 보였다. 더구나 객지에 나와 헤매이는 몸으로 따뜻한 여자의 정이 몸에 사무쳐서 그리울 것도 사실 일단이 도착한 날부터 크리긴의 쓸쓸한 자태는 내 눈을 속일 수 없었다. 영화 〈망향〉으로 하여 마음이 불시의 충동을 받았던지 기어코 그 당장에서 두 사람에게 대한 감정이 터졌던 것인 듯하다. 아킴의 태도가 지나쳐 노골적이었던 것만큼 크리긴의 딱한 심정도 추측하기에 족하다.

"사람들두 왜 하필 우리 앞에서 저 처신인구."

그 장면에서 받은 인상이 카테리나에게도 유쾌하지는 않은 듯 확실히 불만스러운 어조였다.

"아킴이 너무 햇둥거리는 것 같아. 좋아 지내는 건 자유지만 뭘 하필 보라는 듯이 크리긴의 앞에서 그럴 것이 있나. 안 보는 데서라면 또 몰라두…… 마리두 철이 좀 없구."

스타호프의 맞장구도 내게는 바른 것으로 들렸다.

"쓸쓸하기야 피차일반이지. 남의 눈을 자극시킬 법은 없을 텐데……."

마리의 거동이 크리긴만을 찌른 것이 아니라 카테리나 자기의 눈도 자극했다는 듯한 말투이다.

"두구 보지. 저들이 꼭 한 북새 일으키지 않나. 좀 더 삼가지들 않구."

벌써 더 앉았을 경[7]이 없어진 듯 스타호프는 자리를 일으키고 카테리나도 그를 본받았다. 영화에서 흥미가 사라진 지는 벌써 오래였다. 나도 혼자 머무르기가 멋쩍어 앞에 앉은 아킴과 마리 한 짝만을 남겨두고 자리를 일어섰다.

관을 나와본댔자 별로 가야 할 신통한 곳도 없는 것 같기에 나는 그들과 더 이야기나 할 기회를 얻을까 해서 앞을 섰다.

"깨끗한 찻집을 아는데 어떠슈들."

"글쎄 심심도 한데."

스타호프와 카테리나는 선선하게 뒤를 따랐다.

단골로 다니는 '세르팡'이 가까웠고 요행 손님도 뜸했다. 오후의 참 때이라 차와 샌드위치를 분부하고 음악을 주문했다. 낯선 손님들을 대접하려는 듯 차이코프스키의 〈호두 인형〉이 흘러왔다. 흰 커튼 사이로 바람이 간들거리고 분의 종려나무 잎새가 숨 쉰다. 두 사람은 조국의 음악 소리에 폭 잠긴 듯 잠시 말을 잊었

7 경황.

408

다. 농민의 춤의 리듬이 흐를 때 스타호프는 차에 사탕을 넣으면서 침착하게 중얼거렸다.

"이번 홍행이 끝나면 난 북으로 갔다가 바로 구라파로 갈는지 모르오."

음악으로 구라파를 생각해냈다는 말인지 일단의 어수선한 사정에 싫증이 났다는 말인지는 알 수 없으나 고향인 구라파에 대한 애수가 그의 가슴속에 서리어 있을 것은 확실했다. 비록 안 지가 며칠 안 된다고는 해도 그의 말—보다도 그의 어조는 역시 내게는 섭섭한 것이었다.

"카테리나도 가나요."

스타호프보다는 나는 카테리나 편을 보려고 애썼다.

"글쎄요. 전 어떻게 될는지……."

"카테리나 같은 여자가 얼마든지 있다면 나도 한 번은 구라파를 찾구야 말 것이오."

지껄이고 나는 겸연쩍기도 해서 탁자에 시선을 떨어뜨렸다. 카테리나도 웃음을 머금고 탁자 위를 보았다. 나는 손가락에 찻물을 찍어가지고 카테리나의 얼굴을 그리고 있었던 것이다. 찻잔 옆에서 그의 아름다운 데생이 역시 웃고 있었다.

10

구라파에 대한 애착을 나는 가령 구라파 사람이 동양에 대해서 품는 것과 같은 그런 단지 이국에 대한 그리움이라는 것보다도 한층 높이 자유에 대한 갈망의 발로라고 해석해왔다. 문화의 유산의 넉넉한 저축에서 오는 풍족하고 관대한 풍습이야말로 가장 그리운 것의 하나이다. 막상 밟아본다면 그 땅 역시 편벽되고 인색한 곳일는지는 모르나, 그러나 영원히 마지막의 좋은 세상은 올 턱이 없는 인간 사회에서 얼마간의 편벽됨은 피할 수 없는 사정인 것이요 실제로 밟아보지 않은 이상 그리운 마음이 뺄 수는 없는 것이다. 아무리 고집을 피우고 뻗디뎌도 간에 오늘의 세계는 구석구석이 그 어느 한 곳의 거리도 구라파의 빛을 채색하지 않는 곳이 없으며 현대 문명의 발상지인 그곳에 대한 회포는 흡사 고향에 대한 그것과도 같지 않을까. 지금의 내 심정은 구라파로 가고자 하는 스타호프의 회포와도 같은 것, 다 함께 일종 고향에 대한 정임에 틀림없다.

"구라파가 원이오. 그야 카테리나 같은 여자도 많지요. 물론 카테리나는 여기 꼭 한 사람밖에는 없지만."

스타호프는 카테리나에게 대한 존경을 표시하려는 듯 그와 나를 번갈아 보면서 웃는다.

"고향 타령은 왜 이리들 해요. 그러지 않아도……."

아닌 때 무시로 고향 생각을 되풀이하는 것이 카테리나에게는 도리어 서글픈 노릇인 모양이었다. 외국에서 고향을 말함은 금물이라는 어조이다.

"나는 지금 내 고향 속에 살면서도 또 다른 곳에 고향이 있으려니만 생각되는 건 웬일인지 모르겠소."

내게 이런 실토를 하게 한 것이 역시 그들과 같이 있게 된 그 분위기였다.

그들과의 교제가 내게는 결코 서먹서먹한 것이 아니요, 도리어 정 붙고 즐거운 노릇이었다. 반드시 호기심과 숭배에서 오는 것이 아니라 그 역 일종 향수의 표현임을 나는 안다. 차이코프스키의 음악은 핏속에 사무쳐오고 탁자 위에 그린 카테리나의 얼굴이 말라가면 나는 손가락에 물을 찍어 가장 익숙한 운필로 또다시 그리기 시작하는 것이었다. 확실히 광고지 위에 미레이유 발랭의 얼굴을 그릴 때 이상의 친밀한 감동이었다.

그날 밤 단골집에서 혼자 술을 마시면서도 나는 같은 정서에 잠기며 찻집에서 느낀 회포가 더욱 간절히 솟았다. 취흥에서 오는 감상도 덮쳐서 보통 때보다 감정이 한층 과장되었다. 마치 구라파가 지금 가까운 눈앞에 놓여 있는 듯이 그곳에 이름이 가장 쉬운 노릇인 듯이 마음이 알 수 없이 대견했다. 긴하게 와서 술을 따라주고 정성을 보이는 유라조차도 내 눈에는 심드렁하게 보였다.

"어트랙션이 재미있다죠. 한번 가봐야겠는데. 미인이 많다는데 더러 좀 데리구 오세요."

"요새 이국 정서 속에 흠뻑 잠겨 있는 셈이지."

"늘 원하던 터에 잘됐군요."

싫은 소리였던지도 모르나 나는 될 수 있는 대로 무관심한 태도를 지녔다. 유라는 나를 존경하고 내 마음의 지향을 오래도록 기다리고 있는 터였다. 내 마음은 그에게로 타오르려 하다가도 냉정한 반성과 원대한 희망을 일깨울 때 다시 식어지면서 유라의 심정을 안타깝게만 만들었다. 범상한 연애를 하다가 범상한 결혼을 하고 그것으로 말미암아 평생을 얽어매고 희생하기에는 내 이상이 허락지 않는다. 유라는 단지 직업이 초라할 뿐이었지

여자로는 출중한 인물이다. 내 값이 그보다 몇 곱절 윗길이라고
는 생각지 않는다. 그렇기 때문에 사실 나는 그 유혹을 이기기에
무한한 인내와 노력을 해온다. 쇼 일행의 출현은 내 마음을 한 번
더 매질하려는 의지의 채찍인 셈이었다. 여러 해 동안 공들여 모
은 저금이 수천 원에 가까웠다. 그것이 점점 차가는 것이 더없는
기쁨이었고 내 결심을 더욱 조여주는 나사였다. 저금을 한정하고
나는 내 길 떠나는 날을 작정할 수 있을 터이니까 말이다.

"술이 과하지 않으세요."

"아 유쾌하다."

유라야 실망하든지 말든지 그의 심중이야 어찌되었든지 나는
내 유쾌함을 막을 수 없었고 알 수 없는 희망이 취흥과 함께 도
도히 가슴을 치밀었다.

11

어트랙션으로 말미암아 낮이나 밤이나 만원이었으나 내게는
변화 없는 같은 연기를 거듭 볼 흥미는 벌써 없었다. 연기에서 오
는 흥미는 고사하고 단순한 재주를 가지고 관객을 끌고 나가려
는 일행의 무한한 노력이 보기에 딱했다. 몇 번이고 같은 무대를
보고 그들의 밑천의 바닥을 긁어내고 그들의 전부를 알아버린다
는 것이 잔인한 것같이만 생각되어서 부질없이 관객석에 앉던
버릇을 삼갔다. 그것이 가난한 그들을 사랑하고 존경하는 도리였
던 것이다.

되풀이에서 오는 싫증은 그러나 나보다도 그들 자신이 몇 곱절이나 더 심각하게 느끼는 눈치였다. 신선한 풍미를 갖춘 식탁을 대할 때와 같은 항상 새로워지는 감격을 가지고 무대에 나가는 것이 아니라 깔깔한 모래를 씹으러 억지로 목을 끌려 나가는 셈이었다. 힘써 목소리를 높이고 몸을 너털거리고 웃음을 꾸미면서 그러는 속으로 그 모든 것을 의식하고 헤아림은 얼마나 그들을 피곤하게 할 것인가. 무대에서 뛰어나오면 땀을 흘리고 가슴을 헤치면서 말할 수 없이 노곤하고 싫증이 나는 모양들이었다. 그러나 무대 밖 생활 역시 단조해서 무대에서 받은 그 피곤을 풀어줄 변화는 흔하게 없었다. 나날의 생활의 연구가 그들에게는 또한 한 가지의 난사인 모양이었다.

이틀이 지난 날 밤무대가 끝난 뒤에 나는 스타호프에게서 함께 호텔로 안 가겠느냐는 청을 받았다. 무슨 신기한 수나 있느냐고 물으니까 밤마다 로비에서 심심파적으로 무도회를 연다는 것이었다. 호기심도 없지 않아 나는 사무실 일을 정리하고 그들과 걸음을 같이했다.

일행이 많은지라 호텔에서 방들은 각각 위층의 조그만 것을 차지했으나 밤이 늦은 후의 로비는 거의 그들의 독차지가 되었다. 구석으로 의자를 모니 가운데가 넓게 비었고 맥주들을 마시면서 그들만의 즐거운 한때였다. 축음기에 레코드를 걸고 곡조를 따라 번갈아들 일어섰다. 여자가 네 사람에 사내가 여섯 사람인 까닭에 아무래도 한꺼번에 일제히 일어설 수는 없었고 번번이 짝이 기울었다. 일리나는 대개 이바노프와 일어섰고 그라샤는 빅토르와 겯고 하는 속에서 마리가 역시 가장 인기가 높아 개개 한

번씩은 그에게 가서 춤을 비는 지경이었다. 아킴과 크리긴은 거의 경쟁이나 하는 듯, 피에르도 그에게로 발이 향하고 빅토르도 간간이 아내 그라샤를 달래놓고는 마리에게로 손이 갔다. 아킴과 크리긴은 영화관에서 일이 있은 후 내게는 특히 눈에 띄게 된 두 사람이었으나 미묘한 신경의 갈등을 감추면서도 다른 눈앞에서는 지극히 평온한 자태를 꾸미려고 애쓰는 것이 속일 수 없었다. 내 눈에 그들보다도 더욱 기괴하게 비친 것은 빅토르였다. 두 사람 속에 끼어 마리를 상대로 확실히 그도 한몫을 보고 있음을 나는 그날 밤 적확히 깨달을 수 있었다. 아내 그라샤의 빛나는 눈도 벌써 그의 마음의 고삐를 붙들 수는 없는 모양이었다. 마리를 사이에 두고 그들 세 사람의 은근한 마음의 고백은 나를 놀라게도 하고 어지럽게도 했다.

카테리나의 호의로 나는 두어 번이나 그와 서투른 스텝을 밟게 되었다. 무대에서 발레가 훌륭한 만큼 그의 발 맵시는 고와서 나는 도리어 그의 부드럽고 가벼운 몸짓으로 리드를 당하고 있는 셈이었다. 그렇기 때문에 스타호프가 내 춤을 비평해서 제법 됐다고 말한 것은 순전히 카테리나의 덕이었던 것이다. 없는 재조에 흥만이 들어서 탱고와 왈츠가 즐기는 바였다. 나는 욕심스럽게 음악이 울릴 때마다 은근히 카테리나의 손이 비기를 바랐다. 세 번째인가 그와 왈츠를 걸고 일어선 때였다. 느릿한 삼박자의 리듬으로 몸이 유쾌하게 요동하기 시작했을 때 문득 카테리나의 등 너머로 수선스러운 기색이 들렸다. 음악의 박자는 여전히 변치 않고 흐르건만 좌중의 리듬은 금시 깨뜨려지면서 몸이 뒤틀거리는 것이 벌써 춤의 분위기가 아니요 심상치 않은 변동이 일어나 있음을 알 수 있다.

12

"염치들을 알게나. 이리떼와 다를 것이 무언가."

빅토르가 마리의 손을 낚으면서 소리를 높인 데서부터 동요가 시작되었다.

"오늘만이 날인가. 그렇게 욕심들을 부리게."

확실히 아킴과 크리긴에 대한 비난인 모양이었으나 비난이고 뚱딴지고 간에 그의 손에 잡혔던 마리는 벌써 그의 눈앞에서 흘려버리지 않았는가. 아킴이 그의 앞에 날쌔게 나서면서 마리와의 사이를 막아버린 것이다. 빅토르가 허수아비같이 서 있는 동안에 두 사람은 맞붙들고 슬금슬금 움직였다.

"다른 데가 아니라 눈 뽑을 세상이 바로 여기구나."

빅토르는 어이가 없어서 두 손을 버리고 초점 없는 시선을 하염없이 던졌다.

그러나 그것으로써 자리가 수습된 것이 아니었다. 아킴과 마리가 불과 몇 걸음을 디디지 않았을 때 그들은 크리긴으로 말미암아 같은 봉패를 당하게 되었다. 흡사 아킴이 빅토르에게 했던 것과 같이 크리긴은 별안간 아킴과 마리의 사이에 선뜻 들어서면서 두 사람을 갈라버린 것이었다. 농담도 아니요 장난도 아닌 것은 그의 표정으로 역력히 알 수 있었다. 그가 농으로 하는 것이 아니라면 아킴도 그것을 농으로 받을 리는 없어서 나긋나긋 휘던 몸이 금시 말뚝같이 빳빳해지면서 됩데 크리긴의 앞에 막아 선 격이 되었다. 마리는 그 서슬에 슬그머니 손을 놓고 옆에 나서게 되었을 때 벌써 세 사람이 두 사람으로 정리되어 그 두 사람의 대립이 선명하게 좌중에 드러나게 되었다. 내가 카테리나의 어깨 너머로 주의하기 시작한 것은 바로 그 장면부터였다. 춤추던 다른 사람들의 몸 자체도 그것을 목격하면서부터 이지러지기 시작했고 나도 서투른 발이 더욱 비틀거려짐을 느꼈다.

이윽고 나는 춤의 자세를 풀면서 카테리나의 손을 놓았고 이바노프와 일리나도 피에르와 그라샤도 각각 떨어지면서 몸을 돌린 것은 아킴과 크리긴 사이에 드디어 복닥질이 일어난 까닭이었다.

"예의를 모르는 자이다."
라는 아킴의 고함에 크리긴도 발끈하면서
"욕심쟁이는 예의로 대할 수 없는 것이야."
고 대거리를 한 것이다.
"욕심쟁이건 무어건 왜 자꾸 남을 귀찮게 굴어."
"뭇사람 앞에서 혼자만 욕심을 부리는 것부터가 예의에 어그러난 것이다."
하며 두어 마디 건네고 받고 하더니 누구 편에선지도 모르게 주먹을 건네자 금시 두 사람은 그 자리로 얼러붙은 것이었다.
"마리는 우리 단체의 여자이지 한 사람만의 차지는 아닌 것이야."
"단체는 단체, 사생활은 사생활이지, 남의 속일까지가 아랑곳이냐?"
"쓸쓸한 외지에서는 서로 겸손해야 하는 것이지 욕심은 결국

이기주의일 뿐이다."

"나는 마리를 사랑한다. 사랑에 무슨 연설이 필요한가."

"나도 마리를 남으로는 생각지 않는다. 내게도 내 이유가 있는 것이다."

한꺼번에 치고받는 것이 아니라 피차에 할 말은 다 하면서 번갈아 치고 갚고 하는 싸움이었다. 기운과 결이 비등한 까닭에 쉽사리 끝장이 안 나고 질질 끌 모양이었다. 마리는 그 꼴이 보기 싫은 듯이 의자에 가 주저앉았고 다른 패들도 별로 두 사람을 말리는 법 없이 우줄우줄 섰기도 하고 앉기도 하는 속에서 혼자 약이 올라 설레는 것은 그라샤였다. 결국 두 사람의 싸움으로 되었으나 실상은 남편 빅토르도 그 속에 한몫 끼었던 셈이요, 그야말로 장본인이라는 듯이 싸움과는 떨어져 남편을 못살게 쑤셔대는 것이었다.

"부끄러워하시오 당신도."

마리도 눈앞에 있고 한 터에 감정을 노골적으로 나타내지는 않았으나 은근히 남편을 노리는 두 눈에는 불이 철철 흘렀다.

"조금도 부끄러울 것이 없어."

"한 식구의 어른으로 머리가 허얘가지고 무슨 꼴이란 말요."

두 패로 갈라지려는 싸움을 보기 민망해서인지 스타호프는 빅토르 부처의 사이를 가르더니 아킴과 크리긴의 팔을 잡아낚았다.

"무슨 꼴들이오. 우리 모두의 수치가 아니오."

13

뽀이들이 달려오고 카운터에까지 싸움의 기색이 알려진 까닭에 스타호프의 만류함이 차라리 한 기회가 되어 두 사람은 싸움의 흥을 잃어버린 모양이었다. 조그만 사사로운 일로써 뭇사람앞에서 더구나 동족끼리도 아닌 다른 사람의 눈에까지 그런 꼴을 보이게 된 것을 즉시 뉘우친 눈치였다. 싸움의 흥분이 크지 않았던 것은 아니나 즉시 냉정하게 반성하게 되는 그들의 교양의 정도를 나는 살필 수 있었다. 그러나 뭇시선 앞에서 싸움을 멈추었을 뿐이지 두 사람의 반감이 서로 마음속으로 푸슥푸슥 타들어가고 있을 것도 사실이었다.

원래 그들의 싸움이 뿌리 깊은 적의에서 오는 것이 아니고 일종 애달픈 향수에서 온 것임이 사실이매, 낯선 곳에서의 근심이 삐지 않는 한 마음이 개운하게 개일 리도 없어 우울의 글거리[8]가 쉽사리 사라지지 않음도 당연한 일일 것이다. 아큄과 크리긴이 각각 방으론지 올라간 후로는 로비의 공기는 쓸쓸한 침묵 속에서 견딜 수 없이 적막한 것이었다. 총중에서도 서성거리는 빅토르의 양은 마치 어린아이와도 같아서 어지러운 신경을 좀처럼 수습하지 못하는 모양이었다. 뚱뚱한 의장부의 체격으로 마음의 중심을 잃고 설렁거리는 모양은 한층 보기 딱했다.

이 밤의 싸움을 계기로 하고 일단에는 확실히 변화가 생기기 시작한 듯하다. 생활의 중추를 뺏긴 듯 통일이 없어지고 안정이

8 줄거리, 줄기, 그루터기를 뜻하는 사투리.

잃어졌다. 신경이 곤추선데다가 울적한 심사까지가 덮쳐서 흡사 병든 기계같이 어긋나고 뒤틀리기 시작하는 것이 보였다.

이튿날 낮 무대 때의 빅토르의 전에 없던 심한 짜증은 전날부터의 심사의 폭발에서 왔음이 명확했다. 소년 소녀 미샤와 안나의 무대 솜씨가 물론 처음부터 설핀 것이기는 했으나 그날 유독 빅토르가 어린 그들을 상대로 그렇듯 화를 낼 법은 없었다. 흰 복색을 하고 실크해트를 쓰고 탭을 추는 미샤의 주위에서 같은 소복을 하고 머리에 리본을 단 안나가 손을 잡고 맴을 돌았다. 가제나 푸른 안색에다가 소복을 하니 한층 애잔하게들 보이면서 무대를 휘돌아치는 가는 다리가 휘춘휘춘 휘이면서 금시 그대로 쓰러질 듯이나 위태스럽게 보였다. 막 옆에 붙어 선 빅토르는 그들에게서 시선을 옮기지 않으며 맥이 풀리려는 그들을 쉴 새 없이 격려하고 편달했다. 요행 쓰러지지 않고 몇 분 동안의 힘찬 연기를 마치고 무대를 들어가게 되면 그것으로 보고 있는 내게는 큰 성공이라고 느껴졌으나 빅토르의 눈에는 번번이 대단한 불만인 모양이었다. 기어코 두 번째 〈주정꾼의 춤〉을 추고 옆방으로 들어섰을 때 빅토르는 소리를 높였다.

"너희들은 무대를 놀음터로 아는 모양이지. 그게 춤이냐 장난이냐. 수백 명이 보고 있는 속에서는 한 발자국도 소홀히 해서는 안 된다. 그건 연기가 아니고 놀음이요 장난이야."

마침 나는 그때 방 문간에 서서 아이들의 무대 모양을 잘 보고 있었던 까닭에 빅토르의 꾸지람이 부당한 듯이도 생각되었으나 그는 나를 그다지 주의하는 법도 없이 책망을 계속했다.

"무대에서 장난들을 치라고 너희들을 여기까지 데리고 왔겠니. 어른들의 애쓰는 꼴들이 보이지 않니. 다 같이 힘쓰는 속에서 일단의 생명이 간신히 지탱해나감을 보지 못할 리 없지."

"그만하면 걔들도 힘껏 최선을 다한 것이 아니오."

보기 민망해 내가 한마디 참견한 것이 빅토르를 더한층 노엽힌 결과가 되었다.

"아니오. 무대를 업수이 여긴 것이오. 꾀를 피운 것이오. 의지 가지없는 측은한 몸이라고 우리 일단이 주워 올려준 호의를 잊어버린 것이오. 측은하다고 생각하지 않으면 누가 저런 애들을 데리고 다니겠소."

"측은하니까 그만치만 하는 것이 좋지 않소."

벨이 울리고 다음 무대의 시작을 고한 까닭에 피에르와 카테리나들이 와서 빅토르를 만류하고 그의 출연을 알렸으나 고집스럽게 버티고서는 요지부동이었다.

"아이들이 불쌍할 뿐 아니라 우리 모두가 불유쾌하지 않소. 어서 그만두시오."

"불유쾌하다면 나같이 불유쾌한 사람이 또 어디 있소. 이까짓 일단쯤 오늘 이 자리로 헤쳐버려도 좋은 것이오."

미샤가 입술을 물고 뻣뻣이 섰을 때 소녀 안나는 맥이 풀렸는지 무릎이 휘면서 그 자리에 주저앉았다. 고개를 숙인 품이 눈물을 흘린 모양이었다.

밤 출연 때 미샤와 안나는 빅토르의 시선 앞에서 기를 잃고 더구나 맥을 못 추었다. 미샤는 그래도 사내꼬치라 다구지게 무대를 휘돌아쳤으나 안나는 너무도 겁을 먹은데다가 몸까지 노곤한 듯 간신히 미샤의 손을 잡고 그의 주위에서 비슬거렸다. 눈에 보이는 이상으로 피곤한 모양이었다. 기어코 그는 그 힘찬 무대를 감당하지 못하게 되었던 것이다.

마지막 막까지 불과 얼마 안 두고 별안간 무대 도중에서 벨이 울리고 막이 내린 듯 관객석의 소란거리는 소리를 듣고 나는 사무실에서 뛰어나갔다. 홀에는 확실히 가벼운 동요가 일어나 있는 눈치였다. 무슨 일인고 하고 홀로 통하는 검은 막을 쳐들었을 때 관객의 한 사람이 마침 자리를 일어서 나오면서

"아이가 쓰러졌어요."

하고 고한다.

막은 내렸고 등불이 켜져 있다.

즉시 나와 무대 옆방으로 가는 복도를 걸어갈 때 마침 뛰어나오는 이바노프와 마주쳤다.

"쓰러졌다니요?"

"안나가 무대에서 졸도했어요."

황겁지겁 더듬으며

"포도주를 곧 구할 수 없을까요."

"사 오죠."

이바노프의 걸음을 가로채서 나는 곧 되돌아서 밖으로 뛰어나갔다.

이웃 약국에서 약용 포도주 한 병을 사 들고 무대 옆방으로 뛰어 들어갔을 때 안나는 소파 위에 눈을 감은 채로 번듯이 누워 있었다. 안색이 누렇고 입술이 희다. 포도주를 거의 반 잔이나 먹여도 간신히 눈을 떴을 뿐이지 금시 퍼들퍼들 소생되지는 않았다. 단순한 빈혈증만은 아닌 듯싶었다.

"의사를 불러보는 것이 어떻소."

내친걸음에 내가 제의하는 수밖에 없었다.

14

"글쎄 빈혈증이라면 대개 기운을 차릴 텐데."

이바노프가 대답하면서 손으로 소녀의 골을 짚어본다. 머리맡에서는 일리나가 앉아서 안나의 작은 손을 잡고 흡사 어머니나 누나처럼 부드러운 말을 걸고 있고 의자에는 미샤만 앉아 있다. 다음 막이 곧이어 열린 까닭에 다른 축들은 소녀를 어루만지고 앉았을 수만도 없어서 무대로 몰려 나간 뒤이다. 설레던 방 안이 별안간 비어진 것이 고요하기 짝 없는데 미샤는 말없이 앉았고 일리나는 단 한 사람의 육친같이 소녀를 어루만지고 있고 이바노프는 그 앞에 우두커니 서 있고—그 한순간의 방 안의 포즈가 내게는 그지없이 쓸쓸한 것으로 보였다. 등불이 외롭고 벽에 걸린 각색의 의상들이 그림자같이 괴괴하다. 감상에 젖을까를 두려워해서 나는 의사를 부르러 방을 나왔다. 전화를 건 것이 늦은 밤이라 거의 반시간이 넘어 밤무대가 다 끝났을 때에야 의사가 왔다. 설레는 속에서 진찰을 마쳤을 때까지도 안나는 쾌한 기색이 없었다.

"빈혈증만이 아니라 감기를 겸한 모양이오. 열이 대단히 높소."

듣고 보니 소녀의 얼굴은 불그스름하게 상기되었고 눈매에 정기가 없다. 손을 쥐어보니 불덩이같이 달았다.

"아직 무언지 확실히 진맥할 수는 없으나 극히 안정하게 해서 하룻밤을 지내보시오."

"무대 형편도 있고 하니 한시라도 속히 낫게 해야겠소."

"내일이면 증세가 확실히 알려지리다. 그럼 곧 약을 처방해 보내지요."

의사가 나간 뒤 빅토르는 자기 화를 못 이기는 듯이 골을 흔들면서 무의미하게 주먹을 부르쥐곤 했다.

"왜 이리 모든 것이 내 뜻을 거스르는고."

누구에겐지도 없이 짜증을 내면서

"아무나 얼른 자동차를 못 불러오는가."

말없는 속에서들 무대의상을 갈아입고 차림들을 하고 있는 속에서 이바노프가 한 걸음 먼저 방을 나갔다. 묵묵히들 참으로 그것은 고집스러운 침묵이었다. 빅토르가 혼자 견딜 수 없이 약을 올리는 것이었다.

"어린것을 쓸데없이 왜 그리 꾸짖으랴우 누가. 어른들의 허물을 아이들에게 씌울려구."

그라샤의 말이 채 끝나기도 전에 빅토르는 고함을 쳤다.

"시끄러워."

자동차가 왔을 때 안나를 태우고 일리나가 따라 먼저 호텔로 가고 나머지 패들은 여전히 말없는 속에서들 뚜벅뚜벅 영화관을 나갔다.

이튿날 오전 나는 한 묶음의 꽃을 사 들고 호텔을 찾았다. 복도에서 처음으로 만난 피에르에게 안나의 병세를 물으니 고개를 절레절레 흔들며 대단히 근심스러운 표정이다.

"밤새도록 열이 사십 도를 내리지 않는구려."

"병명은 진단됐나요?"

"의사가 막 다녀간 뒤인데 아마도 말라리아인 모양이오."

"말라리아."

듣고 생각하니 딴은 무더운 여름철이라 감기로부터 학질이 도짐이 첩경일 듯도 하다. 그러나

"그 어린것이 이 복더위에 학질을 앓고 어떻게 견디나요."

남의 일 같지 않게 걱정되었다.

"아무튼 열이 너무 높아요. 몸은 약한데다가."

피에르의 근심 소리를 들으면서 나는 구름다리를 뛰어 올라갔다.

삼층 층계를 올라서 바로 모퉁이 방이 안나의 병실이었다. 열어젖힌 문으로 서슴지 않고 들어서니 침대에 누워 있는 안나의 옆에 미샤가 앉아 있고 빅토르와 그라샤 부부가 앞에 서서 무엇인지 말다툼하고 있는 눈치였다. 다른 패들은 벌써 영화관으로 가야 할 시간이 임박해 있는 까닭에 아래층 로비에들 모여 있고 빅토르 부부만이 안나의 조처로 그 방에 남아 있었던 모양이었다.

확실히 흥분되어 있는 듯하면서도 빅토르는 내게 침착하게 감사의 말을 던지고 꽃묶음을 받아서 탁자 위에 얹었다.

"지금 어떻게 했으면 좋을지를 몰라 서성거리고 있는 중이오. 아닌 때 병이 났으니 출연을 계속할 수도 없고 그만둘 수도 없고 참으로 진퇴유곡의 처지인걸요. 오늘 위선 나는 부득이 극장으로 나가야겠으므로 그라샤에게나 병시중을 맡길까 하는 중인데."

"딱하외다."

하면서 의자에 앉는 나를 안나는 침대에서 물끄러미 바라본다. 저녁 햇빛같이 애잔한 시선이다. 하룻밤 동안에 얼굴은 깎은 듯

이 핼쑥해지고 밀같이 마알갛게 나를 보는 그의 눈 속에는 무슨 마음이 숨어 있을까. 아마도 백지같이 흰 마음이리라. 하늘같이 맑은 마음이리라.

"속히 그를 낫게 해줍소서."

소리를 높여서 효험이 난다면 그러고도 싶은 내 마음이었다. 일단 중에서 왜 하필 잔약한 그가 괴롬의 희생으로 뽑혀졌단 말일까.

"당신은 당신의 허물을 일곱 번 뉘우쳐도 부족해요."

문득 그라샤의 말이 터져 나온 것은 빅토르와의 말다툼의 계속인 모양이었다.

벌써 안나의 병과는 딴 문제로 그라샤의 감정은 남편에게 대해 적지 아니 격해 있는 것이었다.

"지금 이 자리에서 법석을 해야 무슨 소용이 있단 말요. 괜히 시끄럽기만 했지."

빅토르는 벌써 한 수 접혀서 될 수 있는 대로 말을 피하는 눈치였다.

"법석을 안 하고 될 노릇이오. 결과를 생각해보시오. 뉘 허물인가를 안다면 당신 맘이 그렇게 편편할 리는 없잖소."

"허물을 알면 그럼 대체 지금 여기서 어떻게 하란 말요."

"부끄러워하시오. 백번 부끄러워하시오. 책임을 질 사람으로서의 체면을 생각하시오."

무엇이 그다지도 견딜 수 없는지 그라샤는 사람의 앞임을 헤아리지 않고 제 스스로 핏대를 세우는 것이었다.

15

"그 잘난 계집애 하나 때문에 사족을 못 쓰면서 일단의 통일까지를 잃게 했단 말이오. 결국 어린것까지를 병들게 하구."

"쓸데없는 소리를 자꾸 늘어놓는다."

빅토르는 이마를 찌푸리면서 아찔이라는 듯이 손을 터나 그라샤는 여전히 고집스럽다.

"쓸데없긴 왜 쓸데없어요. 그래도 아직 그 맘을 버리지 못하나 부다."

빅토르는 질색을 하면서 내 앞을 부끄러워함인지 문밖으로 획 나간다. 그라샤의 눈에는 병인도 아무것도 없는 모양이었다. 찰거머리같이 남편의 뒤를 따라 나가면서 오히려 목소리를 높였다.

"그래도 그년을 일단에서 안 쫓아낼 테요. 마리를 냉큼 처치하지 못한단 말요. 재조도 아무것도 없는 치마저고리를 이 이상 더 붙여두겠단 말요."

"시끄럽달밖엔."

그라샤의 발악을 들으면서 나도 미상불 놀랐다. 남편에 대한 장황한 충고가 결국 마리에게 대한 질투에서 나온 것이요, 그것을 그렇게까지 노골적으로 말해올 때 빅토르뿐이 아니라 국외자인 나까지도 사실 어안이 벙벙해졌다. 남편이나 아내나 그렇게까지 마음이 달뜨고 거칠어들 졌던가. 소녀의 병이 내외 싸움까지 불붙게 되도록 그토록 일단의 평화는 이지러져버린 것임을 바라보고 있는 동안 문밖 복도에서는 한참 동안이나 부부의 격렬한 말소리가 오고 가는 눈치더니 별안간 툭하며 무엇인지 떨어지는 소리가 났다. 그라샤가 핸드백을 던진 모양이었다. 그토록 그는 냉정한 이지를 잃었던 것이었다.

나는 그들 사이에 낀 내 처지가 괴로워서 소년과 소녀에게 한껏 부드러운 위안의 말을 남기고는 자리를 일어서는 수밖에는 없었다. 복도에서 으르고 섰는 부부의 앞을 지나기가 겸연했으나 빅토르에게는 그것이 도리어 도움이 된 모양, 그는 시간이 늦었음을 칭탁하고 내 뒤를 따라 내려왔다. 다른 패들은 벌써 나가버린 뒤였다. 결국 그라샤만을 간호로 남겨놓고 다들—빅토르까지도 나와 영화관으로 동행하게 되었다. 일상 다변하던 그였건만 그날만은 관에 이르기까지 한 마디도 말이 없었다.

그날부터 무대는 물론 전에 없이 설핀 것으로 되기 시작했다. 소년 소녀의 한 쌍이 빠져서만이 아니라 전체로 단체의 공기가 늦추어지고 긴장이 풀어져서 모든 연기에 성의가 없어진 것이 명확하게 드러나 보였다. 밴드의 반주가 조화의 장단을 잃었을 뿐이 아니라 노래를 해도 흥이 적고 춤을 추어도 흥이 줄어서 흡사 단원 전체가 그 무슨 보이지 않는 요괴에게 사로잡힌 것과도 같았다. 출연을 시작한 지 며칠이 안 되는 때 무대의 계약이 채 끝나지도 못한 도중에서 그들의 의기가 그렇게까지 가라앉은 것이 보기에 딱할 뿐이 아니라 그들을 계약한 관의 입장으로 보아도 불리한 것으로서 그럴 줄은 예측도 못했던 관주는 의외의 변에 실망이 적지 않아서 부질없이 나를 따지고 내게 싫은 소리를 하며 했다. 나로서는 그런 관주의 잔소리를 그대로 일일이 일단에게 전할 수도 없는 터에 중간에서 볶이우느라고 정신이 얼떨떨한 지경이었다. 오월동주로 이 사람 저 사람을 긁어모아서 된 일단의 성질로서 그런 부조화는 처음부터 약속되었다는 것일까. 소녀의 병으로 인해서 그렇게도 급작스러운 변화가 온다는 것은 아무래도 괴이하고 뜻밖의 일이었다. 그들을 맞이했을 처음의 일종의 감격과 흥미로 긴장되었던 나도 웬일인지 마음이 설레며 실망을 느끼기 시작했다. 실망은 동정으로도 변하고 서글픔으로도 변했다. 그들 단체의 운명은 마치 그들 한 사람 한 사람의 운명과도 같이 이유 없이 서글프고 애달픈 것이었다. 며칠 전 찻집에서 스타호프들과 함께 들은 차이코프스키의 음악과도 같이 서글픈 것으로 나는 그들을 생각하게 되었다. 일단을 흔들기 시작한 변조와 함께 나의 이 느낌은 더욱 더해갔다. 반드시 나의 지나친 주관의 채색이 아니라 그들의 그 후락한 모양을 보고는 누구나가 똑같이 느낄 수 있는 인상이었다.

소녀의 병은 날이 지나도 차도가 없었으나 그 뒤를 잇는 듯 그러나 그보다 더 큰일이 일단에 일어나게 되었다. 이튿날 오후 연기가 끝난 후 일차 호텔들에 갔다가 밤 연기 시간을 대서 다시 영화관으로들 나왔을 때였다. 빅토르는 사무실로 나를 찾아오더니 적지 아니 황당한 어조였다.

"아킴과 마리를 못 보았소?"

"왜 또 무슨 변이 있었단 말인가요."

유유한 내 반문을 빅토르는 초조하게 여기면서

"오후부터 두 사람의 자태가 안 보인단 말요. 이때까지 그런 법이 없었는데 저녁 식사에도 참례하지 않고 방에도 없고 그렇다고 지금쯤에 거리를 헤매고 있을 리도 없을 텐데."

16

"그럼 설마—."

"연기 시간까지 더 기다려보는 것이 어떻소."

"물론 기다려는 보지만 암만해도 수상하단 말요. 다시는 나타나지 않을 것 같은 예감이 자꾸만 들면서."

아킴과 마리의 두 사람은 밤 연기 시간까지도 물론 나타나지 않아서 그날 밤 무대는 엉망이었다. 소년 소녀의 출연이 없는데다가 아킴의 기타와 그나마 마리의 〈아리랑 타령〉이 빠지게 되니 연기의 차례는 흠뻑 줄어지고도 흥 없고 쓸쓸한 것이었다. 남은 단원들이 쓸쓸한 무대를 흥성하게 할 양으로 갖은 애를 다 써야 원체 사람의 수효가 부족함은 어쩌는 수 없는 모양이었다. 관객석 이 구석 저 구석에서 불만의 소리가 들리고 조롱의 고함이 터져 나올 때 단원들은 보기에 딱하리만치 겸연해서 얼굴을 붉히고들 했다. 그 모양으로는 같은 무대를 남은 며칠 동안이라도 옳게 지탱해나갈 성싶지는 않았다.

그러나 그런 무대 성적보다도 더 긴급한 것이 아킴과 마리 두 사람의 종적이었다. 대체 어디를 갔는고 어떻게 되었는고 해서 아마도 그날 밤이 새도록 일단의 걱정은 삐지 않은 모양이었다. 다음 날 오전 내가 소식을 물으러 호텔로 가기 전에 빅토르는 일찍이 영화관으로 나왔다.

"여기도 물론 소식이 없지요."

"막 호텔로 갈려던 차였소."

"대체 웬일일 것 같소. 무슨 대책은 없으시오."

"경찰에 수색원을 내봄이 어떻소."

"창피만 했지 무슨 소용이 있겠소. 어디로 내뺐다면 벌써 수천 리는 갔겠소."

　그날 하루도 물론 두 사람은 안 나타났고 그다음 날이 되어도 소식이 없어서 결국 두 사람은 실종한 것으로 단정되었다. 피차의 열정을 억제할 수 없어 어수선한 분위기를 빠져나가기 위해 손을 잡고 대담하게 사랑의 줄행랑을 놓은 것이다. 아마도 만주로나 들이뛰었을 것이다. 수중에 지닌 얼마간의 비용으로써 그어느 거리에서 두 사람만의 생활을 가질 것이다. 그것이 두 사람에게는 견딜 수 없는 향수에서 벗어나서 장해 많은 사랑을 이루는 단 하나의 방법이었을 것이다. 이 외지로 나오기 전에 두 사람의 사랑이 결정되었던 것이 아니다. 낯선 곳에서 주물리는 동안에 사랑이 익고 불붙었을 것이다. 귀족의 후손이라는 아킴의 기름하고 하얀 얼굴과 후리후리한 키와 부드러운 표정이 떠오른다. 마리의 푸른 눈과 〈아리랑〉을 부를 때의 연연한 자태가 생각난다. 짝이라면 일행 중에서 그들은 가장 맞는 짝이다. 마리에게 다른 남자를 배치해보아도 어색하고 아킴에게 다른 여자를 짝지어본대도 맞지 않을 듯하다. 두 사람은 용모로 보나 기질로 보나 참으로 자연스럽게 들어맞는 선택을 피차에 한 것이다. 마음의 선택을 한 그들에게는 벌써 외지의 분위기는 견딜 수 없는 것이었고 따라서 당돌한 도피행도 그들로서는 극히 자연스러운 일이었을 것이다. 단체에 대한 책임이나 의리 같은 것은 사랑의 필요 앞에서는 사소한 일이었을지도 모른다.

　그러나 자연스러운 그들의 행위가 반면에 의외로 큰 희생을 요구했으니 그것은 단체에 끼치게 된 불리보다도 참으로 크리긴 과 빅토르 두 사람에게 던지게 된 불행이다. 빅토르가 조바심을 하고 안달을 하면서 두 사람의 종적을 찾으러 휘돌아치는 꼴에는 단의 책임자로서의 심정보다도 마리에게 대한 실망과 초조가 드러나 보이는 듯하다. 며칠 전 호텔 병실에서 그의 아내 그라샤가 마리를 냉큼 내쫓아 달라고 고함을 쳤던 것이 그럴 필요조차 없게 제물에 해결이 되어 마리 쪽에서 마치 그 말을 엿듣기나 한 듯이 스스로 해결 짓게 된 것이 신통하다면 신통할까. 그라샤에게는 숨은 만족을 주었을 반면에 빅토르에게는 얼마나 큰 상처를 주었을까는 추측하기에 넉넉하다. 주체스러운 몸을 이끌고 휘돌아치는 빅토르의 양이 딱하기 짝 없는 것이었다.

그러나 빅토르보다도 한층 속이 타는 것은 크리긴이 아니었을까. 아킴과 같은 모습이기는 하나 신경질이요 뻣뻣스러운 그의 기질이 애태우고 맞서던 사랑을 뺏기고 얼마나 속이 휘둘리었을까. 말하는 법 없이 고함치는 법 없이 더욱 벙어리같이 침묵해 가는 그의 마음속이 얼마나 울가망하고[9] 답답한 것이었을까. 가령 나는 그의 옆을 지나는 길에 무어라고 한마디쯤 말을 걸어보려는 것이나 첫째 그의 시선을 잡을 수가 없는 것이다. 눈앞을 보지 않고 그 어디인지 먼 데를 보고 있다. 그리고 그 노리고 있는 한 가지 생각에 열중해 있음은 그 우악스러운 눈매와 모가 져 보이는 턱의 각도로 짐작할 수 있다. 아마도 마리일 듯한 그 한 가지 환영에 불같이 마음을 뺏기고 있는 것이었다.

9 근심스럽거나 답답하고.

17

　그날은 아침부터 비가 왔다.

　나는 비를 무릅쓰고 며칠 변겼던 까닭에 일찍이 꽃을 사 들고 호텔로 안나의 병실을 찾았다.

　하루 건너씩 열을 내는 소녀의 병이 아직 쾌하지는 못했으나 그날은 마침 열을 번기는 날이라 침대에 일어나 앉은 그의 얼굴은 괴롬의 빛 없이 개이고 평온한 것이었다. 침대 옆에는 일리나가 앉아 안나와 미샤를 상대로 그림책을 뒤적거리면서 동무하고 있었다. 일리나는 비록 무대의 재조는 없으나 그렇게 아이들을 상대로 하고 있을 때에는 참으로 인자한 어머니나 누나라는 인상을 준다. 소녀는 일리나의 이야기에 정신을 뽑히고 잠시 육신의 괴로움도 잊은 듯했다. 탁자에는 깨끗한 쟁반에 약병들과 과일 접시가 놓이고 화병에는 꽃이 새로워서 그날 아침은 별스럽게도 근심 없는 즐거운 병실이라는 느낌이 났다. 다만 창밖에는 가는 비가 추근히 뿌리고 있는 까닭에 방 안이 조금 어두울까 한 것이 건뜻하면 마음을 답답하게 하려고 했다. 그림책을 손가락질하며 설명에 열중하다가도 창밖에 시선을 보낼 때에는 일리나의 가슴속도 흐려지는 듯해서―다시 말하면 그는 그 흐려지는 마음을 바로잡기 위해서 그림책에 일부러 열중해 있는 것이라고도 보면 볼 수 있었다. 창밖은 바로 호텔의 후원으로서 백양나무와 벗나무 잎사귀를 흠뻑 적시고 있는 빗발이 회색의 실 다발같이 내다보인다.

　"마리가 없어져서 쓸쓸들 하지요."

　공연한 소리도 아닐 것 같아 위로 겸사 말을 거니 일리나는 창에서 눈을 돌리지 않고 혼잣말같이 중얼거렸다.

"우리야 쓸쓸하지만 차라리 잘들 했지요. 더 묵어야 별수 없는 노릇이니."

"무대도 며칠 안 남았는데 그렇게 조급하게들 할 법이 있었나요."

"무대가 끝나도 단체와 같이 있으면 좀체 빠지기 어렵거든요. 뭇사람 속에 끼어 있노라면 옥신각신이 빼날 있어야지요."

"하긴 사랑에는 용기가 첫째긴 하지만."

"잘들 하구말구요. 하얼빈에는 마리의 아버지가 있고 아킴에게도 일가붙이가 있으니 거기 가면 활개도 펴고 맘들도 편편할 테니까요."

"부럽단 말입니까."

"사실 부러워요."

창밖 빗발을 통해서 문득 바이올린 소리가 들리기 시작했다. 얕게 가라앉은 으늑한 멜로디가 흡사 나뭇잎 사이에서 솟는 듯이 빗발 속에서 생겨나듯이 바깥세상과는 완전히 구별되어서 깨끗한 음조 그대로 흘러왔다. 금시 어디선지도 모르게 솟아 나온 한 줌의 영감과도 같은 것이었다. 한 줌의 영감같이 티끌 한 점 없이 순수하게 흘러와서는 그대로 마음을 오붓하게 둘러싸는 것이다.

"또 〈로맨스〉.—피에르는 집에서는 저 곡조밖에는 모르나 봐요. 사시장철 켠다는 게 〈로맨스〉."

일리나의 말투는 감동의 어조가 아니라 확실히 불평의 표현이었다. 사실 베토벤의 〈로맨스〉는 가라앉은 마음을 잡아 흔드는 것이었고 늘 듣는 일리나에게는 감동에서 드디어 불평으로 변한 것인 모양이었다.

"〈로맨스〉는 늘 들어도 왜 저리 구슬픈 것일까요."

"뉘 아나요. 베토벤같이 청승맞은 음악가가 있을까. 로맨스가 왜 그리 슬퍼야 하는지."

탄식하는 일리나 앞에 더 머무르기도 구접스러운 노릇이기에 나는 그만 안나의 앞을 일어섰다. 일변해진 방의 분위기에도 견디기 어려웠던 까닭이다. 음악에 이끌리는 듯 이 층 아래로 내려와 로비에 들어섰을 때 창 기슭에 피에르가 서서 바이올린에 정신이 없었다. 곡조는 첫 대문 반복되는 구절에 돌아와 구슬프게 계속되었다. 열어젖힌 창밖 백양나무에 비는 자꾸 내려쏟고 날은 무겁고 어둡다. 아킴과 마리 두 사람 빠진 것이 왜 그리도 휑휑한지 나머지 사람들은 거의 다 모여 있건만 자리는 쓸쓸하기 짝 없다. 그 유난스럽게 소슬한 느낌은 모두들 말없이 웅숭거리고 앉은 그 자태에서 오는 것인 듯도 했다. 기어코 빅토르는 벌떡 자리를 일어나더니 피에르를 향해 고함을 쳤다.

"그래도 그만두지 못할까. 그 빌어먹을 놈의 곡조."

그러나 피에르는 못 들은 척 떨리는 활은 쉬지 않았다.

18

내게는 음악이 슬프고 그들의 처지와의 관련이 애달플 뿐 아니라 며칠 안 가 그들과 작별하게 될 것이 서글펐다. 사오 일 동안의 그들과의 교제가 비상히 마음에 배는 것이었고, 더구나 예측하지 않은 가지가지 불행한 일의 목격이 더욱 그들에게 내 마음을 얽어놓게 하였다. 사랑의 갈등이니 부부의 싸움이니 소녀의 병이니 아킴들의 실종이니 하는 사건들이 없었던들 나는 다만 색다른 정서의 대상으로서 그들을 볼 뿐이었을 것이나 불행이 뒤를 거듭함을 따라 그들에게 대한 동감이 더욱 솟게 되고 마치 내 자신의 불행이나 당한 것처럼 마음속 깊이 그들의 자태가 새겨지게 되었다. 곡절 많던 그들의 무대도 앞으로 이틀이면 끝나고 따라서 관과의 계약도 끊어지는 것이다. 그들은 또 어디로 근심 많은 연주의 길을 계속할 것인가를 생각하면 이틀 후에 그들과 작별하게 될 것이 한없이 서글퍼진다. 결국 진지하게 한번 이야기하고 놀아보지도 못하고 어수선한 변화 속에서 흐지부지 헤어진다는 것이 얼마나 경없는 노릇인가. 애끊는 음악 소리를 듣노라니 그들 한 사람 한 사람이 전에 없이 친밀히 생각되면서 다시 한 번씩들 바라다보이는 것이었다.

스타호프와 카테리나 두 사람에게 대한 정이 나머지 사람들에게 대한 그것보다 좀 더 두터웠던 것도 사실이었다. 더도 말고 두 사람에게 대해서라도 내 한껏의 친절을 마지막으로 베풀어서 작별의 기념을 삼을까 해서 나는 두 사람에게 오찬의 초대를 권해보았다. 동료들의 앞도 있고 한 관계인지 처음에는 사양했으나 거듭 청해볼 때 그들 역시 내게 대해서는 좀 더 정을 주고 온 터이라 쾌히 대답하고 나와 함께 차 속에 앉았다. 비 오는 거리를 밟고 닫는 것도 한 가지 흥이라면 흥이었다. 특히 조선 음식이 소원이라기에 강으로 향한 조촐한 요정에 올라 강을 내려다보는 깨끗한 방에 앉게 되었다.

항용 서쪽 사람들은 딴 고장의 음식이나 절차에 대해 보수적이요 배타적인 것이나 두 사람은 모든 것을 신기한 것으로 보며 솔직하게 그대로를 받아들였다. 음식이나 의복이나는 순전히 풍토에서 차이가 생겼을 뿐이지 문화의 높고 낮음이 계관된 바 아닌 듯싶다. 비록 동쪽과 서쪽이 다르기는 하나 그러나 코와 잎이 한 모양이듯 모든 음식 절차도 그 어디인지 근본적으로 근사한 데가 있는 것이다.

"오체니 브쿠우스노!"

"야 볼리쉐 류블류⋯⋯."

두 사람이 수저를 어색하게 쓰면서 찬탄을 마지않음이 반드시 헛말로만 들리지 않아서 내게는 유쾌한 것이었다.

확실히 두 사람은 만족한 것같이 보였고 그 짧은 오찬의 시간은 즐거웠다. 그들에게 동양을 맛보였다는 기쁨이 마치 내가 서양을 맛보았을 때와도 마찬가지로 내게는 뿌리 깊은 것이었다.

식사를 마치니 낮이 조금 지났다. 출연 시간에는 아직도 두어 시간의 여유가 있었던 까닭에 관에 나가기도 이른 것 같아서 우리는 다시 호텔로 차를 몰았다. 문을 들어가 로비로 들어선 때였다. 사람들의 시선이 우리를 원망스럽게 보면서 망간[10] 일어난 사건을 직각시키는 것이었다. 대체 무슨 조화로 어떻게 된 곡절로 단에는 또 거듭 변이 일어난 것이었을까. 이때까지 일어난 변만으로는 부족하다는 것일까. 일단의 운명은 더 기구해야 한단 말인가. 그 무슨 짓궂은 뜻이 있어서 그것이 단의 평화를 심술궂게

---

10 '방금'의 사투리.

자꾸만 뒤흔들려고 하는 것과도 흡사하다.

　무슨 이유론지 크리긴이 망간 검속을 당했다는 것이다. 부 고등계에서 두 사람이나 나와서 의사도 잘 소통되지 못한 채 크리긴은 변을 당했고 빅토르도 책임상 따라갔다는 것이었다. 남은 두 사람은 큰일이나 치고 난 뒤의 한식구들같이 불안한 얼굴들을 하고 근심스럽게 몰켜들 있었다.

　돌연한 소식에 나도 미상불 놀라면서 혼자만 자유롭게 거리에 나가 있느라고 그 불행을 당하는 현장에 참례해 있지 못한 것이 미안한 것 같아서 살며시 의자에 가 앉았다.

　"대체 무슨 일이었을까."

　아무도 대답해주는 사람은 없다. 다만 일을 당한 것만으로 마음이 가득하고 더 여유가 없다는 듯한 눈치들이다. 나도 빅토르가 돌아오기 전까지는 그들과 같이 말없이 앉아 있을 수밖에는 없었다.

　빅토르가 돌아왔대도 크리긴의 검거의 이유에 관해서는 그 역 아무 수긍할 만한 조목을 밝히지 못하고 온 것이었다.

　"무 무슨 혐의랍디까."

　궁금해서 감질들을 내나 빅토르는 대답할 바를 모르는 모양이었다.

　"무슨 혐의인지 말을 하니 알겠나."

　"이유 없이 그럴 법이야 있소."

　"전에 까삭[11]병으로 있었던 것이 말썽 되는 눈치인데 우리가

11　카자크.

알다시피 그에게 지금 무슨 일을 칠 주변이 있단 말인가."

"까삭병의 장교 노릇을 했던 것이 지금에 와서까지 화 된다. 만주서 번번이 당하던 그 같은 혐의란 말이지."

"만주서 이곳으로 통지를 했나 부데. 행동을 감시하고 주의하라고. 어디를 가나 인젠 꼬리표를 단 죄수지. 꼼짝달싹할 수 있는 줄 아나."

"속히 몸이나 받아 내오지 못했소."

"취조니 무어니 하구 아무래도 며칠 걸릴 눈치야."

"그럼 무 무대는 어떻게 하란 말인구."

"큰일이야."

19

빅토르는 두 손을 벌리면서 눈을 멀거니 뜨는 것이었다. 기운 없는 눈이 이제는 모든 것이 끝나고 마지막 고패에 이르렀다고 말하는 듯하다.

출연 시간이 임박해 있는 것이다. 그들의 일은 곧 내 일이요 관의 일이다. 나는 잠자코만 있을 수 없어서 곧 빅토르를 끌고 영화관으로 나갔다. 물론 놀라고 급한 것은 우리보다도 도리어 관주 편이었다. 그는 당장 눈앞에 낮 연기를 어떻게 하노 하고 황겁지겁 설레면서 솔선해서 빅토르와 나와 세 사람이 함께 또 한 번 서를 찾았다. 관주는 거리에서는 옷섶이 꽤 넓은 편이었고 더구나 그 방면과는 밀접한 교섭이 있어서 그의 말이 대단히 소중히 여겨지는 때가 있었으나 그날만은 막무가내요 당국의 뜻은 의외로 완고했다. 영화관에는 벌써 어트랙션의 연기를 기대하는 수천 관객이 차 있어서 그들에의 약속을 저버릴 수 없다는 것을 누구이 관주가 설명해도 헛일이었고, 그럼 이틀 동안만 모든 책임을 지고 몸을 맡아내겠다고 장담을 해도 들어주지 않았다. 관주의 실망은 초조로 변하고 초조는 일단에 대한 분개로 변하는 것이었다.

열두 사람 단원 중에서 거의 반, 크리긴까지 도합 다섯 사람이 빠지게 되었으니 아무리 곤추서는 재주가 있다고 하더라도 무대는 계속할 수 없는 것이었다. 춤과 노래는 둘째 치고 첫째 밴드가 성립되지 않는다. 무대는 물론 중지여서 나는 관주의 이름으로 확성기를 통해 관객들에게 백배 천배 간곡한 사과를 하고 스크린에는 어트랙션 대신에 창고에서 부랴부랴 찾아 내온 낡은 사진을 걸게 되었다. 관객들은 수물거리면서 불평들이 많았으나 사진이 이미 영사되게 되니 차차 가라앉아 갔다. 가라앉지 않는 것은 관주였다. 서에서의 불성공이 원인되어서인지 그의 낯빛은 좋지 않고 드디어 일단에 대해서 싫은 소리를 늘어놓기 시작했다.

"이 꼴을 보자고 애초에 당신들과 비싼 약속으로 계약을 했겠소. 작년에 왔을 때에 호평을 받았던 호의로 모든 것을 굽혀서 이번에 특별히 맺은 것이 그래 결국 이 모양이 된단 말요."

"미안하외다. 모든 일이 되지 못할 사정으로 제물에들 일어나게 되니 낸들 어찌 그것을 막아내겠소. 우리도 사실 작년 요량만 댔던 것이 그만 어쩌다 뜻밖에 뒤틀려지면서 이 결과가 되는구려."

빅토르가 목소리를 부드럽히고 허리를 고분히 해서 거의 빌듯이 하는 것이나 관주의 마음은 즉시로는 풀리지 않았다.

"죽도 아니고 밥도 아니니 수천의 관중을 상대로 하고 있는 나로서 꼴이 됐단 말요. 신용도 신용이려니와 내 체면이 무어란 말요."

"그러게 이렇게 미안해하는 것이 아니오. 올은 대단히 불길한 해였소. 나그네의 길이 언젠들 그다지 행복스러울까만."

빅토르의 하소연이 어떤 것이든지 간에 관주에게는 관주로서의 배짱이 있었던 것이요, 무엇보다도 그는 상인인 것이다. 항상 주판을 머릿속에서 쩔그럭거리는 장사치인 것이다. 모든 거래에 있어서 이익이 주목인 것이었다.

"그럼 오늘로서 계약이 실상에 있어서는 끊어지는 셈이니 약속한 액에서 이틀 분은 탕감해야 할 것이오. 알겠소."

그 말이 옳다는 것인지 야박하다는 것인지 빅토르는 말이 없이 한참이나 관주를 멀거니 바라보는 것이었다.

삼천 원의 약속에서 이틀 분을 제하니 이천 원이 채 차지 못했다. 장사하는 사람의 도덕으로서 그렇게 정확함이 물론 당연한 것이겠지만 관주로서는 어트랙션 대신에 묵은 사진을 집어내서 걸게 된 것이니 이익에 있어서는 일단과의 계약 해제로 인해서 받는 손해는 없었다. 일단의 처지를 생각해줄 아량을 가지려면 가질 수 있는 것이다. 일단으로서도 맡은 일에 대한 보수였으므로 결한 시간에 대해서는 배당을 요구할 처지가 못되는 것이기는 하나 그러나 단지 수입을 목적으로 하고 외지로 흘러온 그들에게 역시 귀중한 것은 넉넉한 수입의 액수였다. 사무실 금고에서 관주가 소절수[12]장을 집어내서 일금 이천 원을 적어서 빅토르에게 줄 때 그의 얼굴에 실망의 빛이 나타난 것보다도 옆에서

보던 나로서 일종의 섭섭한 느낌을 금할 수 없었다. 단돈 이천 원이 많은 식구를 거느린 그에게 결코 많은 액이 못될 것이며 만약 그렇게 될 줄을 그가 애초에 예료했던들 그것을 바라고 이 먼 곳까지 나왔을 리도 없었을 것이다.

"이것도 무슨 인연인가 부오. 약소하나마 섭섭하게 생각지 말고 다음 기회에나 또 만날 수 있다면 얼마나 반갑겠소."

관주의 판에 박은 듯한 말을 그다지 반갑게도 여기지 않으며 소절수를 주머니 속에 수습하는 빅토르의 자태가 내 눈 속에 엉겨붙는 듯도 하다. 이천 원! 며칠 동안 그들의 수고의 값이 이천 원인 것이다. 싸우고 병들고 도망하고 잡히고―그 수다스러운 희생의 값이 이천 원인 것이다. 그 모든 희생을 이천 원에 팔기 위해 그들은 일부러 이곳을 찾은 셈이다. 짧은 동안의 어수선한 일들을 생각한 때 빅토르의 가슴속에는 그 이천 원의 뜻이 얼마나 뼈저리게 맺혀질까가 넉넉히 추측되었다. 빅토르가 사무실을 나갈 때 나는 문득 가슴이 벅차지면서 자리를 벌떡 일어나 그의 뒤를 쫓았다.

"아니 그래 이것으로 모든 것이 끝났단 말요."

"그동안 여러 가지 일이 일어났고 폐가 많았소이다."

"그래 작별이란 말요. 이것으로 작별이란 말요."

"어처구니없게 됐소. 너무도 일이 어그러져서 지금 어쩌면 좋을지를 모르겠소. 호텔에 가서 좀 생각을 해봐야겠소."

사실 그것으로 끝이었다. 계약이 끊어졌고 보수를 받았고―이제 벌써 할 일은 남지 않은 것이다. 극장과도 하직이요 이 고장과

12 수표.

도 하직이다. 짐을 싸 가지고 어디든지로 떠나는 것이 그들에게
남겨진 일인 것이다.

우울한 심사에 나는 더 호텔로 그들을 찾지도 않았으나 그날
밤 영화가 끝났을 때 일행들은 짐을 거두러 관으로 왔다. 무대 옆
방에서 의상들을 거두어 트렁크 속에 수습한다, 화장품 그릇들을
치운다, 무대에서 막을 뜯어 건사한다, 악기들을 살펴서 넣는다
하면서 며칠 전에 같은 그곳에서 같은 살림을 차려놓기에 열중
했던 그들이 오늘은 그것을 헐고 뜯고 수습하기에 분주하다. 우
두커니 서서 그 모양들을 바라보고 있으려니 눈앞이 아찔아찔해
지면서 인간의 살림살이라는 것이 한없이 서글픈 것으로 어리었
다. 살림살이는 왜 그런고. 그런 것이 살림살이인가. 변하고 불행
하고 슬픈 것이 살림살이인가.

"정녕코들 떠난단 말요."

나도 모르게 소리를 지르니 이바노프가 쓸쓸하게 웃어 보인다.

"떠나는 게 우리의 일인가 부오. 왔다 떠났다 왔다 떠났다―풀
었다 쌌다 풀었다 쌌다."

"왜, 왜 떠난단 말요. 왜 그리 어처구니없이……."

20

나는 감상 속에 잠기게 됨을 극력 경계는 했었으나 가슴이 빠
지근해짐을 억제하는 수가 없었다. 아찔아찔한 내 눈앞에 별안간
카테리나가 와 섰다.

"스파시이보!"

감사의 말과 함께 내드는 것은 화병이었다. 꽃을 뽑아버린 빈 병이었다. 그가 처음 왔을 때 사무실로 꽃을 사 들고 와서 내게서 빌려 간 그 꽃병이 이제 다시 내 손으로 돌아온 것이다.

"잘 썼어요. 얼마나 방이 생색 있게 빛났던지 몰라요."

그대로 버려두든지 어쩌든지 하지 왜 그렇게 긴하게 꽃병을 들고까지 와서 상하기 쉬운 남의 기억을 일깨워주는고 하고 나는 카테리나의 목소리를 도리어 얄궂게 듣는 것이었다.

울적한 심사를 이길 수 없어 나는 기어코 밤늦은 거리를 걸어 유라에게로 갔다. 대중없이 취해 집으로 돌아온 것은 거의 새벽이 가까운 때였다. 괴로운 밤이었다. 날이 새어도 골은 여전히 무겁고 아프면서 세상사가 귀찮게만 생각되었다. 나도 이 기회에 저금을 찾아 가지고 어디로든지 내빼볼까 하는 생각조차 들면서 늦은 걸음으로 집을 나섰다. 관에 이르니 벌써 쇼 일행의 간판은 갈리었고 광고 창에 내놓았던 일행의 사진과 포스터도 뜯어버린 뒤였다. 새로 봉절될 영화의 스틸이 나붙었고 포스터가 장식되어서 일단의 출연은 벌써 먼 옛날의 기억인 듯 그들의 종적도 냄새조차도 관에서는 사라져버린 것이었다. 그 변화의 양을 보려니 별안간 가슴이 뭉클해져서 나는 그길로 바로 호텔로 향했다. 하루밤 동안에 대체 어떻게들 되었는지 그 짧은 사이가 몹시 궁금했다.

늦은 아침때라서 그랬던지 늘 오붓이들 모여 있던 로비에는 썰렁한 속에 이바노프와 스타호프의 자태만이 보였다. 여자들은 방에들 있고 빅토르는 아마도 외출한 모양이었다. 두 사람 다 나를 전에 없이 반기는 품이 그들 역시 작별이 섭섭한 마음에 한결

친밀함을 느낀 모양이었다. 일없이 피곤함을 느끼면서 나는 권하
는 의자에 주저앉았다.

"언제들 떠나시오."

긴 이야기를 하다가 마지막 구절에나 이른 듯한 나지막한 어
조여서 그랬든지 대답하는 스타호프도 한참 동안을 두었다.

"언제 떠날지도 의문이오. 뚝 떠나지도 못하게 된 것이 안나의
병은 아직도 완쾌되지 못했고 크리긴마저 저 모양이 됐으니 두
사람을 남겨두고야 떠나는 도린들 있소."

"진퇴양난이구려."

"빅토르는 또 한 번 사정해볼까 해서 서로 갔는데 웬걸 뜻대
로 되겠소."

이바노프가 뒤를 받아서

"크리긴은 크리긴대로 두고라도 아이나 일어났으면 개운치나
않겠소."

"각각 따로따로 떠날 수도 없는 노릇이고 사실 어떻게 했으면
좋을지를 모르는 중이오."

영화관과의 결말이 났을 뿐이지 단으로서의 정리는 아직 못
된 것이다. 떠난다는 것이 뜻뿐이요 사정은 아직도 뒤죽박죽이
다. 삐지 않는 근심이 차례차례로 그들을 낫자루같이 얽어놓은
셈이었다. 어떻게 했으면 좋은지는 사실 그들도 나도 아무도 모
르는 것이다.

안나를 생각하고 나는 마지막으로 삼층 병실을 찾았다. 거기
에도 길 떠날 행장이 정돈되어 있다. 침대 밑에는 커다란 트렁크
가 놓여 있고 탁자 위도 말끔하게 건사되어 있다. 정리되지 못한

것은 안나의 병뿐이다. 몇 날 동안 밖 날을 못 보고 병원에서만 구느라고 얼굴은 콩나물같이 멀겋다. 침대에서는 일어났으나 걸어앉은 그의 자태가 불면 날듯이 해까워 보인다. 그와 동무하노라고 그런지 미샤도 홀쭉하게 축이 나 보인다.

그들을 보는 것도 그것이 마지막이라는 것이 웬일인지 거짓말만 같아서 나는 종시 단 한 마디의 알맞은 이별의 말도 못 걸고 방을 나왔다.

다시 로비에 들어섰을 때 스타호프는 방으로 갔는지 종적이 없고 이바노프가 혼자 고개를 숙이고 앉아 내 기척을 모르고 손장난을 하고 있다. 기겁을 할 듯이 놀란 것은 그의 손에 쥐인 것이 한 자루의 피스톨인 것이다. 나는 뜨끔하면서 쏜살같이 그에게로 달려갔다.

"아니 웬일이오?"

"놀랄 것이 없소. 심심하기에 장난삼아 만지고 있는 것이오."

"장난에도 분수가 있지."

"나는 답답할 때 항용 이런 장난을 해요. 이건 내 마지막 위안이거든요. 우울해 못 견딜 때 이것을 생각하면 마음이 가라앉아요. 이 이상 가는 생각은 없으니까요."

주검을 생각할 때 마음이 되려 위안된다는 그의 말을 나도 알법하다. 죽음을 생각해서밖에는 사람은 근심을 잊을 수 없는 것이다.

카테리나가 나타나지 않았던들 그는 종시 무기를 수습하지 않았는지도 모른다. 외출을 할 작정인지 화려하게 단장한 카테리나의 자태가 방 가운데 나타났을 때 이바노프는 황급하게 그것을 감추었다. 나도 비로소 마음을 놓았다.

"저금이나 찾아 가지고 나도 짜장 길이나 떠날까."

놀란 마음을 가라앉힐 겸 카테리나의 아름다운 모양을 바라보면서 나는 진심으로 중얼거려보았다.

— 〈동아일보〉, 1939. 11. 29~12. 28.

소복과 청자

아파트에서나 다방에서나 늘 은실銀實이라고 불리고 있었다. 사람들은 뭐 딱히 일이 있대서가 아니라 그 이름이 그저 부르기 좋대서 그렇게 부르곤 했었고, 그 여자도 싫기는커녕 도리어 즐거워하는 듯싶었다. 은실, 은실 이렇게 수없이 되뇌어보면 은銀실 꾸러미를 무한정 풀어내는 듯한 감미로운 어감이 느껴진다. 은실…… 어떻소? '실비아' 같은 것보다도 훨씬 더 여운이 있고 맑은 기운이 일지 않소? '실비아'라고 하니 생각나지만 은실은 실비아 시드니¹와 퍽 닮았다. 큼직하지 않은 날씬한 몸집에 겹겹한 듯하면서도 기실 착 가라앉은 눈매, 어디나 없이 애처로운 몸짓…… 정말 흡사……. 그러나 구태여 그러한 외국 여배우를 은

---

1 미국 출신의 여배우.

실과 겨누기 위해서 끄집어내잘 것 없이, 그 미목이 수려한 실비아 시드니의 아름다움을 꼭 두 배로 했다고 상상하면 충분하다.

새하얀 순백색 옷을 차려입고 시원스럽게 나서는 그 여자의 모습은 그 누구의 눈이라도 대뜸 황홀하게 하지 않고는 못 배겼다.

동정이 긴 저고리에 주름을 바투 잡은 짧은 치마, 그 밑으로 살빛 양말을 신은 휘친한 다리, 게다가 까만 에나멜의 구두는 간지럽도록 자그마하고 귀여웠다. 배경이야 어떤들 괜찮았다. 거리에 세우거나 카운터에 다소곳이 서 있게 하거나 의자에 앉히거나 어느 곳에 어떤 모습으로 있거나 그 매력에는 추호도 변함이 없었다.

하기야 색깔이라는 것은 아름다운 것이고 변화가 많은 다채로운 옷을 주로 입는 외국 여자의 모습도 그것대로 충분한 아름다움이 있는 것이고, 저 진홍빛 잠옷차림의 창녀의 모습에조차 때로는 야드러운 아름다움이 깃들어 있는 것이지만, 그러나 그것들과 마찬가지로 아님 그 이상으로 은실의 소복 차림이라는 것은 한번 힐끗 본 사람들의 가슴에 한평생 잊을 수 없을 만큼 사무친 것을 새기게 할 것이다. 그 여자는 소복 차림을 하기 위해서만 태어난 것일까. 암, 무엇보다도 그 차림이 알맞고, 이 세상의 것이 아닌 듯한 그 해맑은 모습에서 높은 기품과 부드러운 기운이 흘러 사람들의 마음속에 젖어드는 것이었다.

이런 그 여자의 소복 차림도 그 여자의 목소리와 말소리의 아름다움에 비하면 아무것도 아니다. 부드러운 말소리를 문득 듣고 이 세상의 것이 아닌 어느 하늘나라에서 내려오는 속삭임 소리가 아닌가 하고 돌아다보면 그것이 바로 은실의 말소리인 것이다. 이를테면 혀끝에 착착 달라붙는 무슨 음식물처럼 짤깃짤깃

입속에서 뛰놀아 싱싱한 탄력을 지니고 있으면서도 또 한편 사르르 녹아버리듯 야드러운 목소리이다. 흔히 세상 사람들에게 있어 말이란 다만 일을 치르기 위한 부호에 지나지 않는 경우가 예사이다. 황겁히 의사를 소통하기 위해서 툭툭 퉁명하게 한마디 한마디의 발음을 뱉어버리는(그러한 말이란 마치 배가 고플 때 미친 듯이 밥을 처넣는 것과 같은 격이어서) 입이나 혀의 혹사요, 소리에 대한 모독이다. 은실의 말소리를 듣고 있자면 사람의 목소리나 말이란 단순히 일을 치르기 위해서뿐만 아니라 다른 중대한 이유로서 있다는 것을 깨닫게 될 것이다. 목소리는 그것이 그냥 노래여야 하는 것이고 말이란 가사여야 한다. 그렇지 않으면 짐승의 울부짖음이나 기계의 잡음 소리와 하등 다를 것이 없을 것이기 때문이다. 간단한 '예' 대답 소리조차가 은실의 경우에선 그때그때의 악센트와 억양에 따라서 여러 가지로 아름다운 뉘앙스와 의미를 지니는 것이다. 더더구나 서울에서 태어나 서울에서 자라난 그 여자의 또렷또렷한 서울 말씨는 지방 사람들에게 이국적인 것으로조차 느껴지며 일종의 그리움조차 곁들게 하는 것이다. 일상시 거칠고 어색한 말소리만을 들어온 사람으로서 그 여자의 낭랑하고 탁 트인 세련된 말소리는 화려한 대접과 같은 것이었다. 훌륭한 어학 교사를 따르는 생도들처럼 거리의 젊은 패들은 차를 마시기 위해서라기보다 그저 그 부드러운 말소리에 황홀하기 위해서만 모여드는 격이었다. 참 어쩔 수 없이 우둔한 패들일밖에. 바로처럼 멍청히 그 여자의 입 언저리만 뚫어져라 쳐다보고 삼키듯이 그 여자의 말소리에 귀를 기울일 뿐, 자 이번엔 정작 흉내를 내보자고 하면 전혀 혀가 말을 들어먹지 않는 것이었다. 공작새를 흉내 내는 참새라고나 할까. 어처구니없는 자기들의 짓들을 돌이켜보곤 비로소 안타까운 대로 허허허 웃어버리는 사람도 더러는 없지 않아 있었다.

"저 여자를 이런 좁다란 다방에 두기는 아까운걸. 아예 어학학교라도 설립해서 전임 선생으로 모셔야겠는데."

농담이 아니라 제법 진지하게 지껄이는 작자조차 있었다.

"허지만 말야. 은실은 이러구 있는 것을 좋아한다는 거거든. 스스로 일해서 살아가자는 주의인 모양이야. 서울 집에는 양친뿐 아니구 형제두 있는 눈치구, 이 근처에서두 말야 모두 그 여자를 도우려고 굉장히들 내대는 모양이던데. 실상 저 백 씨 내외 같은 분들은 말야, 일생을 같이 지내자고 애걸애걸하는가 분데, 사실상 그런 훌륭한 자리조차 거들떠보지도 않거든. 애처로운 여자 몸이면서 어찌 저토록 한결같을 수 있는 것인지 이상한 일이야."

"백 씨 같은 사람이 독점을 하다니 될 말이야. 우리 모두의 은실인데. 이런 데 있으니까 사실 우리도 늘 가까이 접할 수도 있고, 또 여러 가지로 아름다운 것을 보고 듣고 가르침을 받지 않는가. 아름다움의 표본이라는 것은 모든 사람을 위해서 있는 거지 어느 한 사람에게 독점되는 것이 아니야. 그 여자의 주장이 옳은 거야."

"네가 혼자 으득뿌득해봤자 우린 이미 그 여자의 둘레를 도는 잡고기에 불과한 거야. 자칫 멍청해 있는 새에 이미 틈사구 하나 없어. 음모의 그물이 우리가 생각했던 것보다는 감쪽같이 퍼져 있었던 거야. 시인인 황 씨는 연방 시를 써서 그 여자에게 바치고 있지 않나, 화가인 윤 씨는 그 여자의 소복 차림을 벌써부터 그리기 시작하지 않나, 유한마담인 임부용林芙蓉은 말야, 그 여자와 같이 여행이나 떠나자고 아득빠득 내대고 있는 거야. 남편이구 뭐구두 없구 이젠 그저 은실에게만 미친가 부거든. 자, 이러구 보니남은 것은 결국 우리들뿐이란 말야. 태평하게 앉아 있을 수만 있는가 이 말이야."

들뜬 기색으로 꽤는 초조하게 지껄여대는 건달패 천만조도 실인즉 임부용이나 시인인 황 군에 못지않게 열을 올리고 있었고, 제법 거들어지게 내뱉는 그 얘기투와는 달리 뒷구석에선 저 혼자 속을 태우고 있었다. 은실에게서 서양 춤을 가르쳐주자는 것이 그의 속셈이어서 유학이랍시고 오 년 동안 동경에 가 있는 동안 속속들이 배워둔 그 자랑거리인 서양 춤을 살살이 가르쳐주고, 그 김에 마음까지를 제 것으로 독차지하자는 뱃심이라는 것쯤은 누구나가 쉬 알 수 있는 것으로서, 그러나 그런 손에 호락호락 넘어갈 은실이 아니었다.

애초부터가 그 여자는 서양 춤 같은 것에 까닭도 없이 열중하는 축이 아니어서 사교장도 그런 설비도 없는 바에서 어쩌자는 서양 춤이냐고 맞바로 내대면 할 말이 없는 천만조였다.

저 활달한 음악에 따라서 미끄러지는 몸체의 리듬의 쾌감을 입에 신물이 나도록 지껄여봤자 전혀 거들떠보지도 않는 그 여자다.

"그보다는 차라리 난 한국 춤이 배우고 싶어요. 고전적이구 그 우아한 춤을 추면 얼마나 여유 있구 편안한 기분이랴 싶어요. 그 고풍인 몸매의 움직임에야말로 탁 트인 부드러운 리듬이 있을 거야요. 이번에 서울에 돌아가면 옛 명인에게 가서 실컷 배울 테야."

고향을 생각하고 고향의 아름다움을 찾으려는 마음씨에 은실을 당해낼 사람이 없을 것이다. 무엇보다도 착 몸에 밸 수 있고 우리네 성미에 맞는 조상 적부터의 향토나 유물을 사무치게 사랑하지 않고서는 못 배기겠다는 투였다. 그 무엇에도 동하지 않고 더럽혀지지 않은 그 여자의 그 순결한 마음씨가 드디어는 부지불식간에 거리의 젊은 패들에게 끼친 영향도 지금에 와서 보면 굉장히 컸다는 것을 알게 된다. 그 훌륭한 몸매에 양장이 참 잘 어울릴 듯하다고 그 누가 실없는 소리를 지껄이면 그 여자는 어처구니없는 듯 어깨를 한번 추슬러 보이곤 눈 한번 거들떠보지 않고 이 세상에서 이보다 더 알맞은 옷이 있는 줄 아세요? 치맛자락을 살짝 들어 보이는 데는 그만 더 할 말이 없는 것이다.

"댁에서들은 무엇이나 좋은 것은 덮어놓고 외국에만 있는 줄 생각하지만 어림도 없는 원시안이야요. 파랑새가 뜻밖에도 바로 가까이 있었던 것처럼 도리어 우리 발밑에 지극히 아름다운 보석이 마구 굴러 있는지도 모르는 거야요. 우선 자신을 좀 더 잘 알고 아끼지 않으면 거짓부리야."

"하지만 이 한 잔의 커피는…… 이건 틀림없이 외국 것인데."

"아이 못써요, 그런 억지. 이를테면 이 청자 병인데……."

이렇게 은실은 작은 탁자에 놓여 있는 고대의 자기를 가리킨다. 그 여자가 가진 것 중에서 제일 값비싼 것인 할아버지 적부터 가보로서 이어 내려온다고 하는 그 고려시대의 자기를 그 여자는 어디로 가나 소중히 가지고 다니는 것이었다. 상감을 박고 진사의 꽃무늬를 넣은데다가 양편엔 작은 손잡이가 달려 있는 길쭉한 하늘색 병이었다. 일찍이 아버지 어머니 곁을 떠나 있어 어릴 적부터 애완해오고 있는 그 병은 그 여자로서 집을 생각하고 옛날을 그리는 길잡이로서 된 격이었다.

"이 병보다도 아름다운 형태, 우아한 기품이 대체 외국 어느 나라에 있나요? 과문[2]이어서 못 들었는지 몰라도 알고 싶어요."

이러고는 그 풋내기 커피 패들에게는 말보다도 차라리 실물교육을 택하는 것이었다. 다른 다방에서는 엄두도 못 낼 일이어서 그 여자는 마담에게 얘기하여 여러 가지의 그 지방 음료를 내놓도록 한 것이었다. 소다수 대신에 화채를, 커피 대신으로 수정과, 홍차에 필적할 음료로는 식혜, 보리수단자 등등으로. 이건 참 그럴듯한 착안이어서 다방은 전보다도 더욱 번창하고 풋내기 커피통을 자랑삼던 패들도 속속 수정과 당薰으로 전향해오는 격이었다. 건시의 단물에 생강이나 육계肉桂[3]의 향료로 풍미를 곁들인 음료는 커피보다 나으면 나았지 못하지 않았다. 화채만 해도 철따라 단 꿀물에 진달래 화판을 뜨게 하고 혹은 귤 씨를 갈아 넣고 배나 사과 쪽을 넣기도 해서 유리잔에 그득 찬 그것은 소다수쯤의 풍류가 아니었다. 식혜나 수단자도 마찬가지였다. 이것들은 주로 서울 지방의 음료였기 때문에 지방 사람들은 새삼 우리네가 독특하게 지녀오고 있는 그 진미에 찬사를 늘어놓고, 이리하여 이 특색으로 해서 이 집은 대뜸 온 거리의 화젯거리가 되었고 은실도 손뼉을 칠 만큼 개가를 올렸다. 이제는 다방이 아니라 화채집이라고 거리 사람들은 불렀고, 꽤는 어깨가 으쓱해진 마담도 이 모두가 은실의 덕이라고 되풀이 되풀이 뇌며 더욱더 그 여자를 소중히 여겼다.

2 보고 들은 것이 적음.
3 계수나무의 두꺼운 껍질을 한방에서 이르는 말.

전아한 한국 춤을 배우고 싶다는 은실은 가야금을 타는 것이 여간 솜씨가 아니었다. 유명한 여류 피아니스트인 백 씨의 아내 성남 여사의 말을 빌리자면 그 여자의 기교는 매우 훌륭하여 이미 상당한 경지에까지 다달아 있다는 것이었다. 성남 여사로서는 무슨 수를 써서라도 피아니스트로 길러내고 싶었고, 그리하여 백 씨는 당자의 의향만 있다면 후원회를 조직해서 그 여자로 하여금 구라파로 유학을 보내도 좋다고 기백을 세우고 있으나 전혀 겨 가루에 못을 박는 격이어서 그 여자는 이제부터 피아노를 시작했댔자 될 리도 없겠고 숫제 그런 것은 무의미한 짓이라고 진지하게 응하려고 하지 않는 것이었다. 그러나 실상 그 까맣게 반들반들한 피아노라는 악기는 마치 그 여자를 그 앞에 앉히기 위해서만 만들어진 것 같았다. 새까만 윤이 나는 육중한 입체와 연한 순백색 그 여자 모습의 대조, 세상에 이보다 더한 것이 있을 것 같지 않은 까만빛과 새하얀 색채의 조화! 야들야들한 손끝이 건반에 닿자 그 크고 검은 입체는 마치 그 여자에게 아양을 떨 듯이 부드러운 소리를 냈다. 손가락에 기름이 도는데 따라 복잡한 음색은 종횡무진으로 얽히면서 그 여자를 위하여 드디어는 심장의 밑 속까지를 들추어 쏟아버리는 것이었다. 우수한 천분을 지니고 있으면서도 추호도 아쉬운 기색조차 없이 피아노는 거들떠보지도 않고 애오라지 일념 가야금에만 전념하게 된 사려분별도 사려분별이려니와 여기서도 고향의 고전에 대한 그 여자의 애정에는 누구나 깊이 울려오는 것이 있었다. 폭 파인 온돌방에 긴 치맛자락을 펼치고 가야금 앞에 단좌한 모습은 피아노의 경우와는 또 정취가 다른 풍류였다. 하여간 여러 말 필요 없이 그 여자처럼 아름다운 것은 어떤 환경에 갖다 놓건, 어떤 것을 안배하건, 그 아름다움엔 추호도 변함이 없다고나 할까. 그렇게 말할 밖에 도리가 없었다.

윤 씨는 가을 전람회에 낼 작품으로서 청자 병을 안배한[4] 은실의 소복 모습의 제작에 착수했으나 시작하고 일주일이 넘어도 전혀 진척이 없어 몇 번씩이나 캔버스를 옮겨보기도 하고 심지어 화필을 내던지곤 했는지 몰랐다. 지고지미至高至美한 영혼의 싱싱한 모습을 그냥 그 채로 화판에 옮기자니 여간 곤란이 아니리라는 것은 상상되고도 남았다. 다방 일은 한낮부터였기 때문에 그사이 아침 시간을 윤 씨는 아파트의 그 여자 방에 캔버스를 놓은 채 다니곤 했었다. 그 여자에게 애걸애걸하다시피 해서 비로소 모델이 될 것을 허락받은 터여서 어둑신할 때부터 다닐밖에 없었다. 이러던 어느 날 굉장한 일이 벌어졌다.

층층대를 올라 그 여자의 방 앞에 섰을 때 문득 거친 소리가 새어나오질 않겠나? 노크를 하지 않고 잠시 그냥 귀를 기울였다. 은실의 목소리에 분명 사내의 소리가 섞여 있었다. 그 여자의 방으로 드나들 수 있는 사람이란 백 씨 내외 외에 임부용이 있고, 그 다음은 윤 씨 자신인 줄만 알았는데 대체 어떻게 된 사나이인가 하고 의아히 여기고 있자 은실의 목소리는 점점 더 격해졌다.

"나가주세요. 어서요, 나가주세요!"

분명 백 씨의 목소리는 아니다. 멈칫거리고 있는 듯한, 그러나 뻣뻣하게 내대는 사나이의 목소리가 뒤를 이었다.

<hr>

4 알맞게 잘 배치함.

"안 나가면 어쩔 테야. 나두 끈기는 있으니까 언제까지라도 이러구 있을 수 있어."

"비겁해요. 노크도 없이 쥐도 모르는 새에 들어오다니. 안 나갈 테면 온통 아파트가 울리도록 소리를 지르겠어요."

"난 차라리 악마가 못된 것이 원통할 지경이야. 악마만이 무엇할 것 없이 획획 낚아챌 수 있는 것이니까 말야."

"사내들이란 왜 저렇게 제멋대로인지 모르겠어. 무엇이나 생각만 하면 다 척척 되는 줄 아는가 봐. 악마는 이 세상 것이 아니구 지옥의 것이야요. 지옥에라도 가면 되겠죠."

"정말이다. 그 목소리가 점점 더 나를 못 견디게 하누나. 난 참으로 악마가 되어야겠다. 눈을 감고 이를 악물기만 하면 되겠지. 자, 이젠 악마다. 무슨 짓이라도 할 수 있어. 무슨 짓을 하건 내가 알게 뭐야……."

"어마나! 악마, 짐승, 저 좀 살려주어……."

윤 씨는 더 참지를 못하고 자기도 모르게 와들와들 떨려오는 것을 누르며 문을 박차고 뛰어 들어갔다. 놀랍게도 사나이는 천만 뜻밖의 천만조였다. 서양 춤을 잘 춘다는 저 건달패였다. 그림이 잘 진척되지 않고 며칠째 짜증만 일어나던 터여서 머리를 곱게 빗어 올린 빤들빤들한 얼굴에 부딪치자 윤 씨는 가슴속이 이글이글해져 그의 앞을 막아선 채 있는 소리를 다해 소리를 질렀다.

"창피한 줄도 모르나, 이 자식아!"

은실은 겁에 질린 참새처럼 윤 씨의 등 뒤에 숨었고 돌연히 불벼락을 맞은 천만조는 창피함을 억누르기 위해서 일부러 부리부리해서 역시 지지 않고 고함을 내질렀다.

"뭐야, 닷 푼어치 화가. 웬 참견이야!"

"이 파렴치한 자식 보게, 세상을 어떻게 생각하는 거야!"

되게 뺨을 한 대 맞고 그대로 물러설 천만조가 아니어서 지지 않고 달려드는 것이었고, 이리하여 서로 한 덩어리가 되어 드디어는 큰 싸움판이 벌어졌다.

"너나 내나 속을 송두리째 들쳐보면 은실에 대한 마음은 마찬가지다. 다만 너희들은 그럴듯하게 의젓한 까풀을 뒤집어썼을 뿐이야. 이런 닷 푼어치 그림이 뭐야. 이것으로 여자를 낚아채려고……."

천만조는 상소리를 있는 대로 내뱉으면서 엎치락뒤치락 방 안을 뒹굴다가 급기야 복도에까지 밀려 나갔다. 은실은 아파트에 있는 사람들의 체면도 있어 손을 부르쥐고 덜덜 떠는 것이었지만 어느새 두 몸체는 보도는커녕 이리저리 미끄러져 드디어는 층층대를 그냥 굴러 떨어지는 소동이었다.

천만조는 머리가 깨지고 윤 씨는 왼편 팔이 부러져 양편이 다이 주일 이상의 치료를 요하는 상처를 입은 것은 말할 것도 없거니와 두 사람 다 붕대를 처감은 모습인 바엔 숨기려야 숨길 수도 없이 이 사건은 아파트는 물론이려니와 온 거리에까지 소문이 자자하게 퍼졌다. 은실은 더 말할 것도 없이 화제의 주인공이 되었고 이로 해서 그 여자에 대한 존경의 염이 덜어지기는커녕 더한층 동경과 선망의 표적이 될 뿐이었다. 물론 그 여자로서는 이런 것조차 시끄러울 뿐이어서 찬찬히 생각해보면 차라리 세상이 어처구니없어지는 것이었고, 그러나 그쯤은 아름다움의 특권을 향유하기 위해서 당연한 의무라고 주위에서 얘기하고 위로하고 하는 사이 기분이 좀 후련해지긴 했다.

윤 씨야말로 어이없는 재난에 부닥친 것이어서 귀중한 제작을 앞두고 그런 일이 벌어져 한동안은 꽤 풀이 죽어 있었으나 그러나 그냥 희망을 버리지 않고, 게다가 불행 중 다행이랄까 상처는 왼팔이었기 때문에 팔레트를 책상에 놓은 채 오른손으로 화필을 잡고 다시 그림의 완성에 열중했다. 피어린 노력의 덕택으로 그 후에도 몇 번이나 캔버스를 분지르고 혹은 화필을 내던지고 했지만 수주일의 애씀으로 놀라울 만한 걸작이 완성되었다. 오랜 동안의 우울한 초조감에서도 해방되어 윤 씨는 꽤는 자신만만하게 신명이 나고 명랑한 모습이었고, 조금이라도 그림을 아는 사람들은 첫눈에 그 그림에 반하여 고흐보다도 싱싱하다, 힘 있는 터치는 도란[5]을 능가한다, 칭찬의 소리를 아끼지 않았다. 오십 호쯤의 화폭에 은실의 소복 차림의 좌상과 청자 병을 그린 것으로서 구도에는 별 기발한 점이 없으나 힘 있는 선과 싱싱하게 다가오는 인상은 꽤는 압도적인 것이고 게다가 병의 색채는 파격적일 만큼 독창적인 것으로 하고 여기저기 초록색의 구사는 정말 마티스 이상이었다. 특선급 이상의 실력으로 이왕직상李王職賞쯤은 맡아놓은 작품이라는 소문을 듣고 한번 보기나 하자고 들른 그의 화실에는 젊은 패들이 북적북적 들끓었다.

어차피 소문이 퍼진 바엔 아직 출품 전이라고는 하나 모든 사람에게 전람시키는 것도 좋으리라는 생각이었고, 또 친구들의 청도 있어 반입을 이 주일쯤 앞두고 십수 점의 다른 작품과 함께 은

5 프랑스의 화가 드랭.

실이가 다니고 있는 다방 벽에 걸어놓기로 하였다. 현실의 은실과 그림 속의 그 여자를 바로 앞에 두고 비교해보는 것도 한 멋이라고 그 작은 전람회는 뜻밖으로 호평이어서 다방은 낮이나 밤이나 꽉 차서 공석을 찾을 여유도 없었다. 소복 그림은 연방 모든 사람의 눈을 황홀하게 하고 그 북적북적 들끓는 속에서 여전히 부지런하게 돌아가는 은실의 모습도 한층 더 돋보여 사람들은 대체 어느 편의 은실이가 더 아름다운가고 얘기가 벌어져 예술 같은 것은 어림도 없다, 역시 실물인 그 여자 편이 백배 더 아름답다고 누구나가 결론이 한결같았고 어느 한 사람 이의를 내는 사람이 없었다.

윤 씨도 물론 그것을 추호도 서운하게 생각하지는 않았고 그 여자의 아름다움을 그리기 위하여서는 예술이라 할지라도 얼마나 무력한 것인가를 이미 느꼈던 터여서 도리어 사람들의 그런 얘기를 웃음으로 넘겼다. 여하튼 전람회는 이렇게 굉장한 평판이었는데 사흘도 못 가서 다시 뜻밖의 일이 일어났다. 아파트 사건이나 이번의 일이나 불운한 해라고나 할까, 윤 씨에겐 가엾을 만큼 마음을 상하게 하는 일이 일어난 것이다.

사흘째 되는 아침 다방 문을 여니 소복 차림의 그림이 벽에서 없어졌다. 〈모나리자〉의 실종처럼 형적도 없이 묘연했다. 아마 전날 저녁의 야밤중을 이용해서 누군가가 훔쳐 간 모양이었다.

윤 씨는 철렁 가슴이 내려앉으며 잠시는 그저 어안이 벙벙하였지만 전람회는 다가오겠다, 다시 제작을 한다는 것은 어림도 없는 일이겠다, 무슨 일이 있어도 그림을 찾아낼밖에 없었다. 며칠 동안을 찾아 헤맨 연후엔 이상하게도 실망을 느끼면서도 마음은 착 가라앉아 있었다. 분명 천만조의 짓일 거라고 점을 찍었으나 딱히 그렇지도 않은 눈치가 눈물을 흘리면서 자기의 결백을 얘기하는 데서 알 수 있었다. 그러면 임부용이냐, 시인인 황 군이냐, 아니면 다방을 거의 제집처럼 드나들며 낮이나 밤이나 할 것 없이 은실의 곁에서 떠나지 않는 젊은 패들 가운데 누구인가 하고 남몰래 순례를 시작하여 집집을 살살이 휘돌았는데도 그림은 나타나지 않았다. 그래도 그냥 용기를 내어 거리 안을 이 잡듯이 뒤진 연후 사오 일 지나서 다행히도 그림은 찾아냈지만 정말 그것은 뜻않았던 곳에서였다. 이 일은 그러지 않아도 골치이든 것을 더욱더 골치 아프게 하는 것이었다. 윤 씨는 눈을 꾹 지르감고 마음속으로 울고 싶은 느낌이었다. 누구였을까? 뜻밖에도 백씨의 방에서 나왔다. 그것도 거의 감추듯이 피아노 뒤의 벽 틈에 놓여 있지를 않겠나? 백 씨 내외와는 참 친한 터여서 그토록이나 그림이 소망이라면 전람회가 끝난 후 선사할 수도 있었겠는데 어찌 그렇듯 서글픈 결과가 되었는가?

"전람회가 끝난다면 분명 이왕가에서 갖게 될 것이 틀림없겠고 당신으로서도 그것이 명예라고 생각했지요. 부끄러운 얘기지만 우린 정말 이 그림이 좋았지요. 이것저것 가릴 것 없이 무작정하고 좋았지요."

백 씨의 솔직한 고백이 윤 씨로서는 도리어 흐뭇했고 그림을 찾아낸 기쁨도 곁들였겠지만 일종의 뭐라고 말할 수 없는 엄숙한 감격이 느껴지는 것이었다. 한 폭의 그림이 그렇게까지 소동을 일으킬 수 있다는 것은 예술가로서 더한 자랑도 없을 것이었다.

"게다가 은실은 그만큼이나 이편에서 열을 올려도 끄떡도 않고 있겠다, 피아노를 하라고 해도 가야금에만 열중하고 후원회를 만들어서 외국에 보내자고 해도 그리 즐겨 하는 기색도 없어……
그러니 이젠 이대로 은실과 인연이 끊어지면 서운해서 어쩌랴 생
각한 거야요. 훗날에 가서라도 추억거리라도 남기자고 결국 남편
과 상의해서 이 그림을 실례하기루 한 거야요."

성남 여사의 솔직한 고백으로 그 쓸쓸한 내외의 심정이 새삼
실감으로 느껴지자 윤 씨도 꽤 있음직한 일이라고 감동과 함께
수긍이 되어 그림만은 일단 전람회가 끝날 때까지 도로 찾기로
하였다.

그러나 그림을 찾아내어서 다행이긴 했으나 이번엔 윤 씨 한
사람뿐만 아니라 백 씨 내외와 임부용과, 아니 온 거리의 사람들
에게 불행한 일이 일어났다. 그것은 은실이가 드디어 다방을 그
만두고 서울로 돌아가기로 작정한 것이었다. 이 세상의 그 무엇
과도 바꿀 수 없는 그 언제라도 지리해질 수 없는 소복 차림의
아가씨를 잃는다는 것은 거리의 불행이 아니고 무엇이겠는가?
그러나 집안 사정으로 돌아가지 않으면 안 되었다. 애초에 은실
이처럼 재색을 겸비한 여자가 그렇게 시골거리에만 처박혀 있을
리도 없겠고, 언젠가는 서울에 돌아가게 될 것이 틀림없을 것이
라고 누구나가 생각은 하고 있었다. 가야금으로 세상에 나서건
그렇지 않으면 그 밖의 그 무엇으로라도 세상 사람들의 이목을
끌 일을 할 것이 틀림없다고 느끼고는 있었다.

그렇다고는 하더라도 그 여자가 남기고 간 크나큰 적적감을
다시 채운다는 것은 쉬운 일이 아니었다. 가슴속마다 텅 빈 구멍
이 파인 거나 진배없었다. 마치 무지개가 꺼진 직후의 멋쩍음처
럼 사람들은 마음이 짓찢어지는 듯한 생각이었다. 천만조는 며칠

을 두고 금시 울음이라도 터질 듯이 상을 찡그리고 있었지만 그냥 슬퍼하고만 있을 그는 아니었다. 재빨리 그 여자의 뒤를 좇아 서울로 올라 달렸다. 임부용이나 황 군도 뒤를 좇기 위해서 만반의 준비가 돼 있다는 것이었고 누구보다도 서글픔에 잠긴 사람은 백 씨 내외였다. 서울에 가려도 세대를 가진 몸으로는 집을 비울 수도 없는 것이고 그렇다고 한 사람만 홀쩍 떠날 수도 없는 것이었다. 은실에 대한 백 씨 내외의 사랑은 서로 백중할 만큼 양편이 다 지극했다. 윤 씨는 혼자 몸이라 언제라도 그 여자를 만나러 갈 입장이긴 했지만 그 서글픔은 누구에게 못지않게 컸고, 지금에 와서는 백 씨 내외에게 약속했던 소복의 그림도 자기가 기념으로 오래오래 간직해두어야겠다고 혼자 생각하는 터였다.

다방은 한동안 불이 꺼진 듯이 쓸쓸했고 손님들도 훨씬 줄어들었지만 다만 그 여자가 남기고 간 향토애의 선물, 화채나 수정과 같은 음료를 찾는 사람들은 의연히 매일 끊이지 않고 들러 은실의 여운은 마치 꽃향기나 음악의 선율처럼 여기저기에 아련히 떠도는 것이었다. 그리고 분명 사람들 마음속에서도 영원히 지워지지 않고 남을 것이다.

"은실이 같은 분을 이런 데 그냥 처박아두려는 게 우선 무리야요. 나도 꽤 뻗치긴 했지만 내 욕심이라는 걸 알았어. 정말 이제까지 준 것만 해도 고맙게 생각해야 해요. 아마도 이 근처에선 겨눌 사람이 없을 만큼 훌륭한 사람이야요. 정말 어디엔들 그런 사람은 없을 거야요."

마담은 우물우물 지껄이며 머리를 갸웃이 하고 언제까지나 이것저것 술회가 끊이지 않았다. 그 여자도 누구 못지않게 가만히 은실을 사랑해오고 있었던 것이다. 그리고 사랑하는 사람을 잃어버린 상처로 해서 누구 못지않게 괴로워하고 있었다.

"단념할밖에 없어요. 그리구 언제까지나 마음속으로 생각해야 해요. 그 밖에 어찌할 도리가 없잖아요."

그것이 다만 한 가지의 해결책이라는 듯이 모두 무언가 치바라보듯 그 여자의 얘기에 귀를 기울였다. 지금은 소복 그림조차 없고 다방의 벽은 쓸쓸하게 퇴색되어 있었다.

— 출처 미상

하얼빈

호텔이 키타이스카야[1]의 중심지에 있자 방이 행길 편인 까닭에 창 기슭에 의자를 가져가면 바로 눈 아래에 거리가 내려다보인다. 삼층 위의 창으로는 사람도 자그만하게 보이고 수레도 단정하게 보이며 모든 풍물이 가뜬가뜬 그 자신 잘 정돈되어 보인다. 그러면서도 쉴 새 없는 요란한 음향은 어디선지도 없이 한결같이 솟으면서 영원의 연속같이 하루하루를 지배하고 있다. 이른 새벽 침대 속으로 들려오는 우유를 나르는 바퀴 소리에서 시작되는 음향이 점점 우렁차게 커지면서 밤중 삼경을 넘어 다시 이른 새벽으로 이어질 때까지 파도 소리같이 연속되는 것이다. 인간 생활에는 반드시 음향이 필요한 모양이다.

1 하얼빈의 중앙대로.

나는 이 삼층의 전망을 즐겨 해서 방에 머무르고 있는 대부분의 시간을 창가 의자에서 지내기로 했다. 아침 비스듬히 해가 드는 거리에 사람들의 왕래가 차츰차츰 늘어가려 할 때와 저녁 후 등불 켜진 거리에 막 밤이 시작되려 할 때가 가장 아름다운 때이다. 조각돌을 깔아놓은 두툴두툴한 길바닥을 지나는 마차와 자동차와 발소리의 뚜벅뚜벅 거치른 속에 신선한 기운이 넘쳐 들리고 여자들의 화장한 용모가 선명하게 눈을 끄는 것도 이런 때이다. 그러나 반드시 또렷한 주의와 목적이 없이 다만 하염없이 그 어지럽게 움직이는 그림을 바라보는 것이다. 바라보는 동안에 번번이 슬퍼져감을 느낀다. 이유를 똑똑히 가리킬 수 없는 근심이 눈시울에 서리어진다. 인간 생활은 또 공연히 근심스러운 것인지도 모른다.

사실 나는 그 근심의 곡절을 따져낼 수 없는 것이, 그 짧은 여행이 원래 걱정에서 시작된 것이 아니어서 고향에 불행을 두고 떠난 것도 아니요 눈앞에 불행이 놓인 것도 아닌 까닭이다. 마음에 드는 거리를 실컷 보고 입에 맞는 음식을 실컷 먹으면서 흡족할 때까지 소풍을 하면 그만인 것이요, 또 그 요량으로 떠났던 여행인 것이나 마음은 반드시 무시로 즐겁지만은 않다. 호텔 아래편 식당에는 늙은 뽀이의 은근한 시중과 함께 기름진 빠터며 노서아[2] 수프며 풍준한 진미가 준비되어 있는 것이나 그 깨끗한 식탁을 대하면서도 어딘지 없이 마음 한구석이 답답한 것은 웬일일까. 며칠 만에는 식당으로 내려가기조차 귀찮아서 방 뽀이에게 분부해 늦은 아침 식사는 대개 방에서 빵과 커피로 대신하게 되었다. 초인종으

2 러시아.

로 뽀이를 불러 그릇을 치우고는 다시 창에 가서 의자에 앉곤 한다. 행길에는 사람들이 훨씬 늘었다. 그 한 사람 한 사람의 가는 길과 목적을 뉘 알 수 있으랴. 나는 키타이스카야 거리를 사랑한다. 사랑하므로 마음에 근심이 솟는 것일까.

"왜 이리도 변해가는구 이 거리는. 해마다."

변해간다는 것이 안타까운 일이 아닐 수 없다는 듯 시선은 초점을 잃고 아득해간다.

지금 눈 아래의 거리는 사실 벌써 작년 여행에 본 그 거리는 아니다. 각각으로 변하는 인상이 속일 수 없는 자취를 거리에 적어간다. 오고 가는 사람들의 얼굴도 변했거니와 모든 풍물이 적지 아니 달라졌다. 낡고 그윽한 것이 점점 허덕거리며 물러서는 뒷자리에 새것이 부락스럽게 밀려드는 꼴이 손에 잡힐 듯이 알려진다. 이 위대한 교대의 인상으로 말미암아 하얼빈의 애수는 겹겹으로 서리어가는 것이다.

"나는 이 변화를 보러 해마다 오는 것일까. 이 변화를 보러."

혼자 속으로 생각하자는 것이 그만 남에게 들려주는 결과가 되었다.―우연히 등 뒤에 나타난 사람이 있었던 까닭이다. 노크를 듣고 뽀이인 줄만 알고 콧소리를 질렀더니 살며시 들어와 선 것이 뜻밖에도 유라이다. 돌아다보고 나는 놀랐다.

"왜 놀라세요."

"너무도 의외여서."

"오겠다구 약속하지 않았어요."

"약속받은 것은 나두 기억하지만.―아무리 약속을 했기로서니."

"말을 어기는 사람인 줄 아세요. 밤까지 별로 일두 없구 해서 일찌감치 나서봤지요."

"하얼빈의 변화라는 것을 생각하구 있는 중인데―."
하며 다시 창을 향하니 유라도 의자를 끌어다가 탁자 맞은편에
앉는다.

"어쩌는 수 없는 일이죠. 될 대로 되는 수밖엔요."

철없는 무관심일까. 대담한 체관[3]일까. 표정 없는 순간의 그의
눈이 아름답다. 슬픈 얼굴보다도 평온한 그 얼굴이 얼마나 더 효
과적이었을까.

"―보세요. 저 잡동사니의 어수선한 꼴을. 키타이스카야는 이
제는 벌써 식민지예요. 모든 것이 꿈결같이 지나가 버렸어요."

유라는 판타지아에서도 으뜸가는 용모였다. 불끈 뜨는 커다란
눈이 간담을 서늘하게 하면서도 어딘지 어린 태가 드러나 보인
다. 몸도 작고 팔다리도 소녀같이 애잔하다.

"폴란드 태생인 어머니의 피를 받아서 그런지 나두 여기서는
외국사람 같은 생각이 난답니다."

새빨간 드레스를 입고 볼에 새까만 점을 붙이고 의자에 앉은
그의 모양은 밤 홀의 분위기와 꼭 어울리건만 그로서 보면 그 자
신도 또한 그 홀에서는 한 사람의 이국인이란 말일까. 그렇다고
듣고 보면 딴은 그는 가령 무대 위에서의 노래나 무용이나의 짤
막한 연기를 고집스럽게 열심히 바라보는 버릇이 있다. 그럴 때
의 그의 자태는 속일 수 없는 한 사람의 이국인의 그것이다. 조금

3 단념.

어색스러우리만치 잠자코 앉아서 무대로 향한 눈동자에 주의보다는 명상을 담고 있는 모양은 참으로 그 자리에서는 서먹서먹하게밖에는 보이지 않았다.

밴드가 울리면 한자리에 앉았던 리나와 끼고 일어나 춤을 추는 것이 여자끼리라 그런지 부드럽고 익숙하게 보이건만 나와 곁게 되면 그만 발이 걸리고 몸이 끌리면서 주체스럽게 어긋나 버린다. 반드시 내 춤이 어색한 까닭이 아니라 유라의 심중이 복잡한 탓이려니 생각한다. 복잡한 심서로는 주의의 방향을 어거[4] 할 수 없는 모양이다.

유라가 잠깐 자리를 비운 새 리나가 묻지 않는 말로 동무의 비밀의 한 토막을 들려준 것은 대체 무슨 까닭이었을까.

"유라는 홀에서 독판 점잖은 척은 해두 실상은—."

"훌륭한 얼굴이 아니오. 기품이 있고 명상적인 것이."

"실상은 작년까지 니싸에 있었다나요. 거리에선 다 알죠."

재빠르게 지껄이는 어조에 날카로운 적의가 편적임을 나는 놀랍게 여기며 리나의 얼굴을 쏘아붙인다. 리나는 조금도 동하는 기색 없이 담배 연기를 천장으로 뿜어 올린다. 나는 들을 말을 들었는지 안 들을 말을 들었는지 분간할 수 없어—순간의 놀람과는 반대로 마음은 즉시 침착하게 비어감을 느낀다.

니싸는 결코 명예롭지 못한 곳이다. 유라의 몸에 찍혀진 그 지옥의 치욕의 표정은 평생을 가야 벗어질 날이 없을 것이다. 그런 치명상을 몸에 입지 않으면 안 되리만큼 절박했던 것인가.

---

4 거느려 바른길로 나가게 함.

"판타지아로서는 이같이 불명예로운 일은 없어요.—행여나 우리 모두를 유라와 같은 부류의 여자인 줄 생각들 할까 봐서 겁이 나요."

이런 리나의 불평이 그로 하여금 유라의 비밀을 털어놓게 한 것일까. 그의 어세는 의외에도 격하고 세다.

"그러나 리나와 유라는 누구보다두 친한 사이가 아니오."

"우정과 신분은 다른 것이니까요. 신분만은 서로 확적히 해두는 것이 옳지 않겠어요."

카바레는 즐거운 곳만도 아니다. 사람사람의 가슴속에는 심리의 갈등과 감정의 거래가 거미줄같이 잘게 드리워 그것을 목도하고 경험함은 답답하고 피곤한 일이다. 더욱이 유라들의 일건에 관해서는 나는 결코 행복된 입장에 서 있다고는 생각할 수 없는 것이다.

유라가 나 같은 뜬 나그네를 그렇게 수월하게 찾아온 것을 구태여 그의 그런 허름한 신분의 탓이라고까지 생각할 필요는 없었고 다만 약속을 지키자는 그의 교양의 발로라고 여기면 그만이어서 함께 거리에 나왔을 때에도 나는 그와 나란히 선 것을 그다지 부끄러워할 것이 없었다.

키타이스카야를 강 쪽으로 걸어가다가 왼편으로 고부라져 들어간 비교적 한산한 부두구埠頭區 일대의 주택 지대를 거니는 것이 또한 나의 기쁨의 하나이다. 마당같이 넓은 행길에는 느릅나무의 열이 두 줄로 뻗쳐 있고 양편의 주택은 대개가 보얀 계란빛으로 되어서 침착하고 고요한 뒷골목인 셈이다. 대체 느릅나무와 보안 집과 교당의 둥그런 지붕과 종소리를 제한다면 하얼빈의 운치로는 남을 것이 무엇일까. 부두구의 가로수 그늘을 지나면서 집 문패의 노서아 문자를 차례차례 서투르게 읽어가는 것이 아이다운 기쁨을 자아내게 한다. 어느 집이나 넓은 뜰이 달렸고 나무와 화초가 화려하다. 옥수수와 강낭콩을 심은 뜰도 있어서 어느 고장에서나 전원의 풍경으로는 이에 미치는 것이 없는 모양이다.

"불란서 영사관예요."

수풀 속에 커다란 이층집이 들여다보이는 문간에 이르렀을 때 유라는 나의 주의를 일깨웠다.

규모가 클 뿐이지 집 모양이 사택과 다를 것 없는 것이 흥미를 끈다. 민주주의 문화의 표시인 것일까.

"변한 것은 키타이스카야뿐이 아니라 이 영사관두 어제와는 다르답니다."

"독일과의 싸움에 졌으니까 말이지."

"불국佛國과의 연락이 끊어진 까닭에 돈두 안 오구 통신두 맥히구 해서 영사의 가족들은 요새 와선 생활조차 곤란이라나요. 자동차를 팔었느니 지니구 있는 보석까지를 넘겼느니―신문은 가지가지의 소식을 전해요."

"세상은 변하라구 생긴 모양이야."

불란서 영사관을 몇 집 지나놓고가 또 바로 화란 영사관이다. 규모는 조금 작으나 나뭇가지 사이로 들여다보이는 조촐한 집이 그 구역에서는 제일 단정한 듯하다. 화단에는 새빨간 샐비어가 한창 찬란하게 피어 있다. 그러나 철문에 자물쇠가 걸려 있음은 웬일인가.

"아주 폐쇄해버렸단 말인가."

"폐쇄한 셈이죠.─관원들은 뒤꼍 한 간으로 살림을 줄이곤 거의 전채를 어떤 회사에 빌려주었다니까요."

"영사관이 셋집이 됐다."

닫혀진 철문 속을 한참이나 물끄러미 바라보다가 나는 유라와 함께 천천히 그 앞을 떠났다.

머릿속이 아찔해지면서 느릅나무의 푸른 잎새가 눈 속에 엉겨붙을 듯이 압박해온다. 수수께끼나 풀고 있는 듯 오후의 골목은 고요하다. 깨끗하게 정돈된 행길 위에 우리들의 발소리만이 저벅저벅 울린다.

나는 혼란한 머릿속을 수습하느라고 잠시 침묵을 지키는 수밖에는 없었다. 순간의 착각에서 깨어난 듯이 나는 내 육신이 제대로 멀쩡한 것을 새삼스럽게 신기하게 느낀다. 행길도 수풀도 집들도 제대로 늘어서 있다. 있던 모양대로 그대로 있는 것이다.

"유라두 혹 그런지─난 가끔가다 현재라는 것에 대해 커다란 놀람과 의혹이 솟군 하는데."

"현재가 왜 이런가 하구 말이죠."

유라도 내 마음속에 떠오르고 있는 생각의 정체를 옳게 살핀 모양이었다.

"가령─이 행길은 왜 반드시 이렇게 났을까─집들은 왜 하필 이런 모양일까─이 거리는 왜 꼭 지금 같은 규모로 세워졌을까─ 하는 생각……."

"키타이스카야는 왜 지금같이 변하구 불란서 영사관은 왜 저

모양이 되구 했나 말이죠."

"더 가까이―손가락은 왜 하필 다섯 가락일꼬, 네 가락이면 어떻구 여섯 가락인들 어떻단 말인구―얼굴에만 두 눈이 박히지 말고 뒤통수에 하나 더 있던들 어떻다 말이구―배꼽이 옆구리에 붙으면 왜 못쓸까.―내 머리는 왜 검구―유라의 눈은 왜 푸른지……."

나는 얼마든지 내 의혹의 예를 들 수 있다. 눈에 보이는 것, 귀에 들리는 것이 생각하기에 따라서는 내게는 모두 수수께끼인 것이다.

"학자들은 진화의 법칙으로 설명하구 필요의 이치를 따지지만―손가락이 여섯인들 그다지 거추장스럽구 불필요할 것이 무언구. 그따위 옅은 설명보다두 내가 알구 싶은 건 창조의 진의―무슨 까닭으로 하필 현재의 이 우연한 결정이 있게 되었는가―현재가 이미 우연일 때 현재와 다른 우연의 결정을 생각할 수 없을까―내 머리가 노래졌대두 좋은 것이구 이 행길이 남쪽으로 났대두 무방한 것인 걸 다만 우연한 기회로 말미암아 다르게 결정된 까닭에 지금의 이 머리 이 행길로 변한 것이 아닐까―그렇기 때문에 지금보다 다른 세상이라는 것을 생각할 수 있는 것이구 생각하지 않고는 견딜 수 없는 것이구……."

"당신은 무서운 회의주의자예요. 그러니까 언제나 그런 우울한 얼굴을 지니구 있죠."

"나는 지금 왜 이곳으로 여행을 왔구 유라는 왜 나와 걷구 있구……."

"너무 어려운 것을 생각하면 마음이 안타까울 뿐이죠 괜히. 사람의 힘에 부치는 것을 생각함은 자연에 대한 반역이 아닐까요. 괴로운 마음은 그 반역에 대한 벌이겠죠."

유라는 마치 타이르는 듯도 한 부드러운 목소리다.

문득 고개를 드니 먼 맞은편 나무 사이에 교회당의 둥근 지붕이 솟아 보인다. 그 의젓하고 엄숙한 자태는 전지전능자의 위엄을 보이자는 것일까. 지붕 위의 높이 솟은 십자가는 회의주의자인 나를 꾸짖고 있는 것일까.

송화강 가로 나가 긴 둑을 걸어 요트구락부에 이르러 '떽 파러'[5]에 앉으니 넓은 강이 바로 눈 아래에 무연하게 열린다.

파러에는 식사하는 손님들이 거의 꼭 차 있고 홀 안 무대에서는 벌써 오후 여섯시가 되었는지 밴드의 음악이 흘러나온다. 나는 그 음악을 하얼빈의 큰 사치의 하나라고 아까워한다. 식사하는 사람들이 그 음악을 대단히 여기는 것 같지도 않고, 첫째 그것을 이해하고 즐기는 사람이 몇 사람이나 될까. 차이코프스키의 실내악은 개 발에 편자같이 어리석은 군중의 귀를 무의미하게 스치면서 아깝게도 흐른다. 하얼빈은 이런 사치를 도처에서 물같이 흘리고 있다.

뽀이에게 음식을 분부하고 음악에 귀를 기울이고 있을 때 유라는 내가 지니고 온 쌍안경으로 강 위와 건너편 태양도의 구석구석을 샅샅이 정탐하고 있다. 이곳저곳에다 정신없이 초점을 맞추면서 연방 미소를 띤다.

5 갑판.

굉장한 것을 발견했다고 히히덕거리며 한 곳을 손가락질하고 쌍안경을 내게 주는 것이나 그의 눈과 내 눈은 시력이 다른 까닭에 나는 내 눈에 맞도록 초점을 다시 조절하지 않으면 안 된다. 눈에 대고 함부로 나사를 돌리노라면 두 개의 렌즈 속에 혹은 태양도의 붉은 지붕이 들어오고 베란다에 나앉은 가족들이 들어오고 물에서 헤엄치는 남녀의 자태도 어려온다. 강 위를 닫는 유람선 이층에는 사람들이 빽빽이 붙어 섰고 기슭에 댄 조그만 어선 속에는 평화로운 부부의 자태가 보인다. 남편이 낚시질하는 한편에서 수영복을 입은 아내는 책을 읽고 있다. 책의 작은 활자가 바로 내 손에 쥐여 있는 듯이도 똑똑히 비쳐온다. 아내가 문득 고개를 돌린 것은 남편이 고기를 낚았다고 소리를 친 까닭이다. 뱃전에 흰 고기가 푸득푸득 뛰면 부부는 미소와 흥분으로 고요하던 배 속에 한동안 생기가 넘친다. 이 단란의 풍경은 아무리 오래 보아도 싫지 않다. 아마도 이날 강에서는 제일가는 풍경이었으리라.

쌍안경으로 그토록 히히덕거리고 기뻐하던 유라언만 뽀이가 날라다가 식탁 위에 늘어놓는 음식 그릇을 보고 그다지 반가워하지 않음은 웬일이었을까.

각각 접시에다가 음식을 노나놓고는 포크를 드는 대신 여전히 담배를 피운다. 맥주잔을 권해도 간신히 입술에 대는 정도로 들었다가는 놓는다.

"이런 진미가 입에 맞지 않는다니.―이 집 요리는 하얼빈서두 유명하다는데."

혼자만 식도를 움직이기가 미안해서 이렇게 말하면 유라는

"도무지 식욕이 없답니다."

"담배를 너무 피우니까 그렇지."

"담배를 피워서 식욕이 없는 것이 아니라 식욕이 없으니 담배밖엔 피울 것이 없어요."

카바레에서도 그는 담배가 과했다. 잠시도 쉬지 않고 무시로 연기를 뿜는 것이다. 손가락 끝이 익은 누에같이 노랗다.

"어서 그런 소리 안 할 테니—음식을 많이 먹구 몸 좀 주의해요. 그 팔목의 꼴이 무어요. 황새같이 가느니."

"몸이 좋아져선 뭘 하게요."

종시 접시에 노나 담은 음식의 반도 못 치우는 그의 식량이다.

파러를 나와 문간에서 모자를 찾을 때 나는 늙은 뽀이에게 은전 한 닢을 쥐여주다가 문득 어디선가 본 얼굴 같아서 고개를 갸웃거리면서 뜰로 내려섰다.

"옳지, 스테판.—어쩌면 저렇게 스테판과 같은 얼굴일까."

그 늙은 뽀이는—이름이 무엇일까, 흔한 이반이나 안톤일까—모습이 스테판과 흡사한 것이다. 스테판은 판타지아의 변소를 지키는 늙은 뽀이이다. 손님의 손에 물을 부어주고 수건을 빌려주는 뽀이이다.

하얼빈에는 왜 이다지도 도처에 늙은 뽀이가 많으며 그들의 얼굴이 또한 비슷비슷한 것인가. 불그스름한 바탕에 주름이 거미줄같이 잡히고 머리카락이 흰 것이 모두가 스테판 같고 이반 같고 안톤과 흡사하지 않은가—생각하면서 나는 스테판의 얼굴을 떠올려보았다. 취한 손님이 비틀비틀 변소에서 나와 수도 앞에 서면 스테판은 빙글빙글 웃으며 가까이 와 컵에 준비해두었던 물을 손에 끼얹어주고 손에 들었던 수건을 내민다. 손님이 손을 훔치고 날 때면 다시 빙글빙글 웃으며 얼굴을 똑바로 본다. 그 웃음에는 뜻이 있다. 돈푼을 던져달라는 것이다. 그렇게 알고 보면 그웃음을 띤 얼굴이 원숭이같이 교활하고 불쾌하게 여겨지는 것이나 그러나 그렇게 해서 모은 돈이 하룻밤의 그의 필요한 수입이됨을 생각할 때 미워할 수만도 없는 것이다. 하얼빈의 수많은 뽀이들 중에서도 스테판같이 천하고 가엾은 사람은 없을 법하다. 내게 그토록 강렬한 인상을 주게 된 것도 그 까닭일지 모른다.

뜰에는 초록이 신선하고 화단이 깨끗해서 제물로 휴게소를 이루었다. 흰 벤치가 놓여 있는 나무 그늘로 가서 유라와 함께 걸어앉으면서도 나는 스테판의 인상을 떨어버릴 수가 없다. 스테판을생각하면 한 가지 미안한 일이 있었던 까닭도 있다.

"난 스테판에게 조그만 죄를 진 게두 같구려."

내 말에 유라는 내 얼굴을 듬직이 바라보면서

"그날 밤에 팁을 좀 더 못 주었던 것 말이죠. 그 말씀을 벌써몇 번 되풀이하시는 셈예요. 하룻밤에 한 번 두 번 그만이지 어떻게 번번이야 주겠어요."

"그래두 스테판은 그것을 바라는 표정이든데."

몇 번째 출입이었던지 나는 잔돈이 없었던 까닭에 그의 미소에 대답할 수 없었던 것이다. 지전 한 장을 덤석 주지 못했던 것은 확실히 나의 인색한 탓이라고 해도 할 수 없는 것이 지전 한장쯤이 그의 그 은근한 태도에 대해서는 그다지 과하고 불필요한 보수는 아니었을 것이니 말이다. 나는 확실히 지전을 아꼈던것이다. 없는 잔돈을 찾다가 그만 부끄럽게도 그의 앞을 비슬비슬 물러서는 수밖에는 없었다. 생각할수록 미안한 일이었다.

"언제든 줘두 좋기는 하겠지만 어디 세상에 그렇게 관대한 손님이 있어요."

유라는 나를 위로하려고 애쓰는 눈치인 듯도 하다. 그러나 그가 전하는 스테판의 신세 이야기는 도리어 더한층 내 마음을 울리게 되었다.

"하긴 스테판은 그렇게 푼푼이 모아서 본국으로 갈 노자를 맨들구 있답니다. 한 푼이래두 더 긴하긴 하죠."

"본국으로."

"그는 소베에트로 가야 하구 가기를 원하구 있어요."

"흐음. 그럼 변소에서 버는 한 푼 한 푼이 십만 리 먼 길을 주름잡는 한 킬로 한 킬로의 찻삯이 된단 말이지."

"그렇게 그는 평상의 꼭 한 가지 그 원을 위해서는 어떤 비굴한 웃음이든지 띠지 않을 수 없어요."

"그럼 난 더 미안한 셈이 되게."

"스테판의 꿈은 먼 곳에 있답니다. 눈앞에는 아무것두 없어요."

'유라의 꿈은?'

나는 뒤미처 물으려다가 그만 입을 다물고 강을 내다보았다. 누런 탁류가 아득하게 넓고 무수한 배가 혹은 움직이고 혹은 서 있다.

나는 문득—밑도 끝도 없이 문득

'스테판은 혹시나 유라의 아버지나 아닐까.'

하고 느끼자 공연히 내 스스로 그 당돌한 생각에 놀라면서 고개를 돌려 유라를 보았다.

역시 강을 바라보고 있던 유라는 그 내 거동을 눈치 채임인지 얼굴을 돌려 함께 나를 본다. 나는 그의 복잡한 마음속을 그 시선만으로는 읽을 길이 없다. 그는 그 수심스러운 눈을 보낼 곳이 없는 듯 다시 강으로 던지면서

"강을 바라보면 저는요—."

들릴락 말락 목소리가 가늘다.

"—언제나 죽구 싶은 생각뿐예요."

"주 죽다니."

나는 모르는 결에 목소리를 높이면서 황새같이 가는 그의 팔목을 새삼스럽게 바라본다.

"아예 그런 위험한 생각은—."

하면서 생각하니 유라야말로 나보다도 몇 곱절 윗길 가는 회의주의자였던 것이다. 무시로 담배만을 먹고 식욕이 없고 황새같이 여윈 그는 속으로 죽음을 생각하고 있었던 것이 아닌가.

"죽다니 아예 그런."

거듭 외이는 내 말투는 죽음을 생각함은 되려 사치한 생각이라는 것, 사람은 아무리 발버둥쳐도 사는 수밖에는 도리가 없다는 뜻을 표시하자는 것이었으나 유라가 받은 뜻은 무엇인지를 알 길이 없다. 그렇다고 다시 죽음을 장황하게 설명함은 내 맡은 일도 아닐 법하다.

"마지막 판에는 언제나 그걸 생각하군 해요. 그것만이 즐거운 일이에요."

내가 내 딴의 생각에 잠겨 있듯 유라도 역시 그 자신의 생각의 껍질 속에 잠겨 있는 것이다. 그 껍질 속으로는 국외의 다른 사람은 도저히 비집고 들 길이 없다. 죽음 이외의 무슨 말로 대체 나

는 그를 위로할 수 있는 것일까.

파러에서는 여전히 답답한 음악이 들려오고 강은 저녁빛 속에 점점 흐려간다. 사람을 싣고 섬으로 건너가는 이층의 유람선이 저무는 속에서는 먼 세상의 것같이 아득하게 보인다.

— 〈문장〉, 1940. 10.

라오콘의 후예

무덥고 답답한 것은 오히려 참을 수 있다고 하더라도 몰려드는 파리떼야말로 악물이다.

편집 시간을 앞두고 수선스럽고 어지럽고 초조한 편집실의 오후를 파리떼는 제 세상인 듯 들끓고 있다. 얼굴과 손을 간질이다가는 목탄지 위에다 불결한 배설을 하고 날아가곤 한다.

"추잡한 방 안이 천재의 있을 환경이 못되누나."

삽화가 마란은 시간이 촉박하였음에도 그날 소설에 들어갈 삽화를 아직도 그리지 못한 채 파리와의 싸움에 정신이 없다. 천재로 자처하는 그에게 휘답답한 편집실은 버릇없기 짝이 없는 곳이다.

"천재를 괴롭히는 이놈의 추물, 이놈의 미물, 이놈의 속물……."

파리채 밑에서 한 마리 두 마리 꺼꾸러져 책상 위에 볼 동안에 적은 시체의 무더기가 늘어간다. 마란이 중얼거리는 어투에는 비단 파리떼만을 가리키는 것이 아니라 은근히 편집실 안에 옹성거리는 천재 아닌 뭇 미물들을 조롱하는 마음도 있다. 국장을 비롯해 과장, 부장, 주임, 기자, 사무원, 급사 등 흡사 파리떼만큼이나 흔한 속물들도 마란의 비위에는 파리떼와 다를 바 없는 평범하고 용렬하고 하잘것없는 존재로밖에는 비치지 않는다.

'조물주는 무슨 까닭으로 이렇게도 흔한 미물들을 파리떼와 인간들을 만들었누. 이 흔한 미물들이 죄다 조물주의 똑같은 총애를 바랄 권리가 있단 말인가.'

생각하다가 문득 어깨를 으쓱 솟구고 입술을 쫑긋 흰 것은 그렇게 생각하는 자기 자신은 무엇인가, 똑같은 한 사람의 미물이 아닌가, 미물인 까닭에 아직도 그날의 삽화도 못 그리고 고민하고 있는 것이 아닌가 하고 깨달았기 때문이다.

그러나 이런 깨달음은 전혀 망상임을 뉘우치면서 자기와 주위와는 여전히 엄격하게 구별되어 있음을 그의 천재적인 직관과 자부심이 고집스럽게 주장했다. 삽화를 못 그린 것은 천재적인 고민으로 말미암은 것이다. 무더운 기압 속에서 볶이면서 파리떼와 싸우며 초조와 번민 속에 사로잡혀 있음은 천재로 비약하려는 직전의 일순간이 아니던가. 무엇을 어떻게 그렸으면 좋을는지를 몰라 졸지에 막힌 것이 거의 한 시간 동안이나 목탄지 위에 붓끝이 머문 채 손가락이 탄식하고 흐트러진 머리카락 아래에서 두 눈이 형형히 빛났다. 파리 사냥에 정신을 옮기고 또 반시간을 지내는 동안에 편집 시간은 자꾸 임박해오건만 한 획도 운필을 못하고 있는 것이다. 요새 와서 여러 번째의 버릇이었다. 꽉 막힌 답답한 창 안에서 답보하기 시작한 예술이 쉽사리 길을 찾지 못하고 그 안타까운 괴롬을 표현할 도리를 몰라 메마른 영감과 동기 속에서 뼈를 갈면서 꼬박꼬박 밤낮을 여위어온다.

화풀이나 하듯 파리채를 휘두르는 동안에 애꿎은 시체만 책상 위에 늘어가고 목탄지는 어느 때까지나 백지의 순결을 지키고 있을 즈음 힘차게 쳐든 파리채에 요번에는 커다란 미물이 걸렸다. 등 뒤로 돌아오던 급사가 파리채로 보기 좋게 면상을 얻어맞고 그 별안간의 봉변에 재수 없다는 듯이 눈자위가 돌면서 퉁명스럽게 앞에 나타났다.

"마 선생님 망령이신가요? 저까지 잡으실려구."

"넌 파리보다 낫단 말이지?"

빈정대는 한마디가 어린 마음을 노엽히고야 말았다. 급사는 정색하면서 자기 맡은 의무로 어른을 윽박아들었다.

"딴소리 말구 얼른 그림이나 주세요. 몇 시나 됐나 시계를 좀 쳐다보시구요."

소년은 여러 해 동안의 신문사 생활로 편집 시간의 엄격하고 가혹함과 그것이 기사를 담당한 사람들의 마음을 얼마나 초조하게 바수는가를 누구보다도 잘 터득하고 있었다. 자기가 던진 독촉의 한마디가 사모하는 화가의 가슴속에 준 효과를 마치 그의 멱살이나 잡은 듯이 통쾌하게 여기면서 소년은 더욱 지껄인다.

"인쇄부에선 판을 다 짜놓구 지금은 선생의 삽화만을 기다리는 중예요. 소설은 있어두 그림이 가야죠. 창 빠진 것같이 그 자리만 허옇게 해서 찍을 수두 없는 노릇이구. 직공들의 사정두 좀 살피구 일분이 바쁘게 신문을 기다리는 수백만 독자의 심중두 생각해주서야죠."

"허옇게 해서 찍으렴. 너까지 날 귀찮게 구니. 신문이 내겐 웬수구 시간이 내겐 지옥이다. 책을 베끼듯 그렇게 술술 되는 그림이 아니야. 너두 파리두 신문두 내겐 죄다 웬수야, 웬수."

제 괴롬을 못 이겨 마란은 기어코 화를 내버렸다. 의자에서 벌떡 일어서면서 파리채로 금시 급사를 후려갈길 시늉이다. 급사는 그제서는 제 일이 바빠서 사정이나 하듯 겸양하면서 손을 모으고 빌 지경이다.

"그만하시구 어서 그려주세요. 붓을 들구 종이 위에다 단숨에 냉큼 그려주세요. 아무래도 좋으니 구불구불 몇 줄만 그려주세요. 시간은 없구 큰일 났어요."

"네겐 아무래두 좋아두 내겐 좋지 않어. 이 답답한 속에서 그림이 되다니. 예술이 그렇게 수월한 것이드냐. 오늘은 그림이 없다. 인쇄부에 가서 그렇게 일러라."

"얼른 그리세요. 삽화를 주세요."

"없달밖엔. 천재를 괴롭히는 이 미물들아."

은혜를 조르는 거지같이 소매에 매달리는 급사를 뿌리치고 마란은 편집실을 횡하니 내뺀다. 뒷문을 나서 복도를 걸어 급스럽게 뒷뜰에 내려서는 꼴이란 지옥을 벗어나려는 뜻인 듯도 하다. 해방된 폴로메스같이 땅을 저벅저벅 밟으며 호흡을 깊게 하면서 활개를 펴보나 초조한 심사에는 문밖도 답답하다. 하늘이 얕고 공기가 무겁다. 해를 머금은 검은 구름같이 속이 달고 화끈거린다.

오늘은 백화점의 경기구도 뜨지 않고 도회의 허공은 그리다가 버린 수채화같이 흐리멍덩하게 풀어져 있다. 빛과 그림자의 구별을 가지지 못한 건축들은 아름다운 입체감을 잃어버리고 단조한

평면 속에서 표정도 감정도 없이 하품만 하고 있다. 삼라만상이 괴롭고 따분하다.

신문사 뒤 문간에 사람들이 둘러싸고 선 것은 아마도 또 무슨 장사치이리라. 약장수도 오고 붓 장수도 왔다. 어떤 때에는 인삼 장수가 와서 메마른 이끼 속에 도라지같이 꼬치꼬치 꼬인 풀뿌리를 헤치면서 사람들을 모았고 때로는 자라 장수가 나타나서 산 자라의 옆구리를 찔러 선지를 내서 입술에 묻히면서 부족증에는 직효라고 선전하는 것이었다. 뒤 문간에는 언제나 이렇게 온전하지 못한 객꾼만이 모여드는 법인 모양이다. 오늘은 또 무슨 장사치인구 하고 마란은 가까이 가서 사람들 틈으로 엿보다가 뜨끔해서 소스라치면서 뒷걸음질 쳤다.

조그만 나무 궤를 안고 선 것은 땅꾼이었다. 궤 속에 한 뭉치가 되어 굼실굼실 늘이고 누운 것은 독사의 한 떼. 삼단같이 흩어지고 서려서 고개들을 곧추 들고 철망 속에서 혀를 널름거리는 꼴은 흡사 세상을 저주하려는 것인 듯 보는 눈에 능글지고 께름칙한 독을 끼얹는다. 이놈의 미물은 대체 무슨 인연으로 아담 때부터 사람의 원수가 되었누. 사람들은 그 흉측한 꼴에 몸서리를 치면서도 둘레둘레 그것을 둘러싸고 보고 섰음은 또 무슨 까닭인구. 뭇 시선 앞에서 자랑스럽게 그 한 놈의 목을 손가락으로 옴켜쥐고 널름거리는 혀를 뽑아 보이는 땅꾼의 심청머리도 또한 알 수 없는 것이다. 사람의 자식이 아니요, 뱀의 종족이란 말인가. 그렇게 대담하고 추잡하고 야만스러운 그 녀석은.

'이놈의 미물두 결국 내게 영감을 주지는 못하누나. 내 예술을 싹트게 하지는 못하누나. 우리 조상의 원수는 내게두 필경은 원

수밖에는 못되누나.'

마란은 외면하고 걸음을 옮기다가 문득 그 미물을 아름답게 노래한 옛 시인을 생각했다. 아롱거리는 등허리를 햇빛에 반짝이면서 풀 속으로 굼시르르 사라지는 뱀의 모양을 찬미한 시인의 심청머리는 또 대체 어떤 것이었던구. 그 능굴진 추물의 모양이 시의 세상에서는 아름다울는지 몰라도 그림 속에서 빛날 리는 만무해. 푸르고 붉은 늘메기'의 색채라면 또 몰라도 단조로운 회색만의 독사의 꼴이 그림이 될 수는 만만 없는 노릇이야. 아무리 천재기로서니 현대화에 있어서 그 추물을 취급할 수는 없구말구⋯⋯.

중얼거리면서 마란은 등 뒤로 점점 뱀의 세상을 멀리했다. 신문사의 돌벽과 흐린 하늘이 앞에 가로놓여 마음은 더욱 초조하다.

그날 그가 그려야 할 소설의 삽화라는 것은 괴로워하는 현대 남녀의 자태였다. 남녀는 피차의 연애만으로 괴로워하는 것이 아니라 두 사람 앞에는 시대가 놓였고 역사가 물결치고 겹겹의 파도가 휩쓸려 와서는 송두리째 육신을 뽑아 가려는 것이었다. 그 위에 두 사람에게는 길러도 길러도 진할 줄 모르는 안타까운 애욕의 오뇌가 그치지 않는다. 여자는 기어코 주인공 앞에서 흑이냐 백이냐 좌냐 우냐 함께 길을 떠나겠느냐 싫으냐의 다짐을 하건만 사내는 아직도 결단을 못하고 육신을 틀면서 번민한다.

그 한 회분의 소설에 있어서 마란은 대면하는 남녀의 풍경을 그릴까 여자의 나체를 그릴까 망설이다가 남자의 얼굴을 그리기

---

1 뱀과의 하나인 '율모기'의 사투리.

로 작정했다. 괴로워하는 얼굴의 표정을 가장 효과적으로 그려서 소설 전체의 표정을 상징하려는 것이었다. 그 계획에 기뻐하면서 붓을 든 것이 종시 뜻대로 이루어지를 않았다. 자기 자신도 필경은 주인공과 다름없는 현대인의 한 사람이요, 괴롬도 같은 것이니 하고 거울을 놓고 자기의 얼굴을 그려보려고 애썼으나 도무지 운필의 동기가 서지를 않았다. 이마의 주름살을 그려보아도 어울리지 않고 찌그러진 볼의 선을 그어보아도 자연스럽지 못하고 다구지게 물고 있는 두 이를 보이려고 하니 그림으로서의 기품이 없어지면서 속되고 천해졌다. 이다지도 내게 천분이 없었던가, 지금까지의 자신은 다 어디로 갔는구 하고 반나절이 지나도록 삽화 한 장을 이루지 못한 채 번민 속에서 바시랑거릴 뿐이었다. 무서운 날이었다.

화가 마란에게는 진정 천분이 없는 것도 아니어서 이 몇 해 동안의 그의 업적은 놀라웠고 화단에서의 지위도 지금에는 벌써 선배들을 물리치고 확고한 자리를 차지하게 되었다. 나체를 그릴 때에는 도랑을 연상시키는 힘찬 선과 미끈한 터치로서 신선한 감각을 노렸으나 원래 그가 사숙하고 있는 선배는 고흐인지라 인물화에는 그의 영향이 뚜렷했고 비평가들도 그것을 지적했다. 고흐의 모방자라는 것이 자랑이면 자랑이었지 조금도 부끄럼이 안 되리만치 그는 이를 누구보다도 높게 평가하고 흠모해온다. 고흐가 그린 농민의 얼굴같이 개성적이요, 성격적인 훌륭한 예술을 남겨보겠다는 것이 마란의 꼭 하나의 원이었다. 신문사에서 삽화쟁이로 입에 풀칠은 하고 있을망정 예술가로서의 야심은 누구에게도 밑지지 않았다. 그래서 한 장의 삽화에도 예술의 기품을 담으려고 전력을 다했던 것이다. 그러던 것이 요새 와서는 예술의 지향에 금이 가고 방법에 대한 회의가 생기기 시작하면서 제작의 감흥이 불현듯이 줄어갔다. 전과 같이 아무런 대상이나 반드시 충동을 주는 것이 못되고 주위에 웅성거리고 있는 허다한 괴롬을 표현하기에는 또한 기력이 부쳤다. 결국 자기도 같은 괴롬 속에 빠져 있음을 안 것이요, 괴롬 속에서는 괴롬을 표현하기가 난사임을 깨달은 것이다. 그날 소설의 주인공의 표정이 곧 자기의 표정인 까닭에 붓을 대기가 어려웠고 그 자기의 표정이라는 것은 대체 어떤 것인지 자기로서 오히려 선과 주름을 가릴 수 없었다. 영감의 근원은 메마르고 무딘 감동 위에는 먼지가 보얗게 앉게 되었다.

초조와 괴롬이 그날같이 큰 때는 없었다. 새로운 생명을 뱃속에 간직한 산모의 괴롬도 그러한 것일까. 피곤한 신경으로 반나절을 부대끼다 나니 이제는 육신도 마음도 권태 속에 잠겨 객관을 바라보는 눈에는 광채가 없었다. 얕은 하늘을 바라보면서 두 손을 뒤통수에 깍지 끼니 제물에 입이 벌어지며 하품이 날 지경이다.

'그까짓 뱀이 다 뭐야. 그따위 미물이 내 예술을 살린다? 천만에. 천부당만부당이지. 내 예술이 그렇게 허름하게 탄생할 줄 아냐. 현대의 고흐는 호락호락 붓을 안 든다구 여쭈어라.'

중얼거리면서 마란이 별안간 걸음을 빨리 한 것은 행여나 급사가 쫓아 나와 자기의 뒤를 따르고 있지나 않을까 생각한 까닭이었다. 지금에 있어서 무엇보다도 두려운 것은 조그만 미물 급사의 독촉이었다. 될 수만 있다면 그 하루를 그대로 살며시 급사의 독촉에서 편집의 의무에서 빠져서 모르는 곳에 숨어 있고 싶었다. 예술을 강제로 뺏으려는 자는 모두 악마로밖에는 보이지 않았다.

'아웅' 하면서 급사가 금시 뒷덜미를 치지나 않을까 겁을 먹으면서 돌아다보지도 않고 횡허케 걸음을 빨리하는 꼴이 자기 스스로도 속으로는 가관으로 여겨졌다. 흡사 꿈속에서 아귀에게 쫓기는 시늉과도 같았던 까닭이다. 언제까지나 그렇게 쫓겨야 할 것인구.

"으악."

별안간 들리는 날카로운 고함은 쫓아오는 급사의 아웅 소리는 아닌 모양이었다. 너무도 오도깝스러운 외마디였던 까닭에 마란은 모르는 결에 문득 걸음을 멈추었다.

"아이구."

두 번째 고함에 마음을 다구지게 먹었던 마란도 뒤를 안 돌아다보는 수가 없었다. 돌아다보고 안 놀라는 수도 없었다.

쫓아오는 줄로만 알았던 급사의 목소리는커녕 자태도 안 보이고 고함은 멀리 뱀을 둘러싸고 섰던 군중 속에서 난 것이었다. 아마도 비상한 일이 일어난 모양, 단정하게 섰던 사람의 테두리가 어지럽게 흐트러졌고 그 속에서 독사의 궤짝을 떨어트린 땅꾼은 설설 뱀을 돌면서 기괴한 춤을 추는 것이다.

"아이구머니…… 아이구머니."

팔을 흔들며 쩔쩔매는 품이 심상한 춤은 아니었다. 기쁠 때에 추는 춤이 괴로울 때에도 자연스럽게 나오는 것일까. 물끄러미 땅꾼의 양을 바라보다가 마란은 무서운 생각에 이르렀다.

'아니 그럼…….'

급스럽게 가까이 달려갔다가 짜장 뜨끔해 몸서리를 치고 섰다. 참혹한 꼴을 보았다. 땅꾼은 독사에게 손을 물린 것이었다.

"위태위태하더니…… 독을 가진 물건은 어느 때나 사람을 해하구야 말어."

"주인을 물다니 불측한 즘생 같으니."

사람들은 지껄이면서 땅꾼의 고민하는 양을 물끄러미들 바라볼 뿐 팔다리를 하나씩 거들어 그의 괴롬을 덜어주는 도리는 없었다. 기쁨은 함께 나눌 수 있어도 괴롬 속에는 한몫 참례할 수 없는 노릇이다. 어떻게 하면 그 자리를 건질 수 있을는지 지혜도 생각도 없이 사람들은 완전히 바보들이었다.

떨어진 궤짝 속에서는 독사들이 그물 사이로 혀를 널름거리는 것이 희생된 주인을 측은히 여김인지 저주함인지 미물의 뜻을 헤아릴 수 없다. 주인을 문 놈은 어떤 놈인구, 필연코 복수의 쾌감에 잠겨 있으려니 하고 마란은 그놈을 찾아내려고 두리번거리나 그놈이 그놈이어서 분간할 수가 없다. 그놈으로서 보면 사람의 모양 또한 그럴까.

"아이구머니, 사람 살리우."

신음 소리에 마란은 뱀에서 시선을 돌려 다시 땅꾼을 바라보았다. 그의 얼굴을 보았다. 무서운 얼굴을 보았다. 모르는 결에 주춤하고 몸이 가다듬어짐을 느꼈다. 수선만을 떨고 똑바로 못 보았던 그의 표정을 비로소 보고 우레나 맞은 듯 육신이 울린 것이다.

괴롬의 얼굴이란 이런 것인가. 아픔의 표정이란 이런 것인가. 눈이 까지고 볼이 틀어지고 눈썹이 휘고 이가 갈리고…… 이것이 고통의 극치인 것인가.

'흐음. 이것이로구나.'

꿈에서나 깨어난 듯이 마란은 홀연히 깨달으면서 깊게 탄식했다. 위대한 새로운 발견이었다. 반생 동안에 처음 얻은 경험이요, 받은 감동이었다.

'바로 이것이로구나.'

시저가 애급을 정복했을 때에 외쳤다는 '왔다, 보았다, 이겼다'의 감동도 그러한 것이었던지 참으로 '이겼다'는 고함과도 흡사했다. 놀람은 어느 결엔지 기쁨과 만족으로 변했다.

'반날 동안 반생 동안 찾던 것을 이제 얻었구나. 비로소 내 예술을 얻었구나. 이것을 그리자. 이 얼굴을 그리자.'

영감의 샘이 금시 하늘에서 그의 몸으로 옮아온 듯 두 눈이 형형히 빛나고 머리카락이 곤추섰다. 흥분으로 말미암아 와들와들 떨리고 어깨가 실룩거려 육신의 중심을 잡을 수가 없다. 내리기 시작한 신장대[2] 모양이다. 거울을 놓고 얼굴을 찡그려보아도 얻지 못했던 괴롬의 영감을 땅꾼의 얼굴에서 찾았다. 이제야말로 운필의 동기를 확적히 잡았다. 초조와 괴롬은 흩어지고 만족과 법열이 얼굴에 서려갔다.

'오늘은 세상에서 제일가는 삽화를 그리리라. 일생일대의 걸작을 그리리라. 라오콘의 조각 이상의 예술을 만들리라. 발칙한 급사의 독촉을 그림으로 물리치리라. 거만한 편집장의 입을 놀람으로 막아버리리라.'

손에는 어느 결엔지 사생첩이 들려 있었고 새로운 페이지 위

---

2 무당이 쓰는 막대기나 나뭇가지.

에 땅꾼의 얼굴이 한 획 두 획 윤곽을 이루어갔다. 트로이의 라오콘은 적군의 흉계를 간파한 까닭에 뱀에게 물렸건만 땅꾼은 뱀을 팔려다가 뱀에게 물렸다. 수천 년 전의 괴롬이 오늘에 재생되어 마란의 예술을 도울 줄 뉘 알았으랴. 마란의 그림이 라오콘 군상의 조각에 못 미치리라고 누가 말하랴.

'이제서야 내 거울 속을 똑바로 보았구나. 소설의 주인공의 표정을, 내 표정을 똑바로 보았구나. 땅꾼이여. 라오콘의 후손이여. 잠시 내 모델이 되라. 내 그대의 괴롬을 후세에 전하리니 나를 믿으라.'

세기의 고통은 무상의 기쁨으로 변해 지금 마란으로 하여금 모든 것을 잊어버리고 제작에 열중시켰다. 사람들도 비로소 영문을 알고 마란에게로 주의를 보내왔고 땅꾼도 그의 열정에 감동되어 잠시 몸을 움직이지 않고 정숙하게 그를 향하는 것이었다.

요번에야말로 짜장 그림 독촉을 나왔던 급사도 말을 잊고 그의 옆에 우두커니 서 있었다. 모든 것이 일순 걸작의 탄생을 위해 엄숙한 침묵을 지키고 있는 것이었다.

— 〈문장〉, 1941. 2.

산협

공재도가 소금을 받아 오던 날 마을 사람들은 그의 자랑스럽고 호기로운 모양을 볼 양으로 마을 위 샛길까지 줄레줄레 올라갔다. 새참 때는 되었을까, 전 놀이가 지난 후의 개나른한 육신을 잠시 쉬고 싶은 생각들도 있었다. 마을이라고는 해도 듬성한 인가가 산허리 군데군데에 셀 정도로밖에는 들어서지 않은 펑퍼짐한 산골이라 이쪽저쪽의 보리밭과 강낭밭에서 흰 그림자들이 희끗희끗 일어서서는 마을 위로 합의나 한 것같이 모여들 갔다.

"소가 두 필에 콩 넉 섬을 실구 갔었겠다. 소금인들 흐북히 받아오지 않으리."

"반반으로 바꿔두 두 섬일 테니 소금 두 섬은 바위보다두 무겁거든. 참말 장에서 언젠가 한번 소금 섬을 져본 일이 있으니까 말이지만."

"바닷물루 만든다던가. 바다가 멀다 보니 소금은 비상보다 귀한걸. 공 서방두 해마다 고생이야."

봄이 되면 소금받이의 먼 길을 떠나는 남안리 농군들이 각기 소 등허리에 콩섬을 싣고 마을길에 양양하게들 늘어서는 습관이던 것이 올해는 거반 가까운 읍내에 가서 받아 오기로 한 까닭에 어쩌다 공재도 한 사람이 남아버렸다. 원주 땅 문막은 서쪽으로 삼백 리나 떨어진 이웃 고을의 나루였다. 양구더미를 넘고 횡성 벌판을 지나 더딘 소를 몰고는 꼭 나흘의 길이었다. 양구더미를 넘는 데만도 넉근히 하루가 걸리는데다가 굼틀굼틀 구불어 들어가는 무인지경의 영은 깊고 험준해서 울창한 참나무 숲에서는 대낮에도 도적이 났다. 썩은 아름드리나무가 정정이 쓰러져 있는 개울가의 검게 탄 자리는 도적이 소를 잡아먹은 곳이라고 행인들은 무시무시해서 머리털을 솟구면서 수군거렸다. 문막 나루 강가에는 서울에서 한강을 거슬러 올라온 소금섬이 첩첩이 쌓여서 산골에서 나온 농군들과의 거래로 복작거리고 떠들썩했다. 대개가 콩과 교환이 되어서 이 상류 지방에서 바뀌어진 산과 바다의 산물은 각기 반대의 방향으로 운반되는 것이었다. 흥정이나 잘돼서 후하게 받은 소금 짐을 싣고 다시 양구더미를 무난히 되돌아 넘어 멀리 자기 마을의 산골짝을 바라보게 될 때 재도는 비로소 숨을 길게 뽑았다. 내왕 열흘이나 걸리던 먼 길에서는 번번이 노독을 얻었고 육신이 나른히 피곤해졌다. 소금받이는 수월한 노릇이 아니었다.

강낭밭에서 풀을 뽑고 있던 안증근이 삼촌의 마중을 나가려고 호미를 던지고 골짝으로 내려와 사람들 틈에 끼었을 때에는 산 너머 무이리까지 마중 갔던 재도의 사촌 아우 공재실은 한 걸음 먼저 산길을 뛰어 내려오면서 얼마간 흥분된 낯빛이었다.

"자네들두 놀라리. 내 세상에 원…… 삼백 리나 되는 문막 길을 가서 재도가 뭘 실어 오는 줄들 아나?"

"소 두 필에 산더미 같은 소금바리를 실구 오겠지 별것 실구 오겠나. 소 등허리가 부러져라구 무거운 소금섬으로야 일 년을 먹구두 남겠지."

"두 필이었겠다 확실히. 그 두 필의 소가 한 필이 됐다면 이건 대체 무슨 조화일런가. 그리구 그 한 필의 잔등에두 무엇이 타구 오는 줄 아나?"

"소금섬 대신에 그럼 금항아리나 실구 온단 말인가?"

"금항아리. 또 똥항아리래라. 사실 똥 든 항아리를 실구 오는 폭밖에는 더 돼. 열흘 동안이나 온 처를 건들거리구 제일 바쁜 밭일의 고패를 버리구 떠나서 원 그런 놈의 소갈머리라니."

대체 무슨 곡절이기에 재실이 이렇게 설레누 하구들 있는 판에 바로 당자인 재도의 자태가 산길 위에 표연히 나타났다. 음, 옳지…… 하고 입을 벌리면서 사람들은 눈알을 굴렸다. 한 필 소의 고삐를 끌고 느실느실 걸어오는 재도의 모양은 자랑스러운 것인지 낙심하는 것인지 짐작했던 것보다는 의젓한데다가 끌고 오는 소 허리에는 한 사람의 여인이 타고 있는 것이었다. 먼 눈에도 부유스름하게 흰 단정한 자태이다. 가까워 옴에 따라 얼굴 모습이 차차 뚜렷이 드러날 때 사람들은 모르는 결에 수선거리며 소군소군 지껄이기들 시작했다. 재도는 여인을 위로나 하는 듯 연해 쳐다보면서 무엇인지 은은히 말을 던지는 꼴이 가깝게 보니 낙심해하는 것이 아니라 자랑스러워함을 알 수 있었다. 조그만 소금섬이 여인의 발아래에 비죽이 내다보인다.

"새로 얻은 색시라나. 사십 중년에 두 번 장가라니 망령두 분수가 있지, 암만 해두 마을 사람을 웃길 징조야."

재실은 좀 여겨들으라는 듯이 좌중을 휘둘러보면서 눈에 핏대를 세우고 빈정거린다.

"그럼, 기어쿠 소원성취네그려. 첩, 첩, 하구 잠꼬대같이 외이더니. 자식 없는 신세가 돼보면 무리는 아니렷다. 송 씨의 몸에서나 생긴다면 몰라두 후이 없는 것같이 서운한 일은 없거든."

이렇게 재도의 편을 드는 것은 같은 자식 없는 설움의 강 영감이었으나 그런 심정은 도대체 재실의 비위에는 맞지 않았다.

"지금부터래두 큰댁의 몸에서 늦내기로 생길지두 모르는 일이거니와 첩의 몸에서라구 어김없이 있으리라구는 누가 장담하겠나. 생겼댔자 그게 자라서 한몫을 볼 때까지 아비가 세상에 붙어나 있겠나?"

"증근이 너 삼촌댁 하나 더 생겼다구 좋은 모양이지. 너두 올에는 장가들 나이에…… 네 색시하구 젊은 삼촌댁하구 까딱하면 바꿔 잡을라."

"삼촌댁이구 쥐뿔이구 내 소는 어떻게 된 거야. 남의 황소를 끌구 가더니 지져 먹은 셈인가."

씨름으로는 면내에서 증근을 당하는 사람이 없었다. 단오날 창말에서 열리는 대회에서는 해마다 상에서 빠지는 적이 없었고 지난해에는 황소 한 마리를 탔다고 이름이 군내에 떨쳤다. 그 황소를 빌려 가지고 떠날 때 애걸복걸하던 삼촌이 지금 터무니없이 맨손으로 돌아오는 것이다.

"황소와 색시와 바꿨단 말인가. 그럴 법이. 그게 어떤 황손데. 나와 동무하구 나와 잠자구 내가 타구 하던 것을 갖다가…… 지금 어디서 내 생각을 하구 있을꾸."

"이런 말버릇이라니. 삼촌댁을 그렇게 소홀히 여기면 용서가 없어. 소가 다 뭐게. 씨름에서 이기면 또 얻을걸. 사내자식이 언제면 지각이 들꾸."

핀잔을 받고 증근은 쑥 들어갈 수밖에는 없었으나 삼촌이 사람들과 지껄지껄하고 있는 동안 슬며시 소잔등에 눈을 보냈다가 구슬같이 말간 색시의 행동에 그만 마음이 휘황해지면서 눈이 숙어졌다. 저렇게 젊은 색시가 왜 삼촌댁이 되는구 생각하니 이상스러운 느낌에 공연히 마음이 송송거려져서 이게 여간한 일이 아니구나, 얼른 삼촌댁에도 일러주지 않으면 하고 총중을 빠져나와 단걸음에 집으로 달려갔다.

뒤안 베틀에서 베를 짜고 있던 삼촌댁 송 씨는 곡절을 듣고 뜨끔해 놀라는 눈치더니 금시 범연한 태도로 조카 증근을 넌지시 내려다보았다.

"삼촌은 입버릇같이 언제나 나를 둘소,[1] 둘소, 하고 욕 주더니 그예 계집을 데리고 왔구나. 내가 둘손지 삼촌이 병신인지 뉘 알랴만 나두 자식을 원하는 마음이야 삼촌에게 지겠니. 아무리 속을 태워두 삼신할머니가 종시 원을 들어주지 않는구나. 첩의 몸에서 자식이나 생기는 날이면 나는 이 집을 하직하는 날이야…… 앞대 여자는 인물두 좋다는데."

---

1 새끼를 낳지 못하는 소.

"그렇게 고운 여자두 세상에 있나 싶어. 달같이 희멀건 게⋯⋯."

"어디 보구나 올까. 마중 안 나왔다구 또 삼촌께 책을 듣기 전에."

한숨을 지으면서 송 씨가 틀에서 내려서 앞뜰까지 나섰을 때 골방에서 삼을 삼고 앉았던 늙은 시모는 무슨 일이냐고 입을 벙긋벙긋했다. 증근이 큰 소리를 질러 곡절을 말해도 귀도 안 들리고 말도 못 받는 노망한 노파는 안타까워서 손만 휘휘 내저었다.

논길을 걸어 내려오는 행렬을 보고 송 씨는 휘황한 느낌에 눈이 숙어졌다. 소를 탄 색시의 자태는 사람들 위로 우뚝 솟아서 높고, 그 발아래 편에 남편과 마을 사람들이 줄레줄레 달려서 누구나가 슬금슬금 색시의 모양을 우러러보는 것이었다. 소목에 단 방울소리가 떨렁떨렁 울리는 속으로 사람들의 말소리가 지껄지껄 들리는 것이 흡사 잔칫집 행렬이었다. 내 혼례 때에도 저렇게 야단스럽진 못했겠다. 눈을 감고 가마를 탔을 뿐이지 저렇게 야단스럽진 못했겠다. 송 씨가 그런 생각에 잠겨 있을 때 증근은 또 제 생각에 잠겨 내가 씨름에서 황소를 타 가지고 돌아올 때도 저렇게 야단스러웠던가. 마을의 젊은 축들이 뒤에서 떠들썩하고들 따라왔을 뿐이지 저렇게 의젓하지는 못했던 것 같다고 작년 일을 생각하고 있었다. 따뜻한 볕을 잠뿍 받으면서 흔들흔들 가까워 오는 색시의 자태를 바로 눈앞에 바라보았을 때 그것이 꿈이 아니고 짜장 생시의 일임을 깨달으면서 송 씨는 아찔해짐을 느꼈다.

이튿날은 잔치라고 마을의 여자란 여자는 죄다 재도의 집에 모여들었다. 인가가 듬성한 마을 어느 구석에 사람이 그렇게도 흔하게 박혔던지 마당과 부엌과 방에 그득 넘쳤다. 급하게 차리느라고 대단한 잔치도 아니었으나 그래도 국수 그릇과 떡 조각

에 기뻐들 하면서 사내들은 탁주잔에 거나해지면서 각시의 평론
으로 왁자지껄했다. 송 씨는 어제 날의 놀람과 탄식은 씻어버린
듯 범상한 낯으로 부지런히 서둘렀다. 큰댁 앞에서 새 각시의 인
물을 한정 없이 출 수도 없어서 여자들은 기연미연한 말솜씨로
그 자리를 얼버무려 넘겼다. 저녁 무렵은 되어 외양간에 짚과 멍
석을 펴고 신방이 차려질 때까지도 돌아가려고들 안 하고 외양
간 빈지² 틈으로 첫날밤의 풍습을 엿볼 양으로 눈알을 굼실굼실
굴리며들 설렜다. 소의 본성을 본받아 잘 낳고 잘 늘라는 뜻이기
는 했으나 그 당돌한 첫날밤의 풍습에 색시는 얼굴을 붉히며 서
슴거리는 것을 여자들은 부끄럽긴 뭐 부끄러워서, 소같이 튼튼한
아들을 낳아서 송 씨 일문의 대를 이어야만 장한 일인데라고 우
겨서 외양간 안으로 밀어 넣는 것이다. 늙은 신랑이 이도 겸연쩍
은 듯이 고개를 숙이고 그 뒤를 따라 들어간 후 빈지를 닫고 나
니 사내들은 주춤주춤 헤어져 혹은 집으로 가고 혹은 다시 사랑
으로들 밀렸으나 여자들은 찹찹스럽게 외양간 주위를 빙빙 돌면
서 젊었을 시절의 꿈들을 생각해내서는 벙글벙글 웃고 킬킬거리
면서 수선들을 떨었다.

"얼른들 와 좀 봐요. 촛불이 꺼졌어."

"공 서방두 복 있는 사람이야. 평생에 두 번씩이나 국수를 먹이
구. 그 둘째 각씨는 천하일색이니 죽어서 다시 저런 일색으로 태
어난다면 열두 번 죽어두 한이 없겠다."

"여자는 인물보다두 거저 자식내기를 잘하구야. 큰댁은 왜 색

---

2 한 짝씩 끼웠다 떼었다 할 수 있게 만든 문.

시 때 일색이 아니었나."

"큰댁두 속 무던히 상하겠다. 여식이래두 하나 낳드라면 이런 꼴 안 봤을 것을. 어디를 갔는지 아까부터 까딱 자태가 안 보이니."

송 씨는 남모르는 결에 집을 나와 뒷골 우물 둔지에 와 있었다. 칠성단에 정한 물을 떠놓고 그 앞에 무릎을 꿇고 요 십 년째 아침저녁 한 번도 거른 적이 없는 기도를 올리고 있었다. 눈을 감고 합장하고 정성을 다해 치성을 드리는 단정한 얼굴이 어둠 속에 희끄무레 솟아 보인다.

"아침이나 저녁이나 이 자리에 무릎 꿇고 합장하구 삼신님께 비옵는 건 한 톨의 씨를 이 몸에 줍소사구 인자하신 삼신님께 무릎 꿇고 합장하구 아침이나 저녁이나……."

웅얼웅얼 외는 목소리는 산속에 울리는 법도 없이 샘을 둘러싸고 있는 키 높은 갈대밭으로 꺼져 들어가면서 그 소리에 화하는 것은 얕은 도랑물 소리뿐이었다. 집 안의 요란한 인기척도 밭 건너편에 멀고 금시 어둠 속에 삼신의 자태가 뚜렷이 나타날 듯도 한 고요한 골짜기였다. 사시나무와 자작나무 잎새도 오늘밤만은 살랑거리지도 않는다.

"……오늘은 혼인날에 요란히 기뻐하는 속에 내 마음 한층 쓰라리구 어지럽사오니 가엾은 이내 몸에두 여자의 자랑을 줍사 공가에 내 핏줄을 전하게 하도록 합소시구 삼신님께 한결같이……."

모았던 손을 풀고 손바닥을 비비면서 조용조용 일어섰다가는 엎드리면서 단 앞에 절을 한다. 항아리 속에 준비했던 백 낱의 콩알을 한 개씩 세면서 백 번의 절을 시작했다. 일어섰다가는 엎드리고 일어섰다가는 엎드리고 하는 그 피곤을 모르는 가벼운 거동이 점점 짙어지는 어둠 속에 사라지고 나중에는 산신령의 속삭임과도 같은 웅얼웅얼하는 군소리만이 아련히 남았다. 외양간의 첫날밤의 거동보다도 한층 엄숙한 밤 경영이었다.

이렇게 남몰래 마음을 바수는 것은 송 씨 한 사람뿐이 아니라 재도의 종제 재실과 그의 아내 현 씨도 잔칫집 뒷설거지를 대충 마치고 삼밭 하나 사이에 둔 자기들 집으로 돌아왔을 때 처음으로 조용히 자기들의 처지를 돌보게 되었다.

"꼴이 다 틀린걸. 이렇게 될 줄은 몰랐다."

재실은 한숨과 함께 중얼거리면서 일득이놈은 자는가 하고 아랫방을 내려다보고 어린 외아들이 때 아닌 잔치 등쌀에 피곤해 잠들어 있는 것을 보고는 다시 아내에게로 고개를 돌렸다.

"일이야 될 대로 됐지. 철없는 외자식을 양자로 주군 뭘 믿구 살아간단 말요."

"또 덜된 소리. 누가 주구 싶어서 주나. 이 살림 꼬락서니를 생각해보면 알 일이지."

재실의 심보라는 것은 일득이를 큰집에 양자로 들여보내서 대를 잇게 하고 그 덕에 어려운 살림살이를 고쳐보자는 것이었다. 부근 일대의 전토와 살림을 독차지하다시피 해서 재도가 마을에서 일등 가는 등급인데 비기면 근근 집 한 채밖에는 지니지 못하고 몇 자리의 형의 밭을 소작해서 지내가는 재실의 처지는 고달프기 짝이 없는 것이었다. 당초부터 그렇게 고달팠던 것이 아니라 조부 때에 분재分財를 받아 두 대째 온전히 지켜오던 가산을 재실은 한때의 허랑한 마음으로 읍내에서 노름에 정신을 팔고 창말에서 장사를 하느라고 흥청거리다가 밑천을 털어버린 것이었다. 다시 형 앞에 나타날 면목조차 없었으나 목숨이 원수라 몇자리의 밭을 얻어 생애를 다시 고쳐 시작하는 수밖에는 없었다. 마음을 갈아 넣었다고는 해도 어려운 살림에 시달리느라니 심사가 흐려지는 때도 많아서 형에게 후손 없는 것을 기회 잡아 외아들 일득을 종가로 들여보낼 계획이었던 것이다.

"형두 당초에는 그 요량으로 있었던 것이 웬 바람인지 알 수가 없어. 인물에 반했는지 원. 소 한 필과 바꿨다니 소금 대신에 계집을 사 온 셈이지. 젊은 대장장이의 여편넨데, 그 녀석 소가 탐이 나서 여편네를 팔게 됐다나."

"뭐, 뭐요? 소와 여편네를 바꾸다니. 계집두 계집이지 아무리 살기가 어렵기로 원 세상에 별 일두 다 많지."

"후일 시비가 있을까 해서 사내는 쪽지를 다 써주었다니까 정말두 거짓말두 없어. 대장장이 여편네라두 앞대 여자는 인물이 놀랍거든. 녀석 지금쯤은 필연코 후회가 나렷다."

"숫색시가 아니래두 핏줄만 이으면 그만이야 그만이겠지. 양자를 들이긴 제발제발 싫다구 하던 판에."

"그래 이 집 꼴은 뭐람. 일득이를 준다구 해두 아래윗집에서 영영 못 보게 될 처지두 아니구, 내년 봄에는 창말 사숙에나 읍내 학교에두 넣어야 할 텐데…… 일 다 틀렸지. 남의 밭을 평생 부치면서야 헤어날 재주 있나."

재실이 밤새는 줄을 모르고 궁리해보아야 하릴없는 노릇, 재도의 속심은 처음부터 빤한 것이었다. 큰댁 몸에서는 벌써부터 그른 줄을 알고 첩의 몸에서라도 자식을 얻어보겠다고 벼르던 것이 이

번 거사로 나타났던 것이다. 만약에 혈통이 끊어지는 일이 있다면 선조에 대해서 다시없는 죄를 짓는 셈이 되는 까닭이었다.

　조부의 대에 어딘지 북쪽 땅에서 이 산골로 옮아왔을 때에도 아무것도 가지지 못한 맨주먹에 족보 한 권만을 신주같이 위해 가지고 있었다. 족보의 계도系圖에 의하면 공문 일가는 근원을 멀리 중국 창평 땅에 두고 만고의 성인을 그 선조로 받들고 있다고 기록되어 있었다. 기록한 옛 성인의 후손이라는 바람에 마을 사람의 공경과 우대를 한 몸에 모으고 부지런히 골짝과 산허리의 땅을 일구기 시작한 것이 자수성공으로 당대에 수십 일 같이의 밭과 여러 섬지기의 논을 장만하고 부근 일대의 산까지를 손안에 잡아서 마을에서는 일등 가는 거농이 되었다. 한번 일군 가산은 좀처럼 흔들리지 않아서 두 아들을 낳고 이 고을에서의 삼대째 재도의 대에 이르게 되매 집안은 더욱 굳어졌다. 불미한 재실만이 두 대째 잘 이어온 재산을 선친이 없어진 것을 기회로 순식간에 탕진해버리는 것을 종형 재도는 아픈 마음으로 바라보고 있었다. 아니나 다를까, 재실이 알몸으로 마을에 돌아왔을 때는 전토는 벌써 남의 손에 들어간 후였다. 비위 좋게 외아들의 양자 봉양을 궁리해왔으나 재도는 처음부터 마음이 당기지 않았다. 삼대나 걸려 알뜰히 장만한 토지를 길이길이 다스려가려면 아무래도 제 핏줄이 필요하다고 생각하고 있었다. 자기 한 몸이 없어진 후 행여나 재산이 다른 사람 손으로 넘어가게 되어 선조의 무덤을 돌보는 자손도 없이 그 제사를 게을리 하게 된다면 사람의 자식 된 몸으로서 그보다 죄스러운 일은 없다고 생각하고 있었다. 일정한 땅에 목숨을 박고 그곳을 다스리게 됨은 그것을 다음 대에 물려주자는 뜻이라는 것을 굳게 믿고 있었다. 될 수만 있으면 먼 타관에서 인연을 구해 왔으면 하고 해마다 봄이 되어 소금받이를 떠날 때마다 그 궁리이던 것이 문막 나루터는 산에서 자란 그의 눈을 혹하기에 넉넉했다. 어쩌다가 올에는 바로 그 소원이 이루어진 것이었다.

혼례가 지나 며칠이 되니 새색시는 집일이 익어서 서름서름해하는 법도 없이 부지런히 일을 거들었다. 부엌에서 큰댁과 나란히 서서 심상하게 지껄이며 거짓말같이 화목해하는 모양을 남편 재도는 만족스럽게 바라보았다. 시모와 남편을 섬김에 조금도 소홀이 없도록 하려고 하는 조심성스러운 마음씨도 그를 기쁘게 하기에 넉넉했다. 누가 부르기 시작했는지 원줏집이라고 불리게 되어서 이 칭호는 마을 사람들에게 일종 그리운 느낌을 주었다. 원주는 근방에서는 제일 개화한 읍이었다. 문명의 찌꺼기가 원줏집을 통해서 이 궁벽한 두메에까지 튀어온 것이다. 원줏집은 세수를 할 때 팥가루 대신에 비누라는 것을 썼고, 동그란 갑에 든 향내 나는 분가루는 창말장에서 파는 매화분 따위는 아니었다. 무명지에는 가느다란 쇠반지를 꼈고 시모의 눈 닿지 않는 곳에 숨어서는 뒤안 같은 데서 흰 궐련을 태웠다. 엽초밖에는 모르는 마을 사람들에게 그 향기는 견딜 수 없이 좋아서 사랑에 머슴을 살고 있는 박동이는 증근을 추켜서는 그 하얀 궐련 한 개를 제발제발 빌곤 했다.

재도의 누이의 아들 안증근은 서른쯤 되는 산 너머 마을에 출가했던 누이가 죽은 후 남편마저 그 뒤를 좇아 떠나게 되니 의지가 없는 신세에 하는 수 없이 삼촌의 집에 몸을 붙이게 되었다.

가까운 혈육이기는 하나 성이 다른 조카를 내 자식으로 들일 의사는 없었으나 송 씨가 물을 찌워 기른 보람이 있어 어느 결엔지 늠름한 장정으로 자라서 머슴과 함께 밭일을 할 때에는 어른 한 몫을 넉넉히 보았다. 안 씨 문중의 몇 대조이든지 조상에 산속에서 범을 만나 등허리에 발톱 자국을 받았을 뿐 맹수의 허리를 안아서 넘어뜨린 장골이 있었다는 이야기를 어릴 때부터 들어온 증근은 자기도 그 장골의 피를 받았거니 하고 팔을 걷어 힘을 꼬느어 보곤 했다. 어릴 때부터 익어온 송 씨를 백모라고 부르기는 당연하고 자연스러웠으나 생판 초면인 젊은 원줏집을 향해서는 쑥스러운 생각이 먼저 들면서 아무리 해도 같은 말이 입으로 나오지 않을뿐더러 자기의 황소와 바꾸어 왔다는 생각을 하면 화가 나는 때조차 있었다. 날이 지날수록 송 씨는 기운을 못 차리면서 진종일 안방에 박혀 있거나 그렇지 않으면 베틀에 올라서 북을 덜거덕거리면서 길쌈내기로 날을 보내곤 했다. 그 쓸쓸한 자태가 증근의 가슴을 에는 듯도 해서 원줏집 잔소리나 삼촌의 책망을 받을 때마다 백모를 막아주고 싶은 생각뿐이었다.

어느 날 저녁 무렵 증근이 나뭇짐을 지고 돌아와 보니 부엌에서는 백모와 원줏집이 한바탕 겨루고 있었다. 저녁 준비로 그릇들이 어지럽게 놓인 부엌 바닥에 산발한 머리채를 마주 잡고 떠들썩하고 노려댔다. 아침저녁으로 시중을 들러 오는 현 씨는 어쩔 줄을 모르고 서성거리면서 아궁 밖에 기어 나온 불 끄트머리도 건사하지 못하고 일득아, 얼른 가서 삼촌들을 데려오지 못하구 뭘 하니 하며 쉰 목소리로 어린것을 꾸짖을 뿐이었다. 누가 소처럼 일하려구 이 두메로 왔다든? 넌 종일 베틀에만 올라 엎드리

구 있으니 물을 긷구 여물을 끓이구 부엌 설거지를 하구 혼자 손
으로 이 큰 살림을 어떻게 보란 말이야 하고 원줏집이 입술을 파
랗게 떨면서 소리를 치는 것을 보면 일이 고되다는 불평인 듯 싶
었다. 호강하자는 첩이더냐, 잘난 체 말구 너두 좀 시달려봐야 두
메 맛을 아느니라. 나도 놀구만 있는 게 아닌데 일끝마다 남의
맘을 콕콕 찌르는 이 가살이 같으니 하고 백모는 대꾸하면서 한
데 얼려서는 함께 나무검불 위에 쓰러졌다. 찬장을 다친 바람에
기명들이 왈그렁 뎅그렁 바닥에 쏟아졌다. 년이 둘소면서 심술
은 고작이지 큰댁이라구 장한 체 나둥그러진 건 너지 누구야. 이
럴 줄 알았으면 누가 이 산골로 올까. 삼백 리나 되는 이 두메산
골로. 이 말에 백모는 불같이 발끈 달아서 잇몸에서 피를 뱉으면
서 무엇이 어쩌구 어째 또 한 번 지껄여봐라, 또 한 번 그 혓바닥
을 빼버릴 테니. 소리소리 지르며 법석을 치기는 했으나 제 분에
못 이겨 제 스스로 탁 터지고야 말았다. 둘소라는 말같이 그에게
아픈 욕은 없었다. 더 싸울 기력도 잃어버리고 자기 설움으로 흑
흑 느껴 우는 소리를 듣고 시모가 방문턱까지 기어 나와 그 아닌
꼴들에 놀라 입을 벙긋벙긋 열면서 손을 내저으나, 흥분된 두 사
람에게는 벌써 어른의 위엄도 헛것이었다. 증근이 쫓아 들어가
서 두 사람을 헤쳤을 때에는 널려진 부엌 바닥도 볼만은 했지만
산발하고 옷을 찢고 피를 흘린 두 사람의 꼴은 차마 보기 어려운
것이었다. 현 씨도 덩달아 울면서 코를 훌쩍거렸다.

그날 밤 송 씨의 자태가 없어진 채 늦도록 나타나지 않았다.
원줏집만을 달래고 있던 재도도 비로소 웬일인가 하고 집안은
또 설레기 시작했다. 베틀에도 없고 방앗간에도 없다면 대체 어

디로 간 것일까 하고 재도와 증근은 물론 재실 부부와 박동이까지도 나서서 초롱에 불을 켜 들고 샘물 둔덕지부터 뒷산을 더듬어도 안 보인다. 점점 불안해져서 패를 노나가지고 묘지 근처와 골짝 개울가를 샅샅이 찾아보기로 했다. 증근은 혼자서 어둠 속에 초롱을 휘저으면서 행여나 나뭇가지에 드리운 식은 시체를 만나면 어쩌누 겁을 잔뜩 집어먹고 슬금슬금 통물방앗간 안을 엿보았을 때 깊은 구석 볏섬 앞에 웅크리고 앉은 백모의 모양을 보고 주춤 뒷걸음질을 쳤다. 마음을 다구지게 먹고 달려가 보니 나뭇가지에 목은 안 맸을망정 꼼짝 요동 안 하고 눈을 감은 채 숨결이 가쁜 모양이다. 조그만 항아리가 구르고 독한 간수 냄새가 코를 찔렀다. 소금섬 아래에 받쳐두었던 항아리의 간수를 먹은 것임을 알고 증근은 끔찍한 짓두 했지 하고 황망히 설레면서 무거운 몸을 일으켜 등에 업고 급히 방앗간을 나왔다. 건너편 뒷산 허리에 번쩍번쩍 움직이는 초롱불들이 보였으나 소리를 걸지 않고 잠자코 논두렁길을 걷고 있으려니 몸 더위로 등허리가 후끈해오면서 그 무릎 아래에서 이십 년 동안이나 양육을 받아온 백모를 이제 자기 등허리에 업게 된 것을 생각한즉 이상스러운 느낌이 생기면서 알 수 없이 잔자누룩해지는 마음에 엉엉 울고도 싶었다.

"……그게 즈, 증근이냐?"

밤바람에 얼마간 정신을 차렸는지 백모는 가느다란 목소리로 간신히 지껄였다.

"왜 아직 목숨이 안 끊어졌을까……. 둘소, 둘소, 하지만 난 둘소가 아니야. 아무두 말할 수는 없지만 알구 보면 삼촌이 불용이란다. 무이리 무당이 내게 가만히 뙤어주었어."

"아주머니야 왜 나쁘겠수. 원줏집의 소갈머리가 글렀지. 앞대서 왔다구 독판 잘난 척하구 툭하면 싸움을 걸군 하면서."

"원줏집이 아일 낳을 줄 아니? 두구 보렴. 삼촌이 불용이야. 다 삼촌의 허물이야. 아무두 그런 줄 모르니 태평이지…… 아이구, 가슴이야 배야. 아마두 밸이 끊어졌나 부다. 이렇게 뒤틀릴 젠. 으으으응……."

"맘을 든든히 잡수세요. 세상이 다 알게 될 일이니."

간수가 과했던 까닭에 송 씨는 몹시 볶이고 피를 토하며 자리에 눕게 된 것이 반달가량이 지나니 차차 누그러지는 날씨와 함께 의외로 속히 늠실하고 일어나게 되었다. 허전허전해는 하면서도 별일 없었다는 듯이 시침을 떼고 원줏집과 심상하게 지껄이면서 일을 거드는 품이 또다시 평온한 날로 돌아가는 듯이 보였으나 뒷동산 밤꽃이 피기 시작할 무렵은 되어 송 씨에게는 이로 쇠약한 몸 걱정이 아니라 한꺼번에 마음을 잡아 흔들고 속을 뒤집히게 하는 일이 생겼다. 어느 결엔지 원줏집의 몸이 무거워진 듯 음식도 잘 받지 아니하고 게욱질만 하면서 자리에 눕는 날이 많아진 것이었다. 설마 그럴 수야 있을까 하고 마음을 태평히 먹고 있었던 것만큼 송 씨는 벼락이나 맞은 듯 정신이 휘둘리면서 멍하니 한자리에 주저앉아 일어날 기맥조차 없어지는 때가 있었다. 현 씨가 달래면 간신히 일어나서 원망하는 듯이 하늘을 우러러보는 그 초췌한 자태는 차마 볼 수 없어서 재실은 하루는 창말에서 용하다는 점쟁이 한 사람을 데리고 왔다. 반백이 된 수염을 드리운 판수는 정한 상 위에 동전을 굴리고 산죽 가지를 놓고 하면서 음성을 판단하고 사주를 풀어 길흉을 점쳤다. 괘가 좋소이다. 걱정할 것이 없어 하고 한참 후에 감은 눈을 꿈적거리고 비죽이 웃으면서 결과를 고했다. 길한 날을 받아 동쪽으로 칠십 리를 가 백 날 동안 고산 치성을 드리면 그날부터 서조가 있어 옥 같은 동자를 얻는다는 괘외다. 길사는 빠를수록 좋은 법이니 하루라도 속히 내 말을 쫓으소. 판수는 자랑스러운 낯으로 수염을 쓰다듬었다. 지금까지 아무 관상쟁이도 사주쟁이도 안 하던 말을 이렇게도 수월하게 쏟아놓을 제는 필연코 팔자에는 있나 보다고 송 씨는 반생 동안 그날같이 반가운 적이 없었다. 판수의 한마디로 순간에 병도 떨어진 듯이 기운이 나면서 기쁜 판에 정성을 다해 판수를 대접했다. 돈 열 냥과 쌀 한 말을 짊어지고 판수는 병글벙글하는 낯으로 재실에게 끌려 창말로 돌아갔다.

뜻밖의 길보에 남편인 재도도 반갑지 않지도 않은 듯 여러 가지로 길 떠날 준비를 거든다. 택한 날에는 외양간의 거동도 치른 후 기쁜 낯으로 아내를 떠나보냈다. 동쪽으로 칠십 리를 간 곳에는 이름난 오대산이 있고 그 중허리에 유명한 월정사가 있었다.

석 달분 양식에다 기명과 옷벌까지도 소등에 싣고 증근은 기쁘게 백모를 동무해 떠났다. 송 씨들이 떠난 후 농사가 바쁜 때라 집안은 어지럽고 복작거리기는 했으나 큰댁과의 옥신각신이 빈 것만으로도 원줏집은 시원해서 아무 데서나 궐련을 풍풍 피우면서 거릴낄 것 없이 내로라고 활개를 폈다. 재실의 한 집안이 죄다 오다시피 해서 일을 거드는 까닭에 부엌일도 송 씨와 으릉대고 있을 때같이 고된 것은 아니었고 송 씨 앞에서는 어려워하는 현 씨도 원줏집과는 허름한 생각에 뜻을 잘 맞추어주는 까닭에 모든 것이 탈 없이 되어 나갔다. 단지 밭일이 너무 고되어서 조밭에 풀 뽑기, 삼밭에 손질, 논에 갈[3] 꺾기 등으로 손이 부족해 재도와 박동이는 죽을 지경이었으나 고대하고 있던 증근은 의외로 빠르게 떠난 지 열흘 만에 돌연히 돌아와서 장정들을 반갑게 했다. 떠날 때보다는 풀이 죽어서 맥이 없어 보임은 필연코 노독의 탓이거니 생각하고, 어떻던가 먼 길이라 되지. 박동이가 물으면 돌아다보지도 않고 경없는 듯이 딴전을 보는 것이었다.

"산, 산, 하니 오대산같이 큰 산이 있을까. 아름드리 박달나무와 참나무가 빽빽이 들어서서 낮에도 범이 나올 지경이여. 절에는 불공 온 사람들이 득실득실 끓어서 산속이래두 동네와 진배없고. 스님이 여러 가지로 돌보아주는 덕으로 방두 한 칸 얻고 새벽 첫닭이 울 때 일어나서 새옹에 메를 지어 가지구는 불당에 올라가 부처님 앞에 백 번 절을 한다나. 백 번씩 백 날 백 일 불공을 드린대……. 내가 아는 건 그것뿐이야."

"타관 물 먹더니 너 아주 어른 됐구나. 올 때 진부 장터 봤겠지? 강릉 가는 신작로가 나서 창말보다두 크다든데."

"크구말구. 신작로는 한없이 곧게 뻗친 위를 우차가 늘어서구 자동차가 하루에도 몇 번씩 달아난다네. 자동차 첨 보구 뜨끔해서 길가에 쓰러졌다네. 돼지같이 새까만 놈이 돼지보다두 빠르게 달아나거든. 우레 같은 소리를 지르면서……. 세상이 넓지. 마당 같은 넓은 길을 걷구 있노라면 이 산골로 다시 돌아올 생각이 없

---

3 '가래'의 준말 또는 가랫과의 여러해살이풀.

어져. 어디든지 먼 데루 내빼구 싶으면서."

"너 말두 늘구 생각두 엉큼해졌구나. 수작이 아주 어른이야.
어느 결엔지 어른 됐어. 목소리까지 굵어진 것이."

박동이가 어깨를 치는 바람에 정신없이 지껄이던 증근은 주춤
하면서 몸을 비틀고 외면한 채 밭 있는 쪽으로 달아났다. 그 뒷모
습을 바라보며 정말 녀석이 달라졌어 전에는 저렇게 수줍어하고
어색해하지 않더니 얼굴도 좀 빠진 것이 하고 박동이는 모를 일
이라는 듯 고개를 갸웃거렸다.

단오절도 올에는 증근에게는 그다지 신명나는 것이 아니어서
억지로 끌려 나가 씨름을 해도 해마다 판판이 지우던 적수에게
보기 좋게 넘어가 황소를 타기는커녕 신다리⁴에 멍까지 들었다.
박동이는 그 꼴이 보기 딱해서 제 무릎을 치면서 저런 놈의 꼬막
신이⁵ 봐라 정신이 번쩍 나게 좀 때려줄까 보다 하고 홧김에 벌떡
일어서기까지 했다. 이날 증근은 생전 처음으로 장판 술집에 들
어가 대중없이 술을 켜고 잠뿍 저물어서야 집으로 돌아왔다. 삼
촌 재도가 너 요새 웬일이냐 잔뜩 주렵酒獵⁶이 들어 기운을 못 차
리는 것이 말 못할 걱정이나 있느냐고 물어도 대답이 없이 고개
를 숙인 채 어두운 길을 더듬어 뒷산으로 올라가 버렸다. 밤새도
록 돌아오지 않더니 이튿날 낮쯤은 돼서 햇개⁷만 한 노루 새끼 한
마리를 가슴에 부둥켜안고 너슬너슬 내려왔다. 산에서 밤을 새운
것이었다. 한잠을 자려고 싸리나무 수풀 속으로 들어갔을 때 마

---

4 '넓적다리'의 사투리.
5 '꼬락서니'의 사투리.
6 아는 사람을 찾아다니며 술을 마심.
7 '하룻강아지'의 사투리.

침 그 자리가 노루 집이어서 놀란 새끼들이 소리를 치면서 껑청 껑청 뛰어 났다는 것이었다. 어둠 속을 쫓아가서 기어코 한 마리를 잡아 안고 숲 속에서 하룻밤을 새웠다는 것이다. 잃어진 새끼를 찾는 어미 노루의 울음소리가 밤새도록 골짝에 울렸다고 한다. 증근은 그날부터 뜻밖에 노루 새끼로 말미암아 얼마간 기운을 차린 듯 사람의 새끼보다두 귀엽거든 잘 먹여서 기를 테야 하고 외양간 옆에 조그만 울을 꾸민다, 싸리 잎을 뜯어다 먹인다 하면서 반나절을 지우곤 했다. 겁을 먹고 비슬비슬하던 노루도 점점 사람을 가리지 않으며 저녁때쯤 되니 싸리도 잘 받아먹게 되었다.

일에서 돌아온 박동이는 그 꼴을 보고 어이없어서 산에서 자는 녀석이 어디 있니 밤새도록 얼마나 걱정을 했게 책망하면서,

"씨름에 진 녀석이 노루 새낀 뭐야. 노루보단 소를 타 오진 못하구. 이까짓 노루 새끼를 무엇에 쓰겠게."

"짐승을 다쳤다간 그냥 두지 않을 테다. 네까짓 게 열 번 죽었다 나봐라. 이렇게 귀엽게 태어날까."

"분이보다두 귀여우냐? 가을에는 잔치를 지내고 임 서방의 사위가 될 녀석이 언제까지나 그렇게 지각없는 짓만 할 테냐. 분이 얼굴을 넌 아직 똑똑히는 못 보았겠다. 여름이 되면 건넛산에 딸기를 따러 갈 테니 밭이랑에 숨었다가 가만히 여겨보렴. 첫눈에 홀짝 반할라."

"잔소리 작작해. 분이를 누가 얻는다든. 그렇게 탐나거든 왜네 색시나 삼으렴."

"두멧놈이 큰소리한다. 욕심만 부리면 누가 장하다든. 그렇지

않으면 맘에 드는 사람 따로 생겼니. 너 요새 눈치가 수상하더구나……. 어디 좀 만져보자. 얼마나 컸나. 언제 색시를 얻게 되겠나.”

“이 미친 녀석이. 이놈이 지랄이야.”

박동이가 데설데설 웃으면서 희롱 삼아 손을 벌리고 달려드니 증근은 얼굴이 새빨개져 뒤로 물러서면서 금시 울상이었다. 망신 주면 이놈 너 죽일 테다 떨리는 손으로 진정 낫을 쥐어 드는 것을 보고는 박동이도 실색해서 이번에는 자기 편에서 되도망을 쳤다. 살기를 띤 증근이의 눈을 보니 소름이 끼치고 겁이 났다.

산골의 여름은 빨라서 모가 끝난 후 보리를 걷어 들이고 나니 골짝에는 초목이 울창해지고 산에는 나무가 우거져서 한결 답답하게 되었다. 옥수수 이삭에서는 붉은 수염이 자라고 삼은 사람의 키를 훌쩍 넘게 되어서 마을은 깊은 그림자 속에 잠기고 공씨 일가는 밤나무와 돌배나무 그늘에 온통 덮일 지경이었다. 장마가 져서 큰물이 난 후로는 볕이 따갑게 쬐기 시작해서 마을 사람들은 쉴 새 없는 일에 무시로 땀을 철철 흘렸다. 재실은 피곤할 때에는 모든 것이 성가시고 귀찮아서 밭둑에 하염없이 앉아서는 생각에 잠기곤 했다. 원줏집이 몸이 무겁다면 벌써 일득이에게 소망을 걸 수도 없게 되어서 앞으로의 근 반생 동안을 어떻게 고달프게 지낼 것인구 하고 눈앞이 막막해졌다. 차라리 다 집어치우고 금전판[8]엘 가든지 그렇지 않으면 앞대에 가서 뜬벌이[9]를 하든지 하는 것이 옳겠다고 박동이와 마주 앉아서는 한없는 궁리에 잠겼다. 아내 현 씨는 그런 남편의 심중을 헤아릴 까닭도 없

---

8 예전에 주로 수공업적 방식으로 작업하던 금광의 일터.
9 고정된 일자리가 아닌 어쩌다 생긴 일자리에서 닥치는 대로 일을 하고 돈 따위를 버는 일.

어서 큰집에 박혀서는 원줏집과 부산하게 서두를 뿐이었다. 재도는 장마 때 터지는 봇살을 막느라고 덤비다가 흙탕물 속에서 가시를 밟은 것이 덧나 부은 발로 꼼짝 못하고 누워 있던 것이 바쇠10를 달궈서 지진다, 풀뿌리를 이겨서 바른다 하는 동안에 차차 낫기 시작해 지금에는 일어나 걸어 다니게까지 되었다. 달포 동안 방에 번듯이 누워 점점 불러가는 원줏집의 배를 바라보는 것은 더없는 기쁨이기는 했으나 다시 일어나 근실거리는 두 팔로 몰린 일을 시작하는 것도 또 없는 기쁨이었다. 밭 속에서, 혹은 산 위에서 멀리 집 안에서 움직이고 있는 아내의 모양을 바라보는 것도 흥겨운 일이었다.

흥이 과해서 하루는 아닌 변이 생기고야 말았다. 수상한 아내의 모양을 보고 허겁지겁 산을 뛰어내린 것이었다. 건너 산골짝에 칡넝쿨을 뜯으러 가 있었던 재도에게 점심이 지나고 사내들은 밭으로 나간 후에 조용한 집 안이 멀리 내려다보였다. 문득 안뜰에 조그만 그림자가 움직이더니 주위를 살피듯 슬금슬금 안방으로 들어가는 것을 보고 그것이 박동이인 줄을 알았을 때 뒤켠 조이밭에 가 있어야 할 녀석이 아닌 때 무슨 까닭인고 하고 재도는 숨을 죽이고 바라보았다. 한참이나 있다가 박동이가 능실하고 방에서 나오는 뒤로 원줏집이 궐련을 물고 따라 나오는 것을 보고 재도는 눈이 뒤집힐 듯 노기가 솟아 부르르 육신을 떨면서 지게도 칡넝쿨도 내버린 채 허둥지둥 골짝을 뛰어내렸다.

아내를 믿고 지내오지 않은 것은 아니었으나 한번 의심하기

10 '바소'의 사투리. 곪은 데를 쩨는 침.

시작하니 환장이나 할 듯이 마음이 뒤집히는 것이었다. 둘이 아무리 방패막이를 해도 마음이 듣지를 않아서 물푸레 나뭇가지로 번갈아 물매를 내리나 아내는 청하길래 적삼을 잡아매 주고 내친 김에 궐련을 한 개 주었다는 것 이상으로는 입을 열지 않았다. 나중에는 도리어 짜증을 내면서, 이렇게 욕을 받으려면 차라리 고향으로 나가겠노라고 주섬주섬 세간을 거두는 것이었다. 그래도 재도는 노염이 풀리지 않아서 기어코 여물을 써는 작두날에다 박동이의 목을 밀어 넣고 다짐을 받을 때 박동이는 비로소 손을 빌고 눈물을 흘리면서 고했다. 사실은 그렇게 허물을 지은 듯이 보여서 원줏집에다 억울한 죄를 씌워 그를 집에서 내쫓자는 계책이었다는 것, 그 계책에 재도가 옳게 걸려 왔다는 것, 그 모든 계책은 재실의 뜻과 지칭에서 나왔다는 것이었다. 재도도 놀랐지만 원줏집도 그런 흉책 속에 감쪽같이 옭혀 들어갔음을 알고 어이가 없어서 못된 녀석들 하고 이번에는 박동이를 책하기 시작했다. 재도는 겨우 마음이 가라앉으면서 밤낮 남모를 궁리에만 잠겨 있는 재실이 녀석이니 그럴 법도 하겠다고 박동이를 시켜 곧 불러보았으나 재실은 그렇게 될 줄을 예료하고서인지 밭에도 집에도 자태가 보이지 않았다.

그날부터 종시 집에 돌아오지 않았다. 아마도 어느 금전판이나 먼 앞대로나 간 것이려니 생각할 수밖에는 없었던 것이, 며칠 후 창말로 장 보러 갔다 온 사람 말을 들으면 술집에서 여러 날이나 곤드레만드레 뒹굴고 있더니 깊은 산에 가 치성을 드리고 삼을 찾아보겠다고 하루는 표연히 홍정리 심산으로 들어가겠다는 것이었다. 삼을 캐서 단번에 천금을 쥐자는 생각이지만 그런 바르지 못한 심청머리에 삼신산의 불사약이 그렇게 수월하게 눈에 띌 줄 아나 하고 재도는 도리어 측은히 여겼다. 남편을 잃어버린 현 씨의 설움은 남모르게 커서 갤 줄 모르는 눈자위를 벌겋게 해가지고는 어린것을 데리고는 큰집에 들어박히다시피 했다. 박동이는 재실의 입바람에 당치 않은 짓을 했던 것이 겸연해서 이도 여러 날 동안이나 창말을 빙빙 돌면서 돌아오지 않는 것을 왕사往事[11]는 왕사로 하고 바쁠 때 그대로 둘 수만도 없다고 재도가 손수 데려온 까닭에 다시 사랑에서 거처하게 되었다.

이 의외의 변에 누구보다도 놀라고 겁을 먹은 것은 증근이었다. 삼촌이 박동이의 목을 자르겠다고 작두날 아래에 놓고 금시발로 밟으려던 순간을 생각만 해도 몸서리가 처지고 무릎이 떨렸다. 일상 때에 용하기만 하던 삼촌이 그렇게도 담차고 무서운 사람이었던가 싶었다. 견디기 어려운 무더운 날 백낮[12]이면 나무 그늘에 쉬면서 흡사 재실이 하던 것과 같이 하염없이 생각에 잠기곤 했다. 한층 마음이 서글프게 된 것은 하루아침 우리 속에 기르던 노루가 달아났음이다. 길이 들었다고만 여기고 우리 빈지를 빠끔히 열어놓은 것이 마당 앞을 어정대는 줄만 알았더니 어느 결엔지 뒷산으로 날쌔게 달아나 버린 것이었다. 울화가 나서 일도 잡히지 않는 동안에 더위도 가고 여름도 지났을 때 월정사에서 송 씨가 돌아왔다. 백일불공의 효험이 있어 석 달이나 되는 무거운 몸으로 나타났다. 증근은 반가운지 두려운지 가슴이 떨리기만 하는 바람에 이날부터 산에서 어두워진 다음에야 내려왔다.

11 지나간 일.
12 대낮의 뜻인 '백주白晝'의 사투리.

원한을 품고 돌아온 송 씨의 소문이 마을에 자자해지자 사람들은 창말 판수의 공을 신기하게 여기고 금시에 아들 복을 누리게 된 재도의 팔자를 부러워들 했다. 아들 없음을 누가 한할까. 창말 판수에게 점치면 그만인 것을 하고 여자들은 지껄거렸다. 재도는 지금 같아서는 세상에 더 부러운 것이 없어 얼굴에 웃음을 머금고 사람들의 말시답[13]을 하기에 겨를이 없었다. 마당 앞에 서서 터 아래로 골짝까지 뻗친 전토, 전토를 바라보면서 자자손손이 그를 잘 다스려 먼 후세에까지 일가가 번창해 조상의 이름을 날릴 것을 생각하면 지금 눈을 감아도 한이 없을 듯싶었다. 다시 시작된 두 아내의 옥신각신을 말리기는 남편으로서 두통거리였으나 큰 기쁨 앞에서 그것도 대단한 일은 아니었다. 작은집이 거만하게 배짱을 부리면 큰집도 질 사람이 어디 있느냐는 듯 편둥편둥 게으름을 부리면서 앙알거리는 두 사람의 자태를 차라리 대견한 낯으로 바라보는 때도 있었다.

그해 가을은 예년에 없는 풍년이 들어 추수는 어느 때보다도 흡족했다. 마당에는 볏단과 조잇단의 낟가리가 덤덤이 누른 산을 이루었고 뒤주간에는 잡곡이 그득 재어졌다. 낱이 굵은 콩도 여러 섬이 되어서 내년 봄 소금받이에도 흔하게 싣고 갈 수 있을 것이다. 밤, 대추의 과실도 제사에 쓰고도 남으리만치 뜯어 들였고 현 씨는 마을 여자들과 날마다 먼 산에 가서는 서리 맞은 머루, 다래, 돌배에다 동백을 몇 광주리고 따 왔다. 집 안에는 그 열매 냄새와 함께 잘 익은 오곡 냄새가 후끈후끈 풍기고 두 사람의 아내는 부

13 '말대꾸'의 사투리.

를 대로 부른 배에 진종일 머루를 먹었다. 반년 동안 신고한 덕이라고는 해도 배를 두드리며 지낼 한가한 겨울이 온 것을 생각할 때 재도는 몸을 흐뭇히 적셔주는 행복감에 마음이 개나른해짐을 느꼈다. 이 가장 행복스러울 때 불행도 왔다. 그 불행이 오려고 그때까지의 행복이 준비되어 있었던지도 모른다. 어이없는 커다란 불행이 재도에게는 그렇게밖에 여겨지지 않았다. 안온하던 마음이 뒤집힐 듯 번져지면서 한 몸의 불운을 통곡하고 싶었다.

밭에서 남은 조잇단을 묶고 있을 때 뒷산에 참새 모는 소리가 요란히 나면서 증근이 숨이 가쁘게 뛰어와서 전하는 말이, 웬 타관 놈 같은 낯모를 사내가 와서 원줏집과 호락호락 말을 걸고 있다는 것이었다. 그것이 제 아내를 찾으러 문막에서 온 대장장이일 줄이야 꿈에나 알았으랴. 마당으로 내려와 행장을 한 그 젊은 사내를 물끄러미 바라보는 동안에 재도의 안색은 푸르게 질리면서 입까지 더듬어졌다.

"당신두 놀라겠지만 처를 찾으러 왔소이다. 공연한 짓을 하구 얼마나 뉘우쳤는지. 동네를 안 대준 까닭에 이곳을 찾노라구 큰 고생을 했소. 문막을 떠난 지가 한 달이 넘었는데 군내를 구석구석 모조리 들칠 수밖엔 있어야죠."

"지금 새삼스럽게 그, 그게 무슨 소린가. 사람들 보고 있는 속에서 작정한 일이 아닌가."

"소와 사람을 바꾸다니 그럴 데가 세상에 어디 있겠수. 사람들한테서 내가 얼마나 욕을 받구 조롱을 받았는지 소는 그 뒤 얼마 안 가 죽었구. 값을 치러드리죠. 장만해가지구 왔으니."

"쪽지는 무엇 때문에 썼나? 지장까지 도두라지게 찍구. 여기다 있어. 재판소엘 가두 누가 옳은가 뻔한 일이야."

"그땐 여편네와 싸운 후라 내가 환장했었어유. 바른 정신으로 야 누가 지장을 찍겠수."

"지금 와서 될 말인가. 반년 동안이나 한집에서 같이 산 사람을 지금 와서."

"아무래두 데려가야겠어요. 우리끼리 정하기 어려우면 여편네 더러 정하라구 그러죠. 데려가든지 여기 있든지."

사내는 자신 있는 듯이 여자 편을 보았으나 지난날의 아내는 반드시 그 뜻을 받아들이려고 하는 것도 아니었다. 변변치 못하고 게으른 대장장이에게 시집가 몇 해 동안에 맛본 신고란 이루 헤아릴 수 없었다. 그렇다고 그 자리에서 재도에게 두말없이 몸을 맡길 수도 없는 노릇, 그도 난처한 경우에 서게 되어 그 의외의 변에 재도와 함께 안색이 푸르게 질리고 벙어리같이 입이 열리지 않았다.

"나두 차차 자식 생각두 나구요. 내 자식 내 얻어가는 데야 무슨 말 있겠수. 제 핏줄이야 아문들 어떻게 한단 말요."

"누, 누구 자식이라구. 농이냐 진정이냐. 괜히 더 노닥거리다 간 큰일 날라."

"거짓말인 줄 아시우. 쪽지를 쓸 때엔 벌써 두 달째 됐을 때라우. 아이 어미에게 물어보시우. 어디…… 나 같은 죄인은 천하에 없어요."

"뭐, 뭣이라구? 뭐, 대체 그게, 놈이……."

재도는 금시에 피가 용솟음치며 앞뒤 분별을 잃고 사내의 옷섶을 쥐어 잡는 동안에 원줏집은 고개를 숙인 채 한마디도 없이 안으로 뛰어 들어가 버렸다. 이게 대체 무슨 일이란 말인구 하고 재도는 사내를 때려눕힐 기력도 없이 제 스스로 그 자리에 쓰러질 듯도 했다. 모든 것이 꿈이었구나 하고 미칠 듯이 마음이 뒤집혔다.

등신같이 허전허전한 몸으로 이튿날 사내와 함께 창말로 재판을 갔으나 주재소에서도 면소에서도 낡은 쪽지를 펴 들고 두 사람을 바라볼 뿐 그 괴이한 사건을 쉽사리 다루지는 못했다. 한 사람의 아내를 누구에게 돌려보냄이 옳을지 바른 재판을 하기가 어려웠다. 고개를 갸웃거리면서 반나절을 궁리해도 좋은 판결이 안 나서 두 사람은 실망할 뿐이었다.

급작히 결말이 나지 않을 듯함을 알고 대장장이는 창말에 숙사를 정하고 날마다 조르러 오기 시작했다. 재도는 기운을 못 차리고 살고 있는 성싶지도 않았다. 송 씨에게만 희망을 걸기로 하고 아내는 단념한다고 해도 한번 맺어진 원줏집과의 인연을 끊기는 몸을 에는 것보다도 아픈 일이었다. 원줏집도 같은 느낌 같은 생각이었으나 자식의 권리를 주장하는 전남편에 대한 의리도 있고 해서 한숨만 짓고 있는 동안에 사내의 위협이 날로 급해짐에 어쩌는 수 없어 잠시 몸을 풀 때까지 창말에서 사내와 함께 지내기로 했다. 방 한 칸을 빌려서 궁색한 대로 조그만 살림을 차리게 되었다. 아내의 뜻이라면 하는 수 없는 노릇이라고 재도는 잠자코 있는 수밖에는 없었으나, 저러다 몸이나 푼 후엔 그대로 눌러 술장수를 하지 않나 두구 보게 사내두 벌써 고향으로 나가기가 싫다구 창말에 눌러 있을 작정인 모양인데 하고들 사람들이 수군거리는 것을 듣고는 치가 떨려서 견딜 수 없었다.

원줏집이 참말로 떠나는 날 그래도 그동안 정이 든 현 씨는 작별의 눈물을 흘리고 박동이도 논둑까지 나오면서 왜 이리 사람 일이 변하는고 싶어서 눈시울이 뜨거워졌다. 삽시간에 일어난 변화를 생각하고 재도는 세상일 알 수 없다고 스며드는 가을바람에 목이 메어졌다. 흡족한 추수도 넓은 전토도 지금엔 그다지 마음을 즐겁히는 것이 못되었다. 빈방에 앉으니 장부답지 못하게 눈물이 솟았다.

그러나 그것으로 부족한 듯 재도에게는 참으로 가을바람은 살을 에는 듯 모질었고 몸과 마음을 한꺼번에 쓰러 눕힐 날이 기다리고 있었다. 내 몸의 서글픔을 깨닫고 견딜 수 없는 쓰라림에 통곡하게 될 날이 기다리고 있었다.

원줏집이 간 후 집 안이 쓸쓸하고 손도 부족해진 탓으로 재도는 증근에게 봄부터 말이 있던 임 서방의 딸 분이를 짝지어주려고 했으나 증근은 고집스럽게 사절하면서 종시 말을 안 듣는 것이었다. 겨울 동안 매사냥도 하고 창애[14]로 꿩이나 족제비를 잡아서 농사보다 사냥으로 살아가는 임 서방은 고달픈 살림살이에서 한 사람이라도 좋으니 얼른 식구를 떨어버렸으면 하는 생각으로 함 속에는 단벌의 치마저고리까지 준비해주어 가지고 잔칫날만 기다리고 있었던 것이 증근의 고집스러운 반대를 알고 적지 아니 황당해했다. 분이가 낙망해서 딴 짓이나 하지 않을까, 괜한 걱정까지 얻어가지고 아내와 마주 앉으면 밤낮으로 그 이야기뿐이었다. 증근이만큼 장골이고 민첩하고 무슨 일을 시키든지 한몫을

14 짐승을 꾀어 잡는 틀의 하나.

옳게 보는 총각은 마을에는 없었다. 왜 싫단 말이냐, 네 주제엔
과하단다, 바느질은 물론 길쌈으로도 마을에서 분이를 당하는 처
녀가 없는데 재도도 임 서방에게 말을 주었던 터에 좀 황당해서
조카를 책망해도 증근은 여전히 쇠귀에 경 읽기였다. 밤에 사랑
에 아무도 놀러 오는 사람이 없고 박동이와 단둘이 마주 앉아서
새끼를 꼴 때 증근은 문득 손을 쉬고는 재실 아저씨는 지금 어
디 가 있을까 동삼 한 뿌리만 캐면 그 한 대로 돈벼락을 맞으렷
다. 나두 아무 데나 가봤으면 마당같이 넓은 신작로가 그립구나
동으로 가면 강릉이요, 서로 가면 서울인데 아무 데도 좋으니 가
고 싶어 하면서 중얼거렸다. 너 재실이같이 내뺄 작정이구나, 그
래서 분이도 안 얻겠단 말이지. 박동이가 가늠을 보면 증근은 그
렇다고도 그렇지 않다고도 말하지 않고 멍하니 잠자코만 있었다.
그럴 때의 그 근심을 띤 부드러운 눈동자에 박동이는 말할 수 없
는 감동을 받으면서 그렇게 고운 눈은 지금까지 본 적이 없었던
것같이 느껴졌다.

　임 서방이 사윗감으로 증근을 원하는 이유가 또 하나 있었다.
사냥의 재주가 자기도 못 미치게 놀라웠던 까닭이었다. 같은 눈
속에 창애를 고여 놓을 때에도 증근에게는 남모를 특수한 묘리
가 있는 듯, 모이를 다는 법이며 창애를 묻는 법이며 꿩이 흔하게
내릴 듯한 자리를 겨냥 대는 법을 임 서방은 오랜 경험으로도 알
아낼 수가 없었다. 해마다 잡아들이는 꿩의 수효는 임 서방보다
도 훨씬 많았다. 증근은 그것을 장에다 팔아다가는 한겨울 동안
모으면 돼지 한 마리 살 값이 되었다. 그런 증근에게 자기의 묘리
까지도 가르쳐주어 그 고장에서 제일가는 사냥꾼을 만들겠다는

것이 임 서방의 원이었다. 그해 겨울만 해도 증근은 뜻밖에 큰 사냥을 해서 임 서방을 놀래켰을 뿐만 아니라 마을 사람들을 탄복시키게 되었다. 홍정리로 넘어가는 산비탈에 함정을 파고 커다란 곰 한 마리를 잡은 것이었다. 홍정리 산골에서 곰이 간간이 산을 넘어와서는 밭곡식을 짓무르고 가는 것을 알면서도 창말에서 포수가 몰이꾼을 데리고 와도 한번도 옳게 쏘지는 못했다. 증근은 여러 날이 걸려 거의 우물 깊이나 되는 함정을 파고 그 위에 검불을 덮어두었을 뿐으로 그 사나운 짐승을 여반장으로 잡은 것이었다. 곰 다니는 길을 잘 살펴두었던 것이요, 함정 위에는 옥수수 이삭을 묶어서 달았다. 실족을 한 짐승은 깊은 함정 속에서 밤새도록 구슬프게 울었다. 아침에 증근은 사람을 데리고 커다란 돌을 함정 속에 굴러 떨어트려서 짐승의 한 목숨을 끊었다. 마을은 그날 개력改曆[15]이나 한 듯이 요란하게 떠들썩들했다. 죽은 짐승을 끌어내 집 마당까지 들여왔을 때 십 리나 되는 무이리 꼭대기에서까지 농군들이 몰려왔다. 조상에 범과 싸워서 이긴 장사가 있었다더니 그 후손은 곰을 잡았구나 하면서들 반나절을 요란들이었다. 곰은 당일로 창말 소장사가 사다가 도수장에서 헤쳐본 결과 커다란 웅담이 나왔다고 증근은 거의 소 한 필 값을 받았다. 곰 한 마리 잡는 편이 일 년 농사짓기보다도 낫다고 남안리 젊은 축들은 부러워들 했다.

　증근의 자태가 사라진 것은 그날부터였다. 홍정이 잘됐으니 성애술[16] 한턱 쓰라고들 졸라도 그날만은 한 모금도 술을 안 먹고 눈

15　묵은해를 보내고 새해를 맞이함.
16　홍정을 도와준 대가로 대접하는 술.

이 희끗희끗 날리는 장판을 오르내리면서 집으로 갈 생각은 안 하더니 그길로 사라져버렸다. 여러 날이 지나도 안 돌아왔다. 기어코 내뺐구나, 신작로로 나서 필연코 강릉이나 서울로 갔으렷다. 박동이는 마치 기다리고 있던 당연한 일이 온 것같이 별반 놀라지도 않고 맥이 없어 보였다. 오랫동안 궁리하고 있었던 계획이요, 그 때문에 이것저것 준비하고 있는 눈치도 박동이는 대강 눈치 채고 있었다. 곰을 잡아서 노자를 만든 것이 좋은 기회가 되었을 뿐이다. 곰을 못 잡았다면 아마도 꿩 사냥이 끝날 때까지 기다렸을 것이다. 박동이는 사랑에서의 가지가지의 이야기와 눈치를 생각해내면서 그렇다고는 해도 어릴 때부터 정들어온 마을을 왜 지금 와서 버리지 않으면 안 되었을까, 남모르는 사정이 있으련만 거기에 대해서는 까딱 한마디도 못 들었음이 한 되게 여겨졌다.

송 씨는 방 안에 누운 채로 증근의 실종에 대해서는 한마디도 말이 없었다. 남편이 사연을 말하면서 무엇을 걱정하고 무엇이 불만이고 무엇 때문에 집이 싫어졌는지 도대체 알 수가 없다고 의심쩍어할 때도 송 씨는 얼굴빛도 동요하지 않고 묵묵히 벽 쪽으로 돌아눕더니 괴로운 듯 신음하면서 옷소매에 얼굴을 묻어버렸다. 오대산에서 돌아왔을 때부터 그렇게 경없어 하고 수심이 있어 보였는데 알 수 없는 일이야. 혹시나 눈치 채지 못했느냐고 나다분히[17] 곱씹어 말하는 것이 귀찮은지 송 씨는 벌떡 자리를 차고 일어나서는 일도 없는데 부엌으로 나가버렸다. 그런 아내의 거동조차 알 수 없는 것이어서, 제기[18] 집안이 모두 이렇게 화를

17 말이 수다스럽게 길고 조리가 서지 아니하여 따분하게.
18 제기랄.

내구 틀어지니 다 내 죄란 말인가 하고 재도 자신까지 화를 내는 것이었다.

겨울도 마저 가 그해가 저물려 할 때 원줏집은 창말 한 셋방에서 여식을 낳았다. 재도는 그다지 감동도 보이지는 않았으나 그래도 산모의 수고를 생각하고는 쌀과 미역을 지고 가서 위로하기를 잊지 않았다. 변변치 못한 대장장이는 별반 벌이도 없이 허송세월하느라고 나날의 양식조차 걱정이 되어서 재도의 베푸는 것을 사양하려고도 하지 않았다. 이 꼴이다가는 짜장 이제 술장사나 하는 수밖에는 없으렸다 하고 재도는 원줏집의 신세가 가여워졌다. 이제는 벌써 큰댁의 몸에밖에는 희망을 걸 데가 없었다. 뭐니 뭐니 해도 조강지처만이 나를 저버리지 않누나 하고 느지막이 깨닫게 되었으나 그 깨달음조차 자기를 저버릴 줄이야 어찌 알았으랴.

원줏집보다는 석 달이 떨어져 다음 해 춘삼월 날씨가 활짝 풀리기 시작했을 때 송 씨도 몸을 풀었다. 창말 판수가 장담한 것같이 옥 같은 동자였다. 이날 재도는 아랫마을 강 영감 집에서 암소가 새끼를 낳는다는 바람에 불려가 있었다. 이해 소금받이에는 그 집 소를 빌려 갈 작정이었다. 박동이가 달려와서 고하는 바람에 소를 돌볼 겨를도 없이 집으로 뛰어갔다. 햇볕이 짜렁짜렁 쪼이는 첫 참 때는 되었을 때 갓난애의 목소리라고는 할 수 없는 굵은 울음소리가 마당 안에 가득히 넘쳐흘렀다. 모이를 쪼던 수탉들이 시뻘건 맨드라미[19]를 곧추세우고 그 울음소리에 귀를 기울

---

19 닭의 볏.

이고 있는 듯도 한 정경이었다. 대강 손 익음이 있는 현 씨가 산모 옆에서 몽실몽실한 발가둥이를 기저귀에 받아내는 한편 부엌에서는 노망한 늙은 어머니가 벙글벙글 웃으면서 서투른 솜씨로 불을 때면서 미역국을 끓이고 있었다. 중년을 지나서의 초산인지라 아내는 정신을 잃은 듯이 짚단 위에 나른히 누워 있었으나 현 씨의 말에 의하면 초산인 푼수로는 비교적 수월해서 모체에는 별 탈이 없다는 것이었다. 아이가 이렇게 크구야 잘 익은 박덩이 한 개의 무게는 되니. 현 씨의 말에 재도는 저절로 얼굴이 벌어졌다. 아비보다 열 곱 윗길이다. 동네에서 제일가는 장골이 되렸다. 기쁘겠다고 충충대는 바람에 웬일인지 거짓말 같은데 이렇게 끔찍한 복이 정말일까. 하늘에서 떨어진 것같이 지금 와서 이런 복덩어리가 굴러들다니 꼭 거짓말만 같아 하고 재도는 아이같이 지껄였다.

"경사 든 날에 쓸데없는 말을 하는 법이 아니라우. 정말이구말구 요런 몽실몽실한 애기가 요게 왜 정말 핏줄이 아니겠수. 불공을 드린 효험이 있어서 삼신할머니가 주신 거지. 받은 이상은 정성껏 공들여 길러야만 해."

현 씨는 익숙한 말씨로 일러 듣기면서 삼신께 바치는 삼신주머니라고 흰 무명 자루에 정미 한 되를 넣어서는 벽 구석에 걸어 두었다.

재도는 늦게 얻은 그 외아들을 만득이라고 이름 짓고 마을로 돌아다니면서 자랑스럽게 외곤 했다. 강 영감들의 지시로 하루는 사랑에 사람들을 청하고 득남 턱을 차렸다. 돼지까지 잡고 혼례 때 잔치에 밑지지 않게 놀랍다고 얼굴들을 불그레 물들여가지고 칭찬들이 놀라웠다. 글줄이나 읽은 축들은 '적선지가에 필유여경'[20]이라고 외면서 칭송을 하면 재도는 마음이 흡족해서 짜장 앞으로는 경사도 더러는 있어야 할 때라고 독판 착한 사람인 양 스스로 느껴졌다. 그러나 그런 기쁨도 삽시간에 꺼지고 무서운 날이 닥쳐왔다.

사월이 되니 재도는 문막으로 소금받이를 떠나려고 빌려 온 소를 걸려도 보고 섬에 콩도 되어 넣고 하면서 문득 원줏집을 생각해보곤 하는 때였다. 산후 한 달이 되어 간신히 일어나 앉게 된 아내가 어느 날 무엇을 생각했는지 또 간수를 먹은 것이었다. 일상 때에 늘 걱정스러워하던 태도와 두 번째의 그 과격한 거동으로 재도는 비로소 심상찮은 아내의 괴롬을 살피고 문득 무서운 고비에 생각이 이르렀다. 그러나 그것을 밝혀볼 겨를도 없이 겨우 달이 넘은 아이가 돌연히 목숨을 끊었다. 아내가 다시 소생되어 난 것쯤으로 채울 수 없는 커다란 상처를 주었다. 그 하루살이 같은 목숨을 받은 내 자식을 바라보는 한편 겨우 한 달로 어미로서의 생애를 마치고도 그다지 슬퍼하는 양이 없이 차라리 개운해하는 듯이 누워 있는 아내를 바라보는 동안에 재도에게는 어찌된 서슬엔지 문득 한 가지 무서운 의혹이 솟아올랐다. 어미가 말하는 것같이 정말 병으로 급히 목숨을 버린 것일까 하는 밑도 끝도 없는 당돌한 생각이 솟자 그 자리로 슬픔도 사라지면서 무서운 느낌에 소름이 쪽 끼치면서 정신없이 방을 뛰어나와 버렸다. 그 무서운 것에 다치지 말자는 요량이었다. 다쳤다가는 그

20 착한 일을 많이 한 집에는 반드시 경사가 있다.

자리로 목숨이 막혀 쓰러질 것도 같았다. 소 등허리에 콩섬을 싣고 그길로 문막을 향해 마을을 떠났다. 어느 해와도 다름없는 같은 차림이기는 했으나 지난 한 해 동안의 번거로운 변동을 치르고 난 오늘의 심중은 찢어질 듯이 아팠다. 한시도 참고 있을 수가 없는 까닭에 길을 뚝 떠난 것이다. 다른 해와 다름없이 올해도 또 소금을 받아 가지고 돌아올 것인가. 재도 자신에게도 그것은 모를 일이었다.

"무슨 까닭으로 올엔 이렇게 담 떨어지는 일만 생길까. 꼭 십 년감수는 했어. 이 집은 대체 어떻게 된단 말인구. 사내꼬치라군 없는 이 집은……. 일찍이 애비라두 돌아왔으면 좋으련만."

방에 송 씨와 단둘이 남게 된 현 씨는 거듭 당하는 괴변에 등골수라도 얻어맞은 듯 혼몽한 정신에 입을 벌리기도 성가셨다.

"내가 얼른 죽어야 끝장이 나련만 목숨이 왜 이리두 질긴지 끊어지지 않는구려. 지금 와선 목숨이 원수 같아."

송 씨는 혼잣말같이 중얼거리고는 동서의 손목을 꼭 쥐면서 애끓는 눈으로 그를 바라본다.

"우리끼리니 말이지만…… 동서, 세상에 나같이 악독한 년은 없다우…… 동서가 들으면 이 자리에서 기겁을 하구 쓰러질 것 같아서 말할 수가 없구려."

현 씨도 윗동서의 손을 같이 뿌듯이 잡으면서 말하지 않아도 다 안다는 듯 침착한 낯으로,

"쓸데없는 말을 지껄이지 않는 것이 좋을지 몰라. 내 생각하구 있는 것과 같을는지두 모르니깐."

"동서…… 저 자식은 잘 죽었다우. 세상에 이 집 가장같이 불

쌍한 사람은 없어…… 저 자식은…… 저 자식은 남편의 자식이
아니었어."

"그만둬요. 말하지 않아두 다 안다니깐…… 증근이 내뺀 곡절
이며 뭐며 다 알아요."

"알구 있었수, 동서? 불륜의 씨로 가장을 기쁘게 할래두 소용
이 없나 부우. 팔자에 없는 건 어쩌는 수 없나 봐. 난 죄 많은 계
집이오. 왜 얼른 벼락이 떨어져 이 목숨을 차가지 않는지 이상해
죽겠구려. 그렇게 되기만을 기다리구 있는데……."

말하다 말고 쓰러져 탁 터져버렸다. 현 씨도 젖어오는 눈썹을
꾹 짜면서 동서의 애꿎은 팔자에 가슴이 휘답답해왔다. 소를 몰
고 뒤도 돌아보지 않고 떠난 재도의 심중에 번쩍인 무서운 생각
도 이와 같은 것이었을까. 아내의 입으로 굳이 듣지 않아도 다 느
끼고 있었던 까닭에 더 파묻지도 않고 황망히 집을 버리고 마을
을 떠난 것이었을까. 며칠이 되어 재도의 소문이 마을에 퍼지자
젊은 축들은 모여서서,

"올에두 작년처럼 또 소 잔둥에 젊은 색시를 얻어 실구 올까?"

"그 성품으로 다시 이 마을에 발을 들여놓을 줄 아나. 근본 있
는 가문이더니 단지 하나 후손이 없는 탓으로 재도두 고생이 자
심해."

"그럼 그 집은 대체 어떻게 된단 말유. 알뜰히 장만한 밭과 산
과 소 돼지는 다 어떻게 된단 말유."

하고들 남의 일 같지 않게 궁금해하는 것이었다.

— 〈춘추〉, 1941. 5.

봄 의상

안으로 통하는 장지틀 밑이 환히 밝아오면서 화사스러운 기운
이 연연히 어지러뜨렸다. 분홍치마가 꽃다발처럼 한들거리고 그
아래로 연한 살빛으로 두 다리가 날씬하게 길다. 강한 향기에 역
한 듯이 도재욱은 커다랗게 뜬 눈을 연신 번쩍거렸다.

'주연이년이 남의 혼을 빼놓으려는 모양이군!'

정말 혼을 빼놓을 듯이 불현듯 가슴이 내려앉을 만큼이나 그
런 자극을 주는 색채였다. 그 바람에 어슴푸레한 가게 안이 별안
간 환히 밝아진 것처럼 느껴질 만큼.

분홍치마 뒤꼬리에 따라 나온 여느 때의 난황색卵黃色 양장은
미호코일 것이다. 이것도 오늘은 평소보다는 돋보인다. 모두들 장
지틀에 가려서 얼굴은 안 보이는 채 하반신만의 여느 때 없던 화
려한 옷차림이다. 도재욱은 거의 침을 삼킬 듯한 굳어버린 자세로

있었다.

"조바심치게 하지 말고 빨리 나와요. 핑크 양!"

"선생님, 참 좋잖아요, 오늘 치마는?"

간드러진 연의 목소리다.

"그러니까 이렇게 까딱 않고 기다리는 것 아니야. 그 멋있는 모양을 빨랑 눈앞에 가져와 보라니깐…… 대체 누가 고른 거야, 그 색깔은?"

"물론 저죠."

"응. 늘 탄복하지만 참말 뛰어난 심미안인걸."

"그래요? 성공, 성공!"

연이 말하는 등 뒤에서 미호코는 킬킬 웃음을 죽이더니 드디어 여자들 둘은 못 참겠다는 듯 깔깔대고 웃어제끼는 것이었다.

"끝끝내 거기서 우물쭈물할 참이면 그 주렴을 걷어 젖힐 테야."

도가 엉거주춤하며 소리를 버럭 지르자 여자들은 까르르 자지러지면서 장지틀 그늘에서 떠나 털썩 작은 탁자 위로 쏠려 나왔다.

무너져 내리는 것처럼 다가드는 색채에 압도된 양으로 도는 거기서 두 번째 눈을 벌리지 않을 수 없었다.

순백색 저고리에 핑크빛 치마의 배합은 단순하고 정결한 가운데 일종 화려한 기운을 떠돌게 하여 계절의 감각을 또 한 번 눈앞에 되살아나게 하는 듯한 마취麻醉가 있었는데 그 신선한 감각의 임자가 주연이라고 본 것은 착각이었고 뜻밖에도 미호코인 것이었다. 방긋이 둥그런 눈방울을 반짝이면서도 어색한 듯이 부끄럼을 머금은 모습은 도가 전혀 예기하지 않은 것이었다. 여느 때의 미호코의 난황색 드레스는 대신 주연이 입고 있다.

"대체 어쩔 셈이야? 들까불기들만 하구."

"옷을 바꿔 입어봤어요. 오늘은 선생님의 전람회에 가볼 약속이었지요. 그 풍속화에 나오는 색깔의 옷을 입고 싶다고 미호코는 전부터 소망이었어요. 마침 새로 지은 봄옷이므로 빌려주기로 한 거예요. 어때요, 놀라셨죠?"

"놀랄 만큼이나 몸에 꼭 맞지만…… 아무렴 장난이 좀 지나친걸, 노상 색시애들처럼."

"놀라셨으면 한턱하세요. 전람회에서 돌아오는 길에라도……. 선생님을 놀라게 한다는 건 쉬운 일이 아닌걸요."

"연에겐 정말 못 당하겠군. 자, 그럼 톡톡히 한턱하기로 하구……. 이건 확실히 걸작인걸."

주연이 즐겨 날뛰면서 시원한 마실 것을 가지러 안으로 들어간 동안 도는 아까 순간에 받은 감동이 사라지지 않아 흥분된 얼굴로 노트를 꺼내어 스케치하기 시작했다. 핑크의 색채감을 옮길 참이지만 당장에는 색채가 없는 미호코의 데생이 종이를 가득히 채워갔다. 이 부드러운 연한 감각을 놓칠까 봐서 예술가의 눈은 빛나고 붓끝에서 흐르는 선은 나란히 굽이쳤다.

주연은 항용 애틋하게 향토의 옷차림을 사랑하고 주장하는데 반대로 미호코는 미호코대로 늘 몸에 맞는 옷이라든가 드레스 쪽이 맘에도 들고 알맞은 것으로 알고 있었다. 때로는 주연의 사치스러운 모양에 멍하니 반해버려서 커다란 유혹을 느끼면서도 흉내 내고 싶은 용기는 남몰래 가슴속에서 덮어두는 것이었다. 그러므로 도로서도 오늘따라 이런 계획은 꿈에도 생각지 않은 일이었고, 그만큼 받은 격동은 큰 것이었다. 당연한 꽃의 위치에 과실을 바꾸어놓은 듯한 어떤 이상한 섞바뀐 감각을 일으켜 더욱이나 얼떨떨한 만큼 불가사의한 아름다움이 꽉꽉 밀려들어온다. 미호코를 이렇듯 아름답다고는 미처 생각지 않았다.

'치마가 이렇듯 아름답게 보인 일은 없다.'

미호코는 치마의 아름다움 때문에 있었던 것이다 하고 대견스러운 발견이라도 한 것처럼 기뻐서 설레었다. 정말 그렇다. 주연이 사랑한 옷의 아름다움은 이렇게도 지극한 것이었던가 하고 중얼거리며 대상을 응시하는 도였다. 연이 큼직한 유리그릇에 시원한 음료수를 날라 왔을 때에는 미호코의 신선한 인상은 화면 가득히 생기 있게 캐치되어 있었다.

"꼭 좋은 그림을 만들어볼 테다. 썩 훌륭한 풍속화 작품이 한 점 느는 것이다. 그렇더라도 좀 더 일찍 그리게 해줬으면 좋았을 텐데."

"그 미호코의 그림 속에 이 석류빛 음료수의 그림도 함께 넣어주세요, 네? 예쁘죠, 이것!"

"뭐라구? 화채 아냐. 이 가게가 오늘은 어찌된 셈판이야. 치마에다 화채에다……."

"그럼은요. 소다수도 레몬스카치도 아니고 화채예요. 앵두 남은 게 있기에 만들어보았어요."

오미자로 물들인 연분홍빛 물에 꿀을 진하게 타서 굵다란 앵두를 점점이 띄운 음료수를 도는 큼직한 스푼으로 뜨면서 소다수보다야 맛있어 맛있어, 연신 지껄이며 순식간에 후룩후룩 들이켰다.

"뜻밖의 것에만 맞닥뜨려서 유쾌한 날이다. 감동이 지워지기 전에 전람회로 출발하기로 할까. 내 그림을 실컷 보아달라구."

오정 지나서까지는 비번인 두 사람을 도는 즐거운 기분으로 끌고 나섰다.

거리를 거닐면서 이상스러운 착각이 일어났다. 도대체 이 도시는 종로건 진고개건 이 고장의 옷차림이야 말할 나위도 없지만 양복이랑 일본 옷이랑 잡다한 복장들이 얼버무려져 별스러운 경관을 이루고 있는 터이지만 그 혼잡 가운데에 미호코의 옷을 보고 있노라면 어쩐지 눈이 부셨다. 오늘은 미호코가 주연이고 주연이 미호코인 것이다. 이 약속을 꼭 다짐하여 머릿속에 집어넣은 것이 틀림없대도

"이봐, 주연이!"

하고 어느새 말이 헛나와서 미호코의 어깨를 쳐놓고서는 어색한 생각으로 끝내 고소를 지을 수밖엔 없었다. 종래의 관념이라는 놈은 어찌하여 이렇듯 꼬리를 끌고 마음에 감도는 것일까? 변장한 미호코와 걷고 있다는 의식으로 쑥스러운 생각을 품는 건 나뿐이고 남들은 다만 주연이와 나란히 걷고 있다고밖엔 생각지 않을 거 아닌가 하고 햇빛 속에서 너무 지나치게 환한 미호코를 바라보면서 도는 곰곰 생각하였다. 하지만 이 쑥스러운 생각도 말끔히 버리지 않으면 안 될 때가 왔다. 오늘은 당하는 일이 모조리 뜻밖의 일들뿐이었다.

백화점 갤러리의 전람회장에서 미호코는 한 폭의 동자상 앞에 우두커니 떠나지 않고 오랫동안 서 있었다. 백 점 남짓한 그림 폭 중에서 그건 이를테면 가장 다채로운 단려한 한 폭이었을 것이다.

소복한 모친의 손을 잡은 동자는 색동저고리의 화려한 옷차림이었다. 오색이 영롱한 무지갯빛 소매에 연분홍 두루마기며 그

위에 소매가 없는 푸른 전복을 걸치고 금박을 놓은 회색 복건은 등 뒤까지 늘어뜨리고 거기에다 녹색 갓신을 신은 의젓한 동자의 모양은 눈부신 색채의 조화를 보여주어 미호코의 마음을 강하게 흔드는 듯하였다.

"명작이다, 어쩜 이렇게 좋을까? 선생님, 전 이 한 장만으로도 감동에 넘쳐 있어요."

"기껏 바란다면 가져도 좋아요. 전람회가 지난 다음엔 아무렇게나 아틀리에에서 먼지에 쌓여버릴걸."

"아이, 이걸 가져도 괜찮으세요? 이런 훌륭한 그림을!"

회장을 친구에게 부탁하고 도는 미호코들과 더불어 점심시간을 어슬렁어슬렁 거리로 되돌아 나왔다. 명월관의 널찍한 온돌방에서 신선로 상을 둘러앉았을 때 미호코는 기꺼운 얼굴빛으로 어느 만큼 수선을 피는 듯이 보였다.

"귀한 그림을 받은 표시로 전 오늘 신상의 비밀을 털어놓겠어요. 모두들 이렇게 잘해주시는데 언제까지나 싸고 숨기는 것은 마음 아픈 일이고요."

"비밀이란 뭐야. 그처럼 야단스레 시작하는 건?"

"저 동자상이 그렇듯 마음에 든 이유가 있는 거예요. 저건 그대로 고스란히 저의 어렸을 때의 그림인걸요."

"색동옷을 입은 일이 있단 말이야?"

"그럼, 그걸 입고 자랐댔어. 동경에서 출생한 것으로 하는 건 거짓말이고, 정말 고향은 서울. 아버지는 호조[北條] 씨지만 어머니 친정은 이곳. 그래서 조그마할 땐 나도 이 옷을 입는 습관이었어. 이것 봐, 여기 늘 갖고 있는 옛날 사진이 있어요."

핸드백에서 내놓은 벌써 빛이 바랜 낡은 사진은 전람회 그림을 빼놓은 것 같은 모자상이었다. 어머니도 어린아이도 정말 미호코의 모습을 뚜렷이 나타내고 있었다.

"부모님을 여의고 벌써 스무 해가 되지만 옛날을 그리워하면 금방 눈물겨워져."

"수수께끼 같은 얘긴걸. 자, 자, 어설픈 옛날 얘기는 그만두구 빨리 이 뜨거운 걸 좀 들어요."

역시 여우에게 홀린 듯이 어리둥절해 있는 주연을 재촉하여 도재욱은 침울해진 좌석을 바로잡으려는 듯이 저를 들어 정신없이 신선로를 들쑤셨다.

— 〈주간조일〉, 1941. 5. 18.

엉겅퀴의 장^章

데파트의 지하층 같은 데서 꽃묶음을 보다가 현^顯은 난데없이 당황하는 때가 있다. 새빨간 서양 엉겅퀴의 노기를 품은 듯한 드센 모양에 아내의 얼굴이 겹쳐오기 때문이었다. 장식단추처럼 작게 불타며 듬직하게 자리 잡고 있으면서 어딘지 모르게 화려하고도 분방한 꽃봉오리는 거기에 그대로 아사미^{阿佐美}의 인상을 의탁하고 있는 듯 생각되었다. 서둘러 집에 돌아가 다다미 방바닥에 둥굴둥굴 누워 있는 그녀의 모습을 보았을 때 마음이 놓이는 것 같은 느낌이 들곤 한다.

"있었구먼. 나가지 않았는가 해서 서둘렀는데."

"바람맞힐까 봐 당신 늘 걱정인 거죠. 호주머니가 이렇게 가벼워서야 거리엔들 나갈 수 있어야죠."

"지친 얼굴을 하고선 때만을 노리고 있는 듯한 그런 눈초리란 말야 언제나. 허지만 좋다, 그때는 그때대로. 꽃을 사 가지고 왔지. 당신이 좋아하는 엉겅퀴."

"당신답지도 않게. 귀엽구 깨끗하네요."

아사미는 일어나 다발째 단지에 꽂고는 다다미 바닥에 덮어 둔 책 있는 데로 돌아왔다.

"온종일 독서삼매예요. 이 한 달 동안 꽤 읽었네요. 책꽂이의 소설들 대개 읽었어요."

"지금 같은 때 열심히 공부해두는 게 좋아. 이러다가 곧 내가 들어박혀 있게 될지도 모르니까. 신문이 아무래도 안 될라나 봐."

"끝내 폐간이 되나요?"

어렴풋이 짐작은 하고 있던 터라 그녀도 생각보다 대수롭지 않은 목소리이다.

"우리 신문사뿐만 아니라 이 계제에 두세 사를 함께 문 닫게 할 모양인데, 시국에 따르는 것이라면 할 수 없지. 아마 이달 한 달이면 그만일 거야. 별수 없지. 다시 한 번 무직자로 되돌아가는 거지."

"당분간 휴양할 수 있어서 당신한테는 되려 잘된 일인지 모르죠. 아무 일 없어도 힘든 때가 많은데 편집하는 일은 이것저것 힘든 일인 모양이죠."

"안간힘을 써봤자 별수 없지. 당신한텐 대단히 미안하게 생각해."

"무슨 수가 있겠죠. 사람의 일인데요 뭐."

언제나 그렇듯 그녀의 낙관론이 이런 경우 조금은 기분을 돌려봐 주기는 했지만 현은 침울해지는 기분을 어찌할 수가 없었다. 어딘지 모르게 섬약하고 늘 잔병이 떠나지 않는 아사미에게 가정에 들어앉아 여자로서의 편안함을 맛보게 한 것도 겨우 반년밖에 되지 않는 것을 생각하면 남자로서 너무나 듬직하지 못한 게 가슴을 찔렀다. 곤로에 알코올을 부어 얼마 남지 않은 커피를 끓이고 있는 바지런한 손놀림을 바라보면서 이 여자는 정말로 끌려 있다, 끌려 있지 않으면 이렇게 믿음직스럽지 못한 살림에 하룬들 견딜 수 있을 리 없지 하고 차분히 생각하는 것이었다. 정열이라고 부르기에는 너무나 저돌적인 그 광적인 발작 비슷한 격정이 용케도 지금까지 지속되어온 것을 생각하면 현에게는 이상한 느낌조차 들었다.

처음 있었던 일의 기억부터가 그랬다. 아직도 오싹 추운 비 오는 날에 아사미가 근무하고 있는 술집에서 현은 사오 명의 회사 동료들과 테이블을 둘러싸고 앉아 있었다. 안개인지 무엇인지 분간할 수 없는 냉습한 것이 창틈으로 흘러 들어와 다른 손님이 없는 텅 빈 방 안은 냉기를 머금어 다들 추위에서 피하려는 듯 거푸거푸 술 컵을 거듭하는 사이 완전히 흉금을 털어놓고 말았다. 목욕에서 막 돌아온 아사미도 드물게 사람들의 기분을 맞춰줘 대부분 건네는 술잔을 물리치지 않을 뿐 아니라 자진해서 활기 좋게 잔을 비우는 것이었으나 금방 화장 전의 맨살이 빛을 띠고 동그란 눈동자가 번쩍번쩍 빛나기 시작했다. 마치 무대에 서서 각광을 받았을 때처럼 요염하리만큼 젖어서 빛나는 그 아리따운 눈동자를 현은 그날 밤만큼 아름답다고 느낀 적은 없었다. 치마 아래 포개져 있는 맨다리는 수액을 머금은 푸른 나무의 살결처럼 싱싱하고 작은 발이 우윳빛으로 향긋했다. 아사미는 주변에서 대단한 평판을 받는 편이었다.

물론 장난기로 한 짓이기는 하지만 정신을 차릴 수 없을 정도로 취해 있었던 탓이었을 것이다. 흔히 취한 힘을 빌려서 터무니없이 어리석은 행동을 하는 때가 있다.

　　"아사미를 차지하는 녀석은 어떤 복 있는 놈일까. 난다 긴다 하는 거리의 멋쟁이들이 우굴우굴 모여 와서 집적대고 있는데 언제까지나 새침 떼고 있으니 도대체 의중의 사람은 누구냐?"

라고 하나가 말을 꺼낸 것이었다.

　　"그게 알고 싶어요? 당신이 아니라서 미안하네요."

　　아사미가 서슴없이 응수하는 바람에 말을 꺼낸 친구가 오히려 수세에 몰린 꼴, 졌다 하는 시늉으로 얼굴을 숙인 채 뒤통수를 한 손으로 펑 하고 두들기며 잔뜩 찌푸린 상을 하고 있다가는 바로 새빨개진 얼굴을 대뜸 쳐들었다.

　　"그렇게 잘라 말해버리면 사내 체면이 말이 아니잖나. 내가 아니어서 안심이지만. 그럼 우리 이 한패 중에는 없단 말이야?"

　　"천만에, 있어요."

　　"있어? 누, 누구야, 누구란 말이야?"

　　"아직 말할 수 없어요."

　　"비겁하다, 겁쟁이. 왜 말할 수 없나. 언제까지나 애태우지 말고 빨리 말해주는 편이 다른 친구들도 단념할 수 있고 자네도 그만큼 빨리 해결이 되는 게 아냐?"

　　"서둘지 않아도 괜찮아요. 둘의 일인데요 뭐. 걱정도 팔자."

　　아사미가 눈꼬리에 미소를 띠고 가슴에 두 팔을 낀 채 침착해 있는 것을 보자 친구는,

　　"좋다. 무슨 수를 써서라도 말하게 만든다. 한번 꺼낸 바에는

누구에게 행운의 화살이 꽂히는지 이 눈으로 지켜봐야겠다."
라고 용을 쓰면서 비틀비틀 일어섰다.

"기찬 생각이 있다. 신발명의 방법이야. 이렇게 해줄 테니 사양할 건 없어. 좋아하는 그 녀석 목덜미에 물고 늘어지는 거야. 이보다 나은 간결 직재直裁한 표현은 없다. 자고로 사랑은 어둠을 선택하는 모양이니까."

무슨 짓을 저지르려는 심보일까 하고 모두들 망연하게 앉아 있는 동안에 슬슬 벽 쪽으로 가까이 가는가 했는데 순식간에 방 안은 깜깜한 어둠으로 변했다. 스위치를 건드린 모양이었다.

"꺼려 할 건 없다. 자, 상대를 고르는 거다. 대담 솔직한 것이야말로 새 시대의 성격이 아니냐."

"좋아요. 골라주죠."

취해 있는 것은 사내들뿐만이 아니었다. 아사미의 상기되어 들떠 있는 어투도 결코 정상적인 것이라고는 말할 수 없었다. 위험한 한때였다.

모두들 그랬을 것이다. 현은 도대체 어떻게 될 것인가 하고 마른침을 삼키면서 조금은 떨리는 마음으로 분명히 무엇인가를 잔뜩 기다리는 기분이었다. 그리하여 어둠 속에 쓱 움직이는 아사미의 그림자를 확인한 순간 느닷없이 얼굴에 뜨거운 숨결을 느끼고 뜨끔했던 것이었다.

"오해하지 말아요. 난 취하지 않았어요. 이건 오래전부터의 기분이에요."

간지러운 속삭임에 현은 온몸을 기분 좋게 빨리는 느낌이었다. 진정한 고백치고는 지나치게 당돌하고 대담했다.

"반평생 걸려서 오직 당신 한 사람 찾아낸 거예요. 조롱하지 말아줘요. 난 지금 울어도 좋아요."

"고맙다. 나중에 천천히 얘기하지."

말을 마치자마자 등불이 반짝 켜져 방 안은 제대로 밝아졌다. 묘한 꼴이 된 두 사람의 모습에 눈이 부시듯 눈을 깜박이면서 그러나 원망스러운 것 같지는 않고 친구는 명랑한 웃음소리를 터뜨렸다.

"그랬나, 그랬나, 그랬었구나. 야! 미안했다."

다음 날부터 현과 아사미는 바로 아파트의 방 하나를 빌려서 공동생활을 시작했다. 오래지 않아 현이 신문사에서 응분의 우대를 받게 되자 아사미는 술집을 그만두고 지금의 작은 집을 빌려서 둘만의 꿀 같은 단란한 생활이 시작되었다. 아사미의 격정에는 기복도 많았지만 반년 동안의 안온한 생활이 현에게는 희귀한 것으로만 생각되었다. 퇴근하고 돌아오는 길에 거리를 어정거리면서 문득 아사미의 마음속에 무슨 일이 일어나고 있는 게 아닌가 하고 저도 모르게 당황해하는 일이 한두 번이 아니었다. 그것은 마치 언젠가는 무슨 일이 틀림없이 일어날 것이라고 그것을 은연중에 기다리는 기분과 같은 것이었다.

달이 바뀌어 끝내 현이 직장에서 떨어나고 보니 길은 하나밖에 남아 있지 않았다.

"나 다시 한 번 일하러 나갈래요."

아사미가 옷을 차려입고 조용히 말하는 것을 들으면서 현은 말도 없이 입을 다물고 있었다. 이제 와서 새삼 미안하다 용서해라 하고 말할 수도 없었다.

단독주택을 차지하고 사는 것도 분에 넘치는 것 같아서 아파트로 되돌아갈 의논을 꺼내자 아사미는 간단하게 찬성했다. 어느덧 조금씩 수가 불어난 허섭스레기를 이끌고 또다시 좁은 방으로 되돌아가야만 했다. 아사미가 간단히 찬성한 데는 이유가 없는 것은 아니다. 그 골목 안의 독채에서는 즐거운 기억만이 아니라 가지가지의 치욕의 추억까지도 강요되었던 것이다.

저녁때 같은 때 골목 입구에 접어들면 그 근방에 어정거리고 있는 여편네들의 시선은 정해놓고 집요하게 아사미 쪽에 집중되었다. 억지웃음을 띠거나 가볍게 인사를 하거나 하면서도 어딘지 모르게 꺼림칙한 비천한 눈초리가 아사미의 신경을 어디 없이 찔러대고 남의 일은 왜 모르는 체하고 내버려두지 않는가 하고 이웃 사람들의 염치없는 비례非禮에 성이 나 있었다.

아파트는 좁은 대신에 같이 사는 사람들의 이해심도 있어서 그러한 정신적 고통이 덜해서 아사미는 속이 시원할 정도였다. 이삼일도 안 되어 이웃 방에 사는 역시 어디 바엔가 나가고 있는 듯한 젊은 여자와 친구가 되어 저녁때 가게로 나가는 시간이 같을 때는 나란히 아스팔트 길을 걸으면서 터놓고 개인 신상에 관한 이야기를 듣게 되었다.

"나는 혼자니까 마음은 편하지만 그 대신 무척 쓸쓸한 때가 있어요."

미도리 상이라고 했지만 그 말이 아사미에게는 가련할 만큼 실감 있게 울려왔다.

"나는 그 반대. 쓸쓸하지는 않지만 여러 가지로 편치가 않아요."

아사미는 활짝 웃어 보이고는,

"그럼 자주 방에 찾아오는 남잔 그건 아직 아무것도 아니에
요?"

"아무것도 아니구말구요. 난 이래 봬도 무척 건실해요. 그 사
람에겐 아직 아무것도 허락하지 않았어요. 정식으로 짝이 되어
살 수 있을 때까지는 깨끗하게 하고 있고 싶어서."

그 말에 아사미는 충격을 받으면서, 좋겠네요 하고 일종의 감
동조차 느끼고 있었다.

"일자리는 힘들고 올바른 결혼을 해서 안정된 생활을 하고 싶
어요. 적당히 한 몸이 되어 질질 끌려가는 것은 싫어요. 하지만 그
사람의 부모가 허락할 것 같지 않아서 걱정하고 있는 중이에요."

아사미는 자기네들 사정과는 매우 닮았구나 하고 생각하면서
미도리 상의 착실한 기백에 압도당하는 꼴이었다. 역시 현의 부
모가 허락하지 않은 채로 질질 그대로 간단히 지금에 이른 것이
언제까지나 원망스러운데 지금 미도리 상네 경우를 듣고 있으니
너무 쉽게 격정에 몸을 맡기고 만 자기의 무모함이 새삼스럽게
후회스러워 견딜 수 없었다. 어엿한 식도 올리고 싶었고 호적에
도 넣어주었으면 하고도 바랐다. 여자로서는 그것이 생애의 최대
의 표지였다.

"나도 벌써 스물넷이에요. 언제까지나 우물거리고 있을 수 없
게 됐어요."

"힘을 내요. 틀림없이 잘될 거예요. 당신처럼 그렇게 착실하게
하고 있으면."

스물넷이라면 아사미보다 두 살 아래였다. 그 젊은 또래의 견

고한 마음가짐에 아사미는 머리가 숙여지는 생각이 들고 가게가 파하고 밤늦게 아파트로 돌아왔을 때 하루의 피곤도 겹쳐 아직 일어나 있는 현에게 불쑥 짜증도 부리고 싶어지는 것이었다.

"난 정말 경솔했어. 언제까지나 이대로라니 아이 시시해."

"뭐야. 피곤하다 이거지."

"이웃의 미도리 상 말예요. 여간 단단하지 않아요. 식을 올릴 때까지는 어떠한 일이 있어도 같이 안 산다는 거예요."

"응, 그런 일이야……."

"그런 일이라니요. 그렇게 간단하게 말하지 말아요."

"내가 나쁜 게 아니야. 난들 부모한테는 정이 떨어졌어. 다시는 집에 들어가지 않을 거야."

"누가 나쁜단들 마찬가지예요. 당신 그 일 때문에 얼마나 노력했죠?"

"그처럼 중요한 것이라곤 생각지 않기 때문이야."

"그런 식이니까 틀렸어요. 남의 일생을 병신으로 만들 거예요?"

아사미의 격해지는 말투를 만나 그녀의 고민이 생각보다 심각한 것을 알자 현은 다음 날 내키지 않은 마음으로 끊은 지 오래된 부모한테 발걸음을 옮기지 않으면 안 되었다.

애초에 집을 등지고 위태로운 독립을 시작한 것도 아사미와의 일로 완강한 반대에 부딪쳤기 때문이었던 만큼 지금에 와서 새삼 그 반대를 꺾고 뜻을 뒤집어놓는다는 일은 생각할 수 없는 일이기는 했다. 이십 년 가까이 관직에 몸을 담았던 터이기는 했지만 옛 기질로 완고하게 굳어진 아버지에겐 현의 분방한 행동은 제멋대로 하는 짓으로밖엔 생각할 수 없고 오류의 정도를 장황하게 설득하면서 혈연의 격차가 심한 혼인은 정상이 아니라는 까닭을 타일러 말하는 것이었다.

현이 올바른 결혼을 할 때까지는 장유의 질서로서 나이 든 아우나 누이들도 출가할 수 없다는 것, 아버지는 그것을 큰 방패로 심아 모든 책임을 현 탓으로 돌려 몰아붙였다. 물론 그러한 뒤에 숨어 있는 하나의 심통을 알고는 있다. 명문 집안으로 문벌이 무척 높은 한 아가씨의 이름을 아버지가 늘 입에 오르내리고 있다는 것을 현은 누이동생의 입을 통하여 자주 듣고 있었다. 쓸데없는 짓은 집어쳐. 요즘 그런 것 꼬치꼬치 따진다는 게 얼마나 시시한 건지 아니? 하고 일언지하에 물리치며 혼을 낸다. 그러면 누이는 난 몰라요. 아버지와 어머니가 열심이라는 것뿐이죠. 하며 슬쩍 피해버린다. 그러한 골치 아픈 분위기에 구역질이 나서 분연히 집을 뛰쳐나온 것을 시작으로 그 후 되도록 근접하지 않기로 하고 있는 것이다.

그날 밤 아사미가 가게에서 돌아온 시각까지도 현은 아파트에 나타나지 않았다. 방 열쇠는 현이 가지고 있었기 때문에 아사미는 할 수 없이 미도리 상네 방에 들어가서 기다리기로 하였다. 한 시경이나 돼서 고요히 잠든 복도에 발소리가 나고 현이 그제야 돌아왔다. 몹시 초조하게 기다리고 있던 아사미가 뛰어나가 맞이하자 뭉클 익은 감 냄새가 나고 눈초리도 몽롱한 곤드레만드레의 꼴이었다. 방에 들어서자마자 문을 꽝하고 닫았지만 그것만으로는 부아가 가라앉을 것 같지 않았다.

"이렇게 늦게까지 어디 있었어요?"

"좋은 데서 마시고 왔지."

"능청스럽게 굴면 용서 못해요."

"난들 가끔은 술이라도 마시지 않으면 견딜 수가 없지 않나? 영감하고 말다툼을 했어. 그래서 난 처음부터 가기 싫다고 했잖아."

"여보, 그게 언제나 하는 말투예요. 그 말을 하려고 다녀오는 거나 다름없어요. 양반집 색시를 보란 듯이 골라놓고 있어서 그래서 기뻐서 마셨다는 것예요?"

"멋대로 말하면 나도 성낼 거야. 남의 마음을 몰라주고 막말을 하지 마."

"고약한 냄새. 저리 가요. 또 마늘을 먹었군요."

"용서해라. 그게 나오면 나도 모르게 자연 손이 가지는걸. 할 수 없어."

마늘 소동은 그것이 처음이 아니었다. 현은 가끔 몸에 이상이 생겨 향토 요리가 먹고 싶어 그때마다 심한 냄새를 지니고 돌아오곤 했다. 그것이 아사미에게 혐오감을 일으키게 하는 것을 알고는 있었지만 기호가 그러니 어쩔 수 없는 일이었다. 살짝 먹고 와서 아사미의 코를 교묘히 피할 수 있는 때가 더러는 있었지만 대개는 민감하게 냄새를 맡아 알아채게 되어 언짢은 경우가 되곤 하였다. 어쩔 수 없는 숙명하고도 같은 것이었다.

"아이 원통해. 울고 싶어져요."

신음하듯 중얼거리고 아사미는 현으로부터 얼굴을 돌리고 고통스러운 듯 몸부림치며 방에서 나갔다. 멍하고 있는 사이에 복도의 계단을 내려가는 소리가 멀어지고 주변이 몹시 조용해졌을 때 현은 비로소 정신이 들어 이런 한밤중에 어딜 가는 거야 하고 조금은 당황한 마음으로 뛰쳐나가 보았지만 아사미는 이미 어디론지 아파트를 나가버린 뒤였다.

다음 날 하루 종일 거리를 찾아다녔지만 행방을 알 수 없어 현은 저녁때 근무가 시작되는 시각을 기다려 바에 가서 겨우 아사미를 찾아냈다.

다른 여자들이 둘 사이를 알고 있기 때문에 현은 계면쩍어 그 가게에 가는 것은 삼가고 있는 터였으나 그것을 알아차린 듯 아사미는 아무 말도 하지 않고 핸드백을 내주면서 아파트로 돌아가라는 눈짓을 하였다. 무언 속에 간단히 화해는 이루어졌던 것이다.

방에 돌아와 무심코 핸드백 속을 들여다보니 한 장의 청결한 종이쪽지가 나왔다. 호텔의 계산서였다. 고급스러운 용지에 일금 칠 원이라는 하루 저녁의 방값이 기입되어 있었다. 현은 저도 모르게 쓴웃음을 지으면서 아사미의 화사한 기질을 가슴속에 반추해보았다.

'제기, 호텔에 묵었구나. 호사스러운 녀석이야.'

밤. 아사미가 돌아올 때까지 일어나 있었더니 그녀는 문에 들어서자마자 안겨들어 미친 듯한 정열을 쏟는 것이었다.

"화났어요? 화내지 말아요. 나 어제 하루 동안 기분을 가라앉힐 수가 없어서 그렇게 할 수밖에 없었어요."

"나 취했었어. 친구들과 홧김에 술을 퍼마셨거든."

"새삼스럽게 결혼식 같은 거 아무래도 좋아요. 당신 부모들이 틀렸다고도 생각하지 않아요. 이제부터 마늘을 먹어도 괜찮아요. 어쩔 수 없는 일인걸요. 나도 애써 그것에 익숙해지도록 하겠어요."

차분한 어조를 드문 것이라 생각하면서 현은 그녀의 부드러운 눈길을 말없이 바라보았다.

"다만 난 슬퍼요. 주위 사람들이 모두가 우리를 둘러싸고 못살게 구는 것 같아서 그런 것이 외롭고 쓸쓸한 거예요. 각오는 하고 있었지만 세상이란 심술궂고 냉담한 것이군요. 이대로 가다가는 싸워 나갈 수 있을는지 모조리 자신을 잃어버렸어요."

"단단히 마음먹지 않으면 안 돼. 그런 것이거니 하면 되는 거야. 세상은 우리들을 위해 호락호락하게 돼 있지 않으니까."

"당신이 좋아. 누구보다도 좋아. 그래서 화를 내고도 싶어지고 슬퍼지기도 하는 거예요. 어쩐지 슬픈 결말이 될 것 같아서 그것이 견딜 수 없어요."

난폭한 격정의 분출이었다. 현 쪽이 절절맬 정도로 폭풍과도 같이 격렬해서 그런 때만은 슬픔도 거리낌도 망각 속에 묻히고 마는 것이었다.

활짝 갠 일요일이 마침 노는 날이어서 현은 아침부터 아사미를 데리고 산책에 나섰다. 마음 편히 둘이서 걷는 것도 오랜만이었다. 가을 햇살이 빛나고 하늘은 바다와 한 빛, 아사미의 짙은 물빛 차림에도 하늘빛이 옮아 비친 듯한 느낌이었다. 아사미는 한복으로 차려본 것이었다.

현의 요청으로라기보다도 자기가 좋아해서 무엇보다도 한복을 사랑했다. 가게나 아파트에서는 일본 옷이나 양복으로 때우지만 현과 둘이서 나들이할 때에는 그 향토의 의상을 입는 경우가 많아 저고리 아래 치맛주름이 잘게 접혀지고 그 치마폭 아래로 뻗은 다리 모양은 양복을 입었을 때보다도 더 화사했다.

"세 종류의 복장 중에서 난 역시 이것이 제일 좋아요. 몸매의 이쁜 점이 구석구석 다 잘 나타나거든요."

아사미는 몸매에 자신이 있었던 만큼 그날의 차림새가 자랑스럽기 그지없었다. 그 즐거운 듯한 목소리를 들으면서 어깨를 나란히 하고 걷고 있으면 현은 문득 묘한 착각이 생겨 아사미가 일본 옷을 입었을 때와는 딴사람이 된 듯한—가까이들 오고 가는 똑같은 의상을 입은 여자들과 같은 혈연의 한 사람인 것처럼 생각되었다.

지금 자기와 걷고 있는 사람은 언제나 아사미가 아니라 새로 바꿔 태어난 다른 사람이라는 느낌이 들어서 갑자기 뚫어지게 돌아보면 한 점의 어색함도 없이 번듯하게 잘 익숙해진 그녀의 모습이 거기 있었다.

조용한 거리를 빠져나가 두 사람은 차차 사람들이 몰려들기 시작한 덕수궁의 뜰 안에 발을 들여놓았다. 하얀 길 양쪽에 물들기 시작한 나무들의 잎이 상쾌하고 넓은 잔디밭에서는 남은 푸른빛이 선명하게 젖어 있었다. 연못의 분수는 차디차게 햇빛에 빛나고 배경인 백아의 박물관도 그것 때문에 차디차게 조용히 숨죽이고 있었다. 아사미의 화사한 모습은 그 뜰 가운데에서 더욱 돋보여 현은 자랑스럽게까지 느끼면서 한 점 모자람이 없는 사랑의 만족감에 젖어 있었다.

"이렇게 옛날 그대로의 고풍스러운 건물 사이에 서 있으면 나도 이 의상대로 이 땅에 태어나 여기서 자라난 것 같은 느낌이 들어요. 이 행복감 속에서 이대로 슬쩍 꺼져버리고 싶을 만큼."

"그런 기분을 짓밟고 박해는 언제나 외부로부터 닥쳐오거든."

"언젠가 한번 비원에 데려다줘요. 옛날 궁인들이 소요했던 그 우아한 자연 속을 조용히 걸어보고 싶어요."

"좋지. 어디서든 당신은 틀림없이 아름다울 거야. 옛날 왕비처럼 기품 있어 보일걸."

박물관 안을 죽 훑어보고 뒤안의 정원에 들어가니 아이들 놀이터에는 어머니들의 손에 이끌려 온 어린애들이 우글우글 모여 있고 누렇게 물들기 시작한 등나무 시렁 아래에도 사람 그림자가 하나둘 언뜻언뜻 움직이고 있었다. 새들을 키우고 있는 철상 앞의 사람떼 가운데 섞여 구관조의 동그란 발음에 귀를 기울이고 있을 때였다.

"누군가 했더니 미호코 상 아냐."

높직한 목소리에 깜짝 놀라 돌아보니 양복 차림의 중년 사내가 벙글벙글 웃음을 머금고 서 있었다.

"너무나 뒷모습이 근사해서 뒤를 밟아 왔는데 당신인 줄 알고 깜짝 놀랬어. 참 잘 어울리는 한복이군. 걸작이야."

미호코는 가게에서 통하는 아사미의 이름이었기에 사내는 어쨌건 가게에 오는 손님의 하나임에 틀림없었다. 그 방자한 어딘지 천박한 목소리가 사람들의 주의를 끌게 되어 중인의 환시 속에서 아사미는 어쩔 줄 몰랐다.

"그렇게 무례하게 고함지르지 말아요. 볼썽사납지 않아요."

"아냐, 너무 보기 좋아서 감탄 삼탄인데. 왜 가게에서 입지 않지? 인기가 대단할 텐데. 틀림없어. 당장 내일 밤부터라도 시험해봐."

아사미는 어이가 없어서 한마디 대꾸도 하지 못하고 그곳을 떠나자 아직도 못다 한 말이 있는 듯 사내는 뒤쫓아 왔다.

"미호코 상, 실례가 될 질문인지 모르지만 당신 혹시 여기 태생이 아닌가? 그렇지 않고서는 그렇게 잘 어울릴 리가 없잖아."

"별꼴 다 보네. 언제까지 이렇게."

아사미가 눈에 칼날을 세워 성을 냈을 때 현도 참다못해,

"야, 그만둘 수 없어. 왜 그렇게 칙칙한가."

라고 소리치고 말았다.

"너는 누구냐?"

사내도 얼굴빛이 변했지만,

"아사미는 내 아내다."

라는 말을 듣자 웃음을 띠면서,

"그래, 미안. 그런 줄은 모르고."

사과한 것은 좋았는데 아사미 쪽으로 돌아서서,

"미호코 상두 사람이 나빠요. 이렇게 어엿한 주인이 있으면서 가게에서는 낌새도 안 보이고 모두에게 몸 달게 해."

현은 확 치밀어 올라 손을 불끈 쥐고 앞으로 덤비는 자세를 취했으나,

"괜찮아요. 내버려둬요."

아사미가 말리는 바람에 미워 죽겠다는 눈초리로 상대를 노려보는 것으로 그치고 아사미와 더불어 재빨리 그 자리에서 멀리 물러났다.

"또 마시러 갈 거야. 다시 한 번 그 한복 모습을 보게 해줘."

뒤에 남은 사내도 지지 않고 묘하게 심통스럽게 말을 남기고는 반대 방향으로 걸어가 버리고 말았다.

모처럼 가진 한가로운 기분도 망가지고 말아 불유쾌한 느낌을

어찌할 바 몰라 서둘러 아파트에 돌아오자 아사미는 울고만 싶어 방바닥에 엎드리고 말았다. 다음 날도 일어나는 것이 겨워서 그대로 이삼 일 누워 있는 동안에 진짜로 병이 나고 말았다.

"가게 같은 거 그만둬도 돼. 퇴직 수당도 조금은 남아 있고 그러는 동안에 나도 어디 자리가 날 듯도 하니."

"그런 푼돈 금방 바닥나고 말아요. 가난처럼 무서운 것이 없는걸요."

"언제까지나 고생시켜서 미안해. 정말 어떻게 될 듯하니 그만두고 쉬는 게 좋아."

아사미의 몸을 아껴주는 것으로 현의 감정은 가득 차 있었다. 단단히 해 나가지 않으면 안 된다고 자기의 우유부단함을 실컷 나무라기도 했다.

아주 가벼운 감기 기운이었기에 한 주일쯤 지나자 아사미는 언제 그랬느냐는 듯이 말끔히 일어났으나 방 안에 하루 종일 들어박혀 있는 것도 지루하다고 또 가게로 나가기 시작하는 것이었다. 타성이라고나 할까, 현이 굳이 말리는 것도 듣지 않고 시각이 되면 아무렇지 않게 나갈 차비를 했다.

"진이 다할 때까지는 일하겠어요. 세상 놈들과 싸워 나가야죠."

"싸우는 건 좋지만 언제나 당하는 건 이쪽이 아냐. 불유쾌한 꼴을 당하고 또 기진맥진해도 난 몰라."

"그때는 그때대로 될 대로 되라죠."

라고 말은 했지만 며칠이고 나가지 않다가 어느 날 밤 가게로부터 돌아오는 길에 돌연 취한에게 쫓겨 기다시피 방에 당도했을 때는 별수 없이 전신이 사시나무 떨듯 떨리고 금방 울음을 터뜨릴 듯 당황했으며, 현은 현대로 내가 뭐랴 하고 나무라면서도 측은하게 여겼다.

"언젠가 그놈이에요. 덕수궁 뒷동산에서 치근치근 굴던 그 녀석."

"아직 거기 우물거리고 있나. 다리를 분질러버리고 말 테다."

현은 서둘러 밖에 나가보았지만 취한의 모습은 벌써 어디에도 없었다. 여기저기 훑어보고 거리를 잠시 배회해보아도 조용히 잠든 거리의 어디에도 그럼직한 그림자는 움직이고 있지 않았다. 방에서는 아사미가 아직도 두근대는 가슴이 가라앉지 않은 듯 옷도 갈아입지 않고 책상 앞에 기대어 있었다.

"그놈이 오늘밤 일찍부터 가게에서 마시고 있었어요. 이것저것 트집을 잡기에 매섭게 몰아붙이니까 언제까지나 주정을 부려서 혼났어요."

"어쩌자는 건가. 더러운 자식."

"나보고 지금 행복하냐는 둥, 일본에 돌아가고 싶지 않느냐는 둥, 그 밖에 당신한테는 말할 수 없는 당치 않은 말을 지껄는 거예요. 통 대거리 않고 경멸해주었더니 앙갚음으로 거리 모퉁이에서 숨어 기다렸던 모양이에요. 어디서부턴지 끈질기게 뒤를 밟고 와서 자칫 잘못했으면 붙잡힐 뻔했어요."

"당신에게 인생의 선택을 잘못했다고 충고할 심산인 게지. 우리를 불행하게 하는 건 그런 도배야."

"원통하기 짝이 없어요. 그놈의……."

"한 사람에게 복수한들 뭐가 돼. 그런 놈들은 얼마든지 뒤에서 준비되어 있는 것이니까……. 어때, 이젠 질렸지. 다시는 일하러 간다는 말 안 하겠지."

한탄해본들 도리가 없어서 현이 도리어 대범하게 웃기 시작하자 아사미는 웃을 일이 아니에요,라고 말할 듯이 날카롭게 흘기고는 그대로 구르듯 다다미 위에 무너지고 말았다.

이번만은 아사미에게도 결심이 서서 그 일이 있고 나서는 가게를 그만두고 말았다. 매일같이 이십사 시간을 현과 얼굴을 마주 대게 되어 이것저것 말다툼이나 자잘한 시비가 끊이지 않았지만 번둥번둥 뒹굴고 있든가, 아무 근심 없이 거리를 거닐기도 하면서 집을 마련하고 살던 때의 거리낌 없는 생활로 돌아가 기분이 느슨했다. 초조한 것은 현 쪽이어서 예금통장의 내용이 하루하루 야위어가는 것을 보면 불안하기만 하여 직장을 찾아 열심히 거리를 쏘다녔다. 현이 없는 낮 시간을 아사미는 미도리 상과 같이 산책을 하거나 얘기를 나누거나 하여 그 손아래 친구의 젊디젊은 희망 속에서 마음까지도 부풀 듯한 따뜻한 것을 느끼기도 하였다.

어느 날 힐끗 방 안을 들여다보니 마침 언제나 오는 남자가 있어서 소곤소곤 속삭이고 있는 것 같아서 급히 돌아서려는 것을 미도리 상한테 굳이 끌려 들어가 처음으로 그 연인이라는 사람을 소개받았다.

"우리도 오랫동안의 소원이 이루어져 떳떳한 결혼을 하게 됐습니다."

문학을 하고 있다는 얼굴이 희고 키가 가냘프게 큰 그 사나이는 도수가 높은 근시 안경 속에서 가는 눈을 깜박이며 웃음을 띠었다.

"축하합니다. 기쁘시겠습니다."

"이 양반 그야말로 일편단심이었어요."

미도리 상도 도리 없이 웃음을 누를 길 없어 아사미의 눈앞이라는 것도 가리지 않고 사랑스러운 듯 연인을 정답게 쳐다보고 있었다.

"부모 앞에서 비수를 뽑아 들고 허락해주지 않으면 죽는다고 위협했대요. 눈에는 눈물을 가득 띠고요. 외아들이 소중함에 그렇게도 완고했던 부모도 항복하고 두말 않고 승낙했어요. 어때요, 가냘파 보여도 꽤 대단하죠?"

익살스러운 말에 아사미가 웃음을 터뜨릴 뻔할 만큼 순진한 미도리 상의 기쁨은 대단했다. 그 외곬의 진실성에는 웃을 수가 없었다. 그대로 가슴에 와 닿는 것이 있었다.

"목숨을 건 연기를 했습니다. 부모란 뜻밖에 무른 것이어서 도리어 나한테 절이라도 할 뻔한 정도였습니다. 첫째 소망이 이루어지고 보니 이제부터는 문학 공부에도 전력을 다할 수 있을 것 같습니다."

"교외에 작은 집을 진다고 그래요. 그사이에 나도 발을 빼고 내달쯤 식을 올릴 거예요."

"참 좋은 일이에요. 착실하게 잘해요."

두 사람의 순진한 정열이 부럽기도 하고 눈물겹기도 하여 아사미는 그 이상 무엇이든 듣는 것이 고통스러웠다. 방에 돌아와 아직 현이 돌아오지 않은 혼자만의 자리에서 여러 가지 고민을 하고 있자니 벌써 깨끗이 씻어버렸다고만 생각됐던 슬픔이 또다시 가슴에 치밀어왔다.

쓸데없는 미련 같은 건 말끔히 잊어버리고 싶다고 소망하지만 한번 이루지 못한 소원에 대한 집착은 언제까지나 꼬리를 물고 마음 밑바닥에 떠올랐다 가라앉았다 하며 사라지지 않았다. 그들의 젊디젊은 꿈 앞에서는 자기네들의 현실은 아무래도 빛이 바래고 누더기가 된 것 같아 마음이 쓰라렸으며 어쩐지 인생도 이미 대충 반은 지난 듯한 느낌이 들어 이제부터 도대체 어떻게 될 것인가 하고 앞날이 걱정이 되어 견딜 수 없었다. 그렇다고 해서 요즘 현의 노고를 생각하면 지쳐 돌아오는 그를 붙들고 그러한 자기 마음속을 털어놓을 수도 없고 다만 그의 애정을 믿고 그것에 매달려 자기 힘으로 어쩔 수 없는 모든 것으로부터 해탈하려고 노력하는 일뿐이었다. 참으로 외곬으로 쏟는 현의 애정을 생각할 때만이 그녀의 마음은 기쁨에 빛났으며 그럼으로써만 사는 보람을 느끼고 있는 것이었다.

그러므로 일단 그것을 의심하기 시작한 때의 아사미의 고통은 그야말로 자살적인 것이어서 무엇에 호되게 얻어맞은 것처럼 신음하고 몸부림치며 모든 것이 끝장이 난 것 모양으로 미쳐버릴 것같이 앞뒤를 가리지 못하였다.

현이 외출한 사이에 배달된 한 통의 편지를 별 뜻 없이 개봉한 데서 온 것이었다. 누이동생이 현에게 보낸 것으로 부모들의 여전한 노여움을 알리고 전부터 진행되어오던 혼담을 부모들 사이에서 이미 정혼해놓았으니 하루속히 지금의 생활을 청산하고 집에 돌아와 달라는 뜻을 자세히 적고 있었다. 지금까지 아무것도 아는 게 없었던 그 당돌한 내용에 아사미는 놀라 부들부들 떨며 편지 속에 나타난 한 여성의 이름에 참을 수 없는 노여운 불길이 당장에 타올랐다.

현이 돌아왔을 때 아사미는 확 치밀어 올라 잔뜩 쥐고 있던 편지를 내던졌다.

"배신자."

현은 구겨질 대로 구겨진 알맹이를 읽고 겨우 영문을 알자, 아니 이런 거야,라고 가볍게 웃음으로 얼버무렸지만 아사미는 더욱더 격해져서 부들부들 떨기에 이르렀다.

"비겁한 자. 남몰래 이런 일을 꾸미고 있었지. 사람을 짓이겨 놓고 제멋대로 결혼하려고…… 악당 아니 악마야."

"터무니없는 오해다. 다들 무슨 짓을 하든 내가 알 바가 아냐. 그 혼담 같은 건 내겐 정말 아닌 밤중에 홍두깨야."

"거짓말, 거짓말쟁이. 여희가 누구예요? 모른다고는 말 못할걸. 비밀을 지니면서 아무렇지도 않은 얼굴을 하다니. 아휴, 능글맞어."

"냉정하게 하고 나를 믿어줘. 내 뜻에 어긋나게 무슨 짓을 한들 결국 쓸데없는 짓이니까."

"그래도 이러니저러니 말도 안 되는 변명을 늘어놓는군요. 아이구, 분해."

책상 위의 꽃병을 들어서 던진 것이 경대에 맞아 거울에 커다란 금이 가고 파편이 흩어졌다. 깨진 단지에서는 꽃이 튀어나오고 물이 흘러나와 다다미랑 책들을 적셨다. 깨진 거울에 비춰진 아사미의 얼굴은 분노와 절망으로 몹시 일그러져 보였다.

"좋아요. 당신 소원대로 해줄 테니 헤어지는 건 아무것도 아녜요. 나도 전부터 그렇게 하는 편이 좋다고 생각하고 있었어요."

"흥분하지 말아줘. 볼썽사납잖아."

"아뇨. 난 조용히 말하고 있는 거예요. 아무래도 잘 안 돼요. 첫째 주위가 나쁘고 악의와 모멸로 가득 차 있고, 거기에다 당신까지도 그럴 줄은 꿈에도 생각 못했어요. 감쪽같이 속았어. 아아, 이걸 어째."

"당신이야말로 묘한 말거리를 만드는 것 같은데 정말 이상하잖아. 어떻게든 말해봐. 슬픈 건 이쪽이야."

항변할 방법이 없다고 알자, 현은 도리어 쌀쌀하게 안정되었다. 시간의 힘을 빌려 설명할 수밖에는 없다. 그러는 동안 이해해줄 것이라고 생각하고 무슨 말을 퍼부어도 묵묵부답하기로 했다. 완강하게 침묵으로 대해오니 아사미는 점점 속이 타서 어찌할 바를 몰라 거칠게 이불을 뒤집어쓰자 어깨 언저리가 가늘게 떨리기 시작했다.

한 방 안에서 며칠이고 서로 아무 말도 걸지 않고 있는 것은 견딜 수 없는 일이기는 했지만 두 사람 다 제각기 제 고집을 부리지 않을 수 없는 처지가 되고 말았다. 둘 다 무표정한 표정으로 식당에 갈 때도 책을 읽을 때도 잠자리에 들 때도 따로따로였다. 현이 아침 식사를 마치고 무뚝뚝한 채 일찍 집을 나가면 아사미도 질세라 나갈 차림을 하고 정처 없이 거리로 나간다. 사흘이고 나흘이고 두 사람은 끈기 있게 그렇게 계속했다.

하루는 현이 드디어 어느 출판 회사 편집부에 일자리가 정해져 그 기쁨을 전하기 위해서는 아사미와 입을 열어도 좋다고 한 걸음에 뛰어와 보니 그녀는 집을 비우고 없었다. 어떻게든 그날 안으로 집에 알리고 싶은 충동을 누를 길 없어 거리의 그럴듯한 곳을 여기저기 다니다가 단골 다방에 들렀을 때 거기에 아사미는 앉아 있었다. 뜻밖에도 그녀 옆에 친구인 아오키의 모습이 눈에 띄자 현은 훅하고 얼굴이 달아오르는 것 같았다. 계면쩍고 부끄럽고 느닷없이 따귀를 얻어맞았다는 느낌이었다. 하는 수 없이 뚜벅뚜벅 걸어가 두 사람 앞자리에 앉아 두세 마디 말을 걸었지만 아사미는 입을 꽉 다물고 대답하지 않고 아오키는 아오키대로 역시 말수 적게 그저 빙글빙글할 뿐이었다. 잠시 후 아사미는 발딱 일어나 아오키를 재촉하여 뒤도 돌아보지 않고 다방을 나가버렸다. 현은 욱하고 일어나 당장 쫓아가 두 사람을 그 자리에 후려갈겨 쓰러뜨리고 싶었으나 꾹 참고 쓰디쓴 담배에 불을 붙이고 손목시계의 초침의 움직임을 내려다보고 있었다.

아사미의 기질을 누구보다도 잘 알고 있는 만큼 보아라 하는 허세이고 본때 보이기 위한 것이라고는 알고 있었지만 아파트로 돌아와서도 현은 좀처럼 분노가 가라앉지 않고 오만 가지 생각이 가슴에 오고 가서 신경을 싹둑싹둑 난도질당하는 고통이었다. 아사미가 돌아올 때까지의 수시간이 지옥의 업고와도 같았다. 아무렇지 않은 그녀의 얼굴을 대했을 때 현은 완전히 자제력을 잃고 있었다.

"나를 모욕했지 너. 그것으로 네 기분은 풀렸다는 거냐. 매춘부하고 뭐가 다를 게 있니."

느닷없이 뺨을 얻어맞고 나서 아사미는 주춤주춤 비틀거리며 한때는 말도 할 수 없었다.

얼굴을 쳐들었을 때 눈썹에는 큰 눈물방울이 매달려 있었다.

"대단한 참견이군요. 무슨 짓을 하든 내 자유예요. 정말 이젠 헤어져요. 남의 몸에 함부로 손대지 말아줘요."

"헤어진다, 헤어진다, 하는 게 네 유일한 말대꾼가. 그런 말투로 위협한다고 까딱이나 할 줄 알아."

"위협 같은 건 하지 않아요. 정말 이제 헤어질 때가 왔어요. 언젠가는 오리라고 생각하고 있었는데 드디어 오늘 왔어요. 모욕을 당하고 있는 건 도리어 내 쪽이에요. 큰소리만 치지 말고 아래층에 내려가 봐요. 무엇이 기다리고 있는지 잘 알 테니까요."

서두르지 않고 조급해하지 않고 한마디 한마디 조용히 말하고 난 아사미는 아아 하고 무너지듯 쓰러져 울며 흐느끼기 시작했다.

"어떤 의미인지 좀 더 납득할 수 있게 말해봐."

"……오늘이 최후예요. 이젠 아무것도 묻지 말아요."

도대체 무슨 일인가 하고 현이 거칠게 문을 열고 복도에 나선 바로 그때였다. 그가 내려가는 앞에서 계단을 올라오는 발소리가 나더니 두 여자가 나타났다. 누이동생인 것을 알자 현은 우선 뜨끔하면서 쓰디쓴 예감이 등줄기를 휙 쓸고 지나갔다.

"요전 편지 읽었죠? 너무 집에 들르지 않으니까 그것을 쓰라고 하셨어요. 모두들 얼마나 걱정하는지 오늘은 여희 씨를 모시고 왔어요. 어떨까 하고 생각했지만 괜찮죠. 소개하게 해주세요."

라고 누이는 좀 떨어져서 부끄러운 듯 비켜서 있는 같이 온 사람을 눈으로 가리키면서 현한테 웃음을 보냈지만 현은 그쪽에는 눈도 돌리지 않고 소리쳤다.

"이 바보야, 왜 쓸데없는 짓을 하니. 남의 생활을 엉망으로 만들 작정이냐. 건방진 녀석 같으니."

"아니 오빠, 너무해요. 여희 씨 눈앞에서 무슨 실례의 말씨예요. 오빠야말로 제멋대로 아녜요. 이런 형편없는 생활에 언제까지나 집착하다니 부모님이나 우리들 일도 조금은 생각해줘요."

"말이라고 다 하면 되는 줄 아니? 너희들은 모두 한패가 되어 멋대로 트집을 잡는 거야. 내게 상관 말고 무슨 짓이든 하란 말야."

"아이구 지독해라. 머리가 어떻게 된 게 아니에요."

"시끄럿. 가! 가란 말야."

걷잡을 수 없을 정도로 심하게 퍼붓고는 두 사람을 세워둔 채 방으로 돌아왔다.

"기가 막힌 것들 같으니. 뻔뻔하기 짝이 없단 말야."

혼잣말로 중얼거리며 아사미의 심정을 헤아려 밉살스럽게 혀를 찼다.

"용서해줘, 아사미. 내가 잘못했어. 손찌검까지 하고. 당신 심정 잘 알아. 나를 믿어주기만 하면 돼. 누가 무슨 짓을 하든 상관없어."

물론 아사미는 입을 다물고 한마디도 대답하지 않았다. 대답을 하려 해도 울음에 목이 메고 어깨가 떨려서 어쩔 수도 없는지 몰랐다. 그런 것을 현은 이제 납득이 간 줄로만 알고 폭풍은 자취없이 지나간 것이라고 착각했던 것이다.

그날 밤 완전히 방심하고 방을 비운 것이 잘못이었던 모양 늦어서 얼근한 취기로 돌아와 보니 문의 열쇠구멍에 열쇠가 꽂혀 있는 채 방에는 아사미의 모습이 보이지 않았다. 아사미가 없을 뿐만 아니라 여행용 트렁크도 옷장 속의 옷들도 화장 도구류도 깡그리 없어서 방 안은 어딘지 썰렁하게 텅 빈 느낌이었다. 적어놓은

종이쪽지 한 장 없는 안타까움에 옆방의 미도리 상을 찾으니,

"어딘지 잠깐 여행을 떠난다고 오직 그 말만 하고 있던데요."
라고 간단히 아무렇지 않게 대답했다. 현이 난처해하는 것을 보고, 그럼 서로 합의한 것이 아니었느냐고 미도리 상은 도리어 의아스러운 얼굴을 했을 정도였다.

'헤어진다는 것은 바로 이것이었나. 이것이 헤어지는 수단이었단 말인가.'

아무리 생각해보아도 현에게는 아사미의 심정이 확연하게 잡히지 않았다. 그러한 기상인 여자이기에 반드시 한 번은 파탄이 올 것이라고 일찍부터 생각하고는 있었지만 그것이 이토록 어이없게 올 줄은 예측 못했다. 현은 자주 거리를 걸으면서 문득 혹시 아사미가 못 견뎌 하고 있지나 않을까 하고 서둘러 돌아올 때의 일 같은 것을 회상했다.

언젠가 호텔에서 묵었던 것처럼 뜻밖에 어딘가 시중에 좀 숨어 있다가 아장아장 돌아올지도 모를 거라고 눈이 빠지게 기다렸으나 사흘이 되고 닷새가 지나도 끝내 종무소식이었다. 한 주일째를 맞이했을 때 현은 차차 당황하게 되고 제정신이 아닐 만큼 괴로워했지만 달리 어찌할 바를 몰랐다.

두 주일이 훨씬 지난 무렵 겨우 한 장의 엽서가 날아들어 아사미는 고향인 구마모토에 돌아가 있다는 뜻을 알려왔다. 작고 간단한 문면에는 감정도 표정도 없어 과연 그녀의 행동과 어울린다고 생각되었지만 어머니 밑에 돌아오자마자 병이 나 일주일이나 입원하고 있다는 소식에 현은 놀랍고 마음이 아팠다.

그렇지만 대단하지는 않으니 여기까지 쫓아온다든가 하는 짓은 그만둬요. 곧 일어나게 될 것이고 거기다 꼴불견이니 당신을 언젠들 잊겠어요. 다만 난 몹시 지쳐 있어요. 피로가 풀릴 때까지 당신을 안 만날 작정…….

어디까지나 기질이 강한 그녀였다. 현은 천만다행이라고 가슴을 쓸어내리면서 미소를 금할 수 없었다. 서양 엉겅퀴처럼 작게 새빨갛게 타올라 귀엽게 노기를 품은 듯한 그녀의 얼굴이 눈앞에 떠올랐다.

'남을 간 떨어지게 해놓고 정말 어쩔 수 없는 녀석이야.'

환상을 향하여 씨부리면서 여러 가지 그녀와의 추억에 젖어들기 시작했다.

언젠가는 꼭 돌아올 것이라고 그날의 일을 생각하면서 현은 일터에도 열심히 나가 일했지만 며칠 후 단골 다방에서 아오키를 만났을 때 아오키는 여전히 빙글거리면서 그날의 일을 털어놓았다.

"말할 나위도 없이 오해 같은 건 안 하겠지만 그날 하루 동무 해달라고 아사미 상이 굳게 약속 지켜달라고 해서. 자네한테는 미안했지만 이상한 기분이었네."

"굉장한 역할이었잖아. 이젠 그런 일도 없겠지만 말야."

이제 와서는 현도 대범하게 웃으면서 응답할 만큼 느긋한 기분이었다.

"아사미 상 여간 단단한 게 아냐. 사내 이상 기질이 강한 거야. 그만큼 믿음직할밖에."

"너무 강해서 곤란할 지경이지 정말 거리끼는 게 많아."

"아사미 상을 차지했을 때 자네는 제일가는 행복한 친구였으니까 그만한 고생은 견딜 작정이었겠지."

"뭐라 해도 보상이 너무 무거워. 사랑은 굉장한 말괄량인가 봐."

현은 응답하면서 정말로 이제부터 아사미와의 운명은 어떻게 될 것인가. 아직도 몇 차례 파탄을 이겨 넘어야만 할 것인가 하고 아득한 미래를 헤아려 생각하면서 다시 한 번 그녀의 얼굴을 떠올려 생각해보았다.

— 〈국민문학〉, 1941. 11.

일요일

잡지사에서 부탁 온 지 두 달이 되는 소설 원고를 마지막 기일이 한 주일이나 넘은 그날에야 겨우 끝마쳐가지고 준보는 집을 나왔다. 칠십 매를 쓰기에 근 열흘이 걸렸다. 그의 집필의 속력으로는 빠른 편도 늦은 편도 아니었으나 전날 밤은 자정이 넘도록 책상 앞에 앉았었고, 그날은 새벽부터 오정 때까지 꼬박 원고지와 마주 대하고 앉아서야 이루어진 성과였다. 그런 노력의 뒷마춤이라 두툼한 원고를 들고 오후는 되어서 집을 나설 때 미상불 만족과 기쁨이 가슴에 넘쳤다. 손수 그것을 가지고 우편국으로 향하게 된 것도 시각을 다투는 편집자의 초려를 생각하는 한편 그런 만족감에서 온 것이었다. 더욱이 그날은 일요일이다. 일요일의 한가한 오후를 거리에서 지내고 싶은 생각도 없지 않던 것이다.

십일월이 마지막 가는 날이언만 날씨는 푸근해서 외투가 휘답답할 지경이다. 땅은 질고 전차는 만원이다. 시민들은 언제나 일요일의 가치를 잊지들은 않는다. 평일을 바쁘게 지냈든 놀면서 지냈든 일요일에는 일요일대로의 휴양의 습관을 가짐이 시민 생활의 특권이라는 듯도 하다. 치장들도 하고 어딘지 없이 즐거운 표정들로 각각 마음먹은 방향으로 향한다. 전차 속의 공기가 불결하고 포도 위의 군중이 답답하다고 해도 그것은 아무의 허물도 아닌 것이다. 준보는 관대한 심정으로 차 속 한구석에서 원고를 펴 들고 있었다. 붓을 떼자마자 가지고 나온 까닭에 추고는커녕 다시 읽어보지도 못했던 것이다. 촉박한 시간의 탓으로, 까다로운 그의 성미로서도 어쩌는 수 없는 노릇이었다. 체면 불고하고 한 손에 붓을 쥔 채 더듬어 내려썼다.

　연애의 일건을 적은 소설이었다. 두 사람의 연애에 대해 세상이 얼마나 무지하고 부질없는 번설을 일삼았던가, 그런 상식과 악의에 대한 항의, 사랑의 자유의지의 옹호―그것이 이야기의 테마였다. 어지러운 소문과 비방에도 불구하고 두 사람의 뜻은 더욱 굳어가서 드디어 결혼을 결의하게 되었다는 것, 여주인공이 잠시 여행을 떠나게 되었을 때 마치 육체의 일부분을 베어나 내는 듯 남주인공의 마음은 피가 돋아날 지경으로 아팠다는 것을 장식 없이 순박하게 기록한 한 편이었다. 세상에 사랑을 표현하는 말은 천 마디 만 마디 되고 준보는 기왕에 사랑의 소설을 많이도 써왔지만 그 한 편같이 진실한 것은 드물었다고 스스로 생각했다. 그런 문학적인 자신이 그날의 만족을 한 겹 더해준 것도 사실이었다.

국에서 서류 우편으로 원고를 부치고 나니 무거운 짐이나 내려놓은 듯 마음은 상쾌하다. 다음 일이 생길 때까지 당분간 편하게 쉬고 조바심을 안 해도 좋다는 기대가 한꺼번에 마음을 풀어 준 것이다. 가벼운 마음에 거리는 어느 때보다도 즐거운 것으로 보인다. 땅 위에 벌어진 잔치다. 그 어디서인지 횃불이 타오르고 웃음소리가 터져 오르는 것이 들리는 듯도 하다.

혼잡한 네거리의 표정은 화려하고 야단스럽다. 잔치에 초대를 받은 사람들은 감정을 치장하고 그 분위기에 맞추어 걸음도 가볍다. 오늘 이 지구의 제전에 먼 하늘에서는 축하의 사절을 보내렴인지 구름 사이로 푸르게 갠 얼굴을 빼꼼히 기웃거리고 있다. 준보도 초대객의 한 사람인 양 밝은 표정으로 사람들 속에 휩쓸린다. 사랑의 소설을 쓰고 사람들의 감정을 헤아릴 수 있는 그야말로 누구보다도 가장 즐거운 한 사람일지 모른다. 사람들의 그 기쁨의 비밀의 열쇠나 잡은 듯이 자랑스러운 표정이었다.

꽃 가게에는 온실에서 베어 온 시절의 꽃들—카네이션, 튤립, 난초, 금잔화의 묶음과 동백꽃의 아람[1]이 봄같이 피어 있다. 꽃묶음은 그대로 일요일의 상징이다. 꽃 가게는 잔칫날 만국기를 단 장식장이다.

영화관은 사람들의 인기를 끌어 잔치 마당의 특별관이라고 할까. 그 훈훈하고 어두운 굴속은 꿈을 배는 보금자리이다. 현실과 꿈의 야릇한 국경선을 헤매이면서 사람들은 벌겋게 상기되어 문을 밀치고 드나든다.

---

1 두 딸을 둥글게 모아 만든 둘레인 '아름'의 사투리.

이날 유난히도 복작거리는 백화점은 여홍의 추첨장이라고 함이 옳을 듯싶다. 여자들의 인기를 독점한 듯 치장한 그들의 뿜는 향기가 가게 안에 욱욱히[2] 넘친다. 준보에게는 그들이 모두 아름답고 신선해 보인다. 세상 인류의 반을 차지하고 있는 이 반쪽들은 남은 반쪽들의 한평생의 가장 큰 희망의 대상으로 조물주가 작정해놓은 모양이다. 희망과 포부와 야심과 광명의 근원을 이 반쪽에게서 찾도록 마련해놓은 듯하다. 각각 한 사람씩을 잡아서 그 작정된 반쪽들을 서로 찾아내면 그만인 것이나 그릇된 숙명의 희롱으로 말미암아 간간이 비극이 꾸며지곤 한다. 준보가 아내를 잃은 지 이미 일 년이 된다. 어쩌다 이 비극의 제비를 뽑게 된 그에게는 일시 세상에서 태양이 없어버린 듯 온실의 보일러가 꺼져버린 듯 커다란 고독과 적막이 엄습해왔었다. 그러나 사람은 비극으로 말미암아 자멸되지 않으려면 그것을 정복하는 수밖에는 없다. 각각 반쪽을 찾아내는 순라잡기[3]에서 상대자를 잘못 잡아서 생긴 비극이라면 필연코 예정된 배필은 또 달리 있을 것이 아닐까. 그 예정된 판도라를 마음속에 그리면서 두 눈을 싸맨 채 한정 없는 인생의 순라잡기를 계속하는 수밖에는 없었다. 아내를 동반했을 때에는 거리의 여자들이 거의 무의미한 것으로 대수롭지 않게 보이던 준보였건만 이제 외로운 눈에 그들은 새로운 뜻을 가지고 등장하는 것이었다. 인간 생활의 마지막의 성스러운 표식을 한 몸에 감춘 듯 보이는 화려한 그들 앞에서 자랑스럽고 교만하던 준보도 초라하고 시산한 심정을 어쩌는 수 없

2 매우 향기롭게.
3 술래잡기.

었다. 다구지게 마음을 벋디뎌보아야 흡사 꽃밭에 선 거지와도 같아서 한 몸의 외로움이 돌려다 보일 뿐이다. 백화점은 꽃밭이었다. 준보는 욱욱한 파도 속에서 몸을 헤어내면서 전신의 감각과 감정을 한때 찬란하게 장식해보는 것이었다.

이 카니발의 자극에서 벗어나서 준보는 찻집에서 피난처를 발견한다. 조용한 가게 안은 잔칫날의 사교실이다. 웅성웅성하는 말소리와 노을 같은 담배 연기에 섞여 야트막한 실내악이 방 안의 분위기에다 독특한 한 가지의 성격을 준다. 그 성격 속에 화해 들어가는 동안에 준보는 차차 꽃다발같이 열렸던 관능의 문이 조개같이 옴츠러들어 가고 그 대신 정신의 문이 열리기 시작함을 느낀다. 음악은 정신의 문을 열어주는 신기한 요술쟁이다. 마음속에 조그만 우주의 신비를 자유자재로 계시해 보이는 기막힌 요술쟁이다. 땅 위의 생활에서 판도라의 다음가는 행복은 음악이라고 준보는 생각한다. 모차르트와 베토벤의 천재는 바로 조물주의 천재의 버금가는 것이다. 음악은 참으로 잔칫날의 반주로는 행복되고 즐거운 것이다.

잔칫상의 초대를 준보는 가장 점잖은 자리로 받아야 한다. 호텔로 전화를 걸어 식사의 준비를 분부해놓고 찻집에서 아무나 마주 앉을 동무 한 사람을 잡아내면 그만이었다.

"자네 무얼 제일 진미로 생각하나."

"무엇일꾸 제일 먹구 싶은 것 오래간만에―빠터 그래 빠터나 먹었으면 하네. 가짜 말구 진짜 말야. 모두가 가짜의 세상이니 원."

"진짜 빠터를 대는 곳은 한 군데밖에 없다네."

호텔의 식탁은 희고 정결하다. 꽃묶음이 놓이고 상 옆에 등대

하고 섰는 깨끗한 여급사—이건 또 하나의 덤이요 우수리인 꽃
이다. 알맞은 절차와 예의—이건 일요일의 또 하나의 덤이요 우
수리인 행복이다.

포도주와 빵과—이 두 가지의 만찬의 원소 위에 수프와 고기
와 과실과 차가 더함은 열두 제자의 절도 위에 현대의 행복을 더
함이다. 준보들은 확실히 옛사람들의 희생의 행복보다도 현대적
인 문화의 혜택 속에 사는 보다 행복한 후손들이다. 오늘 일요일
의 행복은 호텔의 식탁에서 그 마지막 봉오리에 다다른 셈이다.
오찬으로는 늦을 정도의 이른 만찬의 식탁에서 그 차려진 반날
의 절차를 준보는 즐겁게 생각하는 것이었다. 자주 거리에 나오
지 않는 그에게 사실 그 하루는 특별히 신선한 인상과 즐거운 감
동을 주려고 마련된 것과도 같았다.

"빵과 포도주로 예수의 살과 피를 상징할 줄만을 알았지 옛사
람들은 빠터로 지방과 비계를 상징할 줄은 몰랐나 부지, 활동의
연료요 원동력인 비계를. 난 빠터를 먹을 때같이 행복을 느끼는
때는 없네. 구라파 문명의 진짜 맛이 여기에 있단 말야."

동무도 그날의 만찬에는 저으기 만족해하는 눈치였다. 소태를
씹어 머금은 것같이 일상 쓴 표정을 하고 있는 시니컬한 그 동무
로서는 가장 솔직한 고백이었다. 세상의 어둠 속밖에는 보고 살
아오지 못한 듯한 그에게까지 일요일의 행복을 나눈 것이 준보
의 만족을 두 겹으로 더했다.

"행복이라는 건—아무렴 빠터를 먹을 때 자네 얼굴의 주름살
이 펴지는 걸 보면 사실 행복이라는 건 바로 그것인가 하네."

"사탕을 먹을 때의 어린애의 표정을 주의해 본 일이 있나. 그

것이 행복의 표정이라는 것일세."

"우유를 입안에 가뜩 머금을 때─모차르트의 소나타를 들을 때─하늘의 비늘구름을 우러러볼 때─아름다운 이의 시선을 받을 때─청받은 소설 원고를 다 썼을 때─이런 것이 행복이라면 난 어느 날보다도 오늘 그 모든 행복을 한꺼번에 맛본 듯두 하네."

"개혁가가 단두대에 오를 때─예수가 십자가에 오를 때─그런 것은 행복이 아닐까."

"맙소서. 오늘은 땅 위의 행복을 말하는 날이네. 정신주의자들의 가시덤불의 행복은 내 알 바 아니야."

"아름다운 것을 잃을 때의 불행─나두 사실 반생 동안 그 수많은 불행으로 얼굴의 표정까지 이렇게 되고 말았네만, 오늘 자네의 이런 행복의 날에도 내겐 또 한 가지 불행이 기다리구 있다네."

동무는 식탁의 행복에서 문득 그날의 현실로 돌아가면서 소태를 씹어 머금은 것 같은 일상의 쓴 표정을 회복했다.

"죽음을 당할 때같이 맘 성가신 노릇은 없는데 왜 사랑과 함께 죽음이 마련됐는지 모를 노릇이야. 난 오늘 죽음을 기다리구 있다네. 좀 있다가 내게로 올 죽음을 맞이해야 된단 말야."

"기어코 자넨 나까지 불행 속으로 끌고 들어가고야 말 작정인가. 왜 하필 오늘 이 식탁에서 그런 불길한 소리를 해야 한단 말인가. 주 죽음이라니 무슨 죽음을 맞이한단 말인가."

준보는 찻숟가락을 접시 위에 내던지면서 적지 아니한 불유쾌한 어조였다. 하루의 행복이 동무의 그 한마디로 금시 사라지는 것과도 같았다. 사랑의 소설을 끝마치고 거리의 행복에 잠겼던 그의 마음에 다시 우울의 그림자가 덮치기 시작했던 것이다. 가혹한 운명의 장난같이 그것은 모르는 결에 왔다.

"연이라면 자네두 암즉한 미인으로 이름 높은 음악가가 있잖았나. 동경서 돌연히 세상을 떠나서 그 주검이 오늘 이곳에 도착된다네. 나두 그것을 맞으러 나가야 할 사람의 하나란 말야."

연을 사모해서 동경으로 유학을 떠난 사람은 열 손가락에도 남았다. 연은 땅 위의 태양이었다. 가까이 가서는 스스로 몸을 태워버리는 것이 사람들의 작정된 운명이었다. 수많은 희생을 요구한 태양은 스스로 자멸할 때가 왔던 것이다. 아름다운 것은 꺼지는 법—꺼지는 것만을 아름다운 것으로 작정해놓은 제우스의 당초부터의 법칙이었던 것이다.

동무도 연을 사모해온 사람들 중의 하나였던가, 혹은 자진하고 혹은 실성해지고 혹은 도망가고 한 중에서 동무는 그 태양체를 멀리다 두고 오로지 한 줄기의 고요한 심회를 돋우어온 것이었을까. 그는 주검을 맞이하려 함을 고요히 말하면서 그것이 도착하기까지의 시간을 호텔에서 준보와 같이 지우고 있는 것이다. 그의 슬픔도 그와 같이 고요한 것이었던가.

"앞으로 몇 시간만 있으면 아름다운 주검을 실은 검은 수레가 바로 이 앞길을 고요히 지날 테구, 나두 그 뒤를 따르는 한 사람이 될 것일세."

"자넨 결국 자네 할 말을 다 한 셈이지. 나의 오늘 하루를 완전히 밟아버리구 부셔놓았단 말이지. 하필 자네를 고른 것이 오늘의 내 불찰이구 불행이었네. 어서 주검이든지 무엇이든지 맞으러 가게나. 자 오늘 자네와는 작별이네. 행복의 파괴자, 불길한 그림자."

준보는 동무를 버려둔 채 횡하니 호텔을 나섰다. 흡사 뒤를 쫓는 불행의 마수에서 몸을 빼치려고 하는 것과 같은 시늉이었다. 식탁 위의 진미도 꽃도 여급사도 등 뒤에 멀어졌다. 동무가 말한 몇 시간 후에 그 앞길을 지날 검은 수레가 눈앞에 보여오는 것 같아서 몸서리를 치면서 호텔 앞을 잰걸음으로 떠났다.

가버린 아내의 기억이 새삼스럽게 마음을 점령하기 시작하면서 그 하루의 거리의 현실은 벌써 먼 옛일같이 멀어져가는 것이었다. 가장 아픈 상처인 아내의 기억을 들치우는 것같이 무서운 노릇은 없어서 일상에 조심하고 주의해오던 것이 그 우연한 시간에 동무의 말로 말미암아 다시 소생될 때 마음은 도로 저리기 시작했다. 저리기 시작하는 마음에 즐겁던 하루의 인상은 종적 없이 사라져가는 것이었다. 만찬의 기쁨도 음악의 신비도 백화점의 관능도 꽃묶음의 사치도 한꺼번에 줄달음질치면서 비누 거품 같이도 허무하게 꺼져버리는 것이었다.

두 달 장간을 병석에 누웠던 아내는 마지막 시기에는 병원 침대에서 호흡조차 곤란해갔다. 산소탱크를 여러 통씩 침대 밑에 세우고 그 신선한 기체를 호흡시킨다고 했댔자 단 돌에 한 방울 물만큼의 효과도 없었다. 가슴을 뜯으며 안타까워하는 동안에 육체의 조직은 각각으로 변해갔다. 운명한 후 육체는 한때 마알간 밀같이 참으로 아름다웠다. 초조도 괴롬도 불안도 없이 고요한 안식이었다. 그것이 죽음이라는 것이었다. 영혼은 금시 어디로 도망해버렸는지 남겨진 육체만이 흰 관 속에서, 어두운 무덤 속에서, 영원한 절대의 어둠 속에서 차차 해체되고 분해될 것을 생각할 때 준보는 무딘 쇠몽둥이로 오장육부를 푹, 푹, 찔리우는 것 같아서 그 아프고 마비된 감각 속에서는 아무것도 헤아릴 수가 없었다.

왜 그런 마련인구―생명과 함께 왜 반드시 죽음이 있어야 하는구―그 허무한 죽음 앞에서 이 현실이란 대체 무엇인구―현실과죽음과 어느 편이 참이고 어느 편이 거짓인구―아무것도 알 수가 없었다. 진정으로 나사로의 기적을 믿어보려고 아내의 차디찬몸 앞에 우두커니 앉아보았으나 참혹하게도 가혹하게도 기적은종시 일어나지 않았다. 어두운 날을 둘러싸고 일월성신의 운행만이 전날과 같이 계속될 뿐이었다. 발버둥을 치고 통곡을 해보아야 까딱 동하지 않는 무심하고 냉정한 우주의 운행이었다.

이때부터 준보에게는 우주의 운행에 대한 커다란 불신이 생기기 시작했으나 너무도 위대한 우주의 의지 앞에 그 불신쯤은 아무 주장도 가지지 못하는 하잘것없는 것이었다. 그러면 그럴수록한 줄기의 회의는 여전히 날카롭게 솟아올랐다. 아내는 대체 어디로 간 것일까. 아내와 동무의 애인 연이와 그들 이전에 현실을버린 수많은 영혼들은 대체 어디로 간 것일까. 그들만이 꾸미고있는 또 하나의 세상이라는 것이 있지 않을까. 이 현실의 등 뒤에 커다란 제이세계라는 것을 생각하는 것이 왜 그른 것일까. 그렇다면 현실의 세계는 그 제이세계의 단순한 껍질에 지나지 않는것일까. 지금 가령 지구의 표피를 한 꺼풀 살며시 벗겨서 드러내버린다면 그 뒤에 무엇이 남을 것인가. 광막한 황무지에 여전히사랑이며 야심이며 만족이며 행복이며 하는 것이 남을 것인가.잔칫날같이 번화한 거리의 행복이―꽃묶음이, 백화점의 관능이,음악의 신비가, 만찬의 기쁨이 남을 것인가. 그렇다면 이런 것들은 대체 무엇하자는 것인가. 얼마나 허무하고 하잘것없는 것인가. 지구의 제전은 허공 위에 널쪽을 깔고 그 위에서 위태한 춤을 추는 광대의 놀음과 무엇이 다르단 말인가. 인생이란 너무도 속절없고 어처구니없고 야속한 것이다. 무엇을 믿고 무엇에 의지하고 무엇을 위해서 살아갈 수 있으며 살아가야 할 것이랴.

　준보는 사실 아내와 함께 자기도 세상을 버렸으면 하고 생각해본 적이 한두 번이 아니었다. 사랑 없는 생활은 너무도 견디기 어려운 것이었고 고독은 엄청나게 정신을 메말리는 것이었다. 고독은 사람을 귀족으로 만드는 것이 아니라 거지로 만들었다. 쓸쓸하고 초라한 거지의 신세로 살아서는 무슨 일을 칠 수 있을꾸 생각되었다. 잠들 때에나 잠을 깰 때 눈물이 자꾸만 줄줄 흘러서 베개를 적시는 것은 세상에서 단 한 사람 자기 혼자만이 아는 노릇이었다. 목청을 놓아서 울래도 넉넉히 울 수 있는 노릇이었다. 우유를 따뜻하게 데울 때에나 커피 냄새를 맡을 때 문득 아내의 생각이 나면서 목이 막혀 느끼곤 한다. 다시 두 번 결코 해도 달도 볼 수 없는 아내의 처지를 생각할 때, 지구가 여전히 돌고 세상일이 여전히 진행되어나가는 것이 알 수 없는 노릇이었다. 불측하고 교만하고 이상스러운 일이었다. 가는 날 오는 날 아내가 부활되는 기적은 일어나지 않고 막막한 고독만이, 허무한 행운만이 남을 뿐이었다.

　이날은 또 하루 그런 쓰라린 적막심을 품고 준보는 집으로 향하게 되었다. 모처럼 즐겁게 시작된 날이 우연한 실마리로 인해 불행한 추억 속으로 뒷걸음질 쳐 들어가서 일껏 느끼기 시작한 행복감이 산산이 부서져버렸다. 이제 되걸어 나가는 거리는 몇 시간 전 들어올 때와는 판이한 인상을 가지고 비치기 시작했다. 아내의 추억과 연이의 죽음 앞에서 거리는 응당 엄숙하고 경건해야 할 것이다. 잔치가 끝난 뒷마당가의 너저분히 어지러운 행길은 허분허분하고 쓸쓸하다. 이 거리의 껍질을 다시 한 꺼풀 살며시 벗겨놓는다면 참으로 얼마나 더 쓸쓸할 것인가. 준보는 마음속으로 그 쓸쓸함을 족히 느끼는 것이었다.

차 속 사람들은 화장이 지워지고 웃음을 잃었고 포도 위 걸음에는 어딘지 없이 풀이 빠져 보인다. 하늘은 흐려 눈이라도 내릴 듯 어둡고 답답하다―일요일의 오전과 오후는 성격이 이렇게도 달라졌다. 사랑의 소설로 시작된 오전은 우울한 불행의 오후로서 끝나려는 것이었다.

밤은 조용하고 괴괴하다.

준보는 방에 불을 지피고 아이들을 데리고 책상 앞에 앉았다.

마루방 난로에 불을 피우고 음악을 들을까 하다가 별안간 기온이 내리며 방이 추워질 것 같아서 온돌에 불을 때기로 했다.

따뜻한 방바닥에 몸을 붙이고 어린것들과 동무하고 앉으니 평화로운 마음에 한 줄기 고요한 빛이 솟기 시작했다. 예측하지 않았던 이것은 또 하나 다른 행복이었다.

풍로에 우유를 끓여서 사탕을 넣고 어린것이 그것을 입안에 머금는 그 행복스러운 표정을 살피노라니 준보의 마음에도 점점 그 따뜻한 감정이 옮아오기 시작했다.

아이들은 신통하게도 간 엄마를 찾아서 보채지 않는 것이 준보에게는 큰 도움이었다. 준보는 도리어 자기가 눈물을 흘리게 될 때 아이들에게 들킬까 겁이 나서 외면하고 살며시 눈을 훔치고 한숨을 죽이는 때가 많았다.

우유들을 마시고 나더니 그림책을 들척거리고 색종이와 가위를 내서 수공을 시작하고 하는 것이었다.

밝은 등불 아래에서 재깔거리는 그 무심한 양을 바라보면서 책상 앞에 우두커니 앉아 있는 준보에게는 낮에 거리에서 느낀 것과는 또 다른 행복감이 유역히 솟아올랐다. 어른의 세상의 행복이 아니라 아이들 세상의 행복이었다. 어린 혼들의 자라가는 기쁨을 바라보는 데서 오는 맑은 행복감이었다. 흠 없고 무욕하고 깨끗한 행복감이었다. 어느 결엔지 마음이 따뜻하게 녹아지면서 차차 그 어린 세상 속에 화해 들어감을 느꼈다.

"옳지 이것을 쓰자. 아이들의 소설을 쓰자. 어린것들의 자라는 양을 그리자."

책상 위에는 원고지와 펜이 놓였다. 때 묻지 않은 하아얀 원고지가 등불을 받아 눈같이 희고 눈부시다. 그 깨끗한 처녀지 위에 적을 어린 소설을 생각하면서 준보의 심경도 그 종이와 같이 맑아갔다.

"일요일의 임무는 또 한 가지 남았든 것이다—어린 세상을 그리는 것이다. 인류에 희망을 두고 다른 행복을 약속할 것이다."

아침에 사랑의 소설을 쓴 준보는 이제 또 다른 행복을 인류에게 선사하려고 잉크병 속에 펜을 잠뿍 담았다. 흰 원고지 위에 까맣게 적힐 이야기를 기대하면서 등불은 교교히 빛나고 있다.

조용한 밤 적막 속에 어린것들의 재깔거리는 소리만이 동화 속에서나 우러나오듯 영롱하게 울리는 것이었다.

— 〈삼천리〉, 1942. 1.

풀잎

—시인 월트 휘트먼[1]을 가졌음은 인류의 행복이다

1

"세상에 기적이라는 게 있다면 요 며칠 동안의 제 생활의 변화를 두구 한 말 같어요. 이 끔찍한 변화를 기적이라구밖엔 뭐라구 하겠어요."

부드러운 목소리가 어딘지 먼 하늘에서나 흘러오는 듯 삼라만상과 구별되어 귓속에 스며든다.

준보는 고개를 돌리나 먹 같은 어둠 속에서는 그의 표정조차 분간할 수 없다. 얼굴이 달덩어리같이 훤하고 쌍꺼풀진 눈이 포도알같이 맑은 것은 며칠 동안의 인상으로 그러려니 짐작할 뿐

---

1 19세기 미국의 시인으로 대표적인 시집《풀잎》은 형식과 내용면에서 매우 혁신적이었다.

이다. 실과 사귄 지 불과 한 주일이 넘을락 말락 할 때다.

"그건 꼭 내가 하구 싶은 말요. 지금 신비 속에 살고 있는 것만 같아요. 이런 날이 있을 줄을 생각이나 해봤겠수. 행복은 불행이 그렇듯 아무 예고두 없이 벼락으로 닥쳐오는 모양이죠."

"되래 걱정돼요. 불행이 뒤를 잇지 않을까 하는.—그만큼 행복스러워요."

"행복이구 불행이구 사람의 뜻 하나에 달렸지 누가 무엇이 우리들을 어떻게 할 수 있단 말요. 사람의 의지같이 무서운 게 세상에 없는데."

"그 말이 제게 안심과 용기를 줘요. 웬일인지 자꾸만 겁이 났어요. 날과 밤이 너무두 아름다워요. 모든 게 요새는 꼭 우리 둘만을 위해서 마련돼 있는 것만 같구먼요."

방공 연습이 시작된 지 여러 날이 거듭되어 밤이면 거리는 등화관제로 어둠 속에 닫혀졌다. 몇 날의 밤의 소요를 계속하는 두 사람은 외딴 골목을 골라 걸으면서 단원들의 고함을 들을 때 마음의 거슬리는 것이 없지는 않았으나 평생의 중대한 시기에 서 있는 준보에게는 그 정도의 사생활의 특권쯤은 그다지 망발이 아니리라고 생각되었다. 하물며 낮 동안에 일터에서 백성으로서의 직책과 의무를 다했다면야 그만큼의 밤의 시간은 자유로워도 좋을 법했다.

아내를 잃은 지 채 일 년을 채우지 못했으나 그 한 해 동안의 적막이 준보에게는 지난 반생의 어느 때보다도 크고 쓰라린 것이었다. 사랑 속에 있으면서 때때로 느끼는 적막감은 오히려 사치한 감정이요, 사랑을 잃었을 때 비로소 사람은 사랑이라는 것이 단순한 추상적인 용어가 아님을 절실히 느끼게 된다. 야심이며 희망이며 청춘의 모든 욕망을 가리고 밭치고 걸러서 마지막으로 쳇바퀴 속에 남는 것이 역시 사랑임을 새삼스럽게 느낀 듯도 했다. 준보에게 사랑이 없은 것은 아니었다. 쉴 새 없이 뒤를 이어 그 무엇이 앞에 나타나고 생활 속에 숨어들기는 했으나 그 전부가 반드시 사랑이라고만도 할 수는 없었다. 사랑으로까지 발전하기 전에 선 채로 끝나버린 적도 있었고 단순한 감상적인 경우도 있었고 또 일시의 허물에 지나지 않는 때도 있었다. 동무들이 그를 염복[2]가라고 부러워하는 그런 의미의 행복감의 연속 속에서 살아왔다고는 생각되지 않았다. 아내를 잃은 후만 해도 지난날의 어느 때보다도 인물들은 가장 많이 나타나서 그 짧은 일 년이 다른 때의 십 년 맞잡이는 되게 풍성풍성은 했으나 마음속을 파고드는 한 줄기 쇠사슬 같은 쓸쓸한 심사는 어쩌는 수 없었다. 현재의 만족감 이상으로, 가버린 아내에게 대한 슬픔과 뉘우침이 큰 까닭이었다. 결국 준보는 그를 둘러싼 화려하고 다채하게 장식된 분위기 속에서 단 한 사람 아내를 사랑해왔다고 할까. 비늘구름 같은 자자부레한[3] 꿈의 조각들을 허다하게 가슴속에 가지면서도 단 하나 아내에게 사랑을 길러오고 북돋아왔음을 아내를 잃은 후에야 비로소 자각하게 된 셈이다. 아내의 추억 속에서 남은 반생을 살아야겠다는 순교자다운 경건한 마음을 먹어본 적도 없지는 않았으나 준보의 체질과 기질로는 필경은 당치 않은 일만 같아서 역시 다음 숙명을 기다리는 희망이 그 어디인지 마음 한 귀퉁이를 흐르고 있었다. 사랑을 얻는 것도 잃는 것도 다

---

2 아름다운 여자가 잘 따르는 복.
3 '자질구레하다'의 사투리.

같이 하나의 숙명적인 인연이다. 아내를 대신할 만한 정성과 열정이 아무 때나 작정된 때에 반드시 차려져 오려니 하는 기대가 없다면 사실 살인적인 그 한 해의 고독은 견디어올 수 없었을는지도 모른다. 헐어진 가정을 쌓아서 새로운 생활을 설계해야 하고 고독을 다스려서 보다 높은 사업을 이루어야 함이 인간 경영에 주어진 영원한 과제인 까닭이다. 자멸의 길을 버리고 창조의 길을 찾아야 함이 인류의 행복을 가져오는 까닭이다.

다음 숙명을 준보는 실에게서 발견했다고 생각했다. 너무도 빠르고 이른 발견인지는 모르나 발견이란 원래 그렇게 당돌하고 돌발적인 것이다. 실 이전에 나타난 뭇 인물 중에서 숙명의 대상을 보지 못하고 띄엄띄엄 몇 고비를 넘어가서 하필 실에게서 그것을 찾아낸 것도 숙명의 숙명 된 까닭일 듯싶었다. 애써 말한다면 간 아내가 가졌던 인상의 그 어떤 향기를 그에게서 맡은 까닭이라고나 할까. 그 어디인지 구석구석 방불한 곳이 있어서 그것이 모르는 결에 준보의 마음을 끌어당긴 모양이었다. 불과 며칠에 감정이 통하고 정서가 합하고 생각과 취미가 맞음을 알았다. 걸어드는 피차의 걸음이 무섭게도 빨랐다. 순라잡이의 순라같이 왈칵 서로 부딪쳐서 이마가 맞닿았을 때 깜짝들 놀라면서 그 며칠 동안의 순식간의 변화를 기적이니 신비니 하고들 느끼는 수밖에는 없었던 것이다. 두 사람에게 다 기적이요 신비요 꿈이요—사랑이란 그런 것인지도 모른다.

"세상에서 꼭 한 사람 제일 존경할 수 있는 분을 찾자는 것이 오늘까지의 저의 노력이었어요. 복잡하다면 복잡할까, 지난날은 제겐 오늘 이 목표에 이르기까지의 오랜 방랑 생활이었다구두 할 수 있어요. 그 방랑이 오늘 끝났어요. 선생을 만나자 생애가 새로 시작됐어요."

"당신같이 날 존경하는 사람두 난 드물게 봤소. 세상 사람들은 흔히 서로 좋다는 말만들을 하는데 그 위에 존경할 수 있다는 것은 사랑에 한층 빛을 더하는 것이라구 생각해요."

공회당 앞 언덕길을 몇 차례나 오르내리며 지척을 분간할 수 없는 어두운 거리를 눈앞에 짐작만 하면서도 두 사람의 마음속은 점점 밝아가고 빛나갔다. 사랑의 길은 의논하지 않아도 제물에 옳게 찾아진다. 그렇게 해서 두 사람이 며칠 동안에 찾아낸 길은 지도에도 오르지 않았을, 지금까지 걸어본 적도 없던 여러 갈래의 숨은 길이었다. 좁은 골목을 들어서 주택 지대를 올라서니 바로 서기산 뒤턱이었다. 아직 낙엽 지지 않은 나무들이 지름길 양편에 늘어서 어두운 속에서 한층 으슥하고 깊은 느낌을 준다. 산 위 주택에서 새어 나오는 한 줄기의 창의 등불이 두 사람의 마음을 상징하는 듯 따뜻하고 포근하다.

"커다란 한이 있어요. 왜 선생을 더 일찍이 못 만났던가 하는, 제일 처음 만난 어른이 선생이었다면 얼마나 더 행복스러웠겠어요. 지난날의 상처를 생각하면 몸에 소름이 돋군 해요."

나무 그늘 아래에 이르자 실은 준보에게서 팔을 뽑고 몸을 떼면서 가늘게 한숨을 쉬는 것이 들렸다. 준보도 대강 말의 뜻을 짐작할 수 있어서 그 역, 자기의 상처에 손이 닿는 것도 같은 일종의 야릇한 감정이 솟았다.

"난 그런 소리 듣기를 좋아하지 않는데. 괜히 다 아문 허물을 다시 따짝거릴⁴ 필요가 있을까."

"좋아하시든 안 하시든 한 번은 모든 것 다 들어주세야죠. 무지의 행복을 저두 잘 알아요. 그러나 정작 필요한 건 지식을 거친 이해와 달관이 아닐까요."

"과거를 말한다면 피차일반이지 누군 샘 속에서 솟아 나온 동잔가요."

"선생님이 그렇게 이해하시는 것과 똑같이야 어디 세상이 봐요. 항상 오해와 악의를 더 많이 준비해가지고 있는 세상인데요."

"무엇이 귀에 들리든 지금의 내 열정을 지울 힘이 없음을 장담해두 좋아요. 난 거저 이 열정만을 가지구 모든 것과 항거해볼라구 해요."

그러나 실은 조심조심 한 꺼풀씩 자기의 과거를 벗기기 시작했다. 시련이나 받는 선량한 교도와도 같이 준보는 마음을 다구지게 먹고 굳은 몸을 약간 떨고 있었다.

실은 열아홉 살까지의 명예롭지 못한 직업시대의 사정을 말하고 다음 세 사람의 이름을 들면서 각각 세 경우를 이야기했다. 대략 거리의 소문으로 스쳐 들은 재료를 좀 더 자세히 고백한 것이었으나 준보는 침착한 태도에도 불구하고 그것을 듣는 동안 커다란 용기가 필요했다. 실업가와 문학 청년과 사회주의자의 세 사람이 다 같이 실의 애정을 요구한 것은 인간으로서의 특권인 것이니 누가 만류할 수 있었으랴만, 다만 슬프다면 준보가 그들보다 뒤져서 실을 알게 된 사실이었을까. 깊은 원시림 속에 아무도 모르게 맺힌 한 송이의 과실을 누가 원하지 않으랴만 세상은 도

---

4 손톱이나 칼끝 따위로 조금씩 자꾸 뜯거나 상처를 냄.

대체 복잡하다, 번거로운 곳이다. 원시림 속의 과실이 어느 때까지나 눈에 안 뜨이고 몸을 마칠 리는 없는 것이다. 준보에게 필요한 것은 열정과 용기였다. 용기─지금까지 그는 사랑에 이것이 필요한 것임을 모르고 지내왔다. 오늘 그것을 알아야 할 날이 온 것이다. 그의 인생은 한 테두리 몫을 더한 셈이다.

"생각하면 울구만 싶어요. 왜 하필 인생이 그렇게 시작됐을까요."

실은 짜장 울려는 듯 나무 그늘 속으로 뛰어들더니 나무에 등을 기대고 고요히 섰다. 준보가 가까이 갔을 때 왈칵 몸을 던져오면서 코를 마셨다. 쥐이는 손이 몹시 차다.

"불쾌하셨으면 용서하셔요.─그러나 실상 지난 그것들은 아무것두 아니었어요. 사랑이 이렇다는 것은 오늘이야 처음 알았어요. 전 아무두 사랑하진 않았어요. 오늘 나서 처음으로 사랑을 알았어요. 이 말을 믿어주세요."

"걱정할 게 없어요. 오늘의 당신을 사랑했지 누가 지난 경력을 사랑했나요. 오늘의 그 얼굴과 교양과 취미를 사랑하고 인격을 존중히 하는 것이지 누가 지난날을 캐자는 것인가요."

"인제 세상이 둘의 새를 알구 펄쩍들 뛰구 와글와글 끓으면 어떻게 하시겠어요. 그땐 제가 싫어지겠죠."

"사랑두 세상 눈치 봐가면서 해야 되나. 세상을 좀 멸시하면선 못 살아가나. 난 남의 비위만 맞추면서 사는 사람이 못되는데."

실은 슬픈 속에서도 얼마간 마음이 놓이고 용기를 회복했는지 준보의 뜻대로 다시 팔을 걸고 길을 더듬어 내렸다. 거리는 여전히 어두우나 공습 해제의 틈을 타서 등불이 군데군데 비치어 약간 훤해졌다가는 다시 어두워지곤 했다. 흡사 두 사람의 마음속같이 한결같지 못한 밤이었다.

"내가 지금 사랑하는 게 음악가 이외의 무엇이란 말요. 동경 가서 공부하는 음악 학도를 사랑하는 것이지 지난 이력이 내게 아랑곳이란 말요. 원래 당신이 내 앞에 나타날 때 그런 자격 이외의 무엇으로 나타났게."

여학교가 있고 기숙사가 있고 교회당이 있고 병원이 있는 조용한 둔덕 골목길을 들어섰을 때 준보는 실의 심정을 좀 더 즐겁게 낚아보고 싶었다.

"이 알량한 음악가. 괜히 온전한 음악가로 여기셨다가 되려 실망이나 마셔요."

"날 처음에 유혹해낼 때 음악의 이름을 빌리지 않구 어쨌소. 〈토스카〉를 들으러 오라구 전화가 왔을 때 내가 얼마나 놀란 줄 아우."

준보가 웃는 바람에 실도 따라서 웃게 되어 그 웃음으로 말미암아 응겼던 마음이 활짝 풀려지는 것도 같았다. 여학교 기숙사에서인지 문득 피아노 소리가 들려온 것도 그 한때의 호흡을 맞추어주는 셈이 되어서 개어가는 두 사람의 감정의 반주인 양싶었다. 마음의 거리와 같이 몸의 거리도 밤의 힘을 빌려 가까울 대로 가까웠다.

〈토스카〉와 〈라보엠〉과 〈마담 버터플라이〉 등의 가극의 신판을 새로 구했으니 들으러 오지 않겠느냐는 뜻의 전화를 실에게서 받던 날 준보는 의외의 소식에 당황해서 반날 동안 그 생각으로 머릿속이 가득 차 있었다. 그때까지 실을 만난 것이 서너 번, 그의 부드럽고 밝은 인상을 가슴속에 간직해두었을 뿐이던 준보에게는 문득 한 줄기의 당돌한 직각이 솟으면서 그것이 마음을 억세게 지배하게 되었다. 전화를 건 것은 아무 편이래도 좋은 것이다. 두 사람의 준비된 감정에 불을 지른 것이 실이었다는 것이 조금 잔접한 준보에게 되려 용기를 주는 결과가 되었던 것이다.

실의 형이 경영해나가는 찻집 한구석에서 그날 밤 두 사람은 가극의 신판을 듣는 것이 아니라 음악과는 먼 이야기에 정신이 없었다.

"다따가 전화를 걸어서 놀라셨죠. 동료들은 뭐라구 그러지들 않아요. 학교래서 그런지 전화 걸기가 거북했어요. 여자가 먼저 덜렁덜렁 나서는 걸 두렵다구 생각하시지 않았어요."

"기뻤죠. 제가 못 거는 걸 먼저 걸어주셔서. 물론 놀라기두 하구요."

"어쩌면 그렇게 한 번두 가게에 안 내려오셨어요. 속으로 얼마나 은근히 기다렸게요. 뵌 지 한 달이 넘었거든요. 전 그래두 행여나 먼저 전화 주시지나 않나 하구 생각하구 있었죠.―그 바람에 동경두 이렇게 늦었어요. 내일 떠난다, 모레 떠난다, 별러만 오면서 여름휴가로 나왔다가 늦은 가을까지 이게 무슨 꼴인지 모르겠어요."

"옳아 참, 동경 가서 공부하시는 학생이죠. 음악 공부쯤 아무 데선 못하나요."

"음악 공부쯤 그만두면 어떤가요―하구는 못 물으셔요."

"그럴 용기와 결심이 준비됐다면야."

"경우에 따라선요."

다음 날 호텔에서 만찬을 같이한 것을 시초로 이곳저곳에서 식사를 함께하는 날이 늘어갔다. 하룻저녁 실은 처음 선사로 책

한 권을 가지고 왔다. 도스토예프스카야 부인이 기록한《남편 도스토예프스키의 회상》이었다. 준보는 아직 읽지 못한 그 책의 뜻을 여러 가지로 짐작하다가 그들 부부의 사이의 이해가 컸고 남편에게 대한 부인의 사랑이 깊었다는 실의 설명을 들으면서 그 선물의 의미를 대강 알아채었다. 한편 실의 문학적 교양에 준보는 차차 눈을 굴리기 시작했다.

"선생님의 소설 대개 다 읽었어요. 제 마음의 세상이 얼마나 넓어졌는지 모르겠어요. 생활 감정두 꼭 제 비위에 맞구요. 유례니, 관야니, 미란, 세란, 단주, 일마, 나아자, 운파, 애라―인물들의 모습이 지금 눈앞에 선히 떠올라요."

"그런 변변치 못한 이름들을 기억하지 말구 좀 더 고전 속의 중요한 인물들을 알아두는 편이 뜻있지 않을까요."

"중요한 인물들이라는 게 뭐예요. 베아트리체니 헬렌이니 햄릿이니 그레첸이니, 왜 하필 그런 인물들만이 중요한가요. 제게는 어쩐지 일마니 미란이니 운파니 하는 이름들이 더 가깝고 친밀하게 들려오는데요."

"어쩌면 그렇게 고전 문학에 횅하단 말요. 음악가가 아니구 문학가인 것처럼.―그럼 하나 물을까요. 알리사, 알리사는 어때요. 비위에 맞아요, 안 맞아요."

"멘탈 테스튼가요. 알리사―난 매운 여자는 좋아하지 않아요. 아마도 지드의 인물들 중에서 제일 싫은 것이 알리사일까 봐요."

"그럼 쇼샤는, 마담 쇼샤."

"토마스 만 말이죠. 마담 쇼샤는 아마두 알리사와는 대차적인 인물일 거예요. 좀 허랑한 데가 있기는 하나 알리사보다야 훨씬 인간적이죠.—그럼 문학 시험은 이만 하세요. 그러다 제 짧은 밑천이 봉이 빠지겠어요."

"나를 점점 놀래게만 하자는 셈이지. 고전에서 현대 문학까지 그렇게 통달할 줄야 어찌 알았겠수. 문학을 안다는 게 인간으로서 얼마나 중요한 일인지 모르는데. 문학을 알구 모르는 건 하늘과 땅만큼이나 차가 있는데."

"너무 지나게 평가하셨다 괜히 점점 실망이나 마세요. 그저 애써 공부할 작정이에요. 제겐 욕심이 많답니다. 뭐든지 알구 싶어요. 선생님과 어울릴 수 있을 정도의 교양을 가지구 싶어요."

실의 결심을 장하다 생각하며 그의 철저한 마음의 준비에 준보는 짜장 놀라는 수밖에는 없었다.

2

아내를 잃었을 뿐이 아니라 가지가지의 불행을 겪은 묵은 집을 떠나려고 벼른 지 오래이던 준보는 마침 이때를 전후해서 교외의 새집으로 이사를 하게 되었다. 새집에서는 마음도 갈아지고 생활도 새로워지리라는 기대가 모르는 결에 그를 재촉했던 것이다.

대충 정돈이 되고 마음을 잡기 시작했을 때 비로소 실은 카네이션의 꽃묶음을 들고 찾아왔다. 층계로 된 포치를 올라서 도어를 열고 마루방에 들어왔을 때 코트를 벗어서 의자에 걸치더니

"꼭 아파트의 방 같아요. 이렇게 넓고 높은 게—."

벽에 걸린 액 속의 데생을 쳐다보고 책장의 책들을 훑어보면

서 속히 의자에 걸어앉을 염은 안 하고 책상 위 화병을 찾아서는 서슴지 않고 새풀과 단풍 가지를 뽑아내더니 대신 파라핀지에 싸가지고 온 카네이션을 꽂았다.

"꽃 가게에 새로 나왔게 사가지구 왔어요. 좋아하세요? 전 이 흰 것과 붉은 것과 분홍빛의 각각 그 뜻을 안답니다. 흰 것은—난 애정에 살구 있어요구, 붉은 것은—당신의 사랑을 믿어요. 분홍은—난 당신을 열렬히 사랑해요."

준보가 부엌에 나가 포트에 커피를 달여 들고 들어오려니 실은 피아노 앞에 앉아 악보 없이 쇼팽의 야곡인지를 울리고 있는 중이었다. 오랫동안 적막하던 검은 기계체가 오래간만에 우렁찬 음향으로 방 안을 화려하게 장식했다. 음악 속에서 비로소 책들도 그림도 꽃도 생기를 띠고 기쁨에 젖어 있는 듯싶었다. 그러나 실은 음악에서도 곧 물러나서 의자를 갈아 앉으면서

"황송해요. 손수 이렇게 끓여가지구 오실 법이 있나요. 내일부터라두 와서 거들어드리구 싶어요. 그럴 수만 있다면 얼마나 좋겠어요."

"불편은 하나 독신자의 특권을 좀 더 향락해보는 것두 좋을 것 같아서요."

"애기들은 다 어쩌구 있어요. 주미와—수미와 언제인가 부인 잡지에 실린 가족사진으로 기억했었어요. 얼마나 쓸쓸들 하겠어요."

"저쪽 방에서 잘들 놀구 잘들 공부하구 하죠. 쓸쓸한 속에서 그 애들두 배우는 게 많을 거예요. 자라서 독립할 때 누구보다두 군센 사람 되겠죠."

"아버지의 사랑두 크시겠지만 얼른 따뜻한 어머니의 애정 속

에서 어항 속의 금붕어같이 흐뭇하게 젖어 살아야죠. 남의 일 같지만 않게 가엾어서 못 견디겠어요."

유리잔에 그득 담은 커피를 마시면서 실의 커다란 눈동자는 다시 희망에 빛나기 시작했다.

"다음번에 올 적엔 빠터를 갖다 드릴게요. 미국 선교사들이 들어갈 때 팔고 가는 걸 여남은 파운드 사둔 게 있어요. 두 파운드들이 커다란 통이 아직두 대여섯 개 언니의 집 냉장고 속에 있다나요. 갖다 드릴게 문덕문덕 많이 발러 잡수셔요. 얼른 저만큼 살이 붙게요."

"난 원래 살이 붙지 말라는 마련인 것 같은데."

"두구 보세요. 제가 꼭 살찌게 해드릴게. 치밀한 일과표를 짜구 합리적인 생활 설계를 세우거든요. 음식과 운동과 오락과 공부와―과학적인 방법 아래에서 성공하지 않을 리가 없어요. 불과 일 년이 못 가 이렇게 되게 해드릴게요."

두 손으로 커다란 테두리를 짜면서 과장된 형용을 하는 것이 준보에게는 더없이 신시어하게 들려서 마음을 울렸다. 진심으로 건강을 걱정해줌같이 알뜰한 사랑의 표현이 없다. 실의 정성을 준보는 말끝마다 잡으면서 거기에 정비례해서 깊어가는 스스로의 애정을 느끼는 것이었다. 준보가 피아노 앞에 앉아서 바이엘 교칙본을 펴놓고 간단한 곡조를 울릴 때 실이 뒤로 돌아와서 등 너머로 고음부를 짚으니 곡조는 듀엣을 이루어서 곱절의 우렁찬 화음으로 울렸다. 간단한 곡조의 듀엣은 아름다운 것이다. 간단하므로 서툴므로 아름다운지도 모른다. 준보의 목덜미에 실은 따뜻한 숨을 부으면서 준보가 밟는 페달에 맞추어 행복감을 호흡하였다.

"절 왜 좋아하세요. 어디가 좋아서 사랑하세요."

사랑하는 사람끼리는 으레 이 어리석은 질문을 되풀이하는 법인가 보다.

"음악을 하니까! 문학을 공부하므로? 왜 좋으세요. 말씀해보세요."

"거저 좋은 것이지 사랑에 이유와 조건이 무에 있겠수. 실례의 말이지만 누가 그리 알량한 음악가구 끔찍한 문학가라구 여기는데요. 그런 모든 것을 떠나서 단지 인간으로서 사랑할 수 있는 것이죠."

"물론 저두 그 말이 듣구 싶었어요. 문학을 좋아하지 않는다구 절 좋아하지 않으셨다면 생각만 해두 무서운 일예요."

"나를 사랑하는 덴 그럼 조건이 있었수. 글줄이나 쓴다구? 학교에서 어학 마디나 가르친다구?"

"제게두 마찬가지로 소설가가 아니래두 좋았구 교수가 아니래두 상관없구―아니 들에서 밭 가는 지애비였던들 제 맘이 움직이지 않았겠어요. 그야 서로 교수구 소설가구 음악가구 문학소녀의 한 것이 보다 좋기는 하지만 그렇지 않단들 왜 사랑이 없었겠어요. 조건두 이유두 없구 거저 맹목적인 것―그런 것만이 참사랑이라구 생각해요. 조금 낡은 투지만요. 조건은 사랑이 있은 후에 천천히 오는 문제가 아닐까요."

"또 한 가지 알어두어야 할 것은―난 가난하다는 것. 지금두 가난하지만 앞으로두 커다란 유산이 굴러들 가망이 지금 같아선 엷다는 것. 따라서 세속적인 뜻으로 당신을 행복하게 하기는 어려우리라는 것."

"제가 사치와 호사를 원한다면 벌써 제 한 몸 처치했지 왜 이 때 이날까지 기다리구 있었겠어요. 제 나이가 벌써 사분지 일 세 기를 잡아먹었는데요. 이래 뵈어두 제게두 이상두 있구 안목두 보통 사람과는 다르답니다. 조건, 조건, 하시니 선생께 요구하는 조건이 꼭 한 가지 있다면 그건―언제까지든지 절 사랑해줍소서 하는 것. 결코 한눈을 파시지 말구 평생 저만을 생각해주셔야 할 거예요."

"그야 물론이지 그까짓 게 다 조건인가.―한눈을 팔다니 누가 그렇게 장난꾼이랍디까."

"말 마세요. 거리의 소문으로 죄다 알구 있어요. 대단한 염복가시라구요. 그러나 전 그걸 그리 슬퍼하진 않아요. 이왕이면 여자에게두 인기가 있는 것이 좋죠. 촌촌거리구 평생에 연애 한 번 두 못 차려지는 그런 사내라는 건 생각만 해두 진저리가 나요.― 실례지만 한 가지 물을게 노여워 마시구 대답해주세요―."

악보의 페이지를 번기니 다음 곡조는 알레그로다. 그 빠른 멜로디를 내기에 분주해서 두 사람의 마음은 반은 음악 속에 뺏기어 들어갔다.

"―로테와의 관계는 어떻게 하겠어요. 그 유명한 병오생의 로테 말예요. 말끔히 청산되셨나요."

이미 거리에 소문까지 흘리게 된 사건이라면 준보도 반드시 뜨끔해할 것은 없었다. 사실 그 일건을 생각할 때나 말할 때 준보는 벌써 충분히 침착한 태도를 지닐 수 있었던 것이다.

"로테라면 내가 베르테르인 셈이게요. 그러나 실상은 그와 반대리다. 차라리 내가 베르테르의 불행을 가질 수 있었다면 더 행복스러웠으리라구 생각해요. 너무두 어려운 경우였어요. 그렇다구 고르디우스의 마디[5]를 끊을 알렉산더의 장검두 가지지 못했었구 그러는 동안에 차차 그의 성격의 결함을 발견하게 된 것은 차라리 다행이었죠. 사람이 너무 거세구 사교라면 조석두 잊어버리구 정신없이 허둥거린단 말예요. 슬퍼서 울었던 날 금시 버얼겋게 화장을 하구 옷을 갈아입구 사내들과 마주 앉아 노닥거리는 걸 예의라구 생각하는 버릇—그 한 가지 경우로 나는 그를 철저히 멸시할 수 있었어요. 조선의 가난한 집에 태어났으면서두 마치 구라파의 복판에나 살구 있는 듯이 착각하구 그걸 교양이요 예의라구 생각하는 그 그릇된 태도, 그것이 내 맘을 차차 식혀주었어요. 대단히 행복스러운 결말이라구 할 수 있죠. 짜장 베르테르의 설움을 가졌더라면 어떡할 뻔했게요."

"제발 전 그렇지 않았으면요. 병오생이 아니니까 염려는 없어두요.—그러나 성격두 사랑으로 정복할 수 있는 것이 아닐까요."

"정복했다구 생각하는 건 착오일 때가 많아요. 선천적인 근성이라는 건 아무것에두 굴하는 법 없이 언제나 한 번은 정직한 자태를 나타내는 것이니까요."

"그러길 잘했죠. 안 그랬더라면 제 존재가 말살을 당했게요."

질투의 감정을 아직은 차곡차곡 포개서 가슴속에 간직해두었는지 어쨌는지 비교적 담박한 실의 태도였다.

---

5 프리기아의 왕 고르디우스가 수레를 신전에 바치면서 나무껍질로 단단히 마디를 지어놓았는데 후일 마디를 푸는 사람이 아시아의 지배자가 될 것이라는 예언을 남겼다. 아무도 그 매듭을 풀지 못했는데 알렉산더 대왕이 칼을 뽑아 마디를 잘라버렸다.

"또 하나 묻겠어요.—동경에 있는 여류 화가 그에게선 요새두 편지가 오나요. 이것두 거리에서 소문으로 들었습니다만."

흡사 하나씩 하나씩 대답을 밝혀가는 학동의 방법과도 다르다. 준보에게는 교사로서의 엄정한 태도를 요구하는 셈이었다.

간 아내의 후배인 그 화가는 준보가 불행을 당하자 우연히 편지를 띄우기 시작한 것이 드디어 대단한 정성과 애정을 먹과 종이에 부탁해서 보내오게 된 것이었다. 같은 여학교의 선배인 아내에게 대한 흠모와 존경이 그대로 준보에게로 고삐를 돌린 셈이었다. 준보는 편지와 사진만을 받았을 뿐 아직 접해보지 못한 그 새로운 인격을 머릿속에 그려보면서 일종 야릇하고 안타까운 심사였다. 편지에 나타난 인품과 교양과 열정으로만은 전 인격의 인상을 옳게 잡기 어려웠던 까닭이다. 한 줄기 어렴풋한 꿈과 희망을 주고받으면서 이상스러운 사귐이 근 반년 동안 계속해왔건만 직접 감각의 문을 통하지 못한 그 가상적인 사랑은 두 사람 사이에 바다와 강산의 먼 거리를 두고는 종시 활활 타오르지 못한 채 조금의 발전도 없이 침체되고 있었던 것이다. 한여름 동안 공을 들여 제작한 작품을 가을에 제전에 출품했다가 낙선은 됐으나 그다지 낙담은 하고 있지 않는다는 소식을 전해온 것을 일기로 하고 웬일인지 편지가 금시 딸꾹질을 시작한 것처럼 끊어지기 시작했다. 준보가 실과의 교섭을 가지게 된 것이 바로 이 무렵을 전후해서였다.

"우리 둘의 소문을 들었는지 어쨌는지 요새는 도무지 소식이 없어요. 하긴 하나씩 하나씩 제물에 해결되어가는 것이 편한 노릇이긴 하지만."

"어떤 분예요. 사진과 편지 언제 한번 뵈어주세요. 고우시겠지. 저보담 젊구 지저분한 과거두 없을 테구."

"언젠가의 편지엔 고향과 가정과 현재의 형편 이야기를 하군 반생 동안 적어온 일기가 참회의 연속이라구 했었으니 원 무슨 뜻이었던지. 남의 지내온 날을 자기가 아니고야 누가 똑바로 알겠수. 사람의 가슴속같이 복잡하구 신비로운 것이 없는데."

"제가 만약 나타나지 않았더라면 그이와 맺게 됐겠죠. 똑바로 말씀하세요.—그러구 보면 모든 게 거저 인연만 같아요."

"결말이 어떻게 됐을지를 누가 알겠수. 사람은 앞일을 아무것두 헤아릴 수는 없는데 사랑에 먼 거리같이 금물은 없다구 생각해요. 모르는 동안에 금시 눈앞에 무엇이 일어나 있는지 알 길이 있어야죠. 가을에 이곳까지 스케치 여행을 나오겠다구 벼르던 그에게 행여나 불길한 변이나 일어나지 않았으면 하구 원해요."

"그림과 음악과—어느 편을 더 좋아하세요. 음악을 좋아하시는 건 알아두 그림두 좋아하시죠. 그렇죠."

"뭐요, 그건. 계정이란 말요. 실이두 계정을 부릴 줄 아나. 실이—실리이—바보. 바보두 그런 쓸데없는 감정의 노예가 되나."

실은 문득 피아노를 멈추더니 그 자세대로 준보의 등에 왈칵 전신을 의지해버리고 말았다. 준보는 앞으로 쓰러지려는 몸을 바로 세우고 어깨 너머로 넘어온 실의 두 손을 잡았다.

"다 잊어버려주세요. 저 이외의 것은 죄다 이 머릿속에서 지워주세요. 저의 꼭 하나 바라는 조건이 그것이에요. 자 약속하세요.—앞으론 평생 한눈을 팔지 않겠다구. 저만을 생각하겠다구."

3

사랑은 왜 두 사람만의 뜻과 주장으로서 족한 것이 못될까. 두 사람 사이에 세상이라는 쓸데없고 귀찮은 협잡물이 끼어 들어옴을 알았을 때 준보는 움칫해지며 불쾌한 느낌이 전신을 스쳐 흘렀다.

실과 약속을 한 지 불과 며칠을 넘지 않아 준보는 친구 윤벽도의 방문을 받은 순간 직각적으로 신경을 건드리는 것이 있었다.

"자네 요새 무엇을 하구 있었나. 거리는 자네들 소문으로 온통 발끈 뒤집혔으니."

기쁜 때나 슬픈 때나 신변에서 가장 가까이 돌면서 허물없는 사귐을 맺어오는 그 친우의 말이라면 대개는 귀를 기울여오는 사이였건만 이번 경우만은 웬일인지 그 첫마디가 벌써 준보의 마음에 섬뜩하게 울려오는 것이었다.

"뭣 말인가. 우리들의 사랑 말인가."

"사랑은 다 뭐야. 신중하게 사람을 가려가면서 사랑을 하든지 어째든지 하지 사람이 왜 그리 자기 몸을 애낄 줄을 모르나. 옥 씨의 집안이 어떻구 과거가 어떤 줄이나 알구서 그러나."

"알구말구. 아니까 더욱 사랑하게 됐네. 자넨 집안과 과거만을 알았지 본인의 인격과 교양과 기품은 모르는 모양이지. 나는 과거를 사랑하는 것이 아니라 현재의 인격을 사랑하는 것이네. 풍부한 교양에 접하면 자네쯤은 땅을 치구 부끄러워해야 하리."

준보는 웬일인지 버럭 항거하고 싶은 생각이 솟아 어세를 높여보았다.

"말하는 꼴이 벌써 새가 깊어진 모양 같네만 자네 생각만 옳다구 하지 말구 세상의 의견에두 한 번은 귀를 기울여봐야 하잖겠나. 결혼까지 간단 말을 듣고 나두 놀랐네만 거리에서 만나는 동무마다 한 사람이나 찬성하는 이가 있을 줄 아나. 다들 입들을 벌리구 입맛을 다실 뿐이지. 자네는 예술가니까 독창 정신을 실생활에두 살려서 상식을 무시하구 남 안 하는 괴이한 짓두 해보구 때로는 괜히 속세에 반항두 하구 싶은 충동을 느끼는 줄을 짐작하네만 평생의 중대한 일을 그렇게 경솔히 작정해서야 쓰겠나."

"소태를 먹어두 제멋인데 왜 남의 일을 가지구 걱정들을 하라나. 도대체 난 세상의 말이라는 걸 일종의 저널리즘이라구밖엔 생각하지 않네. 자넨 진정으로 나를 위해서 걱정하는 줄을 아네만은 자네가 거리에서 만나는 열 사람이면 열 사람이 다 결국은 경박한 가십쟁이밖에는 못된단 말야. 부질없는 남의 말 하기 좋아하구 농하기 좋아하구 헐기 좋아하는 저널리스트 이상의 무엇인 줄 아나. 실없는 그것들의 말을 일일이 들어선 할 수 있나. 파리떼같이 와글와글 끓게 내버려두는 수밖엔. 아무 말이 귀에 들려와두 뜨끔하지 않네."

"자네들이 그만큼 유명하다는 걸 알아야 되네. 자네나 옥 씨나 구석쟁이에 숨어 있는 사람이라면 세상에서 문제나 삼겠나. 화젯거리가 될 만하니까 화제를 삼는 것이 아닌가. 따라서 자네의 책임두 성립되는 것이네. 사회에 이름이 있다는 건 벌써 개인의 자유행동에 그만큼 구속을 받구 책임을 져야 한다는 것이야. 개인만의 개인이 아니구 사회를 위한 개인이야. 사실 자네를 애끼는 건 나 혼자만이 아니네. 어떤 동무는 심지어 휼계를 써서 자네들의 연애를 방해하자구까지 하데만 야속하다구 여기지 말구 그런 우정을 고맙게 받아보게."

벽도는 준보에게 입을 열 기회와 여유를 주지 않고 혼자만 앞을 이어갔다.

"자네네 학교 학생들에게 자네 인기를 떠보지 않았겠나. 어학만의 강의를 받기가 아까워서 자네에게 수신의 교수까지를 청하겠다구 교장과 교섭 중이라네. 그렇듯 자네를 존경하는 제자들의 기대두 저버려서야 되겠나. 여러 가지로 자네 책임은 크단 말이야."

"자네두 문학을 한다는 사람이 생각이 왜 그리두 범용하구 옹색한가. 사랑엔 인물 차별과 지경이 없다는 걸 실물로 교육할 수 있다면 얼마나 더 인간적인 교육이 될 수 있다는 건 생각해보지 못하나. 한 사람의 인물에 대한 소문과 진실이 얼마나 다르다는 것, 사람은 누구나 일반이라는 것, 사랑은 자유롭다는 것, 행복은 주위 사람들의 시비에두 불구하구 당사자들의 의지로 창조할 수 있다는 것―이 많은 교훈을 난 말없이 다만 한 번의 행동으로써만 사람에게 가르칠 수 있는 것이네. 학생들은 흔연히 이 교육을 받을 것이요, 그 인간적인 영향과 효과두 백 권의 수신서를 읽는 것보다 나으리. 자네들의 상식 이상으로 이것은 참으로 건전한 생각이라는 걸 알아두게. 그리구 자네 내일부터 문학을 그만두게나. 문학은 인간 되자구 하는 것이지 심심파적으로 숭상하는 건 아니니까."

"자네의 귀에 아무리 경을 읽어야 소용 있겠나. 벌써 굴레를 씌울 수 없는 뛰어난 말이니.―그럼 어서 행복될 도리나 설계하게나. 행여나 장래라두 내게 와 왜 그때 더 말려주지 않았던구 하구 뉘우치지나 말구."

준보의 굳은 결의에는 벽도도 하는 수 없이 한 수 꿀려 활을 거두는 것이었다. 충고는커녕 되려 톡톡히 설교를 받은 셈이 되어 얼떨떨한 심사를 금할 수 없는 모양이었다.

"다시 이 일엔 더 참견 말구 거리에서 쓸데없이 번설을 하구 노닥거리는 녀석이 있거든 그 비굴한 얼굴을 바라보면서 자네두 행여나 그런 유가 아닐꾸 하구 반성하구 슬퍼해보게나."

그러나 벽도가 그 자리에서 그렇게 만만히 꿀렸다고 생각한 것은 준보의 오산이었다. 한 수 두 수 동무를 생각하는 그의 애정은 깊어서 충고의 손은 실에게까지 뻗쳤던 것이었다. 다음 날 밤 준보가 가게 이층에서 실을 만났을 때 웃음을 잊은 얼굴에 커다란 눈이 깜박거리지도 않고 동그랗게 노염을 품고 있었다.

"아이 분해."

혀를 차면서 윗입술이 갸웃이 삐뚤어지는 것이었다.

"어제 벽도 씨가 제게 와서 무어란 줄 아세요."

"벽도가? 흠 적극적 활동을 시작한 모양이군."

"이 땅의 예술가 준보 죽이지 말라구요. 준보는 한 사람의 차지가 아니구 사회에 소속한 사람이라구요. 어이구 무서운 소리. 누가 선생을 후려차 가지구 먼 세상으로 내뺀단 말인가요. 제게로 오신다고 글 한 줄 못 쓰게 되구 세상에서 매장을 당한단 말인가요. 모든 책임을 제게만 씌운단 말예요. 대체 그이가 무엇이게 우리들 일에 그렇게 발 벗구 나서는 것일까요."

"근본은 착하구 정직한 사람인데 진정으로 생각해준다는 것이 말이 원체 투박스러워서 그런 인상을 주게 되나 부우. 그래 뭐라구 대답했수."

"다짜고짜로 그 말인데 대답을 어떻게 해요. 거저 멍하니 입만 벌리구 있었죠. 선생의 건강이 염려되는데 각별히 내조의 공을 이룰 자신이 있느냐는 등 제가 편지를 전문학교 교수보다두 잘 쓴다구 선생이 칭찬하셨다는데 그 정도의 교양에 안심해서는 안 된다는 등 별별 말이 많았어요. 거저 저 하나 죽일 사람 됐죠. 거리에서 건둥거리는 보통 여자로밖엔 알아주지 않는 것이 분해 못 견디겠어요."

"편지 잘 쓰는 건 잘 쓰는 거지 실력에두 에누리가 있을까. 이름만 전문학교 선생이랍시구 사실 편지 한 장 옳게 못 쓰는 위인이 얼마나 많게. 웬일인지 난 그런 떳떳치 못한 조그만 사회적 사실에 대해서두 노여워지면서 항의하구 싶은 생각이 솟군 해요. 편지의 실력뿐이 아니라 당신이 일상 쓰는 말에 대해서두 그 아름다운 용어와 발음을 효과 있게 살리려구 비상한 주의와 노력을 하는 것을 난 무엇보다두 높게 평가하려구 해요. 내가 간혹 이상스러운 형용사를 쓸 때 그것을 곧 되물어가지구 기억하려구 하는 기특한 생각―세상 사람이 소홀히 여기구 주의할 줄도 모르는 그런 조그만 각오에서부터 나날이 아름다운 생활은 창조되어나간다구 생각해요. 벽도가 무어라구 하든지 간에 충분한 자신을 가져두 좋아요."

"일들두 없지 왜들 남의 일에 간섭인지 모르겠어요. 거 보세요. 세상이 시끄러우리라구 걱정했더니 아니나 다를까요."

준보의 위로로 실은 자신과 용기를 회복해 우울한 속에서 다시 웃음을 머금고 어느 날보다도 도리어 즐거운 밤이었으나 외부의 간섭은 그것으로 끝난 것은 아니었다. 거리의 소문은 해와 악의 테두리를 겹겹으로 더해서 두 사람을 둘러싸고 시끄러운 포위진을 각각으로 조여들었다. 몇 날이 건너지 못해 실은 한층 흥분된 표정으로 준보의 방문을 두드렸다. 커다란 눈이 깜박거리지 않고 조그만 입이 침묵하면서 잠시는 가제 온 신부같이 의자에 잠자코만 있었다.

"……오늘 길에서 옛날 동무 명주를 만났더니 또 그 소리를 하잖나요. 남편에게서 들었다는데 자기들 총중에선 죄다들 알구 화젯거리가 됐대요. 그 남편은 벽도 씨에게서 들었다나요. 왜 그리 번설들일까요."

"놀랄 것두 없잖우. 세상이 한꺼번에 발끈 뒤집힌대두 이제야 겁날 것이 없는데."

"말이 우습잖아요.—제가 일반에게 그런 인상을 줘 뵈는지 너무 사치하니까 가정생활에 부적당하리라구요. 오래오래 원만하기를 기대하기가 어려우리라구요. 자기들보다두 몇 곱절 더 생각하구 각오를 가진 줄은 모르구 웬 아랑곳인지들 모르겠어요. 자기들보다 못한 사람인 줄만 아나 부죠."

"이 기회에 애매하게 남을 발가벗겨놓구 멋대로들 난도질을 하는 모양이지."

"외딴 섬에나 가 살구 싶어요. 이렇게 시끄러울 줄 몰랐어요."

"불유쾌한 세상이구 귀찮은 인심이야.—우리 시나 한 줄 읽을까."

준보는 뒤숭숭한 잡념을 떨쳐버리려는 듯 쇄락하게 자리를 일어서서 실의 손을 이끌고 책장 앞으로 갔다.

"맘이 성가실 때는 시를 읽는 게 첫째라우. 난 벌써 여러 해째 그 습관을 지켜오는데 세상에 시인같이 정직하구 착한 종족이 있을까. 그 외엔 모두 악한이요 도적인 것만 같아요. 시인의 목소리만이 성경과 같이 사람을 바로 인도하구 위로해주거든요.—무얼 읽을까. 하이네? 셸리? 예이츠?"

책꽂이를 한 층 한 층 손가락으로 더듬더니 두둑한 책 한 권을 뽑아냈다.

"휘트먼은 어때요. 오래간만에 휘트먼을 읽어볼까요. 예이츠들과는 다른 의미로 좋은 시인이죠. 그는 한 계급의 시인이 아니라 전 인류의 시인이에요. 아무와도 친하게 이야기하구 똑같이 사랑하는 가장 허물없는 스승이에요. 월트 휘트먼—인류가 아마두 예수 다음에 영원히 기억해야 할 꼭 하나의 이름이 이것이에요. 나는 그를 읽을 때 용기가 솟구 희망이 회복되군 해요."

"고요한 목소리로 한 구절 읽으세요. 눈을 감구 들어볼게요."

준보가 앉은 의자 발밑에 실은 그대로 주저앉으면서 준보의 무릎에 손바닥을 놓고 그 위에 사붓이 얼굴을 얹었다. 준보가 야트막한 목소리로 천천히 임의의 구절구절을 낭독하기 시작할 때 실은 짜장 눈을 감고 시의 세상 속으로 이끌려 들어가는 것이었다.

태양이 그대를 버리지 않는 한 나는 그대를 버리지 않겠노라.

파도가 그대를 위해서 춤추기를 거절하고 나뭇잎이 그대를 위해서 속살거리기를 거절하지 않는 동안,

내 노래도 그대를 위해서 춤추고 속살거리기를 거절하지 않겠노라.

나는 그대에게 한 가지 약속을 하노라—그대가 나를 만났기에
적당한 준비를 하기를 나는 요구하노라.

내가 올 때까지 성한 사람 되어 있기를 요구하노라.

그때까지 그대가 나를 잊지 않도록 나는 뜻 깊은 눈초리로 그대
에게 인사하노라.

"좋아요, 참 좋아요. 저를 위해서 쓴 것만 같아요. 어머니보다
두 인자해요.—태양이 그대를 버리지 않는 한 나는 그대를 버리
지 않겠노라. 저두 휘트먼을 좀 더 일찍 알았다면 더 행복스러웠
을 것을요."

실은 얼굴을 벙긋이 들고 준보를 쳐다보면서 입안에 그뜩 젖
을 머금은 어린아이와도 같이 행복스러운 얼굴이었다. 준보는 실
의 머리 위에 한 손을 얹고 페이지를 들척거렸다.

"휘트먼을 가지게 된 것은 인류의 행복이에요. 가십만을 일삼는
거리의 소소리패들에게 휘트먼을 읽혀드렸으면 얼마나 좋을까요."

여인, 앉은 여인, 걷는 여인—혹은 늙고 혹은 젊고

젊은이는 아름다우나—늙은이는 젊은이보다 더 아름다워라.

"그의 눈에는 모든 것이 다 아름답구 고르구 평등하구 사랑스
럽지, 하나나 추하구 밉구 차별진 것이 있나요. 예수같이 인자하
구 바다같이 관대해요. 또 한 수 여자를 노래한 것—."

나는 여성의 시인이며 동시에 남성의 시인이니라.

나는 말하노라, 여자 됨은 남자 됨과 같이 위대한 것이라고.

또 말하노라, 남자의 어머니 됨같이 위대한 것은 없노라고.

"더 읽으셔요. 자꾸자꾸 읽으셔요. 종일 들어두 싫지 않겠어요. 밥같이 암만 먹어두 싫지 않겠어요. 속세의 번거로움을 떨쳐 버리구 휘트먼 한 권만을 가지구 단둘이 어딘지 모를 먼 고장에 가서 살 수 있다면 오죽이나 좋을까요."
하면서 한숨짓는 실의 목소리는 그대로가 한 구절의 시를 읽는 것과도 흡사했다.

영웅이 이름을 날린대도 장군이 승전을 한대도 나는 그들을 부러워하지 않았노라.

대통령이 의자에 앉은 것도 부호가 큰 저택에 있는 것도 내게는 부럽지 않았노라.

그러나 사랑하는 사람들의 우정을 들을 때 평생 동안 곤란과 비방 속에서도 오래오래 변함없이

젊을 때에나 늙을 때에나 절조를 지키고 애정에 넘치고 충실했다는 것을 들을 때 그때 나는 머리를 숙이고 생각하노라.

부러워서 못 견디면서 황급히 그 자리를 떠나노라.

낭독이 끝난 후까지도 실은 얼굴을 들려고 하지 않고 같은 자세로 무릎 위에 엎드리고 있는 것을 준보는 감동에 젖어 있는 것이거니만 생각한 것이 문득 머리를 드는 서슬에 눈에 어리운 눈

물 자국을 보고 가슴이 짜릿해졌다.

"왜 운단 말요."

책을 놓고 두 손으로 무릎 사이에 그의 얼굴을 받들어 끄니, 실은 아이와도 같은 무심한 눈동자로 멍하니 준보를 쳐다본다.

"너무두 행복스러워서요. 휘트먼의 시두 좋거니와 이렇게 선생님과 마주 앉아 시를 읽게 된 것이 얼마나 행복스러운지 아마두 한평생의 추억거리가 될 거예요. 세상에 가지가지 행복두 많겠지만 여기에 지나는 행복이 또 있을 것 같지는 않아요. 자꾸 울고만 싶어요."

하면서 다시 글썽글썽 눈물이 새로워지는 것을 보고는 준보는 거의 충동적으로 그의 얼굴을 가까이 잡아끌었다.

"이 행복감을 고이고이 길러서 언제까지든지 끌고 나갑시다. 세상의 장해가 아무리 크다구 하더래두 용감스럽게 그것을 뛰어넘어갑시다. 그것이 꼭 하나 우리의 작정된 길이니까요."

손등으로 눈물을 훔치는 사랑하는 사람의 자태란 얼마나 아름다운 것이었던가.

4

민주빈의 등장은 윤벽도의 그것과는 스스로 성질이 달라서 준보들의 마음속에 한 줄기의 빛을 던졌다고 하면 던졌을까.

신문의 지방판의 기사를 맡아 쓰고 있는 주빈은 그 직책의 성질과 준보들의 일건을 누구보다도 먼저 알고 있을 처지에 있으면서도 까딱 그 눈치를 보이지 않는 것은 은근한 그의 성격의 탓이라고 할까.

"하긴 나두 사실 첨엔 놀랐어요. 형이 그렇게 대담한 줄은 몰랐거든요. 그야 문학을 일삼으시니까 생각이 남보다는 다르시겠지만 결혼을 한대구 거저 무난하구 순결한 경우를 택하신 줄 알았지 이렇게 문제의 파도 속에 즐겨서 뛰어드실 줄은 몰랐어요."

주빈은 준보의 눈치를 보면서 신중하게 입을 열었다.

"순결이란 대체 무어요. 마음을 떠나서 순결만의 순결을 찾음은 뜻 없는 일이라구 생각해요. 참으로 훌륭한 마음 앞에는 몸의 희생쯤 문제가 아닐 거예요.─벽도의 말을 들으면 모두들 반대라는데."

"전 반드시 그렇지두 않습니다만 모든 문제 다 깔아버리구 아름다운 이와 결혼한다는 다만 그 조건만으로두 좋지 않아요? 사람에겐 기질의 타입이 있다구 생각하는데 가령 벽도 군과 나와는 전연 대차적인 입장에 있는 것 같구 가깝다면 아마 내가 형과는 제일 근사한 타입일 거예요. 연애니 결혼이니 하는 것두 결국은 그, 그 성격의 타입이 작정하는 것이 아닐까요. 옥 씨만 한 인물과 미모라면 다른 조건 다 희생두 좋구말구요. 그 점에서 난 찬성이구 형의 그 자유로운 심정과 태도에 여러 가지로 반성되구 줏대 없는 내 마음에 매질해보군 했어요. 막상 내가 그런 경우에 처했다면 혹시 주저했을는지두 모르니까요. 마음의 자유대로 행동할 수 있구 행동해서 조금두 꺼리지 않는다는 것이 여간 장하구 존경할 만한 일이 아니에요."

"형은 그렇게 말해두, 대부분의 세상 사람들은 존경은커녕 얼마나 비웃는지 몰라요. 결국 난 세상을 아직두 퍽 야만스러운 곳이라구 생각해요. 참으로 정직한 판단이 없이 편견과 말썽으로 부화뇌동하구 경솔하게 떠들썩하는 그런 버릇이 있어요. 세상이 그렇게 우매하다는 것과 내가 내 뜻을 존중히 하는 것과는 물론 별문제이지만."

준보는 주빈의 이해에 대해서 이렇게 대답하고 바로 며칠 전에 겪은 조그만 변을 문득 생각해내면서 그것을 붙여 말하고 싶었다.

─준보는 벌써 거리낄 것 없이 실과 함께 거리를 걷고 교외로 산보도 나가는 것이었으나 그날 늦은 오후의 영화를 보고 관을 나오는 때였다. 빽빽이 쏟아지는 인총 사이에 피곤한 몸을 맡기고 제물에 행길로 밀려 나와 골목을 벗어났을 즈음 두 사람은 어느 결엔지 뭇시선의 대상이 되어 있음을 몰랐다. 그 많은 총중에서 왜 하필 유독 그들만이 무대 위의 배우같이 사람들의 눈을 끌었을까를 생각하면 불쾌하기 짝 없는 것이었으나 문득 귀 익은 발음 소리를 듣고 비로소 정신을 차린 두 사람이었다. 뒤편에서 웅얼웅얼 자기들의 이름을 외는 것임을 알았다. 목소리는 점점 커지더니 드디어 또렷이 들릴 정도로 가까워졌다.

"아나. 저기 준보와 옥실이라네."

확실히 그렇게 들렸다. 그러나 그 자리로 경망하게 고개를 돌릴 수도 없어 모르는 체하고 걸어가는 동안에 그들의 회화는 두 사람을 둘러쌀 지경으로 요란해졌다.

"인전 제법 대담들 하지. 내로라구 보라는 듯이 끼구들 다니니."

"대담한지 철면핀지 모르겠네. 허구많은 경우 다 두구 왜들 하필 세상을 이렇게 떠들썩하게 해놀꾸."

"남이야 아무러거나 말거나 왜들 떠들썩들 하라나, 떠들썩하는 편이 어리석지 남이야 아무 멋을 부리건 말건."

두 사람을 옹호하는 듯하면서도 기실 악질의 야유인 것을 쉽사리 느낄 수 있었다.

"옥실이와 준보가 결혼을 할 테면 하랬지 뭐가 어떻게 됐단 말인가. 음악가와 소설가이기로서니 그렇게 법석들을 할 법이야 있나."

두 사람의 이름을 커다랗게 외치면서 옆을 스치는 후리후리한 청년을 옆눈으로 보았을 때 준보는 문득 피가 용솟음치면서 눈이 화끈 달았다. 청년도 흘끗 두 사람을 곁눈질하더니 즉시 자기들끼리만의 의미를 가진 복잡한 미소를 띠었다.

"다정다한한 남녀들이라 미상불 부럽기두 해. 세상을 한번 요란하게 하는 것두 자랑스러운 일이 아닌가."

조롱과 야유에 넘치는 그 말에 준보는 드디어 견딜 수 없어서

"버릇없는 것들."

하고 몸을 불끈 솟구었으나 실이 민첩하게 팔을 붙들어 끌면서

"참으세요. 그들에게두 말의 자유가 있잖아요. 우리에게 행동의 자유가 있듯이."

하고 도리어 길옆으로 피해 서는 동안에 소소리패는 여전히 고개를 흘끗들 거리면서 두 사람을 스쳐 지나고 말았다.

이상스러운 것은 준보는 순간 눈앞이 화끈 다는 듯하더니 웬일인지 금시 노염이 풀리면서 실의 손목을 꼭 쥐게 된 것이었다. 그의 유유한 마음씨에 감동하고 냉정한 이지에 경의를 표하고

싫었던 것이다. 실의 원만한 인격으로 말미암아 그 시각으로 외부의 수난쯤은 솔곳이 잊어버리게 된 것을 준보는 더없이 행복스러운 것으로 여겼다. 실과의 행복 앞에서는 버릇없는 후리후리한 청년도 세상의 야유도 조롱도 그림자가 흐려지면서 먼 곳으로 비슬비슬 멀어지는 것이었다―.

주빈은 가느다란 눈 가장자리에 주름을 잡으면서 그 조그만 에피소드를 듣고 나더니

"그러나 세상이란 완고한 것 같다가두 실상은 의외로 무른 거예요. 결국 가장 센 것은 개인의 의지라구 생각해요. 거저 내 뜻대로 나가는 것―그것이 제일 좋은 방법이요 훌륭한 태도죠. 청년들에게 야유를 당한 후에 즉시 사랑의 행복을 느낀 것을 생각해봐요. 그 행복 이상으로 값나갈 무엇이 세상에 있겠나를."

"의논한 법두 없구 내 일 나 혼자 처리하려구 하는데 모두 괜히 한몫씩 참여하려구들 드는구려. 끝까지 세상과 싸워볼 작정이에요. 필경 누가 못 배겨나나 보게."

"하긴 벽도 군은 서울로 원병을 청하러 갔다나요. 혼자 힘으론 부치니까 서울의 동무를 죄다 역설해서 일대 반대 운동을 일으키겠다구. 샅바 끈을 단단히 졸라매셔요. 괜히 까딱하다 넘어지지 말게요."

또 새로운 소식에 준보는 귀가 뜨이면서 주빈의 괴덕스러운 목소리로 자연 웃음이 터져 나왔다.

"벽도두 열정가야. 동무를 진정으로 위한다면 그만 밸은 있어야지.―세상은 재미있는걸. 점점 재미있어 가는걸. 사람들은 이 맛에 사는 것이 아닐까."

주빈이 전한 말이 헛소리가 아님은, 그가 다녀간 지 이틀 만에 준보는 서울서 온 의외의 편지 한 장을 받게 된 것이었다. 준보가 기왕부터 알고 있는 한 사람의 직업여성으로부터 온 충고의 편지였으니 그것이 벽도의 원병 운동의 제일착의 첫소리였던 셈이다. 아마도 벽도가 술을 먹으러 가서 비분한 장광설을 한 결과, 사연을 듣게 된 그가 동감 찬성하고 드디어 편지를 띄운 것이라고 추측되었다. 서면은 대단한 달필로 여러 장을 들여서 준보의 생각이 미흡하고 행동이 그릇되었음을 지적한 것이었다―.

현재의 쓸쓸한 심경을 살필 수는 있지만 평생의 중대사를 어떻게 그렇게 소홀히 작정하느냐―소중한 몸을 아낄 줄 모르구 왜 그리 천하게 굴리느냐―당신 마음을 그토록 당긴 그 여자의 매력을 미워해야 할는지 존경해야 할는지 모르겠다. 동무들이 대단히 걱정하는 걸 민망해서 볼 수 없다.―이 자리로래두 뛰어가서 만류하구 싶으나 먼 길에 그럴 수두 없으니 두 번 세 번 신중히 생각해서 처리해라…….

대강 이런 뜻의 걱정을 적었는데 웬일인지 황겁지겁 설렌 듯한 그의 자태가 눈앞에 보여오는 것 같아서 준보는 픽 웃어버렸다.

"괜히들 설레누나. 공연히 필요 이상으로 안달들이구나. 세상이 금시 뒤집힌 거나 같이."

준보야말로 그 원래의 간섭을 미워해야 할는지 존경해야 할는지 모르면서 반천 리 길이나 일부러 가서 겨우 그런 졸병을 통해서 첫 화살을 보내게 한 벽도의 수고가 또 한 번 생각났다. 편지를 그대로 꾸깃꾸깃해서 휴지통에 넣으려다가 준보는 문득 돌려 생각하고 다시 편지를 곱게 펴 들었다.

"이대로 두었다가 실에게 보이자. 그의 감회가 어떤지 누구의 태도가 더 의젓한지 달아나 보자."

5

편지를 보고 실은 그다지 분개도 하지 않고 도리어 허물없는 웃음을 띠었다.

"글두 명문이구 글씨두 잘 썼구.―그러나 웬 아랑곳일까 주제넘게. 그 여자의 매력이라니 다 무어야 망칙하게."

웃은 것은 마음으로부터 웃은 것은 아니었다. 역시 한 줄기 섭섭한 감정이 그의 눈썹 위에 흐르고 있음을 보고 준보는 그런 것을 보인 것이 뉘우쳐도 졌다.

"자꾸만 이렇게 반대들이 일어나면 필경은 곰곰이 반성하시구 제가 싫어지겠죠. 아무리 굳은 마음인들 왜 주위의 지배를 안 받겠어요."

"쓸데없는 소리 또 한다. 그러라구 편지를 뵈었던가. 그 자리로 찢어버리구 안 뵈일 수두 있었는데."

"이대로 솔곳이 죽구만 싶어요. 행복스러운 동안에 죽어버리는 것이 제일 아름다울 것 같아요. 앞으로 또 무엇이 올까를 생각하면 진저리가 나요."

"되려 고소해하는 것들 많게. 그것들 보기 싫어서두 오래 살아야 하잖우. 소문두 한때지 언제까지나 남을 쫓아오겠수, 마음을 크게 담차게 먹어요."

준보도 사실 가끔 마음의 평온함을 잃곤 했으나 실의 앞에서는 또 의젓하게 그를 격려하고 위로하는 입장에 서지 않으면 안 되었다. 휘트먼의 시집을 찾아내서 다시 읽기도 하고 서투른 피아노의 합주를 하기도 하고 말없이 의자에 앉고 실은 그 무릎 아래에 앉아서 손을 마주 잡고 어느 때까지나 그 소박한 행복감에 잠기기도 했다.

거리의 소문은 언제면 완전히 꺼져버리려는지 주일이 거듭되고 달이 넘어도 조그만 도전과 걱정거리는 빼지 않았다. 준보가 학교에서 별안간 요란스럽게 울리는 수화기를 잡으면 면목은 있으나 그다지 귀 익지 않은 여자의 목소리가 두 사람의 사건을 비웃는 듯 야유해왔고 거리에서 간혹 동무들과 술좌석을 같이하면 입술을 비죽들 거리면서 누구나 한 촉의 화살을 준보에게 던지려고 대기하고 있는 것이었다. 그들을 둘러싸고 있는 그런 험악하고 적의에 넘치고 있는 분위기 속에서 마음은 도리어 단련되고 굳어져가는 것도 사실이었다. 누가 못 견디나 보자 하는 앙심이 생기면서 사면초가의 외로운 속에서 끝까지 항거해보려는 결의가 솟을 뿐이었다.

보라는 듯이 떳떳이 거리를 다니고 교외를 소요하는 심정 속에도 그런 대항의식이 숨어 있다고도 하지 않을 수 없었다. 고집스럽게 바라들 보고 빈정거리는 사람들의 시선들을 목석같이 무시해버리고 두 사람은 두 사람만의 길을 꼿꼿이 걸었다. 두 사람만의 세계를 그렇게 성벽같이 주위 구별해서 지키면서 그것으로써 도리어 밖 세상까지 또 지배하려고 함은 행복스러운 일이었다. 그 성벽 속에서는 단 두 사람만의 세계이므로 사랑과 이해는 한층 굳어져가고 밖 세상을 지배하려 함에는 커다란 자랑과 교만이 상반하는 까닭이었다. 내 몸의 실력이 충실할 때 밖에 대해 교만함은 유쾌한 일이다. 그 내면에서 솟아 나오는 유쾌한 느낌을 지우고 보충하려는 것이었다.

산속 길을 걸으며 낙엽을 밟고 강을 굽어보고 짙어가는 가을을 관상할 때 실은 다시 장래의 생활 설계를 치밀하게 세웠다. 하루에 몇 시간씩 책 읽고 음악 연습하고 아이들을 지도하겠다는 것, 찻그릇은 어떤 것을 쓰고 요리는 어떻게 만들겠다는 것까지를 찬찬히 계획했다. 그렇게 희망에 넘치는 실의 얼굴은 또 어느 때보다도 빛나고 아름다운 것이었다.

"세상이 정 시끄럽구 말썽이거든 우리 촌에 나가 염소나 기르구 닭이나 쳐요, 네."

실의 이런 제의도 또한 기특하고 아름다운 것이다. 여자의 포부와 각오가 항상 더 원대하고 굳은 것일까.

"좋구말구. 속세에 그렇게 연연해할 것두 없는데 남은 반생을 차라리 전원의 목가 속에서 살 수 있다면 그 역 좋구말구요."

"소와 돼지까지를 기를 수 있다면 더욱 좋겠어요. 일 년 먹을 햄을 맨들어두구 소는 젖을 짜구요. 소가 잘되면 빠터 제조업을 시작해두 좋죠. 집에서 손수 빠터 맨들어 먹을 수 있는 처지.—전 이걸 인간 생활의 최대의 이상이라구 생각하구 있어요."

"어디 이상을 실현해봅시다그려. 과히 어렵지 않다면야."

가랑잎이 발아래에 요란스럽게 울리는 수풀 사이에서 헌칠한 나뭇가지 너머로 푸른 강물을 내려다보고 그 너머 마을의 인가들을 세면서 전원의 명상에 잠김은 그것이 실현되든 안 되든 단지 그것만으로도 행복스러웠다.

초가을부터 시작된 두 사람의 사이는 두어 달을 지나는 동안
에 모든 장해를 넘어 더욱 깊어가서 흡사 시절의 걸음과 발을 맞
추려는 듯도 했다. 시절이 깊어가면 갈수록에 영혼들도 맑아가고
그 열정을 가다듬어갔다. 날이 으슬으슬해가고 공기가 차감을 따
라 산속을 거니는 날이 적어지고 방 속에서 꿈과 설계에 빠지는
날이 늘어갔다. 첫서리가 허옇게 내려 땅을 덮은 날 실은 조금 조
급하게 설렜다.

"정신없이 능장을 대구 있느라구 이 옷주제 좀 보세요. 거리
에선 벌써들 겨울옷들을 입기 시작했는데 아직두 이게 첫가을의
차림 아녜요. 옷벌이란 옷벌은 전부 동경에 두었거든요. 얼른 가
서 첫째, 옷을 가져와야겠어요."

"그렇소. 지금 남은 일은 꼭 한 가지밖엔 없소.─얼른 동경 들
어가서 짐을 가지구 나올 것."

"참으로 무서운 변화예요. 다시 들어가 공부를 계속할 줄 알았
지 누가 짐을 꾸리게 될 줄 알았던가요. 여름휴가로 나왔다가 꼭
두 달 동안에 이 기적이 오구 말았어요."

"되려 섭섭한 것두 같죠. 커다란 변화란 아무리 그것이 행복된
것이래두 한 줄기 섭섭한 느낌을 주는 법인데."

"짐이 좀 많아요. 피아노, 축음기, 의장, 침대, 옷, 레코드, 책.
옳게 꾸려서 부치려면 아마두 두 주일은 걸릴 거예요. 두 주일 동
안 안녕하시구 그리구─한눈 파시지 마세요."

언제나 그것이 걱정인 모양이었다. 준보는 번번이 그것을 대
답하기가 실없어서 눈에 웃음을 머금고 실의 귓불을 징그시 끌
어당겼다.

"이 걱정쟁이 같으니 누굴 칠면조나 카멜레온으로 아나 부다."

"저 없는 동안에 모두들 충충대서 마음을 변하게 하문 어떻게 해요. 정말 걱정예요.—전 그렇게 되면 죽을 걸요 뭘."

"어서 내 염려 말구 당신 마음의 고삐나 든든히 잡아둬요. 행여나 대중없이 놓여나지나 말게."

"인전 그만둬요 그런 소리. 듣기만 해두 소름이 끼쳐요."

지난 두 달 동안의 변화와 수많은 굴곡을—행복과 불행의 가지가지를 반성하면서 벌써 그것이 과거가 되고 추억이 된 것이 신기해서 견딜 수 없었다. 뭇 인물들의 왕래와 미묘한 인심까지를 아울러 생각할 때 두 사람이 꾸며놓은 그 조그만 한 폭의 역사가 또한 인간 생활의 장한 한 페이지로 여겨졌다. 그 한 폭을 주추로 하고 앞날의 발전이 훤하게 내다보이는 것이 두 사람의 마음을 한량없이 밝게 해주었다. 스스로의 운명을 스스로들 개척해가는 용기 앞에는 하나의 확고한 결정이 있을 뿐이었다. 미래에 속하되 미래가 아닌 결정이었다.

삼한이 풀리고 사온이 시작되는 날 드디어 실은 동경으로 길을 떠나게 되었다.

날마다 학교로 오는 전화가 그날은 특별히 아침 일찍이 왔다.

"오늘 떠나게 될는지두 모르겠어요. 안녕히 계셔요."

실은 역에서 보냄을 받기를 좋아하지 않는 성질에 떠나는 날짜의 결정을 언제나 확적히 작정하지 않고 흐려오던 것이었다. 세상에 작별같이 마음 성가신 일이 없어서 역에서 마주 보고 눈들을 붉히면 도저히 떠날 용기가 생기지 않는다는 것이었다. 언제나 떠나게 되면 말없이 가만히 떠나겠다고 하던 것을 생각하고 그날 아침 전화로 준보는 혹시 이날이 아닌가 설레면서 물었다.

"몇 시에 떠난단 말요, 몇 시에."

"모르겠어요. 떠날지 안 떠날지 모르겠어요. 아이들 데리구 얼마나 고생하시겠어요. 제발 몸 주의하세요. 병원에 자주 다니시구 많이 잡수시구요. 제발제발 건강하세요."

열 번 백 번 듣는 이 몸에 대한 주의가 번번이 마음을 울리는 것이었다. 조급하게 차 시간을 거듭 묻고 되물으나 종시 대답이 없이 전화는 끊어졌다.

떠나도 필연코 밤이려니 생각하고 준보는 학교를 일찍이 나와 그를 보낼 약간의 준비를 갖추어가지고 저녁 무렵은 되어 가게로 전화를 거니 그의 언니의 대답이 이미 세시 차로 떠났다는 것이었다. 준보는 한참이나 우두커니 서서 실망이 컸으나 생각하면 실의 말마따나 그편이 되려 성가시지 않고 개운하거니 하고 마음을 눅여도 보았다.

밤에 가게로 내려가니 언니는 금시 장난을 하고 난 아이같이 빙그레 웃으면서 말했다.

"기어코 가만히 떠나고 말았어요. 그 애 성질이 원래 그래요. 여럿이 나가면 결국 울구불구 해서 못 떠나구 만답니다. 잠시 적적은 하시겠으나 그동안 건강하실 테니 되려 안심이라구 기뻐두해요. 서울 가서 제 심부름을 보군 바로 동경 들어가기로 했어요. 서울서나 동경서 장거리 전화를 걸겠다구요."

"이젠 전화나 기다리는 수밖엔요. 무사하게나 다녀온다면 더 바랄 것이 없죠. 날짜의 길흉을 몹시 가리더니 오늘이 그럼 대안 날인가요."

"그렇답니다. 삼벽[6] 대안이에요. 이것 보셔요."

하면서 가리키는 벽의 괘력을 바라보니 조그만 글자가 그렇게 짐작되었다.

'떠나두 대안, 돌아와두 대안, 대안 날 제발 무사태평하구 만사형통하소서.'

축원의 말을 마음속에 외면서 준보는 두 주일 동안 만나지 못할 실의 자태를 머릿속에 떠올려보았다. 달덩어리같이 훤한 얼굴과 포도알같이 맑은 눈이 분명하게 뚜렷이 떠올랐다. 맑은 목소리가 아울러 귀에 울려왔다.

"……제발 몸 주의하세요. 병원에 자주 다니시구 많이 잡수시구요. 제발제발 건강하세요."

실의 육체와 영혼의 한 방울 한 방울이 한 점 빈틈없이 준보의 속에 그대로 살아 있었다. 준보는 그것을 마음과 육체를 가지고 역력히 느끼는 것이었다.

— 〈춘추〉, 1942. 1.

---

6 목성을 이르는 말.

만보

도수장께를 들어오다 만보는 기어코 지게를 벗어던지고 밭고
랑으로 뛰어 들어가 허리를 풀었다. 보거나 말거나 태연한 자세
로 담배를 집어내 불을 붙였다. 섬은 바소쿠리[1]의 곱절이 든다. 공
복에 두 섬의 거름을 들까지 나르고 나니 해도 어지간히 들었다.
만보는 면에서도 제일가는 장골이다. 장정의 반나절 일을 식전에
해버리는 버릇이었다.

아침 기운이 산들하다. 도랑 건너 과목은 물이 온다. 자줏빛으
로 무르고 녹았고 보리밭에는 푸른 이랑이 줄줄이 뻗쳤다. 봉굿
이 솟은 검은 흙이 발을 떠받드는 것 같다. 무겁던 것이 한결 개
운하다. 자취 없이 녹아 흐르는 연기와 같이 몸도 녹아버릴 것 같

---

1 싸리로 만든 삼태기.

다. 하루 동안의 그 어느 때보다도 시원하고 즐거운 한때였다. 그 어느 때보다도 구수한 담배 맛이었다.

한 개가 다 탈 때까지 웅크리고 앉았으려니 별안간 난데없는 흙덩이가 뒷덜미에 떨어졌다. 발꿈치를 간질이는 개미만큼도 그의 마음을 건드리지는 못하였으나 이어서 일어난 웃음소리가 비로소 그의 주의를 끌었다. 그렇다고 그 자리를 급스럽게 일어나는 것이 아니다. 눈썹 하나 안 움직이고 유창하게 앉아 있음은 일반이다. 누구인가 말소리를 기다릴 뿐이다. 또 한 덩이 흙이 뛰어오더니 걱실걱실한 목소리가 났다.

"재수 텄다. 꼭두아침부터 이건 걸물인데."

박 회계원임을 알고도 만보는 끔쩍도 하는 법 없이 담뱃불을 신발 끝에 문질렀다. 회계원은 어느 틈엔지 꽤 빠르게 앞으로 돌아와 껄껄 웃으면서 호탕스럽게 소리를 친다.

"버릇없는 망나니."

빙그레 웃으면서 몸을 일으키는 것을 한 걸음 다가서며 놀람 반 웃음 반으로 경탄의 소리를 자아낸다.

"백두산 전나무만 한걸."

만보는 픽 웃으며 바지를 올리고 몸을 단속하고 나서 비로소 대꾸할 여유를 보였다.

"왜, 장가들여 주려나?"

"들기도 들어야겠어. 서른을 넘은 총각이란 보기도 흉측스러운 걸."

만보의 농을 됩데 이용하여,

"선심만 쓴다면야 장가도 어렵지 않지."

교묘하게 가늠보아 노총각의 마음을 떠본다.

"선거 말인가?"

만보는 만보로서 민첩하게 회계원의 뱃심을 알아챈 것이다.

"어떤가? 한몫 거들어만 준다면 퇴나게."[2]

말 줄을 얻은 듯이 회계원은 은근히 슬금슬금 잡아낚는다.

"술집으로 요릿집으로! 그야말로 독벼락 맞을 걸세."

"면장 될 생각이 바짝 나나 부다. 면장이 조합장으로 뽑히면 그 뒷자리에 들어서자는 배짱이지."

"그야 나중 얘기지만 어떤가, 생각 있나?"

"도시 미친놈들이지. 허수아비 같은 조합장을 바라는 놈이나 두 패로 나누어 그놈을 부축하는 놈들이나 어리석긴 일반. 어느 때라구 이 바쁜 철에 떼를 지어서 술집으로 요릿집으로 돌아다 닌단 말이야."

"밭일 말이지? 그건 염려 없네. 윤 직장께 말해서 나흘 동안만 자네를 빌리기로 작정됐으니까. 이렇게 된 바에야 기운이 첫쨌데 기운으로야 자네만 한 사람이 어데 있나."

"내야 어느 편을 들고 어느 편을 안 들 수 있나. 실상인즉 종화 편에서도 부탁이 있었기에 말이네."

"그렇기에 자네 소원이 무엇인가? 한 팔 걸어준다면 무엇이든 지 소원을 들어줌세."

"내 소원을……."

"저녁에 남도집에서 만나세그려."

시계를 내보더니 출근 시간이 바쁜 듯이 박 회계원은 걷기 시

---

2 실컷 먹어서 물리게.

작하였다. 거뿐한 지게를 걸머지고 뒤를 따르는 만보에게 걸으면서 띄엄띄엄 선거의 형세를 말하였으나 만보는 심드렁한 듯도 하고 마음이 당기는 듯도 하였다.

금융조합장 김종화는 삼 년의 만기 퇴직을 앞두고 이어 그 자리에 눌러앉을 생각이었다. 면장 자리가 오래지 못함을 알고 최 면장이 후보로 나서게 된 때부터 싸움은 터졌다. 남문 패는 최 면장을 세우고 서면 패는 김종화를 받들어 거리와 마을은 은연중 두 패로 나뉘어 재선거날을 앞두고 경쟁이 심하여 갔다. 조합장을 선거할 조합 총대總代[3]는 마흔 명가량이다. 처음부터 양편으로 갈려 태도가 선명한 총대의 수효는 피차 상반하므로 나머지 총대의 지향이 결국 선거의 운명을 결정할 계제에 이르렀다. 그 어리뻥뻥한 총대를 뺏기에 싸움의 목표가 걸려 있다. 권고와 설명만으로 총대의 심중을 확실히 잡을 수 없었다. 서면 패가 단말로 꾀어놓으면 남문 패가 괴로운 조건으로 당겨버리고 남문 패가 술로 사 놓으면 서편 패는 더 나은 미끼로 뺏어버리곤 하여 피차의 꾀에는 한정이 없었으나 그러면 그럴수록 총대의 마음이 대체 어느 편으로 기울어질까 전연 안개 속의 일이어서 도리어 의심, 초조, 시기는 구름같이 일어나 싸움은 얼크러져 어둠 속의 해작질[4]로 변하였다. 이 수단 저 수단을 쓰다 못해 이윽고 맹랑한 일이 일어났다. 궁한 끝이라 술책도 헤벌어지고 드러나게 되었다. 총대를 모아다가 두게 되었다. 수족과 마음의 자유를 잃은 총대로서는 허울 좋은 허수아비 격에 지나지 못하였으나 다따가 산협에 끌려

3 전체를 대표하는 사람.
4 무엇을 조금씩 자꾸 들추거나 파서 헤치는 짓.

나온 그들에게 아침저녁으로 대접받는 진미와 술잔과 호강이 싫지는 않은 것이었다. 마음에 걸리는 것이 있다면 바쁜 시절이라 농사 걱정뿐이었다. 이런 술책이 어느 편에서부터 시작되었는지도 모르게 두 편이 다 그 속에 휩쓸려 선거 운동은 어지럽게만 되었다. 총대 수효의 평균이 깨트려져 세력이 기울어졌을 때 이번에는 별수 없이 간직한 총대의 약탈전이 시작되었다. 떼를 지어서는 밤중에 뒷방에 몰려들어 잠자는 총대를 신짝같이 뺏어 오곤 하게 되었다.

최 면장 편의 괴수는 박 회계원이었다. 남문의 소소리패를 모아 진을 다졌으나 워낙 강적인 김종화 편에는 한 수 휘는 형세였다. 김종화는 군내의 거농으로 한편 자본을 부어 갖가지의 장사를 경영하는 터이므로 잡화상의 치호, 양주소 주헌, 정미소 희수는 한 떼가 되어 종화의 팔다리 노릇을 하였다. 승벽이 세고 단결이 굳은데다 무엇보다도 비용이 풍성하여 거래가 쉽고 윤택이 있음이 도무지 남문패의 따르지 못할 바였다.

맞서려면 면장은 빚 위에 빚을 내게 되었으니 황새걸음을 따르려다가 다리가 찢어질 지경이었으나 그렇게 되면 거의 취중의 일같이 분별없이 허둥지둥하여 바른 정신의 소행은 아니었다.

그런 판이라 제일 탐탐히 여겨지는 것은 기운이었다. 이치도 설명도 아무것도 없이 우격으로 총대의 몸뚱아리를 뺏어 옴에는 마지막 수단인 부락스러운 힘이 첫째다. 돈에 한 수 꿀리는 면장은 그 점에 더 많이 생각을 이루었다. 박 회계원이 만보를 꾀였음에 물론 등 뒤에 면장의 뜻이 움직여 있었다.

만보는 산에 나무하러 간 길에 노루를 산 채로 잡는 장골이었다. 벼 한 섬쯤은 별로 애쓰지 않고 들 수 있다. 단오절마다 시민 운동회에서는 씨름에 판판이 일등이었다. 해마다 탄 소가 늘어서 웬만한 재산을 이루었다. 윤 직장 집에는 근 십 년이나 머슴으로 있으면서 알뜰히 번 것과 합치면 새살림을 벌이기에 넉넉하였다. 하루라도 속히 장가를 들어 살림 날 궁리를 할 뿐이었다. 박 회계 원에게서 청을 받았을 때 만보는 바쁜 때에 미친 짓이라고 생각 하였으나 윤 직장의 승낙이 있었다는 소리에 마음이 쏠리지 않음도 아니었다. 남도집에서 만나자는 것 또한 반가운 말이었다. 비취가 그의 마음을 댕긴 지는 오래였다. 그러나 감히 말 붙일 계제가 없었던 것이다. 비취는 박 회계원과 좋은 사이였고 머지않아 후실로 들이리라는 소문까지 있었다. 박 회계원과 남도집에 가기는 제물맞춤이라고 생각되었다.

세 순배째 들어오니 못하는 술에 만보는 관자놀이가 후끈거렸다. 주는 잔을 감춰버릴 줄도 모르고 고지식하게 알뜰히 받아 마신 것이 꾀 없는 것이었는지도 모른다. 비취의 얼굴이 반달같이 동그랗게 떠올라 보인다.

"사양 말게. 얼근해야 기운도 나지 맨송한 정신으로 싸움이 되나."

박 회계원은 뒤를 이어 거듭 잔을 권한다.

"승패는 오늘밤에 달렸네. 기운 바짝 내주게."

손에 받은 잔을 만보는 떨어트렸다. 회계원의 말은 한 귀로 흘리며 비취를 바라보기에 정신이 빠졌던 것이다.

산속에 들어가 문득 부딪치는 한 포기의 자작나무와도 같이 흰바탕에 새까만 머리쪽이 제비 날개같이 곱다. 손안에 넣고 희롱하면 털 고양이같이 부드러울 것 같다. 그 얼굴 그 모습에 어느 모가 부족해서 하필 술집으로 팔려 다닐까. 그의 몸속은 사람 아닌 무슨 귀한 것으로 가뜩 채워져 있을 성싶다. 그의 조그만 입에서 선녀의 말 아닌 사람의 말이 굴러 나옴이 이상하다. 따뜻한 아침 황소를 타고 김이 무럭무럭 나는 들로 나갈 때 세상에는 푹신한 황소 등허리같이 좋은 것은 없으리라고 생각하였으나 비춰는 그 황소보다도 더 좋고 마음을 당기는 것임을 알았다. 이글이글한 눈망울에 기름이 흐르고 입술이 방끗 벌어짐을 볼 때 만보의 오장은 나뭇잎같이 너벌너벌 흔들렸다.

"자네 마음이 느긋해 보이니 다행이네."

회계원은 능글차게 웃으며 다시 잔을 권하고 눈짓하니 비춰는 가뜩 부어 잔을 채운다.

"오늘밤이 사생결단이야. 계책대로만 가면 선거에 이기네. 놈들이 설마 우리의 꾀야 알 수가 있나."

교묘하게 낌새 보아 그날 밤 계책을 말한다. 만보의 멀건 취안醉眼에는 경 읽는 소리만큼도 대수롭지 않게 들렸다. 눈과 마음은 한결같이 비춰에게로만 쏠리는 까닭이다.

서편 패가 총대 두 사람을 데리고 은밀히 온천 놀이를 떠났음을 감쪽같이 알아냈다. 밤늦게 돌아올 그들의 앞길을 가로막아 총대 두 명을 중간치기[5]로 뺏자는 것이었다. 동구 밖 어구 숲 속에 숨었다가 별안간 엄습하여 알 채로 뺏어 내면 뒤에 숨었던 다른 한패가 부축하여 모르는 집에 갖다 감추는 것이다. 그편의 앞장은

5 '새치기'의 사투리.

아마도 중구일 법한데 중구쯤은 만보에게는 조족지혈이라는 추측이었다. 조합 선거의 돈놀이는 아직도 법에 작정이 없는 까닭에 경찰에서도 이번 운동에는 손찌검이 없다는 것을 회계원은 덧붙여 말하고 나서,

"사람 둘쯤이야 자네겐 나무 한 단 쳐드는 폭밖에는 안 될 걸세."

은근히 구슬린다.

"그까짓 것이야 염려 있으랴만……."

만보는 처음으로 입을 열고 호담스럽게 장담하고,

"결국 자네 말뿐일세그려."

어수룩하게 속아 넘어가지는 않는다는 것이었다.

"그럴 리 있나. 소원을 들어보세."

회계원은 속을 뽑힌 듯해서 급스럽게 느물뜨리면서,

"일만 되고 보면 뭘들 아끼겠나."

데설데설 웃는다.

"비위 좋게 일 될 때를 기다리란 말이야? 안 되면 그만이구?"

"한번 언약하였는데 그 말은 왜…… 얼마면 좋겠나?"

술상 밑에 손을 넣고 손가락을 꼽아 보인다. 다섯까지 꼽았다.

"누가 돈을 바란단 말인가."

"그럼 도야지 한 마리 사줌세."

"일반이지."

"설마 소 한 마리 탐난단 말이 아니겠지?"

"그런 게 아니라."

"……."

비취가 마침 술을 가지러 나가는 틈을 타서 만보는 겨우 수줍

게 벙글벙글 웃음을 띠며 그쪽을 바라본다.

"비취 말인가?"

회계원은 민첩하게 만보의 눈치를 살폈다.

"소나 도야지는 다 일없어."

만보의 뜻이 확실함을 알고 순간 얼굴빛이 변하여 회계원은 한참이나 말문이 막혔다.

"다른 사람이면 안 되겠나? 꼭 비취가 소원인가?"

"비취 아니면 자네에게 말할 것이겠나?"

회계원은 몸이 확 달았다. 모욕을 당한 듯도 하다. 그러나 즉시 얼굴빛을 풀며 괴로운 웃음을 보였다.

"그럼 어데 후려보게나. 당사자의 뜻이지 내로서야 할 수 있는 노릇인가? 암탉을 후리는 것은 수탉의 재주니까."

넓은 염량을 보이기는 하였으나 가슴이 섬뜩하다.

"나중에 아무 말 없으렷다?"

다지는 말에 회계원은 괴로운 심장이 뒤흔들리는 것 같다.

"재주껏 해보게나."

속 빈 웃음을 억지로 데설데설 웃으며 술을 가지고 들어오는 비취를 떫은 표정으로 바라보는 수밖에는 없었다.

— 〈춘추〉, 1943. 7.

이효석 연보

1907년	2월 23일, 강원도 평창군 봉평면 창동리에서 한성사범학교 출신의 교사인 아버지 이시후와 어머니 강홍경 사이의 1남 3녀 중 장남으로 출생. 아호는 가산可山, 필명으로 아세아亞細亞, 효석曉晳 등을 썼음.
1914년	평창공립학교 입학. 어린 나이에 평창에서 하숙을 하며 공부함.
1920년	평창공립학교 졸업, 경성제일고등보통학교(지금의 경기고등학교) 입학.
1925년	경성제일고등보통학교를 우등으로 졸업하고 유진오와 나란히 경성제국대학(지금의 서울대학교) 예과에 입학. 단편 〈여인〉〈황야〉〈누구의 죄〉 등 발표.
1926년	시 〈겨울 시장〉〈야시〉, 단편 〈달의 파란 웃음〉〈가로의 요술사〉 등 발표.
1927년	예과를 거쳐 영문과 진학.
1928년	경성제대 재학 중 〈조선지광〉 7월호에 단편 〈도시와 유령〉을 발표하여 문단의 주목을 받기 시작함. 경향파의 동반작가로 활약.
1930년	경성제국대학 영문학과 졸업. 단편 〈깨뜨려진 홍등〉〈마작 철학〉 등 발표.
1931년	나진고등여학교를 졸업한 이경원과 결혼. 단편집 《노령근해》 발표.
1932년	경성농업학교 영어 교사로 취직. 장녀 나미 태어남.
1933년	순수문학을 지향한 구인회의 창립회원이 되나 곧 탈퇴함. 단편 〈돈〉

발표.

1934년	단편 〈일기〉 〈수난〉 등 발표.

1934년 단편 〈일기〉 〈수난〉 등 발표.

1935년 차녀 유미 태어남. 단편 〈계절〉, 중편 〈성화〉 발표.

1936년 평양 숭실전문학교 교수로 부임하면서 경성에서 평양 창전리로 이사. 〈메밀꽃 필 무렵〉 〈들〉 〈산〉 〈인간산문〉 〈분녀〉 등 발표.

1937년 장남 우현 태어남.

1938년 〈장미 병들다〉, 단편집 《해바라기》 등 발표.

1939년 차남 영주 태어남. 대동공업전문학교 교수 취임. 장편 《화분》, 단편 〈향수〉 등 발표.

1940년 부인 이경원이 복막염으로 사망. 뒤이어 차남 영주도 잃음. 실의에 빠져 만주 등지를 방랑함. 장편 《창공》 연재.

1941년 장편 《벽공무한》 출간. 단편 〈라오콘의 후예〉 〈산협〉 등 발표.

1942년 5월 25일 뇌막염으로 사망. 부친에 의해 평창군 진부면에 부인 이경원과 나란히 안장됨.

1943년 유고 단편 〈만포〉 발표.

1973년 금관문화훈장 추서.

2000년 이효석 문학상 제정.

2002년 이효석 문학관이 강원도 평창군에 세워짐.

08

이효석 단편전집 1

메밀꽃 필 무렵

초판 1쇄 인쇄 2014년 6월 5일
초판 1쇄 발행 2014년 6월 16일

지은이 이효석
펴낸이 이범상
펴낸곳 (주)비전비엔피 · 애플북스

기획 편집 이경원 박월 윤자영 강찬양
디자인 김혜림 김경년 손은이
마케팅 한상철 이재필 김희정
전자책 김성화 김소연
관리 박석형 이다정

주소 121-894 서울특별시 마포구 잔다리로7길 12 (서교동)
전화 02) 338-2411 | **팩스** 02) 338-2413
홈페이지 www.visionbp.co.kr
이메일 visioncorea@naver.com
원고투고 editor@visionbp.co.kr

등록번호 제313-2007-000012호

ISBN 978-89-94353-45-6   04810

「이 도서의 국립중앙도서관 출판시도서목록(CIP)은 서지정보유통지원시스템 홈페이지(http://seoji.nl.go.kr)와 국가
자료공동목록시스템(http://www.nl.go.kr/kolisnet)에서 이용하실 수 있습니다.(CIP제어번호: CIP2014010432)」